GEORGE
PACKER

下沉年代

THE
UNWINDING

An Inner History
of
the New America

〔美〕乔治·帕克————著

刘冉————译

文汇出版社

新经典文化股份有限公司
www.readinglife.com
出 品

献给劳拉、查理和朱莉娅

目　录

第三部分

序幕

　　没人能说清解体❶是从什么时候开始的——曾经有一束线圈将美国人安全地绑在一起，有时甚至紧得令人窒息，可不知从何时开始松开了。就像任何重大变化一样，解体在无数时刻、以无数方式开始，于是，这个国家便在某个时刻永远跨越历史的界线，此后彻底改变，难以挽回。

　　如果你出生于1960年左右，或是在那之后几年，那你的成年生活就是在解体的眩晕中度过的。你目睹在你出生前就存在的社会结构在一片广阔的景观中如盐柱般轰然倒塌——卡罗来纳南北两州皮埃蒙特地区的农场，马洪宁河谷的工厂，佛罗里达州的居民区，加利福尼亚州的高等院校。还有一些事物也已面目全非，它们更加隐蔽，但在维持日常生活秩序上同样至关重要——华盛顿党团会议室的运作方式和手段，纽约交易市场的禁忌，各个领域的行事规矩和道德准则。当令旧体系能有效运转的规范开始解体，领导者放弃了职责，

---

❶ 原文为 unwinding，即 unwind 的动名词，意为"解开、打开、松开"某种卷绕之物，如解开围巾、松开鞋带。作者用这个词形容某种生活方式及社会结构的解体过程，在后文亦有出现，均译为"解体"。——如无特别说明，本书脚注均为编译者所加

统治了近半个世纪的罗斯福共和国❶不复存在。这种空白被一种在美国人生活中被默许的力量所取代，那就是有组织的金钱势力。

解体并不新鲜。每隔一两代人，就会发生一次：观点市场中充斥着聒噪的派系纷争，国父们的神圣共和国随之崩塌；那场撕裂美国的战争，让她从多元变得单一；摧毁了美国商业的大萧条，也为官僚和大众的民主制度铺平了道路。每一次衰退都会迎来革新，每一次内爆都会释放出能量，每一次解体都会带来新的凝聚。

解体带来自由，相比过去，它带来更多自由，以赋予更多人——离开的自由，归来的自由，改变人生和接受现实的自由，被雇用、被解雇和涨高薪的自由，结婚和离婚的自由，破产、卷土重来和创业的自由，见风使舵、坚持到底和逃离废墟的自由，大获成功并开始吹牛的自由，以及悲惨失败然后再次尝试的自由。伴随着自由，解体也带来自由的幻象，因为所有这些追寻都脆弱得如同思想气球，在不同情境下会突然炸裂。胜利与失败都是美国人的游戏，在解体过程中，赢家将赢得更多，像充满气的飞艇飘上云端，输家则经历了漫长的坠落才跌至谷底，有的甚至永远不会触地。

自由如此之多，而你只能依靠自己。从未有这么多美国人正在独自生活，就算是一个家庭也会孤立地存在，在一个巨型军事基地的阴影中挣扎度日，没人向他们伸出援手。在方圆数英里内荒无人烟的地方，一个崭新的社区可以在一夜之间冒出来，然后以同样快的速度消失不见。一座老城市可能失去工业基础，流失三分之二的

---

❶ 罗斯福共和国（Roosevelt Republic）应指美国历史上的"第五政党制"（Fifth Party System）时代，即20世纪一段由民主党长期主导政局的时期，一般认为始于富兰克林·罗斯福就任总统的1933年，止于20世纪六七十年代。罗斯福执政期间，民主党人建立了支持新政及民主党的广泛群体联盟，即涵盖工会、蓝领工人、南方白人、农民、少数群体（黑人、天主教徒、犹太人等）的"新政联盟"（The New Deal coalition）。1933年至1969年期间，民主党长期控制国会，以新政联盟为主的选民基础稳定，赢得九次总统大选中的七次胜利。

人口，它的所有支柱——教堂、政府、商业、慈善团体、工会——都如同公寓楼在强风中垮塌，却几乎没有发出声响。

独自生存于缺乏坚实结构的图景中，美国人只能靠随机应变来掌握自己的命运，书写自己成功和救赎的故事。一个在阳光下抱着《圣经》的北卡罗来纳州男孩，长大后对复兴乡村有了新的看法。一个前往华盛顿的年轻人，耗费余生来回想最初吸引他去那里的理念。当周围的一切都在分崩离析，一个俄亥俄州女孩必须紧紧把握自己的生活；直到步入中年，她才终于不再仅为生存而奔波，而是能抓住机会，去做更多事情。

这些美国人几乎不为世人所知，他们在解体过程中找到自己的道路，路过崭新的纪念碑，那里曾是旧体系的屹立之地；与此同时，他们那些尽人皆知的同胞在过着浮夸的极奢生活，当一切都在褪色时，名流们却愈发雍容华贵。这些偶像有时会占据人们家里的神龛，让自己成为一个谜题——如何才能过上好的生活，或者更好的生活——的答案。

在解体的过程中，一切都在改变，没人能够幸免，不变的只有解体之声：这些声音来自美国人，或开放，或感性，或愤怒，皆反映了美国的现实；它们也受到种种影响：他人的观点，上帝，电视，还有隐约残留的过去。解体之声，是在装配流水线的噪声中被说出的笑话；是拉上隔离世界的百叶窗后发出的抱怨；是冲着拥挤的公园或空荡荡的议会倾泄而出的正义怒吼；是在电话里做成的一笔笔生意；是当深夜降临，卡车在黑暗中驶过时，人们在前廊上做着的响亮的梦。

第一部分

1978

　　今晚，我想与大家坦率谈谈我们国内最严峻的问题。那就是通货膨胀[1]……还有二十——二十——二十四小时／我想镇静下来[2]……我们必须面对一个全国节衣缩食的时期。如果我们想避免更糟糕的后果，就必须做出艰难的选择。我打算来做出这些艰难的选择[3]……无事可做／无处可去／我想镇静下来[4]……七年大学时光白白溜走。还不如加入他妈的和平队呢[5]……《卡特在消费者法案上遭遇重大打击》[6]……我不知道马洪宁河谷的人们是否意识到，扬斯敦板材和管材公司坎贝尔工厂的关闭不仅影响钢铁工人及其家庭，还影响到整个社区[7]……《诸多邪教的诱惑》[8]……这些公社成员大多已年过五十，他们单调的食谱仅包含大米和豆类。他们从黎明到黄昏都在田野里劳作，与此同时，琼斯则通过公共广播系统对他们进行演讲和布道[9]……当妻子既是厨师，又是情妇，还是司机、护士和保姆，男人能负担得起她所做的一切吗？正因如此，我认为女人应该享有平等的权利[10]……不幸的是，大多数焦油含量低的香烟都没什么味道。直到我尝试了优势牌香烟。优势带来了我喜欢的味道。同时还是我一直在寻找的低焦油香烟[11]……《阻挠议事击败工会组织法案》[12]……过去一段时期的增长和进步中曾存在的脆弱的、不成文的契约，已经被美国工业、商业和金融业的领导者打破和抛弃[13]……献给猫王的情书：粉丝倾泻爱意（附赠彩色特辑"当猫王的家成为神殿"）[14]……纽约贫民窟的噪音污染！人们走到哪儿都被抢劫，孩子被老鼠咬伤，瘾君子正偷走破败房屋中的水管——环境保护局担心的却是噪音污染！当然了，这些环保局官员晚上回家后，会静静地看着他们的孩子做功课，同时放着震天响的刺耳音乐[15]……《加利福尼亚州选民批准了一项削减七十亿美元房产税的计划》一名男子离开洛杉矶郊区的投票站时说："县公务员下地狱吧。"[16]

注释

1. 美国第 39 任总统吉米·卡特的演讲，1978 年 10 月 24 日。在经历约三十年的战后繁荣发展后，美国经济在 20 世纪 70 年代遭遇严重的通货膨胀和制造业衰落，陷入物价上涨和经济停滞并存的"滞胀"困境，成为尼克松、福特和卡特三任总统任期内的难题，其中卡特强调美国人民应对此承担部分责任。

2. 歌曲《我想镇静下来》（"I Wanna Be Sedated"），收录于美国朋克乐队雷蒙斯的专辑《毁灭之路》（*Road to Ruin*，1978）。

3. 同注释 1。

4. 同注释 2。

5. 电影《动物屋》（*National Lampoon's Animal House*，1978）。这部校园喜剧影片是 1978 年最卖座的电影之一，因表现出"无政府、凌乱且充满能量"的反抗社会姿态，入选影评人罗杰·伊伯特的年度十佳影单。和平队（Peace Corps）是由美国政府于 1961 年发起、向第三世界国家提供志愿者的援外团队，在卡特任期内得到支持，是美国战后公共外交计划的重要项目之一。

6. 《国会季刊·每周报告》评论文章，1978 年 2 月 11 日。卡特政府试图建立一个代表消费者利益的联邦机构，但遭到企业界的反对和阻挠，相关法案在众议院未获通过。

7. 《扬斯敦维护者报》（*Youngstown Vindicator*）1978 年 10 月 8 日读者来信。

8. 《华盛顿邮报》1978 年 11 月 26 日新闻。70 年代的美国迎来宗教复兴运动，新教教徒积极参与右派运动，福音派开始蓬勃发展，诸如科学教等大量邪教涌现。

9. 《新闻周刊》1978 年 11 月 27 日新闻。

10. 传记《我生命中的时光》（*The Times of My Life*，1978），贝蒂·福特、查理斯·蔡斯著。从 60 年代末到 70 年代，美国迎来第二波女权运动，在不同领域产生很大影响。贝蒂·福特是美国第 38 任总统杰拉德·福特的妻子，也是当时女权运动的有力支持者，她支持包括堕胎权在内的女性权力，积极推动《平等权利修正案》的通过，是美国历史上非常受欢迎的第一夫人之一。

11. 优势牌（Vantage）香烟的杂志广告。70 年代，美国社会开始关注烟草危害，政府采取控烟措施，推动相关立法，并于 1971 年禁止烟草公司投放电视广告。作为回应，烟草公司研发了低焦油香烟，加大报刊广告的投放力度，在当时迎来盈利的顶峰。随着反烟运动的扩散，美国国内烟草市场逐渐萎缩，烟草公司随后转向海外市场。

12. 《芝加哥论坛报》1978 年 6 月 23 日新闻。1978 年《劳动法改革法案》（Labor Law Reform Act）在参议院未获通过。

13. 全美汽车工人联合会（UAW）主席道格拉斯·弗雷泽 1978 年宣布退出劳工管理团体（The Labour Management Group）的辞职信。劳工管理团体是卡特政府联合商界组织和劳工组织为劳资双方制定互利政策的非正式团体，因劳资矛盾难以调和而最终流产。

14. 《明星》（*The Star*）杂志 1978 年 1 月 31 日封面报道。传奇歌手"猫王"埃尔维斯·普雷斯利于 1977 年 8 月不幸逝世，引发全国性的纪念风潮。

15. 政治学著作《为资本主义欢呼两声》（*Two Cheers for Capitalism*，1978），欧文·克里斯托著。欧文·克里斯托被称为"新保守主义之父"，《为资本主义欢呼两声》是新保守主义思想兴起的早期作品，阐明了资本主义制度的成就，同时指出其为个体和社会带来的"精神负担"。在 20 世纪 60 年代激进的社会改造运动后，包括克里斯托在内的部分知识分子不满当时的社会环境和外交政策，对左翼思想和自由主义感到幻灭，开始有倾发展出新保守主义思想，对美国政坛产生了深远的影响。

16. 《纽约时报》1978 年 6 月 7 日新闻。1978 年，加州共和党人提出 13 号提案，规定对财产税税率进行下调。提案通过后，类似的运动在其他州开始出现，发展成全国性抗税运动，为共和党赢得大量选民。

迪恩·普莱斯

　　在千年之交，迪恩·普莱斯即将迎来自己的四十岁，他做了一个梦。在梦里，他正沿着一条坚硬的路，走向他牧师的居所，那条路偏离大路，变成一条土路，然后再度偏离，岔出另一条土路；马车碾出车辙，地面裸露，但车辙之间的杂草足有胸口那么高，仿佛已久无人烟。迪恩张开双臂，沿着一条车辙向前走去，感到两旁的草丛摩挲着他双臂的底侧。然后他听到了一个声音，它来自心底，如同一个念头："我想让你回家，我想让你开着拖拉机回到这里，除掉路上的杂草，好让其他人能沿着它走下去。你会为其他人指明道路。但是，你得先把道路清理干净。"迪恩醒来时泪流满面。终其一生，他都在思索自己来到人世究竟有何意义，却始终原地打转，如同一艘无舵之船。他不知道这个梦意味着什么。但他深信，梦里有他的事业，他的命运。

　　那时，迪恩刚开始做便利店生意，对他来说，那可算不上什么事业。又过了五年，他才找到真正的召唤。迪恩皮肤苍白，长着雀斑，黑发深瞳；每当他露出微笑或高声尖笑，眼旁就会挤出鱼尾纹。他的肤色来自父亲，俊俏的模样则来自母亲。他从十二岁起开始嚼莱维·加勒特牌嚼烟，讲话温和而坚定，像是一个从未失去乡村男孩本真的斗士。他待人温和有礼，具有一种优雅的品性，以至于当地那些用塑料杯喝伏特加的麋鹿会 ❶ 分会成员不禁怀疑，他究竟能否称得上是一名红脖 ❷。自童年起，他最喜欢的《圣经》经文是《马太福音》的第七章第七节："你们祈求，就给你们；寻找，就寻见；叩门，就给你们开门。"他毕生都在寻求独立——特别是经济上的独立。贫穷与失败缠扰他的人生，是他最大的恐惧。他生来就与它们相伴。

他的祖父母与外祖父母都是烟农，再往上追溯两代乃至四代也一样，可以一直追溯到 18 世纪；家族里所有人都在北卡罗来纳州罗金厄姆县的几亩地上种植烟草。他们都有着苏格兰 - 爱尔兰后裔的名字，可以漂亮整齐地写在墓碑上：普莱斯、尼尔、霍尔。此外，他们都一贫如洗。"打个比方，如果想去溪边，我就得踏出一条路来。"迪恩说，"每天我都会走同一条路。这个国家的路基本上就是这么修出来的。修路的人们跟着动物踩出的小道。一旦道路成型，要想换一条路走，就得耗费巨大的精神和力气。因为你已经接受了那一套思维模式，它会一代又一代地传递下去。"

当迪恩还是个小男孩时，烟草遍地都是，长满栅栏间。每年的 4 月到 10 月，罗金厄姆县的空气中都弥漫着烟草香气。他在麦迪逊市长大，沿 220 号公路开往格林斯伯勒市需要四十分钟；尽管普莱斯一家住在城里，但迪恩是跟着祖父诺弗里特·普莱斯在烟草农场长大的。诺弗里特的名字是这么来的：他的父亲——也就是迪恩的曾祖父——用两匹马把一车烟草运到了温斯顿 - 塞勒姆市，那里有个姓诺弗里特的人给了他个好价钱。迪恩的父亲出生在自家土地上一间带门廊

---

❶ 麋鹿会是一个民间组织，全称为"麋鹿皇家公会"（Loyal Order of Moose，也译作"麋鹿忠诚共济会""友爱互助会"）。该组织只允许白人男性加入，在美国许多城镇开设据点，会众数量超过一百万人。

❷ 红脖，美国俗语，多带有贬义。原指教育水平较低、视野短浅、想法顽固的美国南方农民，因为他们长期在室外做农活而将脖子晒得通红，现已泛指思想保守落后、崇尚种族主义的人。近年来，美国保守主义者也常用这个词自嘲或建立身份认同。

的棚屋里，那是在阔叶树丛中的边缘空地上用木头搭建的。棚屋几英尺外就是烟草仓，一座用燕尾榫将橡木交叉叠砌而成的小木屋，由祖父诺弗里特用一把斧头盖成。迪恩年幼时，每逢晚夏时节，淡叶烟被收割挂进烟草仓烘烤时，他都会恳求大人允许他跟着祖父整晚待在那儿，每隔一两小时起来一次，好确保没有烟叶落进火苗里。收割烟叶非常劳累，但他热爱这一切：烟草的香气，泛黄的宽大烟叶在四尺高的茎秆上日渐沉重如皮革，双手染上黏糊糊的黑色焦油，烟叶从梗部被一束束绑起，如风干的比目鱼被挂在烟草仓橡木上时发出的旋律，以及齐聚一堂的家人。普莱斯一家靠饲养牲畜和种植蔬菜自给自足，并从附近一位女士那里购买酪乳。要是收获季来迟了，学校也会推迟上课。初秋时节，麦迪逊市的拍卖仓库因收获祭和铜管乐队游行而热闹非凡，家家户户都带着刚到手的钞票前来庆祝，随后便是节日大餐。迪恩当时想，自己长大后也会成为一名烟农，并以同样的方式养大他的孩子。

迪恩最好的朋友是他的祖父。诺弗里特·普莱斯直到去世前的那个秋天还在伐木；他死于 2001 年，享年八十九岁。在祖父生命最后的岁月里，迪恩去养老院看望他，发现他被绑在轮椅上。"小马驹，你身上有没有带小刀？"祖父问他。

"爷爷，我不能这么干。"

诺弗里特想把轮椅上的绑带割断，好重获自由。他在养老院里只坚持了一个半月。之后他被埋葬在普莱斯家的祖坟，位于一片红色黏土的平缓斜坡上。诺弗里特生前一直都同时干两三份活，好离妻子远一点，但如今，在同一块墓碑上，露丝的名字就刻在他名字的右边，只待装入她的尸体并填上死亡日期。

迪恩的父亲曾有机会打破令家族深陷贫困思维的诅咒。哈罗德·迪恩·普莱斯——人们叫他皮特——头脑灵光，热爱阅读。他在自己那本韦氏大辞典的最后三个空白页上写满晦涩的单词及其定义，例如 obtuse（迟钝的）、obviate（避免）、transpontine（桥对岸的）、miscegenation（异族通婚）、simulacrum（假象）、pejorative（贬义的）等等。他善于言辞，是一名热忱且虔诚的浸信会教徒，也是一个满腔仇恨的种族主义者。有一回，迪恩去了格林斯伯勒市中心伍尔沃斯大楼里的民权博物馆，1960 年最早的静坐示威正是在那里的午餐厅发生的。博物馆里有一张放大的照片，上面是北卡罗来纳农工州立大学的四名黑人学生，他们走在大街上，与一群年轻白人混混擦肩而过，后者盯着他们一路走远。那群白人手插在兜里，穿着 T 恤衫和裤腿卷起的牛仔裤，梳着大背头，愤怒的嘴里叼着香烟。那就是迪恩的父亲。他痛恨民权运动人士的反抗，但他对查理·史密斯和阿黛尔·史密斯并不这么看——他们是普莱斯家土地上的黑人佃农，当迪恩的祖母在工厂工作时，他们会帮忙照料迪恩。他们心地善良，幽默风趣，而且在当时的情境中清楚自己的地位。

皮特·普莱斯在当地一家舞厅里邂逅了芭芭拉·尼尔，二人于1961 年结婚；同年，皮特毕业于西卡罗来纳学院，成为家族里第一个成功毕业的大学生。哈罗德·迪恩·普莱斯二世出生于 1963 年，之后他又有了三个妹妹。普莱斯一家搬到了麦迪逊一间小砖房里，不远处的拐角就是"夏普和史密斯牌烟草"的仓库。麦迪逊和相邻的梅奥丹市都曾是纺织业城镇，在六七十年代，任何高中毕业的年轻人只要想工作，总能从当地工厂找到一个位置；要是有大学文凭，工作机会简直任君挑选。小镇主街两侧的砖房店面——药房、服装店、家具店、简餐厅——总是顾客盈门，特别到了纺织品仓库搞促销的日子更是热闹非凡。"也许就在那个时代、那个地方，我们的国家耗尽了它所有可能的繁荣。"迪恩说，"那时，他们有廉价的能源，地下埋藏着石油，周边乡村有丰饶的农场；还有不辞劳苦投身工作的人们，他们知道工作意味着什么。有的是钱可以赚。"

迪恩的父亲在杜邦公司的大型尼龙厂工作，工厂就在北边刚越过弗吉尼亚州边界的马丁斯维尔市。60 年代末，他遇到了那个年代的"蛇油推销员"❶。那人名叫格伦·W. 特纳，识字不多，算是半个文盲，出身于南卡罗来纳州的一个佃农家庭；他身穿闪闪发亮的三件套西装，脚踏小牛皮靴子，因为兔唇而口齿不清。1967 年，特纳创办了科斯科特星际公司，以五千美元一套的价格兜售化妆品分销权，承诺分销商能从他们新发展的每一个下线身上提成。他的追随者还被诱骗购买一个黑色公文包，里面装满格伦·W. 特纳的成功学磁带，名曰《敢于成就伟大》；这个公文包也售价五千美元，出于同样的逻辑，人们可以靠贩卖这套教程的贩卖权来发家致富。普莱斯一家买了分销权，还在他们位于麦迪逊的家里举办了"敢于成就伟大"的激励派对：他们用一台投影仪放映特纳白手起家的人生故事，然后信徒们高声吼出特纳那些"脚踏实地、徒手摘星"的名言。到 1971 年，"敢于成就伟大"已经横扫整个美国的蓝领社区，特纳还登上了《生活》杂志。接着，他因组织金字塔骗局而遭到调查，最终入狱五年，而普莱斯一家的钱打了水漂。

60 年代初，皮特·普莱斯在贝鲁斯溪镇的杜克能源公司发电厂谋得一份主管工作。之后，他在麦迪逊市的杰姆–丹迪公司当上副总裁，那是一家生产男性配饰的公司，包括男袜吊带等。再之后，他在梅奥丹市附近丹河岸旁的松堂砖厂担任生产主管。但每一次，他都会被一个在他看来不如自己聪明的老板炒掉，或者更可能是他自己辞了工作。辞职成了一种习惯，"就像裤子上的一道褶皱，"迪恩说，"一旦起皱，就不可能弄平。这就是失败跟他的关系，你不可能把失败从他身上剥离。他思考着失败，呼吸着失败，与失败共同生活。"这道褶皱始于普莱斯家的烟草农场：在分土地时，迪恩的父亲只得到

---

❶ 蛇油推销员原指在美国西部大开荒时期，用欺骗的手段兜售蛇油的江湖郎中，后来泛指使用欺骗伎俩强力推销伪劣产品或不实理念的推销员及广告。

一块不临街的贫瘠土地。到头来，迪恩的叔叔在务农这件事上要拿手得多。皮特还苦于个儿矮——身高仅一米七——更糟糕的是，他很年轻就开始谢顶。不过，皮特·普莱斯此生最大的失败，还是发生在他最珍视的事业中。

数十年后，迪恩的壁炉架上会摆放一张黑白照片，上面有个黑发闪亮的男孩，刘海整齐地垂在眼睛上面；他穿着黑色西装和对他来说过短的窄腿裤，在阳光中眯着眼睛，双臂在胸前抱着一本《圣经》，仿佛是一种自我防卫。他身旁站着一个小女孩，身穿带花边衣领的连衣裙。当时是 1971 年 4 月 6 日。迪恩还差几周满八岁，即将受洗，把自己的生命献给耶稣，从中获得救赎。70 年代，迪恩的父亲曾在周边小镇的好几家小教堂担任牧师，每一次都因他的教条主义和固执己见在教会中引发矛盾。每一次，教会成员都会投票决定是否保留他的牧师职位，有时投票结果对他有利，有时相反，但最终他总会离开（因为他会变得焦躁不安——他渴望成为杰瑞·法威尔❶，率领一个有着数千信众的教会），搞得双方不欢而散。最后，他再也没办法在其他教堂找到职位。他会去一个新的镇子，为争取牧师职位进行一场布道；他总是讲"火与硫磺"❷，也总是遭到拒绝。他最心心念念想要走上的布道坛位于克利夫兰县的戴维森纪念浸信会教堂，在那次应征失败后，他便一蹶不振了。

迪恩从父亲那里继承了野心和对阅读的热爱。他家里有一整套百科全书，被他从头到尾翻了个遍。在他九岁或十岁的某一天，他对未来的抱负成了晚餐时的话题。"你将来想做什么？"迪恩的父亲带着一丝讥讽问道。

"我想当一名脑外科医生，一名神经学家。"迪恩说，他是在百

---

❶　杰瑞·法威尔，美国著名牧师和保守派评论员。
❷　《圣经》记载，上帝曾向罪恶之城所多玛和蛾摩拉降下火与硫磺，常喻指上帝的愤怒或
　　地狱的恐怖。

科全书里学到这个词的，"我觉得这就是我想做的事情。"

父亲当着他的面哈哈大笑："你当上神经学家的可能性就跟我飞上月球差不多。"

迪恩的父亲也许幽默和善，但对迪恩并非如此；迪恩痛恨他，因为他一事无成，且言行冷酷。他听过父亲的很多次布道，有几次就在麦迪逊的街角，但某种程度上，他并不相信那些话，因为父亲在家里如此冷酷卑劣、动辄对他大打出手，这让站在布道台上的父亲像个伪君子。作为一个男孩，迪恩对棒球的热爱胜过一切。七年级时，迪恩害怕女孩，那时的他就算全身湿透也只有九十磅，要想打橄榄球实在太瘦；不过，他在麦迪逊－梅奥丹中学当上了一名不错的游击手。1976 年，队里有白人也有黑人，但迪恩的父亲不想让他跟黑人男孩混在一起。为了让迪恩远离他们，同时也为了在当时的教会里赢得威信，迪恩的父亲让他从公立学校退学（迪恩哀求他不要这么做），把他送去福音之光基督学校。那是一所学风严格的独立基要派浸信会学校，学生都是白人，位于沃克镇，从普莱斯一家所在的梅奥丹山牧师居所搭乘巴士要两个小时。那是迪恩棒球生涯的终点，也为他和黑人朋友们的友谊画上了句号。迪恩十年级时，父亲开始在福音之光学校教美国史和《圣经》史；他本可以允许迪恩在放学后打打棒球，然后开车带他回家，这不过是举手之劳。可是，父亲坚持要在下午 3 点离开学校，好让自己回家进书房阅读。迪恩的家庭生活像是一场竞赛，父亲占了上风，且坚持不肯退让一步。

迪恩十七岁时，父亲从梅奥丹山的教堂辞职，举家搬到北卡罗来纳州东侧距离格林维尔市不远的地方，开始在艾登镇一家小教堂担任牧师。那是他最后一次担任牧师。四个月后，普莱斯牧师被辞退，全家人搬回罗金厄姆县。囊中羞涩的他们回到迪恩母亲一家在220 号公路上的房子，就在斯托克斯代尔小镇外，麦迪逊市往南几英里的地方。迪恩的外祖母奥利·尼尔住在他们盖在房子背面的房间里，整座房子后面是一座烟草农场。1932 年，当 220 号公路还是一条土路时，迪恩的外祖父伯奇·尼尔在一场扑克牌比赛中赢下这座农场。

那时，迪恩一心只想逃脱父亲的控制。他一满十八岁，就驱车前往温斯顿－塞勒姆市，见了一个海军征募员。他本打算第二天早上前去报名，但当晚改了主意。他想要游览世界，充分享受生活，但他更想靠自己做到这些。

1981 年，迪恩高中毕业，那时周边最好的工作是在温斯顿－塞勒姆市的雷诺公司大型工厂里制作香烟。要是能在那儿谋得一份工作，就等于有了铁饭碗：收入不菲，福利优渥，每周还发两盒香烟。那就是成绩拿 B 的学生们最后会去的地方。拿 C 和 D 的学生们则去工资要低一些的纺织工厂，包括马丁斯维尔市的杜邦和塔特斯，丹维尔市的丹河，格林斯伯勒市的科内，或是麦迪逊市周边较小的工厂；也有的去南边海波因特市，或是北边弗吉尼亚州马丁斯维尔市和巴西特市的家具厂。拿 A 的学生们——他班上有三个——进了大学。（三十年后，在高中同学聚会上，迪恩发现同学们都变得大腹便便，有人在做害虫防治，有人在嘉年华上兜售 T 恤衫。其中一个进过雷诺公司的家伙丢掉了本以为是铁饭碗的工作，之后再没能喘过气来。）

迪恩在学校里从来都不是很用功；毕业后的那个夏天，他在麦迪逊一家铜管厂的运输部门谋得一个职位。他在 1981 年赚了不少钱，但那份工作恰恰是他一直恐惧的人生终点站——他身边那些拿着铁饭碗的同事大都浑浑噩噩，终日谈论吃喝嫖赌。迪恩痛恨这种生活，他决定去上大学。

父亲唯一愿意帮他付学费的学校是包伯·琼斯大学，那是一所位于南卡罗来纳州的圣经学院。包伯·琼斯大学禁止不同种族的学生恋爱和结婚；1982 年初，迪恩入校后几个月，这所学校成了全国新闻热点，因为美国国税局拒绝承认它的免税地位❶，而里根政府推翻了国税局的决定。在暴风骤雨般的批评过后，里根又收回这项决定。据迪恩说，包伯·琼斯校园四周铁丝网上的刺是向内而非向外的，如同一座监狱，这在全世界的大学中独一无二。这里的男生必须保持头发不过耳；他们要想跟校园另一边的女生们联系，唯一的方法是写纸条放进盒子里，一个信使会在宿舍间传递消息。包伯·琼斯大学唯一让迪恩喜欢的地方，是早上在教堂里唱古老的赞美诗，如"赞美我主，万福之源"。他开始逃掉所有的课程，过了第一学期，每门课都不及格。

圣诞节时，他回家告诉父亲，自己打算退学并离家。父亲狠狠扇了他一记耳光，将他打翻在地。迪恩起身说："如果你再敢碰我一下，我就杀了你，说话算话。"那是他最后一次踏足父亲家的屋檐之下。

迪恩离家后，父亲陷入了恶性循环。因为背痛、头痛和其他或真或假的微恙，他大把大把地咽下羟考酮❷药片，那是从十几个互不相识的医生那里开到的。迪恩的母亲在丈夫的西装口袋和垃圾袋里都发现了藏着的药片。这些药片令他双目无神，还侵蚀他的胃黏膜。他会躲在书房里，假装在读宗教书籍，但其实是在服用羟考酮，然后陷入昏昏欲睡的状态。他进了好几次戒毒所。

在外面的世界里，迪恩正纵情享乐。他很快就发现了酒精、赌博、大麻、斗殴和女人的乐趣。他的第一个女朋友是一个牧师的女儿；正是在教堂的钢琴下面，他告别了处男之身。他满心叛逆，完全不想跟父亲的上帝扯上任何关系。"我那时是个混蛋，"迪恩说，"我对任何人都毫无敬意。"他搬去了格林斯伯勒，跟一个瘾君子合租。那段时间，他在格林斯伯勒的乡村俱乐部担任高尔夫球童，每周赚

---

❶ 1976年，美国国税局因包伯·琼斯大学针对黑人学生的歧视性校规而取消其免税地位。
❷ 羟考酮，一种易上瘾的强效镇痛药。

一百二十美元。1983 年，二十岁的迪恩决定回到大学，他进入格林斯伯勒的一所州立大学。为了毕业，他花了六年时间当酒吧侍者。大学生涯一度中断，因为他和最好的朋友克里斯一同前往加州旅行了五个月，两人住在一辆大众巴士里，一路勾搭姑娘，过了不少快活日子。不过，到了 1989 年，他总算拿到了学位——政治学。

迪恩是一名登记在册的共和党员，里根是他的偶像。在迪恩看来，里根就像一位令人安心的祖父：他擅长与人沟通和激励人心，正如他谈论"山巅之城"❶那次一样。迪恩觉得自己也能做到这一点，因为他口才出众，且出身牧师家庭。只要里根开口说话，人们就会相信他；他给予人们希望，令人相信美国将再度崛起。他是唯一一个令迪恩有过从政念头的政治家，不过，当迪恩在大学教学楼的楼梯上抽大麻被抓到，没过几天又因为酒后驾车被捕，这个念头就被掐灭了。

迪恩告诉自己要去看看这个世界。毕业后，他的确在欧洲游荡了几个月，住青年旅馆，有时睡公园长椅。但他仍然野心勃勃——"像失去理智般地满怀野心"，他自己喜欢这么说。他回家后下了决心，要尽己所能，去最好的公司应聘最好的工作。

在他的脑海里，最好的公司一直指的都是位于新泽西的强生公司。强生公司的雇员身穿蓝色西装，衣冠楚楚，能说会道，收入不菲；他们开着公司的车，还有医疗保险。迪恩跟女朋友一起搬到费城，开始约见强生公司的职员。他首先联系上的是一个满头金发梳得一丝不乱的家伙，他身穿绉面薄织西装，脚踏白色皮鞋，还打着领结——这是迪恩这辈子见过的最精英的装束。迪恩差不多每天都往强生公司办公室打电话，前后参加七八次面试，花了足足一年时间，试图

---

❶ 此处指的是里根 1989 年的卸任演讲，他将美国比喻为一座建在山巅的坚固城池，面对风浪岿然不动。

争取一份工作。1991 年，强生公司终于让步，让他当上哈里斯堡的医药代表。迪恩买了一身蓝色西装，剪了一头利落短发，还试图改掉南方口音，因为他觉得这口音显得老土。他领到一台传呼机和一台电脑，开着公司的车子，轮番拜访医生们的诊所，有时一天要跑八家；他随身带着药物样品，给医生们解释它们的疗效和副作用。

没过多久，他就意识到自己痛恨这份工作。每天结束时，他都要向办公室汇报自己停留过的每一个地方。他是一个机器人，一个数字，而公司是紧盯他的老大哥。任何个性但凡无法融入强生的模板，就会招致公司不悦。八个月后，迪恩辞职了——还没有他争取这份工作花的时间长。

他陷入了一个谎言：上大学，接受好的教育，在一家《财富》500 强公司找一份工作，就能过上幸福快乐的生活。他做到了这一切，却依然苦不堪言。他逃出了父亲的囚笼，却陷入了另一种劳役。他决心从头开始，走自己的路。他要创造自己的事业。

全面战争：纽特·金里奇

第二次世界大战期间，大纽特·麦克弗森经常在宾夕法尼亚州哈里斯堡的酒吧里打架斗殴。他跟一名十六岁的房屋清洁工姬特·多尔蒂结了婚；新婚第三天早晨，大纽特的年轻新娘想把宿醉的他叫醒，结果被他揍了一拳。这场婚姻就此终结，但时长已足够让姬特怀孕。1943年，她生下一个男孩，尽管之前发生的一切令人不快，她还是让儿子继承纽特的名字——很快，大纽特就成了她的前夫。三年后，姬特跟一个名叫罗伯特·金里奇的军官结婚，大纽特允许金里奇收养小纽特，好摆脱支付抚养费的义务。"可怕不可怕？"数年后，姬特说，"一个男人愿意卖掉自己的儿子？"

从政多年之后，年近七十的小纽特开始实现自己毕生的野心，此时的他会说："我的童年如同田园牧歌。"但那是在一个总统竞选宣传视频里说的。金里奇一家住在中下层阶级聚居的赫梅尔斯敦中央广场的一个加油站楼上，生活逼仄困窘，毫无舒适感。小纽特的男性亲属——农民、工人、修路工——都是干体力活的硬汉。他的继父（跟大小纽特一样，他也是个养子）在家里是个暴君，沉默寡言，令人畏惧。小纽特吸收了继父的坚韧，但这个矮胖多嘴的男孩一直没能跟鲍勃·金里奇中校 ❶ 好好交流感情，两人总是争吵不休。姬特患有躁狂抑郁症，一生大部分时间都靠镇静剂度过。小纽特是个古怪又近视的小孩，没有亲密朋友。他跟身旁的年长女性关系亲密，她们会给他小甜饼干，还鼓励他读书。这个男孩五十岁时看起来像九岁，但九岁时看起来已经像五十岁了。他从生活中逃离，躲进书籍和电影。他热爱动物、恐龙、古代史和约翰·韦恩饰演的英雄们。

纽特十岁那年，他的继父正驻扎韩国，一个明媚夏日的午后，母亲允许他自己搭巴士去哈里斯堡。在那里，他连续看了两场关于非洲狩猎的电影。纽特从电影院出来，带着鳄鱼、犀牛和探险的咒语走进午后 4 点的阳光里，他抬头望去，看到一个路牌指向一条小巷尽头：市政厅。早熟的他知道公民身份的重要性。他问路找到了公园管理局，在那里，他试图说服一名官员，哈里斯堡应该拨款建一个动物园。这个故事登上了当地报纸头版。就在那一刻，纽特知道，他将注定成为一名领导者。

又过了五年，他的使命才终于清晰。1958 年复活节期间，纽特的继父正在法国服役，金里奇一家访问了凡尔登——凡尔登地狱，全面战争。第一次世界大战之后过了四十年，这座城市仍然残留着炮火的痕迹。纽特在伤痕累累的战场漫步，从地上捡起两个锈迹斑斑的头盔，它们最后跟一块手榴弹碎片一起挂在他卧室的墙上。他透过一扇窗户望进纳骨堂，里面数十万德法战士的白骨堆积如山。他明白了生命是真实的。他明白了文明可能消亡。他明白了如果糟糕的领导者无法保护他们的国家，那会发生什么。他还意识到必须有人愿意放弃自己的生命，才能保护他们的生活方式。

他阅读汤因比和阿西莫夫，脑海中满是人类文明衰败的景象。这也可能发生在美国。他下了决心，自己不会成为一名动物园主管

---

❶　鲍勃为罗伯特的简称。

或古生物学者。他的未来属于政治。并不是县长、交通委员会主席或国防部长，甚至也不仅仅是总统。他将成为人民的伟大领袖。他的榜样是林肯、罗斯福和丘吉尔。（将来会有第四位榜样，不过当纽特在凡尔登漫步时，他还在主持《通用电气剧场》。❶）他决定用一生来搞清楚三件事：美国需要什么才能生存，如何说服美国人来让他提供这些东西，以及他该如何让自己的国家保持自由。

数十年后，金里奇将自己的命运潦草地写在教室的一块黑板上，仿佛赞美凯旋战士的古老象形文字：

> 金里奇—首要使命
>
> 拥护文明的人
>
> 定义文明的人
>
> 教导文明规则的人
>
> 唤醒人们热爱文明的人
>
> 组织活动家们支持文明的人
>
> 文明力量的领袖（也许）
>
> 一项普适但并非最理想的使命

但首先，他得挺过 60 年代。

1960 年，鲍勃·金里奇退伍回家，姬特和儿子与他在佐治亚州班宁堡相聚，纽特正在那里帮尼克松为打败肯尼迪而进行竞选宣传。尼克松是他最早的政治兴趣，金里奇读了所有能找到的关于他的材料——同样是一个中下层阶级出身的儿子，同样是一个经常沉思的不合群者，同样有一个严格的父亲，同样获得憎恨多于友情，同样酝酿着伟大的梦想。

---

❶ 此处指里根，他从政前曾是演员及主持人。

在高中，金里奇秘密与他的几何老师杰姬·巴特利相恋——她比他大七岁，又一个溺爱他的年长女性。金里奇十九岁时，他们结婚了（鲍勃·金里奇拒绝参加婚礼），然后生了两个女儿。

因为有家室，他未被征召入伍，也从未踏上越南一步。他的继父因此鄙视他："他看不到房间的另一头。他的脚是我见过最扁平的。他的体格根本没法参军。"

杰姬工作时，金里奇在埃默里大学修读历史学，后来又进入杜兰大学攻读博士，并成为一名校园活动家。有一回，杜兰大学禁止校报登载两张被认定为淫秽露骨的照片，金里奇组织学生抗议，并参与了静坐示威。他仍然是一名共和党人，但他对民权、环境和政府伦理都有改良主义的观点。他读了托夫勒夫妇的作品，对未来主义烂熟于心，为信息革命摇旗呐喊。最重要的是，他喜欢用言语攻击现有制度。他最喜欢的短语是"腐败精英"，可以向任何方向投掷；在此后的人生里，他始终把这一武器藏在口袋。他会靠谴责 60 年代的污水坑和在里面游泳的自由主义者而获得权力，但也正是这个年代成就了他。

1970 年，他回到佐治亚州，开始在亚特兰大市外的西佐治亚学院教历史。他很快自荐当校长，但未能如愿。1974 年，他在一个从未选出过共和党众议员的选区挑战保守民主党人，但在水门事件的浪潮中落败。他于 1976 年再次参选，再次失败，而普莱恩斯一个种花生的农民选上了总统❶。他愤愤不平："杰拉德·福特害我没能选上众议员。"但金里奇并不打算压抑自己的野心。他越来越接近了。当现任众议员宣布退休，1978 年似乎成了属于金里奇的一年。金里奇和 1978 年，天造地设的一对。

他在政治里是个新人——来自新南方（根本不算南方人），现代

❶ 指美国第 39 任总统吉米·卡特，他出生在佐治亚州普莱恩斯的一个农场主家庭，童年时曾在市场卖花生。在 1976 年总统大选中，卡特代表民主党以微弱优势赢了寻求连任的杰拉德·福特。

的、中产阶级的南方，有着太空计划和封闭式社区的南方。他没有打种族议题，看上去也不太像个虔诚的教徒。亚特兰大北部城郊是诺曼·洛克威尔 ❶ 和光导纤维产业的混合体，是尼克松在十年前的1968年总统竞选中预测过的趋势的化身：一个正在浮现的群体，聚集在阳光地带 ❷，偏向共和党。金里奇热爱航空母舰、登月计划和个人电脑，他了解这个群体。

1978年，城市里涂鸦横行，全国经济滞胀，白宫里有一个毫无幽默感的道德说教者劝诫人们学会奉献；大众情绪阴沉沮丧，对官僚机构和特殊利益团体满怀疑虑，反政府和反税收的呼声四起——民粹主义和保守主义盛行。金里奇的民主党对手像是个定制的候选人，她来自纽约，是个富有的自由主义者，州参议员出身。金里奇心里清楚该怎么做。他向右转，开始在福利和税收上攻击她。他口袋里有了一块新的石头："腐败的自由主义福利国家"，并把它结结实实地砸在她的眉心。道德多数派即将横扫华盛顿，金里奇便谈论家庭价值，说他的对手倘若去了华盛顿，就会撕裂她自己的家庭；他还让杰姬和女儿们在竞选广告里出镜。

但杰姬身材肥胖，也不够漂亮，纽特对她不忠在政界是公开的秘密。跟大部分唤醒人们热爱文明的人一样，他胃口不小，但并没长成一个有吸引力的男人——肥硕的脑袋顶着如头盔般开始泛灰的头发，脸上露出冷酷而狡黠的笑容，肚腩撑起天蓝色的腰身——他在情场并不得意。他试着把出轨限制在口交程度，如果有人问起，他就可以在字面上声称自己忠贞不渝；然而不到两年，他的婚姻就走到尽头，另一名可爱女子即将成为下一任金里奇夫人。这个拥护文

---

❶ 诺曼·洛克威尔，美国著名画家，作品主题包括美国文化、太空探险、名人肖像和商业广告等。他早期的作品常给人"理想美国世界"的印象，被批评过于甜美和理想化。

❷ 美国的"阳光地带"（Sun Belt）通常指美国北纬37度以南阳光充足的区域。这些地区过去依赖于农业，由于气候温暖宜人，20世纪60年代以来大量人口与产业聚集于此。

明的人站在杰姬病床前，后者正从子宫癌中恢复，而他手里却拿着
黄色的拍纸簿，上面写着离婚条款。多年后，金里奇会辩护说，自
己当时的轻率是因为在爱国热情之下工作过度。

　　金里奇在 1978 年轻易获胜，他的党派在众议院多夺下十五个席
位（首次出任众议员的还包括迪克·切尼❶）。这预示了 1980 年将会
发生什么。

　　这个组织活动家们支持文明的人带着一份计划来到华盛顿。他
将踢翻旧秩序，让手握统治权的民主党人心生恐惧，称他们为"腐
败的左翼机器"（又一块石头——他的口袋是个无底洞）；他将攻击委
员会主席，挑衅议长，直到他们气得脸色涨红。他也将撼动胆怯的
共和党人，羞辱他们的领导者，纠集一群年轻的斗士，教会他们政
治之道（他喜欢引用毛泽东的"不流血的战争"❷），赋予他们一套新
的语言、一种激动人心的未来，直到共和党转身向它糟糕的孩子寻
求救济。然后，他将拯救这个国家——作为文明力量的议长—总统—
领袖（也许）。

　　金里奇做到了大部分。

　　他看到战场上所有可用的武器，有些之前从来没人用过。金里奇
抵达华盛顿之后两个月，美国有线频道（C-SPAN）在众议院打开了
摄像机，第一次将国会议程直播给大众。金里奇立刻明白该做什么——
在规定的发言顺序结束之后，他走上讲台，对着空荡荡的房间发表煽
动性的言论，这吸引了媒体注意，慢慢为他带来了一群忠诚的电视追
随者。（虽然他有块石头上写着"精英自由主义媒体"，但他也知道，
媒体最喜欢报道争斗。）1984 年，他在演讲中称民主党人是绥靖主义

---

❶　迪克·切尼，共和党元老级人物，先后当选多届议员，1988 年成为众议院共和党党鞭，
　　1989 年出任国防部长，2001 年至 2009 年期间担任副总统，被视为美国史上最有权力的
　　副总统之一。
❷　出自毛泽东《论持久战》："政治是不流血的战争，战争是流血的政治。"

者，这激怒了蒂普·奥尼尔 ❶——"我在国会三十二年来从没见过这么卑鄙的事！"但议长的个人评论从国会记录里被抹去了，而这一事件让金里奇登上了晚间新闻。"我不是个名人。"他很清楚当名人要遵守哪些新规则，因而如此叫嚣；他知道有些话说出来不算坏事，比如，"我有巨大的野心。我想要改变整个星球。我正在干的就是这个。"

旧有的共和党系统已经过时，清高的改革者们扼杀了它；他们想要终结主仆政治，终结烟雾缭绕的房间中的政治大佬。金里奇也看到了这一切的到来——政治家们如何变成企业家，更多地仰赖关注特殊利益的政治行动委员会 ❷、智库、媒体和游说者，而不再依靠党内的层级关系。因此，他在华盛顿到处演讲，写了一本书（由支持者们出钱），建立起自己的权力基础，包括一个筹款机构和一个政治行动委员会。他招募全国的共和党候选人，把自己的话语和想法灌入录像带和磁带用来培训他们，就像一个励志演说家一样。语言是获取权力的关键。他的笔记里包括词汇课：如果你用背叛、怪异、大佬、官僚、欺骗、腐败、危机、犬儒主义、衰败、毁灭、卑鄙、强加于人、无能、自由主义、说谎、限制、落伍、可悲、激进、可耻、病态、停滞、现状、偷盗、税款、他们、威胁、叛徒、工会化、浪费福利等词去形容你的对手，你就能迫使他自辩；如果你用改变、孩子、选择、常识、勇气、斗争、梦想、责任、赋权、家庭、自由、努力工作、领导、自由、光明、道德、机会、支持（议题）、骄傲、改革、力量、成功、坚韧、真相、未来、我们/我们的这些词来形容自己这边，你就已经赢了。金里奇式词汇表能排列组合成强有力的句子，无论其内容如何，甚至无论是否有意义："通过领导一场道德斗争来追寻自由和真

---

❶ 蒂普·奥尼尔，1977 到 1987 年间担任美国第 47 任众议院议长。
❷ 政治行动委员会（PAC）是美国特有的竞选活动政治组织，联邦法律禁止企业或协会捐赠政治竞选活动，但企业、工会、工商界、贸易组织或独立的政治团体可组建政治行动委员会，为竞选各级公职的候选人筹集政治资金，不过资金只能由该组织自行支配（如自行为候选人造势或制作打击对手的广告等），不能直接捐赠给候选人使用。

相，我们就能赋予我们的孩子和家庭以梦想，只要我们足够坚韧且有常识。""腐败的自由主义大佬们通过欺骗、说谎和偷盗来将他们病态可悲的犬儒主义和怪异激进的停滞强加于人，目的是摧毁美国。"结果，整整一代政客都学会了像纽特·金里奇一样说话。

他发现，选民不再感到自己与本地党派或全国机构有关联。他们从电视中了解政治，不会被政策描述或理性论点说服。他们响应符号和情绪。他们的党派倾向也越来越强，所住的区域要么日益倾向于民主党，要么日益倾向于共和党，不是自由主义，就是保守主义。如果捐款人感到恐惧或愤怒，如果议题被建构成非好即坏的简单选择，他们就更容易掏出钱来——对金里奇来说，这容易得很，他的美国永远站在历史的十字路上，文明永远岌岌可危。

到了 80 年代末，金里奇正在彻底地改变华盛顿和共和党。也许比里根还要彻底——也许比任何人都更彻底。然后，历史开始加足马力。

1989 年，他捕获了最大的猎物。民主党议长吉姆·莱特辞去了职务，因为后座议员金里奇一直残酷地拿道德问题攻击他。共和党人看到了全面战争的成效，因而让金里奇当上党派领袖，这个教导文明规则的人没让他们失望。1994 年，他让中期选举变成了举国事务，几乎所有共和党候选人都在国会前签下了他的《美利坚契约》❶，声称这是"迈向振兴美国文明的第一步"。同年 11 月，自从金里奇看了那两场非洲狩猎电影以来，共和党首次同时控制了两院。这是一场金里奇革命，他成了罗伯斯庇尔——他身兼众议院议长和媒体宠儿，

---

❶ 《美利坚契约》(Contract with America) 是共和党在 1994 年中期选举时提出的立法议程，主要由金里奇及经济学家迪克·阿米合作完成。该议程承诺进行一系列旨在缩小政府规模、降低税率的立法行动，包括要求平衡预算的财政责任法案，激励中小企业的创造就业及提高工资法案，通过停止援助以抑制未成年怀孕行为的个人责任法案，为已婚夫妇降低或减免税务的重塑美国梦法案，等等。

与白宫里那个脸颊红润的阿肯色州男孩 ❶ 平分秋色，他俩的出身和渴望都离奇地相似。

金里奇管克林顿叫"反文化麦戈文尼克" ❷ 和"普通美国人的敌人"。他以为自己能迫使总统向他的意愿让步：克林顿想获得爱戴，金里奇想令人恐惧。他们 1995 年一直在围绕预算打转。两人在白宫见面时，金里奇宣布他的条件，克林顿则在研究金里奇。在金里奇暴躁的话语之下，克林顿看到一个九岁男孩的不安全感在翻滚。他明白了为什么金里奇的同僚们都受不了他。他明白了该如何利用金里奇的狂妄自大。克林顿渴望受人爱戴，这给了他一种洞察力，让他能引诱对手，设下陷阱。这一年年底，美国政府被迫关门 ❸，金里奇成了众矢之的。

这就是首要使命的终结。

金里奇继续担任了三年议长。媒体永远不会宣传他获得的成就——一切成就归功于那个阿肯色男孩（克林顿总能搞到最性感的女人，甚至在他获得权力之前，她们就已经想要得到他了）。然后，全面战争的逻辑反噬了两人。1997 年，金里奇被众议院公开谴责，并被破纪录地罚款三十万美元，因为他曾通过自己的诸多非营利组织为政治献金洗钱（有些盟友也想将他送上断头台）。1998 年只发生了一件事，那就是莫妮卡·莱温斯基。当口交和说谎都没能摧毁克

---

❶ 指美国第 42 任总统比尔·克林顿。

❷ 原文为 counterculture McGovernik。麦戈文指乔治·麦戈文（George McGovern），他曾任参议员和众议院，并代表民主党参与 1972 年的总统大选，最终败给尼克松；因支持堕胎权利，反对越南战争，被认为是美国现代自由主义的代表。20 世纪五六十年代，记者赫伯·卡恩结合意第绪语的后缀 "-nik" 和苏联斯普特尼克（Sputnik）卫星发射的新闻，为"垮掉的一代"（The Beats Generation）创造了"披头族"（beatnik）一词，以此批判这代人反主流文化的左派生活方式。金里奇借鉴此说法，暗指克林顿具有与乔治·麦戈文及"垮掉的一代"相同的生活和政治理念，亦是一种对自由主义左派政治理念的攻击。

❸ 因克林顿政府和共和党控制的国会在预算上无法达成一致，美国联邦政府于 1995 年底和 1996 年初两度停摆。

林顿，当民主党史无前例地在中期选举大获全胜，这场金里奇革命开始反噬它的领袖。他辞去议长和众议员职位，说："我不愿意为食人族主持会议。"他投下的最后一票是弹劾他的敌人。后来，他承认在担任议长的整个期间，他都在与一个比他小二十三岁的女人偷情。在国会度过了二十多年后，他离开国会，但留在了华盛顿。

然而那时，华盛顿已不再是金里奇的天下。不管他是否真心相信自己的修辞手法，他送上台的这一代政客都对此乐此不疲。金里奇把芥子气递到他们手里，而他们会用它来攻击所有可能的敌人，包括金里奇在内。进入 21 世纪后，两边的战壕愈挖愈深，战线锁死，尸体在泥潭中堆积如山，去年的尸体摞着今年的白骨，铸就了一场无人能解释原因的战争，看不到结束的那天：华盛顿地狱。

也许他一直以来都想要这样。没有战争的政治可能会很无聊。

他背着第二任金里奇夫人跟一名戴着蒂芙尼珠宝的年轻国会助理偷情，她后来成了第三任金里奇夫人。华盛顿的智库和党派媒体给他留了位置，因为他曾帮他们站稳脚跟。就像他的对手一样，他大部分时间都待在办公室外面，跟有钱人厮混。他从来都不富有（在事业的大部分阶段，他都负债累累），但现在，他开始通过贩卖关系和影响力来赚钱——要想改变整个星球，他就得在两党的游说产业中抓住每一个机会。他像流水线一样地出书，八年内就出了十七本——因为美国愈发衰落，精英自由主义媒体愈发有害，世俗社会主义机器愈发激进，白宫里的民主党人愈发观点相异，而拯救美国的渴望仍未消失，被人听到的需求无法湮灭。

他终于参与了总统竞选。虽然时间已经太晚，但这个顶着头盔般白发、面露冷酷狡黠如男孩般笑容的老人，总能在口袋里找到自己想要的任何东西。

杰夫·康诺顿

　　1979 年，杰夫·康诺顿第一次见到乔·拜登。拜登那年三十六岁，是美国参议院历史上第六年轻的参议员。康诺顿十九岁，是亚拉巴马大学的一名商科学生。他的父母住在亨茨维尔，父亲为陆军导弹司令部当了三十年的化学工程师，而在这之前，父亲曾在陆军航空部队服役，在欧洲、中国和日本执行了四十七次飞行任务，后来受惠于《退伍军人权利法案》就读塔斯卡卢萨的亚拉巴马大学，之后做过时薪一美元的伯明翰钢铁厂工人，在阿肯色州的家具厂和全国流动石膏厂待过，最后终于进入战后蓬勃发展的国防工业。从事小型火箭推进器生产是一份不错的中产阶级工作，每年最多能赚五万五千美元，有联邦政府和冷战为之担保；不过，康诺顿夫妇都出身贫寒。杰夫的父亲曾目睹自己的父亲在 1932 年跟随补助金大军前往华盛顿特区抗议 ❶。杰夫的母亲来自亚拉巴马州唐溪镇，童年时曾与姐妹一起在祖母家的农场里摘棉花，以熬过艰难时期。她五岁时攒了五分钱，打算为母亲买一份生日礼物。有一天她病了，高烧四十度，

---

❶　1932 年夏天，一万七千名一战退伍老兵及其亲友前往华盛顿特区抗议游行，要求即时发放服役时拖欠的补助金。最终，警察和军方介入，导致流血事件。

当运冰车路过门外，她的母亲想要买一块冰来为她降温，她拒绝了，因为全家只剩下她的五分钱。杰夫一直觉得，如果有一天自己会竞选公职，那一定要讲讲这个故事。

康诺顿一家的选票并不一致。杰夫的母亲记得富兰克林·罗斯福来到唐溪镇为惠勒大坝剪彩的那天，所有孩子都跑到车站，在一片安静肃穆中望着总统被人从火车上抬进车里。她一生都会投给民主党。杰夫的父亲战后在亚拉巴马第一次投票，他问该怎么做，票站工作人员说："投给公鸡图案下面的人名就行啦。"那是亚拉巴马州民主党的标志，当时只有他们有足够的影响力。就在那一刻，康诺顿先生成了一名共和党人，在接下来的数十年里始终如一，而其他的南方白人也很快跟他一致。然而多年以后，当杰夫来到华盛顿为拜登工作，自称为职业民主党人时，他的父亲投给了克林顿——甚至投给了奥巴马。那时，住在他们那个城郊的所有人几乎都是忠实的共和党人，有人从康诺顿家的前院里偷走了奥巴马－拜登的标牌。康诺顿先生是在为自己的儿子投票。

杰夫·康诺顿个头矮小，一头棕发，聪颖勤奋，终生怀有亚拉巴马男孩身上特有的自卑情结。成长过程中，他不曾有过清晰的政治观念。1976 年，他被罗纳德·里根在共和党代表大会上的讲话所鼓舞："在民主党对这个国家的统治下，自由已经遭到侵蚀。"1979 年，吉米·卡特诊断美国患上了"信心危机"，警告"我们中有太多人崇尚自我放纵和消费"，康诺顿在《塔斯卡卢萨日报》上发表了一篇评论文章，为这番被称为"痼疾演讲"的讲话辩护。在搬到华盛顿之前，他一直是一名摇摆选民；他也对肯尼迪家族心怀敬意。1994 年有一回，他在希科里希尔参加了凯斯琳·肯尼迪·汤森德的筹款活动，埃塞尔和其他肯尼迪家族成员在庄园前的草坪上友善地欢迎每一位客人。❶康诺顿溜进了书房，他本不该去那里。他从书架上拿下一卷罗伯特·F. 肯尼迪演讲的合订本——原始版本，上面还有手写的笔记。康诺顿的目光落在了一句话上："我们应该做得更好。"肯尼迪划掉"应该"，改成了"必须"。康诺顿仿佛捧着《圣经》。这是他对政治最早的认知：伟大的演讲、历史性的事件（暗杀）、椭圆办公室和玫瑰园里的 JFK 黑白肖像。他是华盛顿的年鉴中被人忽视却不可缺少的一环，不是哈姆雷特，而是罗森克兰茨❷，不是主角，而是追随者——多年之后，他会说："我是个完美的二号人物。"他被公共服务和权力的浪漫所吸引，二者最终彼此纠缠、不可分割。

1979 年初，康诺顿大二时，宾夕法尼亚大学的一个朋友邀请他作为亚拉巴马州代表参加在费城举办的全国学生联会年会。机票要花一百五十美元。学生会拨给他二十五美元补助，《塔斯卡卢萨日报》愿意给他七十五美元，让他就自己的经历写一篇报道。最后五十美元来自一家温蒂汉堡的收款机，康诺顿每周会在那里吃几顿饭——那家店的经理听说这个大学生正在凑路费前往一个全国大会，而那个会议的目的是在水门事件和越南战争发生几年后消除校园中的冷漠、重建人们对政治的信心，他不禁大为感动。

费城这场会议的第一个发言者是一个极端保守的共和党众议员，他来自伊利诺伊州，名叫丹·克兰。在美国人民选出的代表中，有千千万万人在华盛顿完成了任期却没能留下痕迹，他就是其中一个。第二个发言者就是乔·拜登。他如此开场："如果说克兰代表刚刚给了你们自由主义者的观点，那么接下来就是保守主义者的观点：你们都被捕了。"这句话引发了哄堂大笑。康诺顿对接下来的演讲内容毫

---

❶ 凯斯琳·肯尼迪·汤森德是罗伯特·F. 肯尼迪的女儿，1995 到 2003 年曾任马里兰州副州长。罗伯特·F. 肯尼迪即美国第 35 任总统约翰·菲茨杰拉德·肯尼迪的弟弟，曾任美国第 64 任司法部长，后来任参议员时死于暗杀。埃塞尔·肯尼迪为罗伯特·F. 肯尼迪的夫人，凯斯琳的母亲，美国人权活动家。

❷ 罗森克兰茨是《哈姆雷特》中的次要角色，主角哈姆雷特的友人之一。

无记忆，却对这位演讲者印象深刻。拜登年轻风趣，他知道该如何对大学生讲话。康诺顿永远无法忘记那一刻。

回到塔斯卡卢萨，康诺顿建立了亚拉巴马政治联盟。在秋季的第一场活动里，他邀请了拜登和来自犹他州的共和党参议员杰克·加恩，请两人就第二轮战略武器限制谈判❶展开辩论。两位参议员都接受了邀请（1979年尚无规定禁止他们接受大学提供的五百美元酬金，只有一项限制：参议员的额外收入不得超过其五万七千五百美元工资的百分之十五，这项规定从当年1月1日开始生效），但是加恩退出了。原本计划的辩论最后只能变成一场演讲。

康诺顿跳进了他的雪佛兰，随行的还有从杨百翰大学过来的一个朋友，他跟加恩一样都是摩门教徒。他们驱车十四个小时赶往首都，试图说服加恩参议员改变决定。康诺顿从来没去过华盛顿，环城快道上并未明确标出通往城市的出口——与其说是通道，不如说它更像是一条护城河——国会大厦穹顶一直在远方时隐时现。最后，他们终于摸到了通往国会山的小路。那里是贫穷的、黑人的华盛顿，枯萎的华盛顿，属于八成民众的华盛顿。后来，康诺顿在这座城市居住和工作的二十年里，几乎再也没见过华盛顿的这一面。

早上，他们在拉塞尔参议院大楼找到加恩的办公室，它位于其中一条高挑幽深的走廊中一扇令人生畏的高大桃花心木门后面。因为康诺顿带了一位犹他州的摩门教徒，他获得一次事先未安排的会面机会，在等待室里见到了参议员本人。但他没能改变加恩的决定——在辩论当天，加恩已有另外一项安排。于是，康诺顿和摩门朋友离开了办公室，在拉塞尔大楼里逛起来——看到那白色的佛蒙特大理石、康科德花岗岩、黑色的桃花心木，感受到两党当时仍完好无损、壁垒森严、制度性的体面，这两个年轻的外地人感到自己十分渺小。

---

❶　指美国与苏联之间关于减少双方毁灭性核武器的谈判，其中第二轮谈判始于1977年。

不过，那份体面很快会出现裂缝，随后将一触即溃。他们想要找一名共和党参议员当替补，但走廊几乎空无一人，有一种不太民主的安静，康诺顿也根本不知道随便一个参议员长什么样。他也许瞥见了霍华德·贝克、雅各布·贾维茨、查克·珀西或巴里·戈德华特。❶民主党人里，休伯特·汉弗莱刚刚去世，但埃德蒙·马斯基仍在，弗兰克·丘奇、伯奇·贝、盖洛德·尼尔森和乔治·麦戈文也在。❷他们很快将被扫地出门。

突然传来一声蜂鸣，走廊里不知从哪儿冒出来一群头发灰白、气宇轩昂的高大男人。康诺顿和他的朋友跟着他们走进电梯（那个戴着苏格兰圆扁帽的小个子日本男人不是早川一会❸吗？），下到地下室，搭上在拉塞尔和国会大厦之间往返耗时三十秒的电动车。泰德·肯尼迪❹就在大步流星地迈向下一趟车的参议员中，他被认出后露出微笑，康诺顿的朋友走上前去跟他握手。至于康诺顿，他太过敬畏，以至于动弹不得。（公众还不知道，当时肯尼迪正准备在 1980 年的民主党总统初选中挑战现任总统卡特：正是拜登在 1978 年初头一个警告了卡特，肯尼迪正打算挑战他。）

康诺顿回到塔斯卡卢萨，没能带来一名能辩论第二轮战略武器限制谈判的共和党人。这无所谓。9 月，拜登身穿定制西装、打着红色领带出现在校园里，他风度翩翩，微笑时露出一口闪闪发亮的白牙；

---

❶ 霍华德·贝克、雅各布·贾维茨、查克·珀西（即查尔斯·珀西）、巴里·戈德华特，均为当时极具话语权的共和党参议员。其中，戈德华特曾参与 1964 年总统大选，虽遭遇惨败，但他仍被视为 60 年代保守主义代表人物，为新右派留下政治遗产。

❷ 休伯特·汉弗莱，曾于 1965 至 1969 年间担任美国副总统，1968 年作为民主党总统候选人败给尼克松。埃德蒙·马斯基，1959 至 1980 年间代表缅因州任参议员，卡特总统上任后于 1980 至 1981 年间担任美国第 58 任国务卿。弗兰克·丘奇，伯奇·贝，盖洛德·尼尔森和乔治·麦戈文均为当时的民主党参议员。

❸ 早川一会，加拿大出生的日裔美国学者，共和党人，1977 至 1983 年间代表加利福尼亚州任参议员。

❹ 泰德·肯尼迪于 1962 至 2009 年间代表马萨诸塞州任参议员，是约翰·F. 肯尼迪总统的弟弟。

在 Phi Mu 姐妹会 ❶（康诺顿的女朋友也是其中一员）的晚宴上，他迷倒了满屋子可爱的女学生。那天晚上，杰夫作为拜登的助手坐在他身旁，此刻的他开始认真考虑自己的政治生涯。两百名学生来听拜登的演讲，学生中心被挤得满满当当。康诺顿介绍了拜登，然后在前排坐下。拜登走上讲台。

"我知道你们今天晚上到这儿来，是因为你们听说我是一个伟大的人。"拜登说，"没错，我是广为人知的所谓'当总统的料'。"人群紧张地笑起来，为他的幽默感倾倒。"为什么这么说呢，今晚早些时候，我跟一群学生讲话时，他们竖起了一个巨大的牌子，写着'欢迎拜登参议员'，当我走到那个牌子下面的时候，我听到有人说，'这位肯定就是被召唤的参议员吧 ❷。'"笑声更响亮了。现在，拜登吸引住了听众，他转向自己的话题，花了九十分钟清楚地解释削减美国和苏联核武器的重要性，反驳参议院中对第二轮战略武器限制谈判的反对声音，全程没看一眼笔记。前一天，由于在古巴发现了苏联部队，谈判遭受了打击。"大伙儿听着，我要告诉你们一个小秘密。"拜登轻声说道。他拿着麦克风走向观众，用手势示意他们身体前倾听他讲话。"那些部队一直都在古巴！"他大声说道，"而且，每个人都知道！"演讲结束时，掌声经久不息。康诺顿站起身来，他想要走向拜登表示感谢，却无意间引发了全场观众跟着起立喝彩。

一个校园保安开车送拜登回伯明翰机场，康诺顿一同随行。因为演讲，拜登看起来很疲倦，但他深思熟虑地回答了保安的每一个入门级问题（"民主党人和共和党人的区别是什么？"），仿佛是大卫·布林克利 ❸ 在向他发问。当康诺顿问拜登为什么他每天都要搭火车从威

❶ Phi Mu 成立于 1852 年，是美国历史第二悠久的女生联谊会。

❷ 拜登的名字为 Biden，容易被认为 Bidden，后者有"被召唤""被吩咐"之意，常用于《圣经》中耶稣召唤和吩咐他人的场景，暗指拜登为天选之人。

❸ 大卫·布林克利，美国电视台 NBC 和 ABC 的著名新闻主播。

尔明顿去华盛顿，参议员冷静地讲述了 1972 年 12 月那场几乎害死他全家人的车祸。事故发生在他当选参议员之后一个月。"我的妻子和小女儿死了，"拜登说，"儿子们受了重伤。于是我留在医院陪伴他们。我当时完全不想做参议员了。但最后，我在儿子的病床边宣誓就职。我是一名参议员，但我每天都会回家陪伴儿子们。这么多年来，特拉华州已经习惯了我每天都会回家。所以我真的没法搬去华盛顿。"

就在那一刻，康诺顿迷上了乔·拜登。他身上有悲剧，有能量，有雄辩口才——如同肯尼迪家族一样。拜登会对遇到的每一个人施展魅力，直到建立起某种联系，才会继续前行——姐妹会的女生，演讲的听众（许多学生参加演讲是为了拿学分），校园保安，以及那个邀请他来塔斯卡卢萨的大三商科学生。这就是一个想当总统的人所需要的特质和动力。他们在机场下车后，康诺顿请拜登在活页本上签名，"致杰夫和亚拉巴马政治联盟：请继续参与政治。我们需要你们所有人。"他知道，他会追随这个人进入白宫。对于进入白宫之后该做什么，他并不清楚，也不重要。关键在于进入那个房间，登上美国社会的顶峰。

从亚拉巴马毕业之前，康诺顿又两次邀请拜登（与数十名其他民选代表一起）前来进行有偿演讲，拜登每一次演讲前都会说同样的笑话，到第三次时，他的演讲已经价值一千美元。康诺顿最后一次送拜登到伯明翰机场时，他告诉参议员："如果有朝一日您竞选总统，我会在您身边。"

他没有立刻前往华盛顿。他先是拿着拜登本人的推荐信去了芝加哥大学商学院。那是 1981 年，《时代》周刊发布了名为《追逐金钱》的封面故事，讲的是工商管理学硕士（MBA）风潮，封面图是一名毕业生,学位帽的流苏由美元制成。康诺顿从来都没有过多少钱,华尔街的吸引力与白宫不相上下。MBA 的全部意义就是华尔街。就像去了华盛顿却进了内政部一样，如果拿到一个精英商科学位只是为宝洁公司或 IBM 工作，那就毫无意义了。在他的同学看来，如果谁找到的工作是在一个实业公司，那就等于落后于其他人。第二年快结束时，康诺顿飞到迈阿密去接受莱德卡车公司的面试，整个过程中他都在想，如果不是在迈阿密，如果不是为了在沙滩上待一天，他根本不知道自己为什么要费心申请这家公司。在前两个学年之间，他已经在休斯敦的康诺可石油公司做了一份暑期工作，他们想让他回去开展一番事业，但他一想到初入职时年薪只有三万两千美元，还要每六个月在路易斯安那州的莱克查尔斯和俄克拉何马州的庞卡城之间侧向移动一次，就觉得这跟在卡车公司工作一样悲惨。康诺顿来自飞越之地 ❶——他并不想在那儿工作。如果他没能在所罗门兄弟或高盛这样的投行或是麦肯锡这样的管理咨询公司找到一份工作，他就会觉得自己失败了。

康诺顿没有忘记乔·拜登。在学校图书馆学习到午夜时，他会把金融书籍推到一旁，翻出《时代》周刊 60 年代的旧杂志，再次阅读暗杀的经过、杰克的总统任期和博比的崛起 ❷。他仍然希望自己能出现在那些黑白照片里。就连申请华尔街工作的时候，他也一直密切关注着拜登的事业，还给他写了几封信来请求一份工作——不是给他的参议员办公室，或是给那个他稍微有些熟识的幕僚（他也许真的会回信），而是给拜登本人："亲爱的拜登参议员，我即将从芝加哥大学毕业……"他不知道，拜登的办公室只会回复特拉华州的信件，而他的信直接进了废纸篓。

康诺顿在美邦公司的公共财政部门找到一份工作，起薪为每年

❶ 指美国内陆地区，尤其指连接东西海岸人口稠密城市的航线会在空中经过的地区，隐含有发展较慢、生活无趣之意。

❷ 杰克指约翰·菲茨杰拉德·肯尼迪，博比指罗伯特·F. 肯尼迪。

四万八千美元；他在 1983 年夏天搬到了纽约。这正是在华尔街起步的好时机，如果康诺顿像他在芝加哥大学的同学一样留下来，他也许已经攒下了一小笔钱。公共财政指的是州政府或地方政府的免税债券，这里赚钱不多，但很适合康诺顿；他在商学院申请文书里写过，他想要了解商业和政府之间的交叉点，并希望自己的事业能让他在两者之间往来。美邦当时承销了佛罗里达州的供水和排水系统债券，那里的城镇人口每隔几年就会翻番，需要筹措五千万到一亿美元用于基建项目。

合同成交后，公司会在曼哈顿的吕特斯餐厅举办耗费三万美元的奢华晚宴，提供豪华轿车，并向顾客保证不需要他们的州政府出一分钱：他们可以把在免税市场上筹到的资金拿来投资，利息比他们花在公共债券上的钱还要高百分之三，如此一来，他们就能把承销费用（包括晚宴花销在内）全部赚回来。康诺顿会告诉官员们："我能给你们搞到音乐剧《猫》的前排座位，只要说一声就好，不需要你们的纳税人付一毛钱。"他们会犹豫，但几乎每一次，康诺顿都会在第二天收到一条电话留言："我们改变主意了——我们想去看《猫》。"有一回，另一个银行家来到田纳西州杰克森县，对该县委员会解释说，银行收取的费用越高，县政府最后省下的钱就越多。房间后排有人拉长了声音说："胡——说八道……"作为一个南方人，康诺顿相信，每当纽约的投资银行家来到南方说什么"我们能为你们省钱"，房间里就一定会有人回应"胡——说八道"。

康诺顿在上东区跟人合住一间公寓（公司出钱租的）。他每天早上 9 点半走进美邦在中城的总部，工作一整天，跟同事一起吃晚饭，然后回到办公室，加班直至深夜。跟身边那些在电脑上计算债券走势的极客相比，他并没有那么聪明，但作为一个南方人，他更风趣，还能跟曼哈顿的亚拉巴马女人打得火热。他从来没碰过毒品，一次也没有。（多年之后，当他受雇去白宫为克林顿政府工作时，将会在安全调查中被问到是否使用过毒品，康诺顿答道："我等了一辈子，就为了回答这个问题。"）但他喝了不少波本，还有一次在"54 工作室"酒吧跳了一整晚舞。从 11 月起，他的同事之间唯一的话题就只剩下年末奖金能发多少钱。

一年后，他转任去了芝加哥。他讨厌寒冷，想念南方，因此在 1985 年初放弃两万美元的奖金，跳槽去 E. F. 赫顿公司在亚特兰大的办公室。几个月后，在一场规模浩大的空头支票诈骗丑闻中，公司承认曾实行两千多桩电报和信件诈骗。整个 80 年代，E. F. 赫顿一直在开出它无法负担的支票总额，并把钱在账户间挪来挪去，把资金当作无息贷款短期挪用，在流动中赚取了数百万美元。在华盛顿，归属参议院司法委员会的乔·拜登负责此案。他开始在电视上谈论华尔街如瘟疫般流行的白领犯罪，以及里根政府的司法部在监管这些罪行上如何失败。在纽约大学的一次演讲中，他说："人们相信，我们的司法系统及其管理者已经失效了，他们甚至可能从来没有尝试过如何有效地处理上层社会那些不合伦理、涉嫌违法的不端行为。"里根正处于低迷的第二任期，他的政府腐败泛滥，拜登则决定要去追逐大奖。

E. F. 赫顿公司认罪后流失了客户，公司开始被掏空，但康诺顿幸存了下来。随着他对这门生意愈发娴熟，他会独自飞到佛罗里达会见各市财务官。他甚至想出一个有销路的主意：各县市都有巨额养老金负债，为什么不拿去套利呢？发行一亿美元的免税养老金债券，利率百分之四，然后把这笔钱拿去投资，几年内就能获利百分之六到七。这是在欺骗美国纳税人。但一家债券公司给出了有利的意见（如果你能让一家法律事务所来告诉你这么做是合法的，那么这就是合法的——随着这些行为带来的利润呈指数级增长，律师们也变得愈发有创造力），他的老板——曾经也是一名债券律师——也对此十分满意。80 年代，康诺顿搞懂了投资银行。玩弄税法只不过是一种钻空子的把戏罢了。

　　他二十七岁，当上了助理副总裁，年薪超过十万美元，然而每天晚上回到家里，他总会怀疑这并不是自己毕生想做的事。1986 年底，拜登将要竞选总统已经显而易见。康诺顿永远无法忘记他。他拜托 E. F. 赫顿的一名跟竞选活动有关系的说客帮他牵线。这次奏效了。

　　"拜登对我来说像是一个邪教崇拜对象。"很久之后，康诺顿说，"他是我要追随的人，因为他就是我的马。我会骑着这匹马进入白宫。那将是我人生中的下一站。我已经通关了华尔街，接下来我要通关白宫。"

1984

1月24日，苹果电脑公司将推出麦金塔。你将会看到，为什么1984年将不再是1984年[1]……《银行证券部门将能承销债券》[2]……美国的早晨又来了，在里根总统的领导下，我们的国家更自豪、更强大、更美好了。谁会想要回到短短四年之前的时光？[3]……我有一份工作，我有一个女孩／我在这个世界有一些困惑／我在伐木场被解雇了／我们的爱变了质，时光变得艰难[4]……《坦帕的努力带来了收获》"但是长期来看，这些东西无法带来超级碗带来的东西。对我们来说，这是一个真正的机会，向人们展示坦帕是一个多么伟大的地方，人们可以来到这里而不必担心被占便宜。"[5]……《美国小姐因拍摄裸照被勒令放弃冠军头衔》[6]……你会根据表现而被评判。为什么要开一辆质量检测标准不够高的车呢？[7]……在新英格兰银行，副行长戴维·赫尔西为一位即将从加州搬到波士顿的客户的女儿寻找公寓。当然，只有最好的客户才能享受到协助寻找公寓的服务[8]……琳达·格雷的秘密恋情:就像剧集《达拉斯》里的角色一样——她爱上了一个年轻男人[9]……在我们就职前的四年中，一个又一个国家受制于苏联。然而，自1981年1月20日以来，共产主义者没能再占领一寸土地[10]……美国！美国！美国！[11]……《传呼机正将各地的工作狂联结起来》这些设备现在被当成救生绳，而不再是古怪的高科技产品[12]……房利美主席戴维·O. 麦克斯韦表示:住房金融行业需要一种全国性的抵押贷款交易所，允许进行抵押贷款证券和抵押贷款担保证券的交易，"就像纽约证券交易所对公司股票交易所做的一样"。[13]……《美国一份新报告为可能导致艾滋病的病毒命名》[14]……在每个人的人生里，都会有建设性的东西诞生于逆境。有时候情况似乎太过糟糕，以至于你必须紧紧抓住自己命运的肩膀摇晃它。我相信，正是在仓库里的那个早晨，推动我成为克莱斯勒的总裁[15]……《里根以绝对优势连任》这场胜利显示总统获得了广泛的支持[16]……我感觉我像是坐上了下行列车。[17]

注释

1. 苹果公司麦金塔计算机（Macintosh）1984 年的电视广告。该广告借用反乌托邦小说《1984》的创意，在万众瞩目的超级碗比赛休息时间中播出，成为当年的现象级广告。麦金塔计算机是苹果公司推出的第二款个人电脑，亦是首款将图形用户界面（GUI）商品化的划时代产品，成为今日苹果 Mac 系列产品的始祖。

2. 《华盛顿邮报》1984 年 3 月 9 日新闻。此处应指 1984 年《加强二级抵押贷款市场法案》（Secondary Mortgage Market Enhancement Act）的通过，该法案允许包括银行在内的联邦注册金融机构对抵押贷款相关的证券产品进行投资，被视为 2008 年次贷危机的导火索之一。

3. 罗纳德·里根 1984 年总统大选竞选广告"更自豪，更强大，更美好"（Prouder, Stronger, Better）。该广告以"美国的早晨又来了"为开场白，暗示里根在 1980 年当选总统后经济复苏的功绩，成为美国人熟知的经典竞选广告语。

4. 歌曲《下行列车》（"Downbound Train"），收录于美国歌手布鲁斯·斯普林斯汀的专辑《生于美国》（*Born in USA*, 1984）。

5. 《纽约时报》1984 年 1 月 17 日新闻。超级碗是美国国家橄榄球联盟的年度冠军赛，比赛期间伴有大型演出，历来是美国收视率最高的电视节目，该报道讲述了坦帕政府和市民为承办 1984 年超级碗比赛所做的一系列努力。

6. 《洛杉矶时报》1984 年 7 月 21 日新闻。因早期裸照被售卖并刊登在《阁楼》杂志，美国小姐冠军凡妮莎·威廉姆斯在 1984 年宣布放弃前一年获得的冠军头衔，成为当年最轰动的新闻之一。

7. 宝马汽车 1984 年杂志广告。

8. 《波士顿环球报》1984 年 7 月 10 日新闻。

9. 《国家询问者报》1984 年 3 月 20 日封面报道。琳达·格雷是当时活跃的美国演员，因出演电视剧《达拉斯》而成名。

10. 里根在 1984 年 8 月 23 日共和党全国大会上获得总统候选人提名后的演讲。

11. 同注释 10。

12. 《华盛顿邮报》1984 年 10 月 22 日新闻，讲述传呼机在美国职场的流行现象。

13. 《华盛顿邮报》1984 年 9 月 25 日新闻。房利美（Fannie Mae）于 1938 年由美国政府组建，起初是一家为地方银行提供长期低息抵押贷款的国营机构，是罗斯福新政时期为恢复住房金融市场流动性而设置的公共项目，1968 年私有化，开展住房贷款证券化的业务，与房地美（Freddie Mac）一度几乎垄断美国次级抵押贷款市场，在 2008 年次贷危机遭遇重创，后重新被政府接管。

14. 《纽约时报》1984 年 4 月 24 日新闻。1981 年，美国通报全球首例艾滋病案例，引起公众长期恐慌，1984 年才正式确认导致艾滋病的病毒。

15. 传记《艾科卡：一部自传》（*Iacocca: An Autobiography*, 1984），李·艾科卡、威廉·诺瓦克著。李·艾科卡曾先后任福特汽车公司和克莱斯勒汽车公司总裁，在 1979 年入主克莱斯勒后成功拯救该公司，振兴美国汽车制造业，保障了数十万美国人的工作，被尊称为"美国产业界英雄"。

16. 《华盛顿邮报》1984 年 11 月 7 日新闻。

17. 同注释 4。

塔米·托马斯

塔米·托马斯在俄亥俄州扬斯敦的城东长大。这一区域开始衰败时，她搬去了城南；城南也开始衰败后，她又搬去了城北。多年以后，在某些情绪驱使下，她会驾驶她那辆 2002 年的银灰色庞蒂亚克太阳火开上高速公路——60 年代晚期，高速公路让这座城市支离破碎——回到她曾经居住过的街区附近。

在塔米长大的六七十年代，城东仍然是一个混合居住区域。她在夏洛特街的房子隔壁是一家意大利人，街对面住着匈牙利人，蓝色的房子里住着波多黎各人，也有一些黑人房主。夏洛特街和布鲁斯街交叉处的街角空地曾经是她的小学。布鲁斯街南面，有一座教堂后来被风暴摧毁并被拆除。几个街口之外的希亥街上，如今竖着三个木质十字架，人行道上喷涂着"血帮" ❶ 和"从费城到扬斯敦的黑人帮"几个大字；这里过去是一家社区商店，隔壁就是塔米的母亲住过的房子，后来那栋房子被燃烧弹烧毁。洼地将草地分割成两半，那里曾经是一条排列着桃树和苹果树的小巷。那时候，家家户户都

---

❶ 血帮（Bloods），主要由黑人组成的街头帮派，成立于洛杉矶，与瘸子帮（Crips）长期敌对。成员多身着鲜红色衣物。

在院子里种植鲜花和蔬菜——塔米在夏洛特街的家四周环绕着木槿、连翘、郁金香和风信子。小时候，她常常坐在前廊上望着街道，眺望烟囱顶部；如果风向合适，她能闻到硫黄的味道。城东的男人都有很好的工作，大多数都在工厂里。家家户户都用心打理自家房屋，并为自己拥有一栋带着三角屋顶、前廊和院子的三层房屋而自豪。与美国东北部的工薪阶层住宅相比，这里的所有房屋都十分宽敞（塔米第一次在费城看到联排屋时，心想："他们的院子在哪里？他们的车道在哪里？"）。那时，民众维持着秩序，没有太多欺盗行为。

塔米有一个朋友名叫西比尔·韦斯特，塔米叫她西比尔女士，因为她的年龄跟塔米的母亲一样大。西比尔女士曾在一本小小的螺线备忘录中写下她五六十年代的城东成长记忆：

> 台球厅；
> 播放青少年音乐的糖果店；
> 伊萨利乳品店；
> 第一家商场；
> 电车；
> 带游泳池的林肯公园；
> 带着逗小孩的猴子的磨刀人；
> 在社区卡车上贩卖水果和蔬菜的农民；
> 当时的城市是如此安全，人们夜不闭户。人们睦邻友好，在学校里和社区中，人们经常互相走动。

当塔米开车穿过开裂的沥青路面时，她仍然会对这里的荒凉与死寂感到震惊，毕竟，这里一度生机勃勃。她似乎依然期待看到那些一直住在这里的家庭，然而城东已经消失不见。他们都去哪儿了？那些曾构成社区的事物——商店、学校、教堂、游乐场和果树——

都已不复存在，一半的房子和三分之二的居民也已不见踪影；如果不了解此地的历史，你根本不会知道这里缺少了什么。城东从来都不是扬斯敦最好的区域，但它有最多的黑人房主；对塔米来说，它一直是绿地最多、人口最不密集、最美丽的区域——你可以在林肯公园旁边摘桃子吃——如今，它的一部分已几乎回归自然，野鹿在野草丛生的土地上漫步，人们会把垃圾丢在那里。

看到麦古菲广场遭到废弃，她满心怒火——那是一个模范购物中心，是卡法罗家族 **❶** 在 50 年代修建的，里面有一家保龄球馆，一家 A&P 连锁超市和其他商店，前面还有一个巨大的停车场——然而现在，它只是一片混凝土沙漠，仅剩一家黑人理发店还在营业。让她感到沮丧的是，所有人都忘记了城东。没有人伤心，没有人感怀。她感到沮丧，是因为她还没有放弃，也不会陷入扬斯敦沉积的逆来顺受中去。因为她在这座城市度过了一生，她的过去仍然历历在目，而她还能做一些事。

她看到夏洛特街上的家，不禁心生懊恼：三角屋顶已歪到右边，砖砌烟囱倒向后方，这就是她曾经住了二十年的地方。自从 2000 年中旬以来，这所房子已经空置，护墙板上的黄色油漆褪色剥落。她本可以很容易地推开老旧的前门，或是从一扇没有玻璃的窗户里爬进去，走到二楼前方的卧室，那是她小时候的房间；然而她只是坐在空转的庞蒂亚克里，透过挡风玻璃盯着它。"噢，我的上帝。"她喃喃低语。她担心如果自己进去，会变得有点情绪化。她知道电线和地板都已剥落，而她的奶奶曾经为了这栋房子如此辛苦地工作。

"奶奶"是塔米的曾外祖母，是她母亲的父亲的母亲。是奶奶把塔米从小养大。关于奶奶的事情，有许多塔米都不确定。她有两个出生日期，一个是 1904 年（根据社会保障卡），另一个是 1900 年（据

---

❶　卡法罗（Cafaro）家族控制美国多地的商业地产开发，拥有多家连锁商场。

她自己所说）。奶奶的母亲，"大妈妈"，可能出生在北卡罗来纳州罗利附近，被她的家人卖给了弗吉尼亚州里士满的一个白人男性，奶奶就出生在那里（她的出生地也可能在北卡罗来纳州的温斯顿－塞勒姆）；奶奶很可能是一个黑白混血儿——她肤色很浅，有一头长直发。奶奶的名字是弗吉尼娅·米勒，但她的儿子姓托马斯，因为那时大妈妈已经嫁给了奶奶的继父亨利·托马斯，是托马斯爸爸和大妈妈把这个男孩抚养长大的。

塔米尝试过在辛辛那提的自由中心研究家族史，但其中许多部分都已无法追溯。奶奶没有出现在1920年的人口普查中；1930年，她被列为托马斯家的"侄女"，年龄十七岁，有一个五岁的儿子——所以人口普查的年龄是错的，她在家族里的位置也是错的。塔米查得越久远，就遇到越多谜团。1930年的人口普查中还有其他名字，外公的兄弟姐妹也被列为大妈妈的孩子，但事实并非如此，不过这在黑人家庭中是正常的。"你照看孩子们，"塔米后来说，"孩子们会跟表兄弟姐妹和亲兄弟姐妹一起长大。但这造成了很多混乱，因为你真的不知道谁是谁的孩子，他们也不谈论这种事。"奶奶也从未谈过这些事情，而现在她已不在人世。

不过，塔米几乎可以确定的一件事是，奶奶不得不在八年级时从温斯顿－塞勒姆附近的学校辍学，开始在烟草田里干活。二十多岁时，她离开了南方，前往俄亥俄州，在那里找到一份清洁工的计日工作，后来又在《扬斯敦维护者报》的电弧雕刻部门工作。大萧条时期，托马斯家族的其他人——托马斯爸爸，大妈妈，外公的兄弟姐妹，以及外公——都跟随她北上，穿过扬斯敦东南边缘的马洪宁河，来到斯特拉瑟斯定居，那里有一家炼焦厂，烟囱里会喷出蓝色的火焰。塔米的一些亲戚在钢铁厂找到了工作，这家人在斯特拉瑟斯买下了几栋房子。托马斯爸爸把他的耕作技能带到了北方，在院子里耕种栽培。他们有几棵梅子树、一棵苹果树、一棵桃树、一棵栗树和五棵樱桃树。邻居里有两个女人会做果冻，她们用果冻与塔米的曾伯祖母交换梅酒。塔米小时候会跟着奶奶，在周末造访他们在斯特拉瑟斯的家人。"对我而言，那就是乡村生活。"她说，"随着年龄增长，我意识到，我们北方家人的日子过得挺像样。"

塔米的家人们并没有过上太久的好日子。外公从第二次世界大战中归来时已经海洛因成瘾。他的妻子变成了一个酒鬼。1966 年，他们的女儿薇姬，一个漂亮苗条的十七岁女孩，生下一个女儿，并给她起名叫塔米。塔米的父亲是个在街头混得开的十五岁男孩，他在政府廉租房里长大，名叫加里·夏普，绰号剃刀。他和薇姬并不需要彼此。她从高中辍学，分娩后不久就开始吸毒。薇姬和塔米搬去跟奶奶住在一起时，后者已经快七十岁了，做着女佣的工作，打扫卫生、做饭，为住在城北的一个富裕寡妇提供陪伴，每周赚五十美元。照顾宝宝的工作也落到了奶奶身上。

680 号州际高速公路穿过奶奶的旧公寓之后，他们搬去了莱恩大道——塔米、奶奶、薇姬、塔米的外公以及他的妻子和孩子，同时还有别的一些人搬进搬出。奶奶出门工作时，家里几乎人人都在吸毒。薇姬也会吸烟，有时会拿着点燃的烟睡着。塔米小时候会让自己保持清醒，直到母亲睡着，把香烟从母亲手里拿走。从三岁开始，她就在照顾母亲。

塔米喜欢在奶奶的床上睡觉，但有时候——不太经常——她会爬到母亲的床上。也许因为她小时候跟母亲一起睡的次数太少了，直到成年之后，她还会这么做；特别是当她心情低落、需要安慰的时候，她总会爬到妈妈的床上，就连在医院里的时候也是如此，直到护士让她出去。

星期天，奶奶会带塔米跟斯特拉瑟斯的托马斯家亲戚一起去教堂做礼拜；星期六，他们去扬斯敦购物。他们戴上手套和帽子，塔米穿上她小小的蕾丝上衣和漆皮鞋，一起乘坐公共汽车抵达市中心的西联邦街，在奶奶的姐姐杰西工作的鞋店停下来，然后在伍尔沃斯吃午餐，在麦克罗里五元店购买家居用品，在休斯商店买肉，在施特劳斯百货看看衣服，但是不买，然后在西格比买条裙子。奶奶把钱存在家庭储蓄和贷款账户，但她没有支票账户，所以他们也会去市中心支付账单，分别造访电力公司、煤气公司、自来水公司和电话公司。

在自家厨房，塔米会仰着头看奶奶做饭；奶奶会从斯特拉瑟斯的托马斯家花园里摘一些新鲜羽衣甘蓝。塔米喜欢和年长的女性待在一起，为她们帮点小忙，听她们说话。她很早就意识到，她们有智慧能传给她。她想长大后成为一名护士，照顾他人。

奶奶白天在扬斯敦的许多白人家庭中工作，其中她为之工作最久的是珀内尔一家；到最后，她会在工作日的晚上睡在他们家里。有时塔米会和奶奶一起去工作，奶奶在抹布上抹上一些东西，塔米就用抹布把玻璃门把手擦干净，或者她会给放在奶奶熨衣板下篮子里的干净衣物喷点水，让它们湿润点。有一次，薇姬消失了几天，塔米和奶奶一起住在珀内尔家三楼奶奶的房间里。她看着珀内尔太太在后院里伸出手去喂松鼠，珀内尔太太那天给了她一个米老鼠电话，后来还送了她一套卧具。

塔米当时太小了，不知道珀内尔是扬斯敦最富有、最显赫的家族之一。安妮·陶德·珀内尔是大卫·陶德的直系后裔。陶德是布里尔山首个煤矿的创始人，该公司于1844年打造了马洪宁河谷的钢铁制造业；恰逢内战，陶德当选为俄亥俄州州长。安妮的丈夫弗兰克·珀内尔是美元储蓄银行的董事会主席，并于1930年至1950年担任扬斯敦板材和管材公司总裁；该公司是美国第五大钢铁制造商，也是马洪宁河谷最大的雇主。珀内尔一家住在城北克兰德尔公园附近的上层阶级社区，那是位于陶德巷280号的一座砖砌豪宅，有七间卧室、四间浴室、若干壁炉、一个图书馆、一个舞厅、一个温室和一个马车房。

他们是 20 世纪中叶扬斯敦的工业新教精英，当时这座城市正处于巅峰；他们是自内战以来一直控制着扬斯敦的精英阶级——即使对于一个本土思维浓重的内陆钢铁小镇来说，这种控制的程度也有些不同寻常——而当 1966 年，一个祖先来自北卡罗来纳州的黑人女孩出生在扬斯敦城东时，这些荣光已经开始褪色。不过，在珀内尔家的豪宅里，塔米还是目睹了一切。

从 20 世纪 20 年代一直到 1977 年，钢铁厂沿着马洪宁河从西北一直向东南延伸了二十五英里：从沃伦和尼尔斯周围的共和钢铁公司工厂，到麦克唐纳的美国钢铁厂，到扬斯敦板材和管材公司在布里尔山上的高炉，到位于扬斯敦正中心的美国钢铁公司俄亥俄分厂，再到坎贝尔和斯特拉瑟斯散布的板材和管材公司工厂，中间不曾间断。高炉每天运行二十四小时，热浪滚滚，金属叮当作响，蒸汽嘶嘶升起，二氧化硫的气味无处不在，白天的天空被木炭污染，夜晚则闪着地狱般的红色眩光；烟灰覆盖房屋，河水死气沉沉，小酒馆人满为患，人们向工人的守护神"供养者圣约瑟夫"祈祷，火车的车厢满载着铁矿石、石灰石和煤块，在通过密集的城市铁轨网络时隆隆作响——所有这一切都宣示着扬斯敦就是钢铁，一切都是钢铁，每个居民都仿佛是由熔化的铁水铸成的人形；没有钢铁，这里就没有生命。

这个城市的工业大亨家族——陶德、巴特勒、斯坦博、坎贝尔、维克——确保事情会一直如此。作为扬斯敦制造出的唯一精英，他们阻止其他行业控制这里，与他们争夺那庞大的移民劳动力。扬斯敦有两个交响乐团，其中一个完全由钢铁工人及其家人组成。这座城市繁华而内向，位于克利夫兰和匹兹堡中间的山谷里。在这里，每一个社区都彼此隔离——意大利人与斯洛伐克人和匈牙利人隔离，本地工人与外国移民隔离，劳工与经理隔离，黑人与其他所有人隔离。

在扬斯敦能保持独立、由本地控制的钢铁制造商中，扬斯敦板材和管材公司是最大的一家。它在坎贝尔工厂有四个高炉，在市中心以北的布里尔山工厂还有两个高炉。板材和管材公司体现了扬斯敦工业的残忍——贪婪的增长，严酷的条件，工厂中的种族和族裔隔离，对工会的顽固敌意，持续不断的冲突。1902 年，十五岁的弗兰克·珀内尔就开始在板材和管材公司位于市里的办公室里做佣工，当时公司刚成立两年。1911 年，他与安妮·陶德结婚，大大提高了他在扬斯敦的社会地位。20 年代初，他们在陶德巷建造了一座豪宅。他在板材和管材公司的系统中一路升迁，在 1930 年当上了总裁。在官方肖像画中，他穿着那个时代的上浆领，西装背心上挂着表链；他长着鹰钩鼻、双下巴，顶着一头杂乱的银发，露出泰然自若的浅笑，那种笑容属于不可撼动的资产阶级。

到了 30 年代，旧秩序开始让路。1936 年，脾气火爆的矿业工会和工业组织委员会主席约翰·L. 刘易斯在匹兹堡一栋摩天大楼里宣布，钢铁工人组织委员会成立；钢铁大亨们的办公室恰巧也在同一栋大楼里。刘易斯指派他的副手菲利普·默里当了委员会主席，那是一个脾气温和的苏格兰人。刘易斯和默里的目标是实现人们从未成功过的事：最终将这个巨大产业的工人带入工会。很快，组织者开车进入扬斯敦等钢铁城市，并在少数族裔俱乐部、教堂和会议大厅里与工人们交谈。不过，这些新工业组织者的想法与本土意识恰恰相反：他们宣扬的阶级意识超越了族裔、宗教、种族和性别——不是以推翻资本主义的名义，而是为了把工人带入中产阶级，让他们成为一个平等民主政体中的合格成员。刘易斯的战术是激进的，但他的目标完全符合美国体系。

1937 年春，马洪宁河谷的两万五千名工人加入了全国钢铁总罢工。他们被禁止使用无线电，于是将扬声器安装在卡车上，挨个社区地宣传下一次会议或纠察队的消息。他们还囤积了棒球棒。罢工者中几乎没有一个黑人。过去，黑人工人被人从南方带来，用以破

坏罢工；几十年来，他们一直被派去做工厂里最肮脏、最枯燥的工作，
例如嵌接工——用喷灯把钢铁中的损毁处磨平。他们与白人同事有
着深植于心的相互警惕，就连钢铁工人组织委员会的理想主义言论
都无法克服。

这次罢工被称为"小钢铁厂罢工"。组织者没有以庞大的美国钢
铁公司为目标——之前一个月，密歇根州弗林特市通用汽车工厂的汽
车工人举行了一次成功的静坐罢工；目睹了这次实际教训之后，美国
钢铁公司已经向工会的经济实力屈服，在那年3月认可了工会。相反，
钢铁工人组织委员会的目标是一批规模较小的公司，包括总部位于
芝加哥的共和钢铁厂，以及板材和管材公司。美国钢铁公司是一家
全国公司，对其在现代工业社会中的位置有更长远的认知；与之相反，
小钢铁公司目光狭隘，对工会只怀有纯粹的仇恨。他们通过组建"忠
诚员工"小组来维持工厂运转，还建立了全副武装的私人部队，这
些部队通过工厂大门内建造的简易跑道得到空中补给。

暴力不可避免。它首先发生在芝加哥南部：在阵亡将士纪念
日，警方向一群工会同情者后方开火，造成十名男子死亡，数名妇
女和儿童受伤。接下来的一个月，轮到了扬斯敦：6月19日，两名
罢工者在共和钢铁厂的大门外被杀害。罗斯福总统的劳工部长弗朗
西丝·珀金斯呼吁进行仲裁，工厂主却要求州政府派军队保护工厂。
俄亥俄州州长派出了国民警卫队，罢工被镇压，工人们重返工作岗位。
1937年的小钢铁厂罢工中，总共有十七人丧生。公众开始抵触工会
这种新的战斗性，短期来看，公司赢了。

然而1937年的失败带来了1942年的胜利：那一年，国家劳工关
系委员会裁定，共和钢铁厂与板材和管材公司使用非法策略粉碎罢
工。这些公司被迫承认钢铁工人组织委员会的地位，并开启集体谈判。
第二次世界大战开始时，扬斯敦成了一个稳固的工会城市，这带来
了工人们一直渴望的经济保障——随着时间的流逝，甚至连黑人工

人也不再例外。工厂闷热而肮脏，会压垮你的身体和精神，但它的工资和养老金开始代表美国经济生活的黄金时代。

战争结束后，弗兰克·珀内尔继续经营扬斯敦板材和管材公司，他学会了劳资关系的新体制语言，而旧的阶级冲突仍然存在。1950年，他卸任总裁并成为董事会主席；1953年，他死于脑出血。他的遗孀安妮继续在陶德巷 280 号的豪宅中度过了将近二十年的岁月——当时，大多数其他精英家庭都卖掉他们的工厂，离开扬斯敦，去更具国际化、空气更清新的地方。钢铁公司继续阻拦其他可能与之争夺扬斯敦劳动力的行业。50 年代，当亨利·福特二世探索在城北的铁路废料场上开设汽车厂的可能性时，当地的工业大亨和非在地公司设立了足够的障碍来扼杀这个想法。1950 年，爱德华·德巴托罗在博德曼创立了美国最早的单排商业区之一，购物广场的增长开始削弱城市的商业中心。白人工人搬到郊区从事较轻的工业，钢铁厂的好工作第一次向留守的黑人工人开放。随着运输成本上升，美国钢铁制造业的地理核心转移到克利夫兰、加里、巴尔的摩和芝加哥等深水港口，扬斯敦的钢铁行业停滞不前，外部竞争开始迎头赶上。

最后，到了 1969 年，扬斯敦板材和管材公司——当时已是美国第八大钢铁制造商，也是该市最后一家当地控股的钢铁公司——被出售给新奥尔良的造船企业集团莱克斯公司。该公司计划从这笔新收购中抽取资金，利用板材和管材公司的现金流来偿还债务并扩大其他业务，最终削减股息，并从名称中删掉"扬斯敦"。于是，到了70 年代初，虽然还没有人意识到，这座城市已经开始衰败。

珀内尔夫妇没有孩子；寡居的安妮独自生活，只有她的妹妹莱娜和一个名叫弗吉尼娅的老年黑人女佣陪伴左右。妹妹去世后，珀内尔夫人在去马车房照看炉子的时候摔伤了髋关节，女佣开始从周一到周五都留下来过夜，陪在珀内尔夫人身旁。安妮·陶德·珀内尔于 1971 年去世。在遗产处置尚不确定的几个月里，女佣和她的孙女以及五岁的曾孙女一起住在这里，看管宅邸。

　　塔米不记得他们在珀内尔豪宅住了多久，但当时感觉就像永远。他们搬到那里时，郁金香和玫瑰都在盛开，塔米在那里开始上幼儿园，他们也在那里庆祝了圣诞节。他们抵达时，一些家具被搬出房子，所有华丽的地毯都从大门廊里消失了。不久之后，客厅的家具不见了踪影；圣诞节时，餐厅的桌子也不见了；然后，有人扯掉餐厅里挂着的枝形吊灯，留下外露的电线，这让奶奶愤怒不已。在房子售出之前，它已经被一片一片地拆除。珀内尔夫人的司机拿到了她的车，园丁和家务人员——包括奶奶——每人收到了五千美元。塔米的母亲留下了珀内尔太太的银框镜子和银梳子。圣诞节时，塔米得到一辆自行车，她在空荡荡的起居室里学会了骑车。

　　这座房子比她能想象到的任何地方都更宽敞、更漂亮。有很多地方可以躲藏，花园里有她以前从未见过的鲜花，地下室有七个房间，其中一间放有前装式洗衣机，厨房里有镀镍柜台，餐厅里有一个用来呼叫用人的蜂鸣器。塔米本不应该在房子的那一部分玩耍，她有一回踩到蜂鸣器，那东西响了起来，吓了她一跳。她最喜欢的房间是莱娜小姐在二楼的旧卧室，它带有一个后门廊。卧室的墙壁被漆成绿色，就像房子的其他部分一样；只有莱娜小姐的长浴室除外，它有着金色的瓷砖和琥珀色的立式淋浴。当塔米的母亲住在那里时，她们三个共用浴室，但薇姬不喜欢这栋空荡荡的大房子——她相信里面会闹鬼。塔米在一个旧行李箱里发现了一条带有金属裙环和褶边的衬裙，她会穿上它，在三楼的舞厅中旋转，在她的想象中，过去的人们就是这样跳舞的。她像公主一样走下高高的楼梯，在圆形露台上表演，把灌木丛当作观众。奶奶让她待在房子附近，禁止她离开院子或爬上大树，但她还是这么做了。周末时，他们会走到克兰德尔公园喂天鹅。

这场冒险在 1972 年初结束；塔米六岁生日前后，有一家人买下了这座豪宅。奶奶被允许带走一些幸存的家具和餐具，包括珀内尔夫人手工定制的床和梳妆台，它们是白色的，带有金色装饰。奶奶带着塔米回到城东，用她得到的遗赠付了首付，在夏洛特大街 1319 号买下了一栋木结构房屋，总价一万美元。塔米后来几乎一直生活在那里，直到二十六岁。

她上了一系列以总统命名的学校——林肯、麦迪逊、格兰特、威尔逊；每一座学校最后都被落锤破碎机拆除了。在课堂照片中，她是一个身材瘦削、肤色较浅的女孩，留着小辫，目光柔软而充满期待，仿佛有什么好事即将发生。她喜欢去艾朵拉的老游乐园坐野猫过山车，但她最喜欢的地方是密尔溪公园，它位于城南和城西的交界处，有八百英亩的树林、池塘和花园。从公园的北端，可以看到钢铁厂和火车轨道，但你也可以翻过岩石，迷失在小径上，与自己和上帝交谈。奶奶有时带她去那儿，有时她也会在放学后被送去珍珠街布道所，和那儿的人一起去公园。珍珠街布道所距离她在城东的家很近，孩子们会在那里挖出橙肉，塞进花生酱，在果皮上戳一个洞，用一根纱线穿过，然后把橙子挂在密尔溪公园的树上喂鸟——虽然塔米从未见过有鸟从橙子里吃花生酱。如果她能选择住在这座城市的任何地方，那一定会是在公园附近。

薇姬第一次入狱时，塔米在上二年级。她被带到县监狱去看望母亲，并被告知母亲正在那里度假。一两年后，母亲被送去了教养所，要待更长时间。这一次，没有人告诉塔米她的母亲在哪里，她也没有问，但有一天，在校车上，一个来自同一街区的年长女孩嘲弄塔米，说她的母亲在监狱里。"不，她没有。"塔米说，"她正在度假。"但那女孩一直坚持这么说，直到她们打了起来，被双双赶下校车。那天，奶奶下班回家后告诉了塔米她妈妈在哪儿，塔米十分沮丧。不过，等到母亲从教养所回家的那一天，塔米高兴极了，过去那些事都已无关紧要。薇姬在监狱里胖了一点，她有漂亮的头发、漂亮的腿和动人的微笑，塔米认为母亲是她见过最美的黑人女性。

　　在塔米的童年时期，她的母亲因毒品、支票欺诈乃至情节严重的盗窃罪而多次出入监狱。当薇姬试图戒掉海洛因时，她会把塔米带到城南一栋名为"佛陀"的砖楼里，在那儿，她会用一个小杯子喝美沙酮；塔米也想尝一下，但母亲从来不允许她这么做。薇姬常常会吃光所有食物，所以塔米不得不学会用优惠券买东西，把食物分装起来，准备好一周里的每一顿饭。不止一次，薇姬将塔米独自留在某个地方，然后不再回来；当塔米看到母亲吸毒过量时，她会想，为什么妈妈不够爱她，没法停止吸毒。她想，如果她能让妈妈爱她多一点，妈妈就会停下来。"我小时候，母亲数次让我陷入非常危险的境地。"她后来说，"有时她会丢下我，我会经历一些让我压抑的事情。但是不管怎样，这一切都不重要，因为她是我的妈妈。我爱她的一点一滴。我爱她踏过的地面。她是我的母亲。"

　　然而，真正塑造了塔米的是她的曾外祖母。奶奶在退休年龄之后仍然帮人做饭和打扫卫生，靠这份辛苦的女佣工作买了房子——不是最好的房子，却是属于她的房子。塔米的祖母也是如此——她是圣伊丽莎白医院的护士助理，每当她穿着上过浆的白色制服回到家里，整个人总是精疲力竭；她一直坚持工作，直到差点死于癌症。但她攒够了钱，买了一栋房子，离开了廉租房项目的住处。那些女人做了她们应该做的事。塔米也是这种人——这是她的天性。也许这来自托马斯爸爸，他拥有斯特拉瑟斯的一大片土地，还捐了一块地给教堂。

　　奶奶停止工作之后，他们依靠奶奶的社会保障和薇姬的福利支票生活，但收入太少了，有时煤气会被关停。当父亲和祖母仍然住在市中心北部的西湖廉租房时，塔米有时会去看望他们；当她年纪稍大，她有朋友还住在城东的廉租房里，一代又一代靠福利生活，没能摆脱廉租房项目。他们只能在月初买东西，而那时商店会抬高价格，来占福利支票的便宜。就算他们能加入一个福利项目，付清总是拖欠的煤气账单，等他们死去时，仍然会欠着福利项目的钱。塔米发誓，她绝不会靠福利过活，也不会住进廉租房。她不愿意得过且过，无法做成任何一件实事。她不想受困于此。

塔米上五年级时，母亲和一个名叫威尔金斯的男人在一起，塔米把他当作继父。塔米不得不离开奶奶的家，跟母亲和继父一起住在城南的南边，那里是城南的黑人区；他们住的房子里有好几间公寓，那是他继父堂兄的房子。他们的公寓在阁楼上，只有一间卧室；塔米的房间实际上是一个储物室，几乎没有足够的空间站立，他们与其他几个公寓里的人共用楼下的一间浴室。在夏洛特，她有自己的大卧室，以及从珀内尔夫人那里得到的单人床。但她能接受——她没事。这段时间里，塔米的母亲没有吸毒。她的继父在工厂有一份好工作，但一直攒不下钱，他们和以前一样穷。塔米整个小学都在管弦乐队演奏长笛，当她的新学校开始为乐器收取租金时，她不得不退出。每个周末，她都会回到奶奶家。

就在她生活在城南的时候，扬斯敦陷入了死亡螺旋❶。

1977 年 9 月 19 日星期一，新奥尔良的莱克斯公司宣布，将在那个周末关闭马洪宁河谷最大的工厂——板材和管材公司的坎贝尔工厂。没有任何风声——决定是前一天在匹兹堡机场做出的，公司董事会成员飞到那里，投票，然后飞回新奥尔良或芝加哥。五千人将失去工作，包括塔米的教母，她只有九到十年工龄，不足以让她退休，而她已经买了房子，正独自抚养她的孩子。在扬斯敦，那一天被称

---

❶ 死亡螺旋（death spiral），指经济实体陷入更高的负债率和更深的经济衰退之间，即债务持续上升、经济却无法增长的恶性循环。

为黑色星期一。

没有人预料到这一天的到来。几年后，塔米的朋友西比尔女士在一本笔记本中写道：

> 工厂关闭
> 城市开始衰败，仿佛癌症正在慢慢杀死它。衰败一开始很缓慢，仿佛人们正处于休克状态。

一切并非毫无预兆，但他们忽视了。虽然利润没有经历巨幅下跌，但也确实一直在下滑；非本土钢铁公司不再投资钢铁厂。相反，它们将机器和零件拆分，从一家工厂转移到另一家工厂——这里自1921年以来没有再建造哪怕一座新的高炉，工业技术还停留在一战时期的水平。扬斯敦钢铁成为行业中的弱者，生意不好时，它们关闭得最早，重开得最晚。联合钢铁工人工会专注于合同纠纷——生活津贴和养老金——而不是公司的整体健康状况。工厂的工会系统为每个人腾出位置，照看着每个人，只要你能来上班，并表现得负责任。如果一名工人在起重机事故中失去了手，他会在高温金属车上得到一份摇铃的工作。他们努力赢得的经济保障让工人们陷入了沉睡，哪怕在罢工时也没能醒来。黑色星期一前的一个月，扬斯敦的联合钢铁工人地区负责人把当地工会领导人召集到坎贝尔工厂附近的桃花心木镶板办公室，向他们保证，一切都会好起来。

其中一位领导人是杰拉尔德·迪基。他是一名钢铁工人的儿子，1968年从空军退伍后立刻在板材和管材公司找到了一份工作。一些工人会带着不锈钢午餐盒和斯坦利热水瓶来上班，这意味着他们要一直待到退休，但迪基带的是棕色纸袋，他会连续工作八小时。"我去那里时并没有说，'我想干这份工作干三十年。'我想做的是赚钱。"他一开始的时薪是三点二五美元，一年内他就买了一辆车，离开工厂的欲望开始消退。"你在那里待到两年之后，会发生一些事情——你的医疗保险会提高。三年后，休假会增加。美妙的、巨大的安全毯包裹着你。这就是他们把你困在这些工作岗位上的方式。"一名住在迪基家附近、名叫格拉尼森·特里米尔的黑人说："一旦你有了板材和管材公司的薪水单，你就可以去市中心，搞到一台冰箱，搞到任何东西——你有了好信用。你还能进入夜总会。"

整个70年代，河谷里的小工厂——托梁工厂、结构钢铁制造商、工业面包店、伊萨利乳品店——都纷纷关闭，如同大型地震前的微颤。但没有人想到，板材和管材公司会在一夜之间消失。当它发生时，当地没有实业家、精英阶层成员或强大的机构或组织能介入并试图阻止它。钢铁大亨们早已离去，本地企业没有底气，市里的政客们浮躁而腐败，《扬斯敦维护者报》则满足于浅薄的乐观主义。这座城市没有任何公民核心可以让人们团结起来。黑色星期一之后过了几天，在当地神职人员和激进钢铁工人的会议上闪现了一丝希望。当时已是工会1462号当地分会秘书的杰拉尔德·迪基起身说道："我们买下这该死的东西自己运营。"他知道，食品券和失业救济金没法让工人渡过危机，如果没有这些工作，社区永远无法回到从前。扬斯敦的圣公会主教和天主教主教都同意了，马洪宁河谷普世联盟就此诞生。

这场战役被命名为"拯救我们的河谷"，想法是从当地储蓄账户、联邦补助金和贷款担保中筹集足够的资金，让坎贝尔工厂归社区所有。这在工业心脏地带还是个崭新的想法，在几个月的时间里，它吸引了人们的想象力。马洪宁成了自由派和激进派们轰动一时的事业。著名的社会活动家们来到扬斯敦提供帮助，全国媒体也纷纷前来围观。五辆巴士载着钢铁工人前往华盛顿，去白宫外抗议；卡特政府接受了他们的请愿，并成立一个专案组来研究这个问题。可是，当地人的回应并不热情——会议参加人数不多，每次只有不到一百人。

"拯救我们的河谷"银行账户只筹集了几百万美元，而要想让工厂活下来，至少需要花费五亿美元。钢铁公司积极游说，反对当地所有权，而联合钢铁工人工会从来没有支持过这个风险过高且听起来太过社会主义的想法。甚至一些失业工人的态度也不温不火。如果已经五十五岁且工龄足够，他们就可以退休，领取全额退休金；而年轻人开始纷纷离开这里。最后，哈佛大学的一项研究发现，即使是十亿美元的补贴也不足以翻新工厂，使其获得竞争力。联邦政府——能让工业活下去的重要机构——退出，工厂的命运也就此封存。

如果领导联邦政府的机构和人员已经了解到扬斯敦以及接下来在更广阔的区域即将发生的事情，那么他们可能会制定一项政策去处理去工业化的问题，而不是简单地听之任之。在接下来的五年里，扬斯敦的所有大钢铁厂都关门大吉：板材和管材公司的布里尔山工厂关闭于1980年，美国钢铁公司的俄亥俄工厂关闭于1980年，麦克唐纳工厂关闭于1981年，共和钢铁厂则关闭于1982年。不仅仅是工厂。市中心的两个主要购物中心西格比和施特劳斯很快也关门了。建立于1899年的城南游乐园艾朵拉人气迅速下滑；1984年，野猫过山车起火，导致艾朵拉被关闭。里面那架壮观的旋转木马被拍卖，最终运去了布鲁克林海滨。1979年至1980年间，扬斯敦的破产率增加了一倍，而在1982年，马洪宁河谷的失业率几乎达到百分之二十二——比美国其他任何地方都高。不久前才在工厂中获得好工作的黑人工人受到了尤其严重的打击。城东的房屋、城南的部分区域，甚至市中心边缘的雾谷都因止赎 ❶ 和白人集体迁移而人去楼空。空置房屋引发了不断蔓延的火灾，整个80年代，每天都会发生两起以上。在一家著名的平民酒吧赛拉克，付费电话旁边的墙上有一个

---

❶　止赎，即丧失抵押品赎回权，在房贷的情况下指的是贷款人违约或无法偿还贷款时，出贷方将获得房产所有权。此时贷款人将被迫搬走，房产将被拍卖以偿还欠款。

号码，你可以打电话叫人把一栋房子烧毁，费用不到市政拆迁成本的一半。在持续十年的数百次纵火事件中，只有两个人被判有罪——一名黑人妇女在一场骗保火灾中杀死了她的两个孩子，还有一个负责拆迁的城市官员——他利用暴徒来完成工作。从 1970 年到 1990 年，该市人口从十四万人减少到九万五千人，而且，这种减退看不到尽头。

约翰·鲁索，一名来自密歇根州的前汽车工人和现劳工研究教授，于 1980 年开始在扬斯敦州立大学任教。他抵达时，每条城市街道的尽头都能看到一家工厂，还有高炉中冒出的火焰。他来的时机刚刚好，钢铁行业就在他眼皮底下消失殆尽。鲁索计算出，在 1975 年至 1985 年的十年间，马洪宁河谷失去了五万个工作岗位——这是一场前所未闻的经济灾难。然而鲁索说："人们并没有想到，这是系统性的。"作为一名当地专家，他每隔六个月就会接到一次《时代》或《新闻周刊》的电话，那头会有一位记者询问，扬斯敦是否已经熬过了低谷。显然，这么多机器和人力已经不再被需要，而这个事实超出了人们的想象。

这也发生在克利夫兰、托莱多、阿克伦、布法罗、锡拉丘兹、匹兹堡、伯利恒、底特律、弗林特、密尔沃基、芝加哥、加里、圣路易斯以及其他更多城市；1983 年，这一地带被赋予了一个新名称：锈带。但是，它首先发生在扬斯敦，最为迅速，最为彻底，而且由于扬斯敦没有其他任何东西，没有大联盟棒球队或世界级交响乐团，这座城市成了一个去工业化的典型，一首歌的名字❶，一段陈词滥调。"这是我们经历过的最安静的革命之一。"鲁索说，"如果一场瘟疫在中西部夺走这么多人的生命，那将被视为一次重大的历史事件。"可是，正因为它的缘由是蓝领岗位的减少，而不是细菌感染，结果，

---

❶ 指歌手布鲁斯·斯普林斯汀 1995 年推出的歌曲《扬斯敦》，讲述扬斯敦从 19 世纪初因发现铁矿石而兴起到 20 世纪 70 年代步入衰落的变迁过程。

扬斯敦的覆灭几乎被视为正常。

　　工厂开始关闭时，塔米十一岁。她还太小，无法了解或关心钢铁城镇、历史性的罢工、去工业化，或是一整座城市废墟的幽灵。她过着自己的生活，忙着自己的事情。黑色星期一之后的一年，她跟着母亲和继父搬回了城东。表面来说，她和他们一起住在布鲁斯街的一所房子里，但实际上，她搬了回去，跟奶奶一起住在夏洛特街。回来后的那个夏天，她们的前门被偷了——那是一块实木橡木旧货，嵌着椭圆形玻璃——门旁环绕的装饰性玻璃窗也一起被偷了。同样的贼也光顾了几个邻居的房子。奶奶没钱换新门，所以她们钉上了木板，几年时间里都从后门出入。有些时候，塔米觉得太丢脸了，以至于不肯邀请朋友来家里。

　　前门被偷标志着她后来经常提到的一个转折点：这表明，家庭的挣扎正反映着某种更大的趋势。普通人不再拥有街道的控制权（即使赛拉克酒吧距离夏洛特街并不远），街区也变得越来越糟糕。到了70年代中期，大多数白人家庭已经搬出城东，黑色星期一促成了这场搬迁的终结。当西比尔女士于1964年从城东高中毕业时，大部分学生都是白人，在她的班级选出一名黑人女孩作为返校节女王之后，一名白人老师推翻了投票，说"现在还不是时候"。但是，70年代的每一年，塔米的班级照片中都会少一两个白人孩子，直到1980年她进入高中时，城东高中已经几乎全是黑人和波多黎各人。城东高中距离夏洛特街步行可达，但九年级时，塔米被安排乘校车去上城南的威尔逊高中，以实现种族平衡。她最好的朋友格温是数学课上唯一的另一个黑人小孩，当他们举手时，老师完全视而不见。她想念在一所学生主要是黑人的学校里的日子，所以在十年级时，她转学回到城东高中。

　　她在家里承担了更大的责任，学会简单的维修，还有乘公共汽车购买杂货和支付账单。最后，奶奶用一纸放弃权利声明书将房子的所有权转交给了她。角色扭转了：现在，是她在照顾奶奶。

然后，十五岁那年，她怀孕了。

她写了一封信寄给母亲，尽管母亲就住在三个街区之外；因为她太害怕，无法面对面告诉母亲。但该来的总会来的，母亲听了非常愤怒，逼问她："你想打掉它吗？你打算如何照顾它呢？"塔米说，她会照顾她的孩子，无须多言。孩子的父亲是一个看上去时髦自信的男孩，名叫巴里，比塔米大一岁。男孩的母亲是薇姬的保释官，她认为托马斯家的这个女孩不适合她的儿子，于是打电话给塔米的祖母，告诉她，巴里不可能是塔米命中注定的男人。但是塔米爱他，她告诉了母亲。

"这只是早恋。"薇姬说。

塔米坚持说："不，妈妈，我爱他。"

"会变的。"

虽然薇姬即将为塔米的继父生下四年里的第三个儿子（塔米的孩子会早出生五个月），但她们从未谈过性。薇姬六年级或七年级时，大妈妈告诉她，婴儿来自石头下面；她相信了，这就是她在这一问题上接受的全部教育。奶奶也不打算提供任何信息。

最糟糕的时刻是塔米不得不告诉奶奶的时候。大妈妈去世时，塔米都不记得曾外祖母哭过，但听到塔米的消息时，她哭了，这让塔米十分伤心。多年以后，她明白了：家里从没有人能从高中毕业，而她原本应该是第一个。"又来了一个没法毕业的孩子。"塔米说，"奶奶说她工作、擦洗地板、为别人做饭、把时间花在远离家人的地方，对她来说最重要的是我能接受教育并拥有一个家，而那还是没能发生。我们有了一个家，但没人接受过教育。"塔米的父亲冲进夏洛特街的房子，告诉她："你永远不会有所成就，只能当一个福利婊子。"

然后，塔米下定了决心。她不会变得像廉租房中的那些女孩一样，也不会变得像母亲一样。她会留在学校，并开始认真学习——她是一名平庸的学生，但现在她开始好好努力——然后，她会找到一份好工作（成为护士不再现实，因为她的化学成绩太差了），因为她的孩子会拥有比她更好的生活，比她的弟弟们更好的生活，孩子们会有一个能照看他们的母亲。她现在有了需要证明的东西，不仅仅是向父亲和其他人证明，也是向自己证明。

那个女婴于 1982 年 5 月 9 日出生。巴里本该签署出生证，但他没有出现，塔米得知他到处拈花惹草。他们吵了一架，她再也不肯见他了。她及时回到学校，参加了期末考试。几个月后，她在西湖廉租房区域遇到了巴里，她在那里有一份暑期工，担任日间夏令营辅导员。巴里正在社区中心排队领取某种赠品，身旁是他已经怀孕的女朋友。这让塔米心碎——但是没关系，一切都好，她知道她会恢复过来。她不再去教堂，因为她的情况被人们认为是可耻的。当巴里试图与她复合，她把他拒之门外。"这和你无关，"她告诉他，"她不是你的。你没有签署出生证明。"她不想让女儿像她一样长大，与一个似乎从不关心她的男人保持吵吵闹闹的关系。她想让女儿得到身边每个人的爱和渴望。她和宝宝独自生活，与此同时，城东的一切都滑向了地狱。

塔米不再使用母亲的福利支票，而是注册了自己的那份。她讨厌使用福利——福利机构的工作人员很可恶——但她需要靠它来支付食品和儿童保育费用。她于 1984 年按时高中毕业，成为家里第一个获得文凭的人。她高四 ❶ 那年，女性的衣着风格令人回忆起 20 世纪 40 年代，年鉴照片中的女孩们有着像比莉·哈乐黛 ❷ 一样的发型、裙子和口红。塔米戴着一顶灰色毡帽，上面有黑色缎带和网眼纱，

---

❶　美国高中一般为四年制，高四即美国中学教育体系的最后一年（即十二年级），等同于中国的高三。

❷　比莉·哈乐黛，美国黑人爵士歌星。

但她双眼的神情透露了这个曾经扎着小辫的女孩经历了怎样的生活。

她在一所技术学院获得了副学士学位，并作为一名超市收银员工作了两年，希望能获得一份管理工作，可是并没有这样的岗位空缺。她又生了两个孩子，父亲是一个名叫乔丹的男人：一个男孩出生于1985年，另一个女孩出生于1987年。她花钱总是很谨慎——既然现在她可以开车了，她会去郊区购物，因为那里的价格更低；她会预付款项为孩子们购买圣诞礼物，先付一笔定金让商店为她保留下来，直到能付清全款。可是，要想照料三个孩子、奶奶和夏洛特街的房子，她必须找到更有保障的工作。

到了80年代末，扬斯敦正在建造一座博物馆来记录它的工业史。博物馆由建筑师迈克尔·格雷夫斯设计，造型是一座钢铁厂，配有风格化的烟囱。但在北边的沃伦，帕卡德电气工厂仍在运营，有八千名工人为通用汽车公司的汽车生产线束和电子元件。这比炼钢工作更轻松、更干净，三分之二的员工是女性，其中很多是像塔米这样的单身母亲。她去了那里面试，得到了一份时薪七点三美元的装配流水线工作。于是，1988年，塔米摆脱福利，成了一名工厂工人。

她自己：奥普拉·温弗瑞

　　她太过有名，以至于字母 O 都归她所有。她是全世界最富有的黑人女性——全世界——但她仍然是个普通女人❶，并把它打造成自己的主题曲。每周有五天下午，至少有一百三十八个地方电视台的四千万美国观众（以及一百四十五个国家数以百万计的更多观众）都会与她一同大笑、哭泣、惊讶、八卦、许愿和庆祝。她是亿万富翁，这个身份只是让她更加受人喜爱。可她仍然是普通人中的一员，她理解她们，来自她们中间，来自她们之下，她让数百万女性感到自己并不孤独。她懂得她们的感受，她们也懂得她的感受（而你对自己的感受是最重要的事）。当她学会追随自己的心，她们也学会了追随她们的心；当她学会说"不"且不为之愧疚，哪怕这意味着人们会不喜欢她（受人喜爱是她最大的成就），她们也学会了同样的做法。她想让整个国家重新开始阅读。她想要摧毁依赖福利的心态，让一百个家庭搬出芝加哥的福利住房。她想要用一部电影来引领一场全国对话，讨论种族问题，疗愈奴隶制带来的伤口，因为她说过"一

---

❶　普通女人（Everywoman）指美国黑人歌手查卡·康的单曲《我是普通女人》（"I'm Every Woman"）。1993 年，《奥普拉·温弗瑞秀》使用这首歌作为主题曲。

切都关乎影像"。她想要帮人们过上最好的生活。她想让录影棚里的观众每个圣诞节都能收到她们最喜欢的礼物（索尼 52 寸 3D 高清电视、庞蒂亚克 G6、皇家加勒比游轮）。她想要打开一扇门，让观众能更清楚地认识自我；她想要成为一道光，引导她们找到上帝，或者其他任何她们相信的东西。她想要让她们拥有一切，就像她一样。

她赞美开放与真实，但她通过自己的规则来实现这些。任何得到允许接近她的人都得签下合同，终生放弃言论自由。她购买了自己每一张照片的版权，谁胆敢破坏她形象的不可侵犯性，都会被她以官司威胁。她在自传出版前数周反悔，因为有朋友警告说，虽然这本自传篡改了一些信息，但关于她生活中的某些部分仍然泄露得太多。她每一年都会接受改变颇大的面部整容手术。

她说："根据宇宙公理，我不太可能会被抢劫，因为我在帮助人们实现自身价值。"她说："黑人必须问问自己，'如果奥普拉·温弗瑞能够做到，这对我来说意味着什么？'他们不再有借口了。"她说："哈莉特·塔布曼、索杰纳·特鲁斯、芬妮·露·哈默，❶ 她们都是我的一部分。我一直感到，我的生活就是她们的生活得以实现的样子。她们从未梦想过如此美好的生活。我仍然能感觉到她们就在我身旁，说：'上吧，姑娘，去拿下它。'"她说："我感到势不可挡、充满力量，因为我切实相信，我已经抵达了生命中的某一个节点，在这里，我的个性与我的灵魂所要做的事情达成了一致。"她说："我是那种能跟任何人合得来的人。我害怕被人讨厌，甚至害怕被我自己讨厌的人讨厌。"她说："谈话节目对我来说就像呼吸一样。"她说："我十岁时

---

❶ 哈莉特·塔布曼，生于 1822 年，美国废奴主义者，生为奴隶，长大后逃亡获得自由，并成为帮助黑奴逃往北方的"地下铁路"的向导，救出约七十名黑奴。索杰纳·特鲁斯，生于 1797 年，美国废奴主义者、女权运动领袖，终生积极参与人权与女权事业。芬妮·露·哈默，生于 1917 年，民权运动领导者，60 年代在种族歧视严重的密西西比州积极推动黑人及女性参政事业，如在 1964 年领导为黑人注册选民身份的"自由之夏"（Freedom Summer）运动。

看到戴安娜·罗斯和至上女声组合在《艾德·苏利文秀》上表演❶，从那时起，我就不再想要成为白人了。"她说："没人能想到，我除了在工厂里做工或是在密西西比的棉花地里干活之外还能有其他出路。"她说："我那时只是一个满头鬈发的穷鬼黑人小女孩罢了。"

1954 年，密西西比州中部的一个农场成为奥普拉的起点：这条承载祝福的黄砖路一直通往她那庞大的紫色帝国（哈普制作公司，哈普工作室，哈普电影，奥普拉·温弗瑞秀，奥普拉·温弗瑞网络，《O：奥普拉杂志》——每一期封面都是她的照片——《O 家居》，奥普拉电台网络，奥普拉和朋友们，奥普拉工作室周边，奥普拉商店，奥普拉·温弗瑞服饰店，奥普拉读书俱乐部，奥普拉最爱，奥普拉大奖赛，奥普拉·温弗瑞女生领导力学院，奥普拉的天使网络，oprah.com）。她的名字是把《圣经》中的俄珥巴（Orpah）拼错了。六岁之前，奥普拉由外祖母哈蒂·梅·李和外祖父厄里斯特抚养。外祖母是一个厨师兼管家，她的祖父母都是奴隶；至于外祖父，奥普拉怕得要命。他们一贫如洗，奥普拉从来没穿过从商店里买来的衣服，她唯一的宠物是关在罐子里的两只蟑螂。至少她是这么告诉采访者的。她的家人会说，她在夸大其词，以编造更好听的故事；他们说奥普拉衣食不愁、深受溺爱，她的自信心就是在这段时间里培养起来的。

奥普拉六岁时，外祖母无力再照料她，于是她被送到密尔沃基，跟母亲维妮塔·李住在一间公寓里。维妮塔曾经是一个女佣，后来又跟两个不同的男人生了另外两个孩子，之后就靠福利过活。母女二人关系不好，奥普拉长成了一个脾气很野的孩子，她听着摩城唱片的音乐，偷母亲的钱，十三岁就生活混乱；据她妹妹后来说，当维妮塔上班时，奥普拉会向年轻男人出卖身体换取金钱。但她同时

---

❶ 戴安娜·罗斯，美国黑人歌手和演员。至上女声组合，由黑人歌手组成的音乐组合，戴安娜·罗斯为其中一员。《艾德·苏利文秀》（The Ed Sullivan Show），CBS 电视台于 1948 年到 1971 年间播出的著名综艺节目。

也吸引了有权势的白人的注意，他们欣赏她的博学、努力和舞台演员般的声音，因此想要帮助她。十四岁时，她被送到纳什维尔，接受父亲弗农·温弗瑞的基督徒式管教。弗农是一个理发师（她后来发现弗农不可能是她的父亲——她一直没弄清楚自己的生父究竟是谁）。在纳什维尔，就像在密尔沃基一样，她跟白人的关系比跟自己家人的关系要好；后来她说自己从未感到受压迫，唯一的压迫来自一些黑人，因为他们不喜欢她的深黑色皮肤，或是嫉妒她的成功。

　　她未毕业就从田纳西州立大学退学，开始为一家当地电视台工作。1976 年，她在巴尔的摩的晚间新闻节目找到一份播音工作。她本该成为黑人版的芭芭拉·沃尔特斯或是玛丽·泰勒·摩尔❶，但她写不出好的文案，也太过活泼，对新闻不够了解，因此电视台把她挪到了早间谈话节目。在她看来这是下坡路，但她成了当地的明星人物。她十分受人喜爱、风趣幽默、情感充沛，经常问出有噱头、稍微有点粗鲁、观众们都想问的踩线问题（当人们说弗兰克·珀杜❷长得像只鸡时，他会因此不快吗？）。1983 年底，芝加哥的 WLS 电视台给她二十万美元年薪，让她主持早间秀节目。

　　她是 80 年代和芝加哥的代表人物；当时，芝加哥是新兴黑人精英的中心。她抵达时，哈罗德·华盛顿刚刚当选市长，杰西·杰克逊刚开始他的第一次总统竞选宣传❸，迈克尔·乔丹刚刚被公牛队选中。奥普拉的镜子上贴着一句话，据她说是杰克逊的名言：“如果我的头脑能构想出它，我的心能相信它，我就知道我能得到它。”赋权，创业精神，白手起家的名人，财富（个人价值无可避免且最终极的象征）——这些就是她的气质（她曾痛恨 70 年代早期田纳西州的黑

---

❶　芭芭拉·沃尔特斯，美国著名新闻主播。玛丽·泰勒·摩尔，美国著名女演员。

❷　弗兰克·珀杜，美国最大的养鸡公司珀杜农场公司的总裁。

❸　哈罗德·华盛顿，芝加哥首位黑人市长。杰西·杰克逊，美国黑人民权运动家，曾于1984 和 1988 年角逐民主党总统候选人。

人权力运动 ❶，她对政治毫不关心）。人们说，一个肥胖的黑人谈话节
目主持人不可能在种族主义横行的芝加哥获得成功，但她只花了一
周时间，就在收视率上打败菲尔·唐纳修 ❷；不到一年，唐纳修就带
着自己的节目搬去了纽约。她知道她的观众大部分是住在城郊的白
人全职妈妈，她知道她们想看什么，也不怕走下流路线——"强奸
犯和治疗强奸犯的方法""当妓女的家庭主妇""抢男人的亲戚""我
想夺回我被虐待的孩子"。她不怕强奸犯，不怕杀婴者，也不怕重度
残疾人。她能说人闲话，能与人共情，能自我嘲讽，还能在电视上
说出"阴茎"这个词（至于阴道，则是二十多年之后的事了）。

　　1985 年 12 月 5 日早上，在一个关于乱伦的谈话节目中，奥普
拉拿着麦克风站在一旁，听观众中一位衣着保守、声音几不可闻的
中老年白人女性承认说，她的儿子是她跟她父亲生下的。这位年轻、
肥胖、头发蓬松、戴着巨大黄铜耳环的黑人主持人突然要求插入广告。
她用手挡住自己扭曲崩溃的表情，趴在那名观众肩头哭了。她拥抱
那位观众，边安慰她边说："同样的事情也曾发生在我身上。"从九岁
到十四岁，她曾被多名男性亲属持续性侵。（五年后，人们了解到奥
普拉十四岁时曾经生下一个儿子，他五周后就死了。她那有毒瘾的
妹妹以一万九千美元的价格把这个故事卖给了小报。）

　　信件纷至沓来，电话总机过载，收视率一路飙升。她为数百万
女性打破沉默，在那一刻，奥普拉·温弗瑞成为奥普拉——一个挣
扎着抚平受害者伤痛的普通女人，每一个观众的女性朋友。名声和
金钱还不够：要想成为奥普拉，她必须找到一条隐秘的道路，能够通

---

❶　在与白人合作促进平权的理想破灭后，部分非裔美国人提出"黑人权力"（Black Power）
　　思想，倡导黑人自治，强化黑人自身的文化认同，提高对黑人种族独特之处的认识，在
　　政治行动上抛开种族合作的温和立场，采取激进乃至暴力的反抗行动，如上世纪六七十
　　年代采取半军事化组织的黑人团体"黑豹党"。
❷　菲尔·唐纳修，美国著名电视节目主持人，1974 至 1984 年间在芝加哥主持《菲尔·唐
　　纳修秀》，1984 年将节目拍摄地搬去纽约。

往她那庞大又疏离的观众群体中每个人心底隐藏的伤痛。然后，她的伟大也会成为她们的伟大。她在物质和精神上的成功并不是一种将她孤立的特权，而是战胜痛苦的标志，能够让她与每一个观众联系起来。通过公开自己与体重的斗争，她邀请观众进入她的生活；如同许多女人一样，她的体重增了又减，减了又增（她吃东西的方式就像她花钱和捐赠的方式一样冲动而铺张）；她与斯特德曼·格雷厄姆的婚礼年复一年地推迟（但他是她的真命天子：高大英俊，浅色皮肤，一个无聊的公司市场销售主管，出版了《你能让它实现》和《创造你自己的生活品牌》）。

她与观众的纽带牢不可破。许多观众从来没邀请过黑人进入自家客厅，只在情景喜剧里见过黑人，而奥普拉让她们感到自己不那么孤单，更加宽容开放，对书籍和理念更加好奇；同时，她们让奥普拉获得了难以想象的财富。她愈发显赫，年收入从一亿美元涨到两亿六千万，身家从七亿两千五百万美元涨到十五亿，节目从"夫妻之间不可原谅的举动"和"对自己丈夫过敏的女人们"到"改变你的生活"和"灵魂寄居之所"，从家暴受害者劳里到家暴受害者玛雅·安吉洛 ❶，奥普拉从未失去过观众的爱。她将越来越多的荧屏时间花在了她的朋友汤姆、朱莉娅、黛安、唐妮、玛丽娅、阿诺德、巴拉克和米歇尔 ❷ 身上，和名人一起庆贺名声，但她最忠诚的朋友仍然是她那七百万日复一日坚持观看节目的观众。在平常的一天里，她从拉普埃塔农场乘坐私人飞机回到芝加哥（"拥有一架私人飞机真是太好

---

❶ 劳里应指某位在奥普拉秀分享过被侵犯经历的素人嘉宾；玛雅·安吉洛，美国作家，代表作为《我知道笼中鸟为何歌唱》，曾在奥普拉的节目中透露自己被前男友殴打和囚禁的经历。

❷ 这里是一长串上过奥普拉节目的显赫人物的名字，按顺序分别指的应是演员汤姆·克鲁斯、朱莉娅·罗伯茨、黛安·基顿、歌手唐妮·布雷斯顿、演员玛丽亚·施赖弗（施瓦辛格前妻）、演员、前加州州长阿诺德·施瓦辛格，美国前总统巴拉克·奥巴马及其夫人米歇尔·奥巴马。

了。任何人如果告诉你有一架私人飞机没什么好的，那一定是在撒谎。"），前往迈克尔·乔丹的餐厅顶楼去参加斯特德曼的新书派对；她抵达时怒气冲冲，因为《国家询问者报》刚刚发布了未经授权的照片，上面是她那湖畔公寓里华丽的大理石、绸缎和天鹅绒装饰。即便如此，她最热忱的支持者仍然是从罗克福德到欧克莱尔的那些年岁增长的中低阶层妇女，她们会在靠近西城区的哈普工作室外一连排队几个小时。

她们有奥普拉没有的东西——孩子、债务、空闲时间。她们消费奥普拉为之做广告但从不会购买的产品——美宝莲、珍妮·克雷格减肥法、小凯撒比萨、宜家家具。当她们的财务问题愈来愈严重，奥普拉会挑选一名观众，在电视上帮她抹清债务，或是给她买一栋房子，或是在圣诞期间的《奥普拉最爱》节目中送出钻石手表和汤丽柏琦灰色法兰绒手提包之类的奢侈品。尽管观众们受教于奥普拉那魔法般的思维方式（疫苗能导致自闭症；积极思维能带来财富、爱和成功），目睹奥普拉总是能做得更多、拥有更多，但并不是每个人都能开始享受自己最好的人生。她们并没有九栋房子，甚至可能连一栋也没有；她们不能把约翰·特拉沃尔塔 ❶ 称作朋友；宇宙公理让她们面对抢劫十分脆弱；她们并不总能与最好的自我协调一致；她们永远都无法成为自己想要成为的一切。然而，奥普拉让她们无法找到任何借口，因为生命中不存在随机的痛苦。

---

❶　约翰·特拉沃尔塔，美国歌手、演员。

杰夫·康诺顿

1987 年，本该把华尔街银行家送往财政部高层职位的旋转门，只让康诺顿在拜登的总统竞选团队中获得一个初级职位，年薪两万四千美元。他把全新的标致换成父母那辆1976 年的雪佛兰迈锐宝，因为他还不起车贷了。对他来说，这些都无所谓。

他还没离开亚特兰大就接到第一项任务：在佐治亚州找到二十个人，让每人为竞选活动写一张两百五十美元的支票。如果在二十个州里做到这些，候选人筹得的款项就达到能够获得联邦配套资金 ❶ 的标准。这是康诺顿做过的最困难的事，但对失败的恐惧激励了他，让他去请求自己在佐治亚认识的每一个人写支票。他成功了，在这一过程中，他学会了如何筹款：不必说服所有人相信拜登能赢，甚至不必说服他们相信拜登在议题上是正确的——只需要说明你需要他们帮个忙。"为我这么做。"关键在于是谁在打这个电话。不过，当他询问曾经是 Phi Mu 成员、现在住在佐治亚的前女友时，她拒绝了：她辗转听说拜登"为了当总统宁愿出卖自己的祖母"。

---

❶ 联邦配套资金（federal matching funds），美国政府向某些达到筹款标准（在至少二十个州分别筹到五千美元，每位捐款人最多捐献二百五十美元）的总统选举候选人给予的补贴。

　　这是里根卸任之后的第一次总统选举。就像每一次竞选活动一样，拜登忙得一塌糊涂，连睡觉的时间也没有，随时需要即兴发挥，一直在吃垃圾食物：我们不知道你正在做什么，但三天后请务必出席。3月，康诺顿在邻近华盛顿的弗吉尼亚州亚历山德里亚市一个薯片商会官员的家里租了一个房间，但等他到了才被告知，他并不会在竞选团队的华盛顿办公室工作，而是会被派遣到特拉华州的威尔明顿市郊外。"拜登当总统"竞选团队在城镇边缘一栋低档办公楼里占据了一间空荡荡的大型商铺，几十张办公桌散乱地摆放在蓝色地毯上。通往白宫的山路，要从不那么迷人的大本营起步。

　　康诺顿在佐治亚通过电话募集支票的成功事迹，意味着他将成为一名筹款人。这当然并不是康诺顿在拜登的塔斯卡卢萨演讲之夜所想象的政治，但他已下定决心，要成为一名优秀的战士。"只要告诉我该去哪儿就行了。"他说。他得到了一张办公桌，开始每天工作十二小时，每天从弗吉尼亚州单程通勤两小时，最后开始在办公室附近的戴斯酒店度过周二到周四的夜晚。

　　康诺顿在特德·考夫曼手下工作。考夫曼是拜登身经百战的幕僚长，身材瘦高，下巴尖细，头发蓬松浓密，如同埃尔·格列柯笔下的人物。考夫曼是拜登的心腹之一，当拜登的妹妹瓦莱丽把考夫曼介绍给杰夫时，她说："你很幸运能为特德工作，他跟乔的关系太好了，他没什么需要担心的。"康诺顿真希望自己当时能镇定地问出这个问题："有什么需要担心的吗？你能不能多说几句详细解释一下？"她话中的含义很清晰："你跟特德不一样，你确实需要担心，因为你跟拜登没什么关系；拜登的王国中遍布地雷，有些标记了出来，有些则没有。"

　　考夫曼和康诺顿一拍即合。两人都是MBA，他们决定要像运营公司一样运营筹款活动。康诺顿帮忙起草战略方案，设计了一套由组长和副组长组成的金字塔结构组织。副组长筹集的资金越多，组长就能有越多机会接触到拜登。康诺顿记录着这场竞赛的进程，决定着谁能获得一枚胸针，谁又能与候选人共进晚宴。他还为捐款人也设立了一个系统。如果其中有人想见拜登，就得至少捐赠一千美元。康诺顿会告诉出手最大方的捐款人："花上五万美元，你就能跟参议员在他家里共进晚宴。两万五千美元，你能跟参议员共进晚宴，但不是在他家里。"有些捐款人就会拼命多凑出两万五千万美元来，只为了能告诉朋友们："我跟乔在他威尔明顿的家里共进晚宴了。"

加里·哈特被发现跟唐娜·赖斯在"猢狲把戏"号上举止不端，成为这一年里首位丑闻和媒体狂热的受害者❶。在那之后，拜登成了总统提名战中强有力的竞争者。康诺顿终日待在那间铺着蓝色地毯的宽敞房间里伏案工作，从不休息，直到半夜才开车回到亚历山德里亚，精疲力竭地倒在床上，第二天一早醒来再赶回威尔明顿，重复昨天的生活。他心想："此时此刻，我正在实现我的目标。"

那个春季里的一天，拜登来到威尔明顿的办公室。他穿着高领毛衣，戴着飞行员太阳镜，看上去神采奕奕。他跟竞选团队打了招呼——其中许多人从 1972 年就开始为他工作了，那年二十九岁的拜登第一次当选参议员——并就竞选进展做了一番简短的讲话来鼓舞士气。距离康诺顿上一次在亚拉巴马见到拜登已经过去六年，时间里填满了石沉大海的信件。就算拜登认出了康诺顿，他也没有表现出来。参议员准备离开时，康诺顿想象自己追上去站在他面前，告诉他："我曾三次邀请您来到亚拉巴马大学。上一次，我承诺我会助您当上总统。现在，我来了。"然而他只是转身回到了办公桌前。

康诺顿步步攀升，他在南方城市的出庭律师与犹太人社区中策

---

❶ 加里·哈特是知名军事和国防专家，曾任美国国会参议员，被民主党视为最有机会在 1988 年当选总统的候选人。1987 年 3 月，哈特应友人邀请搭乘"猢狲把戏"号游艇，与女子唐娜·赖斯同船，后者坐在哈特大腿上的照片被泄露出来。5 月，《迈阿密先驱报》拍摄到赖斯进入哈特家，推定赖斯在此过夜。事件发酵后，哈特被迫停止竞选。

划了多场五万美元级别的筹款活动。他开始与拜登一同旅行，每当飞机延误，或是拜登抵达后的讲话太长或太短时，康诺顿就会替他挡住捐款人的不满。他和拜登从未交谈。

有一天，在去往休斯敦一场筹款活动的航班上，康诺顿被安排向拜登简单介绍活动内容。他拿着活动手册，穿过飞机过道，来到拜登和他妻子吉尔所在的头等舱。

"参议员，我能跟您谈一会儿吗？"康诺顿问。

"把你手上的东西给我就行了。"拜登说，他几乎头也没抬。

拜登显然不记得亚拉巴马了。康诺顿为他工作很久之后，这位老板会搞错他们最初的联系，说："我很高兴多年以前你还在法学院时就能认识你。"拜登总会花时间跟陌生人相处，特别是当他们跟特拉华州有关时更是如此。如果你是他的家人，或者是像考夫曼一样长时间为他工作的心腹，如果你像参议员爱说的那样"流着蓝色的拜登之血"，那么他也会对你表现出强烈的忠诚。然而，如果你只是为他鞍前马后忙上几年，他会无视你、恐吓你，有时会羞辱你，对你的进步毫无兴趣，也永远不会记得你的名字。他会冲你叫"嘿，长官"或者"怎么样，队长"，除非他对你动了气，那时他就会使用他最喜欢的男性下属称呼："操他妈的白痴"。"操他妈的白痴还没把我要的简介材料拿过来。"这既是名词，也是形容词："这个活动领袖是民主党还是共和党？还是说你们太操他妈的白痴了连这也不知道？"

康诺顿所做的是艰难且必不可少的筹款工作，同时也得不到回报。为了这份工作，他遭受了永远的创伤，因为拜登痛恨筹款，痛恨它所带来的麻烦和妥协。拜登的同僚中，有些人似乎大半辈子都在打电话筹款——加州参议员艾伦·克兰斯顿哪怕在健身房里骑室内脚踏车时也在一个接一个地打电话，就为了筹得五百美元——但拜登几乎从来没给任何人打过电话。作为特拉华州参议员，他的整个州其实只有一些县那么大，从来不需要筹集多少钱；他一直没能适应总统竞选中的财务压力。他痛恨那些帮他筹款和为他写下支票的人对他提出要求，仿佛他无法忍受自己欠他们什么。在华盛顿，他从不跟固化的上层阶级打交道，而是每天晚上都会离开国会山的办公室，穿过马萨诸塞大道走向联合车站，然后搭火车回到威尔明顿的家人身旁。他一直是"普通人乔"❶，这成了一种挑衅般的骄傲。他无法被收买，因为他不知感恩。

在华盛顿，民选代表认为自己更高等。他们是"负责人"，他们曾展现出勇气，忍受站在大众面前的羞辱；在他们眼里，幕僚是低等人类——依附于台前人士搭便车的寄生虫。康诺顿知道，他没有什么能教给乔·拜登的；拜登是一个天生的政治家，已在政界摸爬滚打近二十年，对美国人想要的东西了如指掌。康诺顿是完全可以被抛弃的，除非他能用埋头苦干来证明自己。

"他在我眼睛里看到了不确定。"康诺顿后来说，"我对这一切如此陌生。我曾在华尔街接受训练，来自一个完全不同的世界。我对我们的关系有一种不切实际的观念，因为我为了加入他的团队已经等待太久。而在他看来，我只不过是竞选团队中普普通通的一分子。我受到权力的吸引。我的头脑中并没有太多想法。我想要打入一个小团体，好在总统就职那天搬入白宫西翼，操控整个国家。这就是华盛顿的终极游戏。他的竞选失败之后，我迷失了方向。"

9月初，康诺顿从竞选活动中短暂抽离，观看了亚拉巴马州立大学－宾夕法尼亚州州立大学橄榄球对抗赛。他正开车穿过宾州乡村，收音机里传来了一则新消息：拜登在艾奥瓦州的一次辩论中抄袭了英国工党政治家尼尔·基诺克的演讲，甚至还照抄了基诺克作为煤矿工人后代的身份。

---

❶ 普通人乔（Ordinary Joe）是一个美国常见用语，用于形容各方面达到平均水平的典型美国普通人，被拜登团队挪用于塑造拜登出身普通、关心民生的亲民形象。

如果只是个例，这个故事不会流传太远。但媒体已经搞垮了哈特——包括《纽约时报》的陶曼玲和 E. J. 迪翁，以及《新闻周刊》的埃莉诺·克利夫特❶——他们嗅到了另一桩丑闻，比赛着要挖出拜登的其他过错：从休伯特·汉弗莱和罗伯特·肯尼迪那里剽窃的语句；一篇有着糟糕脚注的法学院论文导致的成绩不及格；关于拜登过去的夸张描述等等。然后，美国有线频道在新罕布什尔一户居民家厨房里录下的片段浮出水面。拜登当时同意在一次不加剪辑的竞选活动中全程佩戴麦克风——这在政治史上是第一次。在这九十分钟的八十九分钟里，他都表现得十分出色；但他在整个职业生涯里都话太多，就在活动即将结束之时，一名选民问起他的法学院成绩，拜登嗤之以鼻："我觉得我的智商可能比你要高得多。"接下来，他气势汹汹地就自己的教育背景做出了至少三个不实陈述。

康诺顿并没有听过基诺克的演讲，也不知道拜登是如何运用的。说实话，他并不关心拜登的巡回演讲；他总能用一句话引发满堂喝彩："不能仅仅因为我们的政治英雄被谋杀了，就说我们的梦想已经破灭，它深深埋在我们破碎的心底。"康诺顿比任何人都更敬重肯尼迪，但这句台词让他显得平平无奇——它太文绉绉了，更适合十年前或更久之前的美国人。为什么拜登不能让演讲更务实，谈谈议题、事实和解决方案，就像在塔斯卡卢萨谈及第二阶段限制战略武器条约时那样呢？他似乎在用自己触动人心的能力来竞选总统，年轻时的杰夫·康诺顿正是因为他的这种能力才花六年时间来加入他的团队。触动人心之后，又要让他们做什么呢？他试图让自己听上去就像那些被谋杀的英雄本人一样。学者们说，肯尼迪家族引用希腊先贤，而拜登引用肯尼迪家族。有时还不加注明。

终极游戏的规则正在改变。1968 年，乔治·罗姆尼在电视上说，

---

❶　陶曼玲、E. J. 迪翁和埃莉诺·克利夫特均为著名记者和媒体人。

他在越南时被将军们洗脑了，而他的总统竞选之路也终结于此。❶1972年，新罕布什尔州的曼彻斯特雪花飘落，埃德·马斯基站在威廉·勒布——这位编辑诽谤了他的妻子简——的《联合导报》的办公室门外的一辆平板卡车上，在摄像机前擦拭愤怒的泪水，而这成了马斯基的结局。❷1980年，罗纳德·里根歪头一笑："你又来了。"结果吉米·卡特只做了一任总统。❸1984年，沃尔特·蒙代尔问："牛肉去哪儿了？"这映衬得加里·哈特突然间看起来像是个头发浓密、虚有其表的年轻人。❹电视上的十秒钟能永远固定一个人的角色，既能给他加冕，也能终结一场竞选。总统和竞争者完全可以在媒体迫不及待的帮助下实施协助自杀。

　　然而，在杰夫·康诺顿把自己的野心寄托在乔·拜登身上的那一年，终极游戏的新规则才刚刚引起注意。1987年，曾为戏剧化的

---

❶　乔治·罗姆尼，曾任密歇根州州长，在1968年竞选总统时称自己被军方洗脑后才支持越战，并声明自己的反战立场，此言论引起媒体和对手的谴责和嘲弄，导致罗姆尼支持率大幅下跌。

❷　埃德·马斯基即埃德蒙·马斯基，他在1972年总统大选中成为民主党总统候选人中的热门人选。1972年2月24日，新罕布什尔州的《曼彻斯特联合导报》收到一封伪造的信件，声称马斯基在竞选时对法裔加拿大人使用侮辱性的称呼。第二天，这份报纸又发表一篇文章，指责马斯基的妻子简是个酒鬼和种族主义者。2月26日，马斯基在《联合导报》的办公室门外对支持者发表演说，批判报纸对他和家人的伤害，称报纸编辑是"没胆量的懦夫"。当时在下大雪，马斯基看起来像是在哭泣（他后来声称那只是雪花），演讲也被认为太过情绪化，这影响了马斯基在选民心中冷静理智的形象，导致支持率下跌。后来联邦调查局的调查证明，针对马斯基的一系列抹黑行为都是尼克松竞选团队主导的。

❸　1980年美国总统大选中，时任总统卡特与里根成为两党最终候选人，在竞选辩论中，卡特批评里根曾投票反对医疗保险和社会安全福利，里根叹了口气说："你又来了。"随后，里根问观众是否认为自己比四年前过得更好；如果不想让接下来四年跟过去四年一样，那么理应考虑其他选择。辩论之前，里根在民意调查中落后于卡特，但辩论之后，他在选民中的支持率立刻反超。

❹　1980年美国总统大选初选中，沃尔特·蒙代尔与哈特角逐民主党提名资格。蒙代尔曾担任卡特总统的副总统，哈特则将自己打造为更加年轻、有活力的形象，提出了"新理念"平台以吸引年轻选民。在一次电视辩论中，蒙代尔声称哈特的"新理念"听起来空泛模糊，令他想起温蒂汉堡快餐店的广告语"牛肉去哪儿了？"，这在现场观众中引发哄堂大笑，对哈特打击很大。

政治余兴节目而存在的事物开始喧宾夺主：暴露在镁光灯下的候选人和他遭受羞辱的妻子；在电视转播的听证会上巨细无遗地描述、证明和否定自己过去的提名候选人；人们在每一个大大小小的问题上都会互相对立，双方的狂热分子和利益团体动员着全面战争；对一个政治家生活中或新或旧的罪恶的日常挖掘；记者们如同野狗一般，嗅着有权势但已受伤的猎物身上的血腥气味彼此竞逐，势头越来越猛，抵达高峰。1987 年有加里·哈特，罗伯特·博克❶，还有乔·拜登——后两者是同时发生的。

在竞选团队内部，基诺克的故事爆出之后的两周如同一场失控的噩梦，每一天都有新的令人震惊的事情发生。但回想起来，结局的到来仿佛早已注定、无可避免，如同古代部落文化中核心的一场献祭仪式。候选人发誓要坚持，试图无视狂吠的猎犬。媒体则不停地抽血。候选人的同僚表示支持他。但这些故事已经树立起难以挽回的糟糕形象，可能再也无法抹除。候选人把家人和心腹聚集在身旁，一个接一个地询问他们的建议。他们希望他能继续参选，好保卫自己的名誉；他们希望他能退选，好保卫自己的名誉。带着泪水，他选择放弃。他压抑着怒火，扬起下巴，面对摄像机。

9 月 23 日早晨，考夫曼让康诺顿去通知全国的筹款组长们，拜登将在中午宣布退选。媒体发布会前两分钟，康诺顿给在亚拉巴马的父母打了个电话，他唯一能说出口的只有"打开电视"。他在洗手间里哭泣时，其他所有幕僚都在听拜登在拉塞尔大楼发表的声明。"我为陷入这番境地而生自己的气——让自己陷入这番境地。"拜登对着如同行刑队般的摄像机说，"我该去博克的听证会了，以免我说出什

---

❶　罗伯特·博克，美国保守主义法官，主张宪法原旨主义，曾于 1987 年被里根提名为最高法院大法官候选人，但遭到当时被民主党控制的参议院否决。博克的主要污点是他在担任尼克松政府首席政府律师时作为代理司法部长解雇了调查水门事件的特别检察官阿奇博尔德·考克斯，该事件被媒体称为"星期六大屠杀"，也成为后来阻碍博克获得大法官提名的最重要理由。

么听起来很讽刺的话。"言毕,拜登走进三楼的参议员党团活动室,坐在司法委员会主席的位置上;这场听证会阻挠了罗伯特·博克法官被提名为最高法院大法官,也开启了拜登在政治上的复健。

康诺顿患上了战斗疲劳症。短短两周里,他的英雄被揭发为伪君子,从白宫材料变成了全国笑料。

"他曾声称,他的力量在于他能通过演讲触动人心。"康诺顿说,"结果,他只是在借用其他人的话,一切都被彻底动摇了。"现在,康诺顿不知道该做什么:他的人生突然失去了方向。当考夫曼要求他在威尔明顿多留几个月来协助结束竞选活动时,他答应了。这让他看起来像个好战士,但事实是,他已经彻底瘫痪,无力去寻求更好的选择。他现在做的是政治中最糟糕的工作——花费数小时打电话给愤怒的支持者,他们想把自己的钱要回来;或是打电话给艾奥瓦和新罕布什尔愤怒的职员,他们扣留了竞选活动中使用的电脑,除非能拿到最后一笔工资。哪怕只给竞选活动捐过一个火腿三明治的人,现在都寄来了账单。康诺顿的任务是记录归档拜登受此番耻辱中的每一步——每一桩可能在1990年的下一次参议员竞选中对他不利的负面新闻和评论。这种新闻和评论足足有数百条,在这场炼狱的最后,拜登的人生已被研究透彻——就连他植发的事也不例外。这就像在一场可怕的事故之后负责清理尸体碎片,还要把那些碎片保留下来作为呈堂证供。

1987年末,康诺顿得到一份为民主党参议员竞选委员会筹款的工作。他拒绝了——他不想花费整个职业生涯去记录支票和胸针。他仍然想要涉足政治的实务:议题。然后,考夫曼告诉他司法委员会有一个职位空缺;年薪四万八千美元,相当于华尔街新手分析员。但是,那里会有关于反垄断法、知识产权和民事司法改革的有趣工作。康诺顿感到自己与考夫曼之间有稳固的纽带,他也不想放弃拜登。况且,华尔街也不可能雇用他:10月19日,股票市场崩盘,迎来史上单日最高跌幅；1986 年的税制改革法案终结了许多曾让公共财务部门欣欣向荣的套汇漏洞。他决定留在华盛顿。

　　在华盛顿特区，每个人都得是谁的人。康诺顿是拜登的人。

1987

喊叫、咒骂、手势以及那该死的恐惧和贪婪包围着他,他爱死这样了。他是排名第一的债券销售员,正如人们所说,是债券交易厅里"最大的生产者"[1]……《博斯基丑闻中的检察官预言,华尔街的伦理将会发生改变》[2]……唐娜·赖斯——究竟发生了什么:加里·哈特请求我嫁给他;巴哈马惬意周末的独家照片[3]……我认为,关于贫民窟的下层阶级,自由主义观点的消亡使得关于这一议题的学术论述过于单一了。这也使得要想做成什么变得更加困难[4]……《令人震惊的新趋势——美国人害怕离开自己的家》[5]……好吧,你一塌糊涂,看起来像一摊狗屎,但是,嘿,这没关系。你需要的只是分量更合适的可卡因罢了[6]……相对主义成功地摧毁了西方的普世主义或思想上的帝国主义主张,令它降格成为另一种文化[7]……重力永远不复从前。耐克的空气革命[8]……《格林斯潘声称贸易逆差的增大是"一种反常",预言即将改善》[9]……在接下来的十四个月里,想在佛罗里达建造愿景中的子弹头火车的投标人将认真起来。他们将开始与有兴趣建造车站的开发商协商大规模的土地交易,从坦帕到[10]……戈尔巴乔夫总书记,如果您寻求和平,如果您寻求苏联和东欧的繁荣,如果您寻求自由化:请来到这扇门前![11]……《总统承认对伊朗门事件负有责任》[12]……许多员工都与盖茨使用同样的带有年轻科技工作者特色的词汇。"随机性"适用于任何令人困惑或没有计划的情况。"带宽"是指一个人可以吸收的信息量。进展不错的事情会被称为"激进""酷",或是盖茨最喜欢的"超棒"[13]……拜登正挣扎着挽救他的总统竞选之路,今天,他承认了自己年轻时的一个"错误",他当时抄袭了[14]……《大恐慌!道指跌穿地板——五百零八点》[15]

注释

1. 小说《虚荣的篝火》（*The Bonfire of the Vanities*, 1987），汤姆·沃尔夫著。汤姆·沃尔夫被誉为"新新闻主义之父"，这本 1987 年出版的讽刺小说展现了 80 年代中期因经济增长带来的社会问题，如道德败坏、种族歧视、为逐利不择手段等现象。
2. 《洛杉矶时报》1987 年 1 月 11 日新闻，讲述股票交易员伊万·博斯基通过公司内幕消息进行内线交易、非法获取巨额利润的丑闻。
3. 《国家询问者报》1987 年 6 月 2 日封面报道，详见本书第 74 页。
4. 社会学著作《真正的穷人》（*The Truly Disadvantaged*，1987），威廉·朱利叶斯·威尔森著。20 世纪 70 年代后，美国城市人口激增，犯罪率飙升，少数族裔贫困情况加剧，公共住房和贫民区生态恶化；基于这种社会背景，威廉·朱利叶斯·威尔森对生活在芝加哥南部贫民区的非裔美国人进行调查研究，分析种族与贫困的关系，提出超越左右立场的应对政策。
5. 《国家询问者报》1987 年 6 月 16 日文章。
6. 电影《零下的激情》（*Less Than Zero*，1987）。80 年代中期，快客可卡因开始在美国各大城市出现，迅速成为流行毒品，这一现象被称为"快客瘟疫"（crack epidemic）。
7. 政治学著作《美国精神的封闭》（*The Closing of American Mind*，1987），亚伦·布鲁姆著。该书考察当代美国心智与德国思想的联系，批判 20 世纪 60 年代后盛行的虚无主义及文化相对主义，揭示高等教育的危机。
8. 耐克公司"空气革命"球鞋 1987 年杂志广告。
9. 《华尔街日报》1987 年 12 月 21 日新闻。1975 年，美国的出口额比进口额多一百二十四亿美元，这是美国 20 世纪最后的贸易顺差，此后对外贸易逆差大幅增加。到了 1987 年，美国贸易逆差已激增至一千五百三十三亿美元。
10. 《圣彼得斯堡时报》1987 年 2 月 3 日新闻。
11. 里根总统 1987 年 6 月 12 日在东西柏林交界的勃兰登堡门发表演讲《推倒这堵墙！》（"Tear down this wall!"）。
12. 《华盛顿邮报》1987 年 4 月 13 日新闻。伊朗门事件（Iran-Contra Affair）是指里根政府向敌国伊朗秘密出售武器从而换取人质自由的政治危机事件。
13. 《商业周刊》1987 年 4 月 13 日新闻。盖茨即微软创始人比尔·盖茨，微软于 1975 年成立，1986 年上市，成为当时最成功的计算机公司之一。
14. 《纽约时报》1987 年 9 月 18 日新闻，讲述拜登 1987 年竞选总统时的演讲稿抄袭事件，详见本书第 76 页。
15. 《纽约每日新闻》1987 年 10 月 20 日封面报道。1987 年 10 月 19 日，香港股市开市即下跌一百二十点，恐慌扩散到其他亚太地区和欧美股市，纽交所道琼斯指数当天下跌逾百分之二十，创下历史上第二大单日跌幅，这一天被称为 1987 年黑色星期一。在随后的整个 10 月，全球股市整体呈下跌趋势。

工匠：雷蒙德·卡佛

雷是个酒鬼。他从父亲C.R.那里继承了这一点。C.R.是亚基马山谷一家木材厂的锯木工，很擅长讲故事。雷也继承了这一点。C.R.可以几个月不沾一滴啤酒，然后从家里消失几日；雷、母亲和弟弟会带着大难临头的预感坐下来吃晚饭。这也是雷喝酒的方式：一旦开始，就无法停止。

雷在四五十年代长大。他是一个高高胖胖的男孩。他站立时会弯着腰，一只手臂或腿弯成一个古怪的角度；他后来减了肥，但保留着胖男孩眯着眼睛的模样。他的裤子和衬衫看起来像是华达呢做的，就是四十岁的失业者会穿的那种。他声音微弱，讲话时嘟嘟囔囔，对方必须靠得很近才能听清，但他的话往往十分有趣和尖锐。

卡佛一家住在一栋七百平方英尺的房子里，有四个房间，地基是一块水泥板。家里没有可以独处的地方，一家人却又像陌生人一样生活在一起。

雷喜欢在哥伦比亚河沿岸猎鹅和钓鳟鱼。他喜欢读畅销小说和户外杂志。有一天，他告诉那个带他去打猎的男人，他把一个故事投给了其中一份杂志，结果被退了稿。这就是雷整个上午看起来都焦躁不安的原因。

"哦，你写的是什么？"那个男人问。

"我写了一篇关于这片荒野的故事。"雷说，"飞行的野鹅，猎鹅，以及这个遥远乡村里的一切。他们说，这个故事没法吸引大众。"

但他并没有放弃。

雷在好莱坞帕尔默作家协会的《作家文摘》上看到一则广告。那是一门函授课程。C. R. 支付了二十五美元的注册费，雷开始分十六期付学费，但他很快就没钱付每月的费用了。获得高中毕业证书后，父母希望他去锯木厂工作。事情并未如愿以偿。

雷让一个名叫玛丽安的漂亮姑娘怀了孕。她本打算去华盛顿大学读书，但雷和玛丽安彼此爱得发狂，于是他们结婚了。1957 年，他们的女儿出生，产房上面两层楼就是精神科病房，C. R. 正因神经衰弱在那里接受治疗。一年后，他们又有了一个男孩。雷二十岁，玛丽安十八岁，那就是他们的青春。

他们开始游荡。他们有伟大的梦想，并相信努力工作会让这些梦想成真。雷将成为一名作家。之后他们就会拥有一切。

他们在西部多次搬家，从未停止。他们曾在奇科、帕拉代斯、尤里卡、阿克塔、萨克拉门托、帕洛阿尔托、米苏拉、圣克鲁斯和库比蒂诺住过。每次开始安顿下来，雷都会焦躁不安，他们就继续前往其他地方。支持这个家庭的主要是玛丽安。她包装水果、当服务生、挨家挨户卖百科全书。雷在药店、锯木厂、服务站和仓库工作过，还在医院当夜间看门人。这些工作并不能给人崇高感。他回家后也总是太累，什么也做不了。

雷想写一部小说。可是，当一个男人试图在洗衣店里洗六桶衣服，而他的妻子正在某处端盘子，他们的孩子正在另外某个地方等他来接，时间已经太晚，可他前面的那个女人还在不停地往烘干机里塞硬币——这个男人永远没法写小说。要想写小说，他需要生活在一个有意义的世界，一个固定在某处的世界，以便他能够准确地描述它。

那不是雷的世界。

在雷的世界里，规则每天都在变化，他看不到下个月第一天之后会发生的事，那天他必须赚够租金和校服费用。他生命中最重要的事实是他有两个孩子，他永远无法摆脱随之而来的凶猛责任。兢兢业业、与人为善、正直行事——这些还不够，事情不会好转。他和玛丽安永远得不到回报。这是他在洗衣店中明白的另一件事。一路走来，直到某个地方，他的梦想开始破灭。

他没有心情写长篇故事，尽管那也许真能赚到钱；出于看不到任何出路的深深挫败感，雷只能写诗歌和非常短的故事。然后他一次又一次地重写，有时反复多年。

那些故事讲的是没能成功的人。那是雷的经历，那些人都是属于他的人物。他的角色是失业的推销员、女服务员、工人。他们居无定所；在卧室、起居室和前院，他们无法远离彼此，无法摆脱自己，每个人都独自一人，漂泊不定。他们的名字并不花哨——厄尔、阿琳、L. D.、雷——并且往往只有一个名字而已。他们身旁没有宗教、政治或社区，只有西夫韦超市和宾果游戏厅。世界上任何地方都没有发生任何事情，只有一个男孩在跟鱼搏斗，一个妻子在卖一辆二手车，两对夫妇把自己说到精疲力竭。雷抛开了几乎一切东西。

在一个故事中，一个妻子得知，刚跟朋友钓鱼回来的丈夫将一名遭到残酷对待的女孩的尸体留在河里三天才报警。

　　我丈夫吃东西胃口挺好，可是他显得累，心情烦躁。他慢慢咀嚼，胳膊放在餐桌上，眼睛盯着室内那边的什么东西。他看了我一眼，又望向别处。他用餐巾擦擦嘴巴，耸耸肩又接着吃。我们中间有了什么东西，尽管他不想这么想。

　　"你干嘛盯着我看？"他说，"怎么了？"他说着放下叉子。

　　"我盯了吗？"我说着呆呆地摇了摇头，呆呆地。❶

　　他的人物讲的语言听起来很平常，但每一个字都充满陌生感，言语之间的沉默中还升腾出一种恐慌情绪。这些生命在虚空中颤抖。

　　"我的大多数角色都希望他们的行动可以造成某种影响，"雷说过，"但与此同时，他们明白——正如许多人一样——事实并非如此。他们的行动不再有作用了。过去你认为重要甚至值得为之而死的东西，如今变得一文不值。他们开始对自己的生活感到不适，他们看到自己的生活正在崩溃。他们想扭转一切，却无能为力。"

　　雷以一种漫长而艰苦的方式写作，与这个时期的每一种趋势都背道而驰。那些年里，短篇小说是一种次要的文学形式。现实主义似乎已经衰落。雷的作品令人最先联想到的作家是海明威，后者死后正逐渐被人遗忘。20世纪六七十年代，人们讨论最多的作家——梅勒、贝娄、罗斯、厄普代克、巴特、伍尔夫、品钦——都更喜欢浮夸而非克制的笔触，他们写的是关于知识分子、语言或情欲过度的鸿篇小说，以及情节耸动的新闻作品。当时有一种竞争正在一口吞噬美国人的生活——用散文般的笔触模仿和扭曲这个国家的社会事实，而这些事实拥有无限的流动性和冲击力。

　　雷的英雄是契诃夫；他逆文学潮流而动，笃信一种更安静的做法，遵循埃兹拉·庞德的格言："叙事在本质上的准确性，是写作唯一的道德。"通过密切关注失落边缘人的生活——那些在当代美国小说中很少被描述和认真对待的人（如果说他们曾出现在哪里，那就是在爱德华·霍珀的画作中）——雷的手指把到了更深层的寂寞脉搏。作为一位虚构作家，他似乎无意间得知，在这个国家的未来，最普

---

❶　此处译文引自雷蒙德·卡佛的《新手》，孙仲旭译，译林出版社2015年版。

通的事物中将充斥着最严重的不安，就像在深夜去超市，或是排在后院大甩卖的队尾。他感觉到生活的表面之下无可依靠。

70 年代初，玛丽安获得学位，开始在高中教英语。这让雷获得自由，可以把精力投入到写作和寻找大学教职中。他开始在东海岸的著名杂志上发表文章。卡佛一家在未来的硅谷买下他们的第一栋房子。在这里，他们与其他工人阶级作家及其妻子不间断地开派对。卡佛一家正在走上坡路。就在这时，一切都崩溃了。

孩子们步入青少年时期，雷觉得他们现在可以管好自己了。雷和玛丽安各有一段婚外情。他们两次破产。他因声称自己失业而被控告对加利福尼亚州政府撒谎，差点被送进监狱。虽然没被关进牢里，但他几次进出戒酒中心。他的酒瘾愈发严重，有时会陷入长时间昏迷。玛丽安试图跟上，以免失去他。雷是一个看起来有些古怪的安静男人，但喝下苏格兰威士忌后，他会变得凶恶起来。有一天晚上，玛丽安和一个朋友调情后，雷用酒瓶打了她。她耳朵上的动脉被切断，流失了六成的血液，当她被送进急诊室时，雷躲在厨房里。

几个月之后，1976 年，他的第一本小说集《请你安静些，好吗？》在纽约出版。这些故事写了近二十年。题献页上写着："本书献给玛丽安。"

雷是一个酒鬼，也是一个作家。两者总是走在不同的轨道上。第一个自我所逃离、破坏、毁灭或怨恨的东西，会被第二个自我转化为高雅的艺术。但现在，他的写作能力渐渐丧失了。

"这一刻到来了：妻子和我认为神圣的、有价值的、值得尊重的一切都分崩离析，包括每一种精神价值。"他后来写道，"我们身上发生了可怕的事。"他从不打算成为酗酒者、破产者、作弊者、小偷和骗子。但他成了这一切。那是 70 年代，很多人都风头正劲，但雷多年前就知道，派对和酗酒的穷人生活只能通向黑暗。

1977 年中期，他独自一人住在俄勒冈州附近偏远的加利福尼亚海岸。让他在这里喝下最后一杯酒后决定戒酒的，不是他对自己或家庭生活的恐惧，而是对失去写作能力的恐惧。清醒后，他又开始写作了。1978年，他和玛丽安分道扬镳。

那是"恶雷"的结束，也是"善雷蒙德"的开始。他又活了十年，在那之后，他这一辈子吸的烟终于猛扑上来；1988年，他去世了，享年五十岁。在那十年间，他从一位诗人 ❶ 那里找到了幸福。他写出最好的一些故事，逃脱了自我戏仿的陷阱——这种陷阱开始被称为极简主义——为了实现更加慷慨的愿景，他转向更丰满的表达方式。他成名并进入中产阶级。他赢得美誉，获得大奖，成为一个从地狱中获得救赎的文学英雄。他就像从鬼门关走了一圈回来的人那样，过得愉快又谨慎。

80年代，他的风格变得闪亮浮华，这对他大有助益。里根时期，他被称为绝望蓝领的编年史作家。他的角色讲话越不清晰，许多新读者就越喜欢这位创作者。如果说堕落的工人阶级令他们着迷和恐惧，他们至少可以想象自己通过雷蒙德的故事了解其精神，因此他们迷恋他。纽约文学界再次变得热烈而激情洋溢，他被捧上了核心位置。他现在是一名复古当代作家，身旁是二十多岁的作家们，后者学会模仿卡佛严峻的笔触，却没有先在自己的创作之火中锻造风格。他穿着夹克摆出姿势让人拍肖像照，脸上带着往日的威胁神情，就像一个人从城镇中的危险区域闯入了一个售书会。

"他们卖掉了他那些关于无能的、失败的、尴尬和令人尴尬的男人们的故事，其中许多人是酒鬼，所有人都是失败者；这些故事都卖给了雅皮士。"他的一个老朋友说，"他笔下的人物让雅皮士们证实了自己的优越感。"

但是每天早上，善雷蒙德会起床、喝咖啡、坐在书桌前，跟恶

---

❶　诗人指卡佛的第二任妻子苔丝·加拉赫，两人在作家会议上相识。

雷一直以来的做法一模一样。毕竟，他们是同一个工匠。现在，令他分心的事物变了，但他仍然试图以极其准确的方式记录下他耳闻目睹的东西；在美国的喧嚣中，这件小事就是一切。

迪恩·普莱斯

迪恩在宾夕法尼亚州待了七年。他跟同样在强生公司工作的一个女孩结了婚，两人住在哈里斯堡，生了两个男孩——蔡斯出生于1993年，瑞安出生于1995年。迪恩后来离开强生公司，成了一名独立承销商，贩卖强生公司的膝关节与髋关节矫形器。他收入不错，但没过几年，婚姻就破裂了，于是他开始酗酒。早上出门变得越来越难，最后他索性不再完成销售配额。他赶在公司终止合同之前辞了职。

他决定回到罗金厄姆县。他没法住在北方，没法忍受那里的寒冬和不友好的人们；当行人与汽车擦肩而过时，司机们甚至不会把手指从方向盘上挪开来打个招呼。他害怕儿子们在长大过程中不懂得土地、农耕或钓鱼，不认识住在十英里之内的亲戚们。法院把主要监护权判给孩子们的母亲，迪恩在他们学龄前的每个月前十天可以照看他们，之后只能隔周周末相见。迪恩觉得只要自己回到家乡，最后总能把儿子和他们的母亲引诱过去。在那之前，他会尽可能频繁地开车到北边来接送儿子们，就算一个月六次也没关系，就算边开车边哭也没关系。

迪恩总是说："我是一个了不起的父亲，一个挺不错的商人，一个糟糕透顶的丈夫。"

1997 年，迪恩搬回斯托克斯代尔，那年他三十四岁。他发誓不让离婚把自己搞得满腔怨愤。他决心改变自己，成为一个更好的父亲，一个更诚实的人。在这个国家里，他所属于的那一部分仍十分老派，他热爱这一点。美国的脊梁就在这儿：自给自足、忠心耿耿。杰斐逊曾写道："土地的耕种者是最有价值的公民。他们最有活力、最独立、最正直；他们与国家一心同体，与国家的自由和利益之间有着最坚固长久的纽带。"这番话仍然属实。如果美国遭到入侵，有多少加州人或纽约人会拿起枪来战斗？"农民的特征是他们从骨子里就是创业者。"迪恩说，"这就是为什么他们会在两百年前来到这里。他们不想上班打卡，不想为其他人工作。他们可以拥有一百五十英亩土地，做自己的老板。如果你有个创业者的培养皿，这个国家的环境再完美不过，因为在这里，风险伴随着奖赏。"

他加入了萨迪斯原始浸信会教堂，那是一座朴实的红砖建筑，盖在一棵巨大的老橡树旁，这棵树 1801 年直就屹立在此；教堂旁边有一个小小的坟地，迪恩的外祖父母伯奇·尼尔和奥利·尼尔就长眠于此。迪恩加入时，萨迪斯教会已经只剩八九个人，大部分人的年龄都有迪恩的两倍那么大。迪恩喜欢教堂里陈旧的木头气味，喜欢无伴奏的古老赞美诗。原始浸信会十分强调梦境，这里的牧师——明特尔长老——也常常在讲道坛上谈起梦境。除了通过梦境和想象，上帝还有什么别的途径与你交谈呢？这种神学被称为神圣的希望。迪恩不再是像他父母一样的基督徒了。他希望自己能够得救，但他什么也无法确定——他不知道最后自己能否回家。他只能尽力而为。他第三次在丹河里受洗——前两次都不算数——从水中出来后，他满心欢喜，感到自己可以重新开始了。

阿巴拉契亚山脉与大西洋滨海平原之间的阔叶山林与红黏土田

野被称为皮埃蒙特山麓地区。沿着弗吉尼亚州与北卡罗来纳州的州界，从丹维尔和马丁斯维尔一路到格林斯伯勒和温斯顿－塞勒姆，20世纪皮埃蒙特的经济支柱是烟草、纺织与家具。在20世纪最后几年里，它们几乎同时开始衰亡，仿佛一场具有高度传染性的神秘瘟疫横扫了整个区域。迪恩·普莱斯回到家乡时，坏兆头刚刚开始在各处浮现。

这片区域种植的大部分烟草都是由温斯顿－塞勒姆的雷诺烟草公司购买、储存、放置老化、加工、混合、卷起并切割制造成香烟的。迪恩喜欢沿着杰布·斯图尔特高速公路开车北上，穿过弗吉尼亚州界，来到雷诺农庄，一路都能看到"无权管辖山"——这名字从私酒而来 ❶。他敬仰理查德·乔舒亚·雷诺——出生于1850年的雷诺在1874年骑马来到温斯顿，第二年开始制造烟草，通过投资包装香烟成为北卡罗来纳首富。那可真是创业的好时候，迪恩心想——在这片土地上，商业初露萌芽，最棒的点子能一跃登顶。雷诺是一名革新者；当时的南方仍然是一贫如洗的农村，而他已经是一名现代工业大亨。雷诺庄园里有一块石碑，上面刻着他孙子的一番话，描述雷诺如何令数以千计的人们过上了体面的生活，若不是他，那些人"会注定困在这片落后的土地上，这里没有未来，还背负着失败的过去"。雷诺烟草公司建立了温斯顿－塞勒姆这座城市，为员工提供了（种族隔离的）公司宿舍和免费日托，发给他们每年都有不菲分红的A级股票，还成立了一家名为美联银行的当地银行来管理股票和存款。

到了20世纪80年代初，雷诺公司已经脱离雷诺家族的控制，开始面临来自竞争者的沉重压力。雷诺的销售额在1983年达到顶峰，此后年年下滑。同一时期，联邦政府也开始施加一种不同的压力——

---

❶ 当地传说在禁酒令执行期间，这座山上曾经有许多私酒作坊，因此对税务官员来说属于不该去的禁区。

烟草广告被禁止，烟草消费税于 1983 年翻倍；反吸烟斗士们也开展了声势浩大的公众意识宣传活动。为了保持优势，雷诺公司于 1985 年与纳贝斯克食品公司合并，将总部迁往亚特兰大，这让温斯顿－塞勒姆的许多人十分不快。1988 年，雷诺·纳贝斯克公司成为当时最大的杠杆并购目标，以二百五十亿美元的价格被华尔街的科尔伯格·克拉维斯·罗伯茨公司收购。工人们对这一交易一无所知，但雷诺公司几乎立刻开始削减温斯顿－塞勒姆的雇员，以填补纽约那头堆积如山的债务。烟草生意已日薄西山。

　　1990 年，迪恩·普莱斯认识的一名烟农詹姆斯·李·艾伯特接受了格林斯伯勒《新闻与纪事报》的采访和拍摄。1964 年，二十五岁的艾伯特以一百美元每英亩的价格在罗金厄姆县买下了一座占地一百七十五英亩的农场，当时顶级烟草的价格是四十七美分一磅。从那以后，当他开始成家添丁，烟草价格差不多每年都上涨十到十五美分，直到 1990 年左右达到二点二五美元每磅的峰值。正是在这时，艾伯特在采访中告诉记者，政府要让建设这个国家的烟农们失业。

　　之后几年里，不利于烟草公司的国会听证会和诉讼使得烟草的市场需求缩减，价格也随之持续下跌。1998 年，为了终结诉讼，烟草巨头同意向各州政府支付超过两千亿美元来赔偿因吸烟导致的健康损失。2004 年，联邦政府终止了烟草配额补贴。在随后的过渡补贴计划下，接下来十年里，政府会用烟草公司的钱补贴烟农，让他们能从每一磅未种植的烟草上拿到七美元。

　　迪恩邻里的大部分农民都领取了补贴。六十七岁的詹姆斯·李·艾伯特领了自己那份补贴后，几乎立刻就进行了体外循环心脏手术，此后再也无法工作。他的一个儿子开始在地里养马。迪恩的表兄特里·尼尔在迪恩家对面隔着 220 号公路的位置有两百英亩上好的土地，他于 2005 年停止务农，把大部分补贴拿来交税和还债。对大部分烟农来说，转去种草莓或大豆都太贵，于是他们要么只种干草，要么就干脆休耕；在作物生长期，罗金厄姆县的土地却是一片光秃秃的奇异景象。

纺织业的衰落有若干原因。纺织工厂于19世纪晚期来到皮埃蒙特，大多分布在小城镇。1882年，丹维尔市的丹河工厂开始生产；1895年，科内兄弟将近邻纺织厂带到格林斯伯勒。纺织业城镇的社会准则是保守的家长式作风——公司会照管它的雇员，并激烈反对任何工会力量。在马丁斯维尔这种地方，从来都没有过真正的中产阶级，有的只是经理和工人；当纺织业于上世纪90年代开始崩溃，这些基于纺织工厂的城镇没有后路可退。有些工人和当地官员将其归咎于《北美自由贸易协定》：在民主党和共和党的一致支持下，它于1994年元旦开始生效。其他人则说，这都怪工厂老板的自私和贪婪，他们不愿让其他产业在这里立足，最后只能把工厂卖给那些对丹维尔和格林斯伯勒毫无忠诚之心的大企业和华尔街公司。支持商业的当地人责怪过高的人力成本。华盛顿和纽约的分析家则称，随着技术发展和全球化，一切都无可避免。在多年的裁员和其他警示行为之后，终结仿佛在一瞬间到来。一个多世纪以来，在当地社区担当制度核心支柱的公司仿佛会永远存在，如今却纷纷消失在眨眼之间：马丁斯维尔的塔特斯于1999年宣告破产，格林斯伯勒的近邻纺织厂在2003年破产，丹维尔的丹河工厂则是在2005年；温斯顿－塞勒姆的哈内斯于2006年开始关闭工厂，到了2010年只剩下孤零零的一家。数百家小企业也随之离去。仅北卡罗来纳州的一个农业县——总人口七万三千人的萨里县——就在十年里丢掉了一万个工作岗位。

皮埃蒙特家具制造业的历史甚至比纺织业更为久远。2002年，巴塞特家具公司庆祝成立一百周年，用水曲柳实木打造了一把二十多英尺高、重达三吨的椅子。这把椅子在全国巡回展出七年，到达了每一家巴塞特家具公司店铺所在地，最后回到马丁斯维尔，安放在主街上的一个停车场里。不过到那时，低成本的中国竞争对手几乎已把当地家具产业铲除殆尽。没能转型去服务小型高端国内市场的公司走向末路。那把巨型椅子成了一块纪念碑。

1997 年，皮埃蒙特仍然处于这场瘟疫的早期阶段。占据多个街区的砖厂依然存活，尽管衰颓也已经开始。虽然有些烟农已经开始撤离，但绵延数英里的土地尚未荒废。大部分人仍在工作——极少见到能干活的当地人领取残障福利——可卡因和甲基安菲他明的冲击也尚未来到罗金厄姆县。在麦迪逊市中心，设有午餐柜台的麦克福尔药房仍在营业，隔壁有一家男装店、两家家具店、一家鞋店和几家银行。80 年代，凯马特已经在这里开设了第一家大型百货商店，但罗金厄姆县此时连一家沃尔玛也没有。不过，大部分人都知道即将袭来的力量，也知道这里有可能被时代抛下。迪恩总是说，此地的 DNA 里没有野心，那些心怀一点志向且仍然年轻的人都不会留下。一个大学毕业且已在北方成家立业的当地人回到家乡，这十分罕见，足以引人注意。在那些不太了解迪恩·普莱斯的人看来，这大概是一种失败。

迪恩的看法恰恰相反。他回到家乡，是为了让自己摆脱过去的束缚，摆脱贫困思维。他的父亲尝试过逃离，却被拖入泥潭，因为那些束缚十分牢固。但迪恩认为自己能够打破它们。

他的母亲独自住在 220 号公路上的房子里，她终于成功将迪恩的父亲扫地出门，跟他离了婚。迪恩的父亲搬去了伯灵顿，在那里跟一个女人再婚，靠政府的残障福利过活。迪恩的母亲做着护士的工作，在极度保守的五旬节派教会做礼拜；对迪恩来说，这个教会太保守了。他搬进了已经去世的外祖母在房子后面的公寓。

90 年代末，220 号公路已经拓宽成一条四车道的大路，起点在迪恩家南边不到一英里处，一路向北通往弗吉尼亚州的罗阿诺克县。这是迪恩家为数不多的幸运之处，因为随着公路上的长途卡车多起来，土地的价值也翻了几番。这也让迪恩有了一个计划。从格林斯伯勒到罗阿诺克只有一两个卡车休息站。迪恩家就在路旁，前后数英里一片荒凉，只有一家有着叙事壁画的教堂。迪恩决定在自己家隔壁盖一家便利店、一家快餐店和一个加油站，那里有他从外祖母那儿继承的几英亩土地。他还准备了一份营销计划，在其中展现自己迄今为止的生活经历。

在宾夕法尼亚州，他从一家名为希茨的当地连锁加油站和便利店学会了游击营销。迪恩从没见过希茨那种做生意的方式。在南方，人们开张之后就坐等顾客上门。但在宾夕法尼亚州，希茨会通过把油价降低几美分来抓住顾客眼球，引诱他们上门。只要希茨开到你家附近，你就知道它会跟你抢生意。迪恩羡慕它的成功，决定把打折汽油引入东南部。他买下一家风味冰淇淋分店，费用很低，因为冰淇淋的利润也不高。为了吸引更多当地人上门，他把便利店装潢成乡村市场的风格，盖了一个门廊，还在外面停了几台老式农用车。他开车在古董店和跳蚤市场到处寻找老旧的可口可乐标志和刷在木板上的面包与粮食广告。他的梦想是在普莱斯家的烟草农场里种植作物——甜瓜、草莓、番茄、玉米——然后在便利店里新鲜出售，还能教会儿子务农。他想出了一个好记的名字：红桦乡村市场。"桦"来自外祖父的名字，"红"则来自救世主的牺牲。这家店的口号是"受基督之血庇佑的家族生意"。他的姐姐和姐夫出资一小部分跟他合伙。在他的想象里，红桦卡车休息站会遍布东南部。

迪恩的生意于 1997 年 10 月 2 日开张。当时的油价是每加仑八十九美分。

迪恩家离商店只有五十英尺——太近了，时时刻刻面临卡车的灯光和噪音。他的母亲想要拆掉这栋房子，在离路远一点的地方重新建一栋。迪恩却不这么想。这栋房子承载着一家三代人的历史，无论好坏他都不想丢失。于是，生意开张三天后，他接下一桩艰巨的任务，要把房子搬离路旁，沿着长满草的斜坡，往下挪到尼尔家土地上的烟草农田和鱼塘旁边。一开始，他拆下了外墙和烟囱上的每一块砖。他用电锯把外祖母的公寓从建筑主体上锯了下来。然后，他把两辆六轮卡车用螺丝固定在房子下面，把房子抬起，将另外两辆六轮卡车停在地面，两组卡车之间用六英寸粗的金属棍相连，然后把房子固定在他的单斗装载机上。他在宾夕法尼亚州见阿米什人这么做过。迪恩开始用金属棍把房子往斜坡下一次挪动几英尺。厄尔尼诺现象让工程进展缓慢——连续四个月阴雨不断、路面泥泞——但到了1998年感恩节，房子已经屹立在距离220号公路几百英尺的新地基上，侧墙装上白色护墙板，屋顶安上烟囱，就像一栋19世纪的农家小屋。那一整年，迪恩像个疯子在房子和商店之间跑来跑去，好让两边的工程都能继续。他听到不少怀疑的声音，但一切结束之后，他已明白，只要自己下定决心，就什么都能做到。

卡车休息站生意不错，到了2000年夏天，迪恩在沿220号公路开出去四十五分钟车程的弗吉尼亚州开了另外一家，就在马丁斯维尔外的全国运动汽车竞赛协会（NASCAR）赛车跑道旁。在商店和加油站旁边，他开了一家伯强格斯连锁餐厅——炸鸡、饼干和斑豆更合南方人的口味，利润也比冰淇淋店更高。他的利润主要来自伯强格斯——汽油只能带来每加仑几美分的利润。至于乡村市场，人们喜欢这个主意，但对新鲜甜瓜和蔬菜并没有什么兴趣。他的顾客想要的是速食的便利与口味。不管怎样，他从雄狮食品公司买到包装好的食物，用卡车运过半个美国，成本比在爷爷的诺弗里特农场上种出来的作物还要低。"我们的国家发生了一些变化，质量不再像过去那样重要了。"迪恩说，"我开始这么干：用亏钱的农作物来打造一种乡村形象，好让人们进来在其他方面花钱，比如伯强格斯。甜瓜是亏得最多的。"

弗吉尼亚的商店开张不久，迪恩听说希茨要从宾夕法尼亚州千里迢迢扩张到马丁斯维尔——就在他的商店沿220号公路往南一英里处。他从未想过有一天自己竟然要跟希茨竞争；听到消息之后的几个月里，他愁得茶饭不思，仿佛自己是猎物，希茨则是潜行在身后的捕猎者。一天，他跟自己的第二任妻子——也是最短的一任——一起去芒特艾里觅购古董，在回来的路上，他茅塞顿开：跟他相比，希茨的唯一优势就是汽油价格。但那就是一切，因为在这门生意里没有忠诚可言，顾客会因为区区两分钱弃你而去。不知怎的，直到那一刻，他才明白了油价的重要性。接下来一周，他给卖给他汽油的中间商打了电话："我们的食物比他们好。我们的位置比他们强。他们一开张就会降低油价来跟我们抢生意。我们为什么不能先发制人，现在就降价，抢在他们六个月后开张之前积累客流量呢？"

以前，他每个月泵出十万加仑汽油，每加仑赚十五美分；现在，他每个月泵出二十五万加仑汽油，每加仑赚五美分。中间商会抽走一半，迪恩的一半则大多付给了信用卡公司。靠这个新的生意模式，迪恩在汽油上只能勉强收支平衡。但这是唯一的生存之道。希茨开张之后，他的利润下降了，但他把油价保持在这一水准，在生意上站稳了脚跟。他后来才知道，埃克森美孚卖给希茨的油价每加仑比他付的要低三到四美分。这就是两百五十家希茨加油站和两家红桦之间的差别。这就是一名创业者的生活。

迪恩继续为实现自己在整个东南部建立多家连锁店的目标努力，因为这是他距离自由最近的一次。他又开了第三个休息站，里面有一家伯强格斯和一家红桦乡村市场，就在第二个休息站沿着220号公路往北几英里一个名叫巴塞特的家具产业小镇上；随后他又开了一家单独的伯强格斯，位于马丁斯维尔边缘的220号公路商业带上。也就是说，220号公路成了他的连锁带，连起两州之间的三十五英里公路，连起他的生活。不过，从芒特艾里回程时的顿悟仍然伴随着他。迪恩将之总结为一句话：石油公司绑住了他的手脚。

　　90年代末的一天，迪恩的第二家卡车休息站开张后不久，他来到里兹维尔的一家古董店，那是斯托克斯代尔和丹维尔之间的一个镇子；他拿起一本励志书读了起来。书中传达了这样的信息：决定你想要做什么，无惧自我怀疑的阴影，相信自己能够做到，然后行动起来。他脑海中的某个角落如此想道："我得做点别的什么。"因为他一直都因浪费时间而焦虑，他也知道自己之所以来到这家古董店，是因为不想去卡车休息站；他对那日复一日千篇一律的操作流程已经失去了兴趣。但他脑海里的另一部分则在想："这是一笔对自己和对头脑的投资。没有比提升自己更好的事了。"于是，他在那家店里坐了一整天，读完了那本书。他意识到自己内心躁动不安，一种对学习的饥渴苏醒了——或者说是重新苏醒了，因为他小时候一直都有这种饥渴，直到开始工作才失去了它。

　　那之后不久，迪恩的一个发现改变了他的人生。一名在他挪动房子时帮他干活的电工问他对自己的生意有什么打算。迪恩说："我很想到马丁斯维尔去，在赛道旁边的街角再开一家便利店。但那得要一百万美元。你认识什么人有一百万美元吗？"

　　"当然了，"电工说，"洛基·卡特。"

　　"你有他的电话吗？"

　　"我打给他。"电工当即打了个电话给洛基·卡特。

　　卡特是克纳斯维尔的一个商业建筑商；克纳斯维尔是位于格林斯伯勒和温斯顿－塞勒姆之间的一个烟草小镇。跟迪恩见面之后，卡特同意在马丁斯维尔开一家卡车休息站。同时，卡特也是迪恩见过的最有想法的人之一，他一直在追寻人们看不到的东西。他给了迪恩一本名为《思考致富》的书，是一个名叫拿破仑·希尔的人写的，出版于1937年。迪恩热忱地读了足足二十五遍。

　　1883年，拿破仑·希尔出生于弗吉尼亚州西南部阿巴拉契亚山脉下的一个单室小木屋里。他年轻时是一名记者;1908年,他来到匹兹堡,为《成功》杂志采访安德鲁·卡内基。访谈原本计划持续三小时,但卡内基让希尔在他家里住了三天,谈论哪些人生原则令他成为世界上最富有的人,以及应该有一种新的经济哲学让其他人也能成功。到了第三天,卡内基说:"如果我委托你来写出这种哲学,给你介绍信,让你去见那些人生经验对你有用的人,"——他提到了亨利·福特、托马斯·爱迪生和约翰·D. 洛克菲勒等工业大亨的名字——"你愿意花二十年时间去研究,自掏腰包,不靠我的资助吗?因为这项研究会花上二十年的。你愿不愿意?"希尔考虑了二十九秒后说,他愿意。卡内基在桌子下面用一块怀表给他计时,如果希尔超过一分钟才给出答案,卡内基就收回这个提议。

接下来二十年里,通过卡内基的联络簿,拿破仑·希尔采访了五百多名在那个年代最成功的人——不仅仅是福特和洛克菲勒等工业大亨,也包括西奥多·罗斯福和伍德罗·威尔逊等政治家,还有发明家威尔伯·莱特,百货公司巨头F. W. 伍尔沃斯,辩护律师克拉伦斯·丹诺等。"他经历了一次又一次逆境。"迪恩说,"他的儿子生下来就没有耳朵,而拿破仑拒绝相信他的儿子听不见。每天晚上,他都会在儿子睡觉前来到他身边,对他说一个小时的话;他告诉儿子,'你会听见的,总有一天你会听见,你得相信你会听见。'他的儿子长大一些后,真的能听见了。他的意志让一切成真。"

1928年,希尔将他的发现出版为多卷本《成功法则》。十年后,在短暂地担任了富兰克林·罗斯福总统的顾问之后,他将十六堂课总结为单卷本的《思考致富》。希尔笔下的成功哲学始于头脑、终于头脑。致富的关键是想要变得富有,心怀一种"炽热的渴望",教自己去尽可能具体地想象财富,学会集中精力在自己渴求的目标和手段上,消除不断侵袭的恐惧和其他负面念头。这些就是生活在资本主义和民主体系下的美国人所独有的生活经验。半个多世纪之后,拿破仑·希尔的信息传达给了迪恩·普莱斯，成为他人生中无形但强大的一股力量，如同地心引力，如同爱。

"在我成长过程中，一旦有什么问题，"迪恩说，"妈妈和爸爸会说，'祈祷就好了。'我没法相信。肯定有别的什么办法。拿破仑·希尔教会我，人们的头脑里有魔力，但可能只有百万分之一的人知道自己拥有什么。拿破仑有句名言：'如果你能感受到它并且相信它，你就能获得它。'如果你的想象力能够跟得上，那就意味着它是可能实现的。这就是自然的法则。至于你有没有恒心、决心和毅力去实现它——那就另当别论了。"

迪恩彻底吸收了《思考致富》，开始频繁自然地引用它，就像牧师引用《圣经》一样。他所遇到的每一种情况，这本书都有一段真理与之相关。"拿破仑说过，一名领导者能给人们的最好的东西就是希望。""拿破仑·希尔说，人们在财产上渴望捕猎他人。如果他们无法在肉体上捕猎，他们就会在财产上捕猎，这是与生俱来的，刻在我们的基因里——我们才不是兄弟的守护者。""拿破仑·希尔说——你生命中的每一段逆境，都会为同等的顺境埋下种子。""拿破仑·希尔写道，有时你的潜意识会超前好几年。"

希尔向读者解释如何在睡前集中思维，用"自动暗示"来训练潜意识。每天晚上，他们都要大声重复一段写下的宣言，包括自己想要赚多少钱，想要在哪天之前赚到这些钱，以及想通过做什么来赚到这些钱，如同咒语一般。夜复一夜，迪恩躺在床上，一丝不苟地遵从希尔的指示，直至入睡。

希尔还警告人们注意六大基本恐惧。第一大也是最强烈的恐惧，是对贫穷的恐惧，在《思考致富》出版前的许多年里，这种恐惧已经钳制了大半个美国。"在1929年华尔街危机发生之后，美国人开始思考贫穷。"希尔写道，"大众的思想缓慢而确定地具像化为物质上对等的东西，那就是我们所知的'大萧条'。这一切注定发生，这符合自然法则。"有些人认为美国历史上最广为人知的名言之一要归功于希尔,那就是富兰克林·罗斯福在 1933 年就职演讲中的那句话:"我们唯一要恐惧的就是恐惧本身。"迪恩对第一大恐惧了如指掌。他反思自身,辨认出父亲贫困思维的影响力。但是如今,有位作家解释了如何才能控制它:"要么控制住你的头脑,要么让它控制你。"

任何叫卖成功秘诀的人都可能是蛇油推销员。1966 年,化妆品大王格伦·W. 特纳声称读过拿破仑·希尔的书,并视他为灵感来源之一,但特纳所做的只是把希尔的信息扭曲为"敢于成就伟大",好欺骗迪恩的父母。美国人对精神和物质的饥渴总是交织在一起,这令他们容易被兜售衣物、书籍和录像的小贩所欺骗。希尔所做的只是指出人们与生俱来对自身力量的无穷信任,并将它组织成一套听上去可行的哲学体系。他让迪恩相信,自己是命运的书写者。

正是在迪恩发现拿破仑·希尔后不久,他做了那个沿着古老的马车道走下去的梦。

塔米·托马斯

一旦她习惯了，这份工作就没那么难了。但是从装配线上刚起步时，她必须记住那些古怪的电线都连到了哪里，还有所有部件的位置；流水线在移动，那东西在与视线平齐处高速旋转，如果注意力不够集中，它就会离你而去。她们正在为通用公司制造电子元件线束，装配台是椭圆形的，大约五十英尺长，每个过道有八个或十个工作台，女工们戴着护目镜和手套站在自己的工作台前。线束一开始什么也没有，第一个工作台会放上去连接器和几根电线，下一个工作台会插上八到十根电线，在流水线上边移动边装配，最后一个人会把它从流水线上取下，必要时加上润滑油，然后包装。他们每隔两三分钟能完成一个线束，这时间看似充裕，一旦跟不上可就要手忙脚乱了。

更有经验的工人想出了捷径，例如把电线搭在肩上，或是在脖子上挂着带有插头线的连接器，而不是每次都走回架子旁抽出新电线；或者提前将电线插入连接器，这样当线束转过来时，他们可以直接把连接器固定在上面，而不必等到那时才开始做一切工作。只要工作效率高，剩下的时间可以用来读书，或是跟隔壁的人聊天，或是听音乐。在这里工作了几个月之后，塔米已经足够熟练，发展出了自己的体系，乃至完全可以一个人操作两个工作台。在奥斯汀敦的工厂，他们在酒吧吃午饭，其中一些人回来时已经喝得醉醺醺的；曾有人付给她二十美元，让她负责他的工作台一个小时，直到他清醒过来。要想在流水线上取得成功，只需要自制力和一点创造力，而她二者皆有。起初，她完全按照培训方法告诉她的去做，有时，她不得不在其他人的工作台上完成自己的工作。一些人会贴出一条红色胶带，告诉你："我不希望有人闯进我的工作台，不要越过这条胶带。"

第一年，她在干满九十天之前就被解雇了，因为健康保险从第九十天开始——然后他们又重开了她的流水线。在那之后的一段时间里，她每年都被解雇一次，通常是在 2 月或 3 月左右，最长持续了五个月；在那些间歇里，她什么也不用做就能领取高达百分之八十的工资。根据 1984 年帕卡德和美国国际电子工人兄弟会 717 号当地分会达成的协议，她刚入职时只能拿到百分之五十五的基准收入——包括工资、福利和休假——她必须工作十年，才能达到最高工资标准。一旦有了足够的资历，她就可以挤走资历尚浅的员工，争取一份更好的工作，比如在配送中心开高层电梯；或者排到更好的班次，比如晨班，这样等到孩子们放学时她就可以待在家里了。可是在前十年里，她被老员工挤来挤去。帕卡德的大部分工厂都在沃伦，但也有其他工厂散布整个山谷，而塔米几乎在每一个工厂都工作过。在沃伦，北河路上的主工厂是一群连在一起、带编号的建筑物，长达四分之一英里——10 号工厂是电缆制造区，高速压力机在 11 号工厂运转——你可以直接从一家工厂的末端走到另一家工厂，就像一条大街一样。他们称之为 66 号公路。

最糟糕的是 8 号工厂。塔米讨厌在那里工作。那儿的工作很糟糕——一条带有两根电线、几个夹子和一个索环的线束，得在八个小时里组装无数遍。此外，工作准则也很糟糕——没法打卡休息、离开工厂，只能带上午餐，持续不断地工作八个小时。新进来的员工算三线工人，拿不到与老员工相同的福利，会被派到 8 号工厂；同时，就业银行 ❶ 也设在 8 号工厂。相反，哈伯德工厂是她的最爱。如果想在外面吃午餐，你无须穿过十字闸门。哈伯德就像一个亲密的家庭，直到他们在 1999 年关闭了它；尽管已经是老员工，塔米还是不得不去了 8 号工厂，因为其他地方没有空缺。

　　起初，塔米对参加工会感到很兴奋。扬斯敦是一个工会城镇，即使钢铁工人已经受到打击，她仍能感受到工会的力量。有一年，717 号分会召集了罢工。她听过所有关于工厂的故事，想象自己是铆工罗茜 ❷，一个巡视纠察线的反抗者。不过，她排到了第二个班次，等轮到她巡视时，工会已经跟工厂达成了协议。随着时间的推移，她对工会感到厌倦。她去参加会议时，全程看着几个白人男性争论不休。她付钱给保姆并开车半小时到沃伦，可不是为了看两个白人男性争论。一些工会代表只知道关心自己，他们试图将事态升级到国际层面，好能领取两笔退休金。有一家名叫托马斯路的工厂，那里活像一个恐怖的地牢，一切都肮脏不堪；有一个工头会打开机器，缩短休息时间，有一次还锁上了电话，让新员工无法接听。然而工会代表只是坐在办公室里，什么也没干。随着帕卡德裁减更多工作岗位，将更多工作转移到华雷斯的美墨边境工厂，工会变得更加软弱，人们知道，最终它无法拯救你。

　　这份工作并不会像钢铁厂那样摧毁你的身体，但仍然会让你日渐衰弱。塔米在托马斯路工厂工作时得了哮喘：在那里，她负责焊锡炉，把铜线浸入融化的铅中。她感觉自己的前胸和后背仿佛贴在一起，有时十分严重，她不得不住院治疗。像很多工人一样，她也患有腕

---

❶　就业银行（Jobs Bank），由全美汽车工人联合会于 20 世纪 80 年代推出的工人待遇保障计划，保证工人被解雇后仍能从工厂得到百分之八十五的工资、医疗保险及养老金等福利。工会于 2008 年宣布终止此计划，以帮助汽车业渡过经济危机。

❷　铆工罗茜，二战时期最具代表性的海报上的女工形象。

管综合征——他们称之为"帕卡德手"，得用夹板和药物治疗——她离开工厂多年后，仍然会不时在夜间疼醒。

她发现自己也可以有点叛逆。有一次，一个临时工在她的区域工作，那是一个三十多岁的白人女性，离了婚，带着孩子。这个姑娘不敢休息，不敢去洗手间，也不敢跟其他人聊天，因为她觉得那会让她失去工作。她是那些早早上班的人之一，而其他人只是在自己的工作时间前五分钟才打卡上班。她看起来疲惫不堪，十分紧张。有一天，塔米看到这个女孩跪在地上，用手擦拭水泥地板上的油。那片油迹已经存在了二十年——她不可能把它清理干净，而且无论如何，你总得用真空吸尘器才能清理干净溢出的油——但她认为那是她必须要做的事情。清洁工团队拿着二十二美元的时薪来保持工厂整洁，而此刻他们那肥屁股一动不动，只是跷着腿，看着这个姑娘跪在地上试图用手清理地板。塔米厌恶这一幕——看着那姑娘是多么害怕。"你不用趴在那里。"她对女孩说。她很生气，甚至去找了他们的工头。"鲍勃，你知道这样不对。"但她能做什么呢？技术岗的一些家伙让临时工的日子不好过；临时工做两倍的活，只拿一半的报酬。后来，塔米说："我能感觉到，这个姑娘有一个家庭。她需要一份工作，就这样。她得赚钱养家，就像你在二十、二十五、三十年前那样，她愿意放弃自己做人的尊严，因为她需要这份工作，而她可能会以任何理由被解雇。在她来之前，我觉得我们的部门从没这么干净过。"

在流水线工作，主要是得找到打发时间的方法，之后她就能回家跟孩子们待在一起了。有时她会改变工序，从前到后装配，有时又会从后到前。她播放自己喜欢的音乐（大多数是 70 年代的 R&B 和乡村爵士——她不喜欢 Hip-Hop 音乐，她喜欢用乐器而不是电脑制作的音乐），必须盖过工业风扇的声音和这条流水线上其他四到五个收音机才能听到。有一次，一个白人女孩抱怨塔米的收音机声音太大，但她的本意是说塔米的音乐太吵，也就是说，它太黑人了。那是她在流水线上卷入的少数几次争吵之一。

大部分时候，她会跟人聊天。

她跟工厂里一些同事在一起的时间比家人更久。她和他们一起出去吃午餐——位于托马斯路工厂的"伊莱驰名烧烤"，还有北河路的卡巴雷餐馆，他们在那里能兑现发薪日的支票——也会一起去三角酒馆和83号咖啡店之类的酒吧。塔米不会像某些人一样喝醉，然后再回到转个不停的流水线上——她不知道他们是怎么做到的。他们在工作中也很开心。流水线上有一位老太太是塔米见过的最下流、最无知的人，但她很有趣——她会戴着猪鼻子来工作，走来走去吓唬人，还会猥亵男人。他们会用蛋糕给部门里每个员工庆祝生日，也会玩足球彩票。有一次，她因腕管综合征休息了几个月，那段时间里，她和一位同事中了超级碗彩票；直到同事把八百美元中的一半带来她家，她才知道这回事——他原本可以不告诉她的。

其中一些人成了她的亲密朋友，例如凯伦，一个来自城北的黑人女孩；她被挤出了晨班，派到塔米在午后的流水线上，塔米培训了她。塔米管凯伦叫"小大姐"，凯伦比她大十岁，但比她矮得多。凯伦也有三个孩子，她们因此成了最好的朋友。还有朱迪，塔米在帕卡德的最后一份工作中与她共享一张桌子，一边是朱迪的机器，另一边是塔米的机器，她们这样度过了三年。"这就是你建立人际关系的方式。"塔米说，"我们没法在厂里四处跑动，像在办公室里一样。我们被困在彼此身边。你还能聊什么呢？那个负责工具和模具的家伙——'你妻子最近好吗？你的孩子们最近好吗？你儿子橄榄球打得怎么样？'"当你与人们共事如此之久，你会在他们展示的照片中看着他们的孩子长大。后来，在离开工厂后，她最怀念的就是这种同志情谊。

塔米的朋友、来自城东的西比尔女士在一家通用电气灯泡厂工作了三十八年：从1971年开始，直到她六十三岁退休；她的工作是搬运五十磅的水泥袋。"任何人要是觉得工厂的工作很好，他们都该去拜访一下流水线上的工人。"她说，"大多数人都没法从工厂中存活下来。米特·罗姆尼 ❶ 一周之内就会没命。"

塔米如此存活了十九年。她从来没想过这有什么特别之处，当有人问她如何能将同样的事情重复无数次时，她几乎不知道该说些什么。她做了她应该做的事。她能拿到薪水，一份体面的薪水，这能让她活下去，然后她就能让孩子们活下去。

塔米不熟悉弗利普·威廉姆斯，他比她大十岁，她认识他的兄弟。弗利普控制着城东希梅尔·布鲁克斯廉租房项目内的毒品交易。他去了加利福尼亚，加入瘸子帮，在80年代后期因走私可卡因入狱。他出狱后回到扬斯敦，并试图再次接管布鲁克斯。1991年劳动节当晚，弗利普与三名少年男女一起来到布鲁克斯的一栋屋子，一个控制着当地快客可卡因 ❷ 生意的毒贩住在那里；他们给这个毒贩戴上手铐，用胶带封住他的嘴。（弗利普策划好一切，绘制房子的地图，使用他在睿侠电子产品店购买的对讲机。）弗利普让其中一个女生——他的女朋友——打电话给跟这个人合作毒品生意的两个朋友，把他们引诱到这栋房子里。所有这一切发生时，第四个人出现了，他是巴里——塔米第一个孩子的父亲——的表弟特迪·温，刚刚从空军退役，碰巧来这栋房子做客。错误的地点，错误的时间。弗利普把他们都绑起来，勒死了特迪和另外一个家伙，让他的女朋友打开立体音响以掩盖声响，然后从一个房间走到另一个房间，开枪打中四个人的脑袋。

---

❶ 米特·罗姆尼，乔治·罗姆尼之子，曾在商界担任高管，从政后担任过州长及参议员，2012年以共和党候选人身份参加美国总统大选。

❷ 快客可卡因（crack cocaine）是可卡因毒品的一种常见形态，纯品是带有锯齿状边缘的泛白色块状固体，因制备过程中会发出爆裂声（crack）因而得名。最早于20世纪80年代中出现于纽约等地的贫困街区，因为熔点较低、容易挥发、药效猛烈而更受吸毒者欢迎。

2005 年，弗利普终因这场劳动节大屠杀而被执行注射死刑；那时，希梅尔·布鲁克斯项目已被拆除重建，更名为罗克福德村。塔米觉得这场死刑来得太晚了。弗利普在城东犯下了多起谋杀案，他们甚至没有因为那些案子逮捕他。对于在一个社区中造成如此多破坏的人，你怎么能让他在监狱里活这么久？

从 80 年代末到 90 年代，扬斯敦总是名列凶杀案最多的十大城市之一，受害者是六十五岁以下黑人女性的凶杀案数量则排在全国第一。媒体把注意力集中在黑手党的杀戮上，因为在那些年里，扬斯敦是吉诺维斯家族和卢凯塞家族之间展开边界战争的场所，发生了许多知名的黑帮暗杀事件——1996 年，马洪宁县的一名检察官在自家厨房里中枪但活了下来，他大概是全县唯一一个没被犯罪团伙收买的官员。到 90 年代末，扬斯敦已经没有剩下多少钱可以引发争斗，黑手党战争也消失了。但因为多数发生在塔米家那样的社区里、由毒品和侮辱引起的凶杀案，扬斯敦仍然是一座凶杀之城。

塔米认识太多惨遭杀害的人，根本数不过来。当她看着毕业年鉴中的笑脸，可以指出哪些孩子已经死了，哪些在监狱里，哪些在吸毒，这样的笑脸至少占了一半。她高中里的一个女生在布鲁克斯的一次飞车杀人中不幸中枪。她从小最好的朋友之一热纳瓦从高中辍学，生了两个女儿；大约就在塔米从城东毕业时，有个男人从一辆车里出来，开始与热纳瓦争吵，然后把她推倒在地，开枪射中她的脑袋。没人因此被捕。塔米的舅舅安东尼像他姐姐薇姬一样是个瘾君子，他被杀害后，尸体被丢在城东。"80 年代末到 90 年代，扬斯敦简直疯了，疯得要命。"塔米说，"你想想吧，这里当时没有活干。"

塔米的弟弟们长大时，她觉得他们成了瘸子帮成员，因为他们总是穿着蓝色衣服❶。他们和母亲一起，住在距离夏洛特两个街区的

---

❶　瘸子帮成员热衷于身着蓝色服饰，为了纪念一名被枪杀的帮派成员。

希亥街，在家门口卖毒品，控制了整条街道。塔米从未见过他们的父亲用任何方法管束过他们。他们的母亲尝试过——她希望他们能更好，而他们总是惹上麻烦，这让她十分痛心——但是他们以塔米从未有过的方式顶撞她。薇姬再次开始吸毒，虽然塔米当时并不知道——多年来她一直相信，自从自己上了六年级或七年级以来，母亲就没再碰过毒品。薇姬会让塔米开车送她从朋友那里拿东西，或者把钱带给她的债主，后来塔米才知道母亲是在购买毒品，而她成了帮凶。当母亲对奥施康定上瘾后，她发现了真相；这种药是用来止痛的，因为母亲患有退行性骨关节炎，关节破裂，骨头变得十分脆弱，如果动作不正确，骨头就会开裂。养老院的医生告诉塔米，她的母亲在用海洛因。

薇姬家附近还有另一个帮派"艾尔斯街头海滩帮"，他们自认为是血帮成员。90年代后期，塔米的兄弟们卷入了由快客生意引发的帮派地盘战争，身处争端的前线，虽然这件事塔米也是后来才知道——"我并没有真正搞清楚那些事情，因为我有孩子，我试图让他们远离这些事。"有一天，光天化日之下，她最年长的弟弟詹姆斯在希亥街房子的前廊遭枪击受伤。另一天晚上，她最小的弟弟埃德温和一个朋友一起坐在车里，停在一栋房子旁边的空地上，一个拿着枪的家伙走到车窗前，越过埃德温射杀了他的朋友。几年后，埃德温与二哥德韦恩和另一个朋友坐在另一辆车里，被一个戴着滑雪面具的枪手从后背打了三枪。他活了下来。德韦恩和埃德温后来都蹲了很长时间监狱。

薇姬在希亥街上的房子就在一家商店隔壁，它名叫 F&N 食品市场，因门外总有麻烦而臭名昭著，包括吸引暴力赌徒的掷骰子游戏。有一天，埃德温和德韦恩——他们已经十八九岁了——和两个波多黎各人一起在商店后面掷骰子。德韦恩把枪放在椅垫下面以防万一。托马斯男孩帮的一个朋友约翰·珀杜开车过来加入了游戏。不到几分钟，珀杜就开始跟其中一个波多黎各人雷蒙德·奥尔蒂斯为五美元赌注争论起来。奥尔蒂斯抓过德韦恩的枪，要求拿到这笔钱。珀杜拒绝付钱。德韦恩让奥尔蒂斯平静下来，奥尔蒂斯和他的朋友向他们的车走去，但随后又折返——奥尔蒂斯仍然怒火中烧——继续争吵。最后，奥尔蒂斯挥枪威胁或是用枪敲打了珀杜，一切都变得无可挽回，珀杜抢过枪，击中奥尔蒂斯的脑袋。

薇姬认识死者的母亲；由于托马斯男孩帮的朋友用的是德韦恩的枪，事情又是因为薇姬家旁边的掷骰子游戏而起，两个家庭就此结怨。凶杀发生后不久，薇姬的房子遭到枪击——冰箱和烤箱上都有弹孔——塔米让母亲搬了出去。然后，有人把一个莫洛托夫燃烧弹扔进房子，一楼被烧坏了。《维护者报》上如此写道：扬斯敦市长命令手下"立即拆除希亥街1343号那栋遭火灾破坏、被毒品缠身、受暴力侵扰的房屋"。这篇报道的标题是《讨厌鬼房屋被拆毁》。一台市政府的铲斗机开上草坪，开始拆毁前廊，围观的邻居们表示支持。"到了下午早些时候，东区的眼中钉已经不复存在。"这座房子大约值四千美元。它的消失摧毁了薇姬。

那时，塔米已经离开了城东。

90年代初期，夏洛特街上的房子多次遭年轻人闯入。奶奶大约九十岁，几乎失明，塔米将她搬到了一楼。塔米被困在午后的排班里，这意味着她直到午夜才能回家，但她没钱雇人照看家里。孩子们放学后只能在城南一位朋友的母亲家里得到照看，塔米会在回家路上去接他们。一直到那时，奶奶都是独自一人，而塔米害怕有人会再次闯入，伤害到她，因为她看不见。在夏洛特大街1319号住了二十年后，塔米于1992年5月举家搬迁。在城东，奶奶生活了半个多世纪，但在城南，她只待了三个月就去世了。

塔米把夏洛特的房子租出去三年。1995年，她决定卖掉它。她只能拿到五千美元，是奶奶在1972年购买时价格的一半，买主是一位女士，她后来搬回了波多黎各，把房子又租了出去。在那之后，房子开始衰颓，直到 2000 年彻底空置。

塔米为她在城南的房子付了两万三千美元。它被漆成橙色，前廊有四根很粗的柱子，内部装潢很漂亮。这片街区在印第安诺拉北面，塔米小时候生活在城南时，这里的居民全是白人，但现在，它正飞速变化，白人落荒而逃，接受第八类房屋补助 ❶ 的租客搬入，其中也包括许多她在城东认识的人。塔米在城南有一个未婚夫。他的名字叫布莱恩，他们在高中相识，不过他年长两岁（她的大多数朋友都比她年长）。他们在 1990 年开始约会，布莱恩就像是她三个孩子的父亲，特别是对她的小女儿。他没有稳定的工作——时不时去学校当勤杂工——但他帮助塔米度过奶奶去世的那段日子，而且他爱她的孩子。1995 年，在她二十九岁生日那天，布莱恩向塔米求婚。她没有立刻回答。她和三个女性朋友去克利夫兰旅行过生日，在酒店里讨论了这个问题，并决定接受求婚。就在她们退房去购物的时候，布莱恩被杀害了。

她永远没能搞清楚究竟发生了什么——布莱恩与某人发生了争执，而塔米从凶手四五岁起就认识他的家人了。"布莱恩真的是个好人，"她说，"但我不知道他的人际关系。我不知道他有没有哪里不对劲、哪里有问题。在我见过的男人里，他胸怀最广阔，我的孩子们都爱他。"一位朋友告诉塔米，她七岁的小女儿需要去见心理辅导员，但塔米耸了耸肩——"她没事。"——因为这就是塔米三十年来度过一切的方式：告诉自己"没关系，没关系，我会好起来的"。十年后，塔米去了一次教会退修会，回来时生气地发现女儿文了身。但当她看到，那个文身是布莱恩的出生和死亡年份以及名字缩写时，她的态度软化了。在那一刻，她明白了：她的女儿从来没有得到机会，

---

❶　根据美国 1937 年《住房法》第八款制定的低收入家庭租金补贴。

为她唯一叫过爸爸的男人哀悼。

　　布莱恩被杀之后的一年里，塔米开始每周去米尔溪公园三天，有时每天都去；如果她下午上班，就在送孩子上学之后去，如果上午上班，就在下班之后去。她会沿小路漫步，坐在河畔老旧的木制磨坊旁，听瀑布的声响冲刷大坝；她与上帝独处，思考，让自己恢复活力。

　　衰颓正在蔓延，速度愈来愈快，并紧跟着塔米搬迁。花了十年二十年才在城东蔓延开来的东西，几年之内就占据了城南。塔米的邻居变得非常糟糕——一个名叫代尔男孩帮的团伙接管了这里，叫这个名字是因为他们住在埃文代尔和奥本代尔。1997 年，塔米和孩子们一起搬到了布莱恩妈妈家隔壁的一栋房子里，但她没法卖掉他们搬出来的房子——很多东西都搞错了——她最终与银行达成协议，把房子还回去，以抵消抵押贷款。

　　她考虑离开扬斯敦。城内各处犯罪率都居高不下，除了她现有的工作之外没有任何机会。大部分人但凡有办法，不是已经离开，就是正在离开。整座城市都在飞速下坠。但只要再过几年，她在帕卡德的工龄就要满十年了，这意味着完整的薪酬和福利，包括退休金。她很幸运能找到一份好工作，而且扬斯敦的消费水平很低。随着时间推移，她在自家封闭式门廊上开展了业余业务，帮助人们计划婚礼，设计邀请函并在激光打印机上打印出来，后来她还开始设计情人节礼篮、毕业卡乃至葬礼节目单。她称她的生意是"一杯完美的茶"。一天晚上，她和小女儿边看电影边打出了三百五十个蝴蝶结，又将三百五十颗珍珠粘在蝴蝶结上，制成了新娘书签。她还在工厂贩卖雅芳产品——在一个满是女人的工厂，靠这个可以赚很多钱。她不会去别的地方。

　　从城南到帕卡德比从城东出发更难走，塔米经常得像玩杂技一样地安排保姆、课后活动和工作时间表。她利用假期去看大女儿的表演和儿子的足球比赛。在周末，她让孩子们不花很多钱就能玩得开心，例如开车去乡下采摘草莓和苹果。她让他们周日去教堂，放学后研读《圣经》。如果无法参加家长面谈会，她会在清晨课前与老师交谈；手机出现后，老师们总会保存她的号码，这样他们就可以随时在工厂找到她。直到孩子们长大些，她才开始加班。他们会在家里与朋友聚会，因为她想知道他们的朋友是谁，他们在做什么。女孩们在十六岁之前不许化妆；儿子十三岁时，有一次从他父亲那里回来后穿了耳洞，塔米让他把耳环拿下来，因为她早跟他说过，高中之前不许穿环；而等他高中时，他已经不想穿环了。哪怕到了高四，他们也会在午夜之前回家，特殊情况下也会在深夜 1 点前回家。她没有虐待他们，有时也会妥协，但是他们需要管束，而塔米绝不会放松。外面很疯狂。女儿没有怀孕，儿子没有加入帮派，他们都从高中毕业进了大学。上帝用三个好孩子祝福了她。

有一次，她认识的人表示很惊讶，她竟能在扬斯敦养大三个孩子，他们还都过得不错。塔米明白此人的意思，但她只是做了她该做的。"我别无选择，因为我的孩子们必须比我拥有更好的生活。他们必须拥有比我兄弟更好的生活。我做了我该做的事，那就是我的曾外祖母所做过的事。"

山姆先生：山姆·沃尔顿

山姆 1918 年出生在俄克拉何马州的金菲舍县，刚好位于美国正中间。他在一段相当艰难的时期长大。大萧条来袭之后，他的父亲托马斯·沃尔顿找到一份工作，代表大都会人寿保险公司在密苏里周围收回农场。山姆有时会和父亲一起出差，看着父亲试图给那些拖欠贷款、即将失去土地的农民留下一点尊严。毫无疑问，这就是山姆对金钱开始持谨慎态度的原因。他一穷二白。他就是这么长大的。甚至在他成为美国首富之后——1985 年福布斯把这盏聚光灯的光打在他身上时，他十分厌恶，这种关注给他的家人带来了许多额外的麻烦——他仍然会停下来捡起地上的硬币。他从不喜欢奢靡的生活方式。诚实、睦邻、勤奋和节俭——这些都是他的基础价值观。每个人穿裤子时都得一条腿一条腿地穿。

"钱对我来说从来没有太多意义，"他在生命快走到尽头时写道，"只要我们有足够的日用品，一个住得舒服的地方，有足够的空间养活我的捕鸟犬，有一个打猎的地方，一个打网球的地方，还能让孩子们接受良好教育——这就是富有了。毫无疑问。"

他的父亲从来没有获得多大的成功，但他的母亲对两个儿子抱有期望，这对夫妻一直在争吵。也许这就是为什么山姆总是需要保持忙碌。他乐于参加活动和竞争——他是鹰级童子军，是哥伦比亚希克曼高中的四分卫和学生会主席，在密苏里大学加入了 Beta Theta Pi 兄弟会 ❶。他学会了当人行道上有人迎面走来时，要在他们开口之前先打招呼。他身材瘦小，面容像一只温顺的猛禽；他总是想赢。

山姆很年轻时就发现自己擅长卖东西。他在高中和大学期间一直在派送报纸，并赢得了一场挨家挨户推销订阅的竞赛。大学毕业后，他每周去得梅因的杰西潘尼百货工作，周薪七十五美元。那是他在零售业的第一份工作，并且持续了足够长的时间，他学到了如果员工被称为"助理合伙人"（associates），他们就会对公司产生一种自豪感。接着，战争爆发了。他在军队中度过三年，由于心脏问题留在国内。他退伍后决定回到零售业，这次是自己当老板。

山姆想在圣路易斯买下一家联合百货公司的特许经营权，但他的新婚妻子海伦——一位富有的俄克拉何马州律师的女儿——拒绝住在人口超过一万的城镇。于是，他们最后选择了阿肯色州的纽波特，人口五千；山姆在岳父的帮助下买下一家本·富兰克林杂货店。街对面有另一家商店，他会踱步过去，花几个小时来研究竞争对手是怎么做的。这变成了终生的习惯。山姆在纽波特的思考方式后来成了他成功的基础。

他从本·富兰克林供应商那里以一打二点五美元的价格购买女士缎面内裤，然后以一美元三对的价格出售。但后来，他在纽约找到一家制造商的代理商，两美元就能买到一打，他开始以一美元四对的价格出售，结果销量大增。每条内裤的利润下降了三分之一，但他卖出了三倍的数量。低价买入、低价卖出、高交易量、快速回笼资金。这成为山姆的一整套哲学，在五年内，他将销售额翻了三倍，成为六个州里生意最好的本·富兰克林杂货店。

---

❶ Beta Theta Pi 为北美最古老的兄弟联谊会之一。

人爱贪小便宜。他们永远不会放过最低价格。在战后的阿肯色州、俄克拉何马州和密苏里州周围的全白人城镇里，这一点千真万确。在任何时代、任何地点，这一点都千真万确。

在阿肯色州的本顿维尔，这一点也千真万确。当聪明的房东抢走了他们在纽波特的商店后，山姆、海伦与他们的四个孩子在1950年搬去了那里。本顿维尔有三千人口；山姆在主广场上开了"沃尔顿五元和十元店"，生意兴隆，接下来的十年里，他和他的兄弟巴德又开了另外十五家店。他们的店开在凯马特百货和西尔斯百货不屑一顾的闭塞乡下——阿肯色州的赛洛姆斯普林斯、堪萨斯州的科菲维尔和密苏里州的圣罗伯特。人们爱贪小便宜，但这些地方的销售额比芝加哥和纽约那些聪明的投资人所知道的要多得多。山姆在他那架小型两座飞机上寻找开店地点，他在城镇上空低空飞行，侦察道路和建筑模式，然后找到合适的空地。

出于对零售业梦想的狂热追求，他会在度假时抛下家人，去住处附近查看商店。他打垮竞争对手，聘请他们当中最优秀的人，并给出特许经营权的一部分投资股权作为条件。他想出许多招徕生意的奇特招数，并误导他的竞争对手，让他们以为他是一个乡巴佬。他从供应商那里榨出每一分钱。他从未停止工作。他必须不断发展壮大。没有什么能阻挡他。

1962年7月2日，山姆在阿肯色州罗杰斯开设了他的第一家独立折扣店。这些巨型折扣店从名牌服装到汽车零部件什么都卖，它们是未来的潮流。他要么弄潮逐浪，要么被潮水冲走。他太抠门了，连商店招牌也要尽可能少用字母：这家新店被命名为"沃尔玛"❶。它承诺"天天低价"。

---

❶　山姆·沃尔顿用自己姓氏（Walton）的头三个字母和"超市"（mart）组成了"沃尔玛"（Walmart）这个名字。

到 1969 年，他在四个州拥有三十二家商店。第二年，山姆将公司上市了。沃尔顿家族拥有百分之六十九的股份，山姆的身价约为一千五百万美元。创业精神、自由企业、风险——要想提高其他人的生活质量，这些是唯一途径。

整个 70 年代，沃尔玛的销售额每两年都会翻一番。到 1973 年，山姆已经在五个州拥有五十五家商店。到 1976 年，他拥有一百二十五家商店，销售额为三点四亿美元。沃尔玛正以本顿维尔为圆心，从美国中部被遗忘的城镇向外扩散成一个大圆；当地的五金店和药店纷纷倒闭，沃尔玛所征服的地区形成市场饱和，以至于没有其他店可以参与竞争；沃尔玛的每家新店都千篇一律，距离公司总部的车程不超过一天，那里是配送中心所在的地方。这些商店和飞机库一样大，没有窗户；巨大的停车场铺设在田野和树丛中，远离市中心，以吸引市郊居民。精密的计算机时刻记录每一件被订购、运输和销售的商品的行踪。

到 1980 年，沃尔玛共有二百七十六家分店，销售额超过十亿美元。整个 80 年代，沃尔玛爆炸性地蔓延到全国的每一个角落，然后扩散到海外。山姆甚至在达拉斯和休斯敦这样的大城市建立了商店，那里有更多偷窃行为，也很难找到愿意在那里工作又品行端正的人。希拉里·克林顿成为第一位加入沃尔玛董事会的女性。她的丈夫——州长——和其他政客来到本顿维尔表达敬意。80 年代中期，山姆正式成为美国首富，身价二十八亿美元。他一如既往地吝啬——他仍然在本顿维尔市中心花五美元剪头发，并且不给小费。他和他的公司几乎从不捐钱给慈善机构。但是每年，沃尔玛的每家商店都会向当地高中的一名高四学生提供一笔一千美元的大学奖学金，而不知何故，这种奖学金比其他公司的大手笔慈善事业带来更好的宣传效果。

山姆仍然坐在一架双引擎飞机上穿梭，每年访问数百家商店。

他会带领一群助理合伙人热烈地吟唱（这是他在 70 年代去韩国旅行时想到的）：

　　"给我一个 W！"
　　"W！"
　　"给我一个 A！"
　　"给我一个 L！"
　　"给我一个波浪！"（包括山姆在内的每个人都会表演一条曲线。）
　　"给我一个 M！"
　　"给我一个 A！"
　　"给我一个 R！"
　　"给我一个 T！"
　　"拼出来是什么？"
　　"WAL-MART！"
　　"谁是第一位？"
　　"顾客！"

　　山姆出现时总是戴着一块写有他名字的塑料牌，就像所有店员一样。他提出要收集建议、听取投诉并承诺会采取行动，小时工们感到从这位友善的男人那里得到的关怀比从经理那里得到的更多。这些助理合伙人得到了道德指引，需要地区经理许可才能和彼此会面。他们会举起双手并重复誓言："从今天开始，我庄严地承诺并宣誓，对每一位距离我十英尺之内的客户，我都会微笑着直视他们的眼睛，问候他们，所以保佑我吧，山姆。"

　　老板变成了山姆先生，成了民间个人崇拜的对象。沃尔玛的年会吸引成千上万的人前往阿肯色州，那是一场鼓舞人心的盛会，带着传递福音般的热情。在位于本顿维尔的简朴办公室里，这位主席每月都会给他的数万名员工写一封信，感谢并劝诫他们。1982 年被诊断患有白血病后，他向他们保证："我会到店里来的——也许不再那么频繁——但我会努力尝试，我想要见到你们。你们知道我多喜欢探访你们，看看你们过得怎么样。"

当路易斯安那州的一个城镇试图让沃尔玛离开，因为担心它会让主街变得空无一人时，这个故事没能传出来。当报告显示沃尔玛工人的报酬低得惊人、兼职工作没有福利且常常依赖公共援助时，山姆先生会谈到有位按小时领取报酬的助理合伙人在退休时拿到了一份二十万美元的股权持有计划，他还声称他通过降低生活成本来提高生活水平。当售货员和卡车司机试图加入工会，而沃尔玛无情地压垮他们，解雇每一个愚蠢到胆敢说话的人时，山姆先生会在事后到访，向感到待遇太低的助理合伙人道歉，并发誓要做得更好，而其中一些人说，如果山姆先生早知道发生了什么，情况就不会那么糟糕了。当工厂工作开始像洪水般流向海外，山姆先生发起了一项"购买美国货"运动，在赢得了全国各地政客和报纸的赞誉时，沃尔玛却将"美国制造"的标签贴在从孟加拉进口的服装货架上；消费者并没有停下来思考一下，正是沃尔玛通过要求极致的低价才将美国制造业驱往海外，或使其破产。

在蓝白色的沃尔玛棒球帽下，那张脸像一只温顺的猛禽，随着年龄的增长，笑容越来越多。只要山姆先生还活着，沃尔玛就是一个来自本顿维尔的伟大美国故事。

1989 年，癌症在他的骨头中复发，形成无法治愈的多发性肌瘤。山姆先生仍然不想放慢速度。在下一次年会上，他预测，到千禧年时销售额将超过一千亿美元。"我们能做到吗？"他在阿肯色大学的一个舞台上向九千人喊道。他们高喊着回答："是的，我们能做到！"他写了回忆录，问自己是否应该在晚年花更多时间和家人在一起，或者投身慈善；他得出结论，如果一切重来，他的选择仍会一模一样。婚姻关系把钱留在了家庭里，海伦和四个孩子（他们都接受了美国心脏地带 ❶ 的日常教育方式）身价二百三十亿美元，而最后，在世的六个沃尔顿所拥有的财富将相当于美国底层百分之三十人口的总财富。

到 1992 年初，山姆先生已日渐衰弱。3 月，布什总统和夫人来到本顿维尔，山姆先生摇摇晃晃地从轮椅上站起来，接受了总统自由勋章。在他最后的日子里，最让他高兴的是一个想谈谈销售数据的当地分店经理的来访。4 月，刚过七十四岁生日的山姆先生去世了。

只有在他去世之后，在这位沃尔玛的乡下创始人不再作为它的公众面孔出现之后，这个国家才开始明白过来，他的公司都做了什么。多年以来，美国变得越来越像沃尔玛。它变得廉价了。价格更便宜，工资也更低。工厂中的工会工作岗位减少，作为商店售货员的兼职工作增加。曾让山姆先生看到机会的小城镇变得越来越贫穷，这意味着那里的消费者越来越依赖于日常低价，因此他们所有东西都在沃尔玛购买，可能也不得不在那里工作。掏空心脏地带对公司的账本有利。在美国越来越富裕的那一部分地方——沿海城市和一些大城市——许多消费者对沃尔玛和它宽阔的过道满怀恐惧，认为那里堆积着粗制滥造但不算危险的中国商品；于是他们转去昂贵的精品商店购买鞋子和肉类，好像多付点钱就能让他们对不断蔓延的便宜货免疫。与此同时，像梅西百货这样的前中产阶级经济堡垒逐渐消失，美国开始再一次变得像山姆先生长大的乡下一样。

---

❶ 美国心脏地带是指美国中央陆地区域，尤其是中西部地区，常被认为在经济上保持自给自足，在文化上偏保守，遵循传统的农业生活方式。

1994

《新的一年带来了新的自由贸易区和新的不确定性》[1]……"我没有感觉到威胁。"这位三十五岁的织布工说道。她从十八岁起就在全球最大的牛仔布生产商科恩纺织公司工作。"这对纺织业有利。这有助于挽救我们工作的未来。"[2]……《MTV 台的〈真实世界〉室友病重》[3]……操他妈的世界,操我妈和我的女孩 / 我的生活就像杰里卷 / 我准备好去死了[4]……科特·柯本,1967—1994:在西雅图,青少年们精神萎靡[5]……这是父母越来越担心的结果。利伯曼说:"你越来越经常从选民那里听到,'我们担心价值观,我们担心社会道德沦丧。'"[6]……例如,十四岁的艾莉森·奎格花了五百美元购买橙色低腰裤和宽松 T 恤。"我们在MTV 上看到这些衣服。"她说,"我当时觉得它们看起来不错。"[7]……如果美国像现在鼓励低智商妇女那样尽全力鼓励高智商妇女生孩子,那将被精准地描述为政府积极参与控制生育率[8]……《城市谋杀案数破纪录,年轻人扮演了糟糕的角色》[9]……《对卢旺达的拖延令人羞愧》[10]……昨晚,全国范围内的电视观众都看到一辆载着 O. J. 辛普森的白色福特野马在高速公路上被追击[11]……当国会的民主党领导人正拼命制定遵循克林顿总统原则的医保法案,共和党党鞭纽特·金里奇已经团结了他的党派[12]……拨打免费电话。了解事实。如果让政府选择,我们就输了[13]……《奥普拉克服了困难》她先减重六十七磅,又增重九十磅。现在,与体重进行了五年的战争之后,她再次成为苗条女王[14]……《载入史册的共和党大胜》[15]……新任国会议员中,一个"女权主义纳粹"也没有——这是林博先生最爱用来形容女性权益支持者的绰号——他们鼓掌喝彩,证明了这个群体也是林博的狂热粉丝俱乐部,他们相信正是他带来了共和党的大胜[16]……我改变了箴言——不再说去他妈的明天 / 用来买酒的一美元,原本可能中乐透赢大钱[17]

注释

1. 《布法罗新闻》1994 年 1 月 1 日新闻。1992 年，美国、加拿大、墨西哥三国签署《北美自由贸易协定》，规定在三国间建立互利互助、减免关税、增强合作的北美自由贸易区，于 1994 年正式生效。

2. 《今日美国》1994 年 11 月 25 日新闻。该报道称，在《北美自由贸易协定》生效后，北美三国间的纺织品和服装关税取消，美国纺织业可能会向生产成本更低的墨西哥转移。

3. 《圣彼得斯堡时报》1994 年 10 月 22 日新闻。《真实世界》是由 MTV 制作的真人秀节目，每一季挑选七到八个年轻人共处一室生活。《真实世界》节目组邀请艾滋病患者及社会活动家佩德罗·萨莫拉参与当年的录制，引起美国乃至国际社会对艾滋病患者及性少数群体的关注，萨莫拉在节目录制过程中病重，于 1994 年 11 月 11 日去世。

4. 歌曲《准备好去死》（"Ready to Die"），收录于美国说唱歌手 The Notorious B.I.G. 在 1994 年发行的同名专辑中。歌词中的"杰里卷"（Jheri curl）指黑人常见的小卷发型。20 世纪 90 年代是美国的 Hip-Hop 黄金时代，体现街头帮派文化的匪帮说唱（gangsta rap）成为流行风格，音乐人和黑帮成员联系紧密，暴力事件频发。The Notorious B.I.G. 是其中的代表人物，1997 年 3 月 9 日死于原因不明的街头枪杀，终年 25 岁。

5. 《洛杉矶时报》1994 年 4 月 12 日新闻。科特·柯本是涅槃乐队的主唱，该乐队活跃于 90 年代初，擅长猛烈又焦躁的垃圾摇滚（Grunge）风格，歌词以心理创伤、社会异化、情感孤立为主题，引发当时青少年的共鸣。因毒瘾、心理问题和其他诸多原因，科特·柯本于 1994 年 4 月 5 日自杀身亡，终年 27 岁。

6. 《华盛顿邮报》1994 年 5 月 10 日新闻，讲述了说唱音乐对青少年的影响。

7. 《人物》杂志 1994 年 1 月 31 日文章《衣柜战争》。

8. 社会学著作《钟形曲线：美国生活中的智力与阶层结构》（*The Bell Curve: Intelligence and Class Structure in American Life*, 1994），查尔斯·穆雷、理查德·赫恩斯坦著。该书提出种族与智力有先天关系的论点，引发巨大争议，被普遍批评为种族主义观点。

9. 《纽约时报》1994 年 1 月 1 日新闻，指出 1994 年青少年参与凶杀案的比例正在上升。

10. 《纽约时报》1994 年 6 月 15 日评论文章。卢旺达种族灭绝事件发生于 1994 年 4 月到 7 月，其间有超过五十万人被杀；由于美军前一年在索马里战争中遭遇重创，克林顿政府选择不干预卢旺达局势，遭到国内外的强烈谴责。

11. 《纽约时报》1994 年 6 月 18 日新闻。美国橄榄球运动员 O. J. 辛普森 1994 年因涉嫌谋杀妻子及妻子友人而被控告，他在保释期驾车潜逃时遭到警方逮捕，经电视直播而引发大众关注，此案的审判被称为"世纪审判"。

12. 《纽约时报》1994 年 7 月 24 日新闻。"克林顿医保计划"于 1993 年被提出，旨在为所有美国人提供全民医疗保险，引起大量争论和反对，于 1994 年彻底失败。

13. 美国医疗保险协会（HIAA）为反对"克林顿医保"而推出的电视广告。

14. 《人物》杂志 1994 年 1 月 10 日报道。

15. 《华盛顿邮报》1994 年 11 月 9 日新闻。在当年的国会选举中，共和党大获全胜，自 1954 年以来首次在国会两院同时占多数席位。

16. 《纽约时报》1994 年 12 月 12 日新闻。"林博先生"指的是右翼电台主持人拉什·林博。自 20 世纪 90 年代起，林博长期批评克林顿及民主党，对共和党重夺国会起到重要作用，在 1994 年国会选举后被赋予荣誉党员的称号。

17. 歌曲《生活是婊子》（"Life's A Bitch"），收录于说唱歌手纳斯的专辑《超越病态》（*Illmatic*, 1994）。

杰夫·康诺顿

　　康诺顿住在国会山第六大道的一个地下室公寓里，楼上是米奇·麦康奈尔，隔壁是丹尼尔·帕特里克·莫伊尼汉❶。往东、往北、往南几个街口，就是 1979 年他看到的破落街区——那天，他从亚拉巴马赶来，想寻找一位共和党参议员与拜登辩论。但康诺顿从来没有走进过那些街区。当他在拜登手下工作时，国会山就是他工作、睡觉和社交的场所。他长时间待在办公室里；工作日的晚上，他会与其他年轻工作人员一起在调音客栈、鹰鸽酒馆或其他国会山区域的聚会场所度过。

　　接下来二十年里，他一直是拜登的人，但他实际上只为参议员工作了四年。那段时间里，就算拜登没看清康诺顿的价值，至少也知道了康诺顿的名字。康诺顿能完成那种让参议员看上去政绩斐然的幕僚工作：研究、写稿、邀请专家、试探利益团体的意向。对遭受羞辱之后的拜登来说，这就是一切行动的目的。参议员得了几乎令他丧命的动脉瘤，刚刚康复不久，而脑部手术让他在 1988 年前半年

---

❶ 米奇·麦康奈尔，1984 年起任美国参议员，长期担任共和党参议院领袖。丹尼尔·帕特里克·莫伊尼汉，1977 至 2001 年任参议员，曾担任尼克松总统顾问。

都无法工作；他的团队必须证明他不只是个被人抓住把柄的空谈家，而是一个足够严肃，在立法上富有能力，值得获得第二次总统竞选机会的人。康诺顿与出庭律师协会合作，阻止了一次关于国际航空公司责任的司法改革。他提议召集数次关于毒品政策的听证会，让拜登获得对犯罪态度强硬的名声。他把参议员的成就集结归档，用来反驳那些丑闻档案，在1990年拜登再次竞选时派上了用场。在一次听证会上，他忍受着场下低声的非难，以及回应他每一个笑话的死寂。最后，康诺顿获得拜登办公室外的一张办公桌，但他从来不敢要求去见他的老板。"我只是没有足够的底气去跟拜登打交道，他就像一个政治天才一样。"他说，"如果我走进去，他在我的想法中发现了任何困惑、怀疑或犹豫，他就会猛扑向这些弱点。"正如那些嗅到拜登的鲜血而猛扑向他的记者一样。

到了1991年，康诺顿决定去上法学院。法律学位能让他在政界来去自如，了解政府实务，事业金钱双丰收，也许还能让他搬回亚拉巴马。他靠自己在华尔街时的积蓄读了三年斯坦福。1994年毕业后，他开始为特区上诉法院首席大法官阿伯纳·米克瓦做书记员（拜登的一名助理帮他拿到了这份工作）。米克瓦来自芝加哥，曾任众议员，广受尊重和喜爱。坊间几乎立刻出现传言，说米克瓦会被指任为克林顿总统的法律顾问。突然，康诺顿通往白宫的梦想有了一条与拜登无关的捷径。他打了个电话给特德·考夫曼："我需要拜登给米克瓦打个电话，告诉他我棒极了，他一定得带上我一起走。"康诺顿刚刚给米克瓦工作了一个月，而来自参议院司法委员会主席的背书能起到很大作用。

几天后，考夫曼给康诺顿回了电话："拜登不想打电话给米克瓦。"

"什么？"

"他不想打电话给米克瓦。这跟你没关系。他不喜欢米克瓦。"

仅此一次，康诺顿气得没能忍住："谁关心他喜不喜欢米克瓦！

这是我的事！"

　　考夫曼叹了口气。他的职责之一是在拜登的下属面前为拜登辩护，保护拜登无须为怠慢和无礼承受后果。这通常意味着策略性的沉默、佯装不知情或是委婉的话术，就像在一个有着暴君般父亲的家庭里母亲安抚孩童的方法一样。但考夫曼关心康诺顿，他坦诚地说："杰夫，不要觉得这是在针对你。"考夫曼说，"拜登会令所有人失望。在他这儿，令人失望可是机会均等的。"

　　康诺顿从未真正原谅拜登，也再也不会因拜登而惊讶或失望了。在之后的许多年里，他仍然在拜登手下，为他筹款，为他竞选，做一个拜登的人，但就在拜登拒绝打那个电话的那一刻，这些行动背后的情感已经逝去。康诺顿的痴心一直含有交易的意味，但如今，这成了一切的核心。拜登利用他，他利用拜登，他们会继续互相利用，但也仅此而已。这是一种华盛顿的人际关系。

　　米克瓦还是带康诺顿进了白宫，因为康诺顿一如既往地做着副手该做的事，那就是让他自己不可或缺。在得到这份工作之前，他为米克瓦搬去法律顾问办公室撰写了一份详细的过渡计划，还总结了媒体策略和米克瓦即将面对的问题。米克瓦指派康诺顿为法律顾问特别助理，年薪三万两千美元（书记员的年薪）。两人都不知道这个职位意味着什么。

　　康诺顿在1994年10月1日第一次踏入白宫西翼。那是一个周六，他穿着一套自己觉得适合在白宫度过周末时穿的行头：蓝色外套，白色衬衫，卡其裤，休闲皮鞋，就像在乡村俱乐部吃晚饭时的穿着一样。他认出的第一个人是乔治·斯特凡诺普洛斯❶——他穿着运动裤，满脸胡楂，懒懒散散地穿过走廊。白宫西翼的办公室令人惊讶地狭

---

❶　乔治·斯特凡诺普洛斯，曾是克林顿竞选团队成员，在克林顿任期初期担任了事实上的白宫新闻发言人。

小陈旧，就像联邦时期破旧又优雅的博物馆里的房间一样。法律顾问的办公室在大厅右侧楼梯上方二楼的角落里。接待区有四张桌子，康诺顿分到了一个名叫凯瑟琳·威利❶的志愿者曾经用过的那张；大家都知道，凯瑟琳跟总统有"特殊关系"，而米克瓦的副手乔尔·克莱恩想把她踢出西翼。还有一张桌子的前任主人是琳达·特里普，她是上一任副法律顾问文森特·福斯特的行政助理；福斯特也是克林顿亲密的朋友，去年刚把手枪塞进口中自杀身亡。

在康诺顿看来，整栋建筑都是神圣的，这种敬畏从未消退。他开始在下班后为所有想要参观白宫的熟人做导游。等十六个月后他离开时，已经游了三百五十多回。

那个10月的周六，总统在早间电台节目中催促国会通过一项法案，禁止说客送礼，并要求彻底公开他们的业务。美国对海地的军事干预已持续一周。萨拉热窝围城进入第三年。第一夫人的医疗保险法案被参议院平静地扼杀。克林顿一家的一些高级助理和好友——韦伯斯特·哈贝尔和布鲁斯·林赛——正在接受刚上任的白水事件❷特别检察官肯尼斯·斯塔尔的调查。总统本人正被一名阿肯色州雇员保拉·琼斯起诉性骚扰。不到一个月之后，国会将被金里奇掌管的共和党控制，令克林顿在首个任期过半时损失惨重。

---

❶ 凯瑟琳·威利，曾担任白宫志愿助理，1998年公开指称克林顿在1993年第一次总统任期内性侵了她。

❷ 白水事件（Whitewater scandal）是发生在克林顿任期的政治丑闻。白水开发公司是位于克林顿家乡阿肯色州小石城的一家房地产公司，克林顿拥有这家公司一半的股权。该公司与阿肯色州一家储贷担保公司有关联，克林顿与担保公司老板亦为密友。担保公司后来因涉嫌银行诈骗破产，老板入狱。经过美国联邦调查局调查，发现时任州长夫人的希拉里·克林顿从该公司获得过非法分红，这笔钱被用于克林顿竞选连任阿肯色州州长。经过旷日持久的调查取证之后，白水事件导致十余人被定罪，但没有证据证明克林顿夫妇参与犯罪。白水事件的调查过程也间接揭露了克林顿的性丑闻。

　　白水事件，差旅门丑闻 ❶，白宫记者团的每日追击，共和党的无情猛攻，独立检察官的深入挖掘：白宫两翼都弥漫着围攻与猜疑的雾气。不过，历史上任何一个总统履新期最糟糕的事都会在二楼的拐角办公室结束。这就是为什么克林顿的法律顾问换得飞快——在不到两年的时间里，米克瓦已经是第三任。同事们开玩笑说，康诺顿是白宫律师里唯一一个自己没有律师的。

　　开始工作之后不久，米克瓦和康诺顿与公关部门的大卫·德雷尔见了一面。米克瓦第二天一早要在《基督教科学箴言报》的每月例行早餐会上讲话，德雷尔给出了指示：米克瓦将宣布，他调查了白水事件，什么也没发现。

　　年届七十、满头白发的米克瓦法官十分审慎。他一言不发。

　　"为什么他要这么说？"康诺顿说，"他才来了两周。"

　　"我来告诉你为什么。"德雷尔厉声道，"这是他的工作。"

　　"他的工作才不是在一个早上牺牲自己一辈子的信誉。没人会相信他的。"

　　德雷尔坚持说米克瓦是总统的律师，有义务维护总统。在白宫工作就意味着，所有人都为总统工作，个人忠诚是至关重要的。

　　"我考虑一下。"米克瓦最后说。

　　在早餐会上，米克瓦回避在白水事件上表态。他被问到克林顿的法律辩护基金，那是在琼斯发起诉讼之后由总统的支持者们设立的；琼斯控告克林顿在1991年5月派人把她接到他在小石城的宾馆房间，他脱下裤子，让她为他口交。（诉讼最后在1998年11月达成和解，总统的辩护基金会和保险公司付清了原告要求的八十五万美

---

❶　差旅门丑闻是克林顿任期内的另一桩政治丑闻。1993年5月，白宫差旅办公室的七名雇员被解雇。白宫宣称此次解雇是因为联邦调查局发现差旅办公室在之前的总统任期内挪用经费，批评者则认为这是因为克林顿夫妇想让自己的友人掌控差旅办公室。在媒体的高度关注下，这些职员后来大部分被重新雇用。

元，但总统没有道歉；一个月之后，由于琼斯案中的证词，众议院以政党投票的微弱票数差别以伪证罪之名向总统发起弹劾；三个月之后，参议院做出无罪判决；两年后，琼斯为《阁楼》杂志拍了裸照，好付清她用和解费购买房子时附带的一大笔税款；二十六个月后，克林顿在白宫的倒数第二天，他的阿肯色州律师执照被吊销五年；四年后，琼斯顶替前少年射击选手艾米·费舍尔参加福克斯电视台的名人拳击节目，输给了后来因重罪入狱的前花样滑冰选手谭雅·哈丁。）"我觉得这很难处理。"米克瓦法官回答，"我觉得总统也会感到很棘手。"他补充道，他认为没有什么别的办法能代替法律辩护基金，除非只让超级富豪当总统。

这个国家的每一份报纸都报道了这件事，米克瓦知道希拉里·克林顿对此大为不快，因为他未经允许就高调谈论第一家庭的争议事件。在作战室和德鲁奇报告 ❶ 的时代，米克瓦对宪法有多了解，便对政治有多无知。他不再跟媒体对话。几个月之后他才明白，是希拉里而不是他掌控着白水和相关事件——希拉里在他鼻子底下建立了一支秘密的律师队伍。与此同时，克林顿夫妇利用米克瓦的名誉在国会中打掩护。

起初，当克林顿夫妇和幕僚们为自己的人生运筹帷幄、怒火中烧、战斗不休时，康诺顿几乎无事可做。他终于攀上最高峰，却无聊得要命，因为米克瓦从来没有清晰定义过他的职位。他和米克瓦办公室里的高级别会议仅一墙之隔，但在华盛顿，这堵墙决定了一切。他接到零散的工作，每天只用花一两个小时就能完成。他十分担心自己看起来像是多余的，因此会拿着一叠文件走出白宫西翼，前往

---

❶ 作战室（The War Room）原是克林顿在小石城的总统竞选团队办公室的名字，因于1993年上映、真实记录竞选过程的同名电影而被世人所知，后被用于代指总统竞选团队或紧张、讲究策略、耗费巨大的竞选筹备状态。德鲁奇报告（Drudge Report）创建于1995年，立场保守，以揭露丑闻著称，被认为是第一家报道克林顿－莱温斯基丑闻的媒体，也因多次捏造假新闻而饱受批评。

隔壁的老行政办公大楼，在走廊里走来走去、翻阅手中文件，仿佛有什么重要事务。

与为乔·拜登工作相比，这是一种不同的羞辱。康诺顿打电话给特德·考夫曼，说他正考虑离开。考夫曼劝他要耐心。

一天，康诺顿跟另一名助理与米克瓦一同前往拉塞尔大楼的拜登办公室。米克瓦想要跟参议院司法委员会主席建立良好关系。他们在走廊里遇见拜登。拜登把胳膊搭在康诺顿肩上。"杰夫，最近怎么样，伙计？"他说，"有你在这儿真是太好了。跟我在一起的这么多年，你知道该把这些优秀的人带去哪里。到我办公室去待着，就像在自己家一样。我很快就下来。"

他们继续往拜登的办公室走去，米克瓦轻声问道："今天之前，乔知道你在我这儿吗？"

"噢，是的，他知道。"

"我一直以为他会给我打电话。"

那一刻，康诺顿明白了为什么米克瓦一直对他保持距离。但是，就像一个二十七岁的竞选助理不可能对一名总统候选人说"我等了足足六年，离开华尔街来为你工作，你却不能给我五分钟"一样，一个三十五岁的白宫特别助理也不可能告诉他的上级："拜登没有给你打电话说我的事，是因为他认为你是个傻瓜。"因此，康诺顿只是笑了一下，什么也没说。这种疏忽可能会断送一个人的政治生涯。

会面中，拜登数次提及康诺顿的名字，仿佛他是自己的心腹之一。"杰夫肯定是第一个告诉你的，他在这儿的时候……"康诺顿也配合着他。

渐渐地，他在白宫法律顾问的幕僚中找到了自己的位置。他帮米克瓦写讲话稿。共和党在中期选举中大获全胜之后，他准备了一份备忘录，总结白宫在下一届国会中将要面临的法律改革议题。他开始理解权力在白宫如何运作。人们并不拥有权力——他们制造权力。如果想要参加一个会议，你不能等待邀请，而是直接出现。他告诉米克瓦："如果你不使用你的权力，你就没有任何权力。"这就像筹款一样，你想要请人帮忙，就像一头奶牛必须要被人挤奶，才能保证牛奶源源不断。

康诺顿很快意识到他是在森林顶端的树梢工作，他只与最上层的人打交道，只与那些跟政府行政机构有关联的组织领导打交道，只与美国精英打交道。在华盛顿，衡量地位的一个关键标志是看有没有人回你电话；有生以来第一次，康诺顿的电话总能立刻得到回复——特别是从记者那里，因为他们认为康诺顿是一个可靠的信源。

每周有一次，司法部长珍妮特·雷诺会来到白宫，与米克瓦讨论法律问题。有一天，会面结束，她要离开时，总统顾问弗农·乔丹刚好站在办公室外侧的门口。

"你好，弗农，最近怎么样？"雷诺问。

"你好，雷诺部长。你没回我电话。"

"噢，对不起。"她说，"我最近太忙了。"

乔丹穿着格外讲究的西装，身材高大的他瞪着雷诺："这不是借口。"

坐在十五英尺外的康诺顿当场学到了一课：如果弗农·乔丹没法让珍妮特·雷诺回他电话，他就没法为自己的委托人做成任何事。他必须降服她。他想知道雷诺会如何处理这种赤裸裸的权力对弈。她是不是在想"我知道你是总统最好的朋友，但我可是美国的司法部长"？几年后，雷诺会授权肯尼斯·斯塔尔扩大对白水案和保拉·琼斯案的调查，把一个名叫莫妮卡·莱温斯基的实习生卷入其中，莱温斯基的故事会让弗农·乔丹背上妨碍司法的嫌疑（尽管只是嫌疑而已）。但这一次，她让步了。

"咱们下周吃个午饭吧。"

康诺顿开始相信，华盛顿有两种人：有些人会在一场派对上穿过房间去跟他们认识的人打招呼，有些人则会等待其他人穿过房间来跟他们打招呼。几年后，他和杰克·奎恩——奎恩是民主党内部人士，米克瓦在法律顾问办公室的继任者——碰见了乔丹。

"咱们改天吃个午饭吧。"奎恩说，"给我打电话。"

"你给我打电话。"乔丹说，"在我们的友情中，你的资历更浅。"

纽特·金里奇的《美利坚契约》中有一项模糊不清的条款，它成了康诺顿白宫生涯的亮点。共和党起草了1995年的《私人证券诉讼改革法案》，来削弱1934年《证券交易法》中的反欺诈条款。如此一来，如果公司高管利用误导人的公司预期表现来抬高股价，这些公司将更难被起诉。公司认为这些诉讼既愚蠢又有勒索之嫌，因此决心把它们挡在法庭之外。法案在美国商界——华尔街和硅谷——获得最强有力的支持。法案起草人之一是克里斯托弗·考克斯，他后来主持了乔治·W. 布什政府的证券交易委员会改革；在2008年金融危机中，他的表现十分被动，那些曾经从他疏忽大意的管理风格中受益的银行家们一旦不需要他，就开始对他表示轻蔑。1995年初夏，当这项法案引起克林顿白宫的注意时，它已经通过了众议院的审议，正在参议院接受审议。

康诺顿认为这是来自公司的高压攻势，是对华尔街的一份大礼。他通过原告而非公司的视角去看待民法的世界，他知道出庭辩护律师对民主党的重要性。他也看到了一个可以提高自己在白宫的地位、创建一块小小的权力基石的机会。他每天都与出庭律师的说客们交谈，并把消息透露给几个记者。他与证券交易委员会中的监管者建立起同盟，甚至包括委员会主席阿瑟·莱维特，因为莱维特想要修改这项共和党法案。总统幕僚中的其他人都不想得罪科技公司分毫，后者给民主党写了数额最大的几张支票，还给民主党打造出对商业友好的表象；但康诺顿有不同意见，他催促米克瓦去劝克林顿提出修改革法案的要求，以减轻法案给原告带来的麻烦。

　　6 月的一个晚上，康诺顿正在加班，总统的日程安排人员打电话给法律顾问办公室召集开会：总统准备好讨论这项议题了。米克瓦、康诺顿和克林顿的老朋友布鲁斯·林赛——当时是米克瓦的副手——来到白宫东翼，在那里他们得到通知，要到克林顿在二楼的私人书房去等。克林顿一家在书房墙壁上铺了朱红色的皮革，在那个时间看起来像是深紫色。在一面墙上，康诺顿注意到那幅著名的油画《和平缔造者》(The Peacemakers)，上面描绘着林肯和他的将军们在弗吉尼亚州的一艘蒸汽船上计划内战最后阶段的场景，窗外的天空中挂着一道彩虹。白宫幕僚中很少有人见过总统的私人书房，但此时想要找一个白宫官方摄影师已经来不及了；因此，如果康诺顿只是想在离开白宫后打拼新事业时在书桌上放一张照片给朋友和顾客们留下深刻印象，那么他政治生涯的最精彩时刻还不如没发生过。

　　刚过 9 点，克林顿走了进来。尽管他身穿西装、打着领带、头发灰白，但看上去仍然很像康诺顿在照片中见过的那个热情洋溢、脸颊红润、稍稍超重的高中萨克斯手。总统和林赛开了几句玩笑，谈论阿肯色州的一位旧相识——出于对南方邦联埋念的忠诚，他前一晚拒绝在林肯卧房睡觉。然后，克林顿简明扼要地问："我们手上有什么？"

　　林赛和康诺顿描述了法案将给欺诈诉讼中的原告一方造成怎样的负担。

　　"是啊，那真是太严重了。"克林顿拉长声调说，"我去过硅谷，在那里听他们反反复复地说有些集体诉讼案有多糟糕，但我不能采取这样的立场，那让我看起来像是在保护证券欺诈一样。"他模仿着电台攻击性广告的声音，这些广告可能会利用这一议题来对付他。

　　简介结束之后，米克瓦和林赛走向用餐区，希拉里·克林顿正与安·兰德斯一起吃晚饭。兰德斯是希拉里和米克瓦的老朋友。康诺顿在书房外的走廊里独自等待。几分钟后，克林顿走了出来，看着他的眼睛问："你觉得我做的是正确的事，对不对？"

康诺顿绝不会忘记那一刻。他将永远能感受到与比尔·克林顿之间的情感联结，并相信克林顿涉足政界是为了做所有正确的事情。每当有白宫幕僚在一场活动中站起来说："我们为什么在这里？我们在这里，是为了美国的孩子们。"康诺顿就会想："真的吗？我们在这里，不是仅仅为了爬上油腻的华盛顿权力之柱吗？"但克林顿和他的夫人在白宫，是因为他们想要为人民做好事。多年之后，康诺顿回想起 1994 年中期选举惨败之后，总统在南草坪上对幕僚们发表的讲话时——没有媒体，没有摄像机——仍然会哽咽失声。"我不知道我们还剩下多少时间，"克林顿说，"但不管是一天、一周、一个月、两年还是六年，我们都有责任每天来工作，为美国人民做正确的事情。"在另一个黑暗的时刻——莱温斯基丑闻和弹劾，已经离开白宫两年的康诺顿上了至少三十次电视，作为一名二线评论人士，在《交叉火力》《与媒体见面》和《热拉尔多直播！》等节目中为克林顿辩护，反驳过于热心的检察官和党派分立的国会。他从未对其他总统有过这样的感情。

"当然，总统先生。"康诺顿在走廊里说，"您不能在证券欺诈问题上让证券交易委员会主席失去支持。"主席莱维特曾经是一名华尔街经纪人，他正接到一些愤怒的电话，来自参议院中的法案支持者，特别是康涅狄格州民主党参议员克里斯多夫·多德，他是金融产业在华盛顿最有力的捍卫者之一。

"对，没错。"克林顿说，"莱维特是体制内的当权派，对吧？"

莱维特曾在美国证券交易所当了十年主席。在那之前，他在华尔街是花旗集团未来领袖桑福德·魏尔的合伙人。他曾拥有一份国会山报纸《点名》。他在证券交易委员会的八年里，曾允许安然和其他公司放松他们的财会管控。离开委员会后，他为凯雷集团、高盛集团和美国国际集团担任顾问。毫无疑问，莱维特是体制内当权派。

"是的，总统先生。"康诺顿说，"没错。"美国总统竟需要康诺顿来为他确认这件事——实际上只是说出来而已——这可真是不同寻常。"没错，总统先生。当金融和政治精英追击你的时候，你会得到一些掩护。"因为体制比任何一位总统都要庞大。在第二个总统任期内，克林顿会证明这一点：他倒向了相反的方向，支持放松银行管制，包括废止《格拉斯－斯蒂格尔法案》❶，并阻止监管金融衍生品。不过此刻，他坚持了立场。

尽管总统反对，参议院还是通过了证券诉讼法案。克林顿否决了它，国会推翻了否决，这在克林顿任内只发生了两次。就连泰德·肯尼迪也改了主意，加入多德一方，投票站在大公司一边。而拜登，一名前出庭律师，坚持站在了总统一边。

那年年底，米克瓦辞职，康诺顿也离开了。在政界度过近十年后，三十六岁的他一文不名，在弗吉尼亚州租住一间简朴的公寓。1995年12月，他接受了科文顿与柏灵律师事务所的一个初级律师职位，那是华盛顿的顶尖律师事务所。如果能当上合伙人，他将成为百万富翁。

他痛恨这个工作。片刻之前，他还在为总统做简报、与国会斗争，而此时此刻，他正跪在地上一目十行地筛选五十箱文件，回顾律师－当事人特权，或是困在办公桌前，代表一家正在污染爱达荷州地下水的银矿公司撰写备忘录。在康诺顿看来，这家事务所只是在敷衍顾客、拖延工时。他为另一个案子做了些研究。原告在用铲车搬运装有酸液的瓶子时不慎打翻了几个，多次滑倒在酸液中，身体大部分烧伤。事务所要为公司辩护。

"我希望你是想让我去研究世界上是否有足够的金钱来补偿这个

---

❶ 《格拉斯－斯蒂格尔法案》(Glass-Steagall Act)，也称作《1933 年银行法》，在 20 世纪 30 年代经济危机之后通过，规定投资银行与商业银行业务需严格分开，以保证商业银行能避免证券业的风险。该法案令美国金融业形成了银行与证券分业经营的模式。

人。"康诺顿对指派这项任务给他的合伙人说。"不，我不是那个意思。"合伙人回答道。

在权力的世界里，有许多事取决于机缘。有一天，米克瓦的继任者杰克·奎恩需要有人帮他写一份关于行政特权的讲话稿。白宫法律顾问办公室的一名幕僚推荐了康诺顿。如同之前经常发生的一样，他利用夜晚和周末的时间拼命完成了这份没有报酬或直接回报的工作。当奎恩需要另外一份关于权力分立的讲话稿时，康诺顿也帮他写了。

1996 年底，奎恩离开白宫，在阿诺德与波特律师事务所重启他的说客生涯；这家事务所位于华盛顿，与民主党有着珍贵的纽带。为了让生意运转得当，他要寻找一名副手——一个懂得如何让自己的老板看上去体面的人。他的目光落在了康诺顿身上。

克林顿规定，行政部门高级官员在离职之后五年内不得与联邦政府有牵扯。这条规定适用于奎恩，但并不适用于康诺顿，因为他的资历还不够。因此，三十七岁时，康诺顿加入了阿诺德与波特律师事务所，开展新的事业——作为一名说客。

硅谷

　　彼得·蒂尔三岁时发现自己有一天会死去。那是 1971 年，他坐在克利夫兰自家公寓里的一块地毯上。彼得问父亲："这块地毯是哪里来的？"

　　"从一头牛身上来的。"父亲说。

　　他们讲的是德语，那是彼得的母语——蒂尔一家来自德国，彼得出生于法兰克福。

　　"那头牛怎么了？"

　　"那头牛死了。"

　　"那是什么意思？"

　　"意思是说那头牛不再活着了。所有动物都会死亡。所有人都会。有一天我也会。有一天你也会。"

　　说出这些话时，彼得的父亲看起来很悲伤。彼得也悲伤起来。那是令人困扰的一天，彼得一直没能忘记。直到成为硅谷亿万富翁，他仍然为预期中的死亡深感不安。四十年后，当初的震惊仍深植于脑海。他从来没能平心静气地看待死亡，像大部分人一样学会无视它。他们的态度是一种不假思索的默认，如同注定走向末路的畜群。那个坐在牛皮地毯上的男孩长大后将不可避免的死亡视为一种意识形态，而非一种现实——一种已经带走千亿人生命的现实。

　　彼得的父亲是一名化学工程师，曾为多家矿业公司做管理工作。彼得小时候，蒂尔一家经常搬家——他上过七间不同的小学。尽管有一个弟弟，他仍是个独来独往的男孩，在进入青少年时期之前几乎没有朋友，有一种天才般的寂寞和内向。五岁时，他已经知道了所有国家的名称，能凭记忆画出世界地图。六岁时，父亲在一家铀矿公司找到一份工作——那是1973年的石油危机之后，美国似乎正向着核能源发展——蒂尔一家在种族隔离下的南非和西南非度过了两年半。彼得开始跟父母下象棋，很快就棋艺精湛。在斯瓦科普蒙德——西南非海边的一个德国小镇——他会在家后面正对沙丘的干涸河床上花数小时为自己编造冒险故事，或是在当地书店里阅读地图册、自然书籍和法国漫画。他上的学校要求男生穿西装打领带，每周测验中每拼错一个词，都会被老师用戒尺打一下手心。回家后，他会迅速扯下校服，他痛恨纪律。他几乎总能得到满分，以逃避体罚。

　　彼得九岁时，蒂尔一家回到克利夫兰。1977年，彼得十岁，他们搬去了加州的福斯特城，那是一个位于旧金山湾旁的规划城镇，从斯坦福往北开车只要二十分钟。

　　1977年，几乎还没人用"硅谷"一词来形容从旧金山延伸到圣何塞的半岛区域。这里的科技公司——惠普、瓦里安、飞兆半导体、英特尔——都是战后随着军事研究的繁荣发展而建立起来的；那时，联邦拨款已让斯坦福成为国内一流大学。硅晶体管芯片和集成电路只受到电气工程师和技术爱好者的关注，普通消费者并不关心；个人电脑还处于起步阶段。1977年，有十几名员工的苹果电脑公司成立；他们在西海岸电脑节上推出了Apple II，但公司总部才刚刚从位于洛斯阿尔托斯的乔布斯家车库搬到库比蒂诺的租赁空间。

　　硅谷人人平等，教育水平很高，生活舒适——战后美国中产阶级生活最好的例子之一。与其他任何地方相比，在这里，种族、宗教乃至阶级都在金色的阳光下褪去了意义。硅谷周围的住宅街道两旁排列着一栋栋面积为两千平方英尺、占地四分之一英亩的住宅，都是外形朴素的艾克勒式❶中世纪风格。帕洛阿尔托的平均房价是十二万五千美元。帕洛阿尔托市中心的商业活动区包括各种商店、体育用品商店、几家电影院和比萨店。沿着皇家大道，梅西百货、英姆珀瑞和伍尔沃斯的店面占据了斯坦福购物中心；1977 年，维多利亚的秘密开了一家分店，但这里还没有威廉姆斯 - 索诺玛和巴宝莉，也完全没有高档精品店。停车场里全是福特斑马和达特桑。❷

　　几乎所有硅谷的孩子——甚至是来自少数富裕家庭的孩子——都去了当地的公立学校；那些都是好学校——加州的学校在美国排名第一。最好的学生去加州大学的伯克利、戴维斯或洛杉矶分校（少数学生申请进了斯坦福或常青藤），普通学生去了旧金山州立大学或加利福尼亚州立大学奇科分校，实在不行也可以在富席尔或德安扎社区学院拿到一个两年制学位。抗税运动——也就是 13 号提案，它将加利福尼亚州的房产税限制在房产评估价值的百分之一，造成该州公立学校质量长期下滑——还远在一年之后。

　　彼得·蒂尔在中产阶级鼎盛时期的最后一年搬来硅谷。这里的一切都将改变，包括名字。

　　从斯瓦科普蒙德搬来福斯特城的这个学年如同电影《周末夜狂热》（*Saturday Night Fever*）般充斥着骚动和颓废。这里许多孩子的父母都离婚了。在彼得的五年级班级里，老师是个长期临时工，早已丧失了对教室的所有控制。孩子们站在课桌上冲彼此和老师吼叫。"我讨厌你！"一个男孩尖叫道。"你为什么不回家？"老师挤出一

---

❶　20 世纪 50 年代由加利福尼亚房地产开发商约瑟夫·艾克勒建造的一类房屋，具有线条简洁、用材传统、装饰极简的特点，主要针对中产阶级开发。
❷　以当时美国的消费标准，梅西百货、英姆珀瑞和伍尔沃斯为大众百货超市，威廉姆斯 - 索诺玛和巴宝莉为奢侈品牌，福特斑马和达特桑为平民汽车款式。

个微笑回答道。彼得封闭自己的大脑，开始拼命获得完美的分数，每一次考试都像是生死攸关，借此来逃避同学制造的混乱——在加利福尼亚，这种混乱就相当于打手心用的戒尺。他在体育课上表现糟糕，但在数学方面极其优秀；作为一名国际象棋选手，他在全国十三岁以下少年组中排名第七。他在国际象棋棋盘上就像在学校里一样疯狂竞争——后来，他在棋盒上贴了张纸，写着"天生大赢家"——在极少数输棋的时候，他会彻底厌恶自己，把棋子从棋盘扫到地上。高中时，他带领数学小队参与地区冠军的争夺。有一次，团队的教师顾问随口说道："好吧，总有人会赢的，不是我们就是他们。"彼得心想："这就是为什么你还在当高中老师。"

比起《星际迷航》，他更喜欢《星球大战》，但两者都是他的心头好。他读了阿西莫夫、海因莱因和阿瑟·克拉克的小说——那些是上世纪五六十年代的科幻小说，梦想着星际旅行、火星来客、水下城市和飞行汽车。一代人之后，彼得生活在这个精神世界中，相信技术奇迹会打造奇妙的未来。直到他十二岁，蒂尔家才允许电视进驻，但那时，他已经更喜欢在家里的 Tandy TRS-80 计算机上玩电脑游戏了——例如《魔域》，一个基于文本的非图形冒险游戏，设定在古老地下帝国的废墟中——还有与他的书呆子朋友们没完没了地玩《龙与地下城》。他还发现了 J. R. R. 托尔金，把《指环王》三部曲翻来覆去读了至少十遍，几乎烂熟于心——他喜欢这个系列丰富的想象力，喜欢它看重个体与机械和集体力量之间的对抗的价值，以及权力导致腐败的主题。

蒂尔一家是保守的福音派基督徒。共产主义是他们可以想象的最糟糕的事情，它在卡特时代逐一接管世界各国，整个进程不可挽回。从减少通货膨胀到维护城市安全，美国政府什么都做不好。1980 年大选期间，在八年级的社会研究课上，彼得支持里根，收集关于这位保守派英雄的剪报。托尔金、科幻、国际象棋、数学、计算机：在七八十年代，特别是在旧金山湾区成绩拔尖的男生里，这些属性往往相互关联，并且附带一种世界观，那就是自由意志主义 ❶。它背后有一种重视抽象逻辑的威望。彼得十几岁时成了一名自由意志主义者，最初还与里根时代的保守主义混合在一起，但最终成了纯粹的自由意志主义。直到二十多岁他才读了安·兰德，发现《阿特拉斯耸耸肩》和《源泉》中的英雄正义得不可思议，而反派又过分邪恶，和托尔金的作品相比，安·兰德描绘的前景趋向于摩尼教教义，也过于悲观——这可能与兰德在苏联统治下度过的童年有关，让她能用一种类似的眼光去看待美国，仿佛它也沐浴在罪恶之光里。尽管如此，在《阿特拉斯耸耸肩》出版的 1957 年，她仍然具有前所未有的先见之明——因此，当两个主角去度假时，他们到访了美国最糟糕的地方，此地无人问津，因为一切都已分崩离析；每个人都满腔愤怒，却无人工作；主角们在 20 世纪发动机公司的废弃厂房里发现了创新型发动机模型的一些残骸，这家公司由于其软弱的继承人接受社会主义而破产。当时，通用汽车在全世界所有公司中拥有最大市值，底特律的平均收入比纽约高出百分之四十，可兰德已经预料到前者的结局。随着岁月流逝，彼得越来越钦佩安·兰德。

在高中时，他从未喝酒或吸毒。他在圣马特奥高中获得了全 A 成绩，并且在 1985 年作为毕业生代表致辞。他申请的每一所学校都发来了录取信，包括哈佛大学；但他担心哈佛竞争过于激烈，他可能会被打败，并且由于童年经常搬家，现在他想留在家附近。所以他去了斯坦福——这个刚开始被称为硅谷的区域的中心。

"我记忆中的 1985 年非常乐观。"他后来说道。他没有明确的计划——他当时可能会选择生物科技、法律、金融乃至政治专业。"我

---

❶ 自由意志主义（Libertarianism）是一种把自由奉为核心的思想理念，强调人的自主权和政治自由的最大化，强烈反对对公民自由的限制，对政府权威和公权力持怀疑或反抗态度。

默认一个人可以做到一切。你可以赚很多钱，做一份受人尊敬的工作，也可以做一些挑战智力的事情——你可以想方计法做到这一切。这是 80 年代乐观主义的一部分，我觉得我不需要想得过于具体。我的野心是以某种方式对世界产生影响。"

即使人到中年，蒂尔仍然很容易被当作大一新生。他走路时腰部略微前曲，仿佛他觉得拥有身体是一件很古怪的事。他有着黄铜色头发、淡蓝色眼睛、肉嘟嘟的长鼻子和一口白得惊人的牙齿，但最引人注意的是他的声音：喉咙似乎夹着某种金属，将音色加深、压平，形成一种富有权威的低沉声调。在激烈思考的时刻，他可能陷入一个想法中，长久沉默，或者口吃整整四十秒。

在大二的一堂哲学课"思想，物质和意义"上，蒂尔遇到了另一位才华横溢的学生，名叫里德·霍夫曼。霍夫曼的意识形态比蒂尔要左翼得多。他们整夜争论诸如财产权性质之类的问题（这就是蒂尔交朋友的方式，在斯坦福如此，之后的人生中也是如此）。霍夫曼说，财产是一种社会建构，无法脱离社会而存在，而蒂尔引用撒切尔夫人的话："没有所谓社会这种东西。有的只是个体的男男女女。"霍夫曼成了蒂尔最亲密的朋友之一，他们本科时期的辩论一直到他们开始做生意之后还持续了很久。然而，他的大多数朋友都是保守派同胞。他们是一个被孤立和围困的群体，而他们对此很享受。80年代晚期的斯坦福大学展开了一场对于核心课程的激烈争论——这门课程被称为"西方文化"——最后发展到像 60 年代最后一次校园战一样激烈。少数族裔和自由派学生团体领导的一方认为，斯坦福大学要求的新生人文课程偏向于"已故白人男性"，忽略了其他文化的经验。另一方的传统主义者认为反西方文明的学生正在利用课程设置在斯坦福大学推动左翼政治议程。对当时的本科生来说，关于阅读清单的争论似乎与关于民权和越南战争的示威活动具有同样重要的意义。一群学生甚至接管了斯坦福大学的校长办公室。

1987 年 6 月，大二快结束时，蒂尔和一位朋友创办了一份名为《斯坦福评论》的保守出版物，从而闯进了这个圈子。他们从一个全国性组织那里得到资金和学术指导，该组织由新保守主义之父欧文·克里斯托于 1978 年创立，旨在帮助这类右翼学生的努力。虽然蒂尔很少为《斯坦福评论》写稿，但每一期都带有他编辑的印记——对左派意识形态高屋建瓴又看似理性的攻击，以及对学生、教师和行政人员中政治正确理念的恶作剧式嘲讽。

因为发生在斯坦福大学，并且因为这是绵延数十年的文化战争的最新篇章，这场战斗蔓延到了全国。1987 年初，杰西·杰克逊准备第二次竞选总统，他来到斯坦福大学，带领学生们在游行中高喊口号："嘿嘿、嗬嗬，西方文化必须走开！"一年后，里根的教育部长威廉·贝内特受到蒂尔这份出版物的邀请，在校园内就斯坦福大学对核心课程进行修改一事发表演讲；这次修改引入了关于非西方文化的新课程以及非白人和非男性作家的书籍。"一所伟大的大学堕落了，"贝内特说，"这背后的势力正是现代大学在建立时试图反抗的东西——无知、非理性和恐吓。"

在 1989 年毕业之前，蒂尔在他作为主编的最后一篇文章中写道："作为编辑，我学到了很多东西，但我仍然不知道如何说服人们倾听……对于那些想要政治化斯坦福和破坏它的坚定左翼分子（如果你正在读这篇文章，那么你可能并不属于这一类），我们将继续在每一件事上与你们斗争。"他不知道自己还能做什么，于是进了斯坦福大学法学院。

文化战争持续到第四个十年。《斯坦福评论》的新编辑是蒂尔的朋友大卫·萨克斯，在他的带领下，刊物开始关注语言暗示、同性恋权利和性（1992 年有一整期都在讨论强奸，以及大学如何扩大"非法胁迫"的定义，将"贬低"和"无威胁的口头施压"包含在内）。

1992 年，蒂尔的朋友和法学院同学基斯·拉布瓦决定通过站在一名讲师的住所外面大喊大叫，来测试校园言论自由的极限："基佬！基佬！希望你染上艾滋病死掉！"这次挑衅引发激烈反应，拉布瓦最终被逐出斯坦福。不久之后，蒂尔和萨克斯决定写一本书，揭露校园里政治正确和多元文化主义的危险，蒂尔负责处理繁重的分析工作，萨克斯负责搜集情报的新闻工作。《多元化神话》（*The Diversity Myth*）于 1995 年出版，受到著名保守派的赞扬。这本书包括了对拉布瓦事件的描述，作为一个案例来表现面对集体猎巫时的个人勇气。"他的示威活动直接挑战了最基本的禁忌之一，"蒂尔和萨克斯写道，"暗示同性恋行为与艾滋病之间存在关联，这意味着多元文化主义者最喜欢的生活方式之一更容易感染疾病，也即，并非所有生活方式都同样理想。"

萨克斯和其他朋友没有考虑过蒂尔对同性恋采取敌意态度背后有更深层的个人原因，因为他们不知道他是同性恋。没有人知道。直到 2003 年他才出柜，那时他已经三十多岁，才告诉自己最亲密的朋友，并向其中一人解释他的身份会妨碍他的工作。无论如何，他从未想过把同性恋视为他的身份核心。也许同性恋身份一定程度上令他成为一个叛逆者，但也可能并非如此。"我更像是一个局外人，也许是因为我是一个有天赋的、内向的孩子，"他说——不是因为他是同性恋，"也许，我根本不是局外人。"这是一个他从不喜欢讨论的话题，即使是与他最亲近的人。

《多元化神话》仍然是蒂尔唯一的一本书。❶这让他有点懊恼，因为毕竟它的出现有其背景；多年以后，这场论战的紧迫性大大减弱，而蒂尔的身份观随着年龄的增长逐渐拓宽，直到他开始怀疑当时的目标是否值得付出这番努力。即使在这本书出版时，斯坦福也正在经历一场深刻的文化变革，当时处于争论核心的人文课程很快就会

❶　彼得·蒂尔的第二部作品《从零到一》于 2014 年 9 月出版，发生在本书原版出版后。

被遗忘，这使得课程战争的时代如今看来即便不算十分荒唐，至少也有几分古怪。

蒂尔总是怀有成为公共知识分子的野心，同时怀疑这样的职业在学术专业化时代是否可行。他想把自己的人生奉献给资本主义精神，但不确定这究竟意味着在学术上为之辩护还是赚大钱，抑或两者兼而有之。如果他在没有赚钱的情况下为资本主义辩护，他的固执可能会受到质疑；而如果只是赚钱（并且不是一点点钱——他想要赚一大笔钱），他只会成为又一个资本家。萨克斯认为蒂尔可能是下一个小威廉·F. 巴克利❶和亿万富翁，不过可能顺序有所不同。

从斯坦福大学法学院毕业之前，蒂尔为《斯坦福评论》撰写了最后一篇社论，嘲笑自由主义者对多金职业的厌恶和对"公益法"的偏好："据我们所知，它既不'公'，也不'益'，也跟'法'没多大关系。"他诊断出了原因："政治正确为贪婪找到的替代方案并不是个人的满足或幸福，而是对他人的愤怒和嫉妒，而那些人正在做更有价值的事。"——例如管理咨询、投资银行、期权交易或以高尔夫球场为核心的房地产开发。（他还提到了加入创业公司——这在1992年的斯坦福大学仍然不同寻常，但不久后就被广泛接受了。）蒂尔得出结论："贪婪远比嫉妒更可取：它的破坏性较小（我宁愿生活在一个人们不肯分享的社会中，也不愿生活在一个人人都想拿走属于他人的东西的社会里），而且更诚实。"

在斯坦福大学待了七年之后，蒂尔奔赴亚特兰大做了一名书记员（他在最高法院接受了大法官安东宁·斯卡利亚和安东尼·肯尼迪的面试，但没有被雇用——这是他一生中的第一次挫折，带来了巨大的创伤）。然后他去了纽约，在沙利文和克伦威尔这家白鞋公

---

❶ 小威廉·F. 巴克利，政论杂志《国家评论》创办人，保守主义运动的重要旗手。

司 ❶ 执业证券法。就在这时，事情变得不那么顺心遂意了。他后来称这段在纽约的时间是"一场循环往复的青年危机"。

这份工作很无聊。如果他是一名马克思主义者，那么他会称之为异化劳动——每周花八十个小时为他不相信的东西工作，八年后可能会成为合伙人；接下来四十年的生活已铺开在他面前。他和主要竞争对手处于同一屋檐下，紧挨着彼此工作，疯狂竞争所有内部分配的事务，然而这些事务并没有什么卓越的价值。这带来了更深层次的问题：蒂尔已经开始质疑充满竞争的生活。在法学院，他没有像往常那样努力学习，也没有达到他以往的优异成绩，因为他不再确定这些究竟意味着什么。在高中时他很清楚——好成绩意味着能上好大学——但现在他不再会不假思索地想："这就是为什么你还在当高中老师。"他在《斯坦福评论》的最后一篇社论带着一种蔑视的姿态，借以掩盖不安。

在律师事务所工作七个月后，他辞职了，随后在瑞士信贷担任衍生品交易员——货币期权。这在数学方面具有挑战性，他在华尔街待的时间比律师事务所要长，但也没长多少。这里有着与沙利文和克伦威尔一样的问题：他与同事狂热地竞争，并对社会指派的事务缺乏信念。这项工作的经济价值一点也不明显——金融创新似乎已经达到了收益递减的程度——而他怀疑自己究竟能否掌握这场竞赛并获得胜利。他缺乏政治技巧，包括拍马屁和背后捅刀。法律和金融行业中的老一代——那些 60 年代中期入行并在 70 年代得到巨额回报的人——完全忘记这个事实：如今年轻人要想往上爬变得更加困难了。

他这场循环往复的青年危机还有一个哲学维度。在斯坦福大学，

---

❶ 白鞋公司（White-shoe firm），指历史悠久、信誉良好、实力突出、地位稳定的金融式法律机构。

他参加了一位名叫勒内·吉拉尔的法国教授的讲座，因此读了吉拉尔的书并为之着迷。吉拉尔创立了模仿欲望理论，即人们学会渴望并竞争相同的东西；他试图借此解释暴力的起源。这个理论在某个方面上来说是神圣的，如同神话一般——吉拉尔是一名保守的天主教徒，他解释了祭品和替罪羊在解决社会冲突中的作用——这吸引了蒂尔，为他提供基督教信仰的基础，这种基础不包含他父母相信的原教旨主义。模仿理论也挑战了蒂尔的世界观，因为它通过群体吸引来解释人类行为，这与他的自由意志主义相悖。他既参与激烈竞争又厌恶冲突——他从不谈论八卦，避免与他人合作过程中常见的内斗，并始终表现得十分理性，以至于阻碍了亲密关系的发展。他也恐惧暴力。最后，他在吉拉尔的理念中发现了自己："人们为一些东西而努力竞争，"他说，"可一旦你得到它们，你就会感到失望，因为竞争强度是由所有人都想要得到这些东西的事实驱动的，但是这不一定是好事。我对吉拉尔的理论持开放态度，因为我比大多数人更有罪恶感。"

吉拉尔所描述的东西里有一个当代词语：地位。在纽约，争夺地位的斗争无处不在，且无比凶猛。在一座无限伸展的摩天大楼里，每个人都踩在其他人上面——低头望去，它延伸到视线尽头，抬头望去，它也延伸到视线尽头。你花多年爬楼梯，其间一直在想，自己究竟真的向上移动了，还是说一切只是一种错觉。

1994 年夏天，蒂尔和室友以及一些朋友在汉普顿租了一个分时使用的度假屋。这个周末如同噩梦，一切都太贵了，服务也很糟糕，整个假期从头到尾他们都在与其他人争吵。这是一个典型的例子，展示了不考虑其真正价值而生产出的东西会是什么样子。一句话概括：纽约太贵了。律师们必须穿戴昂贵的西装和领带；银行家必须讲究吃喝。1996 年，蒂尔在瑞士信贷的年薪大约是十万美元，而他室友的年薪是三十万美元。这位室友三十一岁，比蒂尔大三岁，却过得身无分文。他不得不打电话跟他父亲借钱。

就是在那时，蒂尔永远离开了纽约，搬回了硅谷。

硅谷不再是蒂尔四年前离开时的地方。此时，互联网正在发展。从 70 年代中期到 90 年代初，个人电脑催生了硅谷的无数硬件和软件公司，以及遍布全国的其他高科技中心；七八十年代，圣何塞的人口增加了一倍，接近一百万；到 1994 年，硅谷已经有三百一十五家上市公司。但是没有一家新公司能像惠普、英特尔或苹果那么重要。自麦金塔电脑发布以来的几年里，计算机行业看到的更多是巩固，而不是创新；无可争议的赢家在西雅图。

苹果之后最重要的硅谷公司一开始名叫马赛克（Mosaic），1994年由前斯坦福大学教授兼硅图公司（Silicon Graphics）创始人吉姆·克拉克和伊利诺伊大学毕业生马克·安德森创立。二十二岁的安德森在前一年刚刚开发出首个万维网图形浏览器。1995 年，互联网商业用途的最后限制被解除的那一年，他们改名为网景公司并上市，总部位于斯坦福南部的山景城。它的突破性产品是名为网景的网络浏览器。在接下来的五个月里，虽然该公司仍然无利可图，但网景的股价上涨了十倍。从 1995 年到新千年之交——浏览器大战期间——全世界的互联网用户数量每年都会翻番。雅虎 1996 年上市，亚马逊1997 年上市，eBay1993 年上市。网景启动了硅谷技术公司的浪潮，这些公司不需要过多的资金来启动，因为它们基于互联网——大学毕业生、学生和辍学者都能开公司。

1996 年蒂尔回到硅谷时，互联网繁荣期刚刚开始。他搬进了门洛帕克的一套公寓，成立了名为“蒂尔资金管理公司”的对冲基金，从朋友和家人那里筹集了一百万美元。但他还有其他未成形的计划。他认识的人纷纷加入初创企业，蒂尔也希望这么做。他说自己希望“与人建立建设性的非竞争关系。我不想和敌人一起工作，我想和朋友一起工作。在硅谷这似乎有可能，因为这里没有那种令人们为不断减少的资源而争夺的内部结构"。与纽约不同，硅谷不是一场零和游戏。

这花了两年多。1998 年夏天，蒂尔在斯坦福大学做了一场关于货币交易的客座讲座。天很热，只有六个听众出席。其中一人是二十三岁的计算机程序员麦克斯·拉夫琴，他出生在乌克兰。那个夏天，他刚从伊利诺伊大学毕业，带着一个模糊的创业概念来到硅谷，在朋友的地板上睡觉。讲座当天，他正在寻找一个带空调的房间凉快一下，却听得兴奋起来。蒂尔年轻聪明，穿着 T 恤和牛仔裤；在这场游戏中，他领先了不止一步，他所说的听起来更像是国际象棋而不是投资。而且他像拉夫琴一样是一个自由意志主义者。之后，拉夫琴走过去做自我介绍，两人同意第二天早上共进早餐，谈谈拉夫琴对公司的想法。

他们在斯坦福体育场对面、皇家大道另一侧的一家苍蝇馆子见面，吃了冰沙；这家店叫霍比斯，是学生和互联网青年创业者的聚会场所。拉夫琴迟到了，蒂尔有点恼火。拉夫琴提出两个想法，一个关于在线零售，另一个关于手持数字设备加密。蒂尔很快把第一个想法丢到一旁，但令他感兴趣第二个想法——密码学——难度更大，并没有很多人能做到。他问拉夫琴需要多少钱才能起步，拉夫琴说二十万美元。蒂尔将其上调至五十万。在他们的下一次谈话中，他说他将投资二十四万，并帮助拉夫琴筹集剩下的资金。

他们开始花时间待在一起，通过交换谜题挑战对方来相互了解，其中主要是数学谜题。125 的 100 次方,这个数字有多少位？（210 位。）蒂尔的一个谜题涉及一张圆形的假想桌子：在游戏中，两个玩家轮流将一分钱放在桌子上的任何地方，不能与对手重叠，谁能放下最后一枚硬币且不让它落在桌子边缘，谁就是赢家；在这个游戏中，获胜的最佳策略是什么？你想先放还是后放？拉夫琴花了十五分钟才弄明白关键，最好的策略在于破坏其他玩家的策略（破坏是蒂尔最喜欢的一个词）。

　　两个谜题玩家试图弄清楚对方是否足够聪明，是否配得上跟自己交往。一天晚上，在帕洛阿尔托加州大道上的"打印机有墨"咖啡店，两人之间的决斗持续了四五个小时，直到蒂尔抛出一个超级困难的谜题，拉夫琴只能解决一小部分。这结束了那个马拉松之夜，巩固了他们的友谊和合作关系。（即使是蒂尔的建设性非竞争关系，也还是颇有竞争性。）

　　他们把"自信"（confidence）和"无限"（infinity）组合在一起，将新公司命名为康菲尼迪（Confinity）。拉夫琴的密码学理念有点含糊，但蒂尔完善了它；他很快加入公司，担任首席执行官。康菲尼迪将在掌上电脑（Palm Pilot）这样的设备中存储资金——本质上是以数字借据记录的形式存储。当时，掌上电脑似乎即将接管整个世界。只要有必要的密码，通过名为贝宝（PayPal）的软件，一台掌上电脑就能用红外线将记录传送给另外一台掌上电脑，而这些记录与信用卡或银行账户关联。这是一项烦琐且可能毫无意义的服务，但考虑到当时风险资本家正在向面向少女的在线社区 kibu.com 和试图通过网络传播气味的"电子气味网"倾注资金，这个想法的古怪之处反而令它看起来很有创意，因此颇具吸引力。一位天使投资人在霍比斯附近的中餐馆听了这个想法的介绍，他对公司所做的事情只有最模糊的了解，但对其他投资者的身份产生了浓厚的兴趣，因此同意投资（他的幸运饼干促成了这笔交易）。

　　1999 年 7 月，蒂尔获得了四百五十万美元的融资。为了准备好发布这一消息，拉夫琴和他的工程师们通宵五夜编写程序。面对十几位记者，他们在巴克斯餐厅发布了消息，那是位于伍德赛德街的一家餐馆，已经成为硅谷大型交易的传奇场所。随着电视摄像机的转动，来自诺基亚的风险资本家成功地将他们预存的数百万美元从一台掌上电脑转到了另一台上。"你的每个朋友都会变成一个虚拟的微型自动取款机。"蒂尔告诉记者。

他的策略是尽快扩大规模，因为他相信，在互联网上击败竞争对手的关键是病毒式增长。每个新客户在注册时都能获得十美元，每推荐一个客户还能再获得十美元。康菲尼迪通过与其数据库相关联的计数器记录用户数量，公司将这个计数器称为"世界统治指数"——每隔几分钟，公司计算机上就会弹出一个对话框，伴随着叮当声来刷新数字——到 1999 年 11 月，在推出仅几周后，这个数字每天都能增长百分之七。但事情渐渐明朗：在贝宝网站上建立账户使得人们能与任何拥有电子邮件地址的人进行交易，作为一种汇款方式，这比在餐厅餐桌上让掌上电脑配对要受欢迎得多（移动互联网尚处于发展初期，常常发生小故障）。电子邮件的想法似乎很简单，竞争对手想出它来只是时间问题。公司的步伐变得更加疯狂，每周工作一百小时。最危险的竞争对手 X.com 由一位名叫埃隆·马斯克的南非移民创立，就位于大学街以北四个街区的地方。康菲尼迪每天都会开会讨论与 X.com 的战争。有一天，一位工程师展示了他设计的真实的炸弹草图。这个想法很快被束之高阁。

拿到融资后，蒂尔开始招聘。他不是在寻找行业经验，而是在寻找他认识的人，才华横溢的人，像他一样的人，像里德·霍夫曼这样的斯坦福朋友，像大卫·萨克斯和基斯·拉布瓦这样的《斯坦福评论》参与者；康菲尼迪位于一家自行车店楼上狭窄简陋的办公室里很快塞满了二十多岁的青年，他们衣着邋遢、不修边幅（三十二岁的蒂尔是其中年纪最大的人之一）；他们是国际象棋选手、数学高手、自由意志主义者，没有分散责任的妻儿和浪费时间的爱好——例如体育和电视（一名申请人被拒绝，因为他承认喜欢打篮球）。一些员工靠办公桌上的垃圾食品生活，其他人则依靠限制卡路里的食谱来延长生命。公司在《斯坦福日报》上刊登了一则广告："你认为一个很酷的初创公司的股票期权值得让你从大学退学吗？我们现在正在招聘！"它成为世界上第一家将遗体冷冻作为员工福利待遇的公司。

　　蒂尔试图建立一家能让他富裕的成功企业，但他也想破坏这个世界——特别是纸币的古老技术和货币政策的压迫性体系。他的最终目标是创建一种网络替代货币，以规避政府控制——一个自由意志主义者的目标。在遇到麦克斯·拉夫琴的那个夏天，蒂尔读了本前年出版的书：威廉·里斯–莫格爵士和詹姆斯·戴尔·戴维森的《主权个体》（ *The Sovereign Individual* ）。它描述了一个即将到来的世界，在这个世界中，计算机革命将侵蚀民族国家的权威、公民的忠诚以及传统职业的等级，通过全球化的网络商务赋予个人权力，通过电子货币将金融搬上网络，借此将金融去中心化，并埋葬福利国家的民主政体；同时，它也会加速财富的不平等分配（在激进的 90 年代末，这似乎不可思议）。与此同时，当地黑手党可以在很大程度上随意施加暴力。这本书描绘了一部自由意志主义的启示录，一个带有黑暗边缘的梦想，它是贝宝一部分灵感的来源。

　　蒂尔不喜欢日常管理中人与人之间的复杂关系和矛盾，他将这些工作丢给其他人，但在公司会议上，他会让员工参与更宏大的愿景。"贝宝将让世界各地的公民以前所未有的程度更直接地控制他们的货币。"他告诉他的员工，"腐败的政府几乎不再可能通过旧手段从人们手中窃取财富，"——恶性通货膨胀和大规模货币贬值——"因为一旦它们尝试这么做，人们就会转向美元或英镑或日元，实际上等于丢弃无用的当地货币，换取更安全的货币。"他总结道："我毫不怀疑，这家公司有机会成为支付界的微软，建立全世界的金融运营系统。"

　　贝宝呈指数级增长，很快有了近一百万用户，同时每月烧掉一千万美元的营运资金，几乎没有任何收入。这究竟是网景以来最重要的发明，还是随时可能破灭的荷兰郁金香骗局？到 1999 年，网景本身已经只剩一口气。在那一年里，蒂尔看着互联网漩涡加速旋转——爱达荷州的亿万富翁们出现在硅谷，想把钱给出去；巴克斯的早午餐和伊尔弗纳奥的晚餐，破产的创业者们试图用公司股份来支付这些数千美元的饭菜；精挑细选的电子邮件邀请名单能带你进入夜间发布会，这些发布会在一个星级评分系统里被打分，分数由在发布会上演出的摇滚乐队的名气决定。硅谷有超过四百家公司，帕洛阿尔托的平均房价为七十七万六千美元。斯坦福购物中心的停车场里到处都是奥迪和英菲尼迪，它们的主人在布鲁明戴尔和路易威登购物。

蒂尔意识到结局可能会在短时间内突然到来。在 20 世纪的最后一个夜晚，贝宝的新年前夜派对上，他听到歌手普林斯唱着《1999》，那是一首 80 年代早期的歌曲，就像这个疯狂年份的背景音乐——因为普林斯仿佛在这一切到来之前数年就看到了未来：

> 因为他们说 2000 年归零、归零、派对结束，哎呀没时间了
> 所以今晚我要像在 1999 年一样玩个痛快

2000 年 2 月，《华尔街日报》给贝宝估值五亿美元。公司里的其他人想坚持更久一点，在下一轮融资前争取一个更高的数字，但蒂尔告诉他们："你们疯了，这是泡沫。"3 月，他感到时间快不够了，于是出国又筹集了一亿美元。3 月 10 日，纳斯达克指数触及五千一百三十三点的高点——上一年 11 月它才刚刚突破三千点——然后开始下跌。当时，韩国仍因之前的金融危机而步履蹒跚，投资者十分渴望了解贝宝的秘密，其中甚至有人试图躲在一棵棕榈树后面偷听蒂尔在酒店大厅里的谈话。当蒂尔的信用卡在首尔机场支付失败时——他达到了月度限额——投资者们并未视之为关乎一家网

上支付公司运转情况的令人担忧的迹象，而是给他买了一张头等舱机票。第二天，他们电汇给贝宝五百万美元，没有协商条款，没有签署任何书面文件，当公司试图退还款项时，韩国人拒绝了："我们已经给了你钱，你必须接受它。我们不会告诉你它来自哪里，所以你不能把它还回去。"

3月31日星期五，蒂尔拿到了一亿美元的融资。4月4日星期二，纳斯达克指数跌破四千点，继续跌向一千点，互联网泡沫破裂。

贝宝是为数不多的幸存者之一，在崩溃之前，它已与X.com合并。蒂尔辞去首席执行官的职务，又在2000年晚些时候回归，而马斯克被迫离开。2002年2月，贝宝上市，这是"9·11"恐怖袭击之后第一家上市的公司（事实证明，这对贝宝的自由意志主义野心来说是致命的——电子货币系统似乎突然成为恐怖分子隐藏资金的理想方式）。在首次公开募股派对上，蒂尔在速棋比赛中同时与十几名员工对弈。2002年，超过一半eBay拍卖客户在付款方式上选择贝宝；在eBay穷尽一切努力试图发明更成功的替代品而未果之后，它于10月以十五亿美元的价格收购贝宝。蒂尔在同一天辞职，带着二十四万美元投资获得的五千五百万美元离开。

后来，这群被称为"贝宝帮"的人继续创立了很多成功的公司：YouTube、领英（LinkedIn）、特斯拉（Tesla）、太空探索（SpaceX）、Yelp、Yammer、Slide……蒂尔从他在帕洛阿尔托的一居室公寓搬到旧金山四季酒店的公寓。离开贝宝不到一周，他就创办了一家名为克莱瑞姆资本管理公司的新基金。他作为硅谷初创公司首席执行官的职业生涯结束了，这标志着他作为技术巨头生涯的开端。

1999

《狂奔向世纪之交》[1]……《能言善辩的克林顿盟友被选中做结案陈词》[2]……当您听到有人说"这与性无关"时，那其实是关于[3]……《德鲁奇报告》了解到，比尔·克林顿和希拉里正在尝试分居[4]……1999年的派对。1959年的品味[5]……与此同时，调查人员正在寻找一名神秘男子，在纽约俱乐部里，他用一把四十口径的手枪开了两枪；当时，一场争吵正发生在吹牛老爹的保镖和[6]……《互联网是新的天堂吗？》[7]……《〈谈话〉杂志，混搭派对和时尚清单的混合体》[8]……蒂娜一定是与天气之神达成了协议。对于露天晚宴来说，这是一个令人难以置信的完美夜晚。在星空下，曼哈顿成为令人眼花缭乱的背景；一切都被自由女神压倒，她的身躯闪耀着引人注目的光芒。当人群跳舞时，美国国旗汹涌地翻滚飘扬[9]……《为了整改，科恩纺织公司将关闭工厂和进行裁员》[10]……《拯救世界委员会》内幕故事：三个鼓吹市场的人如何阻止了一场全球经济崩溃——到目前为止[11]……《百万富翁？不足挂齿。玛莎·斯图尔特的家政帝国使她的身家达到十亿美元》[12]……去他妈的玛莎·斯图尔特。泰坦尼克号都要沉没了，玛莎还在船上给黄铜工具抛光呢。一切都在下沉，伙计。所以，带着你的沙发组件和澳洲绿色条纹图案滚远吧[13]……《全国次级贷款不断增长》[14]……当今的后女性主义时代也是当今的后现代时代，在这个时代中，据信每个人都该知道所有符号和文化习俗之下真正发生的一切，并且每个人都应该了解其他所有人的范式[15]……《美国的银行被放出了牢笼》格拉斯·斯蒂格尔法案面临死亡，这将带来巨型的美国金融公司[16]……美国似乎比大多数国家都更热衷于庆祝新千年的到来：也许正是因为这个国家富裕又乐观，大型派对看起来也很合乎时宜[17]……《烟火从东海岸开到西海岸》……"对我们的国家来说，这是一个独特的时刻。"克林顿告诉国家广场附近聚集的人群；稍后的周五晚间，这里将举办一场公众庆祝活动。"20世纪的光芒可能正逐渐褪去，但太阳仍将在美国升起。"[18]

注释

1.《洛杉矶时报》1999 年 1 月 8 日新闻，描述人们对即将到来的 21 世纪怀着复杂感受。

2.《纽约时报》1999 年 1 月 20 日新闻。因为与白宫实习生莱温斯基的性丑闻及涉嫌对宝拉·琼斯的性骚扰，时任美国总统克林顿被众议院弹劾；负责为克林顿做结案陈词的是前阿肯色州参议员、克林顿长期政治盟友达尔·邦珀斯。

3.《纽约时报》1999 年 1 月 21 日新闻，这个句子出自达尔·邦珀斯为克林顿所做的结案陈词。

4.《德鲁奇报告》1999 年 3 月 10 日文章。

5. 欧仕派（Old Spice）须后水 1999 年的平面广告。

6.《纽约邮报》1999 年 12 月 29 日新闻。"吹牛老爹"（Puff Daddy），美国知名说唱歌手和音乐制作人，是 The Notorious B.I.G. 的挚友和推手，1999 年涉嫌参与一场枪击案。

7.《沙龙》1999 年 7 月 15 日杂志文章。该文介绍学者玛格丽特·韦特海姆的作品《赛博恩典：在赛博空间寻找上帝》（Cybergrace: The Search for God in Cyberspace），此书探讨互联网和灵性，提出互联网作为一个超越物理定律、由心灵统治的灵性世界，如同现代人的新天堂。

8.《纽约时报》1999 年 8 月 3 日新闻。《谈话》（Talk）由《名利场》《纽约客》前编辑蒂娜·布朗创办，哈维·韦恩斯坦及其米拉麦克斯影业参与投资，涉及娱乐、文化、政治等不同主题。《谈话》第一期于 1999 年 8 月发行，因刊登希拉里解释克林顿性丑闻的访谈，上市前便引起轰动，杂志首发派对在自由女神像底下举行，邀请超过八百位名流出席，是当年最奢侈和隆重的文化盛事之一。

9.《新闻日报》1999 年 8 月 4 日新闻，描述《谈话》首发派对的盛况。2002 年，《谈话》杂志因广告收入骤减而宣布停刊，据称损失数千万。2009 年，在《谈话》派对结束的十年后，《纽约时报》刊文纪念，将派对视为一个时代的终结标志，预示了互联网的兴起和传统媒体的衰落。

10.《纽约时报》1999 年 1 月 7 日新闻。科恩纺织公司成立于 1891 年，自 1915 年开始为时尚品牌李维斯提供牛仔布，曾为全球最大的牛仔布制造商。自上世纪 80 年代以来，因原料价格上涨、服装市场疲软、进口布料增加、海外工厂竞争等因素，科恩纺织公司陆续关闭或出售多家美国本土工厂，并于 1995 年开始在墨西哥建立合资工厂，2003 年宣布破产后被收购重组，2007 年在中国嘉兴建厂，2017 年宣布关闭美国的最后一家工厂。

11.《时代》周刊 1999 年 2 月 15 日封面报道。艾伦·格林斯潘、罗伯特·鲁宾和拉里·萨默斯当时均是克林顿政府的主要财政官员，因联手解决长期资本管理公司危机，被《时代》周刊选为封面人物，后来有人将次贷危机的责任归因于此三人，详见本书第 255 页。

12.《人物》1999 年 12 月 19 日新闻。玛莎·斯图尔特是美国知名商人和媒体人，1997 年开始建立业务包括食谱、装潢、家居、葡萄酒的商业帝国，1999 年公司上市，玛莎随即成为亿万富翁，被誉为"家政女王"，引领了一代美国中产阶级的生活方式。2002 年，玛莎被曝光参与一起非法内幕交易，后被判入狱五个月。

13. 电影《搏击俱乐部》（Fight Club，1999）的台词。

14.《美国银行家》1999 年 10 月 7 日新闻。

15. 小说集《与丑陋人物的短暂会谈》（Brief Interviews with Hideous Men，1999），大卫·福斯特·华莱士著。

16. 加拿大金融杂志《投资执行》（Investment Executive）1999 年 11 月 15 日新闻。《格拉斯 - 斯蒂格尔法案》于 1933 年推出，将商业银行业务和投资银行业务严格区分，直到 1999 年法案部分条款被废除，商业银行开始被允许从事各种证券承销和交易业务。

17.《纽约时报》1999 年 11 月 21 日新闻。下文《烟火从东海岸开到西海岸》是该报道的标题。

18. CNN 电视台 1999 年 12 月 31 日新闻。

迪恩 · 普莱斯

2003 年，迪恩的小儿子瑞安八岁，他开始乞求母亲让他跟父亲一起在北卡罗来纳州生活。她最后告诉瑞安："如果你能想起你父亲的电话号码，就可以打电话让他来接你。"瑞安彻夜未眠，试图回忆起号码。早上 6 点半左右，他终于想起来，打了电话给父亲。10 点时，迪恩已经来到门前。

迪恩正在与他的第二任妻子离婚，他和瑞安搬进主屋，迪恩的母亲搬进后面的公寓。迪恩意识到，这跟《安迪 · 格里菲斯秀》❶ 一模一样：安迪、奥佩和蜜蜂阿姨住在同一屋檐下。迪恩把他家的房子——父亲曾在这里打了他一耳光——改建成他自己的。他在屋子各处悬挂雕刻的座右铭："梦想"挂在壁炉罩子上，"简化、简化、简化"挂在上面的石烟囱上，"看到可能"挂在客厅和书房之间的空墙上。葛底斯堡演讲挂在床上方的墙上，罗伯特 · 李对绅士的定义立在客厅的桌子上，书房里则挂着一片用画框装潢起来的烟叶。他的鼠标垫上是一张白发托马斯 · 爱迪生的照片，眼睛以上的地方写着：

---

❶ 《安迪 · 格里菲斯秀》(*The Andy Griffith Show*)，CBS 电视台从 1960 年到 1968 年播出的情景喜剧，讲述北卡罗来纳一座虚构小镇梅布里发生的故事。

"总有办法做得更好……找到它！"他的书架上摆着经典之作，如爱默生的散文、《烟草之路》、卡内基和林肯的传记、创业类书籍，以及《思考致富》。几把老旧但功能尚好的十二号霰弹枪靠在门口。他在连接烟囱的木炉中烧木屑颗粒来取暖。他的车库里堆满农场机械、复古招牌和装裱着他最爱的《圣经》经文的画框：《马太福音》第七章第七节 ❶。这栋房子属于一个既能看到未来也能看到过去的人。

到 2003 年，迪恩开始痛恨他的便利店生意。比起经营生意，他更擅长构思和创立生意，而且商店的日常运作使他厌倦。他闯进这门生意，是为了能够种植和销售自己的农产品，但那时没人跟他提过从一千五百英里外运来的凯撒沙拉。这不是真正的创业，它只需要一个计算器和一个好的损益表就够了。他有两百名员工，都是贫穷的黑人和白人，其中许多是单身母亲，他痛恨自己只能向他们支付接近最低工资的报酬，还无法提供健康保险——他们怎么能靠这点报酬来抚养孩子呢？但当他试图通过将时薪提高到十到十二美元以雇到更好的员工，员工的工作表现并未改善，他花了两年时间通过自然减员才慢慢把工资降回来。在这门生意里，你完全是在利用员工，但没有其他办法——快餐行业只能吸引到底层中的最底层，这些人没有野心，这也反映在食品的质量上。他知道一些员工在偷东西，其中很多人都在吸毒。他们会彻夜作乐，早上 6 点飘飘然地来上班。

有一次，一位顾客打电话给迪恩："我刚刚离开你的一家餐馆。"

"是吗？"迪恩说，"怎么样？"

"我进去了，点了一杯咖啡，问女服务员：'你今天过得怎么样？'她说：'我他妈的棒极了。我正在该死的伯强格斯工作。'"

迪恩一直依靠一位合伙人来管理商店和账目。他曾是迪恩的妹夫，但后来跟迪恩的妹妹离婚了，迪恩不得不花五万美元买下他的

---

❶ 此处的经文是："你们祈求，就给你们。寻找，就寻见。叩门，就给你们开门。"

股份。他需要一个新的合伙人。他最亲密的朋友是克里斯，他在加利福尼亚州时曾与克里斯一起住在一辆大众巴士上。他们互相给对方当伴郎，克里斯投资了酒吧生意，但后来染上毒瘾，失去了一切——酒吧、妻子、孩子。克里斯是一个善良慷慨的人，迪恩在佛罗里达找到他，问他是否想回到北卡罗来纳州重新开始，帮他把红桦建成东南部的连锁店。迪恩一直觉得一个优秀的酒保能成为优秀的快餐业员工，因为工作的快节奏是相似的。

　　迪恩和克里斯做了很多年生意伙伴，直到 2003 年 6 月 6 日，克里斯三十七岁生日那天。当天，他们一起打了高尔夫球，然后和另一个人一起去马丁斯维尔的一家餐馆吃饭。迪恩开车，克里斯大部分时间都在喝啤酒。晚餐进行到一半时，克里斯起身离开桌子。迪恩以为他去了洗手间，但十五分钟后克里斯没有回来，迪恩开始担心。他查看了洗手间，克里斯不在那里。他走到外面，环顾停车场——没有克里斯的影子。他上了卡车，在马丁斯维尔周围的公路上转了两个半小时，仍然找不到他最好的朋友。他打电话给克里斯的第二任妻子说："你可能不相信，但我找不到你丈夫了。"他妻子过来跟迪恩碰面，说："不如你先回家，我明天打电话给你，告诉你发生了什么。"

　　"不，"迪恩说，"我今晚就想知道。我对此负有责任。"

　　于是，克里斯的妻子坐进迪恩的卡车给他指路，把他带到市中心附近一条废弃街道上的破旧房子里，窗户钉着腐烂的木板，两个黑人坐在前廊上，抽着看起来像是大麻的东西。当时是半夜 1 点，克里斯在里面，迪恩没法让他出来。

　　这比肚子上挨了一拳还要糟糕，因为迪恩爱克里斯。他开车回到斯托克斯代尔，一直哭到天亮。原来，迪恩离开后，克里斯也离开了那栋破房子，并在半夜溜进马丁斯维尔伯强格斯餐厅后面的红桦办公室。迪恩相信，克里斯从保险箱里拿走了一些现金和一张支票，以付清毒资。迪恩后来推断，克里斯从他的生意里偷钱已经有一段时间了。第二天一大早，他打电话给克里斯："我想让你到童话石州立公园来见我。"那是巴塞特附近的一个公园，迪恩打算用一根桃木棍把克里斯狠狠揍一顿。克里斯扰乱了所有为他们工作的人的生活和家庭，包括他自己和迪恩的；他必须接受教训。但克里斯不肯见他。

迪恩十分痛苦，不知该做什么。拿破仑·希尔有一个从安德鲁·卡内基那里学到的理论，称为"大师头脑"，指的是两个人为了一个明确的目标而协调努力。就像氢气和氧气结合起来能产生新东西——水——一样，两个相似的头脑彼此交融，能创造出第三个头脑，它具有神圣的力量。通过大师头脑联盟，就能凭空生出想法，这是独自工作的人做不到的。迪恩和克里斯就曾是这样的关系。但拿破仑·希尔没有指示过，如果其中一个头脑沾上了毒瘾该怎么办。

然后迪恩想起了一个关于亚伯拉罕·林肯的故事。有一天，林肯坐在他小木屋外的一棵老橡树下，看到一只松鼠从树枝上跑进树里面。这看起来很奇怪，于是亚伯爬上去，俯视松鼠消失的地方，发现整棵树的中部都是空的。他必须做出决定。他应该让这棵树继续竖在这里，因为它为他的房子提供了阴凉，还是应该把它砍掉，以免有一天它被强风吹倒？这令他十分痛苦，因为他喜欢这棵树，但林肯还是把它砍倒了。"这就是我与克里斯的关系。我不得不放他走。我们的关系摧毁了他的生命。"

迪恩和克里斯再也没有说过话。他最后一次听到克里斯的消息时，克里斯已经回到佛罗里达州，并在迈尔斯堡附近开了一家鞋店，但几年后，他比债权人抢先一步，再次失踪。

当迪恩回首那段时间，失去克里斯是一连串打击的第一个。某种程度上，这些打击最终让他放弃了便利店生意。但他首先遇到的是唯一一笔意外之财，由一对印度兄弟戴夫和阿什带来。他们已经在美国生活了二十年，住在北卡罗来纳州的伯灵顿，在佛罗里达州拥有一个名为"哇噻热狗"的摊位。迪恩把克里斯后赶走不久，戴夫和阿什在斯托克斯代尔的商店停步，留下他们的名字和号码。迪恩打来电话，印度人说他们有兴趣收购斯托克斯代尔的卡车休息站。这个提议带来了在红杉举行的一系列长达八小时的会议，其间，阿什一直像强迫症似的在计算器上敲出数字，哪怕根本没在讨论数字——那是他的安全毛毯。但他的眼中闪闪发光。

迪恩想卖掉。他的贷款杠杆比例太高，其他人这么做是为了买房，他这么做则是为了扩大商业规模；他白手起家打造这门生意，其间背上越来越多债务。他与印度人讨价还价，审视生意中的每一个细节。最后，戴夫和阿什给了他一百五十万美元。迪恩得花二十年才能赚到这么多钱。

他本可以立刻离开便利店生意，将另外两个卡车休息站也卖给戴夫和阿什，或是找到其他想要买一块美国梦的印度人。相反，他转头将一部分钱投进了位于丹维尔的皮埃蒙特购物中心对面的后院汉堡特许经营店。后院汉堡带着木炭烧烤的味道，比其他快餐连锁店更吸引白人中产阶级顾客。迪恩聘请了他的三个姐妹来经营餐厅，并把她们送到纳什维尔的公司总部接受培训。他计划在 2004 年圣诞节前两周隆重开幕。

那年感恩节，迪恩和姐妹与母亲一起带着一盘食物来到父亲工作的地方：位于梅奥丹的尤尼菲制造公司外的停车场入口处的警卫室。父亲在伯灵顿的妻子要求离婚，六十五岁的他独自一人住在梅奥丹的一间出租公寓里，那是一栋黄色的小房子，旁边就是一家倒闭的工厂。尤尼菲是一栋长达数百码的无窗混凝土建筑，也是这一地区最后一家仍有生意的工厂。他的父亲很幸运能在那里找到一份工作。他口角流涎，讲话颠三倒四，不得不穿着纸尿裤，因为止痛药已经损伤了他的胃黏膜。

迪恩的后院汉堡店于 12 月 13 日在丹维尔开张。三天后，他的父亲在床上用一把 0.357 口径的手枪击中自己的心脏。他在纸上潦草地写下遗言："我再也受不了了。"

皮特·普莱斯被埋葬在普莱斯烟草农场，与他父亲诺弗里特的坟墓紧邻，一个石制十字架上刻着"只不过是又一个被恩典救赎的罪人"。多年以后，迪恩站在坟墓前说："那就是他一生的心态。那就是这种心态的错误所在。他以为他是个罪人。但他其实是上帝的孩子——他本可以做成任何事情，他本拥有自己都不知道的力量。"

父亲自杀前几个月，迪恩与父亲和儿子们一起去了奥兰多的迪士尼乐园度假。一天，迪恩和父亲坐在"生命之树"雕塑下，他们开始谈论宗教和《圣经》。《圣经》中有一句话总能打动迪恩："道成了肉身，住在我们中间。"在迪士尼乐园，他告诉父亲："这意味着你的想法和语言会成为现实，你需要保护你的想法，保护你的语言，永远不要说出任何你不希望在生活中成真的事。你要保持积极的态度。"也许是因为迪恩似乎获得了巨大的成功，在出售斯托克斯代尔的商店后拿到大笔钞票，也许是因为父亲的信仰让他自己的生活堕落到如此境地，当他们坐在生命之树下，父亲终于听他说话了——在他们共同度过的日子里，第一次也是最后一次，父亲听他说话了。

2005 年 8 月 29 日星期一，卡特里娜飓风袭击了新奥尔良。那天早上，七百五十英里外的迪恩在电视上看到了新闻。到了周五，随着墨西哥湾沿岸的炼油厂关闭，柴油价格从每加仑二点二五美元飙升至每加仑三点五美元，迪恩在马丁斯维尔和巴塞特的卡车休息站即将耗尽汽油。220 号公路上的商业运输几乎停止了，北卡罗来纳州的公立学校因校车没有汽油而关闭。迪恩竭尽所能地继续出售汽油，把机械柴油当作车用柴油来卖。像他这样的个体户被指责发国难财，但他们只是在保护手头的少量汽油——如果保持低价，这些油几个小时就卖光了。整个地区花了两个月的时间才摆脱危机。

迪恩称卡特里娜飓风是让他"见到耶稣的时刻"。

　　他早就知道，像他这样的独立卡车休息站经营者是戴着镣铐的。利润率如此之低，以至于一家小型汽油经销商从每加仑汽油中赚不到一毛钱。"从第一天开始，我就一直在与这门生意做斗争，总是资金不足，总是试图利用我拥有的一切。面对信用卡公司、大型石油公司、税收和员工偷窃，考虑到这里的失业率达到百分之二十以上，我从来都没有过机会。"但卡特里娜差点让迪恩停业，这让他意识到他必须做些不同的事情来生存。他必须让他的卡车休息站在能源上独立——这将是他面对220号公路上其他卡车休息站时的竞争优势。他惊讶地发现美国对外国石油的依赖程度如此之大：石油进口自那些不喜欢美国的国家、派遣恐怖分子杀害美国人的国家、美国人正与之殊死战斗的国家。"让我感到愤怒的是，我们的政府，乔治·W.布什和其他所有人，都在让这个国家陷入一种实际上威胁我们生存的境地。而所有这些都是因为贪婪；因为无所不能的美元，我们被迫信任那些跨国公司，它们为我们提供服装、食物和石油。"

　　卡特里娜飓风来袭前一个月，沃尔玛在罗金厄姆县开设了第一个超级中心。六个月内又开了两家，其中一家位于从梅奥丹市中心到220号公路之间的高速公路上，在一个商场中占地十五万八千平方英尺。一个只有九万人的贫穷农业县里开了三家沃尔玛：这将消灭该地区几乎所有尚存的杂货店、服装店和药店；因为沃尔玛还出售打折汽油，最终它也会消灭卡车休息站的老板。两千五百人申请了梅奥丹沃尔玛的三百零七个"助理合伙人"职位，平均时薪九点八五美元，也就是每年一万六千一百零八美元。2006年1月31日，梅奥丹市长和罗金厄姆县选美冠军已准备好铺设红地毯，迎接在135号高速公路上隆重开业的沃尔玛。

　　迪恩开始浏览网络，他发现当一个大型零售商进入你的社区时，花在那里的每一美元中有八十六美分流去了其他地方。很少有钱能留在当地，惠及在那里生活、工作和购物的人——就像当地的卡车休息站每卖出一加仑汽油只能赚到一毛钱一样。甚至在沃尔玛出现之前，麦迪逊和梅奥丹的主街道早已人去楼空，经济生活的中心转移向高速公路，因为劳氏家居连锁店和 CVS 药店已经抵达那里。"如果你思考一下，"迪恩说，"曾经在这里经营五金店、鞋店和小餐馆的人，他们构成了这个社区。他们是领导者。他们是小联盟棒球教练，他们是镇议会成员，他们是每个人都爱戴的人。我们失去了这些人。"这个国家的其他地区理应在蓬勃发展，华尔街和硅谷的钱比以往任何时候都多，但罗金厄姆县和皮埃蒙特正陷入某种类似经济萧条的状态。不管怎样，全国能有多少投资银行家和软件工程师？再想想全国有多少农民吧。

迪恩很快就改变了很多想法。他一直投票给共和党，除了在1992 年投给了罗斯·佩罗；但在卡特里娜之后，他意识到布什正以最糟糕的方式与跨国公司和石油公司合作。就连他的偶像里根在与石油国家达成协议时也犯了巨大的错误——伊朗门不就是这么一回事吗？——并让美国继续使用化石燃料三十多年。历史将会因此严厉地审判里根。

有一天，迪恩正坐在厨房餐桌旁的吧台椅上，通过斯托克斯代尔仅有的糟糕的拨号上网服务浏览一个名为"威士忌和火药：关于金子、商品、利润和自由的独立投资人指南"的网站。这时，他读到了"石油峰值"这个词。它指的是石油开采达到最大速率并开始下降的关键时刻。一位名叫 M. 金·哈伯特的海湾石油地质学家于 1956 年提出这一理论。哈伯特预测，世界上最大的石油生产国美国将在 1970年左右达到国内生产的峰值——事情的确如此，也解释了为什么油价在 70 年代变得如此不稳定。哈伯特的理论认为，世界其他地区将在 2005 年左右达到石油峰值。

迪恩站在桌边，膝盖发软，向后踉跄几步。他能看到石油峰值对他住的地方意味着什么（卡特里娜已经让他瞥见了结果）：长途卡车一动不动，食物滞留在高速公路上，当地人没法吃饭、上班和取暖。骚乱，革命。至少，一切将会迅速陷入混乱。这里的人有枪，他们有苏格兰－爱尔兰人的战斗精神。然后可能会颁布戒严法，也许会发生政变。这就是美国所面临的问题。他知道这一刻会萦绕在他心头，就像发现拿破仑·希尔时一样。拿破仑写过专注的力量：若长时间将注意力集中在一个主题上，事情就会突然在你脑海中闪现，你需要知道的事情会变得明了。迪恩现在可以感觉到，这发生在了他身上。他立刻打电话给他的导师洛基·卡特，那个在马丁斯维尔赛道上建造卡车休息站的承包商，正是他将拿破仑·希尔介绍给了迪恩。他告诉卡特这一发现。

2006 年春天，在迪恩发现石油峰值的同时，他的朋友霍华德在 CNN 上看到一个田纳西人的故事：他自己制造乙醇，以每加仑五十美分的价格出售。霍华德比迪恩大十二岁，他的家人曾每月付二十五美元在普莱斯家的烟草农场上租房，霍华德就是在那栋房子里长大的。他身材矮壮、脾气暴躁、上臂结实，留着厚厚的白色小胡子，成年后大部分时间都在扯电视电线、喝酒、打架和骑摩托车。在海波因特的一次酒吧斗殴中，他把台球砸向追来的摩托车手，在台球用光之后丢了几颗门牙。然后，五十三岁时，他娶了一个有着硬邦邦的小屁股的女人——"比绳梯上打的结还硬。"霍华德说。她十几岁时就已成为他的初恋，却跟其他人结了婚，霍华德不得不花大半生等待，最终才能安顿下来。他们和他妻子的女儿一起住在麦迪逊的一个拖车里，这个女儿有肥胖问题，依靠残疾福利过活。

那个自制乙醇的男人住在田纳西州林奇堡郊外，那里是杰克·丹尼❶的家乡。一天，霍华德和迪恩开了八个小时车，在一条雾气弥漫的蜿蜒小道尽头的溪流旁找到了他。他身材矮小，大腹便便，双目

❶　杰克·丹尼，美国酿酒商人，创立了著名的杰克丹尼牌威士忌。

炯炯有神，正在制作私酿酒和自制汽油。乙醇男卖给他们一套蒸馏设备，那是一个长长的铜管，像一个超大号巴松管，上面有几个阀门，售价两千一百美元。迪恩和霍华德不是他唯一的顾客。靠着卡特里娜飓风带来的汽油价格飙升，以及 CNN 的新闻片段，乙醇男当天卖掉了十或十一个蒸馏器。

迪恩和霍华德开车回到北卡罗来纳州，从当地农民那里买了一些玉米，开始用糖和酵母胡乱摸索。他们很快发现，考虑到分离水和酒精所需的能量，以及所需的政府许可数量，制造乙醇的成本太高了。但迪恩还读到了另一种替代燃料：生物柴油。在卡特里娜之前，他从来没有听过这个词，也不知道它是如何拼写的，但生物柴油有若干诱人之处。酯交换反应——这就是生产过程的名称——比制造乙醇所消耗的能量要少得多：每投入一个单位的能量，就能制造近五个单位的燃料。生物柴油是由名为甘油三酸酯的脂肪复合物制成的，这种油可能来自各种原料，如大豆、压碎的油菜籽或动物脂肪，甚至是餐馆倒掉的废弃厨油。它可以小规模生产，成本相对较低。将常规 2 号柴油与百分之二十的生物柴油浓缩混合后，就可以直接使用，无须改装发动机。如果略加改装，柴油发动机就可以用百分之百的生物燃料运行。政客更担心汽油价格，因为汽油会进入选民的汽车，但柴油控制着经济，将食品送进市场。

迪恩和霍华德开车回到田纳西州。乙醇男认识了两个德国人，他们正在制造所谓的"森物柴油"❶。迪恩从洛基·卡特那里获得投资，花两万美元购买了一个安装在滑轨上的便携式反应堆。反应堆每天可以生产一千加仑生物柴油。迪恩和霍华德开车把它运回家，将乙醇蒸馏器交给弗吉尼亚州哈里斯堡的一位农民，换来五十亩地的两种油菜。卡诺拉油菜——卡诺拉的意思是"加拿大油、低酸"——

❶ 德国人的英语带有口音，将生物柴油（biodiesel）念为"bee-o-diesel"。

是一种冬季覆盖作物，源于欧洲油菜籽。压碎的种子中有百分之四十四会变成油，其余则用来喂养牲畜。迪恩读到，卡诺拉菜籽油所含的热量单位是 2 号柴油的百分之九十三，并且在转换为燃料时比其他原料耗费的能量更少，因为脂肪酸链能在更低的温度下融化。卡诺拉油菜籽是一种芥菜籽。《圣经》中有个关于芥菜籽的比喻——耶稣将它与天国比较："虽比地上的百种都小，但种上以后，就长起来，比各样的菜都大，又长出大枝来，甚至天上的飞鸟可以宿在它的荫下。"

迪恩收获了一些油菜籽，那是些像干胡椒粒一样的小黑球。他将种子用一台小型压碎机处理两次，把油收集起来过滤，将油倒入反应器，然后调高温度。他开始制造生物柴油。与德国人不同的是，他将第一个音节发得字正腔圆，好像它是一首古老的浸信会赞美诗的开篇。这就是能让他获得自由的东西。

"我一生中唯一想做的事，"迪恩说，"就是能一个人待着种地。"

塔米·托马斯

90 年代后期，塔米的高中男友巴里再次出现。这些年来，她多次遇到他，但绝不会跟他说话。有一回在节日庆典中看到他走上前来，她甚至带着孩子落荒而逃。还有一回，巴里的姨妈在塔米教母儿子的婚宴上做餐饮服务员，巴里当时正和他姨妈一起工作。他追上塔米，逼得她走投无路，要求给他五分钟来解释他从未停止关心她，一直爱着她，并后悔与那个怀孕的女孩结婚——在他们的女儿出生后的那个夏天，塔米撞见过他们在一起。"要是我能只给他五分钟就好了，"她说，"可我给了他整整七年。"

一时间，这像是个真实的童话故事，仿佛上帝希望他们破镜重圆。她的大女儿被告知，她母亲将于 1999 年 7 月 3 日与一名时代华纳有线电视维修员结婚，而那人正是她的父亲。她第二年就毕业离家去俄亥俄州立大学学习戏剧，所以就算她不太喜欢母亲的新丈夫也无所谓。但塔米的另外两个孩子与继父关系也不好。几年之内，塔米和巴里开始吵架，婚姻破裂了。

塔米不再去城南的教堂，巴里的家人在那里是重要人物。有一段时间，她不想再出现在城市周围。"扬斯敦非常非常小，"她说，"很多人都很惊讶我们会在一起，所以分开就变得更加困难。"她生活中一直压抑着的许多事情卷土重来，开始伤害她。上帝和塔米的表弟带她来到阿克伦一个名叫"上帝之家"的多种族大教堂，圣所里的一块标牌上写着：关系就是一切。她确定这里就是她的疗愈之处，开始每周参加数次礼拜。在那两三年里，教会就是她的生命。

她在城南住过四个不同的地方，现在那里比城东还要糟糕。每次上完夜班坐进车里时，或是在天黑后把小女儿留在家里时，她都感到十分不安全。她把房子留给巴里，因为那里已经够乱了（他在几年后丧失了这栋房子的抵押品赎回权）。她本可以搬到城西，那是城市里最后一片房屋仍然能够保值的区域，但那也是城东和城南的白人逃去的地方。如果她加入他们，总感觉哪里不对。2005年7月，她和巴里决定离婚；8月，塔米花七万一千美元买了一栋不太大的房子，位于扬斯敦城北边缘的利伯蒂小镇，街区安全，附带车库，终于，她能轻轻松松地开车上班了。

10月，她搬进新家。同月，帕卡德电气顶着一个新名字宣布破产。

塔米在那里工作的二十年里，帕卡德逐步削减沃伦的雇员，从70年代初的一万三千人，到90年代初的七千人，再到2005年的三千人。与此同时，海外劳动力人数增加到十万以上，帕卡德的汽车零部件工厂成为墨西哥边境工厂带的最大雇主。在一些工厂——例如14号工厂——塔米发现并没有任何东西被关停，但随着时间推移，所有机器都被移到边境以南，流水线上的工作也随之而去。这就像是在重演钢铁工人的痛苦，但用的是慢动作，一点一点地消磨损耗。

塔米眼看着工会走了下坡路。公司于1993年与美国国际电子工人兄弟会717号分会签订合同，制造出一种全新的第三阶级工人，他们永远无法获得全额工资和福利。塔米注意到，管理人员对这些1993年之后雇用的员工态度有所不同：用更严格的工作准则要求他们，禁止他们与塔米在托马斯路上的流水线交谈，站在他们身后，用能让任何人紧张的方式盯着他们工作。合同还鼓励十二小时轮班，这对于像塔米这样有家庭或有健康问题的人来说根本不可能。这似乎是想逼老员工退休，然后用1993年的合同雇用更多新员工。

1999年，通用汽车将包括帕卡德在内的分厂整合为一家名为德尔福汽车系统的实体公司，并将其分拆成一家独立公司，公开发行股票，向投资者提供招股说明书，承诺通过"逐厂分析'修理、出售、关闭'策略来提高成本竞争力，同时实施其他削减原料、劳工和成本的方案"，从而"改善运转表现"。华尔街花了至少一年来推动通用汽车分拆德尔福，他们认为，与垂直整合的通用汽车公司相比，一家小型汽车制造商和一家独立零部件公司的股东价值会更高。

塔米认为整个分拆都很可疑。"当时，帕卡德电气还是赢利的。等我们进入德尔福，就不再赢利了。"她说，"当时我感觉有些不对劲。我不是一个阴谋论者，但我认为已经大难临头。他们计划摆脱一些长期工人，所以得把这些人分拆出去，把他们放在一把伞下，然后不再理会，因为现在，他们不再是通用汽车的员工。"

新公司只是名义上的独立，德尔福的命运仍然与其最大的客户通用汽车息息相关。随着时间的推移，事情变得很明显，分拆只是一种策略，用来打散公司在美国的剩余劳动力。从一开始，德尔福就声称它能赢利，但利润被证明是虚假的，三年来，高层管理人员都在参与会计欺诈。公司受到美国证券交易委员会的调查，被两家养老基金起诉，高级管理人员纷纷辞职。当通用汽车在21世纪初深陷衰退时，德尔福承担了数十亿美元的损失，然后在2005年根据《破产法》第十一章申请破产。

但破产也是一种策略。它仅适用于公司的北美业务。德尔福声称，根据第十一章进行的重组应该允许它撕毁与工人签订的合同，并且为了监督清盘，董事会聘请新的首席执行官罗伯特·S."史蒂夫"·米勒，此人长于接手陷入困境的公司，将它们大肆分割，好为新的投资者带来利润。他之前在伯利恒钢铁公司这么干过，还在 2008 年出版了自传，名为《扭转乾坤的人》(*The Turnaround Kid*)。德尔福的董事会向米勒提供了一笔价值高达三千五百万美元的补偿方案，而一群高级管理人员获得了八千七百万美元的奖金，以及最终价值五亿美元的股票期权。两家华尔街银行摩根大通和花旗集团向德尔福提供四十五亿美元的资金，当公司从破产中涅槃重生后，他们排在队首准备收回贷款，附带利息和费用。米勒、他的高级管理人员和银行将成为赢家。输家将是德尔福的美国工人。没有人告诉他们会发生什么，但德尔福有一个代号为"北极星"的保密书面计划，旨在"通过撤出产品、站点整合和降低遗留成本来大幅降低成本"。这份计划被泄露给《底特律新闻》，并在破产一个月后见诸报端。

　　然而塔米没能预料到这一切。她每小时收入接近二十五美元，每年包括加班费在内的税前收入是五万五千美元。她的工龄已经达到十年，所以他们不能让她停工超过六个月，而当她被停工时，公司必须支付她百分之八十的工资。她的小女儿快要从高中毕业，之后塔米就可以把精力放在自己身上，也许还能去旅行。她即将四十岁，而她在地球上的最后二十多年将会一帆风顺。离退休还有十三年，等那一天到来，她终于可以变得强大，决定自己想做的事——能让她满足并让她感觉良好的事，报酬多少都无所谓。她放弃了婚礼业务，在扬斯敦州立大学上一些课程，考虑开展心理咨询。退休时，她可能已经获得博士学位，或者靠养老金在某个第三世界国家生活。

　　塔米眼看着工作机会被转移，工作内容被浓缩——原本操作一台机器，现在变成了两台——她能想到，沃伦会变成一家小型工厂。但整家工厂关门大吉？"没有。我从未想过这一点。就算看到发生在工厂里的事也没想过。只要通用汽车还不错，我们大概也会不错。我们加班加点，真的连订单都赶不上。没人能告诉我，我的工作会消失。"三十年前，板材和管材公司的工人们也没想到。

2006年3月，德尔福宣布将关闭或出售其二十九个美国工厂中的二十一个，并削减两万个小时工职位，占总数的三分之二。沃伦不会关闭，但工人会大幅减少，幸存者将减薪四成。塔米的工资将降至每小时十三点五美元。工人们被鼓励接受一次性买断工龄，因为德尔福希望在沃伦剩下的三千名小时工里保留不到六百五十人。买断工龄意味着他们将失去大部分养老金。这个消息在一个大型会议室里通过幻灯片分组传达，每次告知一百名工人。每个人都收到了一套相关信息的资料，要在八月前决定是否参加买断。人们哭着走出房间。塔米惊呆了。

但之后，她身上发生了一些变化。她感觉心态很平和，仿佛她知道一切都会好起来。在她生命中的其他困难时刻，这种感觉也曾出现，包括十岁的她不得不住在壁橱里的时候，十六岁的她成为母亲的时候，以及二十九岁的她失去未婚夫的时候。她的同事惊慌失措，互相询问："你打算怎么办？"塔米告诉他们："你猜怎么着？帕卡德以外还有一整个广阔的世界。"她实际上有点兴奋。有了买断款，她就可以专心上大学，成为家里第二个获得大学学位的人——她的大女儿已经成了第一个。在那之后，塔米不知道自己要做什么，但自从她长大成人以来，这是她第一次能够拥有梦想。

她的朋友西比尔女士一直都能在塔米身上看到属于自己的一些特质：城东女孩、单身母亲、工厂工人，能在扬斯敦坚持到底、充满理想的女性。在某种程度上，西比尔的人生更加困难，因为她于1971年开始在通用电气公司工作，当时，黑人女性是工厂中的最底层。可另一方面，到了塔米这一代人，一切都分崩离析。西比尔一直留在通用电气公司，直到六十多岁退休，但塔米在四十岁时做出了重大改变。西比尔完全知道塔米所冒的风险。"塔米必须以自己的方式做出决定，"她说，"我确信，那三个看着她的孩子是一个很大的诱因。

帕卡德是一份极好的工作。当她把帕卡德丢在路旁，她冒了巨大的风险。她有这种决心和动力。我认识的大多数人离开帕卡德后都失去了光彩。你既然踏出了那个庞然巨物，就不容失败。"

　　塔米在 2006 年的最后一天买断工龄。她想到了那句老话：上帝在关上一扇门时，会打开另一扇门。"不，上帝将为我打开通往露台 ❶ 的门。"

---

❶　塔米用的词是 "patio"，原指西班牙风格住宅的天井，在北美延伸为餐厅户外座位之意，如餐厅露台或庭院等开阔之地。

2003 年

《世界各大城市挤满伊拉克战争的抗议者》[1]……面对这样一个残忍、历来存有疯狂野心、与恐怖主义有联系，拥有巨大潜在财富的独裁者，绝不能允许他统治一个至为重要的地区[2]……我提着灯来到金色大门前撒尿／我发誓要让人民获得自由，我们会找到他们的大规模杀伤性武器[3]……《布什下令对伊拉克开战》[4]……如果末日临近，分散在全国的格林和米勒家族希望他们的亲戚能在附近。因此，他们制订了一项应急计划，以防电话失灵：他们会在堪萨斯州的威奇托会面，就在大小阿肯色河的交汇处，在平原守卫者伸出的臂膀下——那是一座四十四英尺高的印第安战士雕像[5]……《对法国人的愤怒不足以抵挡波尔多葡萄酒的流入》[6]……这些统治我们国家的混蛋是一群自命不凡的纵容者、窃贼、强盗，他们必须被拉下台，用一个我们能够控制的全新系统来代替[7]……《拉丁裔现在已成为美国最大的少数族裔群体》[8]……《教皇对同性恋说：你们的生活方式是邪恶的》他抨击了同性婚姻和领养[9]……在洛杉矶斯台普斯中心一场十分感性的新闻发布会上，二十四岁的布莱恩特紧紧握着妻子瓦妮莎的手，为他在孩子出生六个月时的背叛而道歉[10]……《"布什主义"经历了光辉时刻》[11]……当我们发现那些过度享受特权的人与这个国家其他人之间有多么深的隔离，这不禁令人哑然失笑。这种隔离如此之深，以至于经常出现在社会栏目中的二十二岁的帕丽斯·希尔顿都不知道什么是井，甚至连沃尔玛都从没听说过[12]……《华尔街巨头在萧条中继续繁荣》[13]……他身上也有其他"宇宙掌控者"的特性，包括令人惊叹的艺术品收藏，展示权力的衣橱，以及一个比他高好几英寸的、一头金发的、迷人的第二任老婆[14]……《房地产仍是投资者最安全的港湾》……在佛罗里达拥有一栋房子，你该为此高兴[15]……但是因为我签了合同，完成了义务，为美国打了一场仗，我完全有资格说，我陷入了一塌糊涂的处境[16]……《美国直升机在伊拉克坠毁，十六人死亡》[17]……"这是艰难的一周，但我们正走向一个有独立主权的自由伊拉克。"他说[18]……先生，我支持战争。/我相信我们自己。/今天我要敬上这杯红酒。/在蒙特拉谢，距离富兰克林街车站不远，在西百老汇。[19]

注释

1. CNN 电视台 2003 年 2 月 16 日新闻，称全球爆发超过六百场反对伊拉克战争的示威活动。
2. 乔治·W. 布什总统 2003 年 1 月 28 日发表的国情咨文，用大量篇幅指出伊拉克的威胁及战争的必要。
3. 诗歌《Ooga-Booga》，美国诗人弗雷德里克·塞德尔 2003 年所作。
4.《纽约时报》2003 年 3 月 20 日新闻。
5.《华尔街日报》2003 年 3 月 13 日文章。
6.《哈特福德新闻报》(*Hartford Courant*) 2003 年 3 月 20 日报道。法国政府对伊拉克战争持反对态度，被部分美国人认为是背叛行为，导致美国本土出现反法情绪。
7. 畅销书《伙计，我的国家哪儿去了？》(*Dude, Where's My Country?*, 2003)，迈克尔·摩尔著。迈克尔·摩尔是美国知名纪录片导演，常批判美国本土、全球化及资本主义的诸多问题，在《伙计，我的国家哪儿去了？》中对布什政府进行强烈的讽刺，之后的纪录片作品《华氏 9·11》(*Fahrenheit 9/11*) 对伊拉克战争进行更深入的批判性研究，成为历史上最卖座的纪录片。
8.《旧金山纪事报》2003 年 6 月 19 日新闻。
9.《纽约每日新闻》2003 年 8 月 1 日新闻，当时的教皇为若望保禄二世。
10.《纽约每日新闻》2003 年 7 月 19 日新闻，报道篮球巨星科比·布莱恩特被起诉性侵后公开道歉的新闻发布会。
11.《华盛顿邮报》2003 年 12 月 21 日新闻。布什主义 (Bush Doctrine) 并非具体政策或专业术语，而是用于形容布什政府外交原则的短语，通常指强烈的单边主义立场，积极采取军事行动，争取在战争中先发制人，及在全球各地区传播美国理念和建立民主政权。
12.《哈特福德新闻报》2003 年 7 月 28 日文章。帕里斯·希尔顿出身豪赫，祖父为希尔顿酒店创始人，她曾从事歌手、演员、模特等职业，但名声更多来自持续的丑闻和违法行为，包括 2003 年引起轰动的性爱自拍录像带泄露事件。
13.《国际先驱论坛报》(*International Herald Tribune*) 2003 年 3 月 21 日报道。
14.《财富》杂志 2003 年 6 月 9 日文章，讲述黑石集团董事长及联合创始人苏世民。
15.《圣彼得斯堡时报》2003 年 6 月 4 日文章。
16. 回忆录《锅盖头：海湾战争老兵纪事》(*Jarhead: A Marine's Chronicle of the Gulf War and Other Battles*, 2003)，安东尼·斯沃福德著。
17.《纽约时报》2003 年 11 月 2 日新闻。
18.《圣彼得斯堡时报》11 月 17 日新闻，内容是布什总统 2003 年 11 月 16 日关于伊拉克战争的讲话。
19. 同注释 3。

体制人士（1）：科林·鲍威尔

从前，美国有一个来自岛国的浅肤色黑人移民家庭，他们住在属于移民的城市——纽约的拉瓜迪亚、迪马吉奥和科尼岛。在那里，母亲们为周日晚餐准备牛尾汤，周五晚上则在烛光下端上白面包；父亲们用西西里语或波兰语对着报纸嚷嚷；男孩的钱包里塞着安全套，女孩嚼着口香糖，他们在街头成长为美国人。

在南布朗克斯区凯利街 952 号的三楼，罗斯福总统的肖像挂在客厅的墙上，背景是国旗和国会大厦。在他们的廉租公寓外面，这对父母和他们的两个孩子经历了美国体制广泛和普遍的冲洗。

母亲在服装区的金斯伯格裁缝店为女士西装缝制纽扣和饰边，为自己是杜宾斯基的国际妇女服装工人工会（超过三十万人）的一员而自豪；父亲则是发货室工头，就连大萧条时期也总是在工作。每周日，他们会坐在圣玛格丽特圣公会教堂的家庭长椅上，他们的小儿子是一个热爱庆典和焚香的教士助手。这个男孩从第三十九公立学校转到第五十二公立学校，后来又上了莫里斯高中；尽管成绩平平，但凭借他的文凭、纽约居民身份和十美元，他还是被纽约城市学院录取了。这家学院成立于 1847 年，起初名叫自由学院，在一座小山上俯瞰哈莱姆；第一任院长霍勒斯·韦伯斯特说："我们想试试看，能否让人民的子女乃至全体人民的子女都接受教育；一流的教育机构能否成功地为民意而非少数特权者所掌控。"

越过城市灯火，穿过共和国，矗立着构成战后中产阶级民主秩序的结构：

通用汽车公司、美国劳工联合会与产业工会联合会、国家劳工关系委员会、城市老板、农业集团、公立学校、研究型大学、地方党派、福特基金会、扶轮社、妇女选民联盟、哥伦比亚广播公司新闻台、经济发展委员会、社会保障、垦务局、联邦住房管理局、联邦援助公路法、马歇尔计划、北约、美国外交关系协会、退伍军人法、美国陆军。

这其中，最后一个地方成了男孩在美国的家。他在城市学院的第一年就加入了后备军官训练队（他原本也会被征召入伍），并宣誓加入了潘兴步枪兄弟会。制服和纪律让宣誓入会的新成员有了一种归属感。他需要体制结构才能茁壮成长。"我几乎立刻成了领导者，"他后来写道，"我在队伍中看到了无私，这让我想起了家里的关怀氛围。种族、肤色、背景、收入都毫无意义。"

1958年，他作为一名少尉接受委任。军队刚刚取消种族隔离十年，但这个美国最为等级森严的机构同时也是最民主的："相比于任何一个南方市政厅或北方企业，我们的军事部门里都有着更少的歧视、更真实的择优制度和更平等的竞技场。"勤奋、诚实、勇敢、奉献：这位年轻的军官践行着童子军的美德，深信它们会带来平等的机会。

他在美国的旅途于1962年将他带到越南南部，1963年到伯明翰，1968年又再次到了越南。

他成了上尉，在阿肖谷陷入一个尖竹钉陷阱，又躲过一轮迫击炮。几个月后，在美国佐治亚州本宁堡附近的一家汽车汉堡店，服务员拒绝为他服务。他升为少校，在广义省附近发生的直升机坠毁事故中幸存，并救出了几个人。这些都没有打乱他精心校准的内心平衡。

他胸前挂满奖章，获得了上级的赏识。他拒绝因种族主义的羞辱或战争的愚蠢而动摇，这场战争是美国的穷人在打。种族歧视和越南战争都冒犯了他的民主价值观。"在越南的许多悲剧中，这种原始的阶级歧视最严重地伤害了所有美国人的理想：人人生而平等，并且对国家同等忠诚。"然而，他正在按照这一理想建立自己的生活，所以他仍然保持实用主义；他的自制几乎让他失去了人味儿。体制通过提升人们的品质来展示它们在健康运转，哪怕这些人偏离了道路，他们也能在自我纠正中找到最重要的力量。

而他会展示给任何有所怀疑的人看。

他晋升为中校。他当选为白宫学者，刚好赶上水门事件——但即便是美国历史上最严重的政治丑闻也证明了民主的体制力量：国会、法院、媒体和民众都会切除癌症。

他在韩国当上营长，在那里，他开始为越战之后的军队重建良好的秩序和纪律。在坎贝尔堡，他当上旅长。卡特政府期间，他进入五角大楼。作为1979年最耀眼的明星，四十二岁的他成为陆军最年轻的将军。卡森堡，莱文沃思堡。接着是里根政府时期的五角大楼，"军队已经重归荣耀之地"。

1986年，少将坐在国防部长办公室外的办公桌旁，不情愿地打了个电话，按照白宫的命令将四千枚反坦克导弹从陆军转移到中央情报局。它们的目的地是德黑兰：武器、一本《圣经》和为人质准备的蛋糕。伊朗门事件是他简历中的第一个污点，但是这让他进入了里根时期的白宫，当上了副国家安全顾问，负责清理混乱局面。"如果不是因为伊朗门，我仍然会在某个地方当着无名将军。也许已经默默无闻地退休了。"

对中将来说，恢复国家安全委员会的良好秩序和纪律是一项完美的工作。他喜欢修理老沃尔沃和萨博。他工作高效，懂得鼓舞人心，对官僚系统了如指掌，是世界上最伟大的参谋。这些官僚体制正处于权力之巅。毕竟，它们即将赢得冷战。

1988 年，在克里姆林宫的圣凯瑟琳大厅，戈尔巴乔夫带着一丝微笑直视着他，说："现在你失去了最好的敌人，接下来还能做什么呢？"

第二年，将军在他五十二岁生日前一天获得了第四颗星。几个月后，他当上有史以来最年轻的参谋长联席会议主席。没有最好的敌人，美国就可以再次打仗了，他指挥了越南之后的第一场战争——巴拿马（一个脸长得像菠萝一样的毒贩），然后是一场大型战争——沙漠风暴。❶地面战役花了四天时间将萨达姆赶出科威特。美国回来了，主席是如此做到的：将越南的痛苦经验转变成一种信条——明确的目标、国家利益、政治支持、压倒性的力量、迅速撤退。（库尔德人和什叶派被抛下了；还有波斯尼亚人也是。）

穿上制服三十五年后，将军退休了，那时，他已成为美国最受爱戴的人。没有人知道他的党派——他曾经投票给肯尼迪和约翰逊，投给卡特一次，然后开始投票给共和党。双方都信任他，因为他代表了两党的中间位置。（有些人出于同样的原因不信任他。）他是艾森豪威尔式的国际主义者，对核心国家持谨慎态度。只要保持中立，他的声望就会不断上升。历史表演了一场柔术，让种族和越南变得对他有利，给了他在华盛顿无人可及的权威。

他让每个人都觉得美国仍然在成功运转。

1995 年，他宣布自己是共和党人。他的朋友里奇·阿米蒂奇，一位众所周知的共和党员，警告他不要这么做：共和党已不再是艾森豪威尔的政党——它甚至不再是里根的政党。某种东西被释放出来，那是一种丑陋的、非理性的精神，哪怕在外交事务中也是如此。（冷

---

❶ "越南之后的第一场战争"指 1989 年美国入侵巴拿马行动，毒贩指当时巴拿马的领导人曼努埃尔·诺列加；"沙漠风暴"即以美国为首的联军和伊拉克之间的 1990 年海湾战争。

战其实起到了澄清和缓和的作用——也许戈尔巴乔夫是对的。）体制仍然掌握着缰绳，但马匹是一无所知运动者❶。可是他说，他想提升共和党的吸引力。

他本可能成为第一位黑人总统。相反，他从竞选中退出，自愿将时间花在贫困学校的贫困儿童身上。他传达的信息始终如一：勤奋、诚实、勇敢、奉献。

他被召回服务，作为新任国务卿登上舞台；身材高大的他站在以微弱优势当选、正不知所措的总统面前。没人比他更有经验、更有能力、更受欢迎。他将打开引擎盖，修复俄罗斯和中国，修补巴尔干半岛，润滑中东，拧紧伊拉克，让士气低落的部门恢复良好的秩序和纪律。但是他的朋友阿米蒂奇——当时已成为他的副手——认为布什选择他当国务卿是为了提高自己的支持率，而不是因为他的观点。

两年来，国务卿面向世界，展现了美国最好的一面。

飞机撞上大楼时，他正在利马与拉丁美洲领导人会面。他冷静地停留了足够长的时间，投票支持《民主宪章》并重申其背后的价值观。"他们可以摧毁建筑物，他们可以杀死人们，我们会为这场悲剧感到悲伤。但我们永远不会让他们杀死民主精神。他们无法破坏我们的社会。他们无法破坏我们对民主道路的信念。"

他组建了一个反对塔利班的联盟，将巴基斯坦纳入其中。他让全世界都知道美国不会独来独往——它的盟友仍然重要。他不必说出口，一个能让南布朗克斯的黑人移民之子成为世界大使的国家本身就值得支持。

当总统把目光转向伊拉克，国务卿代表了谨慎的声音。他没有

---

❶　一无所知运动发生于19世纪四五十年代的美国，是一场反天主教、反移民的排外政治运动，由本土主义政党"美利坚共和党"（American Republican Party）在纽约发起，之后发展到各地。该组织具有半秘密性，成员被问到党内情况时会统一回答"我一无所知"，运动由此得名。

拒绝，但他试图一边踩刹车一边开车。他的部门对情报持怀疑态度。他阐述了一个新的信条：若你将它打破，你就得对它负责。他希望联合国参与其中。他不想失去中立地位。

他把外交政策机构召集在一起，却不知道它已不复存在。他需要结构才能茁壮成长，但维持战后秩序的结构已经受到侵蚀。外交关系协会和福特基金会不再重要。议员和将军已转行当上了顾问和专家。军队中都是专业人士而非普通公民。公立学校让普通人家的孩子变成了半文盲。两党陷入了消耗战。

他试图在体制的失败中继续工作，但对这位伟大美国体制的明星产物来说，这一切都不可理喻。政府已被那些蔑视体制的理论家和操作者所腐蚀。他没有预料到，他们让他孤立无援，一败涂地。

美国最受欢迎的人成了孤家寡人。

总统想要支持率。白宫为他写了一篇演讲稿，整整四十八页，单倍行距。他有一个星期的时间来摆脱所有的谎言，但时间不够；多少时间都不可能够，因为他一直在挑战它的前提。

2003 年 2 月 5 日，国务卿前往位于东河的联合国大楼，那里距离凯利街 952 号仅二十分钟路程，而他幼时的家很久以前就被烧毁和拆除了。他坐在安理会办公桌旁，带着录音带、照片、图片和一小瓶白色粉末。全世界都在观看电视直播，他用七十五分钟阐述了萨达姆政权构成的威胁。他用尽一生的权威和自控力做了这番演讲，许多美国人都深信不疑，因为他是能证明美国仍然在成功运转的那个人。

然后他站起身来，挺直脊梁走出门去，像一名士兵一样。

他深深伤害了自己，远胜尖竹钉陷阱或南方种族主义者可能给他造成的伤害。

战争开始时，总统说他睡得像个婴儿。"我也睡得像个婴儿。"国务卿说，"每隔两个小时，我就会尖叫着醒来一次。"

杰夫·康诺顿

康诺顿踏入政界的时机不算太好，但在当说客的时机上简直完美。1997 年，他刚进入这行时，企业每年要花十二亿五千万美元来践行他们的第一修正案权利，向美国政府诉冤请愿。十二年后，他离开时，这一数字几乎翻了三倍。（这还只是直接付给说客的费用——未报告的公共关系费用还有几十亿。）这一大堆钱引来一大群政客：1998 年到 2004 年间，百分之四十二的前众议员和半数前参议员在离职后都当了说客，开始游说他们的前同事。数以千计的国会助理在离职后也搬去了 K 街，康诺顿在克林顿政府中的数百名前同事也是如此。当他在 1997 年第一次穿过旋转门，加入华盛顿的永居阶级时，人们仍然认为游说工作是"出卖自己"。等到 2009 年，他从另一边推门回来，游说已经变成了某种令人羡慕甚至可能令人敬仰的职业，且毫无疑问是绕不开的——它现在已经被称为"兑钱"行业了。

2000 年 1 月，康诺顿的老板杰克·奎恩离开阿诺德与波特事务所——部分是因为受到康诺顿的鼓舞——成立了一家新公司。时机恰到好处：在华盛顿，人人都知道奎恩是阿尔·戈尔的人，而戈尔在这年秋天很有可能赢得总统大选。奎恩的政治生涯开始于 1968 年尤金·麦卡锡的竞选专机上，随后在克林顿时期的白宫最高层工作了五年，经历所有危机仍能全身而退。当顾客与他坐下来交谈时，他们会相信他所说的就是白宫对重大议题的看法。令人惊讶的是奎恩的新合作伙伴：艾德·吉莱斯皮，他是卡尔·罗夫❶的人。吉莱斯皮曾在众议院为迪克·阿米工作，协助起草《美利坚契约》；如果乔治·W.布什赢下白宫，他将会成为共和党的主要解决人❷之一。

奎恩-吉莱斯皮公关公司在M街与N街之间的康涅狄格大道上租下位于五楼的豪华办公室，往南一个路口就是莫顿牛排店，公司雇员会在那里喝酒。康诺顿作为主管和副董事长加入这家公司，获得一个拐角办公室，除了工资还有百分之七点五的股权。奎恩和吉莱斯皮平分了剩下的股权。

其他游说公司要么是民主党的，要么是共和党的，而对立党派当权时，他们就会失去客户。在奎恩-吉莱斯皮公司，说客们都有着强烈的党派立场——奎恩和吉莱斯皮最初是在福克斯新闻上作为对手相遇的——但每天早上走出电梯时，他们的忠诚都毫无保留地献给公司和客户。国会沿着意识形态的界线裂缝丛生，选民在每一次选举中都愈发两极化，各州不是染上红色就是蓝色，但在奎恩-吉莱斯皮公司，员工们喜欢说他们都是绿党成员，尽管他们之间的分野极为清晰：共和党支持者会为共和党政客写支票和举办筹款活动，民主党支持者为民主党做同样的事。2000年大选临近之时，康诺顿意识到他并不像以往一样热情期待自己一方获胜——不管是布什还是戈尔当选，奎恩-吉莱斯皮公司都会混得不错。大选之夜，奎恩在纳什维尔与戈尔团队在一起，吉莱斯皮则在奥斯汀陪着布什

❶ 卡尔·罗夫，资深共和党人，70年代开始成为共和党政客的竞选幕后推手，曾参与比尔·克莱门茨（1986年得克萨斯州州长选举）、约翰·阿什克罗夫特（1994年美国参议院选举）等人的竞选活动，最大的成就是协助乔治·W.布什在1994年和1998年的得州州长选举及2000年和2004年的总统选举中均获得成功，2001年后担任布什政府的高级顾问和白宫办公厅副主任，在伊拉克战争等重要事件中起到关键作用，被称为"布什的大脑"。
❷ 解决人（fixer），一种比较模糊的政治身份，主要帮人解决麻烦事，有时会使用灰色手段。

团队；当佛罗里达州的选票来回摇摆，两位合伙人就通过黑莓手机交换最新消息。吉莱斯皮在佛罗里达州重新计票时对共和党起到了重要作用，在最高法院让布什当上总统之后，他成了华盛顿最炙手可热的内部人士。如今，公司与政府中的每一个权力枢纽都搭上了关系。

康诺顿并不能为公司和华盛顿的顶级人物牵线搭桥。他并不是一个能参与交易决策的特区律师或是党内权力掮客。他在政府中的最高职位就是白宫法律顾问特别助理。他带来的是勤奋且精湛的工作能力，在参议院和白宫的几年经验（幕僚们会回他的电话），在弹劾案期间代表克林顿一方在有线电视出镜的经历，以及广为人知的"拜登的人"这一身份——尽管事实上他更像是考夫曼的人，后来还成了奎恩的人。很快，他的年收入就超过五十万美元。每隔两周，金钱都会如潮水漫过堤岸般涌来打在他脸上。在华盛顿，还有许许多多无名小卒每年能赚到超过一百万美元。

奎恩和吉莱斯皮认为他们在这门生意中是很精明的。游说的目的不再是为客户打开一扇门——华盛顿的权力已经太过分散。它的作用是发动一场广泛的策略性战役，通过不同渠道影响不同听众，塑造媒体对议题的看法，在家乡选区向立法者施加压力。奎恩－吉莱斯皮在组建临时的"草根领袖"联盟方面十分专业——用某种理念招募当地居民，营造一种有草根阶层自发支持的表象。公司并非远离争议。当奎恩的法律客户马克·里奇——一名住在瑞士的亿万富豪逃犯——在克林顿任期最后一天收到总统特赦令，怨愤困扰了奎恩数周。但这件事也有另外一个角度：奎恩为客户搞定了一桩麻烦事。老华盛顿——媒体、社会体制、高标准的支持者——假装它们的道德情感遭受了震动。新华盛顿则明白，马克·里奇的特赦对他们的生意有好处。

公司的客户包括美国石油组织、养老院产业、加拿大不列颠哥伦比亚省木材贸易委员会、威瑞森电信、美国银行、惠普和拉里·西尔弗斯坦——世界贸易中心承租人。就在安然公司破产前不久，奎恩－吉莱斯皮帮它挫败了加州政府企图规范电力市场的行动。奎恩－吉莱斯皮还曾代表泛美航空 103 号航班爆炸案遇难者亲属要求利比亚赔款。康诺顿获得的最大胜利中，有一项在网络广告商方面。他成为一个名为"网络广告促进会"的草根群体发言人，花了半年时间为这个行业建立起自我管理系统，与联邦贸易委员会的五名理事和七个州的司法部长会面，并在国会阻止了一项法案——这项法案能帮助消费者禁止网站收集他们的在线消费习惯数据。这种复杂的工作是一流法律事务所的合伙人会做的事情——而乔·拜登从来没关心过他对任何事的意见。

在阿诺德与波特事务所，康诺顿有时会保住底线，他曾拒绝代表安联，这家德国保险公司被指控在二战后欺骗犹太投保人。克林顿在任时，奎恩参与了烟草和解协议的协商，并拒绝为烟草公司工作。但奎恩－吉莱斯皮曾代表塞族共和国（为了一笔足以弥补声誉受损的高额酬金）——波黑战争尾声时分裂出的波斯尼亚塞族政治实体，也曾代表科特迪瓦政府——这个国家深陷内战，传言政府有专门暗杀政敌的小分队。康诺顿发现国际工作令人着迷，他相信公司正尝试让科特迪瓦通过举办大选来做正确的事（毕竟，法国和波兰从没想让你这么做，只有那些坏小子才会这样）。2005 年，他飞去阿比让，有人开车接他穿过令人恐惧的重重检查站来到总统官邸，在那里，他坐在洛朗·巴博❶ 旁边的椅子上。但总统并未注意这位说客说了什么，也对民主没有表现出丝毫兴趣——他只想打造好看的公关形象罢了。康诺顿从一个海边小贩手里买了一个大型大象雕塑，把它一路拖回华盛顿送给吉莱斯皮——公司里的头号共和党人。六个月后，

---

❶ 洛朗·巴博原是学者，20 世纪 80 年代后投身政坛，2000 年到 2011 年担任科特迪瓦总统，2011 年因拒绝承认选举失败导致大规模武装冲突，引发第二次内战，后被逮捕并移交海牙国际刑事法院，被判犯有反人类罪。

与科特迪瓦的合约终止了。

公司的一个同事曾经说过，奎恩－吉莱斯皮雇用一名新说客时只关心两件事："首先，他能否轻松自如地请求朋友帮他做事？第二，他是否愿意这么做？"这位同事张开双腿示意，"他是否明白我们在这里是为了赚钱？如果不渴望赚钱，他才不会每天来上班做他该做的事呢。"

在华盛顿待了这么多年之后，康诺顿有许多渴望，不仅仅是赚钱。他想做成事情，想在高层运筹帷幄。他从来没能跟拜登一起做到这些——公共服务带来的羞辱似乎多于胜利——但私有领域更像是一种精英统治：你会从自己生产的成果而不是老板的冲动和错误那里获得报酬。这项工作伴随着巨大的压力——商会领袖们的要求格外高——但没人是"操他妈的白痴"。奎恩、吉莱斯皮和康诺顿是三个出身普通的爱尔兰后裔，他们相信勤奋与忠诚。他们并不像杰克·阿布拉莫夫❶一样不知廉耻。康诺顿喜欢他的合作伙伴，也喜欢他们一同建立的事业；他在奎恩－吉莱斯皮度过的岁月是他在华盛顿期间最快乐的几年。因此，每当有人把游说形容为一种肮脏的工作，他都会产生一点自卫心态。去他的吧，华盛顿所有人都在吮吸大公司的乳头（他在科文顿与柏灵事务所亲眼见过），大部分人跟那几千个注册在案的说客所做的事情别无二致，却让后者为所有人的罪恶承受抨击。

他开了一个经纪账户，终日穿着几套量身定做的西装。几年后，他买下自己的第一栋房子，那是位于乔治城的一栋联排房屋；接着，他花四十二万美元在墨西哥湾旁的卡门海滩买了一套公寓；再之后，他又花十七万五千美元买了一艘漂亮的三十九英尺长的二手意大利

---

❶　杰克·阿布拉莫夫，美国共和党人，美国游说业教父。2006 年，阿布拉莫夫承认共谋、欺诈和逃税三项重罪，作为检方证人配合调查国会贿赂案，揭开美国政坛数十年来涉及权钱交易的最大丑闻。

快艇。但他一直保留着那辆破破烂烂的美国车。

拜登总统竞选团队的一个朋友曾经告诉他："百分之九十九的美国人可能会觉得奇怪，但如今，四十万美元的年薪可没有往日那么风光了。我在大瀑布城买了房子需要还贷，还有两个孩子在上私立学校。"——在华盛顿，每个人都会把孩子送去私立学校——"我要是能从四十万美元年薪里攒下钱来，那就很幸运了。"康诺顿在那次竞选中遇到了他在华盛顿最要好的朋友们，有些人像他一样混出了名堂，但那些留在公共服务领域最久的人已经在财务上进退维谷。华盛顿没有逆流；在这个游说城镇里，只有一门生意能提供职业机会。这里是整个星球的首都，比美国历史上任何年代都更富有，超乎想象的财富聚集于此；然而它仍然是一座孤岛，与世隔绝。

在某种意义上，游说要基于华盛顿的友情网络进行。这也是国会助理在 K 街如此抢手的原因之一。如果一位参议员的幕僚长认识并且喜欢一名说客，他就会回复这个说客的电话，心想："我有点想帮他。如果我需要他来组织一个活动，他也会帮我，我能从他那儿得到好处。"游说行业在公司与政府官员之间提供了有价值的双向信息流动与分析。如果把参议员比作法官，那么说客就是为案件其中一方给出最佳陈述的律师。

当然，还有一个问题，那就是另外一方从来没人能进入这个法庭——也从来没人能筹到像大公司付给说客和竞选活动那么多的钱。毕竟，参议员并不是法官。也许曾经是，像是普罗克斯迈尔或是贾维茨 ❶。但是现在，参议员不再仅仅依据简报来做出判决——他们也会看到金钱和政治。说客只是中间人，是受雇的专家。要怪就怪那些特殊利益团体，怪他们的金钱和随之而来的路子；在他们之外，还

---

❶　威廉姆·普罗克斯迈尔，美国民主党政治家，1957 年到 1989 年任参议员。雅各布·贾维茨，美国共和党政治家，曾任众议员和参议员。

要怪允许金钱淹没竞选的竞选财务法。"我在这个房间里，是因为我为你筹到了钱，而且我还能帮你找到能筹到更多钱的机会。"康诺顿说，"如果这些行为被阻止了，那么杰克和我就会变回我们自己相信的身份：能当一个好律师的聪明人。"

康诺顿后来琢磨出一套"普适理论"，来解释 20 世纪 80 年代以来金钱在美国人生活中的意义："当华尔街和华盛顿的收入大幅膨胀，当靠从企业获得的战利品能赚到数百万美元——我就是一个活生生的例子，作为一个无名小卒，我能带着几百万美元离开华盛顿——当某些行为不再需要付出代价，当连那些阻止人们炫耀他们赚钱方式的准则都开始受到侵蚀并逐渐消失，文化改变了。这种改变发生在华尔街，也发生在华盛顿。"

尽管并非刻意，康诺顿成了一个职业民主党人。这就是他对华盛顿人这个阶级的称呼——说客、律师、谋士、顾问、专家、参谋、解决人——他们在落在国会山上的大公司金钱雨和民主党政治中日渐重要的职位之间来回摇摆。（当然也有职业共和党人——艾德·吉莱斯皮就是一个——他们能比职业民主党人更轻松地在华盛顿游走，因为共和党并不要求他们假装反对大公司或金钱干预政治。）财富为他们的权力锦上添花，权力令他们的财富不断膨胀。他们将筹款作为黏合剂，为特殊利益团体和党内官员牵线搭桥。他们与政治家们共进早餐，与商会领导共进午餐，与其他职业民主党人共进晚餐。他们的办公桌后面是"权力墙"——展示着他们与相识的最大牌政治家的合影。他们的忠诚首先属于公司，然后属于他们在政界的前老板，之后属于党派，再之后——如果他是个民主党人——属于总统。

华盛顿是个小城，人与人之间只需要一到两个人就能建立联系，你最好对自己在电信产业休闲聚会或金融服务社交环节中遇到的每个人都表现友好，如果不这么做，就可能很快遭到报应。奎恩－吉莱斯皮鼓励旗下的说客每晚出门——社交活动中产生的信息可是很有价值的。康诺顿也做了自己分内之事，只是随时间推移而逐渐减少——他不喜欢大型派对；他去了太多活动，到最后，他会把车交给代客泊车服务员，走进派对，匆匆忙忙说几句，就决定离开。只需要几个问题，他和新认识的人就能互相把对方归入华盛顿的阶层系统中去——拜登的人，克林顿白宫的人，为杰克·奎恩工作的人，电信行业的重要人物——这决定了他们想了解对方到什么程度。康诺顿仍然背负着亚拉巴马的特质，他无法胡说八道，吹嘘自己的重要性。

他一直单身，虽然有几次差点结婚。如果他结了婚，他的游说生意可能会指数级增长。权力夫妻可以在政府和私有领域之间交换，一个负责赚钱，一个负责爬上政府梯级，互相分享一路上得到的情报。康诺顿与一位参议员的幕僚长就一系列金融议题打过交道，后来发现他跟一个银行高管结了婚。在华盛顿，枕边风可能价值千金。

有些夫妻属于华盛顿永居阶级中的金融圈，也就是华尔街－华盛顿核心－财政部官员、银行委员会幕僚、监管者。康诺顿管他们叫作"一小团"。（也有其他康诺顿永远不会了解的"一小团"——例如国防方面有军队－工业复合体。）金融圈这一小团的成员之间有着格外紧密的关系。例如有这么一对夫妻，丈夫是前任说客，如今在一个核心的参议院委员会工作，妻子以前是财政部官员，后来去了证券交易委员会。他们日夜社交，长线作战，当两人决定金盆洗手时，就能坐拥金山了。

奎恩－吉莱斯皮开始时尽可能少为政客们筹款。在市中心举办活动是一种二流的吸引生意的手段——公司认为它能以更聪明和有策略的方式成功。但政客们并不愿随其心意。康诺顿可能会通过一位幕僚长帮客户与参议员安排一次会面。几天后，他会接到参议员的电话，邀请他参加每人一千美元的筹款活动。除了"我很乐意"

之外，他没法说别的。不久后，公司合伙人就用光了他们在每个竞选周期里的五万美元捐款上限，而奎恩－吉莱斯皮也开始完成绑定的筹款业务，尽管它从来都比不上巴顿·博格斯公司和波德斯塔公关集团这种大型玩家——它们几乎每周都会组织筹款活动。

　　奎恩－吉莱斯皮的筹款活动通常是周二、周三或周四在公司会议室里举办的自助早餐会，有培根和鸡蛋；只有这几天早上，参议员们肯定身在华盛顿。活动通常在 8 点开始，但康诺顿不记得有多少次，参议员会在早上 7 点 45 分就抵达。他心想："糟糕，我们都睡眼惺忪，还得在接下来十五分钟里哄他开心。"作为活动主办方，他或奎恩会为参议员做一番言过其实的介绍："我们时代的一位伟大公仆，私下里也是一个杰出的人，我的孩子生病时，他给我打了电话……"接下来，参议员会讲几个蹩脚的笑话，客户会哈哈大笑，然后他们会开始谈生意。康诺顿刚开始做游说工作时，把筹款和谈正事混在一起会被认为是不得体的。但随着时间流转，这条界线如同其他所有事情一样遭到侵蚀，最后，一个像克里斯·多德这样的职业人士——他总是轻松愉快，脸庞红润，有着深色眉毛和参议员式的浓密白发——会绕着会议桌走一圈，询问每个捐款者："你关心什么议题？"一场活动结束后三周，康诺顿会打电话给参议员的幕僚长，对方会说："等一下，参议员想直接跟你说话。"——因为现在，他已经成了参议员政治家庭的一员。如果一年没办活动，那康诺顿就几乎不可能让参议员听电话，他必须得再举办一次早餐会才行。

　　2001 年，他和奎恩为拜登组织了一次筹款活动；拜登刚当上参议院外交委员会主席，正在为 2002 年的第六个参议员任期竞选。这次活动为康诺顿的前老板筹到了近七万五千美元。两年后，他又举办了另一场活动。在这两个场合，拜登都没感谢过他。这太过分了，他对一名亲近的好友抱怨了几句；那位朋友在 1979 年塔斯卡卢萨的那次演讲之前就开始为拜登工作，他在第二次筹款活动后邀请康诺顿共进午餐作为感谢。两周后，拜登给他寄了张便条。"杰夫，你一直在我身边。"上面写着，"我希望你知道，我也一直在你身边。"

康诺顿从来没用"能接近拜登"这点来自我推销过——十二年里，他只有一次请求拜登见一位客户——但他冷静地计算过，维持这种亲密关系的假象是值得的，虽然这意味着他得忍受拜登的轻慢。除了拜登本人之外，没人觉得他还能当上总统——这种迷思已经变成了一种笑话——但外交关系委员会主席仍是一个权力很大的职位。在 2004 年大选中，拜登还登上了约翰·克里❶ 的国务卿最终候选人名单。但不管怎样，在华盛顿内外，"过去是拜登的人"可值不了几个钱。不过，身为拜登的人，康诺顿就能与那些试图摸清首都门路的公司平起平坐。因此，至少公开场合下，他仍是拜登的人。

2003 年年末，奎恩－吉莱斯皮被 WPP 集团收购，这家伦敦公司是世界上最大的广告和公关公司。合伙人的股权会在接下来四年里分三次兑现，最终价格将取决于奎恩－吉莱斯皮的赢利能力。每一美元利润都会翻倍。康诺顿开始比以往更努力地工作；晚上在酒吧和餐厅，他会在餐巾背面计算自己期望中的所得，并随着公司收入报表的变化不断重新计算。2005 年到 2007 年，奎恩－吉莱斯皮每年赢利近两千万美元；到了对价期末尾，公司对最大化收益、最小化支出十分着迷，奎恩说他们甚至会在沙发里搜寻零钱。等康诺顿终于把报酬拿到手，他成了有钱人。

---

❶ 约翰·克里，民主党人，多次当选联邦参议员，2004 年获民主党提名参与总统竞选，败给连任的小布什，2012 年担任美国国务卿。

第二部分

迪恩·普莱斯

　　一条双车道的柏油路穿过树林——白橡树、糙皮山核桃树、卡罗来纳白蜡树——树荫下，烟草谷仓逐年坍塌，金属屋顶向内塌陷，裸露的护墙板挂在松脱的钉子上。不远处，一栋白色的隔板房露着空荡荡的窗框蹲在路旁，大半淹没在树枝和藤蔓中，外墙上用火灼烧出的手写字体仍然叫嚣着"拆"（CRUSH）。更远处，道路拐了一个弯，一座整洁的砖砌牧场小屋矗立在红棕色田野的金色阳光下，屋顶装着大大的卫星天线。再过一个弯道是一座平缓的小山丘，然后又是茂密的树林，接下来是一个废弃的金属仓库，孤单地立在一片空地中。道路拉直变宽，延伸到一个红绿灯前；公路两侧的商业区彼此相对，停车场车满为患，麦当劳对面是沃尔格林药房，壳牌加油站正对着 BP 加油站。又一个红绿灯，一家关门大吉的汽车经销商，一个大型废料场，里面是小山一样歪七扭八的金属和堆叠的木材。隔壁是一家纺纱厂，如一条巨鲸被有条不紊地切开，一次只卖掉一部分。然后是市中心，寂寥的小小主街，一家跆拳道馆，一间政府福利办公室，一家关闭的餐厅；一家无名的街角商店正在寻租，四个街区只有两名行人，然后是一家达乐日用品店，标志着城市的尽头。另一侧是豁然开朗的乡村，道路穿过田野，一块田地上种着玉米，另一块则一片荒芜，只有野草和淤积的泥块，然后是一片住宅开发区，模样相似的两层小楼整整齐齐地排列在原本属于某人的烟草农场上。更远处，一列分隔栅栏和一个人造湖后面的几英亩草地上，孤零零地立着全国运动汽车竞赛协会一位明星车手的巨型人造城堡。

这就是迪恩回归的乡村，他计划度过一生的地方；这里既古老又崭新，如同美国的所有事物一样独特，一样普适，一样美丽，一样丑陋。在他的想象中，这里已成为一场噩梦，错得如此离谱，以至于他认为这是一种罪恶；他比任何一个随意路过的访客或远在天边的评论家都更憎恨这种罪恶，然而他也在这里看到了救赎之梦，它如此不可能成真，却又如此绚烂，只有本地人饱含梦想的心灵之眼才能看到。

有一次，迪恩开车穿过克利夫兰县，碰巧经过一家保守的浸信会教堂。他父亲当年在这里应聘，却惨遭失败，那次滑铁卢粉碎了父亲的意志。1975 年，迪恩与父亲一同前往克利夫兰，听他为那次面试所做的布道，所以几十年后，他认出了那座教堂，他也注意到，教堂隔壁就是一家该死的伯强格斯。在迪恩看来，伯强格斯已经开始代表美国人生活方式中出现的一切问题：如何制作食物并将其运往全国各地，如何种植庄稼来喂养肉食牲畜，如何雇用餐馆工人，以及钱如何流出社区——一切都大错特错。迪恩自己的生意——汽油和快餐——对他来说已经变得面目可憎。他看到了自己生活中的错误，而那是父亲从未注意过的；当他驱车而过，父亲的遗物与他自己的道路彼此交错，带来苦涩的讽刺感。

他的目光越过土地表面，触及隐藏的真相。有些夜晚，他会端着一杯杰克威士忌坐在前廊上，听卡车沿 220 号公路向南行驶。它们将一箱箱活鸡运往屠宰场——总是在黑暗的掩护下，像一场盛大而可耻的非法交易。鸡身体里满是激素，令它们长得太肥，走不动路——他想着这些鸡会如何从它们的目的地返回，变成一块块鸡肉，运往他家附近小山丘上那家灯火通明的伯强格斯；那些肉会被餐厅员工丢进冒着泡的油锅里，员工将他们对这份工作的怨恨发泄到烹饪的食物中，而这些食物会被端上餐桌让顾客吃，顾客吃完会变得肥胖，最终因为糖尿病或心脏病进入格林斯伯勒的医院，成为公众的负担。之后，迪恩会看到他们坐着电动车在梅奥丹的沃尔玛转来转去，因为他们太胖了，没法自己走过超级购物中心的过道，活像用激素喂养的鸡一样。

220号公路上的车辆是迪恩家连锁店的生命线，它们令他想到燃烧着数百万加仑汽油的发动机，那些汽油来自美国在海外的敌人；他还会想到，有数百万美元从当地经济体流出，流入石油公司和大零售商手中。当他把卡车停在马拉松加油站，他会注意到油泵上方的商标，上面写着"条条大路通自由"，背景是一面美国地图形状的旗帜；一想到这里的人竟会相信这种伪善的胡说八道，他不禁气得发疯。人们越来越依赖大公司，失去了独立精神。他们应该是美国人，而不是"没国人"（Americain'ts），然而民主也已经开始走下坡路。要想唤醒皮埃蒙特的人们，让他们行动起来，势必需要发生一些大事。比如像石油峰值，在迪恩看来，这将是21世纪最大的事。1859年，埃德温·德雷克上校在宾夕法尼亚州泰特斯维尔钻探出第一口油井，自此开启了廉价能源时代；它创造了世界上最伟大的工业强国，而现在，这一时代即将走向终结。

拿破仑·希尔在《思考致富》的最后几行中引用爱默生的话："倘若我们有关联，我们就会见面。"如梦初醒之后，迪恩认识了一个名叫詹姆斯·霍华德·孔斯特勒的作家——通过他的书和每周更新的博客"操蛋国度"（clusterfuck Nation）。孔斯特勒住在纽约上州，他预测了所谓"漫长紧急期"的到来，为美国描绘了一幅石油紧缺的末日画卷，其中包括基于汽车的市郊生活方式的崩溃，公共秩序的坍塌，以及分散的游击战式起义的兴起；整个国家将分裂为半自治的区域和地方政体，巨大的困难压在人们身上，而半个世纪以来他们一直生活在"全世界有史以来最奢侈、最舒适、最休闲的节日盛典"中。生存能力最强的人将是生活在农村或小城镇的美国人,他们拥有当地的纽带、有用的职业、实用的技能和成熟的公民责任感。失败者则是城市远郊的居民,他们距离办公园区四十英里之遥,在四千平方英尺的房子里追逐美国梦;他们去哪儿都要开车,在塔吉特商场和家得宝购物,早已不知该如何获得自己的燃料和食物。出于地理、历史和文化的原因,南方人在"漫长紧急期"中会过得一塌糊涂,这会给南方带来格外严重的妄想和暴力。作为清教徒预言家的继承人,这位作家似乎对这一未来满心欢迎,乃至心怀渴望。

所有这些都与迪恩产生了深刻的共鸣。一概而论的陈述,非胜即败的预测,以及心怀一个大多数人听不进去的秘密的感觉,这与迪恩的思维模式一拍即合。但是,所谓世界观,只是将心理倾向投射到现实中,而迪恩是一个乐观主义者,一个现代的霍雷肖·阿尔杰❶。末日总是伴随着重生。他热切地相信,在这次崩塌之后,会诞生一种全新的生活方式,既在罗金厄姆县,也在美国各地。在十年左右的时间里,整个美国将会发生天翻地覆的变化。也许不再有沃尔玛。埃克森和阿彻·丹尼尔斯·米德兰❷将奄奄一息,显得愚蠢过时。每加仑汽油将高达六七美元,因此新经济将不再强调集中化和长途运输,不再将一切扩大到巨型规模;新经济将是去中心化的、本地的、小规模的。像皮埃蒙特这样的农村地区将处于复兴的前线,他们需要的一切都在手边,财富就藏在休耕的农田里。在河船旅行的年代,每隔五十英里左右就有一个磨坊,人们用水力生产面粉。未来几年,小型燃料精炼厂和肉类加工厂将遍布 220 号公路,每隔五十英里就

---

❶ 霍雷肖·阿尔杰,美国作家,活跃于 19 世纪六七十年代,作品大多描写贫苦少年白手起家、靠勤奋和诚实进入中产阶级的故事。

❷ 埃克森(Exxon)是美国石油业巨头,1999 年合并重组为埃克森美孚,成为世界上总市值最大的公开上市的石油公司。阿彻·丹尼尔斯·米德兰(Archer Daniels Midland)是总部位于芝加哥的全球食品业巨头,主营农作物生产、加工和制造。

有一家。它不再是大规模生产，而是大众生产。未来的美国将重返过去。二十年后，一切将面目全非。这是一次艰难的转变，但它将带来一个绝对美丽的美国。

"如果说，这是一场持续了一百五十年的异常，"迪恩说，"在此期间，我们把所有便宜的、负担得起的石油从地下挖出来，靠它走到今天——那么当它开始解体，我们将回到起点，但我们已经在这一路上发展的新科技中学到了那么多东西。"他相信，生物燃料正是关键所在。"这是能走向未来的模式：绿色的新经济。除非他们能琢磨出什么东西，让汽车靠空气运行，或是什么无穷无尽的能源，否则它将统治一千年。它将是一种农业经济，但依托于当地。谁也不知道未来会怎样，但是农民将能够种植自己的农作物，为自己的柴油拖拉机提供动力，不受任何人制约，自己当老板，这将是一场巨变。在我看来，与其认为我们将陷入解体，倒不如说这是我们一生中最大的经济爆发；因此，曾经集中在顶层的金钱，还有食物、燃料、衣服——他们还控制着什么？银行——也许能回到小镇上。我能看到这一切的发生。"

在这一愿景的影响下，迪恩的政治立场发生了奇怪的转向。他拒绝了自己、家人和社区的保守观点。现在，他相信这个国家的问题始于共和党人。他失去了对里根的崇敬，而他从来都没崇敬过布什。但他也不算是一个民主党人。他正在靠自己用互联网弄清楚一切，不靠政党、商会、工会或报纸，不靠任何机构的指导和支持。它们都完全不可信。他厌恶银行和大公司，但他也不相信政府，因为政府似乎正与大企业同流合污。非要比较的话，他的观点更像是 19 世纪晚期乡村民粹主义者的观点。"有时我觉得，我出生的时间足足晚了一百年。"迪恩说。

在迪恩家厨房墙壁的另一侧，他的母亲终日都在看福克斯新闻台。迪恩小时候，全家人会一起看沃尔特·克朗凯特 ❶，那时，母亲还没有强烈的政治观点；但现在，她变得越来越保守了。她的政治基于"《圣经》原则"，这意味着反对堕胎和同性恋；既然福克斯和共和党把他们所有的立场都与宗教捆绑，那不管说什么都不可能把她从他们身边撬走。所以，她和迪恩避免谈论政治。

2007 年，洛基·卡特向一个名叫加里·辛克的男人介绍了迪恩。加里一头银发，体格魁梧，立场保守，已从印刷和包装业务退休，正担任格林斯伯勒皮埃蒙特近海运动钓鱼俱乐部主席。他认为生物柴油是对未来的一项明智投资，也认为迪恩·普莱斯是一位富有魅力的创业者，具有独特的眼光，懂得如何倾听和理解他人的想法。2007 年 2 月，加里、洛基和迪恩前往俄勒冈州，查看当地农民的种子压碎机；他们最后买了三台，把它们运回弗吉尼亚州。这次旅行令三人关系更加紧密，并确定了他们即将进行的冒险。9 月，他们以平等合伙人的身份建立红桦能源公司，加里担任总裁，迪恩担任副总裁。他们的想法是每人投资大约三万美元。洛基的投资用于把一个存储仓库翻新成一个生物柴油炼油厂，外部由金属板和多节松木板搭建，旁边是一个谷仓；它位于迪恩拥有的一块未开发地皮上，就在弗吉尼亚州巴塞特迪恩家的卡车休息站旁边。为了设计炼油厂，他们聘请了温斯顿 – 塞勒姆的一位名叫德里克·高特曼的工程师，他在一个占地两百英亩的烟草农场长大。家族的烟草仓烧毁之后，德里克先后尝试了种植玉米和草莓，但很难平衡收支，现在农场也休耕了。德里克加入红桦，安装了反应堆。迪恩在墙上挂着苏打水、冰淇淋和面包店的旧招牌，是他从古董商店和跳蚤市场搜集来的。2009 年，

---

❶　沃尔特·克朗凯特，美国著名媒体人，1962 年起连续十九年担任 CBS 晚间新闻主持人，以客观公正著称，常在民意调查中被提名"美国最值得依赖的人"。

红桦开始全面生产的第一年，它与二十五名当地农民签约，购买一千两百英亩的冬季油菜，每蒲式耳 ❶ 支付九美元，是玉米价格的两倍多。迪恩还在炼油厂和 220 号公路之间种植了一小片油菜田，向当地农民展示，这种未知作物在皮埃蒙特的红黏土中很容易生长。燃料会卖给迪恩在隔壁的卡车站——含有百分之二十生物柴油的混合燃料将直接灌入在这里加油的卡车。一切都在同一个地方发生，从农场到油泵形成一个闭环系统，免除所有中间商和运输成本，保持与普通柴油相比颇具竞争力甚至更低的价格。

　　这在这个国家的任何地方都前所未见。当炼油厂在 2008 年初夏竣工时——刚巧赶上了好时候，全国的汽油价格正飙升至每加仑四点五美元，皮埃蒙特周围的道路变得冷冷清清，总统候选人们正试图安抚愤怒的公众——迪恩和加里在工厂外竖起的招牌上自豪地宣布："红桦能源：美国第一家生物柴油卡车休息站"。

　　他们在谷仓上方高高升起一面巨大的美国国旗。高速公路旁的油菜田里，齐腰高的茎秆上盛放着天鹅绒般的黄色花朵。

　　那年夏天，当地报纸开始注意到 220 号公路上正在发生一些有趣的事情。他们派记者来到巴塞特，迪恩·普莱斯有他们需要的引语。"我们种植，我们制造，我们贩卖。"他向《温斯顿－塞勒姆杂志》解释道，"一切都在本地完成。我们哪儿也不用去，就能获得燃料。""油菜将取代烟草，成为未来的经济作物。"他告诉格林斯伯勒《新闻与纪事报》。"这个国家可能发生的最好的事情就是汽油卖到八美元，因为这样一来，我们就能摆脱它了。""很多卡车司机都是农民，很多农民都是卡车司机，"他告诉《里士满时讯报》，"他们会互相光顾。"他向《马丁斯维尔公报》大加宣传："这个行业充满高薪的

---

❶ 蒲式耳为干货计量单位，一蒲式耳约等于八加仑或三十六升，但该单位也会针对不同农产品而变化。

绿领工作岗位。"——每个卡车休息站能提供七十五到一百个工作岗位，其中一些人时薪能达到二十五美元；这些工作不可能外包给中国，只能留给弗吉尼亚州亨利县的人民，这里的失业率已经超过百分之二十。如果红桦模式能发展成连锁店，全国的人都能获得这些工作岗位：种植庄稼、装配设备、建设炼油厂、制造燃料、在州和联邦机构对其进行管理、在社区大学中教授这些技术。"我们拥护小规模的、归农民所有的生物精炼厂。"他告诉《卡罗来纳 – 弗吉尼亚农民报》。"你在当地生产的生物燃料上每花费一美元，都有九十美分能留在当地。现在想想吧，如果能通过当地经济系统如此循环五到六次，会产生多么大的经济影响。可能是巨大的影响——整个国家的经济繁荣。"它对环境有益，并改善了十八轮车的燃油里程。迪恩引用杰斐逊对土地耕种者的看法，谈到恢复国家的公民价值观。他呼吁爱国主义和美国独立。哪怕伊朗和伊拉克为一块油田开战，或是美国与中国开战，或是一个伊斯兰激进分子用脏弹炸毁东海岸的发电厂，红桦仍能营业，220 号公路上的卡车也能继续滚滚向前。"这是一个五赢局面。"迪恩说。

迪恩从未提及的一件事是全球变暖。在他的家乡周边，有太多怀疑者——一听到这些词，他们就会停止倾听，开始争吵。迪恩本人并不确定全球变暖是真的。他更加信服石油峰值，因为在美国就有一个例子。他不需要用全球变暖来打开市场。

加里有时担心迪恩走得太快，过度承诺他们可能无法提供的东西，而且他开始厌恶迪恩吸引了太多注意力。他还想知道，迪恩什么时候会投资更多钱——到目前为止，迪恩只投了两万八千美元。红桦能源公司借了二十五万美元，好从迪恩那里购买建造炼油厂的地产；尽管迪恩一直勤奋工作，从未保存收据用于报销，却也从未把收益中的哪怕一分钱投资到新公司里，这令加里十分忧虑。不过，迪恩正因隔壁的卡车休息站饱受压力：休息站在财务上摇摇欲坠，迪恩用这笔钱苦苦支撑。接着，新消息传来：迪恩的地产地图是错的。他没有告诉合伙人，就把土地拿去给商店再融资，结果炼油厂失去了一半的临街门面、停车区和一部分存放储油罐的地皮。占地面积减少，抵押价值也降低了。

但迪恩让红桦能源公司登上了区域地图。没人能比迪恩更好地推销这个想法；加里也学会了像他一样说话。8月，他们开始用市场上购买的废植物油、大豆油和动物脂肪来精制生物柴油，将其与高速公路柴油混合，然后在隔壁的油泵上出售。有几个不眠之夜，迪恩和加里等着听卡车发动机使用新燃料时的表现。一切都顺利运转，于是他们启动了种子压碎机，开始加工从北卡罗来纳州的一个实验农场购买的双低油菜籽。机器将油喷射到盆中，筛掉里面的黑色扁平碎片，那些废料将被用作牲畜饲料。在菜籽油转化为生物柴油之前，要花两天时间用化学添加剂分解甘油三酯，再从混合物中洗掉甘油。炼油厂开始每天向隔壁迪恩的卡车休息站卖出两千加仑的燃油。计划是增加到每天一万加仑，或是一年两百五十万加仑。

那年夏天，红桦能源公司开始赢利。他们能够在迪恩的油泵上以每加仑四美元的价格出售含量百分之二十的混合生物柴油，这让他们能比其他卡车休息站便宜一毛钱，刚好是他们所需要的。迪恩认为他们已经大获全胜。对大型石油公司来说，这将是潘多拉的魔盒——一旦它被打开，"凯蒂，快关上门！"❶当地人会看到需求，他们会看到石油公司和外国如何束缚他们的手脚。下一步是在弗吉尼亚州和北卡罗来纳州的农村地区为这一模式颁发加盟许可。

然而，就在迪恩的梦想正逐步实现时——他知道这就是他的梦，他正在实现那个关于古老马车路的梦——他的其他生意却朝着另一个方向狂奔而去，那就是他已经心生厌恶的快餐－便利店连锁生意。

---

❶ 美国南方俗语，意指多加小心，麻烦即将上门。

2008 年，红桦能源创立的同一个月，全国各地的房价都在下跌，而在经济萧条已经持续十年的皮埃蒙特，经济危机迫使人们做出选择：要么支付房贷，要么给车加油、开车上班。当时，汽油价格正位于历史最高点。止赎的牌子开始出现在从来都不值多少钱的房产上。迪恩认为这场危机是燃料成本上升的涟漪效应——是石油峰值的后果。然而，有利于新经济的事自然不利于旧经济。如同多米诺骨牌一样，迪恩那些过度利用杠杆贷款的生意开始一个接一个地倒下。

第一个倒下的是丹维尔的后院汉堡。每周的销售额几乎立刻下降了三成，从一万七千美元降至一万两千美元。在快餐业，收支平衡点大约是一万两千五百美元。由于顾客们的可支配收入面临枯竭，他们认为自己已买不起五点五美元的奶酪汉堡和薯条，于是他们会穿过商业区，去麦当劳花四点五美元。只需要一美元差价，崩塌就在六十天内发生。第二年，迪恩在这家餐厅损失了十五万美元，他不得不关闭它。

但迪恩犯了一个大错，就是将所有商店和餐馆放在同一家公司实体名下——马丁斯维尔红桦有限公司。因此，当一堵墙出现裂缝，整个大厦开始崩塌；因为他旗下的一家餐馆遇到麻烦，他也无法获得贷款来维持其他店铺的运营。下一个倒掉的是马丁斯维尔赛道附近的卡车休息站：伯强格斯在 2009 年底选择关闭这家特许经营店，迪恩不得不在 2010 年初关闭整个卡车休息站。之后，他关闭了马丁斯维尔那家独立的伯强格斯餐厅。他把两家店都卖掉，得到的报酬足以偿还银行，但一些供应商成了他的债权人。不管他把斯托克斯代尔的商店卖给印度人时拿到了多少钱，它们都已随风而去了。"我赚了一百万美元，"迪恩说，"然后我损失了一百万美元。"

经济危机不是唯一的罪魁祸首。迪恩已经丧失了对商店的所有兴趣，将管理事务委托给马丁斯维尔的一名会计师，而他的员工正在把他当成冤大头。迪恩的朋友霍华德说："迪恩不会检查这些人——

他们正大张旗鼓地从他那里偷窃。他从前门走进来时带来他妈的一茶匙，他们从后门离开时就带走一铲子。他们光明正大地抢劫他。巴塞特的那家店是罪魁祸首之一。只是他没注意到。"

"我当时正全神贯注在生物柴油上。"迪恩说。但事实证明，他对未来的梦想取决于他的过去。当他的生意开始倒闭，站在多米诺骨牌末端的，正是美国第一家生物柴油卡车休息站。

萝卜女王：爱丽丝·沃特斯

爱丽丝对美丽满怀热情——她希望它能永伴左右。她沉浸在自己的感官之中，在餐厅里四处摆满鲜花；她知道西边的窗户应该拉开窗帘，好让金色的午后阳光洒满餐厅。她的味觉绝对正确，她对食物的记忆不可磨灭。如果她说"这里需要多加一点柠檬"，那保准没错。菜肴是纯粹的简单和喜悦：冬日的根茎蔬菜汤，山羊奶酪拌什锦沙拉，烤猪肉，醋汁芦笋，法式苹果挞。

她最喜欢的词是"美味"，她最喜欢的一首诗——60 年代曾悬挂在她在伯克利的厨房桌子上——是华莱士·史蒂文斯的作品：当匈人正在屠杀一万一千名处女，当圣女厄休拉即将殉难，她把萝卜和鲜花献祭给上帝；而上帝——

> 感到微妙的震颤，
> 那不是天上的爱，
> 也不是怜悯。

爱丽丝没有看到屠杀，却同样看到了萝卜和鲜花，并从中看到了自己内心的渴望。她总是坠入爱河——一道菜，一件外套，一个男人，一个想法——她几乎总能得到她想要的东西，不计一切代价（她一直不在乎金钱），因为在她娇小的身躯、风风火火的态度、少女般的紧张声线和搭在你胳膊上的双手背后，隐藏着钢铁般的意志。

爱丽丝的人生中有过两次顿悟。第一次关于美，发生在法国——这个国家代表了一切能令感官愉悦的事物。1965 年，在言论自由运动 ❶ 带来令人兴奋的急流之后，她从伯克利休学一个学期，与一位朋友一同前往巴黎学习；她们很快就远离了原本的课程，迷失在洋葱汤、高卢香烟、户外市场和法国男人中。在一次前往布列塔尼的旅途中，爱丽丝和朋友在一间小石屋的二层用餐，那里有十几张桌子，铺着粉红色的桌布。窗外是一条小溪和一个花园，她们吃的鳟鱼和覆盆子就是从那来的。用餐结束时，餐厅里的每一个人都热烈鼓掌，向厨师喊道："太棒啦！"

这就是爱丽丝想要生活的方式：像一个法国女人，头上紧扣着 20 世纪 20 年代的钟形女帽，早餐是抹着杏仁酱的长棍面包和法式牛奶咖啡，在咖啡馆度过悠长的午后，晚餐则像在布列塔尼的那一餐一样不可思议地新鲜。其实，她想自己经营这家餐馆，为朋友们准备餐点，让他们坐在这儿一连几个小时地谈论电影、调情、大笑、跳舞。不过，她会把她的法国梦想带回由清教徒和大规模生产主导的美国。

爱丽丝喜欢 60 年代末伯克利的革命气氛，但她的革命将是感官的革命，是一种共同的愉悦体验。1970 年前后，美国餐饮是过于讲究的法国餐厅和斯旺森牌冷冻晚餐的混合物。麦当劳在 1969 年卖出了第五十亿个汉堡，1972 年卖出了第一百亿个。在这两个重要的时

---

❶ 言论自由运动（Free Speech Movement）是 1964 至 1965 年发生在美国加州大学伯克利分校的民权运动，由该校学生领导，主要目的在于争取言论自由、学术自由和政治自由。该运动是美国民权运动的一个里程碑，对美国社会产生了深远影响。

间节点之间，1971 年夏天，潘尼斯之家——以马塞尔·帕尼奥尔 **❶** 的一部老电影中的角色命名——在伯克利的沙特克大道上开门营业。

菜单上只有一种套餐，写在黑板上：

> 肝酱馅饼
>
> 橄榄鸭肉
>
> 李子挞
>
> 咖啡
>
> $3.95

餐馆门前大排长龙。有些人足足等两个小时才能吃上主菜。还有些人那天晚上根本没能落座。厨房里一片混乱，但用餐区是美食天堂。所有原料都来自本地——旧金山唐人街的鸭子，一家日本特许经营店的农产品——本地果树上结的李子也熟得恰到好处。二十七岁的爱丽丝开创了某种事业。

潘尼斯之家一直在颂扬一种特定的食物——当地出产的当季食物。爱丽丝和她的工作人员在旧金山湾区周围搜寻食材，有时甚至在溪流中和铁轨沿线搜寻他们想要的蔬菜和浆果。至于冷冻食品和用卡车从外州运来的食物，她一想到就满心惊骇。有一次，冷冻食品行业举行了一场比赛，想看看专家们能否区分冷冻和新鲜食物——同一种食材的二十种不同版本，有的新鲜，有的冷冻，做成不同的菜肴。爱丽丝每一种都答对了。

餐厅也颂扬其他事物：波西米亚。气氛是开放和随意的，但在新鲜食材和简单烹饪方面有着极端的自命不凡。工作人员彼此之间有

---

❶ 马塞尔·帕尼奥尔，法国剧作家、小说家、电影导演。潘尼斯是他的电影三部曲《马吕斯》《范妮》《凯撒》中的人物，这一系列作品描述了法国马赛的工人阶级生活。

许多风流韵事（没人能胜过爱丽丝——她喜欢不附带义务的关系），餐厅的资金来自嬉皮士的贩毒收益，厨师们为了保持工作状态吸着可卡因，服务员们在从厨房到餐厅的路上会抽一口大麻，清洁人员在轮班之前会把鸦片塞进屁股（为了避免犯恶心），而到了晚上关门前，人们会在餐厅里跳舞。爱丽丝是一个鼓舞人心的、挑剔的、混乱的领导者，多年来餐厅一直亏损，有几次差点倒闭，但这个娇小精致的短发女人会说："它能成功，它会成功，这会发生，你会看到。"

潘尼斯之家还颂扬另外一样东西：它自己。无休无止。

潘尼斯花了数年时间才成为美国最知名的餐厅。20 世纪 80 年代，食品业在全国各地腾飞，年轻的暴发户们只想吃最好的东西，或者至少被告知他们吃到了最好的东西。爱丽丝的餐厅成了财富和名人的聚集之地。到了 90 年代，她已享誉全国。她拥抱良性食物的信条，坚持使用严格有机的原料，动物在遭到屠宰、为她的餐厅供给肉之前都活得相当幸福。她无论走到哪里，都在宣扬可持续性的福音；她告诉每一个愿意聆听的人："美食是一种权利，而不是特权"，"我们吃东西的方式可以改变世界"，以及"美不是奢侈品"。爱丽丝成了一个欢愉的卫道士，一个好为人师的波希米亚人；她为比尔·克林顿举行美味的筹款晚宴，随后给年轻的总统和第一夫人寄了语带威吓的信件，敦促他们在白宫草坪上开垦一片菜园，为美国人以身作则。让她感到沮丧的是，他们并没有照此办理；但这个国家似乎正逐渐接受她的信息，大城市的夫妇们会频繁光顾周六的农贸市场，购买农民们祖祖辈辈都在种植的西红柿和牛肝菌。在有足够金钱来关心这些的人里，没有哪个词比"有机"更受推崇。它带有一种神圣的力量。

90 年代中期，爱丽丝迎来了第二次顿悟。这一次的开头并不美好。有一天，一位当地记者在潘尼斯之家采访她；当他们讨论在空置的城市地块中发展农业时，爱丽丝突然说："你想不想瞧瞧一个使用土地的反面例子？你应该来看看我家附近那所巨大的学校，似乎完全没有人关心它。我们这个世界里的一切错误都体现在那里。"那就是马丁·路德·金中学，她每天都会开车经过那里的混凝土建筑和沥青操场，心想它们可能已经被废弃了。报纸发表了这句引语，校长看到了；不久，爱丽丝受到邀请参观学校，也许她还能为它做些什么。

爱丽丝所做的就是询问她能否在校园边缘一块无人问津的土地上开垦菜园。她看到卖给孩子们的食物——一种叫"随身玉米卷"的东西，那是一个装满玉米卷饼的塑料袋，里面挤满从罐头里舀出来的牛肉和番茄混合物——在她眼中，这代表着一种无可救药的文化。快餐不仅不健康，还会散布糟糕的价值观。她有一个伟大的想法：学生们会在花园里种植羽衣甘蓝、白菜以及其他许多作物；在学校厨房里准备营养丰富的美味食物（目前食堂因缺乏修理费而关闭）；学生们坐在一起，以一种公共生活的方式共同用餐，这种方式早已从他们忙碌而功能失调的家庭中消失；他们可以边吃东西，边学习基本的餐桌礼仪，唤醒自己的感官，与食物建立崭新的关系。

爱丽丝认为，没有什么能像菜园一样，彻底纠正加州悲惨的公立学校中的种种错误。如果说爱丽丝身上有某种禁酒十字军的思维方式，在穿过贫民窟时会对男人们为何喝那么多酒心生疑问，她也并未让这种想法困扰过她。如果有人提出关于优先事项的问题——那些没钱雇用代课教师和购买课堂用品的学校，是否该把钱花在"可持续教育"上？——爱丽丝会露出钢铁般坚定的目光。"它能成功，它会成功，这会发生，你会看到。"

这是她从餐馆老板转变为福音传道者的开始。她花了几年时间，私下筹集资金，拿到官方批准，以及——最困难的——让学生参与其中。不过，"可食用校园"一起步就获得了巨大的成功，全国其他城市都采纳了这一想法。2001 年，爱丽丝把它带到了耶鲁大学，她的女儿是那里的大一新生。四年后，爱丽丝的想法在国家广场落地生根。

巴拉克·奥巴马抵达白宫时，爱丽丝立即写信给他："在这个时刻，您有一个独特的机会，能够为我们的国家该如何为自己提供食物定下基调。奥巴马运动的纯洁和健康必须伴随着与食物相关的努力，且必须发生在美国最受人关注的、最具象征性的地方——白宫。"当米歇尔·奥巴马于 2009 年 5 月宣布白宫将会开垦一个菜园时，每个人都认为爱丽丝是它的教母。

60 年代，大多数美国人吃得都差不多：糟糕的东西。皇家奶油鸡搭配卷心莴苣是一道广受欢迎的菜肴，而芝士火锅在更大胆的人那里得到了拥簇。然而在新千年，食物就像其他一切事物一样将美国人严格地区分开来。有些人吃得比以往更好、更精细，其他人则因加工食品而过度肥胖。有些家庭——通常是完整的、受过良好教育的富裕家庭——每周会有几个晚上坐在一起，在家里享受用本地原料精心烹调的晚餐。其他家庭则会坐在车里吃快餐外卖，或者干脆没东西吃。爱丽丝把食物变成了一种政治事业，一个关乎社会变革和良好生活方式的问题，但在潘尼斯之家的时代，食物必然与阶级相关。她拒绝妥协自己的标准，结果其他人完全扭曲了她的革命精神。

对一些美国人来说，本地的有机运动成了一种正义的撤退，退入由消费者选择的伦理之中。这一运动和它对社会各方面带来的道德压力宣告着：就算我们做不到其他事情，也总能净化自己的身体。证据浮现在关于选择的狂热中。一位母亲在社区邮件组里大声询问，是否该允许她的小女儿与另一个女孩继续做朋友，因为那个女孩的妈妈竟让她俩吃热狗。这名妇女正在给自己和女儿消毒，以防受到无序的危险社会的污染；穷人们的生活和身体就是一个刺眼的例子，证明了污染的存在。爱丽丝讨厌"精英主义"这个词，但这些都是精英的选择，因为一个打三份工的单亲妈妈永远不会有时间、金钱和精力把品种无误的羽衣甘蓝带回家，或是共享爱丽丝对这种善行的崇高信仰。

　　爱丽丝希望让人们过上更好的生活，但她很难想象，"随身玉米卷"能立刻带来的舒适感可能恰恰是一个十二岁孩子想要的。每当听到批评，她都会转过身去看着萝卜和鲜花。她相信，任何人只要对有机草莓心怀足够的热情，就肯定买得起它们。"我们每天都会决定我们吃什么。有些人想买耐克鞋——两双！——其他人想吃布朗克斯葡萄，并让自己获得营养。我会多花一点点钱，但这就是我想做的。"

坦帕

坦帕将成为美国的下一个伟大城市。1982出版的《大趋势》❶一书是这么说的——坦帕将成为十个"有大好机会的新城市"之一，所有这些城市都在阳光地带——1985年，城市商会决定把目标调高，不再拘泥于这座城市70年代的享乐主义座右铭"坦帕：美好生活在此地日益美好"，取而代之的是"美国的下一个伟大城市"。这句话出现在广告牌、保险杠贴纸和T恤上；坦帕建起新的国际机场，举办1984年超级碗，有美国橄榄球联盟（NFL）的坦帕湾海盗队，有一千一百万平方英尺的西岸商业购物区，有阳光和海滩，与美国其他任何地方一样飞速增长——谁还能怀疑这句口号不会成真呢？每年有五千万游客来到佛罗里达，既然阳光和海滩哪儿也不会去，坦帕就将持续增长下去，并通过增长变得伟大。

它不断增长。它的增长是为了能够继续增长。它在整个80年代都在持续增长，无论经济好坏，无论控制希尔斯伯勒县委员会的是支持增长的保守派还是支持计划的进步派。它在整个90年代都在持

---

❶ 《大趋势》（*Megatrends*）是美国作家约翰·奈斯比特出版于1982年的畅销书，探讨和预言了美国政治、经济和社会的发展变化。

续增长，这段时间里，坦帕湾迎来国家冰球联盟的闪电队和棒球大联盟的魔鬼鱼队，同时再次举办了超级碗。千禧年之后，它的增长愈发势如破竹。佛罗里达州州长杰布·布什曾经是一名开发商，因此对增长了如指掌；共和党在县委员会中占据多数，口袋里安全地放着一两张选票，也许还放着开发商、土地使用权律师、建筑工人和拉尔夫·休斯的薪水。休斯是一名前拳击手，有袭击他人的重罪案底；他去世时欠了超过三亿美元的税款，名下的预制混凝土公司为希尔斯伯勒全县上下所有区域所有房屋的门廊提供预制钢筋混凝土房梁。

真正在不断增长的是希尔斯伯勒县。当坦帕市的人口超过三十万人时，在拥有大片荒废农田、牧场和湿地的希尔斯伯勒县，人口已飙升至一百万以上。它的卖点并不是"美国的下一个伟大城市"——坦帕曾经是一个老港口，有着如今不复存在的雪茄业、历史悠久的劳工问题、高居不下的犯罪率，以及令人不安地混居在一起的拉丁裔、意大利裔、盎格鲁人和黑人。不，这种增长实际上不利于城市生活。它所提供的只是一个特定区域内的美国梦：与世隔绝的崭新家园，距离市中心一小时车程。一份开发商的小册子承诺，这些面积达数千平方英尺的房子"距离高物价、高税收和交通拥堵的大城市生活有着令人舒适的距离。来这里享受坦帕居民只能在梦中拥有的家园吧"。这就是阳光地带的气质，自从 70 年代以来，它已经让阳光地带成为美国未来的典范。

只要今年搬来的人比去年多，明年搬来的人比今年多，就总会有更多房子要盖，建筑业、房地产业和宾馆业也会有更多工作。房地产的价值将继续上涨，佛罗里达州可以继续不收所得税，只需要通过销售税和房地产税就能为其预算提供资金。为了鼓励增长，友好的县委员免除了本应向开发商收取的影响费，这些费用原本该用来帮助建设新的道路和水管。在坦帕湾附近的郊区，房地产税仍然很低，新的学校和消防站由债券收入支持，债券的价值随着对未来增长的预测而水涨船高。所以从某种意义上说，每个人都会从投资中获利，这些利润可能会在明天或明年到来。

一些当地评论家指出该策略与庞氏骗局的相似之处。但一切仍在不断增长，人们对此视而不见。

增长机器清除了帕斯科县沿 54 号州道的松树、棕榈树和橘园。它砍掉了阿波罗海滩上的红树林，并在普兰特市周边的草莓农场铺设沥青。沿着 75 号州际公路往南的利县，增长机器在迈尔斯堡附近的湿地建造了一所大学（康尼·马克参议员打了个电话给陆军工程兵团），并通过分期付款出售开普科勒尔的排水渠之间那些面积为四分之一英亩的地块。农民和农场主们拿到了现金，一夜之间，开发商在曾经是果园、牧场或沼泽地的地方建立起密集的住宅区——它们被称为"繁荣堡"——并给它们起了令人联想到英国庄园舒适生活的名字：阿什顿橡树园、鞍脊庄园、国王路吊床园（就连拖车公园都起了"东木庄园"这种名字）。仿佛在一夜之间，增长机器就将空地铺成平坦的郊区街道，命名为老韦弗利大道、滚动格林大道和南瓜岭路；沿着这些街道，出现带有无树小花园的车道和两层的混凝土住房，它们的墙壁漆成黄色或米色，前门带有拱廊，营造出一种优雅的幻象，用来提高售价。开发商承诺将盖起娱乐中心、游乐场和人工湖，以二十三万美元的价格出售这些房屋；如果你六个月后才能来，价格可能会飙升至三十万美元——不买房，就得死。附近冒出购物中心和超大型教会，双车道高速公路不堪拥挤，不得不拓宽。

没有哪个地方太过遥远或缺乏发展前景。吉布森顿是坦帕湾东边的一个小镇，狂欢节怪人们常在这里过冬——这里是老派的佛罗里达乡村，有着鱼饵商店和枪膛式小屋 ❶，活橡树上挂着松萝铁兰。

---

❶ 枪膛式小屋是一种面积狭小的住宅，通常宽度不超过三点五米，房间纵向排列，是美国南方自内战到 20 世纪 20 年代间较为流行的房屋样式。

一家来自迈阿密的建筑商莱纳房屋公司想要将吉布森顿的一个热带鱼养殖场埋在泥土和混凝土下，建造一个有三百八十二栋房屋的新小区。这附近没有学校，仅有的学校设在拖车活动住房里；除了几英里外的沃尔玛再没有购物场所，四十五分钟车程内没有工作可做。但这也是一种增长，所以县委员会忽视自家规划师的警告，给莱纳免除所有可能的影响费和税收；2005 年，马车角小区开门营业。

这些住宅区之间没有城镇中心——其实根本没有城镇——也没有山丘来打破那一马平川，所以倘若没有 GPS 导航，你根本不知道自己身处何方；倘若没有手表，也无法知道时间，因为热带的灿烂阳光几乎一成不变。一个地标是两条八车道马路交叉处的四向红绿灯，附近的街角有一家大众超市，第二个街角是山姆会员店，第三个是沃尔格林药房，第四个则是壳牌加油站。布兰登有一个"市中心"，这是一个由数十万灵魂散乱集结而成的巨型繁荣堡，但它其实是当地最大的购物中心的名字。布兰登的主要街道是西布兰登大道，或是 60 号州道；两个红绿灯之间的半英里公路上，商店在不间断的模糊中飞驰而过：爱因斯坦兄弟百吉饼佛罗里达洗车店州立农业保险公司奶品皇后快速汽车保养杰西牛排店麦当劳五星漆弹射击场水族馆中心阳光之州联合信贷联盟洗车先生韦弗斯轮胎附带汽车维修温蒂汉堡。

增长机器成了职业介绍所。除了在餐馆和大型商店拿最低工资的工作外，很难在房地产行业以外找到工作。在繁荣时期的等级体系中，穷人是建筑工地上每日结算的墨西哥裔劳工，工人阶级在建筑行业工作，中下层阶级是银行出纳人，中产阶级是房地产经纪人、产权保险代理人和土木工程师，中上层阶级是土地使用权律师和建筑师，富人则是开发商。

一些买家是来自坦帕的难民，为了一个承诺而将那座城市抛诸脑后：他们将在一个闻所未闻、名叫"乡村步道"的地方获得梦中的家园。大多数人来自州外。但这里不是迈阿密或棕榈滩，不是高层候鸟的目的地。这里迁入的主要是中下阶层人士，其中许多人沿着75号州际公路从俄亥俄州、密歇根州和其他中西部地区搬来，那些地方培养出了节俭和谨慎的作风。希尔斯伯勒和邻近的县成了保守的教会乡村，反堕胎标志和审判日预言分散在高速公路上推广样板间和抽脂手术的广告牌中。不过，在仿佛一成不变的正午阳光的凝视下，那些传统价值观也变得柔和起来。

卢克瑟斯、理查德和安妮塔来自密歇根州。安妮塔的父亲在福特的胭脂河工厂工作了很久，经历了亨利·福特和沃尔特·鲁瑟❶的年代；安妮塔在迪尔伯恩有一份工作，直到80年代，理查德的建筑公司派他去佛罗里达开设新的办事处。安妮塔把父亲的节俭带到了圣彼得斯堡，仍然当着"优惠券女王"。但她去了瓦乔维亚银行工作，这家银行收购了加州的世界储蓄银行，然后开始大量发行次级抵押贷款：它们有所谓的"选择付款模式"，客户受邀设计自己的抵押贷款，能选择利率和付款计划。这些贷款被挤成利润丰厚的"汽油"，为增长机器提供动力。

詹妮弗·福尔莫萨也来自密歇根州，但她在佛罗里达州由母亲抚养长大。高中毕业后，她在开普科勒尔担任银行出纳员，并跟她孩子的父亲结了婚。那是一个名叫罗恩的当地人，他没有高中文凭，却靠浇筑混凝土地基收入不菲。罗恩和詹妮弗拿出十一万美元的抵押贷款，建造了一栋有三个卧室的房子，通过再融资❷来支付账单，靠房屋净值信用额换上新的屋顶，然后继续再融资来付清车贷、加盖露台、买了一艘船，剩下的都花在游轮假期和带孩子们去迪士尼乐园的旅途上。

---

❶　沃尔特·鲁瑟，美国工会领袖、民权运动家。他致力于提高工会在美国政治中的影响力，将全美汽车工人联合会发展成美国历史上最强大、最进步的工会。

❷　再融资，又称翻借或重贷，即拿新的贷款去偿还已有的贷款。

还有邦妮——"叫我邦妮就行了"——她在纽约皇后区的乌托邦大道长大，为了追逐阳光和美好生活先后去了夏威夷、亚利桑那州和西棕榈滩，最后在帕斯科县 54 号公路上一个名为双子湖的小区定居。她在那里花十一万四千美元买了房子，六年之内房价就涨到了二十八万。

其他人来自更远的地方。乌莎·帕特尔是印度古吉拉特邦一个成功的地产承包商的女儿。乌莎在溺爱中长大，去哪里都有司机接送，从来不需要在晚餐后洗碗。但一切都在 1978 年发生变化，那年她十八岁，家人将她嫁给一位在伦敦工作的印度工程师。1991 年，由于丈夫的背部病痛，他们决定和两个孩子一起搬去闷热的坦帕，她的兄弟在那里行医。在坦帕，乌莎重新开始，努力工作。从早上 6 点到下午 2 点，她在希尔斯伯勒县南部一家加油站做收银员，每周赚三百美元；她的兄弟买下了这家位于毒品横行区域的加油站（她被持枪抢劫了两次）。她从加油站开车回到布兰登，好去接孩子放学，让他们吃饱，确保他们完成家庭作业。然后穿上墨西哥餐厅的制服，从下午 4 点到晚上 11 点做服务生。"钱就是这么来的。"

乌莎不断攒钱，并教育孩子们做同样的事情。当她的小儿子想要一双飞人乔丹篮球鞋时，她告诉他："你这是在为迈克尔·乔丹的名字买单，仅此而已。"在孩子们大学毕业之前，她甚至没有买房。

孩子们开始工作后，她面临着与其他来自古吉拉特邦、姓帕特尔的移民们同样的选择：开加油站还是汽车旅馆。她知道深夜时分待在收银台后面的危险，所以在 2005 年，她将目光投向一家凯富酒店，就在 75 号州际公路与 54 号公路交叉的地方，帕斯科县的繁荣堡中间，距离"乡村步道"不到三英里。 那是一栋两层楼的汽车旅馆，坐落在饼干桶连锁餐厅和澳拜客牛排店之间，墙壁漆成绿色和米色，有六十八个房间，每晚五十美元，停车场旁边还有一个小游泳池。乌莎支付了三百二十万美元，其中五十万是现金。剩下的靠两笔贷款：

一笔一百二十万美元，来自小企业管理局；另一笔一百五十万美元，来自一家名为"商业特快贷款公司"的商业贷款机构。后来回想起来，她认为这笔交易是欺诈性的，估价被严重夸大；但贷款人告诉她应该如何填写申请，她照章办理。

"他们引诱你陷入债务，就像把黄油放在你嘴里。"她说。这家汽车旅馆就像全国各地的凯富酒店一样毫无特色——但它是属于她的。

许多买家都是投机者，什么人都有——都是期望在六个月内赚到五万美元的炒房者——年薪三万五千美元的秘书变戏法般买下五到十栋投资房产，价值一百万美元；兢兢业业赚钱的汽车销售员眼看着房价在两年内翻了一番。在疯狂的巅峰，2005年，迈尔斯堡的一栋房子在12月29日以三十九万九千六百美元出售，12月30日就再次以五十八万九千九百美元出售。炒房者把房价推动到疯狂的高度。迈克·罗斯就是一个炒房者。

迈克在加州的纽波特海滩长大，十一岁时搬到佛罗里达州。他祖上一直都是船舶制造商；他九年级辍学，去了坦帕湾对面的格尔夫波特，在帕萨迪纳游艇和乡村俱乐部工作，负责给大富豪们修船。他一开始跟随团队工作，后来开始单干；随着时间推移，他每小时能赚一百五十美元，工作内容是对着铝制发动机通风口喷砂，以及修补质量低劣的原厂喷漆。他的一位客户是《杜邦购物指南》（"世界顶级奢侈品市场"）的首席执行官，曾用私人飞机把迈克夫妇带去巴哈马给他的船上蜡。另一个客户是吉姆·沃尔特，一个坦帕千万富翁，在全国各地建造便宜又快捷的房屋。迈克为自己的技能感到自豪，他的工作无穷无尽——单干三年后，他的市场就占到了游艇港的六成，每年能赚七万美元——但这份工作令人背痛，在酷热之下十分难熬，还会有高速缓冲液化合物飞溅到他的脸上。

2003年的一天，迈克中暑虚脱，开始痉挛和呕吐。那一刻，他决定停止在船上工作。他四十二岁，体重超标，身体疲惫。他一直想去炒房，只是胆子太小，始终没能迈出这一步。他的许多老顾客就是靠炒房发财的，或至少涉足其中，他们鼓励他试一试。迈克和妻子用一笔来自斯威夫特基金公司的贷款购买了他们的第一套投资房产，贷款利率比正常利率高出百分之三 ——一笔欺诈性贷款，一笔次级抵押贷款。这是世界上最容易的事情。他觉得自己能赚百分之七到八。房子花了他们五万美元，他花两个月翻新厨房和浴室，然后以六万八千美元的价格出售。接下来，他们花了六个月翻新自家在圣彼得斯堡的房子，那是他们在1985年以四万八千美元的价格买下的。一个周五的下午5点，迈克在屋外竖起一个牌子：房主出售。电话开始响个不停，三天后，他们就以十六万九千美元的价格卖掉了它。他们随后在佐治亚州乡下靠近迈克父母家的地方买了一栋有着百年历史的农舍，然后搬到那里工作。再也不需要恐惧了。这就是市场的巅峰，一切轻而易举。

还有迈克尔·凡·西克勒。

凡·西克勒在上世纪七八十年代的克利夫兰郊外长大，当时这座城市已经破产或濒临破产。他的父亲是通用电气公司在内拉公园的工程师，负责通用公司的假日照明计划——凡·西克勒一家总是拥有整个街区最漂亮的圣诞灯光。郊区生活让迈克尔十分厌倦——夏日里他会无所事事，心想："上帝啊，人都去哪儿了？"高中时，逃离成为可能。他和朋友们乘坐从克利夫兰高地到市中心的轻轨线路"飞驰号"，去观看印第安人队在市政体育场的夜间比赛；过去几年里，体育场一直空空荡荡，直到最后被拆毁。然后他们走到平地区，那是凯霍加河岸边的工厂区域，被废弃后转变成众人聚集的酒吧区；他们想在这儿搭讪女孩。"可能正是在那时，我明白了城市的魔力。"他说——甚至像克利夫兰那样肮脏的锈带城市也有魔力。"它始于人。"

大学毕业后，90年代初，凡·西克勒跟随父母去了佛罗里达州，父母在新坦帕退休。凡·西克勒去了盖恩斯维尔，读了一个新闻学硕士学位——关于伍德沃德和伯恩斯坦、狄迪恩❶以及其他新闻学经典作品的课程点亮了他的想象力。他毕业后先后去了多家州内中型报纸工作。他通过报道市政厅熟悉这个行业，那里是一个绝妙的沙盒❷，因为他犯了很多错误。他为《湖地记录报》写的第一篇报道通篇都是引用，因为他觉得自己无权说出任何东西。那曾是他想实现的目标——确信能完整地呈现一个主题，好让读者在读完故事之后知道该思考些什么。

2003年，凡·西克勒被《圣彼得斯堡时报》聘用，那是东南部最好的报纸——一份梦寐以求的工作。当时，报纸的前途已开始黯淡。它们正在裁员，还有几家在互联网和广告减少的压力下被迫停刊。《圣彼得斯堡时报》比许多其他报纸的境况要好，它摧毁了海湾对面的对手《坦帕论坛报》，后者的所有者——弗吉尼亚州里士满的一个媒体集团——已经把该报办成了八卦小报的水平。《圣彼得斯堡时报》归当地所有，不是一个营利性企业——纳尔逊·波因特❸在1978年去世后将他的股票交给了波因特媒体研究所。《芝加哥论坛报》和《洛杉矶时报》等受伤的报业巨头需要追逐利润，而那些利润很快就会被私募股权投资者瓜分，以寻求更高的利润；《圣彼得斯堡时报》不需要像它们一样。

凡·西克勒的妻子也在这家报社工作，两人在塞米诺尔高地购买了一栋1930年建的砖房，那是坦帕市中心往北一点的历史街区，

---

❶　鲍勃·伍德沃德和卡尔·伯恩斯坦为揭穿水门事件的《华盛顿邮报》记者。琼·狄迪恩，美国作家、记者，擅长以富有文学性的笔触描写新闻事件，被视为"新新闻主义"的领军人物。

❷　沙盒，计算机术语，是一种计算安全机制，通常用于减轻系统故障或软件漏洞的传播，为运行中的程序提供隔离环境。

❸　纳尔逊·波因特，美国报业人士，生前创建了时代出版公司（Times Publishing Company）和非营利新闻教育机构"波因特媒体研究所"。

经过一段时间的衰败之后刚刚开始变得时髦。它给人的感觉就像在克利夫兰平地区周边夜间散步一样，但凡·西克勒觉得，这一整套"下一个伟大城市"的生意都很可疑。

他为《棕榈滩邮报》报道市政厅时，对城市规划产生了浓厚的兴趣——有一段时间，他甚至考虑过转行，直到他意识到城市规划师的影响力还不如记者。但是他的书架里摆满了诸如《蔓生市郊田野指南》《草坪史》《市郊国家》等书，还有他的圣经《权力掮客》和《美国大城市的死与生》。❶凡·西克勒成了简·雅各布斯的门徒。她提供了一套语汇——短街区、行人渗透性、混合用途、通过"街道之眼"获得安全、密度——这些语汇都可以用来描述他在克利夫兰高地长大时体会到的渴望；在那些令人难以忍受的夏日午后，街道上空无一人。在不同背景的人们可以面对面交流思想的时候，生活是最丰富和最有创意的。这发生在城市里——特定类型的城市。

搬到坦帕后，一切都清晰起来。特别是 2005 年之后，报纸为凡·西克勒设置了一个职位，聘任他为"计划和发展记者"。90 年代初，他二十二岁时，这座城市看上去乐趣无穷、充满希望，但到了 21 世纪头十年，它在他看来甚至不太像一座城市了：朝九晚五的市中心大概只有五十个居民，直到两栋巨型公寓楼拔地而起，而它们与街道毫无关联，只会吞噬此后多年的需求；所有购物设施和一流办公区域都在数英里之外靠近机场的韦斯特肖尔。坦帕试图穿过捷径走向伟大，但那从未奏效；它的市中心没有连贯性，除了办公室工作、曲棍球比赛或法庭案件之外没有任何东西可以吸引人群。在城镇周围骑自行

---

❶ 《蔓生市郊田野指南》（*A Field Guide to Sprawl*）是耶鲁大学荣休教授多洛蕾丝·海登的都市研究著作。《市郊国家》（*Suburban Nation*）是三位城市规划师的合著作品，批判美国依赖于汽车的市郊发展模式。《权力掮客》（*The Power Broker*）是讲述纽约市政官员罗伯特·摩西的非虚构作品。《美国大城市的死与生》是城市研究和城市规划领域的经典名作，作者简·雅各布斯以纽约、芝加哥等美国大城市为例，深入考察了都市结构的基本元素，对当代城市生态进行分析和反思。

车是危险的，试图步行穿过宽阔的高速街道也是危险的——坦帕在自行车和行人事故死亡数量上排名全国第二。如果你看到有人徒步出行，那可能是因为他的车坏了；如果一个女人蹲在路边没有遮盖的地方一小时，那是因为她得等公共汽车。县委员会从未通过通勤铁路计划，坦帕湾仍然是仅次于底特律的没有通勤铁路的大城市。于是，陌生人从来不需要相互来往。"在坦帕，人与人的互动不会偶然发生，"凡·西克勒说，"哪怕发生了，那也令人痛苦。"

有一种观点认为，城市生活是非美国的；在希尔斯伯勒县的增长机器中，凡·西克勒感受到了这种想法的存在。住宅小区里，地产公司建造的房屋看上去如同地堡，窗户狭小，没有适合当地气候的通风道或庭院，空调一直在坑洞般的黑暗中运行。在这些房屋中，一家人坐在铺着地毯的起居室里，聚在大屏幕等离子电视前，百叶窗遮挡着阳光。屋外是漫长的街道，两侧是一模一样的房子，人们没有任何理由步行前往任何地方，所以他们每天从车上走到车道再走进家里，从来没有机会与邻居相识。他们正在从世界撤退，而无孔不入的偏执加深了这种隔绝。随处可见事故律师、现金快速购房和快速致富方案的广告牌，佛罗里达州的汽车保险比其他任何地方都贵——保险公司称它为"欺诈之州"。佛罗里达州以第二次机会的永恒承诺吸引短暂住客和漂泊者，其中骗子的比例超过了一般人群。谁敢说隔壁邻居不是其中之一呢？

像马车角这种小区恰恰符合简·雅各布斯对地狱的描述。

2006年，凡·西克勒写了一篇关于人们在坦帕周边买房的报道。其中很多人住在外地，当通过电话联系到他们时，凡·西克勒会问："你住在那栋房子里吗？哦，那是个度假屋？那你为什么要在拉斯金度假呢？——它又不是度假胜地。"事实证明，至少有一半的销售额来自投资者——这是一个巨大的数字。房屋所有权的整个概念已经被扭曲得无法辨认。这些房屋是一次性商品。正是这些人在推动需求。

凡·西克勒从未适应坦帕。他身材高大，皮肤苍白，有着略带草莓红的金发，穿着休闲裤和长袖衬衫。他的声音听起来有些正式，像一位老派的电台记者。他那来自中西部的认真态度令他在阳光之州的过分热情中显得尴尬，这种热情是佛罗里达州欺诈风格的另一面。他对自己的工作格外认真。一名调查记者必须是一个理想主义者——凡·西克勒并不认为记者是愤世嫉俗的。如果一篇报道只是给出双方观点并就此打住，那么媒体并不能借此帮助自身或其读者，因为记者应该把一些客观真实的事情说出来。

凡·西克勒有时担心，他作为记者的风格过于单刀直入，太像公诉人。共和党县委员马克·夏普一接到凡·西克勒关于开发商竞选捐款的电话，就立即知道会有麻烦。一开始的问题听起来很是单纯无辜，只是简单的事实，但问题接踵而至，而凡·西克勒会记得夏普告诉他的一切；最后，这位记者会触发陷阱，问出夏普从一开始就知道将会到来的问题："如果说这个人是你主要的捐款人，那你觉得，你投票支持免除影响费是不是有问题？"

凡·西克勒认为有两种记者——讲故事的记者和揭露不法行为的记者。他绝对是后者。但他唯一击倒过的人是桑尼·金。

2006 年春天，凡·西克勒听说了一个名叫肯尼·拉欣的男人。他是一名黑人房地产推销员，这在坦帕很不寻常。他的名字和面孔出现在广告牌和电视广告上，作为披着披风的超级英雄"救房队长"，这是对说唱歌曲《Captain Save-a-Hoe》的戏仿。他举办了人满为患的帐篷展会，在那里，他坐着白色的宾利、戴着坎戈尔帽现身，身后由一队悍马护送，上面装饰着他的照片。他鼓吹这个城市的穷苦黑人可以像其他人一样涉足房地产，购买困厄房产并出售，以获取巨额利润。"现在是时候为自己做事了，"拉欣告诉伊波市的观众，"黑人主宰什么？体育和娱乐。我希望人们能说黑人主宰房地产，这个行业制造的百万富翁比什么都多。"

这一切都与赋权、民权和致富有关。拉欣年少时是得梅因的一名毒贩，后来在佛罗里达州一座监狱蹲了四年。他将自己的故事作为激励宣传的一部分，告诉年轻的房地产经纪人，他们也应该把自己的聪明才智转向合法的炒房，这样既能致富，也能让需要财务救济的黑人房主受益。"他是卡内基与 Jay-Z 的结合。"凡·西克勒说，"在经济繁荣时期，佛罗里达州的经济问题是——它几乎从未繁荣过。它只在一个领域繁荣发展，那就是房地产。如果你不在这个行业里，你就会像其他人一样挣扎度日。"

凡·西克勒开始研究肯尼·拉欣。在肯尼的自我描述中，他只是一个低级毒贩，但实际上，他是瘸子帮主要的可卡因分销商。他在拳击比赛中获得金手套的故事是编造出来的。到头来，"救房队长"恰恰是他在门票售罄的研讨会上谴责的那种掠夺者。他在一个叫坦帕高地的老旧混合街区说服一位七十三岁的黑人老祖母，让她以两万美元的价格把破旧的房子出售给他。她拿到的钱几乎全用来还了城市贷款，最后只剩下一千七百二十九美元。三周后，拉欣以七万美元的价格把房子卖给一家名为"土地集结"的投资信托公司。

凡·西克勒向拉欣询问这笔交易。

"要是我知道这栋房子值七万美元，我就会付给她更多的钱。"拉欣说，"六万美元不算什么。不要在这一点上有偏见，我才不会占女人便宜。"

进入公诉人模式的凡·西克勒追问"救房队长"是否会与她分享一部分利润。

"我可不打算说'拿着吧，这就是我从那栋房子赚到的所有钱'。"

四年来，拉欣和他的合作伙伴已经赚到超过一百万美元。其中十五笔交易是在坦帕高地进行的，这并非巧合：那里是一个名为"高地坦帕"的巨型重建项目的规划地，耗资五亿美元，将建有一千九百套高档公寓和联排房屋。拉欣是坦帕最有势力的两家开发商的名誉代表。他对这层关系避而不谈，开发商也否认与他相识。

凡·西克勒对前可卡因毒贩与该市精英之间的关系深感兴趣，他于 5 月发表了他的报道。这将他引向美国最炙手可热的房地产市场里的巨大阴影。他在报道过程中采访过的房地产经纪人给了他一个提示："如果你认为肯尼有料，你应该查一查桑尼·金。"

当凡·西克勒找到桑尼·金的时候，音乐已经停止了。

佛罗里达州房地产业的一些人可以确定它发生的确切时刻。对于迈尔斯堡和开普科勒尔——那里是疯狂的中心——的经纪人马可·约瑟夫来说，在 2005 年 12 月的一周里，平均房价达到三十二万两千美元的高峰，而电话并不像平时响得那么多。就像所有空气从轮胎中流出后，车子慢慢停了下来。其他人则觉得事情发生在几个月前或那之后，并将其比作灯被关掉。2005 年末或 2006 年初的某个时候，房地产市场正处于十年中期令人眩晕的高位，投机者突然失去了信心；让佛罗里达浮在高处的信念烟消云散，经济如同《乐一通》❶里的角色一样停在半空，低头望去，而后垂直下落。不知怎的，贷款人、放贷方、炒房者、押注买空的华尔街交易商、信用违约掉期柜台、房利美、寻求百分之八利率的亚洲银行家、CNBC（美国全国广播公司财经频道）上滑稽的鼓吹者以及艾伦·格林斯潘从未想象过这种可能性：房价开始下跌。

过了一两年，效果才在繁荣堡、经纪人办公室、建筑工地和零售商场中显现出来。2007 年初，联合卡车运输公司的一位职员向塔拉哈西的佛罗里达商会报告说，该公司正在帮更多的人迁出而非迁入佛州。2007 年至 2008 年间，佛罗里达州的活动拖车电插头数量在

---

❶ 《乐一通》是由华纳兄弟公司推出的经典动画，主要角色有兔八哥、猪小弟等，风格夸张、欢乐。

有记录的四十年来首次下降。有史以来第一次，该州的净移入居民数量——增长机器的引擎——降低至零。

　　贮木场卖掉设备。汽车经销商解雇销售人员。开发商申请破产，他们的妻子提出离婚。到 2008 年初，罗恩·福尔莫萨在开普科勒尔工作的那家混凝土公司开始裁员。罗恩先是发现工作时间缩短了一半，然后就丢了工作。与此同时，可调利率上升，次级抵押贷款的期末整付也已到期，这意味着像福尔莫萨这样的贷款人——他们已经眼睁睁看着自己的收入和财产随风而去——更难按时还贷了。罗恩和詹妮弗申请了破产；罗恩找到一份锁匠的工作，为止赎房产更换门锁，每小时收入九美元，但即使如此，他们还是付不起一千四百美元的申请破产费用。福尔莫萨家整整一年没有还贷，银行在他们的门上贴上丑陋的黄色拍卖标签。他们在附近租了房子，搬了出来。詹妮弗发誓下次要把钱存起来，而不是花掉。"我觉得我不会再想买房子了。"她说。这就是止赎瘟疫的开始。

　　在帕斯科县的 54 号州道上，开发商中断了"乡村步道"项目，留下的街道只有几英尺路面，后面便是铁丝网；街道上有路牌和灯光，但没有房屋，或是有房屋但没有住户。他们承诺的网球馆和沙滩排球场成了海市蜃楼。房屋前院里，瘫倒在地的充气圣诞老人旁边竖着"待售"的牌子。三份泛黄的《坦帕论坛报》躺在南瓜岭大道 30750 号门前，厨房里留着垃圾，冰箱门大敞，院子里竖着"房主出售"的牌子。半数到三分之二的房屋空置，但留在"乡村步道"的居民会将车停在空车道上，并给邻居家的圣奥古斯丁草坪割草，以免显露出萧条景象。在衰颓更严重的街区，变化显而易见——草长到六英寸高，车道上杂草丛生，空调箱上垂下铜线，米色的灰泥墙上绿色霉菌蔓延，"空置或废弃"的通知贴在前门上。然而庞氏骗局的崩塌并不轰轰烈烈，没有留下拆毁的工厂或废弃的农场。某种程度上，鬼城般的住宅小区仍然很美。在海蓝宝石般明亮的天空下，房屋看起来像完美的纸板，外墙光滑整齐，百叶窗垂下，景观几乎没有人类生活污染的痕迹。

房价崩盘的速度与飞涨时一样快。从"乡村步道"沿 54 号州道向北，邦妮在双子湖的房子曾在六年内从十一万四千美元涨到二十八万，又在两年内跌到十六万。邦妮家街上的一些房主是炒房者，还有一些房主再也负担不起住在这里；在这两种情况下，房子里都无人居住。一个周末下午，来自乌托邦大道的邦妮正在给草坪浇水，她穿着胯部紧身的卡普里牛仔裤和无袖上衣，涂着银绿色眼影，视野范围内空无一人。

乌莎·帕提尔的凯富酒店第一年赚了一百万美元，第二年赚了八十万美元。她发现美国人作为雇员简直无药可救。他们得过且过，周五领取薪水，然后就跑去俱乐部或是参加派对，哪怕有孩子也不例外；他们周一逃班，周二迟到，因为报酬太低而拒绝一些工作，还总是满腹怨言和借口——"我儿子拿走了我的车钥匙。"他们可能努力工作一周，然后就要求休假。或者每十分钟要求一次吸烟时间，即使他们根本不吸烟。谈到美国雇员时，乌莎皱起鼻子，撇了撇嘴，眯起眼睛，仿佛这个话题令她身体不适。他们被宠坏了，就像她曾经被宠坏一样；所有廉价劳动都是外国人在做。她唯一的优秀雇员是像她一样的移民，他们值得信赖，并且愿意接受低薪——一个来自加拿大群岛的夜班经理，一个来自印度的家伙，还有拉丁裔清洁工们。

但她对这个国家的乐观态度并未消退。这里是每个人的机会之地。"我爱美国，"她说，"如果任何外国人都能来到这里并获得成功，这里的人们就不想工作了。"她喜欢美国的规则和法律，这里没有腐败，任何人都可以伸张正义。她的儿子已成为一名年轻的商人——他在坦帕的公路商业区拥有自己的电脑店，开着一辆宝马，住在市中心公寓大楼的二十六层。与印度相比，美国是一个梦。

2007 年，乌莎来到美国的第三年，她的年收入下降到五十万美元，旅馆入住率只有百分之二十五——要有百分之五十的入住率才能存活下去。有两件事对她的汽车旅馆不利。第一是房地产的崩盘，这是更广泛的经济崩溃的开端（她将其归咎于严格的边境执法，这使得所有优秀的外国雇员被拒之门外）。第二是在她的凯富酒店和75号州际公路之间的通路上有一个新购物中心正在施工，这座购物中心大概是在经济衰退时开始建设的。这项工程在晚上关闭了靠近她的高速公路出口，拿走她在高速公路上的广告，这扼杀了她的生意（这座商场一直没能盖完）。她开始无法支付每月两万五千美元的款项。她的儿子帮了忙，但不久后她还是拖欠了贷款。

房地产崩盘到来时，迈克·罗斯正深陷家庭危机。迈克要求法院把孙子孙女的监护权判给他，因为他的女儿和她在圣彼得斯堡的男友正在虐待孩子们——迈克说，这名男友把患有脑瘫的孩子扔进游泳池，然后哈哈大笑。迈克的妻子因车祸残疾，当时正在领取残疾福利；两人获得监护权后，他们在佐治亚的旧农舍翻新工作已落后两年。他们还没能完成这项工作，市场就由盛转衰，他们花十八万美元购买的房产最终只能卖得十一万美元。迈克游艇生意的前客户建议他们搬到北加利福尼亚，远离虐待孩子的人，并在那里炒房；但当他们带着孙子孙女来到瓦卡维尔时，那里的经济正在下滑，没有工作，就连加油站或7-11便利店也没有职位。加上贷款规则发生了变化，靠贷款来炒房也不可能了。这次搬家耗费了五万美元，是他们储蓄的一半。在加州待了六个月之后，他们搬回东部，去了罗利郊外一个漂亮的小镇，那儿有点像有树的瓦卡维尔；但是他们在北卡罗来纳州重演了在加州的遭遇，那里没有建筑工作、修车工作或迈克尝试过的任何其他工作。他们捉襟见肘，迈克开始害怕他们最终会无家可归。他们别无选择，只能和孙子孙女一起搬回圣彼得斯堡，而女儿和男友仍然住在那里。

迈克试图找回游艇生意中的老顾客，但他们已经被转交给其他修理工，现在都被照顾得不错。他在帕萨迪纳游艇和乡村俱乐部附近晃了一阵子，一个电话也没接到。那段生涯已经结束了。他从一位前客户那里借钱，把家人安置在贫民区的一栋出租公寓；在那里，聚集在停车场的孩子们会欺负脑瘫的孙子。他们依靠食品券、妻子的残疾福利、孙子的补充保障收入和慈善机构过活。迈克的心理状况不断恶化，他的思绪仿佛每小时狂奔三百英里——他害怕无家可归、自杀、疯人院、遇到女儿的男友（他还不知道他们回到了圣彼得斯堡）——他一直恐惧不安，在头脑里编造故事；他害怕自己脑海中的臆想会成真。他曾经那么平静，那么安稳，在蓝天下的码头给游艇上漆。他越来越胖，虽然仍然可以自嘲，但双眼透过无框眼镜流露出服用药物后的悲伤。他因背部疼痛服用止痛药，因焦虑服用阿普唑仑❶；他厌倦一切，想要放下重担好好睡一觉。在吞下三十片阿普唑仑和四片维柯丁❷后，他昏迷了两天。

"经济问题触发了一切，"他说，"它把我撕成两半，夺走了我生存的意志。这就是我对它的看法。"

他们把迈克锁在疯人院里三天。他出来后开始寻求坦帕危机中心的怜悯，并获得了支付电费账单的咨询和援助。他一直认为自己是中产阶级，现在却差点生活在无家可归者的避难所，这令他十分震惊。不过，精神病房和危机中心让他摆脱了这种幻象。他读了一本名为《在创伤之后寻找生活》的书，开始深呼吸，与自己的精神沟通，学会远离那些最糟糕的想法。由于医疗领域并不受经济衰退影响，他报名参加了由政府支付的培训课程，成了一名家庭健康助理。他找到了一份每小时能赚十点五美元的工作，没有任何福利，帮助一位患有痴呆症的九十一岁二战老兵上洗手间。这并不比修理百万富翁的游艇更难。迈克很高兴能帮上忙。

---

❶ 阿普唑仑，用于抗焦虑和失眠的药物，长期服用会成瘾。
❷ 维柯丁，以氢可酮和扑热息痛为主要成分的鸦片类镇痛药，大量服用可能致死。

　　凡·西克勒和报社的一些同事仔细研究了希尔斯伯勒县止赎房屋的大量数据。到处都是止赎房屋，但它们主要聚集在两个地方：老城区的贫民窟和幽灵住宅小区。凡·西克勒的地图软件在马车角小区上显示出一个鲜红色的点，那是在吉布森顿一个热带鱼养殖场上发展起来的项目：止赎率为百分之五十，创下该县纪录。凡·西克勒和报社摄影师克里斯·祖帕开始在晚上驱车前往马车角，以了解那里正在发生什么。

　　这是凡·西克勒记者生涯中到访过的最古怪的地方之一。一天晚上，他和祖帕看到瘦骨嶙峋的奶牛站在一排排单户住宅之间的空地上。奶牛被带进来，是为了让一些房主可以按照农业土地的标准申请减税；现在，因为没有人喂养，它们正在挨饿。凡·西克勒和祖帕敲了许多人家的门，但很难找到在家或是肯跟他们交谈的人。滞留在这里的业主大多是在马车角买了第一套房产、计划日后迁往他处的家庭。房价下跌百分之五十时，他们陷入困境，并因开发商莱纳公司而怒火中烧。莱纳曾向他们承诺一个游泳池、一个社区中心和百分之二十的投资房屋限制。结果，许多业主都住在南卡罗来纳州的米尔堡和纽约的臭氧公园等地，他们并不关心被困在马车角的人们的生活。一些止赎房屋被毒贩或赃物贩卖者利用，到处散落着走私货。甚至发生了一起枪击事件。治安官代表开始在夜间巡视马车角。恐惧水涨船高，一名男子自豪地向凡·西克勒展示他在车道上安装的安全摄像头。

　　"在郊区，"凡·西克勒说，"没有人能听到你尖叫。"

　　庞氏骗局是一种信心游戏，只有当足够多的人愿意抛开常识时才能成功。卷入其中的每个人都是受骗者，也都是骗子。结果是普遍的轻信和普遍的恐惧。马车角本该是美国梦的一个缩影，现在却像是世界末日。凡·西克勒在那里的调查使他得出结论，这次崩盘不是无耻房主的错；他写了一篇强硬的文章，揭露了开发商和民选官员在制造灾难中的角色。

金相民，绰号桑尼，是从韩国来到坦帕的。他是"身体设计文身店"的店主，那是一家亚洲主题的穿孔和文身店。2000 年到 2010 年中期，桑尼·金在坦帕周边拥有一百栋房屋，其中大部分位于市中心以北的混乱街区，与肯尼·拉欣工作的区域相同。事实上，肯尼和桑尼是商业合作伙伴，彼此把房子卖给对方。2008 年夏天，当凡·西克勒开始调查桑尼时，桑尼已经拿到了四百万美元的利润，他名下超过三分之一的房子成了止赎房产。

凡·西克勒驾车前往坦帕最贫穷的两个社区，贝尔蒙特高地和萨尔弗斯普林斯，去查看桑尼·金的房产。北十七街 4809 号有一幢破败的两层灰泥房屋，屋顶铺着蓝色的油布，窗户钉着木板，床垫堆放在杂草丛生的院子里。桑尼·金在 2006 年以一百美元的价格签订产权转让契据买下了它，一名有前科的毒贩当了见证人。三个月后，金以三十万美元的价格把它卖给了一个名叫阿拉塞莉·利亚内斯的买家，后者从华盛顿互惠银行的子公司长滩贷款公司借了全部款项。凡·西克勒站在院子里，看着这栋房子，想着那笔贷款。太不可思议了。银行有没有人开车来这儿看一眼这栋房子？十八个月后，房子被止赎，银行要价三万五千美元。凡·西克勒想去找邻居问问有没有人住在里面，但那是一个危险街区的夜晚，敲门也无人回应。最后，一辆坦帕警车停了下来，一名警察下了车。"这附近有人不喜欢你。"警察说。一个邻居打电话来抱怨那个四处窥探的高大白人。

凡·西克勒试图追查阿拉塞莉·利亚内斯。她有一个奥帕罗卡的地址，但没有电话号码——她无迹可寻。金的其他一些买家是毒贩、纵火犯和精神病患者。凡·西克勒查看了他炒过的几十栋房子，情况总是一模一样：一栋废弃的房产，一个最低的购买价格，一次价格高得离谱的快速转售，一笔无人质疑的贷款，首付很低乃至为零；买家无处可寻，房子从未有人住过，贷款逾期。一位专家告诉凡·西克勒，一些买家——他们被称为"稻草买家"——可能根本不存在，或者可能是身份盗窃的受害者。或者他们可能是桑尼·金在抵押贷款欺诈方面的合作伙伴。交易中涉及的房地产经纪人、评估师、公证人、房产过户代理以及最后的银行家们也同样如此，其中有些人重复出现了许多次。每个人都从桑尼·金的生意中赚钱，每个人都从其他像桑尼·金一样的人的生意中赚钱，而不良贷款似乎消失在空气里。

9 月，凡·西克勒仍在继续报道。这个月中旬，雷曼兄弟倒闭了。雷曼兄弟是向桑尼·金的稻草买家提供贷款的银行之一。其他一些突然出现在新闻中并且面临毁灭的大型玩家也是如此——华盛顿互惠银行、美联银行、摩根大通、全国金融基金公司、美国银行、房利美、房地美。这些头条新闻让凡·西克勒不寒而栗。他突然意识到，他关于文身店老板的当地故事（已经花了太长时间——他的编辑们表现出很大的耐心）与几十年来最严重的金融危机息息相关。在坦帕，他有着在纽约和华盛顿报道金融危机的知名记者们所没有的材料——他目睹的货真价实的故事。你可以将华尔街的崩塌一路追溯到北十七街 4809 号的房子，以及马车角小区和"乡村步道"的房子。

银行向欺诈性的贷款人大把投钱，为破败的房子付出过高的价格，因为这种风险立即转嫁给了其他人。金融业有一个新名词，至少是凡·西克勒从未听说过的："房屋抵押贷款债券"——由贷方出售给华尔街的捆绑贷款，它们在那里被打包成债券并再次出售给投资者，以获取巨额利润。这个术语令人恐惧，就像一种新型病毒的名字。现在，凡·西克勒明白了：正是这里的房屋贷款支持着那些债券。正是这些违约贷款对全球金融体系的存续构成了威胁。

记者们的传统观点是每个人都该对金融危机负责。"贪婪失控了。

我们不知道为什么，我们只是真的很贪心，每个人都想要一套他们买不起的房子。"凡·西克勒说，"我认为这是懒惰的新闻。这是那些想要'换个角度来看'的政治家们的论点。并不是每个人都该为此承担责任。"他厌恶那种试图制造虚假平衡的报道，它们拒绝给出清晰的结论，即使结论就明明白白地摆在眼前。他自己的调查并没有将他引向"所有人"，而是引向了某些特定体制——政府机构、房地产公司，特别是银行。桑尼·金只是一个站在前台的人。"这是系统性的。银行批准那些贷款时根本没人看它们一眼，因为银行的胃口太大了。它们没法让贷款的速度更快了。"

　　感恩节之后，凡·西克勒的故事填满了头版。一周之内，联邦调查局接手了案件；不久后，桑尼·金开始戴着窃听器和官方合作。凡·西克勒等待着联邦调查局一路查向食物链的顶端。

硅谷

自从在斯坦福大学相识以来，彼得·蒂尔和他的朋友里德·霍夫曼一直在争论社会的本质。1994年圣诞节期间，他们花了几天时间在加利福尼亚海岸开展头脑风暴，讨论如何发展互联网业务。霍夫曼让蒂尔读尼尔·斯蒂芬森的科幻小说《雪崩》（*Snow Crash*）——在这个反乌托邦故事里，美国大部分地区已被私有化，成为强大的企业家和黑手党管理的主权飞地，像是《主权个体》在虚构文学中的前身。通过互联网的后继者"虚拟实境"（Metaverse），小说中的角色进入虚拟现实，逃避他们身边的暴力和社会分裂；在那里，他们用虚拟形象来代表自己。《雪崩》带给霍夫曼一个创业想法，他很快辞去苹果公司的工作，开办一个名为 socialnet.com 的约会网站，这也许是互联网上第一个社交网站。出于各种原因，它没有成功——人们不想通过虚拟形象进行互动，他们想做自己——但霍夫曼继续改进这个想法。2002年，贝宝被出售给 eBay 后，他拿走收益，推出一个为生意人打造的社交网站，名为"领英"。正是通过领英，霍夫曼遇到了肖恩·帕克，而正是通过霍夫曼和帕克，蒂尔遇到了马克·扎克伯格。

2004年春天，蒂尔和霍夫曼试图劝说二十四岁、机能亢进的朋友帕克，让他放弃起诉红杉资本，后者投资了他的在线地址簿公司Plaxo。由于帕克放荡不羁的生活方式，他已经被赶出自己的公司，就像他几年前被赶出音乐分享网站纳普斯特（Napster）一样。蒂尔告诉他，他应该开办一家新公司，而不是纠缠于诉讼中。三个月后，帕克回应蒂尔说，他刚刚当上了 Thefacebook❶ 的总裁，那是一个有四名员工的大学社交网站，而那个创建它的哈佛大二学生需要钱，因为学生正蜂拥而入，用户人数很快就会超过计算机的承载能力。霍夫曼那一整年都在追踪 Thefacebook 和马克·扎克伯格，他避免成为主要投资者，因为这可能被视为与领英存在利益冲突。蒂尔成了自然而然的选择。

蒂尔喜欢说，原则上，一个硬核自由意志主义者不应该投资社交网络。如果没有社会、只有个人，投资社交网络怎么可能获利呢？安·兰德肯定不会投资 Thefacebook。不过，蒂尔对社交网络产生兴趣已经有一段时间了：他让理性的自私优先于意识形态的纯粹，这也并非完全不符合客观主义❷ 的原则。在其他网站——例如Friendster——失败的领域，这个网站看起来也许能成功。消费者互联网仍然处于泡沫破裂后的低迷状态，一时间，好的想法比追逐它们的投资者更多。Thefacebook 已经打入大约二十所学校，在温和版的勃列日涅夫主义之下运作：一旦某所大学成为攻占目标，几乎整个学生群体都会在几天内被捕获，并且这个过程不可逆转。拥有如此强大的用户群，Thefacebook 似乎可以走得相当远。霍夫曼与工程师们谈过，他们看起来非常出色。因此，2004 年仲夏，蒂尔同意在位于旧金山金融区中心的克莱瑞姆资本管理公司办公室与扎克伯格会

❶ Thefacebook 为 Facebook 成立初期所使用的名字，2005 年正式更名。

❷ 客观主义（Objectivism）是作家、哲学家安·兰德提出的哲学体系，涉及形而上学、知识论、政治和美学等领域，核心观点认为现实独立于主观意识而存在，人类可直接感知现实，并借由概念、归纳与演绎逻辑形成客观知识，且人生的道德意义在于追求个人幸福或理性私利。

面。办公室位于加利福尼亚街 555 号的 43 楼，那栋摩天大楼曾经是美国银行总部，直到美国银行于 1998 年搬去了夏洛特。

大部分时候都是帕克代表 Thefacebook 在讲话，但扎克伯格给蒂尔留下了深刻印象。他只有二十岁，穿着 T 恤、牛仔裤和橡胶人字拖；他已经开始对自己想要的东西格外坚持，有一种强烈的专注和程序员的内向，对其他人漠不关心，以至于到了阿斯伯格 ❶ 的程度（对一个社交网络的奠基人来说，这像是一种悖论）。他实事求是地描述了 Thefacebook 的爆发式增长，并没有竭力给蒂尔留下深刻印象，而蒂尔认为这代表着认真严肃的态度。会议差不多持续了整个下午，到结束时，蒂尔决定成为 Thefacebook 的天使投资人。他将向公司提供五十万美元的"种子资金"——这将转化为百分之十点二的股份，以及五人董事会中的一个席位。

会议结束时，蒂尔告诉扎克伯格："别搞砸了就行。"

多年以后，在扎克伯格"没搞砸"之后，Facebook 的用户超过五亿，而蒂尔的股份价值超过了十五亿美元；Facebook 早期的故事被拍成好莱坞电影《社交网络》，扎克伯格和帕克都被描绘为不那么光彩的形象，两人都因此抓狂。蒂尔跟几个朋友在旧金山的一家电影院看了它。他的角色和扎克伯格之间的会面花了三十四秒的银幕时间，相对而言他的形象还不错，但他觉得自己的角色看起来太老了，太像典型的投资银行家——蒂尔在工作时通常穿的是 T 恤衫，而不是领尖带有扣子的蓝色衬衫。此后，Facebook 于 2012 年 5 月上市，股价立即开始下跌，蒂尔卖掉他剩余的大部分股票，由原本投入的五十万美元套现超过十亿美元。

2004 年，也就是蒂尔与扎克伯格会面的同一年，蒂尔与其他人

❶ 阿斯伯格症候群是广泛性发育障碍中的一种症候群，属于自闭症谱系障碍，特征是社交困难，伴随兴趣狭隘和重复特定行为等。相较其他自闭症系障碍，阿斯伯格患者保有较为正常的智力和认知发展，其中一部分人智商偏高或具有某方面的独特天赋。

共同创立了帕兰提尔（Palantir）技术公司（这个名字来自他热爱的《指环王》中一种类似水晶球的石头），它采用了贝宝曾用来对抗俄国黑帮诈骗的软件，将其开发用于复杂数据分析，从信息洪流中发现不易发觉的模式，令政府机构更容易追查恐怖分子、诈骗犯和其他罪犯。一些种子资金来自中央情报局的风险基金，但在早期阶段，帕兰提尔很大程度上依赖于蒂尔的三千万美元投资。他当上了董事会主席；随着 Facebook 变得太过庞大，帕洛阿尔托市中心大学街 156 号的办公室不够用了，于是帕兰提尔搬了进来——就在贝宝创立时那间办公室的街对面。最终，帕兰提尔的价值将达到 25 亿美元。蒂尔正在成为世界上最成功的技术投资者之一。

克莱瑞姆资本管理公司也做得很好。蒂尔的这家公司是一家全球宏观基金——它依赖于对世界市场和政府最高层行动的分析。2003 年成立满一年后，它管理着两亿五千万美元，投资回报率达到百分之六十五。蒂尔的策略是对长期趋势进行全局审视，把赌注下在违背传统观念的地方：当其他人出售日本政府债券时，他选择买空 ❶；买空能源股，因为他深信石油峰值真实存在，全球石油供应即将枯竭；买空美国国债，因为他预见到在 2001 年布什政府治理下，经济衰退之后将会持续低迷。年复一年，克莱瑞姆飞速增长，到 2008 年夏季，资本达到了约七十亿美元，六年内增长了七百倍。财经媒体开始将蒂尔视为逆势投资的天才。对他来说，这只意味着他为自己思考。大多数人将他们的思想外包，随波逐流，跟随大众。世界上的鲁滨孙·克鲁索 ❷ 并不多。

克莱瑞姆搬到了要塞公园边缘一座砖和玻璃结构建筑的四楼，可以欣赏到金门大桥和太平洋的壮丽景色。从他在拐角的办公室里，

---

❶ 买空，金融术语，又称做多头交易，指看好股票未来的上涨前景，买入并长期持有的操作方式。

❷ 即《鲁滨孙漂流记》的主角，在流落荒岛之后自力更生。

蒂尔可以看到恶魔岛和马林山。这栋建筑位于旧金山卢卡斯影业总部，一楼装饰着达斯·维德和尤达大师 ❶ 的雕像，出自蒂尔最喜欢的电影。克莱瑞姆的休息区由深色硬木的书柜隔开，书柜中摆放着塞维涅夫人、狄更斯、达尔文和乔治·艾略特作品的皮面精装本，以及关于结构融资和定量研究的书籍。休息区中心摆着一张桌子，上面有一个国际象棋棋盘，等人前来对弈。

如果在每周一次的上午 10 点半交易会议上迟到，会被罚款一百美元。一个周二早晨，会议主题是日本。十一个穿着蓝色、白色或条纹衬衫且不打领带的男人坐在长长的会议桌旁。蒂尔坐在会议桌一端主持。

"日本的秘密就是没有任何事情发生过，"他说，"如果我是日本人，我会厌倦多年的停滞，但我不是日本人，所以谁知道呢？"

蒂尔的顶级交易员凯文·哈林顿曾经是斯坦福大学物理系博士候选人，他加入了讨论："日本的老年人心满意足。他们的资产一直在增值。这就像美国的婴儿潮世代一样，他们认为一切都会好起来的。"

"你认为我们应该做空 ❷ 吗？"另一位交易员问道。

"过去二十年，做空日本都是错误的，"蒂尔说，"我对此没有坚定的看法。但如果出现问题，这么做也能维持下去。这里的政治问题是：日本是一个专制国家，还是一个根本没有政府的国家？我不认为它是民主国家——你可以先不理会这一点。它是否仍然是 20 世纪70 年代的日本，一个专制的公司国家，可以强迫人们存很多钱？还是像加利福尼亚和美国一样，深层秘密在于根本没有人掌控方向盘？

---

❶ 《星球大战》系列电影中的主要角色。

❷ 做空，金融术语，与做多相对，指投资人预测股票（或其他金融产品）市场行情将下跌，因而在手中不持有该股票的情况下，趁该股票价格较高时向券商借入并卖出，待股票价格下跌后再从市场买回还给券商，从中赚取差价。

人们假装在掌控，但最深层的秘密是没有人在掌控。"

半小时的会议变成了关于日本历史和文化的研讨会。最后，蒂尔问道："人们对什么持乐观态度？"

"美国和加拿大的提高石油采收率技术。"一位年轻的交易员表示。

一位名叫帕特里克·沃尔夫的交易员正通过扬声电话参与，他说："这么说等于背叛我的自由意志主义，但国家对能源的垄断正被迅速削弱。"

"下周，"蒂尔说，"如果大家能想想人们对什么持乐观态度、满怀希望，那将很有帮助。"

就像在贝宝一样，蒂尔聘请的人都与他相似。克莱瑞姆成了有名的"蒂尔邪教"，它由年轻的自由意志主义大脑组成；这些年轻人敬畏他们的老板，模仿他的工作习惯，下国际象棋，厌恶体育。因为蒂尔预见到房地产泡沫，他坚持认为他的员工不应该拥有房屋。在马里纳区距离克莱瑞姆公司开车不远的地方，蒂尔租了一栋面积为一万平方英尺的宅邸，它如同白色的婚礼蛋糕，可以在露台上眺望旧金山艺术宫亮灯的穹顶和圆拱。

他开始过硅谷亿万富翁的生活。他雇用了两名金发的黑衣女助手，一名白衣男管家和一名厨师；厨师每天都会准备一份用芹菜、甜菜、羽衣甘蓝和姜调制的健康饮品。在他的私人晚宴上，客人可以获得一份印有各种主菜选项的菜单。他乘坐私人飞机飞往各处。有一年，他带最亲密的朋友们去尼加拉瓜冲浪，还有一年去了津巴布韦乘船漂流，其间，保安人员寸步不离。蒂尔的情绪很难捉摸，但表现得友善可亲；他喜欢表现得颓废，但自己又很少放纵，就像盖茨比，如幻影般出现在自己的派对上。他买了一辆法拉利 360 蜘蛛来享受它的乐趣和速度（他的日常用车是奔驰 SL500），付费参加拉斯维加斯赛车场的驾驶课程，还创办了一本名为《美国雷霆》的杂志，专门报道赛车和狩猎、钓鱼以及乡村音乐等"全国运动汽车竞赛协会（NASCAR）生活方式"。（尽管有三分之二的沃尔玛都在卖这本杂志，而且第一期封面主打小戴尔·厄恩哈特❶，它还是在发行四期之后停刊了。）他买了一家名为"战栗"的旧金山餐厅兼夜总会，在那里主持了Facebook的百万用户庆祝派对。他还举办了更多派对——筹款派对、售书会或是公司发布会——在他的宅邸里，邀请五十到一百位客人；在最夸张的派对上，男服务员有时会不穿上衣，或者除了围裙什么也不穿。他为保守派议题和候选人捐献了数百万美元。在房地产泡沫破灭之后，他以六百五十万美元买下旧金山的宅邸，然后以两千七百万美元的价格在毛伊岛海滨买下一栋房子，又在曼哈顿的联合广场上面租了一间顶楼公寓。他的房子以无可挑剔的现代风格装饰，并不特别为任何人设计。

"不平等正以一种古怪的方式不断增长。"他后来说，"70年代，我不认识任何百万富翁。百万富翁意味着非常富有，不同寻常。在80年代末的斯坦福大学，有一些人更富有一些，但要是有两千万到三千万身家，那简直富可敌国了。他们的父母有那么多钱——这似乎不同凡响。"然后，1997年，一本名为《前两千万总是最难赚》的硅谷小说出版了。"拥有两千万简直疯了一样。我的理论是，拥有更多财富将会降低生产效率。也许有两千万会很好，但拥有的钱越多，产生的问题也就越多。"然而，年复一年，"不知怎的，这个数字愈来愈高了。"

在一个真正不平等的世界里，如果你想和邻居攀比（把邻居定义为比你富有的人的平均水准），那么你肯定会迷失方向，总是觉得自己远远落后——因为无论你拥有多少，邻居们总是以一个不断增

---

❶　小戴尔·厄恩哈特，美国职业赛车手，人气很高，从2003年到2017年间连续十五年获得NASCAR评选的"最受欢迎车手奖"。

长的数额领先于你；他们永远能甩开你，如同沙漠地平线上的海市蜃楼。在一个真正不平等的世界里，你需要一个地方来锚定自己。

作为一个自由意志主义者，蒂尔迎来了这样一个美国：人们再也不能依赖旧体制，不能在长期提供安全感的社区中得过且过，他们知道自己的位置和追求的目标。所有这些都是蒂尔的世界观所厌恶的。他相信的是独自闯入虚空，从野心、才能和抽象概念中发明自身——因此，解体让他枝繁叶茂地成长起来。但他同时也站在一群紧密团结的朋友中心，几乎所有人都是男性，大部分都很年轻；他们是志趣相投的硅谷成功者，差不多同时以硅谷的单位阶跃函数方式富了起来——有一天，他们突然有了比上帝更多的钱，但他们仍然穿着牛仔裤和 T 恤——不过，没人像蒂尔那么富有。这些朋友让他与过去的现实保持联系，筛选出更短暂和危害更大的地位标志。2007 年，一个在线八卦博客给蒂尔出了柜，蒂尔称它为"硅谷的'基地'组织"，然后继续让自己的个人生活保持隐秘，即使与最好的朋友也不进行亲密的谈话。在晚餐上，他们不谈论性、宗教或其他人的生活。相反，他们谈论想法、世界大事和技术的未来。当被问及他最钦佩的投资者时，蒂尔说出了亿万富翁隐居者霍华德·休斯❶的名字。

2008 年总统大选期间，蒂尔接受了自由意志主义杂志《理性》（*Reason*）的采访。"我乐观的看法是，尽管政治正在变得非常反自由意志主义，但这本身恰恰是世界正变得更加自由意志主义的征兆。"他说，"也许这只是事情有多好的征兆。"9 月，克莱瑞姆的资本越过七十亿美元的里程碑，它将大部分业务和九成员工转移到曼哈顿中城。蒂尔正在接近世界级对冲基金经理的圈子，他希望能更贴近华尔街的动向。

---

❶ 霍华德·休斯，美国商业大亨，曾为世界上最富有的人之一。他钟爱航空，创下多项飞行世界纪录。因多次飞机事故造成的后遗症，晚年变得行为古怪，离群索居。

同月，金融市场崩溃。当其他所有人陷入恐慌，蒂尔试图徒手接落刀 ❶，但这一次，逆向思维成了他的敌人。他期待各国政府协调干预以平息全球经济，于是在这一年剩余时间里对股票市场买空——但股票继续暴跌，他的基金损失惨重。2009 年，当他做空股票后，股价却开始上扬，克莱瑞姆的损失随之扩大。投资者们开始兑出他们的钱。他们中的一些人抱怨蒂尔有很好的想法，但没能看准交易时机，也无力管理风险——他多年来一直在预测房地产业的崩盘，但当这一时刻真的到来，他却没能借此大捞一笔。2010 年中期，克莱瑞姆的伤口仍未愈合，不得不关闭纽约的办公室，搬回旧金山。这些举措造成了代价高昂的损失。截至 2011 年，基金的资产已缩水至三亿五千万美元，其中三分之二是蒂尔自己的钱，这是他的全部流动净资产。克莱瑞姆事实上成了家族办公室。

有生以来第一次，在众目睽睽之下，蒂尔在他珍视的事业上一败涂地。他因此变得谦卑；在贝宝时，挫折曾使他暴怒，这一次，他却平静地接受失败，并与手下职员一起稳住心神。同时，他对美国的看法开始变得阴沉晦暗。当他重新思考 70 年代以来的那段时光，那段曾经看起来如此光明和充满希望的岁月时——特别是在硅谷——就连 Facebook 都失去了光彩。不过，蒂尔的悲观主义也令他对未来形成了激进的新想法。

---

❶　华尔街俗语，意为过快买入股价持续下跌的股票。

2008

　　《历史性的胜利：奥巴马大胜希拉里》他是第一个赢得艾奥瓦州党团初选的黑人，可见选民们热情支持变化的讯息[1]……《房地产估价：从微恙到重疾》[2]……《通用汽车公司宣布亏损三百八十七亿美元，创美国汽车工业纪录》通用向七万四千名美国员工提出买断工龄的方案[3]……《石油危机：分析师预测汽油价格将达到七美元，美国汽车将"大批退场"》[4]……《大萧条问题在新世纪回归》[5]……《在本周的伊拉克战争周年纪念中，奥巴马关于种族的演讲占据了媒体报道》[6]……奥巴马的整个竞选活动都是建立在阶级战争和人类的嫉妒情绪之上的。他兜售的"改变"并不新鲜。我们早已见过。正是这种改变，会为了实现软化的威权主义社会主义而削弱了个人自由[7]……美国正在发生一些事情，我们并不像政治暗示的那样分裂，我们是同一个民族，我们是同一个国家[8]……《雷曼兄弟申请破产，美林出售，AIG 急需现金》[9]……《布什寻求七千亿美元的救助金》[10]……《麦凯恩选择在无力维持的俄亥俄工厂赞美自由贸易》他利用自己最近积累的政治财富——一场戏剧性的淡出，随后出人意料地卷土重来，确保了共和党总统候选人的提名地位——来展示，像扬斯敦这样衰败的锈带城市也有重生的可能[11]……《佩林重燃文化战争》[12]……我们相信，全美国最美好的地方，就在我们即将访问的那些小城镇；我将那些美好的小地方称为真正的美国，这里有你们这些努力工作的、爱国的[13]……我敢打赌，本·拉登现在觉得自己像个傻蛋，对不对？"什么？我轰炸了错误的美国？"[14]……PerezHilton.com 获得独家消息，希斯·莱杰已于周二去世[15]……《硅谷几乎没有受到金融危机的影响——到目前为止》[16]……你好吗？你一定会喜欢 Face Book！你看起来棒极了。希望我能尽快下载一些我和家人的照片[17]……我只能通过想象来体会你在选举日时等得有多焦虑。你仍然是一个顽固的共和党人吗？无论如何，我始终珍视我们的友谊[18]……《"变革到来"》巴拉克·奥巴马当选首位黑人总统；经济焦虑助民主党在选举中大胜[19]……在一起，我们将会用三个词语开启美国故事的下一个伟大篇章，它们将跨越山川大海，响彻整个美国：是的，我们——[20]

注释

1.《纽约每日新闻》2008 年 1 月 4 日新闻。美国总统大选期间，艾奥瓦州是最早举行党团会议的州，被视为美国总统大选的前哨战。
2.《圣彼得斯堡时报》2008 年 3 月 13 日新闻。
3. 美联社 2008 年 2 月 12 日新闻。通用汽车曾是全球最大的汽车制造商，在 2007 年前连续七十七年当选全球汽车销售冠军，2008 年因员工养老金债务问题亏损超过三百亿美元，随后实施裁员工龄计划，数万名员工被裁，多家工厂停产或关闭，悍马、庞蒂克、钍星等品牌被抛售或停产；2009 年宣布破产重组，美国政府提供约五百亿美元的援助。
4.《华尔街日报》2008 年 6 月 26 日新闻。
5.《芝加哥论坛报》2008 年 3 月 24 日新闻。
6.《赫芬顿邮报》2008 年 4 月 2 日新闻。"关于种族的演讲"指奥巴马 2008 年 3 月 18 号发表的竞选演讲"更完美的联盟"（"A More Perfect Union"），皮尤研究中心指出有百分之八十五的美国人知道该演讲，《纽约时报》认为它对奥巴马的成功当选至关重要。
7. "国家评论"网站（http://nationalreview.com/）2008 年 10 月 25 日文章。
8. 歌曲《是的，我们能做到》（"Yes We Can"），美国歌手威廉·亚当斯 2008 年的单曲作品。这首歌的音乐视频于 2008 年 2 月 2 日发布后席卷网络，内容是斯嘉丽·约翰逊、卡里姆·阿卜杜勒 - 贾巴尔、约翰·传奇等多位名人重复奥巴马的竞选口号。
9.《华尔街日报》2008 年 9 月 16 日新闻。
10. 美联社 2008 年 9 月 19 日新闻。2008 年 9 月，美国次贷危机进一步失控，时任美国财政部部长亨利·保尔森提出七千亿美元的救市计划，时任总统布什表示支持，提案最终在国会通过。
11.《麦克拉奇报》（McClatchy Newspapers）2008 年 4 月 22 日新闻。约翰·麦凯恩是共和党重量级人物，因越战经历而受到广泛尊重，陆续多次当选联邦参议员，2008 年代表共和党参加美国总统竞选，败给奥巴马后继续担任参议员，2018 年因病逝世。
12.《政治家》（Politico）2008 年 9 月 2 日文章。萨拉·佩林曾任阿拉斯加州州长，2008 年成为麦凯恩的副总统人选，因在堕胎权、同性恋婚姻和枪支管制等议题上的保守立场而引起媒体广泛报道，《政治家》认为她将总统竞选变成一场意识形态严重分歧的文化战争。
13. ABC 新闻网（http://abcnews.go.com/）2008 年 10 月 18 日新闻，内容是 2008 年总统大选中的共和党副总统候选人莎拉·佩林在访问北卡罗来纳州时的讲话。
14. 美国脱口秀主持人乔恩·斯图尔特 2008 年 10 月 20 日在节目《每日秀》中讲的笑话。
15. 八卦新闻网站 perezhilton.com 2008 年 1 月 22 日新闻。希斯·莱杰是澳大利亚知名演员，曾出演《断背山》《蝙蝠侠：黑暗骑士》等电影，2008 年 1 月 22 日因药物过量在纽约逝世，终年 28 岁。
16.《纽约时报》2008 年 9 月 23 日新闻。
17. 2008 年 11 月 1 日发布在 Facebook 网站上的一则帖文。
18. 同注释 17。
19. 地方报纸《克利夫兰老实人报》（Cleveland Plain Dealer）2008 年 11 月 5 日报道，讲述了关于奥巴马胜选的意义。
20. 奥巴马 2008 年在新罕布什尔州初选中的演讲，三个词语为他的竞选口号"是的，我们能做到"（Yes We Can）。

体制人士（2）：罗伯特·鲁宾

1947 年，来自曼哈顿的四年级转学生罗比·鲁宾❶在迈阿密海滩的新班级当选为班长，尽管他对如何当班长一无所知，他对此十分惊讶。他在高中时成绩不错，但如果不是律师父亲的一位律师朋友将他介绍给哈佛大学招生处主任，他绝不可能被哈佛录取。在哈佛大学，他认为自己将成为占大一新生百分之二的退学学生，但他那年成绩优异；1960 年，他作为优等生联谊会 Phi Beta Kappa 的成员以最高荣誉毕业。

鲍勃·鲁宾从未奢望一个像朱迪思·奥克森伯格那么美丽且才华横溢的女孩会跟他约会，于是，他把朱迪思介绍给他在耶鲁法学院的朋友，希望他们能介绍一些跟他水平相当的女生作为回报。可是没过几个月，鲍勃和朱迪思就在布兰福德教堂结婚了。

因为他在佳利律师事务所做到合伙人的可能性并不大，1966 年，罗伯特·鲁宾开始在华尔街找工作。从律师事务所到投资银行在当时很不寻常，但他父亲把他介绍给拉扎德和高盛；令他惊讶的是，这两家公司都抛出了橄榄枝。他加入高盛的套利部门，尽管他并不知

---

❶　罗比和下文中的鲍勃都是罗伯特的简称。

道风险套利是什么，而且他也很怀疑自己是否有胆量让高管接听电话，质问他们交易前景。高盛的掌门人、传奇人物格斯·利维经常因为鲁宾问出蠢问题而对他大吼大叫，但利维同时也认为，鲁宾有一天会接管这家公司——对当时的鲁宾来说，这似乎不可想象。尽管在套利方面做得不错，但再过一百万年，他也从未想过自己能成为合伙人，所以他曾四处寻找跳槽机会。至少，当高盛在1971财年第一天提拔他当上合伙人的时候，他还觉得难以置信。几年后，他加入了管理委员会。

他一生都随身带着黄色拍纸簿，随时写下笔记和数字，分析不同结果的可能性，计算风险和预期价值。他发现自己对交易的兴趣是将其作为一种思考概率的练习。概率上的思考意味着他会将可能性极低的突发事件也考虑在内。套利交易的压力和波动让其他人因恐惧或贪婪而神经紧绷、一叶障目，但鲁宾始终能够轻松承受高风险交易的压力。他是一个可靠的商业人士，但他的人生目标并不在于赚钱——他明白，人们只能在自己内心寻求满足感——而且他的身份并不依赖于工作。这使他能够更清楚地思考风险。

他有着长远的眼光，时刻记得一桩交易的结果在一百年后会变得无关紧要；虽然他很喜欢自己在体制中的角色，但他随时可以转身离开，走进一种不同的生活——坐在一家左岸咖啡馆阅读《北回归线》，谈论生命的意义，或是在云杉溪或火地岛飞蝇钓鱼。他的核心信念是没有什么可以被证明是确定的，所以他在不确定的市场世界中游刃有余。（他也是一个相当不错的扑克玩家。）这种哲学上的超脱使他成为一个令人惊讶的成功套利者。

当时的高盛与如今大不相同——更小，更温驯，是一个由投资银行业务而非交易业务主导的高端私人合伙公司，一个高级合伙人会花时间照顾客户需求的地方。70年代，鲁宾冷静而理性地推动高盛进入场外衍生品交易——期权交易——和商品交易，这些业务以指数增长，利润可观。1981 年，他作为一小群人中的一个，说服公司进行了第一次重大收购——一家名为"杰润"的商品交易所。当新部门陷入困境时，他通过承担更多风险来扭转局面，他发现这非常有趣。（这是一桩需要小心处理的任务：超过一半的杰润员工惨遭解雇。）他从这里爬上高盛庞大的固定收益部门的顶峰；在那里，他和搭档史蒂夫·弗里德曼不得不设法阻止非流动性投资的巨额亏损。为了筹集更多资金，他们希望高盛能公开上市，就像其他大型华尔街公司一样，但占有较少股份的年轻合伙人们拒绝了。1987 年，鲁宾与弗里德曼一起当上了公司副总裁；1990 年，鲁宾登上公司最高位置。令他自己都深感意外的是，他是通过让野心保持谦逊、让胆量保持冷静而做到这一点的。

　　鲁宾站在政治的中心，观察两个方向；但他是民主党人，因为他关心穷人的困境。他还担心里根时代日益增长的赤字。他想参与政治——对他来说，几乎没有什么能比从白宫内部看世界更有吸引力——所以他开始为民主党筹集资金。1982 年，他的朋友鲍勃·施特劳斯❶邀请他主持一场国会筹款活动。鲁宾完全不确定自己能否筹集到足够的钱——那个年代，金融领域还没有多少民主党人——但那场晚宴筹到了一百多万美元。民主党领导人开始寻求他的支持，好从华尔街吸引资金；他在 1984 年为沃尔特·蒙代尔筹集了近四百万美元，1988 年为迈克尔·杜卡基斯❷筹到相同数额。

　　当鲁宾年纪渐长、发色渐白，他那左偏分的头发仍然茂密，而那被头发遮住、眼袋明显的双眸却变得越来越悲伤和充满疑虑。尽

---

❶ 即罗伯特·施特劳斯，民主党重要人物，1972 到 1977 年间担任民主党全国大会主席，曾在吉米·卡特政府中担任美国贸易代表和中东特使，在乔治·布什政府中担任美国驻苏联大使（苏联解体后继续担任美国驻俄国大使）。他对卡特、里根、布什三任总统和两党皆有重要影响力。
❷ 迈克尔·杜卡基斯，美国民主政治人物，曾担任马萨诸塞州州长。他作为民主党候选人参加了 1988 年总统大选，败给共和党候选人老布什。

管华尔街成为一个越来越庞大、越来越不稳定的主宰，他仍然保持沉着稳定、瘦削灵活。尽管金融服务解除了管制，他仍然自我约束。当同行们买了第五套房子、娶了第二个老婆，并经常出现在《纽约时报》的"周日时尚"副刊中，他却避免出风头。在高盛度过半生之后，他的身家超过一亿美元，住在公园大道的顶层公寓；但他仍然穿着皱巴巴的朴素西装去上班，穿着旧卡其裤在自家周边街区出没，并且总是挤出时间阅读和钓鱼。同事们每天都听到他说十几遍"这只是一条小小的意见"。他小心翼翼地用谦卑来对冲野心，用担忧来对冲冒险。

当比尔·克林顿在1992年当选总统，鲁宾完全不确定自己是否会在新政府中获得一个职位，结果他当上新成立的国家经济委员会的第一任主任。他不知道如何在白宫工作——甚至不知道什么是"决定备忘录"——但是他带着黄色拍纸簿搬进杰斐逊酒店的房间，并向布伦特·斯考克罗夫特和乔迪·鲍威尔 ❶ 等华盛顿前任政客寻求帮助。在椭圆形办公室或罗斯福厅的会议上，他并未竭力接近总统；他喜欢坐在远离主席位的座位上，观察房间里的人，然后隔着一段距离讲话。

在华盛顿，跟在华尔街时一样，他的谦逊也起了作用。"你将成为白宫里最强大的人。"总统曾说过，但鲁宾认为这很荒唐。他只是希望自己能有一席之地罢了。

鲁宾从会议桌尾端告诉克林顿，他必须放弃他在竞选中对教育、工作培训和中产阶级减税的承诺，转而保证减少赤字（削减开支并给最富有的百分之一点二加税），以安抚债券市场。如果赤字仍然保持在里根－布什政府的水平，利率就会上升；如果利率上升，经济

---

❶ 布伦特·斯考克罗夫特，美国共和党政治人物，曾为福特和老布什担任国家安全顾问，在国家安全和外交事务方面具有重要地位。乔迪·鲍威尔，美国前总统卡特在任时的白宫新闻秘书。

增长就会放缓。（这不仅是华尔街的观点——这也是基本的鲁宾经济学。）克林顿一直以来都因为自己正在变成一名艾森豪威尔式的共和党人而不忿，他同意了鲁宾的看法。当鲁宾从桌子尾端进一步建议（不是出于阶级团结，而是担心破坏商界对总统的信心），不要使用像"富人"和"公司福利"这种两极化的、充满阶级色彩的词语时，总统也没有拒绝。哪怕"企业责任"一词也过线了。当劳工部长罗伯特·赖希辩称应采取更多平民主义的政策和语言时，鲁宾会说——冷静地，不会提高声音——"你瞧，我大半生都在华尔街度过。我可以告诉你，你只是在惹麻烦。"在克林顿的白宫，"在华尔街度过大半生"能胜过其他任何资历，因为债券市场是现实，而其他一切都是利益集团。

鲁宾给出了他最好的经济建议，总是不偏不倚、分析利弊。（如果那恰好是华尔街的观点，那也只能说明经济已经被金融业主导，而任何民主党总统一旦失去金融业的信心就将被摧毁，更何况现在，民主党已经开始从华尔街筹集大部分资金）。所以，尽管克林顿作为一名中产阶级平民主义者当选，他在治理时却是一个支持商业的中间派。鲁宾在1995年转任财政部，成为最受尊敬的财政部长之一；他化解了墨西哥、亚洲和俄罗斯的金融危机，将赤字减少到零，并指导美国进入历史上最长的经济增长期。

1998年，商品期货交易委员会的负责人，一位名叫布鲁克斯利·博恩的女性，提出应该规范场外衍生品那巨大而难以捉摸的市场——鲁宾在二十年前带领高盛进入的市场。在财政部的一小时会议上，同事们从未见过鲁宾如此愤怒（布鲁克斯利·博恩太咄咄逼人了，他觉得她不够温顺），他教育她别插手衍生品——她应该听从银行律师的建议，而不是自己部门里政府律师的建议。他与他的副手拉里·萨默斯和美联储主席艾伦·格林斯潘合作——他们在《时代》周刊封面上被称为"拯救世界委员会"——说服了共和党国会阻止布鲁克斯利·博恩。（并不是说鲁宾不担心衍生品。事实上，他一直担心高盛衍生品账目的规模，尽管每次交易员想要继续扩张，他都不情愿地同意了。作为财政部长，他仍在担心衍生品的风险，因为它们可能纠缠金融机构，放大市场过剩。他原则上不反对衍生品受到监管——但不能是布鲁克斯利·博恩——然而他从来没有为此做过任何事情，因为他要面对来自华尔街和"拯救世界委员会"中其他成员的反对意见。）2000 年，国会通过了一项法案，克林顿签署了它——那是总统在离任前签署的最后一项法案——阻止衍生品受到任何机构的监管。（鲁宾后来会指出，当《商品期货现代化法案》成为法律时，他已不在政府内部，所以他无法对其可能产生的任何负面影响负责。）

《格雷姆－里奇－比利雷法案》❶ 也是如此：该法案于 1999 年在国会通过，由克林顿签署后生效；它废除了 1933 年的《格拉斯－斯蒂格尔法案》，开始允许商业和投资银行业务在同一个屋檐下进行。（是的，鲁宾公开支持废除《格拉斯－斯蒂格尔法案》，主要是因为商业银行和投资银行之间的隔阂早已被削弱——自亚历山大·汉密尔顿以来最受尊敬的财政部长也无法修复这一既成事实。）

1999 年，鲁宾回到纽约家中。他拿出黄色拍纸簿，开始草草写下关于下一步行动的问题，并在与亨利·基辛格和沃伦·巴菲特等人的谈话中做笔记。他想继续参与公共政策，但他认为没有理由在经济上做苦行僧，可他也不想承担首席执行官的责任。换句话说，他想成为一个智者，像是另一个时代的道格拉斯·狄龙或艾夫里尔·哈里曼 ❷，那种在华尔街和华盛顿之间无缝切换的人物，能同时为股东和美国人民的利益服务。（事实上，华尔街的工作能让他在金融问题

---

❶ 《格雷姆－里奇－比利雷法案》（Gramm-Leach-Bliley Act），又称《金融服务法现代化法案》，从法律上消除了银行、证券、保险机构在业务范围上的边界，结束了美国金融分业经营的历史，结果是商业银行开始大规模从事投资银行的活动。

❷ 道格拉斯·狄龙，美国金融家、外交家、政治家，曾任狄龙·里德公司总裁，也曾担任美国财政部长等政界职务。艾夫里尔·哈里曼，美国商人、外交家、政治家，名下有多家金融和铁路公司，也曾任美国商务部长和纽约州州长等职务。

上与时俱进，这样他也能继续帮助政策制定者，并通过利弊分析给出他一贯以来的公正建议。)

纽约的每家公司都垂涎于鲁宾的金色招牌，但花旗集团的桑迪·威尔以正确的出价坚持不懈地抢到了他：鲁宾将成为执行委员会主席，作为内部顾问登上这家银行帝国的最高点，负责制定战略决策，但对日常运营不承担任何责任。为此，他将获得一千五百万美元的年薪，外加固定奖金和股票期权（他是一个讲道理的商业人士），此外还能使用花旗集团的公务机进行钓鱼旅行和其他探险。(花旗集团是世界上最大的金融服务公司，前一年由花旗集团和旅行者集团合并而来；这笔交易在《格拉斯－斯蒂格尔法案》下不可能成功，但法案已不复存在。尽管鲁宾与该法案的废除没有任何直接关系，也没人能证据确凿地指责他接受了花旗集团的不菲回报，但批评者还是如此指责他。)

在主持花旗执行委员会会议的同时，鲁宾还在钓鱼，阅读，为参议员提供建议，与外国领导人交谈，撰写自传。他是个智者，头发依然浓密，身材瘦削。他涉足体制中的各个部门，加入了福特、哈佛和外交关系协会的董事会，成为布鲁金斯学会的重要人物，推动他的许多门徒在商业和政府中的职业生涯。他警告不要采取鲁莽的财政政策和短期投资。他沉浸在美国历史上持续最久的经济扩张的光辉中，哪怕它已逐渐黯淡。

事实证明，鲁宾经济学其实并没有带来多少改变。1993 年到 1999 年间，早已持续一代人的趋势并未放缓。从 70 年代末到 2007 年，鲁宾在高盛、白宫、财政部和花旗集团担任高级管理职位的这段时间里，金融领域飞速增长，而一直约束金融业的规范和准则陷入瘫痪。金融公司在美国企业利润中的份额翻了一番，金融业工资占国民收入的比例也翻了一番。收入最高的百分之一人群在国民收入中的份额翻了三倍多，与此同时，中产阶级的收入仅增长了百分之二十，而底层收入则保持不变。到 2007 年，占总人口百分之一的富人阶级坐拥全国百分之四十的财富，而最底层的五分之四人口只拥有百分之七的财富。鲁宾站在华尔街和华盛顿顶端的时代，是不平等的时代——从 19 世纪以来，世代传递的不平等在美国达到了前所未见的程度。

作为一名内部智者，他敦促花旗集团以巨大的资产负债表来承担更多的交易风险，就像他一度敦促高盛那么做一样。他还建议应当谨慎管理风险。之后他没太注意，在 2003 年至 2005 年间，花旗集团将其发行的担保债务凭证和抵押贷款证券增加到三倍，其中充斥着来自坦帕等地的不良贷款；那里的人们多年来收入不曾增长，他们所有的财富都在房产中，并将房产用作提款机。到 2007 年底，花旗银行的账面上有四百三十亿美元的债务担保证券。

这其中大部分最后都一文不值。2008 年，当金融危机爆发，花旗集团实际上成了国家援助的对象。它的损失达到六百五十亿美元，需要两笔巨额救助资金，成了唯一一家让美国政府认真考虑国有化的银行。

鲁宾在整个职业生涯里一直试图把自己和华尔街的利益与美国的利益相协调，当这在 2008 年变得不可能时，他人间蒸发了。他几乎拒绝了所有的采访要求，并在为数不多的几次公开发言中无视所有指责。"考虑到我在自己的职位上所了解到的事实，我并不认为我该对此负责。"他说，"显然，有些事情是错的。但我不知道有谁曾预见过一场完美的风暴。"甚至艾伦·格林斯潘也承认自己错了，但一直被谦卑掩盖的骄傲不允许鲁宾认错。

2009 年 1 月，鲁宾辞去花旗集团的职位；在十年的顾问生涯中，他赚了一亿两千六百万美元，净资产翻了一番。2010 年 4 月，他被要求在华盛顿金融危机调查委员会上作证。委员会成员包括布鲁克斯利·博恩，当她问到关于规范金融衍生工具的问题时，鲁宾忙不迭地同意她的每一句话。他看起来一点也不冷静沉稳。他坐在证人桌前，穿着皱巴巴的西装，看上去焦躁不安、满眼血丝，仿佛没睡好。他向委员会解释说："你刚才提到的我担任主席的董事会执行委员会是一个行政机构。它没有决定权。它只是在董事会会议之间召集会议。这些会议并不频繁。它不是该机构决策过程中的实质性一环。"

委员会主席菲利普·安吉利德斯说："我不觉得你可以两件事都做。你要么就是拉下了控制杆，要么就是在开关那里睡着了。"

鲁宾说，作为董事会成员，他不可能对这家世界上最大的银行的所有方针都一清二楚。

"你不是一个普通的董事会成员，"安吉利德斯回答道，"对大多数人来说，董事会执行委员会主席意味着领导权。毫无疑问，一千五百万美元的年薪意味着领导权和责任。"

鲁宾提到，他在2007年拒绝了一笔奖金（不是出于任何负罪感，而是无私地拒绝了这笔钱，好让银行可以将钱用于其他目的）。

安吉利德斯说："到头来，只有你能扪心自问，你自己该负多少责任。"

三小时的听证会结束后，罗伯特·鲁宾落荒而逃。

杰夫·康诺顿

　　康诺顿没有注意到泡沫。2007 年，他以购买时三倍的价格出售他的墨西哥公寓，获得了巨额利润。凭借这笔钱，加上公司出售后的不菲回报，他开始寻找另一处度假地产，另一套可以炒卖的公寓。他一直听人说起哥斯达黎加一处名为马尔帕伊思的海岸，那是一个拥有世界级海滩的冲浪天堂。巴西超模吉赛尔·邦辰在那里建了一栋房子，它正成为好莱坞明星的私密度假场所。房价正在飙升。那个夏天，康诺顿飞去当地，在俯瞰太平洋的山坡上望着两片壮观的相邻地产。他决定两块地都买下来，在其中一块盖上房子卖出去，再用利润为自己在另一块地皮上盖一栋别墅。

　　康诺顿在奎恩－吉莱斯皮的客户之一是盖恩沃斯金融公司，一家私人抵押贷款保险公司。那里的人开始告诉他，止赎瘟疫正在全国各地流行开来。他们警告他，最早要到 2009 年才能购买房产。拜登再次竞选总统，康诺顿参加了竞选活动并前往得梅因市；那里的一位市议员告诉他，艾奥瓦州最严重的三大问题之一就是止赎房产。康诺顿向拜登的一名幕僚传达了这一信息：不断发展的住房危机应成为焦点。（70 年代，当拜登仍是一名新人参议员时，休伯特·汉弗莱曾建议："你必须选择一个议题，让它成为你的议题。你应该成为住房先生。住房就是未来。"）这个想法并未实现。候选人们没有谈论止赎问题。

康诺顿也忽视了警告。2007 年秋季，在市场的峰值，他以近百万美元的价格购买了哥斯达黎加的地皮。他知道土地的价值被高估了，但他预计它会被变本加厉地高估下去。当荷兰郁金香的价格每个月都在翻倍，而你认为你可以在价格翻到四倍之前入场，这是理性还是非理性的行为？"这是贪婪。"他说。

十五年来，康诺顿为拜登筹集的资金比华盛顿的任何人都多。他加入拜登的第二次总统竞选活动，担任其政治行动委员会"团结我们的国家"的财务委员。这项努力从一开始就注定失败。拜登轻率地对待他的政治演讲，那基本上是重复他的简历——每一站都很出色，却与下一站没有关联。他仍然讨厌金钱游戏。有一天，一名年轻的幕僚上车时拿着一份名单，告诉他："参议员，该打几个筹款电话了。"拜登说："你他妈给我滚下车去。"他认为，强有力的辩论表现能比私人电话给他带来更多的钱。三十年前在塔斯卡卢萨发表演讲后将康诺顿纳入麾下的政治家，在与更受欢迎的竞争对手希拉里·克林顿、约翰·爱德华兹和巴拉克·奥巴马同台竞争时始终是强有力的存在。但他在民意调查中毫无存在感。

康诺顿在艾奥瓦州度过了 12 月。每隔两年，华盛顿永居阶级的成员都会来到"真正的美国"各地，为他们的团队竞选；"真正的人民"生活在那里。他们用这种方式建立备忘录，重新找回身为政党成员的意义。2000 年的一天，早上 6 点，康诺顿在威斯康星州瓦萨奥的一个路口举起了戈尔的竞选标志，所有黑人司机和一半女性都竖起大拇指，白人男性则向他投来憎恶的目光，还有一辆满载儿童的校车司机差点把他撞翻。2004 年，他花了三周在南达科他州为参议院少数党领袖汤姆·达施勒上门助选——每天工作十小时，令人厌倦到骨子里。贫困让他震惊：拉皮德城的许多拖车的地板都腐烂了，露出下面的泥土。拥有更好房车的车主会投票给共和党人："达施勒已经离开，去了华盛顿。"他遇到路德教的女性，她们认为参议员对堕胎的立场是虚伪的——在南达科他州持一个立场，在华盛顿持另一个立场——她们如此虔诚，他劝说她们改投的效果，还不如她们反过来劝说他入教的效果更好。极少有议题会在一个政治家的家乡选区引发爆炸，堕胎是其中之一——没有人知道或关心参议员在私人证券诉讼改革法案上如何投票。

在青松岭保护区附近，一位印第安女性告诉康诺顿："你每四年只关心我们一次。"这句话灼穿了他，因为他知道这无比真切——每一个总统竞选周期中，他都会被像她这样的人的困境所打动，然后就把她们忘得一干二净。他试图向贫困地区的社区中心捐赠电脑，但达施勒的团队中没有人跟进。在这个国家的中部，他感觉不到能量，这里没有海岸和大城市的创业精神，仿佛所有的分子都在休息。晚上，他会在酒店里瘫倒，那里的酒吧挤满了华盛顿的说客，他们出于同样的原因暂居南达科他州。那年11月，达施勒输了。

在2007年的竞选活动中，康诺顿开始偶尔与拜登会面。有一次，在筹款活动之前，他们单独相处——康诺顿露出平日的微笑，说能见到参议员真好，并清楚地告诉参议员，他即将面对哪个团体。拜登突然盯着康诺顿，目光中带着疑惑，仿佛在问："你为什么要对我这样？我们不是朋友吗？"他甚至开始说："你为什么，我们为什么不能……？"康诺顿没有回答拜登。三秒钟之后，主持人走了进来；在"把你手头的东西给我就行了"之后过了二十多年，他有太多的话要说，但也许一切已经太晚了。

拜登这样的竞选是一种集体自我妄想。拜登的资深顾问特德·考夫曼告诉康诺顿："在总统竞选活动中，你要么就得假装，要么就死定了。"2008年1月3日，康诺顿在滑铁卢附近的一所高中监督艾奥瓦州的党团投票。大约有八十人站在巴拉克·奥巴马投票处的角落，六十人站在希拉里·克林顿那里，六个人站在乔·拜登那里。拜登在艾奥瓦州以百分之零点九的得票率获得第五位，当晚就退出了竞选。他向幕僚索要了对他的竞选活动帮助最大的人员名单。康诺顿名列第三。

康诺顿已经假装很久，此时他感到彻头彻尾的解脱。他合上了萦绕自己生命三十年的假想账本。他与拜登到此为止。

那个月晚些时候，康诺顿飞往哥斯达黎加，与他的建筑师和美国开发商共进晚餐。开发商刚刚在雷曼兄弟和美林的贷款委员会开完会。"这两家公司实际上都已经破产了。"他说。

"什么？我不相信。"康诺顿说。

开发商解释说，这两家银行现在的债务已经超过了其资产的实际价值。康诺顿仍然拒绝相信。如果确实如此，他在商学院学到的关于有效市场的一切，他在法学院学到的关于银行信息披露标准的一切，以及银行聘请的律师和会计师的专业职责——披露财产信息以保护投资者——都成了一派胡言。他相信那些体制——他必须相信。

"我预测，我们将陷入三年的经济衰退。"开发商继续说道。康诺顿继续争辩。很久以后，他真希望那个男人会越过桌子，抓住他的夹克，大声喊道："我知道你刚认识我，但是好好想想吧：这两家公司实际上已经破产了。相信我，你需要采取行动！在为时已晚之前卖掉你拥有的一切！"

回到华盛顿后，康诺顿收到一本名为《万亿美元大崩盘》(*The Trillion Dollar Meltdown*)的新书，由一位名叫查尔斯·R. 莫里斯的前银行家撰写。这本书认为，过度杠杆化的银行和负债累累的消费者负担不起的抵押贷款正在制造一个信贷泡沫，它很快就会爆发，造成全球金融灾难。康诺顿读了这本书，然后把它丢到一旁。

那年 3 月，贝尔斯登 ❶ 倒下了。康诺顿密切关注他的股票，他的大部分财富都集中在全球多元化投资组合中。市场在下跌，但并非急剧下跌。他预计这最多是一次百分之十的修正。看准入市和出市的时机从来都不容易。道指跌至一万点时，他仍然按兵不动。

9 月，雷曼兄弟破产，华尔街的其余部分随时可能与之一同沉沦。查尔斯 · R. 莫里斯预言的大崩盘——现在是两万亿美元——发生得比任何人想象的都要快。几个月内，康诺顿的股票投资组合和他在哥斯达黎加的房产已经损失了近一半的价值。

但在同一时期，他的政治股票涨到了峰值。11 月 4 日，乔 · 拜登当选为美国副总统。同年年底，康诺顿重返政府。

---

❶ 贝尔斯登（Bear Stearns），美国著名投资银行，在 2008 年次贷危机中严重亏损、濒临破产，后被摩根大通公司收购。

塔米·托马斯

　　2008 年初，塔米从工厂失业一年多后，一个名叫柯克·诺登的男人邀请她一起喝咖啡。诺登是一个专业组织者。他在扬斯敦附近长大，毕业于肯特州立大学，在芝加哥和英国伯明翰组织过社区运动。2006 年，他从海外归国，来到扬斯敦，试图应用外地经验，遵循索尔·阿林斯基❶的社区组织模式：在团体中组织起一支队伍，向市政厅或当地开发商办公室进军，并在社区中筹集资源。这种方法起源于更早的时代，即 20 世纪中叶，当时的权力结构更加稳固，也更集中在城市。经过一年的努力，诺登意识到这个模式不适用于扬斯敦。这里并没有资源可供筹集。税基已经崩溃。市长几乎无权在手。工业已形同虚设。权力中心在其他地方——从某些角度来看，它们遍布全球。扬斯敦受到的破坏超出诺登的预期，迫使他以一种新的方式思考。

　　他咨询了来自沃伦传统钢铁行业的威恩基金会，与其他精英和机构不同，这家基金会已经放弃怀旧的幻象，正在为河谷的复苏追寻相当激进的想法。2007 年夏天，诺登和威恩决定成立一个新的社

---

❶　索尔·阿林斯基，美国社区组织家、作家，著有《激进者守则》(*Rules for Radicals*)，被认为是现代社区组织的创始人。阿林斯基关注贫困社区和黑人社区的生活条件，在美国各地从事社区组织工作四十余年。

区组织，名为"马洪宁河谷组织合作社"，它将成为一个基础，在全州范围内努力抗击引发衰退的原因——失业、基于阶级和种族的不平等——及其后果。他们不信任扬斯敦的所有大型机构，因为它们都失败了：工业、工会、银行、教会以及各级政府。在河谷带来改变的唯一办法，是一个街区、一个街区地推动改变。

2008 年春季，诺登在合作社正式成立之前就开始寻找组织者。威恩的主席乔尔·拉特纳告诉诺登，他曾遇到一位在救世军工作的女士，她在该基金会资助的实习期间为单身母亲举办工作坊，同时在扬斯敦州立大学攻读社会学学士学位。"你应该见她一面。"拉特纳说，"她可能是一个金矿。"

诺登联系了塔米，约好在 4 月的一个下午在她家附近的鲍勃·伊万斯餐厅见面。

诺登喝咖啡时，塔米对他的第一印象是：这个面带稚气的白人看起来像一个十三岁的孩子（他当时三十多岁）。当他提到在一家新组织工作的可能性时，她心存疑虑。她还有一年才能拿到学位，学业上很吃力；说实话，她已经对社会服务的世界有点失望了。那里有太多的内部争斗——他们似乎是为了维持自己的存在而工作，而不是为了服务他人。

诺登解释成为一个社区组织者意味着什么：她会教其他人如何让当权者负起责任。这是塔米从未想象过的事情。"这是什么意思？"她说，"在这里，国会议员会进监狱，治安官也会进监狱。你想让他们负起责任吗？"然后她想了想，补充道："确实得有人这么做。"

诺登问起她的童年，她长大的社区，她是否还记得工厂，以及养育三个孩子的同时在工厂工作是什么感受。她不习惯以这种方式谈论自己，但她尽力回答他的问题。她说，她小时候，街区还是安全的，因为人们会彼此照应，后来，街头帮派和可卡因的到来改变了一切——虽然她认为，他应该早已了解其中一些答案。

还有，是什么让她愤怒？

人们喜欢说，城东看起来像贝鲁特❶，而她会心想——但不会说出来——"这是什么意思？那里是我长大的地方。"她告诉他："我很生气，我必须抚养孩子，让他们接受教育，然后让他们离开，因为这里没有机会。"她的大女儿住在奥兰多，儿子正考虑搬去北卡罗来纳州，小女儿想去跟姐姐住在一起。在德尔福买断工龄之后，女孩们试图让母亲搬去佛罗里达州。"我将不得不坐飞机去看望我的孩子们。不应该是那样的。他们本来应该能在这个社区长大，买一栋房子。我的祖母努力工作，才让我的街区变成这副模样。她曾在很多房子里做饭和打扫卫生，而现在，它们都一塌糊涂。我还记得我小时候，祖母会带我去市中心购物。"

她从未想过谁应该为此负责。或者她可以强行推动他们做些什么。她真的满心愤怒。所以他说服了她。他为她提供了一种不同的方式来帮助他人。他谈到了芝加哥，告诉她那里的运动如何进行，他们如何认真地建立权力、推动变革，让其中一部分运动与民权运动建立联系。她觉得这一切听起来令人兴奋不已。

他们坐在一起聊了很久，当她谈论自己时，诺登在她身上看到了某种东西；他稍后会告诉她，那是一种她自己看不到的东西：一种原始的力量。它来自她对城东的热忱，她因它被人遗忘而愤愤不平。他认为这是一盏长明灯，能让她日复一日地投入一项并不容易的工作。她正在勇敢地跨出一大步，重新塑造自身；她也许很快会离开，但比起从哥伦布或州外来到扬斯敦的人，她更可能坚持下去。她了解当地黑人社区的故事，因为那就是她的故事。他邀请她参加正式面试，她同意了。

面试在扬斯敦州立大学附近榆树街的一神派教堂进行。塔米之

---

❶　贝鲁特为黎巴嫩首都，1975 年到 1990 年间深陷内战。

前从未听说过这个教会。自离婚以来，她一直专注于她在阿克伦的教会。她向那位将她带到阿克伦教会的远亲问起一神派。

"他们接受所有宗教和所有信仰。"远亲说。

"可那是什么意思？"

"那意味着哪怕你是一个撒旦主义者，你也会在一神派教堂受到欢迎。"

"不可能。"

"小心点。"远亲说，"我会为你祈祷。"

面试当天，诺登在教堂门口迎接她，让她在圣坛坐下等待，直到他们为她做好准备。当时，塔米的头发编着长长的脏辫，她还在过去几年里长胖了不少；她忍不住想，不管谁来面试她，她在他们眼中该是多么典型的"黑人"啊。她坐下来，环视四周。

哪里都看不到十字架。她警惕地想："我从来没进过没有十字架的教堂。"为了让自己平静下来——毕竟，这是她二十年来的第一次工作面试，上一次还是汽车配件装配线——她拿起一本赞美诗，草草浏览。她的目光落在一首关于夏至的赞美歌上。她正身处一个魔鬼崇拜的教会里！

当她收起赞美诗时，诺登回来了。他把她带到办公室，那里有两个女人和一个男人。塔米内心很不平静，她凭借本能让自己振作起来，逐一问候房间里的人："你好吗？我很好！"柯克问她有没有因为不公而站出来对抗权威的例子，她提到那个一直趴在地上擦机油的帕卡德女孩；她看得出来，他们被打动了。她在面试中如鱼得水，令他们惊叹不已。但她内心的一个角落在想，如果她真的得到了这份工作，她的新同事们会很疑惑，为什么自从塔米开始工作以来，门把手每天都油乎乎的；那是因为她每天都会给它涂上恩膏 ❶。

她成为首批受聘人员之一。她可以留在学校，同时做一份令人兴奋的工作，获得合理的工资和福利。她心想："我知道上帝会打开这些门。"

诺登给新来的组织者们下达了行军命令：出去跟他们能找到的每一个教会、社区团体和潜在的领导者交谈，招募七十五人参加会议，组织某种行动，否则就会被解雇。诺登认为塔米该在城东工作，因为她对那里非常熟悉。但她拒绝了，因为这正是问题所在——她在那里认识太多人，包括家人和朋友；她知道她的弟弟们在做什么，那会造成利益冲突。于是，她开始在城北组织活动。比起奶奶去白人家里工作那会儿，这里的大部分街区已不复从前——它正开始变得像扬斯敦的其他部分一样。

有一天，塔米正徒步查看城北的一个街区。她拿着夹着黄色记事本的笔记板，挨家挨户地向所有能找到的人介绍自己，试图将谈话保持在五分钟之内。"你的街区怎么样？那边那栋房子空了多久了？你认为它为什么还没被拆除？我刚刚跟街上的某个人说话，他的感觉跟你一样。这座城市有很多废弃的房屋，它们应该被拆除；我想告诉你，有些事情确实需要改变。你会来参加一个会议吗？如果只有一个人打电话给市政府，那没什么用；但如果我们能一同行动……是的，我来自扬斯敦，在这里出生和长大，我目睹了这座城市是如何变成这样的。你知道吗？我现在觉得，不能再这样了，是时候让它停下了。如果你能跟大约五六十个邻居一起来参加这次会议，我们就可以展开讨论。能问下你的电话号码吗？"她的目标是招募当地人，

---

❶ 恩膏是一种宗教用的特殊膏油，涂恩膏代表受命于上帝。塔米怀疑该教会搞魔鬼崇拜，因而半开玩笑地计划用恩膏驱邪。

将他们培养成领导者，这样他们就能招募更多人；慢慢地，无能为力的人们将会建立起能动性，无法发声的人们将会开始发声。

她转过一条街，听到两个女人正在门廊上说笑。门廊上布满匹兹堡钢人队的横幅和周边，前院草坪上散落着许多小装饰，看起来简直像一场庭院旧货出售会。塔米认为这两个女人正在开一场"怜悯派对"——其中一个人抱怨她买不起医疗保险。塔米把这当作插话的时机。"你刚才说医疗保险怎么了？"她做了自我介绍，并宣传自己的组织。医疗保险出问题的女人名叫海蒂·威尔金斯，她是这栋房子的主人，也是钢人队的粉丝。她五十多岁，身材矮胖，编着染成金色的长脏辫，声音沙哑，语调活泼。她们发现，海蒂原来是塔米继父的远房亲戚。在海蒂看来，塔米像是刚从人行道上的裂缝中蹦出来的。

塔米问海蒂小姐是否愿意与她一对一谈话，然后接受马洪宁河谷组织合作社的培训，成为一名领导者。

"我已经是一个领导者了，"海蒂说，"我不需要培训。"二十年来，她一直是城西一家枕头厂的当地工会负责人。然后公司付钱让她辞职，因为她带来了太多麻烦——这就是为什么她不得不自己承担一部分医疗保险。她家左边的三栋房子都是空置的——她会打理隔壁的草坪——然后是两片空地，那里的房子被拆除了。海蒂将其中一片空地改造成"剪断的花朵"花园——她给它起了这个名字，以纪念她的孙女玛丽莎，她十六岁那年在离开一场派对时被枪击中心脏而死。海蒂从废弃房屋的院子里收集郁金香和水仙花球茎，还有玫瑰花丛，她永远不会剪下任何一朵花朵，因为玛丽莎正是像鲜花一样被人剪断了。

失去工作后，海蒂失去了她的权力基础，也就是枕头工厂的数百名工人。现在，她只能领导她家街区的四五个人。也许她并不是一个领导者，也许她需要塔米能提供的东西。她同意跟塔米一对一见面。

不久，塔米成了海蒂小姐的榜样。塔米有一种才能——诺登很早就注意到了——她能与她手下的领导者们建立深切的联系，用她对这项任务的投入和专注来激励他们，直到他们愿意为了她赴汤蹈火。海蒂很喜欢塔米说话的方式，她懂得如何吸引和保持他人的注意。海蒂正在一所大学上课，希望能在街区的孩子们身边使用正确的语法，这样他们就能学会像电视新闻主播一样说话，而不是满口贫民窟俚语。她告诉塔米："等我毕业后，我希望能像你一样说话。"

这个组织的第一个重大项目是绘制扬斯敦地图——逐个街区地调查城市中的每一栋房屋，找出哪些房屋有人居住，哪些空置，哪些已被拆除，哪些需要被拆除。调查员会为每个地区的每栋房屋打分。如果塔米在城东进行调查，她会给夏洛特街 1319 号那栋废弃的凋敝房屋打一个 F。在城北，塔米调查了两个街区，那里的二十四栋房屋里有十三栋已遭废弃；她和奶奶在珀内尔家豪宅度过的那一年里，她们常去离这里不远的公园喂天鹅。她向邮递员询问哪些房子有人居住；冬天到来后，她等待下雪的日子，好观察车道上是否有轮胎印。

在扬斯敦，百分之四十的房子都是空置的。差不多四分之一空屋的业主都是加州或其他州的随便什么人，甚至可能来自奥地利或中国等国家。他们是陷入房地产衰退泥潭的炒房者，是通过 Craiglist❶或"一分钱就买房"网站买下房子、至今没搞清楚房屋状况的人。塔米在调查中最常听到的抱怨就是房屋空置及与之相关的犯罪。马洪宁河谷组织合作社用一幅彩色编码城市地图汇总了调查结果，绿色表示空地，红色表示废弃的房屋。在地图上，城东是一片广阔的绿色，鲜红色的斑点散落其中。

扬斯敦的黑人市长杰伊·威廉斯已经制定了加快拆除废弃建筑

❶　美国最受欢迎的本地交易网站之一。

物的政策，但是废弃房屋实在太多，拆都拆不过来，更何况没人知道它们都在哪儿，因为城市规划师的职位也正空缺着。马洪宁河谷组织合作社的彩色编码地图成了展现这座城市实际状态的唯一可用模型。2005 年，市政府在斯坦博大会堂召集了一千四百名居民讨论扬斯敦的未来，随后制定了一份野心勃勃的文件，题为"2010 年计划"。这是针对城市衰落这一事实的第一次理性努力——事实上，城市已经缩水了。扬斯敦看起来就像一个在疾病中暴瘦、但仍然穿着宽松旧衣服的人——没有足够的人和建筑来填充那些巨大的空间。规模与居民之间的不平衡令城市显得空空荡荡，只有几个孤零零的身影在街头徘徊。"城市缩水"一词正在流行——它经常被应用于底特律——因为"2010 年计划"探讨了根据减少的人口将城市服务降低至现实水平的必要性，扬斯敦被誉为先锋。有很多关于社区花园、口袋公园、养蜂业和鸡舍等等的讨论。2005 年，《纽约时报杂志》将"2010 年计划"列入年度最佳创意榜单。扬斯敦面临着成为媒体宠儿的危险。

市外没人知道，该计划从未转化为行动。它太容易引起敌意和反对了，因为它意味着有些人不得不搬家。那些人会是谁？是城东的老年黑人业主，他们决定留下，好紧紧留住他们的历史。他们中的许多人认为工业将会回归。他们能搬到哪里呢？城西的白人区。塔米听到这个主意时满心厌恶。她立刻想到了她认识的人——阿莱特·盖特伍德，一位退休的钢铁工人和工会积极分子，他仍然生活在城东靠近宾夕法尼亚州界的地方，那里正变成一片林地。或是西比尔女士，她在城东的朋友。她想起了舅姥爷建造的房子。是的，这座城市再也负担不起整个城市区域的垃圾收集和供水管道。她明白这一点。"但与此同时，凭什么琼斯女士会想离开她买下的、抚养孩子长大的房子，然后搬去别的地方？"

塔米关注的不是"2010 年计划"，而是她所培训的街区领导者们所能采取的小小行动。在她组织的一场活动上，有人指出，一个名叫马克·金的贫民窟房东在房地产泡沫期间买下了全市范围内的三百栋房产，并让其中的百分之二十变得无法居住。当地媒体对此进行了报道，第二天，金现身组织在市中心的办公室，询问他必须做些什么才能阻止负面报道。塔米招募西比尔女士在活动中发言，告诉她城东需要发声；她就是这么成为马洪宁河谷组织合作社副主席的。西比尔女士告诉塔米，城东的人们正开始组织街区团体，他们感到了一丝希望。"只要有人来到这里扔给你一条绳子，"她说，"你就得抓住它。"

这项工作能让塔米以一种全新的方式看待扬斯敦，仿佛通过漫步街道、敲门并绘制街区地图，她第一次能够更全面地了解她一辈子生活的地方，看到它的整体样貌。她之前一直把责任归咎于没能自救的个体。"让我感到沮丧的事情之一，就是看到一个人什么都得不到，什么都没尝试，什么都不想要。一个没有动力的人连自己都不想过得更好。"扬斯敦有很多这种人，但现在，她将其视为一个社区问题。世代贫困、学校失灵、工作缩减——"这其中很多都不是因为他们不想要。这是因为制度在某些情况下被设计成这样：它一点点地吞噬人们，搞乱他们的头脑。人们深陷其中，不知该如何阻止它。"在她的人生中，她已经阻止了它，但她从未思考过政治——不管是在城市、州还是国家层面。

塔米可能是扬斯敦最后一个听说巴拉克·奥巴马的黑人。她因为孩子、工作、课程、教会忙得不可开交，一直没有关注时事；直到 2008 年初，她才注意到一个颇具竞争力的黑人总统候选人——最重要的是，他曾经是一个社区组织者。她十八岁时，奶奶曾让她登记投票，注册为民主党人，投票给民主党人。所以她总是会去投票，但一直没注意过候选人。比起总统，她更了解市长的种族。他们在帕卡德会谈论一点政治，而在 2004 年，她无法理解为什么工厂里那么多工人——特别是白人女性——那么多像她一样的普通工薪阶层人士会因为宗教信仰而投票给布什。不过，大多数情况下，她认为政治是一种肮脏的生意。扬斯敦是美国最腐败的城市之一——法官进了监狱，治安官也进了监狱；她成年后大部分时间里，这里的国会议员都是詹姆斯·特拉菲坎特，他是一个平民政治家，即使在他因受贿和敲诈勒索被逐出国会、锒铛入狱之后，他仍然在扬斯敦很受欢迎，因为扬斯敦是平民主义、反体制的，而特拉菲坎特打造了一份光鲜亮丽的职业生涯，让有权有势的人去巴结他。

塔米在帕卡德认识的朋友凯伦让她对奥巴马产生了兴趣。塔米并不认为美国已经做好了准备——她认为希拉里·克林顿将获得提名，因为人们会在接受一个黑人男性之前先接受一个白人女性。但塔米和凯伦一起去听了奥巴马 2 月在扬斯敦的演讲，她深感震撼，以至于回家后记下了一些他说的话。整个夏天，她都在城东为马洪宁河谷组织合作社的"出门投票"活动做上门宣传。有些人说："我们有机会让一个黑人成为总统。"另一些人说："他们不会选出一位黑人总统。"但她从未见过人们对选举如此兴奋。甚至她的父亲也在为民主党做志愿者，在当地办公室打电话——他从未做过这种事。他喝酒、吃饭、睡觉时都离不开巴拉克·奥巴马。她的离婚和新工作在她和父亲之间制造了一道鸿沟，但奥巴马让他们和好如初；父女二人开始互相打电话交换关于拉票的故事。有一次，她的父亲打电话说："如果再有一个人告诉我他们因为认为巴拉克·奥巴马会被暗杀而不投票给他，那我可能会自杀。"

大选之夜，马洪宁河谷组织合作社办公室举办了一场比萨派对。这是塔米第一次尝到尊美醇威士忌的滋味。当奥巴马获胜后与家人一起出现，开始胜选演讲时，塔米无法摆脱那种难以置信的感觉。小时候，奶奶曾给她买了三卷本的《乌木成功图书馆》（*Ebony Success Library*），里面讲述历史上黑人获得的成就；因此，塔米也总是努力让她的孩子为身为黑人而自豪。在学校的黑人历史月期间，她会确保孩子们的报告不是关于那些常见人物的。她的大女儿在五年级时写了一份关于民权活动家艾拉·贝克的报告，但她的老师从未听说过贝克，结果把这份报告打了回来。

人们可以选择判断一个人是不是重要的发明家或活动家，但是一个黑人总统——没人能否认他的意义。这不仅仅是黑人的历史，也是美国的历史。后来，塔米在她办公桌后面的墙上挂上了第44任总统的带框相片，上面是奥巴马在大选夜的芝加哥向人群挥手致意，头上高悬着他在竞选期间所说的话："我们的命运并非由上天注定，而是由我们自己书写。"

迪恩·普莱斯

巴拉克·奥巴马是迪恩第一个投票支持的民主党总统。这根本无须思考——如果奥巴马是白人男性，百分之八十的美国人都会投给他。是奥巴马，而不是约翰·麦凯恩或萨拉·佩林，在那个大选年的 8 月热浪中来到了弗吉尼亚州的马丁斯维尔，告诉社区大学体育馆中聚集的人群："我会每天为你们而战。当我在白宫里醒来，我会想着马丁斯维尔和亨利县的人民，想着如何让你们的生活更美好。"奥巴马明白，旧制度已经失败；不管他是否了解生物柴油，他毕竟是在谈论一种新的绿色经济。在迪恩听来，那就像音乐一般美妙。

2008 年，美国其他地区开始步皮埃蒙特的后尘。9 月，华尔街崩溃，数百万人失去了工作；来年 1 月，奥巴马宣誓就职，宣布开启"一个负责任的新时代"，而那是几十年来最糟糕的一个月。通用汽车那样的巨型公司濒临灭绝。曾经是温斯顿 - 塞勒姆支柱的瓦乔维亚银行险些破产，就像从华尔街到西雅图的其他银行一样。一家又一家机构颤抖着倒下。作家们正在使用像"大萧条"和"郊区的末日"这样的词语。这是有史以来最糟糕的时刻。迪恩相信，美国人已准备好接受激进的变革。选出一位黑人总统只是第一步。

迪恩在北卡罗来纳州第五区的女议员是一个六十多岁的共和党

人，名叫弗吉尼亚·福克斯。她身材矮胖，留着灰色短发，有教育学学位，是乔治·W. 布什可靠的支持者。该区从田纳西州边界的蓝岭山脉一直延伸到格林斯伯勒以西，其中没有一个城镇超过两万五千人，九成居民都是白人。换句话说，福克斯代表着萨拉·佩林（大选前三周在格林斯伯勒举行的一次竞选筹款活动中发言）所说的"真正的美国"，而她指的并不是荒芜的农田、残疾人福利支票和可卡因。福克斯过去轻易赢得连任，但在 2008 年，她似乎已是过去的遗物，她的选民也是如此，甚至可能连她的政党也是如此。

在州界另一侧的弗吉尼亚州第五区，一场小地震正在发生。维吉尔·古德，一个反移民、亲烟草、从民主党转为共和党的现任议员，遭到一个名叫汤姆·佩列洛的年轻律师的挑战，这位律师形容自己是"信念政治"❶的实践者。佩列洛三十四岁，但看起来活像一个正在为开场后的扭打做准备的大学摔跤手——他个矮肩宽，面部宽阔平坦，下颚肌肉发达，目光锐利。在他本该决定是否参选的那天，他被五十只黄蜂蜇伤，引发了过敏性休克，在夏洛茨维尔附近他父母家外面的树林里摇摇晃晃。他的父亲，一名眼科医生，碰巧从草坪对面看到他，立刻抓起手边的肾上腺素笔——因为汤姆的母亲最近刚出现了过敏反应——冲进树林给了儿子一针，当时汤姆已经开始翻白眼。佩列洛不知道这是不是来自上帝的信号，但他选择如此理解，并宣布自己将竞选古德的席位。

没人真正知道佩列洛靠什么过活——他称自己为"国家安全顾问""社会正义活动家"和"公共企业家"。他听"意识说唱"❷，举起盛着杰克丹尼威士忌的杯子，为"一个更美好的世界"祝酒。他单身，

---

❶ 信念政治（conviction politics）指政客基于自己认同的价值观或理念展开竞选活动，而非试图达成共识，或采取在民调中受欢迎的立场。

❷ 意识说唱（Conscious Hip-Hop）又被称为政治说唱，是一种通过说唱表达政治观点或社会呼吁的音乐形式，歌词涉及大量政治信息、社会变革、意识形态等激进内容。

曾经留着胡子，并在纽黑文、纽约、塞拉利昂和达尔富尔度过了他
为时尚短的成年生活，这些事实让古德的竞选团队获得了一个肥硕
的目标，用来打响一场现代版的局部文化战争。

很长一段时间里，投票给民主党的那一半美国人都觉得这是一
个未解之谜：为什么住在偏远小城镇的白人在年复一年变得越来越穷
的同时，也变得越来越倾向于共和党——为什么一个世纪以前曾热
情支持威廉·詹宁斯·布赖恩❶的美国人，现在却以惊人的数量投票
给一个想要解除华尔街管制、让资本收益税归零的政党——为什么
在夏洛茨维尔南部的 29 号公路上，一个杂草丛生的棚屋外面会竖着
支持古德的巨大牌子。但在 2008 年，皮埃蒙特的状况已经太过糟糕，
有些人开始转向另一个方向。佩列洛让选择变得更容易，因为他没
有使用大城市自由主义者的典型语言——他经常谈论上帝，支持持
枪权，反对同性婚姻，在经济方面听起来很激进，谴责"企业控制
政府"，谴责大型银行和跨国公司，认为它们与华盛顿同流合污，让
小型企业无法与之竞争。不管怎样，佩列洛听起来都像一个 21 世纪
的布赖恩。其实他并不是——他的朋友是人权活动家、华盛顿智库
人士、《新共和》的作者，他们是东部精英，满口内部行话和进步议
题——但在第五选区，他带着真诚的热忱，为压抑的农民、失业的
裁缝和小商户高声呼喊。在他看来，美国政治中的不解之谜并不那
么神秘。"一个核心假设是，不知何故，这些贫穷的工薪阶层人士正
愚蠢地投票反对他们的自身利益。"他说，"那么告诉我，又有哪个
富有的民主党人不是在投票反对他们纯粹的自身利益呢？"

11 月 4 日，佩列洛赢得了教育水平较高的夏洛茨维尔大学城周
边地区。那里年轻人的投票率很高，因为奥巴马排在选票首位（佩

---

❶ 威廉·詹宁斯·布赖恩，美国政治家，于 1896 年、1900 年、1908 年三次代表民主党竞
选总统，持强烈的民粹主义立场。

列洛说，巴拉克·奥巴马是人生中第一位激励他的政治家）；沿着北卡罗来纳州边界往南，佩列洛切入了古德的优势区域：绍斯赛德贫困的城镇和农村地区。大选之夜，票数显示，佩列洛在三十一万五千张选票中领先七百四十五票。古德要求重新计票。六周后，佩列洛被证实赢得了选举。

佩列洛在保守选区的胜利是那年最大的颠覆之一，也是让2008年大选看上去像是一个分水岭的几场选举之一。佩列洛是迪恩会支持的那种政治家，而弗吉尼亚第五选区正是迪恩开办"美国第一家生物柴油卡车休息站"的选区。回想起来，两人的相遇似乎命中注定。

佩列洛搬进办公室后最早的行动之一，就是派出一名助理巡视这个比新泽西还大的选区，以了解他的新选民们想要从国会正在讨论的刺激法案中获得什么。在绍斯赛德的农场和小镇周围，这名助理发现了可再生能源的生命迹象：丹维尔外面的一个奶牛场正在用粪肥发电；路对面的一家苗圃里，一位前固特异工程师正在测试作物的能量产额；马丁斯维尔的一个垃圾填埋场里，工作人员希望将甲烷转化为电能。没有人指派这些人去做这些事，而它们正是佩列洛想要推广的那类生意：皮埃蒙特新经济的可行范例，与过去完全不同。这些小型项目一次能创造五到十个工作岗位，还能将资金留在当地，而不是像大型工厂和商店一样，将财富从社区中吸走。

最后，佩列洛发现了红桦能源公司。

迪恩已经准备了一份推广演讲，一个幻灯片演示，会为任何愿意听的人做介绍。他总是携带三个罐子，第一个装着油菜籽，第二个装着菜籽油，第三个装着生物柴油燃料，其中上半部分是金色液体，下半部分是深褐色的甘油沉淀物。他开场时会讲到自己顿悟的那一刻，也就是卡特里娜飓风击中墨西哥湾的那一刻。他讲述红桦能源的故事，引用杰斐逊关于土地耕种者的说法，展示一系列数据，来证明油菜籽的能量产额，展示生物柴油相较于普通柴油的优势，强有力地论证小型企业优于大型企业，以及将资金留在当地的必要性。农民和卡车休息站所有者将成为新的石油大亨！让财富从他们身上而不是从华尔街滴落下来！他询问听众，有多少人听说过石油峰值——人数从不超过百分之十五或二十。迪恩坚信，只要有一家红桦能源，就会有五千家；他最后会讲到罗杰·班尼斯特的故事，他是第一个在四分钟内跑完一英里的人：在他达成壮举之后不到五年，就有超过一百人也做到了。"他跨过了一个门槛。他向他们证明这是能够做到的。这就是我们对红桦能源的看法。"

随着时间推移，他完善了他的演讲，针对不同听众做了微调。在星山乡村俱乐部的格林斯伯勒同济会每月早餐演讲会上，他谈到了投资生物燃料的潜力。有时候听众反映不佳，他后来才意识到发生了什么——他在一个共和党县里引用了太多民主党总统的话，或是没能对一群政府官员解释清楚炼油过程。但每一次——他肯定对一百群不同的观众做过这番演讲——迪恩话语中那令人兴奋的新奇感听上去都像是当时当下的灵光闪现，因为它确实如此；听起来，仿佛只有这条道路才能通往集体救赎，因为它也确实如此。推销员必须相信他所推销的东西，而迪恩以皈依者的热忱深信不疑。他是生物柴油领域的苹果佬约翰尼 ❶，把好消息传播到每一个城镇。

迪恩总说，创业者和骗子之间仅有一线之隔。是什么让格伦·特纳成为后者而不是前者？他可能对他所谓"敢于成就伟大"中的每一个字都深信不疑。也许特纳是为了金钱和名气，但迪恩也想发财。那么，区别到底是什么？"刚开始时，我不得不自我反省。"迪恩说，"他们相信我吗？我是在不择手段吗？我正尝试用生物柴油的幌子出

---

❶ 指约翰·查普曼，美国西进运动中的传奇人物，据传是他在整个美国中西部引进和种植了苹果树。

售蛇油吗？"但他卖的油不是蛇油，这就是区别所在。生物柴油和地球一样真实。任何人只要认真听他讲话，就会发现这完全合理：生物柴油就是摆脱萧条、通往未来的道路。然后他会掐自己一下，心想："这是我该身处的位置吗？我的旅程是否将我带到了风口浪尖？"这令人难以置信。

2009 年 2 月初的一天，迪恩来到里士满欧姆尼酒店，准备在弗吉尼亚农业峰会上演讲；在那里，他走进一家星巴克，看到一个熟悉的身影正坐在笔记本电脑前。那就是汤姆·佩列洛——迪恩从电视广告中记住了他的模样。迪恩做了自我介绍，然后说："请等一下。"他跑回宾馆房间，那里有三本《美国油菜籽摘要》的一二月合刊，其中有一篇关于华盛顿和美国农村地区变化的重磅文章："红桦能源公司几乎可以成为奥巴马政府的典型代表，因为它不依靠能源，能做到可持续发展，以社区为中心，颇具启发性。"佩列洛等了一阵子，当迪恩带着杂志回来，向他展示里面的引语时，这位新上任的国会议员很感兴趣。他们聊了二十分钟，在离开之前，迪恩邀请佩列洛访问红桦。

对佩列洛来说，与迪恩·普莱斯的会面证实了他过去几年来开始相信、并在他的竞选中成为信条的事情：美国的精英们已经无法为工人阶级和中产阶级的问题提供答案。精英阶级认为每个人都得成为计算机程序员或金融工程师，在时薪八美元和六位数之间没有其他工作。而佩列洛认为，美国制造的新想法将来自无名之地的无名之辈。

两个月后的 4 月初，佩列洛与弗吉尼亚州州长蒂姆·凯恩一同参观了红桦炼油厂，随行的还有当地官员、助理和记者。迪恩穿着棕色外套、打着领带，黑发整齐地从中间分开，看上去像是一个手足无措的农场男孩站在一群西装革履的男人中（加里·辛克穿着深蓝色的西装）。迪恩在炼油厂里向客人们做了演讲。凯恩其实在前排

睡着了，迪恩差点喊了他的名字；他小时候在教堂里睡着时，父亲就
这么做过。但是佩列洛认真听了。他不像迪恩见过或会见到的其他
政客，那些人让迪恩觉得自己像一个鞋子推销员，试图在他们百忙
之中挤出的几秒钟里推销自己的货物。正式活动结束后，迪恩将佩
列洛带到工厂后面，向他展示了正在全速运转的压碎机。议员给了
迪恩他的手机号码，让迪恩来华盛顿找他喝一杯。迪恩打过一次电话，
但是佩列洛没有接；迪恩挂了电话，没有留言。

　　7月，他们在丹维尔北部的一个农场再次相遇。在那里，奥巴马
内阁的两名成员——农业部长汤姆·维尔萨克和能源部长朱棣文——
正在参加一段美国乡村之旅。上个月，佩列洛投票支持了政府的能
源法案——它被称为"总量管制和排放交易"或"气候变化法案"——
这一投票使他在一些选民中变得不那么受欢迎；那些选民被能源公司
和保守派团体说服，认为法案会提高电费并扼杀煤矿业工作。在农场，
维尔萨克和朱棣文谈到了可再生能源将如何刺激美国农村的工作伦
理和价值观，这种价值观长期遭到忽视，甚至已经丢失；迪恩感到，
奥巴马政府的最高官员跟他的思路如出一辙。谈话中，他们提到了
红桦，于是佩列洛让迪恩站出来接受认可。

　　迪恩说过，佩列洛有一天会成为总统，而佩列洛说过，如果他
希望总统花五分钟时间与一个美国人交谈，那一定是迪恩。这位国会
议员让白宫注意到了红桦。8月的一个周四，红桦收到一封电子邮件，
抬头是"亲爱的朋友"，内容是邀请"一群经过挑选的区域和国家能
源领导者"去"与内阁部长和白宫幕僚们一起讨论关于我们能源未来
的持续辩论，以及我们如何努力争取到一个积极的结果"。这场活动
将在下周一举行。周日，迪恩和加里乘火车到华盛顿，在联合车站旁
边的一家旅馆过夜。第二天早上，迪恩穿上了他唯一的西装——他在
2004年12月买的黑色西装，本来是为了带他第三任妻子的女儿参加
返校节舞会，最后却穿着参加了他父亲在同一周的葬礼——打着绿色

领带，他和加里乘出租车抵达宾夕法尼亚大道 1600 号。

　　他们并未真正踏入白宫。活动是在隔壁旧行政办公大楼的三楼举办的，那栋楼有着法国第二帝国的风格。马克·吐温称它为"美国最丑陋的建筑"，但迪恩却沉浸在一种前所未有的敬畏中。花岗岩大厅，大理石楼梯，那些以总统命名的房间中发生过的历史！会议的最后一位发言者是总统年轻的绿色工作首领范·琼斯❶，他也是最有活力的一个。此人妙语连珠，当谈到雇用市中心贫民区的年轻人来盖环保御寒建筑时，他说："我们将拿走他们的手枪，给他们换成填缝枪！"

　　迪恩碰巧得到了当天的最后一个提问机会。他站起来说："既然我们都在这里提倡同样的事情，而且我们会走出去传播福音，那么有一件必须谈论的事情就是石油峰值，因为如果没有它，我们现在做的任何事情都毫无道理。政府如何看待石油峰值？"

　　琼斯似乎并不熟悉奥巴马政府关于石油峰值的政策，甚至可能不知道石油峰值是什么。他把这个问题交给了能源部的一位女士，她说了半分钟，证明她并不比琼斯懂得更多。在那之后，迪恩觉得石油峰值对政客来说太难掌控了。那将意味着市郊、快餐、工业美国和华尔街的末日——难怪白宫对此没有立场。但是迪恩很喜欢范·琼斯，后者在活动结束时跟迪恩和加里击掌庆祝。两周后，格伦·贝克❷和其他保守派将琼斯与关于"9·11"恐怖袭击事件❸和穆米亚·阿布－

---

❶ 范·琼斯，美国黑人新闻评论员、作家，参与创立了多家非营利组织，提倡环境保护和有利于生态环境的"绿领工作"，曾担任奥巴马的"绿色工作特别顾问"。
❷ 格伦·贝克，美国保守派政治评论家、电台节目主持人。
❸ 共和党攻击琼斯曾于 2004 年签署一封公开信，信中声称布什政府故意允许"9·11"事件的发生。但琼斯否认自己签署过这封信，并公开声明自己不支持这种阴谋论。组织签署该公开信的网站后来亦表示没有琼斯的签署记录。

贾马尔入狱事件 ❶ 的极端观点捆绑在一起，加上琼斯用"混蛋"这个词形容了国会中的共和党议员，结果他被迫辞职，迪恩对此深感遗憾。但范·琼斯永远不可能招募罗金厄姆县的农民加入绿色能源事业。那些农民不会听旧金山来的一个激进黑人男子说话，他们也不喜欢奥巴马——迪恩从华盛顿回来后，当地餐馆的一些人说："你去见了那个黑鬼？"他们可能愿意听从 T. 布恩·皮肯斯 ❷，一个亿万富翁和公司掠夺者。他是个年纪很大的白人，一直出现在天然气和可再生能源的广告中。

在迪恩的华盛顿之旅中，他没能接近奥巴马；总统那周正在玛莎葡萄园度假。但几个月后，他真的见到了总统。2010 年 3 月，安德鲁斯空军基地举办一场活动，推出了第一架生物燃料战斗机，迪恩受邀参加。他带上了儿子瑞安，当奥巴马问候人群时，他们排队等候。没有时间说什么，但迪恩握住总统的手时深感震惊。在他握过手的所有男人里，总统的手是最柔软的。这让他明白，奥巴马一生中从未做过体力活。

红桦能源正试图从国会已经通过的刺激资金中分一杯羹。公司需要援助。2008 年的最后几周，汽油价格暴跌，比以往任何时候都跌得更快更惨。每加仑汽油跌到了四美元以下，红桦眼睁睁看着自己的竞争优势消失殆尽，开始亏损。2009 年春天，当菜农开车把油菜籽运到炼油厂时，迪恩和加里不得不告诉他们，公司无力为已签

---

❶ 穆米亚·阿布－贾马尔，黑人政治活动家、记者。他被控于 1981 年谋杀一名费城警察，1982 年被判死刑。在上诉过程中，他写了许多关于美国司法系统的文章并获得关注，不少人认为他是无辜的。2001 年，死刑判决被联邦法院推翻。2011 年，他被重新判决无期徒刑。范·琼斯曾表示支持释放穆米亚·阿布－贾马尔，批评者借此攻击他支持谋杀警察。

❷ T. 布恩·皮肯斯，美国能源投资大亨，2008 年提出"皮肯斯计划"，认为美国应减少对国外能源特别是石油的依赖，积极发展风能、太阳能、天然气等替代能源。他经常强行大量购买其他公司股份，对其加以控制或高价出售，因此称其为"掠夺者"。

约购买的农作物付款。他们所能做的只是支付欠款百分之六的利息。大多数农民都能理解，但其中一些人威胁了加里和迪恩，还有一些人赌咒发誓要起诉红桦。一个名叫约翰·弗伦奇的北卡罗来纳农民——一个哈雷摩托帮派风格的家伙——停下他的大型双卡车，这种车后轴上有四个轮子。他还没卸下油菜籽，迪恩就告诉他："我们没钱。"

迪恩确信，这个农民当时就打算暴揍他一顿。

"把油菜籽留在这里，我们会压碎它，尝试卖掉一些油。"迪恩直截了当，快速说道，"要么就运回你的农场，试试看能不能卖到其他地方。"

只要迪恩一开口，人人都会有点喜欢他。这位农民回到卡车上，开回了北卡罗来纳。但公司的声誉在皮埃蒙特遭受了沉重打击。

汽油价格不到五美元，红桦就不可能赢利。这是迪恩和加里从2009年油菜作物的惨败中吸取的教训。他们意识到，解决方法在于改变商业模式，多利用一轮油菜：首先将原料转化为食品级食用油，以每加仑十美元的价格出售给当地餐馆，将其中的百分之七十作为废油收回，然后用来制造生物柴油。如果他们能生产食品级食用油，就能向农民支付每蒲式耳十八美元，这将提高种子的进货量，从而提高利润。但是要想购买新的压碎机，让工厂达到农业部的标准，需要近五十万美元。经佩列洛的办公室介绍，他们联系上了里士满的官员，但后者称，食品级油菜籽不符合申请刺激资金的条件。取而代之的是，红桦被鼓励申请购买微型燃气轮机，它们可以用制造生物燃料剩下的甘油废料发电，让炼油厂无须依赖电网，还能让红桦把一部分能源卖给其他用户，从而创造新的收入来源。迪恩在截止时刻前几分钟递交了申请。2010年1月，佩列洛来到马丁斯维尔，宣布为红桦提供七十五万美元联邦刺激资金，以购买微型燃气轮机。

仪式在一家自然历史博物馆的大厅举行，上方悬挂着有一千四百万年历史的鲸鱼骨架。除了佩列洛之外还有其他重要人物，除了迪恩和加里之外也有其他获得资金的人（迪恩在这个场合穿着黄色外套、黄色衬衫和黑色裤子），当佩列洛起身说话时，人们已疲惫不堪。佩列洛的炭黑色西装上别着一个旗帜徽章，他看上去比之前每个演讲者都年轻一半。他带着一种愤怒的躁动走上讲台。

"这个地区的下一件大事就是清洁能源，"他说，大大赞美了红桦，称加里和迪恩是"自由战士和创业者"，"当你开车经过他们的卡车休息站，在那里每花掉一美元，你留下的并不是三四美分，而是九十美分。有些东西'太大而不能倒下'，但也许它们本来就太过庞大而不该成为榜样。我们正处于转型的风口浪尖，正因如此，它才令人兴奋。这是媲美工业革命的时刻。"他指责两党都支持有利于大公司的政策，使得美国的小生产商不够有竞争力。"我厌倦了，我厌倦了从中国和海外购买所有东西，厌倦了把我们的美元送到石油巨头手上。我们是历史上唯一一个对战争双方都提供资助的国家！"他提高了声音，"两党的政客们从来没有去过农场——哪怕去了也只是拍拍照。他们认为那是过时的工作，但我要在这里告诉你们，那是属于未来的工作。这是一个遭受重创的地区，但也是一个心怀骄傲的地区，它想要挺直脊梁，再次参与竞争。"

新闻工作人员拍下视频。记者蜂拥而至，来采访迪恩和加里。这笔资金就像一种高层认可：生物柴油卡车休息站并不是一个异想天开的计划，美国最有权势的一些人也觉得它有价值。那一天，2010年1月14日，是红桦能源的巅峰。

仪式结束后，迪恩开车回到北卡罗来纳州，加里去了工厂，与芙洛·杰克逊共进午餐。芙洛是一位四十多岁的黑人女性，加里雇用她来撰写一个新的商业计划，那是她第一次到访红桦。芙洛曾是大学篮球明星，在詹姆斯·麦迪逊大学获得了MBA学位。她曾管理一家塔吉特和一家沃尔玛，加里想让她扭转红桦的财务状况。

最紧迫的问题是隔壁的卡车休息站，它是炼油厂的主要客户。

迪恩早就不再关注他的商店，那里有一半的员工从他手里偷钱；要是给那些人做药检，他们肯定无法通过。2009 年 10 月，迪恩申请破产保护，这让他的卡车休息站——马丁斯维尔红桦有限公司——能继续运营，同时重组债务。芙洛·杰克逊的合同说，她不负责管理卡车休息站，但最终，她那年大部分时间都花在了迪恩的生意上——先是尝试保住它，然后开始纠正错误。账目一塌糊涂——有两个条目只是简单地标记上了"被所有者撤回"，合计二十五万美元。卡车休息站欠银行两百万美元，没有买方会承担这笔债务。芙洛告诉迪恩，他的经营方式太不切实际了。而迪恩开始怨恨她，因为加里从外面带来的这个强硬的、直言不讳的女人正把现实原则摆在迪恩面前，告诉迪恩他不想听到的东西。随着时间的推移，他越来越少去炼油厂。在他看来，新的管理层正在把他扫地出门。

2010 年，坏消息接踵而至。由于有太多官僚程序，先发放的一半刺激资金花了九个月才到账，与此同时，这笔资金的消息让亨利县的官员注意到了红桦能源。他们向迪恩追缴卡车休息站在 2007 年到 2009 年间欠下的八万五千美元税款。迪恩发誓这是个政治问题，因为红桦与佩列洛的理念如此一致，而亨利县却是深红色❶的。该县还因为炼油厂的一次油脂泄漏开出罚单，罚款不断上涨。"县里的管理人员竭尽全力想让我们离开这里。"加里说。作为北卡罗来纳人，他和迪恩永远无法被马丁斯维尔这样狭隘闭塞的地方接纳。

从高速公路上看，生物柴油炼油厂和卡车休息站似乎是一体的，它们位于同一个红色山坡上开辟出来的几英亩地上，中间只相隔一百五十英尺路面。2008 年，未来看起来一片光明时，这个设计被称赞为"闭环系统"。但到了 2010 年，财务问题清楚地表明，它们是不同的生意，其利益在某种程度上甚至相互冲突。卡车休息站——

---

❶　红色代表倾向共和党，蓝色代表倾向民主党。

马丁斯维尔红桦公司——完全是迪恩的。炼油厂——红桦能源公司——是一个合伙企业，正越来越多地由加里管理。当炼油厂成为卡车休息站的债权人之一，加里不得不利用信贷额度拿出八万美元来保证休息站的燃料供给。迪恩通过放弃红桦能源的股票来回报他。

9月16日，弗吉尼亚西区的美国破产法院裁决，迪恩的卡车休息站根据《破产法》第七章破产。那天有另外三十六名债务人出现在法庭上。马丁斯维尔红桦公司被彻底清算，卡车休息站被卖给一家全国连锁企业维尔柯海斯。维尔柯海斯拆除了商店的两层门廊，还有上面带着支柱的木栏杆——1997年，迪恩重新打造出这种老式乡村市场的外观时，顾客们很喜欢它——用一片单调强硬的白色混凝土外墙取而代之。加油站停止泵送生物柴油，用回2号普通柴油，那是2005年被卡特里娜飓风切断的进口燃料，正是那个时刻引发了迪恩的顿悟。于是，红桦能源失去了主要客户，很快，炼油厂就只能保证百分之十的产能了。严格来说，工厂外的广告牌仍然是正确的：红桦仍然是"美国第一个生物柴油卡车休息站"。但它的主要成就已经不复存在。红桦不再种植、制造和出售生物柴油。

破产令发布四天后，迪恩被亨利县的大陪审团起诉，因为他没能上缴公司代州收取的近一万美元膳食税。

他一直对政府权力心怀恐惧，几乎跟他对贫穷的恐惧不相上下。政府可能会把你关进监狱，而监狱是他的噩梦之一。他认为自己无法忍受失去自由。他经常梦到这种事：一种焦虑感，不知怎的他搞砸了，虽然不是故意的，但有人正赶来抓他——他会从这些梦中醒来，大松一口气，心想："感谢上帝，这不是真的。"2007年有一回，就在迪恩进入生物柴油产业前后，他不得不在监狱度过一晚。他与第二任妻子的离婚协议要求他每月付给她三千三百美元，持续五年（迪恩计算过，这相当于在他们婚姻存续期间每天要花八百美元）；不过，当前妻再婚后，他以为已经摆脱了这个负担，就停止了付款。结果证明，迪恩还欠着这笔钱，于是文特沃斯罗金厄姆县法院的法官判他入狱。十二岁的瑞安当时正跟迪恩在一起，他眼睁睁看着父亲被当成囚犯带走。那天晚上，迪恩和其他十几个男人在一间牢房里度过，他绝不想回到那里。

迪恩不喜欢谈论这些事情。如果有人针对他的生意业务、个人财务状况或是法律上惹的麻烦问出一个不好回答的问题，他会回答："唔……"一个难以捉摸的高亢音节遁入空气，暗示着问题并不那么严重，他能解决，也已经在解决；然后他会岔开话题，开始谈论拿破仑·希尔的智慧，或是新绿色经济的承诺。2010 年，活在对过去和未来的想象中，要比活在 220 号公路沿线的真实生活中要容易。因此，许多电话无人回应，紧迫的事情遭到忽视，账目清算被一再推迟。

那是迪恩·普莱斯生命中最艰难的年份之一，而 2011 年将会更糟。然而他总是发誓绝不放弃。他从未对自己的构想失去信心。他不会像拿破仑·希尔所描述的科罗拉多州的淘金者那样，停止钻探，卖掉设备，最后却发现，自己距离主矿脉只有区区三英尺。

只是生意：JAY-Z

一切都必须放在上下文中理解。

肖恩·科里·卡特 1969 年出生于布鲁克林星球贝德 – 斯图国 [1] 的马西之家 [2]（纽约和整个宇宙都是后话了）。他是格洛丽亚·卡特的第四个也是最小的孩子；他的母亲格洛丽亚是一名文员，父亲阿德尼斯·里夫斯是传教士的儿子。马西之家是一座砖砌的堡垒，里面共有二十七栋楼，每栋六层，足有四千人住在肖恩的上下左右——派对和压力无处不在，今天有人过生日，明天就有人中枪。

四岁时，肖恩跨上一辆十速自行车，抬脚侧身滑行。整个街区都惊讶不已——"老天！"这是他第一次体会到出名的滋味，他很喜欢。出名的感觉很美妙。

爸妈有无数唱片堆放在牛奶箱中：柯蒂斯·梅菲尔德、史戴波合唱团、Con Funk Shun、杰克逊五兄弟、Rufus、欧杰斯合唱团……他最喜欢迈克尔·杰克逊。每当格洛丽亚下班回家，把《尽情享受》

---

[1] 指纽约市布鲁克林区的贝德福德 – 斯图文森（Bedford-Stuyvesant），历史悠久的黑人社区之一。20 世纪 20 年代以来便有超过十万黑人陆续移居至此，2000 年调查显示有四分之三居民为黑人。

[2] 马西之家（Marcy Houses），纽约大型廉租房项目。

放上唱片机，肖恩就会跟着唱起来，绕着房间旋转，他的姐妹们为他和声。❶70 年代的马西之家并不算糟，对孩子来说像是一场冒险。他们在水泥地上玩骰子，在洒满玻璃碴儿的地上踢足球；当瘾君子们坐在长椅上打盹，孩子们会打赌，看谁敢去把他们推倒。"我们能把濒死文明中的一部分魔力偷偷运出来，融入音乐，并用它打造一个新世界。"他后来写道，"在唱片、街头和历史中，我们找到了我们的父亲。"

　　1978 年夏天，肖恩偶遇了一个马西之家的孩子。从未有人注意过他，但他在人群中唱出韵词，抛出关于任何事物的对句：关于长椅，关于听众，关于他自己的韵词，关于他有多优秀，关于他是整个纽约最棒的，就这样足足唱了半小时。肖恩心想："这他妈挺酷的。我也能做到。"那天晚上，他回到家里，在螺旋线圈笔记本上写下韵词。他越写越多，韵词掌控了他的生活；他每天早晨都在镜子前创作，或是晚上过了睡觉时间之后在厨房桌子上匆匆书写，这令他的姐妹们不胜其烦——他确实能做到。当一个名叫 Jaz-O❷ 的年长男孩——马西之家最出色的说唱歌手——用一台沉重的录音机录下他们的声音并回放时，肖恩的声音听起来与他脑海中的有所不同。"我把它视为一个出口，一种重新创造自己、重新构想世界的方式。在录制完一首韵词之后，我会产生一种难以置信的冲动，急不可耐地回放，好赶快听到那个声音。"

　　我是 Hip-Hop 之王
　　仿佛锐步重生

---

❶ 柯蒂斯·梅菲尔德、史戴波合唱团和欧杰斯合唱团均为知名黑人音乐人。Con Funk Shun 和 Rufus 为知名放克乐队。杰克逊五兄弟是迈克尔·杰克逊和他的四个哥哥组成的乐队，《尽情享受》是他们的名曲。

❷ 原名乔纳森·博克斯，美国说唱音乐人、唱片制作人，活跃于上世纪八九十年代，有少量较为成功的单曲，但更多是作为 Jay-Z 的导师而出名。

> 钥匙插入锁孔
> 韵词百般挑拨
> 只要我还活着 ❶

马西之家的居民们开始叫他 Jazzy。

六年级时，他的测试成绩破了纪录——他的阅读能力与十二年级的学生不相上下。他从来不觉得学校功课有多困难，但他得在字典中搜索词汇来用。有一天，劳登小姐带全班去了她在曼哈顿的赤褐色砂石公寓楼做实地考察。那里的冰箱门能制造水和冰块。那是他第一次发现自己很穷。廉租房项目中的人大半辈子都坐在肮脏的政府办公室的塑料椅上，等待自己的名字被人喊到。孩子们会因为每一个细微的贫困迹象互相嘲笑，因此他们会谈论如何不择手段地发财，而他也心怀这种饥渴——他才不会终日坐在课堂里。当他终于赚够钱买下一辆灰白色的雷克萨斯时，"我能感到破产的肮脏和耻辱离我而去，这种感觉很美好。可悲的是，无论你赚到多少钱，你都永远无法彻底摆脱破产。"

同样在六年级那年，也就是 1980 年，肖恩的父亲离家出走了。父亲在他十一岁前一直陪伴在他身旁，教会他如何快步走过贫民窟，记住哪家杂货店出售洗衣粉，店主是波多黎各人还是阿拉伯人，如何观察时代广场上的人群（那个女人的裙子是多大尺码的？）；然后他消失了，再也没有回来。比起一个从未出现过的父亲，这种父亲更加糟糕。男孩再也不愿与任何东西产生感情，然后眼睁睁看着它被夺走；他再也不想体会这种痛苦，不想让任何人伤他的心。他变得警惕和冷静，目光漠然，不再微笑，而是尖利地大笑："哈，哈，哈。"

第二年，肖恩十二岁时，他的大哥偷了他的一些珠宝。肖恩搞

---

❶　在一次接受采访时，Jay-Z 介绍说这是自己九岁时创作的韵词。

到一把枪，在大哥埃里克吸毒后的眼神中，他看到了魔鬼。他闭上眼睛，然后扣动扳机。他打中大哥的胳膊，心想自己的人生完蛋了；但埃里克没有报警，甚至还在肖恩来医院探访时为自己吸毒而道歉。这只是发生在马西之家的又一次枪击事件而已，此后还会发生更多；但肖恩再也没有开枪打过人，也从未被打中过。他很幸运。

快客可卡因于 1985 年出现，比说唱晚了几年；它接管了马西之家。快客飞快地改变了一切，并且不可逆转——可卡因从浴室和走廊进入公众视野，将成年人变成瘾君子，将孩子变成毒贩，令父母恐惧他们的孩子。权威已经消失，廉租房项目变成疯狂之地。肖恩·卡特看到了另一个出口。

他十五岁就开始做毒品生意。他只是随波逐流——如果身边都是大学毕业生，孩子就会上大学；如果身边都是毒贩，孩子就会开始贩毒。他的朋友希尔为他和当地毒贩牵线搭桥，他们去见了毒贩，结果发现这是一次工作面试。毒贩告诉他们，贩毒是非常严肃的一门生意，需要投入和诚信。这个毒贩后来被谋杀了——睾丸被切掉，塞进嘴里，然后从脑后爆头。贩毒就是如此严肃的一门生意。这并没有阻止肖恩。他想参与其中。

他开始帮妈妈付电费账单。他为自己买了合适的装备：尤因运动鞋 ❶、金牙、姑娘。他感到兴奋不已。他跟希尔的表弟一起在特伦顿 ❷ 控制了一条死胡同，并开始在周末接管新泽西捷运——很快，他就差不多住在上面了。他把货物和武器藏在宽松牛仔裤和蓬松外套里，冬日夜晚会穿上施工靴子为双脚保暖。他满脑子都是生意。他以更低的价格重创当地竞争，因为他能从华盛顿高地的秘鲁人那里低价进货。这种压价令他不受欢迎。一个中午，他在公园里与人持枪对峙，

---

❶　NBA 传奇中锋帕特里克·尤因于 1989 年开创的篮球鞋品牌。

❷　特伦顿，新泽西州首府，距离纽约市约一百公里。

幸好没人中枪——要么赢，要么卷铺盖走人。还有一次，他被逮捕了——那是他第一次被捕，没有遭到指控——但他失去了藏匿的货物，不得不在马西连续工作六十个小时好把钱赚回来，全程靠吃饼干和在棕色纸袋上写韵词来保持清醒。

他的梦想是成为在豪车里扛着大枪的富豪，就像疤面煞星 ❶——"向我的小伙伴问好吧！"贩毒是一种偏执狂般的狂热，时刻需要睁着一只眼睛，"我因为犯罪而兴奋，那些奢侈品也总能让我头脑发热。"他沉迷于这种狂热，就像瘾君子们沉迷于他的货物。那些在麦当劳工作的孩子们都是白痴，他们穿上橙色制服，从街角毒贩身旁走过；他们只会遵守规则，没有梦想，只有工资支票，朝九晚五，得过且过。但他并不只想生存——他想要活出生命的极限。与其在一个名为 5C 号公寓的小盒子里浑浑噩噩地活着，不如在街头轰轰烈烈地死去。他很少抽大麻，喝酒时也会保持清醒——清醒令他专注在金钱上。他总是关注金钱。亚军不配得到街头大奖，因此他学会了竞争和胜利，仿佛他的生命仰赖于此。

快客游戏并没有结束说唱游戏。他会回马西一次待几周，与 Jaz-O 一起写韵词。但在街头的几个月使他越来越远离笔记本，于是，他学会了不用笔写下也能记住越来越长的韵词，这成了他的方法。他一只脚仍在说唱界，另一只脚却已经跨了出去。他的堂兄 B-High 认为他正在浪费才华，不肯再搭理他。"这些说唱歌手都是婊子，"他的手下告诉他，"有些白人拿走了他们所有的钱。"他暗暗害怕自己可能没法在音乐界出人头地。更何况这门生意看起来会让薪水缩减——特别是经历了这桩事后：EMI 于 1988 年跟 Jaz-O 签了唱片合同，让他飞到伦敦住了几个月，肖恩也随之前往，但因为第一张单

---

❶ 《疤面煞星》，1983 年上映的美国犯罪片。"向我的小伙伴问好吧！"是主角在电影中开枪前的著名台词，"小伙伴"指他手中的枪。

曲卖得不好，很快就被解约。

肖恩转投大老爹凯恩❶，那是一位传奇的布鲁克林说唱歌手，正乘巴士巡回演出；肖恩在中场休息时能拿到麦克风，用 Jay-Z 的艺名表演说唱，以此赚取饭钱。每个人只要听到 Jay-Z 说唱，都会为他机智的歌词、自信的模样和面无表情快速唱出韵词的风格所倾倒——他如此出色，又如此轻松，甚至没太认真对待。巡演结束后，他又回去贩毒了。

他的手下将他们的分销链延伸到马里兰和华盛顿特区，那里利润很高；他在 95 号州际公路开着雷克萨斯，每周运走一公斤可卡因。他忠于金钱，但他害怕到三十多岁仍然待在街头一事无成。1994 年的一天，在马里兰州，一个竞争对手向他胡乱开了三枪，没能打中——"这是神的干预"。经过十年贩毒生涯，他决定试试看，能否靠卖唱片赚到跟卖毒品一样多的钱。

> 我想："他妈的，我为什么要拿自己冒险，我只要写一些韵词，让你能感受到我的感受，如果你不喜欢，那也无所谓。"❷

一位名叫 DJ·克拉克·肯特的布鲁克林制作人为他介绍了一个名叫达蒙·戴西的哈莱姆推手。戴西对 Jay-Z 原本抱有怀疑，直到他看到 Jay-Z 的耐克空军一号鞋。但是，没有一家唱片公司想要签下 Jay-Z——也许因为他的作品太灵活，也许因为它太真实——于是，他用贩毒收入跟戴西合伙开办了自己的公司。他们给公司起名为 Roc-A-Fella❸，以免有人怀疑他们的野心。他们要称霸世界。

---

❶ 大老爹凯恩，原名安东尼奥·哈迪，美国著名说唱歌手，曾获格莱美奖，单曲曾入选《滚石》杂志评选的"史上最伟大的五十首说唱歌曲"。
❷ 出自 Jay-Z 的说唱单曲《街道在看着》（"Streets Is Watching"）。
❸ 戏仿石油大亨约翰·D. 洛克菲勒（John D. Rockefeller）。

1996 年，二十六岁的 Jay-Z 发行了《合理怀疑》(*Reasonable Doubt*)。这是一张复杂而险恶的专辑，韵词中穿插着他父母热爱的 70 年代唱片中华丽的采样，将说唱歌手本人描绘成一个年轻的骗子，来自迷失的下一代，时刻准备好大开杀戒，满怀遗憾和黑暗想法地活着，或是为了争得大笔财富、钻石、劳力士、高档香槟、漂亮姑娘等等而死去。

> 在这穷街陋巷事情乱七八糟
> 我的朋友们没人开口
> 我们都在努力去赢

它没能称霸世界，但确实影响不小。Jay-Z 横扫俱乐部，磁带卖给街角商店，直到他签下发行协议。他给了马西一个发声渠道，美国锁在地下室的噩梦突然响彻孩子们的卧室。这些孩子带着报复心态，想要实现美国梦，就像疤面煞星一样，就像 Jay-Z 一样；他们想要破坏法律去赢得胜利，因为只有傻子才相信，在这游戏已成定局、有捷径通往不菲利润的时代，你还能靠橙色制服或便宜西装出人头地。对曾经的肖恩·卡特来说，收益确实不菲。任何人只要了解说唱，都知道 Jay-Z 将会声名远扬。

音乐只是另一种生意。他是一个不情不愿的艺术家，仍然关注金钱，且对此毫无歉意；但长远来看，要想做好这门生意，还是需要艺术。他跟在街头时一样冷酷和专注——七年之内就又发行了七张专辑，张张都是白金唱片 ❶。他让曲目变得柔和，把歌词写得蠢了一些——更多关于生活的大词，更少谈及遗憾——好走向更广阔的听众市场，让利润翻番。事实证明，很多年轻白人也对以下词语深有

---

❶ 指销量超过一百万的专辑。

感触：钱现金婊子一千美元金钱至上水晶香槟雷克萨斯调情开动打情骂俏骚货毒品快客9毫米口径手枪黑鬼。Jay-Z讲述的是说唱的永恒主题——"为什么我很酷，为什么比你酷"——用一百种不同的方式，没有两个对句彼此相似；孩子们相信他，所以他们会穿他穿的衣服，喝他喝的酒，助他发家致富。

　　他推出了一个服装品牌，它比音乐公司给他带来了更多收入，高达数亿美元。他建立自己的电影工作室，拿到自己的锐步运动鞋，卖出自己的伏特加，推出自己的古龙香水，注册自己的"Jay-Z蓝"色卡，并交叉推销这一切。1999年，他在时代广场一家俱乐部的贵宾区捅了一个唱片制作人，因为对方盗版他的第四张专辑；刀捅进去时，他引用了《教父2》中帕西诺的话："兰斯，你伤透了我的心。"他跟律师和手下躲在特朗普酒店，玩一种叫作"比大胆"的扑克牌游戏：这种游戏使用三张扑克牌，越是沉着冷静就越能赢。他发誓再也不会丧失自控力，随后配合检方做了有罪陈述，得以缓刑。

　　他成为一名大公司说唱歌手❶，一名无法无天的创业者；他像在硅谷初创公司一样穿着运动鞋现身会议室，在合法的世界里工作，同时实现毒贩的梦想。2003年，他在麦迪逊广场花园宣布退出说唱界（但这并没有持续多久），当上音乐总监——说唱界最大的唱片公司Def Jam的总裁。他踢走了老搭档，将Roc-A-Fella这个名字占为己有——"这只是生意。"Jay-Z对达蒙·戴西这么说，听起来活像又一个电影歹徒角色。他用自己的话把这一点写入了韵词：

　　　　我卖出去一大堆可卡因，我想我也能卖CD唱片
　　　　我不是个生意人，我就是生意，哥们

---

❶　指过度商业化的说唱歌手。

让我掌管我的生意，去你妈的！ ❶

一路往上爬，都是同样的生意——他在中城二十九楼做的事情，跟他在特伦顿街角做的生意别无二致。主流接受了说唱，说唱复制着主流；Jay-Z 比西装革履的人更善于玩这个游戏，因为他是在街头学到这些的。当批评者称他为背叛者或实利主义者时，他早已准备好答案：自私是他对眼前现实的理性回应。

一切都必须放在上下文中理解。

他做了顶级名人会做的事情：成为一个生活方式品牌，开一家连锁体育酒吧，因拖欠工资被雇员起诉，在伦敦一家雪茄室跟昆西·琼斯一起遇到波诺 ❷，为慈善事业站台，进入福布斯富豪排行榜前四百位（净身家四亿五千万美元），与总裁们一起度日，与其他明星发生龃龉，跟一个与他各方面都不相上下的歌手 ❸ 搞到一起，为她买一个岛当作生日礼物，在她预产期到来之前租下产科病房的半层楼作为私人套房，试图把他们宝贝女儿的名字注册成商标以备将来使用（美国专利局拒绝了这一申请），并在布露·艾薇·卡特刚出生四天时发行了一张单曲，唱道："我最伟大的创造就是你……你还不知道酷是什么意思。"

他赢得越多，各地的人们就越爱他；他们通过他来生活，庆祝他的金钱和权力，仿佛那属于他们自己。在音乐会上，粉丝们举起双手，点亮他的 Roc-A-Fella 钻石招牌，好像他们也占一份。他是一个大人物，一个革命者，一个偶像，一个暴徒（这真是完美的组合）；他用响亮的"去你妈的"和不循规蹈矩的态度登上巅峰，并因此深受膜

---

❶ 出自 Jay-Z 的说唱单曲《塞拉利昂的钻石》（"Diamonds From Sierra Leone"）。
❷ 昆西·琼斯，美国著名音乐制作人，职业生涯横跨五十余年，获得过七十九次格莱美奖提名，其中二十七次获奖。波诺，爱尔兰摇滚乐团 U2 的主唱和吉他手。
❸ 指著名歌手碧昂斯，两人于 2008 年结婚。

拜；他仍在告诉世界为什么他很酷，为什么比你酷。哪怕他失败了——
当他在拉斯维加斯的体育酒吧破产，当他那塞满 NBA 冠军队巨星的
球队在夏季锦标赛中输球❶，当他与克莱斯勒合作推出 Jay-Z 版吉普指
挥官、车身漆上 Jay-Z 蓝的计划落空——每一次失败的痕迹都被隐藏
起来，仿佛它们可能对他的魔咒造成致命伤害。他必须一路赢下去。
成功无关任何事情，只关乎成功自身。

　　当 Jay-Z 入股 NBA 的篮网队，并牵头将球队迁往布鲁克林，他
同时当上了老板和明星：既是黑人中的布兰奇·瑞基，也是罪行累累
的杰基·罗宾逊。❷新球场开放后，连续八晚一票难求。在烟雾弥漫
的黑暗中，他告诉一万六千名球迷："正是在这里，杰基·罗宾逊作
为一个非裔美国人走上职业运动赛场，打破了种族藩篱，我不认为这
是个巧合。一群人将篮网队从新泽西带到这里来，而我是其中一分子，
我也不认为这是个巧合。你会听到有人说，我只拥有这支球队的区
区百分之几。到底有百分之几并不重要——这个故事是关于一个单
亲家庭出身的黑人孩子如何从距离这里六分钟的马西之家走到今天。
所以，我能拥有这支球队的一部分，这他妈的已经足够惊人了。我
能拥有这个球场的一部分，这他妈的已经足够惊人了。不要让他们
轻描淡写你的成就，遮掩你的光芒。"Jay-Z 竖起中指。一万六千个
中指回应了他。

　　有时候，当他回顾一生，他觉得自己侥幸逃脱了谋杀罪名。

---

❶ 2003 年，Jay-Z 邀请特雷西·麦克格雷迪、拉玛尔·奥多姆等 NBA 球星组建球队，参
加纽约夏季街头篮球锦标赛，在打入决赛后遭遇纽约大停电，最终 Jay-Z 和球星们均无
法参加推迟后的决赛，对手不战而胜。

❷ 布兰奇·瑞基，美国棒球运动员，后来成为著名职业经理人。杰基·罗宾逊，美国棒球
大联盟首位黑人球员。正是布兰奇·瑞基一手发掘和培养了杰基·罗宾逊。

坦帕

止赎排山倒海地到来。它们来到"乡村步道"和马车角，来到坦帕内城和最外沿的帕斯科，来到格尔夫波特和圣彼得斯堡东北部；它们来到堆积着三个月信件的房屋门前，来到孩子们正在看《探险家朵拉》❶、而大人们已经不再接电话的房屋门前；它们来到入住率为百分之二十的汽车旅馆，还有业主身份模糊、住址未知的投资地产。它们的到来如同一个言简意赅的传票送达员：死亡天使。

止赎以投诉开始，所有投诉都一样：你欠我钱！这些投诉由名称一目了然的金融机构递交：汇丰银行美国、EMC 抵押贷款公司、BAC 住房贷款服务公司（前全国住房贷款服务公司）、LSF6 墨丘利不动产投资信托系列 2008-1、作为贝尔斯登 Alt-A 信托基金 2006-6 按揭通证系列 2006-6 持有者受托人的花旗银行，以及作为 IXIS 2006-HE3 受托人和托管人的德意志信孚银行（前银行家信托公司），由萨克森按揭服务公司（前美瑞泰科按揭服务公司）作为事实代理人。这些机构的投诉由止赎工厂起草，例如大卫·J. 斯特恩律师事务所、

---

❶ 《探险家朵拉》（*Dora the Explorer*），美国动画片，主角是拉丁裔七岁女孩朵拉，为了抵达探险目的地，她需要在路途中解决一些语文或数学问题。

马歇尔·C.沃森律师事务所、佛罗里达违约法公司等等；这些投诉以传票的形式由传票送达服务公司送上门来，例如坦帕普罗维斯特有限责任公司、吉森·照尔传票送达服务公司和希尔斯伯勒县治安官办公室。传票会送到业主手上，或是钉在前门上，或是留给邻居，或是丢进空房子旁边的垃圾堆里；这些房子属于奥利维娅·M.布朗等人、杰克·E.哈默斯玛、米尔萨·德·拉·克鲁斯（又名米尔萨·德拉克鲁斯）、奥姆·什里坦帕有限责任公司、LSC投资者有限责任公司、无名氏、约瑟芬·吉拉吉斯和约瑟芬·吉拉吉斯未知姓名的配偶。传票上写着：

有人提起了一项针对您的法律诉讼。您须在本传票送达后二十天内向本法院的书记员提交书面回复。打电话无法保护您；如果您希望法院听取您的诉讼请求，您必须提交书面答复，并在答复中注明上述案件编号和当事人姓名。如果未能及时提交答复，您可能会败诉，此后您的工资、金钱和财产可能会在未经本法院进一步警告的情况下被没收。

一切运转起来，诉讼集中到坦帕市中心；在那里，它们聚集到第十三司法巡回区的乔治·E.埃奇库姆法院大楼四楼。它们越过海湾，在第六司法巡回区圣彼得斯堡司法大楼的三楼成群结队。它们变成了数百万页的法律文件；文件被塞进厚厚的棕色法律文件夹，文件夹堆放进文件盒，文件盒装上推车，推车被法警推进法庭，法警因为忙这些事显得疲惫不堪。在那里，黑衣法官——他们中的一些人早已退休，为此事重返工作，每日津贴六百美元，大部分由止赎申请费用支付——负责清理佛罗里达积压的五十万个止赎案件，正如前几代人为开辟坦帕而清除红树林沼泽地一般。

止赎案件如此之多，州最高法院要求尽快处置这些案件的压力如此之大，一位七十五岁左右的高级法官可能一次要审三千个案子。12 月的一个早晨，希尔斯伯勒县法院的诉讼时间表上有六十个案子要审，从上午 9 点的全国城市抵押贷款公司诉克里斯托弗·迈耶案开始，到中午的摩根大通家庭金融服务公司诉威廉姆·马滕斯案结束，每个案子只有三分钟伸张正义的时间，通常更短。午餐后，从 1 点半的富国银行诉斯蒂芬妮·贝瑟案开始，到 5 点的德意志银行诉雷蒙德·卢卡斯案结束，法官又判了六十个案子。

如果贝瑟女士或卢卡斯先生恰好由律师代理，那么火箭发射时刻表——人们如此称呼它——就可能得暂时放慢速度，落后于预计时间表。最糟糕的是，如果贝瑟女士或卢卡斯先生亲自出庭，那么法院将不得不面对止赎案件的真人面孔，面对因可能失去自家房屋而流露出焦虑的面容；尴尬在诉讼程序中萦绕不散，就好像一名绝症病人闯进一个房间，而医生正在那里冷静地讨论她无望的预后方案；法官也更有可能向原告的律师提出一些棘手的问题。幸运的是，这几乎从未发生过。大多数案件都不存在对峙，只有银行的律师出席——这些律师几乎总是来自佛罗里达州几家律师事务所之一，那些律所被称为止赎工厂，由一个自动的计算机系统分配案件——有时，银行律师甚至不会亲自出庭，只会在法庭的扬声电话上传出一个有着法律学位的声音，打半小时电话就能搞定十四个案件。每个案件最后，法官都会问："这个案子有什么特别之处吗？还有什么遗漏吗？"然后，两层楼下面的 202 室会敲定一个止赎拍卖日期。有时法庭是空的，只有法官、一两个法庭助理和一名推着装满案卷的推车来来回回的法警。更有甚者，为了节省时间，也许也是为了让这个司法仓库远离公众视野，许多案件的审理甚至不是在法庭上，而是在隐秘的法官私人办公室里进行。

2010 年夏天，在乔治·E. 埃奇库姆法院的 409 号法庭上，工作人员开始注意到一个女人，她每天都会出现在止赎案件法庭上，但看起来与案件没什么关联。她坐在后排，不发一言，却写下大量的笔记。就算她是案件当事人，也从没见过她参与庭审；她穿着蛇皮图案V领上衣、黑色休闲裤和刺绣夹克，戴着玳瑁眼镜，看上去更像一个法律秘书而不是律师。她是个六十多岁的矮胖白人女子，留着干草色的齐颈短发，神情疲惫——除非举止异常，否则没人会注意到那种人。

那个女人的名字是西尔维娅·兰迪斯，她只是一个普通市民，一个没有公职的平民，但她个人对法院如何处理止赎浪潮和卷入巨浪的人们很感兴趣。跟坦帕的几乎所有人一样，她来自外地——宾夕法尼亚州的多伊尔斯敦。她的父亲是一名推销员，长期失业，她在混乱的财务状况中长大。直到三十多岁，她才不再做关于饿死的噩梦；不过，她获得了人事管理学硕士学位，让自己跻身中产阶级——她父母正是从那里坠落的。她在洛杉矶警察局担任了二十年职业培训师。1999年，西尔维娅开始为退休做准备，踏入了日渐膨胀的中产阶级亚文化领域：房地产。她去听了一位名叫马歇尔·雷迪克的南加州投资大师的课，他的研讨会上洋溢着虔诚的热忱，座右铭是"帮助消灭中产阶级的贫困"。整个课程就像一场布道会，人们纷纷冲出教室去买房。西尔维娅领会了这种精神，她一度拥有五套房子：两套在加利福尼亚，后来卖掉赚了钱；一套公寓在北卡罗来纳州的阿什维尔；还有两套在佛罗里达州——一套在坦帕，用于出租获利，还有一套全新的房子在开普科勒尔，她计划退休后到那里生活。

事情没能照计划进行。

2004年，她因卵巢癌不得不从洛杉矶警察局提前退休，并拿到一笔退休金。2007年，她搬到阿什维尔的公寓，打算开启新的事业。2008年初，当市场一路崩盘，她感到呼吸困难，不得不在心脏病房住院治疗。她还欠十五万七千五百美元才能还清开普科勒尔那栋三居室房子的贷款——那里是危机的中心，止赎率全国最高——她收到的房租也减少了一半。她知道自己保不住那栋房子了。在美国银行申请止赎之前，她试图以短售 ❶ 的方式摆脱它，以低于所欠贷款的价格出售。正是在那时，西尔维娅开始了解银行运作的方式。

她在 2009 年初找到了买家（她将赔掉一半的投资），但她似乎每天都在打电话给美国银行，总是从一个人转接到另一个人，最后房子没能卖掉。这时，她开始相信，银行正有意增加她的成本。当时，"机器人签名" ❷ 一词尚未出现，但她收到的文件看起来不像真的——都是电脑生成的副本，有着错误的日期和可疑的签名，内容关于她的按揭贷款从最初的出借方全国金融服务公司转移到美国银行，因为后者收购了前者。她写信给银行副总裁，给州检察长，给《纽约时报》的格雷琴·摩根森 ❸，给任何可能关注这件事的人。她花光了钱，付不起律师费，只好自己代理自己。所有这一切发生时，她仍处于癌症恢复期，不必多说，这些压力对她的健康没有好处。

2009 年底，她在开普科勒尔的房子完成了短售。两周后，代理美国银行的大卫·J. 斯特恩律师事务所起诉西尔维娅违约，仿佛这场交易从未发生。（斯特恩是佛罗里达州规模最大也最臭名昭著的止赎工厂，它像一座法律血汗工厂一样运营，每年处理十万桩案子，其中大部分来自房利美和房地美；在该州因欺诈调查而将其关闭之前，这家律所的老板已经把赚取的利润花在四栋豪宅、十辆豪华轿车、两架私人喷气式飞机和一艘一百三十尺长的游艇上。）西尔维娅花了四个多月才在银行找到人来理顺这团出错的止赎乱麻，但她的信用

---

❶ 短售，房地产业术语。当房主在高价时贷款买房，房价崩盘后如果按照市场价将房子卖出，所得价格可能不足以偿还剩余银行贷款，同时自己又无力补贴差价。此时房主可以向贷款银行提出短售申请，希望银行同意以低于所欠贷款的价格出售房屋，并由银行承担差价造成的经济损失。

❷ 机器人签名（robo-signing）指抵押服务公司未作足够资质审查便自动签署文件的行为，由未了解实情的员工或软件操作，被认为是造成次贷危机的重要因素之一。

❸ 格雷琴·摩根森，《纽约时报》资深编辑、专栏作家，擅长商业与金融领域，曾因对华尔街的出色报道获得 2002 年普利策奖。

分数遭到了致命伤害。

那时，她已经搬到坦帕。她对那里的房子拥有五万美元的产权，还有一笔九十一万美元的固定利率抵押贷款。她卖掉阿什维尔的公寓，将坦帕那栋原本用来出租获利的房子当作自住房；哪怕赔了一大笔钱，这么做也是划算的。她的同伴，一条多动的西施犬——西尔维娅没有孩子——也需要一个院子。那是一栋非常低调的房子，在一个名为糖木林的工人阶级住宅区中，她的邻居驾驶卡车，自己修理房屋。即使如此，她还是需要一个室友。2007 年，她拥有一百万美元的资产。现在，她一无所有。她的积蓄随风而去，要不是有政府养老金，她早已流落街头。在这一过程中，她还给了瓦吉德·"罗杰"·萨拉姆一大笔钱，他是坦帕的"合资专家"和"智者论坛创始人"，还跟励志演说家安东尼·罗宾斯一度共事。不用说，她再也没见过那笔钱了。在洛杉矶，房地产大师马歇尔·雷迪克俱乐部的一些成员已经提起集体诉讼，控告他们的导师在佛罗里达州进行欺诈性房屋销售（西尔维娅说，雷迪克制造的中产阶级贫困比他终结的更多）。西尔维娅很后悔没有相信自己的直觉，在预感到崩盘来临之时带着一大笔钱退出市场，但她并不以一开始就进入房地产市场为耻，哪怕现在投资者遭到非议，与次级抵押贷款机构一样被认为应该对崩盘负责。主动进取、自助自立，这难道不正是美国精神吗？

她曾在《纽约时报》专栏中读到一个能完美描述自己的词："前中产阶级"。她知道，还有无数其他人也走上了同样的下坡路。西尔维娅一直保持政治冷感，对权威满心尊重、毫不质疑——她甚至不知道她在洛杉矶警察局的工会名称——但是跟银行打交道的经历改变了她。她称之为"明目张胆的欺诈"，从未想象过这种事竟然可能存在。来自多伊尔斯敦的一种保守的冲动，加上对混乱的恐惧和对法律与秩序的渴望，带领她来到了市中心第十三司法巡回区的乔治·E. 埃奇库姆法院。她想看看，当止赎案件抵达法院时会发生什么。

她觉得自己的观察也许能帮上其他人。

第一次来到法庭的那个周一早晨，西尔维娅满心敬畏。她本能地想要保持礼貌、不惹麻烦，但她找不到止赎法庭——没有公开听证时间表。六楼的一位接待员告诉她，那些案子会在 513 号房审理，但她发现 513 号房在五楼一个上锁的区域，四周看不到法庭官员。她下了一层楼，来到 409 号法庭，接待员说那里也可能会有庭审（尽管似乎没什么是确定的，因为没什么是写下来的，而如果没有写下来，法律就一文不值）。409 号法庭的大门是敞开的。里面有一个法警。她告诉西尔维娅，那里没什么值得看的，只是行政程序而已。

"有规定说我不能旁听吗？"西尔维娅问。

在法官席上，道格·利特尔法官正在一台电话和一车文件盒之间主持庭审。免提电话上发言的是大卫·J. 斯特恩律师事务所的律师。"早上好，法官大人。"电话里发出粗粝的声音，与听证程序的严肃气氛交相呼应。随着火箭发射时刻表开始运转，西尔维娅开始做笔记。文件中经常缺少原始的贷款抵押文件，法官会要求电话另一头的律师在周末之前提交这份文件。在一些案例里，整份文件都不见踪影。有几位被告亲自出庭，或有律师代表他们出庭。这其中包括迈克尔·麦克雷，他已经在自己家里住了十八年，有两个儿子和一份新工作，并试图重新贷款（法官延迟了出售日期）。还有霍华德·赫夫，一个没受过多少教育的黑人，似乎根本不知道出问题的房子在哪里，因为他只是跟一个认识的经纪人搞投资，同意把自己的名字放在一份贷款申请上，结果现在发现自己被银行告上了法庭。（西尔维娅对此忧心忡忡，她在听证结束后追上赫夫，催促他去找法律援助。赫夫茫然地看着她。）不过，绝大多数案件都无人提出异议。西尔维娅知道这是怎么回事了。她知道银行是如何击败他们、欺骗他们、搪塞他们，在法庭审理之前一直拒绝接听电话，大部分被告到庭审时已经放弃了。在被告缺席的情况下，正义在眨眼之间得到伸张。

"这些失去自家房子的人得到的时间，"西尔维娅后来说，"还没有我在麦当劳兔下车外卖窗口花的时间多。"代表他们讲话时，她有了一种新的感觉，不同于她自己经受的煎熬，这种感觉更像是同情。

上午的审理快结束时，利特尔法官突然对她说："你需要什么吗？"

"我可以拿到一份诉讼时间表吗？"

法官不确定地看着法警。法警坚定地摇了摇头："每天的诉讼时间表都会送进碎纸机。"随后，西尔维娅看到这位法警对一名法庭官员低声说了些什么关于她的话。

不过，到了人生的这个阶段，西尔维娅已经没有看上去那么容易被吓到。等到当天结束，她再次要求法庭提供诉讼时间表，这次，她从法官书记员那里拿到了一份。根据诉讼时间表，她就能将房主姓名和银行的名字跟她目睹和记录下的案件一一对应起来。那天晚上，她把自己的笔记写成一份报告，发送给一个积极为止赎案件辩护的佛罗里达律师网络。就这样，她成了他们在法庭上无偿的耳目。西尔维娅·兰迪斯就这样投身了一场运动——她参与的第一场运动；她说，这是一场关注法律、财产权、透明度和民主的"中产阶级运动"，参与者都是天真的美国中产阶级，他们一直信赖这个系统，从未与之斗争过。她就这样认识了马特·韦德纳。

"马修·D. 韦德纳❶律师事务所"，玻璃窗上挂着的牌子这么写道，"房地产、民事诉讼、家庭法、公司法"。基本上，韦德纳来者不拒——他是个大门律师❷，法律界里勉强糊口的农民，每次代理先收几千美元定金。他在圣彼得斯堡市中心一片看起来很可疑的地带有一间破

---

❶ 马特·韦德纳的正式名字。

❷ 大门律师（door lawyer），指愿意接收各种业务、没有专攻领域的律师。

落的店面，两边分别是一家沙龙和一家比基尼酒吧；他凌乱的弧形桌子占据了地面上的大部分可用空间。乍一看，韦德纳本人的模样也有点可疑。

　　他是佛罗里达人，年近四十。从一张旧借记卡上的照片来看，他过去是个胖子，但开始参加铁人三项之后就瘦了下来；在他桌子后面的墙上，学位证下面挂满了镶框的奖牌。他离过婚，把还有一大笔贷款没还清的房子留给了前妻，她不愿意卖掉房子。当他的小区里开始出现悍马，他知道崩盘已经迫在眉睫——这一切都如此傲慢、如此荒唐。韦德纳自己租了一辆白色凯迪拉克，这就是他对美国汽车业的贡献；他在后备厢里放了一个迷彩救生工具包。他有一张生机勃勃的粉色的脸，走路有点罗圈腿，无论撞见什么状况都能随机应变，抛出妙语。他会走进圣彼得斯堡司法大楼 400 号房间，睁大浅蓝色的双眼，装出一脸惊骇，对着一屋子身穿深色西装的律师宣称："这个法庭里满是暴徒。"一旦他开始行动，这些句子就会在兴奋和愤慨中奔流而出。"我们消费来自各处的垃圾，但我们没在制造任何东西。如果在美国我们什么都制造不了，那我们又该如何偿还贷款呢？如果我们遭遇了一场完全意外的灯火管制或停电，导致纽约或芝加哥停转，那该怎么办？你觉得彻头彻尾的恐慌蔓延开来需要多长时间？"然后，在这番演讲的高潮时刻，他在口头上后退一步来检讨自己："是我太歇斯底里了吗？"

　　韦德纳并不是一直对美国抱有世界末日的看法。他的人生开始于春假胜地代托那海滩，他在那里参加了童子军。他的叔叔唐是佛罗里达州共和党的主席，当时，佛州大部分人仍然是民主党；在他叔叔的管理下，共和党在所有六十七个县建立支部，并于 1979 年举行了第一次全州大会。马特吸吮罗纳德·里根的思想乳汁长大，参加了青年共和党的活动，虔诚地信奉上帝和国家、美国例外主义 ❶、自力更生和小政府。他上学时恰逢金里奇的国会革命，他给自己的拳狮犬起名叫纽特。他完全支持入侵伊拉克，"我们师出有名，还获得了一个能作为加油站的前沿作战据点。"然而如今回头想想，他能看到，从父母那代人开始，从 20 世纪 70 年代开始，腐坏就已初见端倪。韦德纳的祖父母在第二次世界大战后拼命工作，去世时已经还清房贷——见鬼的是，当他的父亲背着安老按揭退休，浪荡了十年之后，他的祖父仍在工作。"我们的父母又肥又懒，"他说，"我们的祖父母永远不会抵押一切，靠债务过活。如果你看一下过去二十年的国内生产总值，特别是过去十年，你会发现它并不是基于我们制造的东西。它是基于三十年前制造的东西在纸面上的交易。"

　　1999 年，韦德纳从佛罗里达州立大学获得法律学位，然后来到佛罗里达州止痛医学学会担任说客。他的工作是在州内飞来飞去招待医生，让辉瑞和诺华的药物代表在学院年会上写下五万美元的支票。他会在塔拉哈西参加会议，那里的房间布置让说客们能顺畅地从餐台走向等待的议员们。握手之时，真相显露，韦德纳会与州议员目光相交，他从口袋里掏出装满支票的信封，州议员会用手掌感受它的厚度，好决定韦德纳有多少时间，来解释挫败一项新法案的重要性——这项法案要求患者每次购买氢可酮 ❷时都需要拜访医生——因为一旦这项法案通过，妈妈们就没法给孩子买到止咳糖浆了。说到这里，韦德纳会被打断，时间到了。

　　日复一日，这些场合让他感到恶心。他离开房间时心里会想："我想进入一个诚实的行业，比如他妈的法律界。"

---

❶　美国例外主义（American Exceptionalism）认为美国是一个独特的国家，以自由、民主、法治、平等和资本主义思想为建国基础，人民富裕幸福，国家稳定强盛，具有其他国家无可比拟之处，也有在国际上捍卫其意识形态的责任。

❷　氢可酮，一种鸦片类镇痛药物，口服可用于止痛和止咳，有成瘾性。

　　2001 年，他开始在他的叔叔唐在杰克逊维尔的律师事务所工作。
12 月 12 日，韦德纳本应与叔叔、另一位律师和两位客户一同搭乘唐
的单引擎切诺基风笛手小型飞机往返劳德代尔堡。临出发前最后一
刻，有个法官打来电话，把马特拖在了办公室里。那天晚上，在大雾中，
飞机坠毁在杰克逊维尔机场附近的一片松树林，无人生还。

　　经历了这场令人不寒而栗的死刑缓期判决后，韦德纳逃往圣彼
得斯堡，在那里单枪匹马成立一家律师事务所。最初几年里，他甚
至没地方坐下，只有当临街办公室里的其他律师出庭时才能弄到一
张桌子。他埋头苦干、勉强糊口，接的大部分是离婚案，直到 2007
年前后，止赎案开始涌入。第一批案子来自南圣彼得斯堡等贫穷区域。
然后中产阶级专业人士也遭了殃。这是一场大屠杀，但一切都暗中
进行，因为没人愿意谈论它——满面羞惭的男人们几乎没法开口告
诉韦德纳，他们跌入了怎样的房贷修订骗局❶。夫妇们坐下来互相指
责，妻子埋怨丈夫丢了工作，丈夫埋怨妻子非要买大房子，直到韦
德纳制止他们："嘿，伙计们，现在是咱们要跟他们作对，发生了什
么并不重要，咱们得团结一致才行。"他会绕过弧形办公桌，走到客
户那边，拖来一把空椅子，放在他们中间："我希望你们能注意一下，
这对孩子会有什么影响。"

　　有些客户第一次上门时会说："不惜一切代价，我也要保住我的
家。"韦德纳则告诉他们："我就是你要找的人。我会为你们而战。"
整个 2008 年加上 2009 年的大半年，他都以为政府和银行能想出什
么方案——拆分拖欠贷款，财政部向银行支付一半，银行将另一半
作为坏账核销，这样就可以把贷款划归联邦政府；政府可以跟房主们
重新谈妥，让他们能留在自己家里。银行救助这样的方案，可以让

---

❶　房贷修订（mortgage modification）是指在房主无法偿还贷款时对原始贷款条件进行修订，
　　如降低每月还款额等。房贷修订骗局即以此为幌子的骗局，例如要求房主提前支付费用，
　　承诺可以完成贷款修订，甚至欺骗房主签字转让产权等。

所有幽灵债务直接蒸发，反正它们直到世界终结也没法还清。但房主们并没有获得救助。他的客户们会花费数月，试图让银行的人接电话，好让对方同意把房子短售或是做贷款修订，结果却徒劳无功、日渐疲倦，最后回到韦德纳这里，说："我准备好放弃了。我妈有个地方让我搬去住。"或是："我们准备在市中心租个地方住。"

韦德纳会告诉他们："我从来没输过止赎案。"千真万确。从没输过。不是因为他有多优秀——尽管客户们认为他是个无所畏惧的律师。是因为体制太糟糕了。

韦德纳发现，一旦他制造出任何阻力，银行的案子就开始摇摇欲坠。原始笔记丢失了。产权调查无法建立起连续的监管链。抵押贷款电子注册系统把县法院记录办公室里原本好好的传统实体文件换成了电子版，而根据佛罗里达州法律，这种电子复制版并不符合规定。文件上带着伪造的签名、虚假的日期和假造的印章。当经济一帆风顺时，没有人注意到这些，可一旦事情急转直下，人们停止还贷，美国的抵押贷款就变成了一场骗局。一位名叫阿琳·富伊诺的客户（她是个房地产经纪人）同她的"短售和止赎资源"被"作为结构性资产证券公司信托 2006-WF2 受托人的美国银行全国协会"起诉违约。这他妈是什么东西？韦德纳将此案提交到第六巡回区的法官那里，要求原告的律师证明资质："我们只是要求他们确认，那个问我的客户要几十万美元的实体到底是谁。"基本上，华尔街（他称之为"哥谭❶，肛门，国家的黑洞，吸走了所有资金的大灾难核心"）通过证券化将抵押贷款切割和包装了太多次，接下来，银行又在尝试收回不良贷款时各种抄近路，到现在，已经没有任何机构能对某人的房子主张明确的权利。而这并没有阻止治安官代表来砸门。

---

❶ 哥谭（Gotham），纽约市的别称，语出美国小说家华盛顿·欧文，意为"傻瓜居住地"，后因《蝙蝠侠》等漫画作品而知名，被描绘为一座充满罪恶和腐败的暗黑都市。

韦德纳过去从未怀疑过法院的公正，可如今，他对这背后的意味深感震惊："我们的整个财产所有制都处于混乱和骚动之中。"

有一天，他坐在圣彼得斯堡司法大楼的 300 号房间，等待他的案子开庭。这时，另一个止赎案的原告律师告知法官，其实她并不是原告律师。一家名为"借款人流程服务公司"的巨型止赎工厂里的一台计算机雇用了她，让她代理富国银行，但富国银行并不是票据的持有人，美利坚合众国银行才是，至少她是这么认为的。帕梅拉·坎贝尔法官让她把事情搞清楚。当轮到韦德纳的案子，他站在法庭的淡绿色地毯上，说："法官大人，刚才听到上一个案子的情况，我的脑袋都要爆炸了。"

坎贝尔法官勉强笑了一下："希望他们能弄明白原告到底是谁。"

法官们听了韦德纳的论点，对止赎售卖发出了终止令。但法官拒绝照他所言驳回整个案子，因为毕竟他的客户还欠着钱。于是，这些案子在炼狱里煎熬，无人偿还贷款，法庭继续积压案件，银行拒绝修订贷款的申请，客户得不到解决方案。但至少，他们能留在自己家里。

杰克·哈默斯玛就是一个例子。当杰克第一次走进韦德纳的办公室时，他还是个魁梧的船舶推销员，一个汉子中的汉子，曾经拥有一家修车店，也炒过房。他刚过五十岁，为他在圣彼得斯堡的房子背负着两笔共六十万美元的贷款——这是个荒唐的数字，因为到杰克雇用韦德纳时，房子的价值可能只有这一半。杰克想告诉他的律师和任何愿意听他说话的人，他毕生兢兢业业工作，在买下这栋房子时还是能负担得起的。韦德纳一介入，银行就没法把最基本的文件准备好，诉讼拖了好几年。这期间，杰克丢掉了船舶公司的工作，积蓄日渐缩水，还患上了三种类型的癌症：结直肠癌、肝癌和淋巴癌。这发生在韦德纳的许多客户身上——工作、房子、健康，通常是按这个顺序。韦德纳眼睁睁看着杰克在他眼前萎缩下去，足足瘦了一百磅。第一次咨询后过了三年，杰克在一个下午一瘸一拐地走进办公室，讨论他的案子。他从短裤里伸出瘦弱的双腿，肩上挂着一个帆布袋，里面伸出一条管子，一直延伸到胸口的绷带下面。他刚刚结束了五个小时的化疗，正开始四十八小时的抽液。

"我发现很多客户都生病了。"韦德纳请杰克坐下，告诉他，"我不知道这里面有什么关联。你知道吗？"

"压力无疑很大，"杰克的声音听起来像是嗓子堵住了。从他的面庞仍然能看出过去英俊模样残留的痕迹，"如果你没法工作，几年里都没有收入，那么，这会对你造成不好的影响。你没钱了——不是故意的，你只是无力还钱了。"

"你是在这里坚持最久的人之一。"韦德纳说。

"它会比我活得更久。"

"不要放弃。"让韦德纳生气并不需要太多刺激，杰克的存在就足够了，"我们只是想完成我们的任务、我们的事业，我们想要为社会提供些什么。我真他妈气坏了，政府夺走了我们提供任何东西的能力。"

"我不知道是否该由政府来创造就业，"杰克说，"但是他们得负责来缓解这种状况。当我申请某份援助时，他们盯着我看的眼神就像我有三个脑袋一样。"杰克差不多已经破产，这使他丧失了向政府申请房主紧急资助计划的资格。他的治疗每月要花费三万五千美元，一旦联邦医疗补助计划拒绝他的申请，治疗就会结束。"我困在这个小小的角落，找不到出路。有些事情迟早会崩溃。"

"他们说我妈能活的时间比给你的时间还短，但我妈现在还活蹦乱跳呢。"

"我也想相信自己能打败它。如果是说态度的话，我觉得我能——从精神上来说。但在临床方面，不，这不可能。统计数字说，我的病情只能让我活两年。"

　　谈话转向杰克的案子。它好像已经奄奄一息。"我已经差不多一年没有收到美国银行的消息了。"杰克说,"偶尔会从富国银行收到一份联邦快报,告诉我说,如果我付给他们十八万三千美元,他们就把欠债一笔勾销。"

　　"就是说,如果你今天收到通知,明天让他们收到钱——"

　　"说实在的,这已经太晚了。"杰克挤出一声笑,"我不打算搅动这烂摊子了。"

　　"不必自讨苦吃。"韦德纳的怒火又被点燃了。美国这足足五十万亿美元的债务到底要他妈的如何还清?"它已经达到这样一种抽象的水平,那些他妈的还在继续还钱的人——你为什么要还钱?这一整套债务问题,我们只是在饲养这头怪兽,如果所有人都停止还款,他们就真的无计可施了。"

　　"我不再还款给任何人了,"杰克说,"我做不到,我没办法。"当有人因为他没还清家得宝信用卡的欠债而送来传票,他没开门。

　　"唯一渺茫的希望就是大规模的全球抗债。"韦德纳说,"一切都他妈得烧干净,要不然,你儿子一辈子埋头苦干也攒不下钱,因为他得忙着偿还个人债务、政府债务和机构债务。"

　　"在我看来,我对任何事情都无能为力,你还能做什么?"

　　"什么也做不了。"

　　"什么也做不了,"杰克说,"这可不是我的思维方式,不是我的个性,也不是我的品格。但我被逼到了绝境,别无选择。"

　　韦德纳也不明白,为什么银行没有对杰克家的房子穷追不舍,反倒死死缠住其他人——毕竟,杰克家的房子还值一些钱。这似乎完全是随机的,这一点甚至比其他情况更可怕——比如银行想把这些债务保留在账目上,好展示给股东看;或者它们能就此得到一些不合常理的经济利益;又或者它们真的相信市场很快就会回暖。还有一件事让韦德纳不明白,那就是为什么全国止赎浪潮中的所有失业房主没有集结起来，形成一场大型运动。他问杰克，杰克有一个答案。

"它会切断你与一切的联系。想象一下，每天起床，却没有目的。你没在工作，你的自我价值被冲进了马桶。你不与人交往。你闭门不出。你不想接电话。它让你与一切隔离。我甚至不能出门吃点东西。我不想花十五美元。"

韦德纳靠在椅背上，双手交叉垫在脑后："好消息是，我们让你留在了家里。"

"那是件好事，"杰克说，"明天总会到来。"

"是的。你会在那里向明天问好。你不会离开。"

"我宁愿破产但仍然活蹦乱跳，也不愿意死掉。他们可以杀死你，但他们不能吃掉你，法律不是这么规定的吗？"杰克和韦德纳都笑了。

于是，BAC 住房贷款服务公司（前全国住房贷款服务公司）诉杰克·哈默斯玛案继续拖着，杰克继续住在自己家里，直到两个月后，他在那里去世。

韦德纳的脑袋总是处在即将爆炸的状态。他的脑海中充满种种景象，反映着飞快衰落、业已凋敝的盗贼统治❶，两个政党都在背后教唆怂恿——美国民众靠刷食品券购买的加工毒药为食；低技能工人在结构上无法再参与劳动，并且蠢得不明白他们的旧工作已不可能回来；哥谭的银行如同水蛭，将最后一滴财富从这个国家吸走；公司不受任何国家利益概念的束缚；财产法体系分崩离析；整个世界淹没在债务中。他是美国步枪协会成员，拥有隐蔽持枪许可证。他在床边放了一把史密斯威森 AR-15 半自动步枪，还有三个四十发的弹夹，但这并没有让他感到更安全，甚至还把他吓得屁滚尿流，因为他在枪

---

❶　盗贼统治（kleptocracy），政治学术语，指政府中的腐败统治者利用政治权力来侵占人民的财产和权利，借以增加自身的财产和权力。

展中看到了枪支收藏者的狂热，也知道佛罗里达邻人中有多少人持有武器：像他一样遵循宪法的爱国者，穿着迷彩服的退伍军人和猎人，还有文身的城里孩子，他们看上去像是初级民兵组织。奥巴马上台后，事情愈发疯狂——武器脱销，枪支经销商开始贩卖 T 恤，上面写着："警告：我是退伍军人。国土安全部已认定我可能会极端化，并对国家安全构成威胁。接近我时请自行承担风险。你已被警告！"那么，一旦坦帕电网发生故障，将会发生什么？一片混乱。那就是未来——国内动乱、社会瓦解。

韦德纳在圣彼得斯堡的公寓庭院里开垦了一个小小的胜利菜园❶，里面有胡萝卜和生菜，也有西红柿和辣椒。能品尝真正的蔬菜真是太棒了——就算只是触摸它们也很棒。他正考虑在希尔斯伯勒县东部偏远的地方购买一块土地；他曾与女友一起在周末开车去那里兜风，他们会停在自给自足的农场，购买未经加工的蜂蜜或牛奶，那里的人们靠种植庄稼、猎杀鹿和野猪为生。这可能是唯一的答案：美国人得重新开始耕种。所有经纪人和投资者都得让指甲里塞满泥土，带着一身晒伤和疲惫上床睡觉，这能治好他们的焦虑和抑郁。越是简单的社区，越能继承地球。当天下大乱，他会把这个地方作为避难所，也许会雇用几个有军事技能、经历了止赎的退伍老兵来照看它。谁也不想让那些神经混乱的人到处晃悠、无所事事。

2009 年，韦德纳开始写博客。起初，他这么做是为了招徕生意，但不久后，他找到了属于自己的文风——辞藻华丽、审慎、调侃、愤怒——于是，他成了止赎辩护运动的一名领导者。这场运动由杰克逊维尔的一群律师发起，一位名为艾普尔·查尼的法律援助律师领导，她将韦德纳介绍给了西尔维娅·兰迪斯。他的博客口号是"为

---

❶ 胜利菜园起源自一战和二战时期，当时参战国鼓励在私人房产和公园中开垦菜园，以缓解战时食品供应压力，战后成为一种流行的生活方式。

美国人民而战，只要政治言论受到保护，就要大声说出来"。他每天都在清晨或深夜写博客，经常是洋洋洒洒的长篇大论。在马丁·路德·金生日的那一周，他发布了一篇文章，写给"我亲爱的律师同僚们"。文章细致模仿了马丁·路德·金的"伯明翰监狱来信"❶：

> 我在止赎法庭的囹圄之中，读到了你们最近的声明，你们称我最近的活动"不明智且不合时宜"……或许那些从未被止赎飞镖刺痛的人，会很容易说出一句"等一等"。然而，当你看到好端端的家庭被扔到街头，当你看到银行没有拿到法院命令就踢开房门、更换门锁，当你看到执法人员漠不关心地站在一旁，说"这是个民事问题"，当你看到法院做出违背基本法条的判决，当你看到银行和企业高管收割昧良心的利润，当你看到客户因为止赎和经济状况带来的压力和痛苦而病入膏肓、奄奄一息，当你看到单身女性生活在致命的恐惧之中，生怕自家前门会被第三次踢倒，当你看到那些只知道自己的父母生活在痛苦之中的孩童——到那时，你就会明白，为什么我们觉得难以继续等待下去。

他提出帮助一位在止赎案件中自我代理的老妇人，却遭到第六巡回区的训诫，说他扰乱法庭秩序。法院说他在招揽客户，而他说那是高级法官试图惩罚他，因为他号召联邦政府接管佛罗里达的"火箭发射时刻表"。他还被棕榈港的一家公司起诉诽谤，因为他指控这家公司用机器人签名抵押贷款文件。一些记者甚至认为是他推广了"机器人签名"这个词。他开始接到《纽约时报》和《华尔街日报》的电话，也经常出现在《圣彼得斯堡时报》上。他喜欢和记者交谈——

---

❶ 伯明翰监狱来信（Letter from a Birmingham jail）是马丁·路德·金写于 1963 年的公开信，信中为非暴力抵抗策略进行辩护，是美国民权运动的重要文本。

为了实现他的目标，媒体是他最后的希望，也是他唯一还信任的机构；他对媒体的信任超过了大部分媒体从业者。然而，韦德纳仍然是一名普普通通的律师，在一间破旧的办公室里执业，开着他的白色凯迪拉克，来到六个街区外的县法院。"我很希望能像格洛丽亚·斯泰纳姆❶一样，"他说，"因为我有一个大嘴巴，而且不知怎的，我能让人们听我说话。但我必须谋生。"只有一个念头能阻止他的脑袋立刻爆炸，那就是他的律所和博客——他在那里发布了他提交的动议，好让其他人参考——能让哥谭的大银行支付数百万美元的法律费用。

有一天，韦德纳接到一通电话，来自一位名叫乌莎·帕特尔的印度女人。一家商业贷款方——"商业特快贷款公司"——试图收走她在帕斯科县拥有的舒适旅馆。乌莎通过电子邮件给韦德纳发送了一大堆文件，他读了文件，听了她的说法，但拒绝代理她，因为他只代理房主，而她的案子是个非常复杂的商业案例。后来，当案件进入法庭，他擦边参与其中。他很高兴自己这么做了，因为他从没见过像乌莎·帕特尔这样的客户，她如此努力地斗争，对美国梦有如此强烈的信念，几乎足以让他恢复自己的信念。

乌莎知道她该对贷款负责，毕竟，是她签了票据。2010 年初，当她和家人前往伦敦参加一场婚礼时，她曾试图与商业特快贷款公司协商一份新的还款时间表。当他们回到坦帕机场，她的儿子看着手机，说："妈，我们有一个紧急听证会要参加。"

从乌莎的紧急听证会，可以一窥新千年伊始充斥着欺诈与失败的奇景。商业特快贷款公司——后来改名为塞耶纳——已经破产，正因欺诈性贷款行为被司法部起诉。由于塞耶纳要想办法偿还它的债

---

❶ 格洛丽亚·斯泰纳姆，美国媒体人、活动家，在 20 世纪六七十年代成为女权主义运动的领袖和发言人，终生为女性议题发声和行动。

权人，结果这起华尔街上的破产案威胁到了乌莎远在帕斯科县的经营不善的汽车旅馆。韦德纳说："当金融巨头们在哥谭为塞耶纳的残骸大打出手，塞耶纳的触手却在这里缠上乌莎的脖子。"放贷方欺骗了乌莎——它无意协商新的还款时间表——在 3 月 19 日的紧急听证会上，帕斯科县巡回法院下令将乌莎·帕特尔倾注一生精力的汽车旅馆投入破产管理，这意味着法院要代表破产的塞耶纳及其债权人没收她的收入，让她失去生意。在法庭上，她哭了。她的儿子告诉她："这样不行——我有钱，在法官签署命令之前，我会雇一个律师。"同一天，在市中心的联邦破产法庭，乌莎根据《破产法》第十一章为她的"奥姆·什里坦帕公司"申请了破产保护 ❶。汽车旅馆获准保留。然后，事情变得复杂起来。

在第一次破产听证会上，乌莎发现原告不再是塞耶纳，不再是商业特快贷款，也不再是自从贷款以来她听说过的任何一个名字。她的新对手是汇丰银行，全球第二大银行——房屋抵押贷款债券的"契约受托人"，其中也包括乌莎的贷款。突然之间，提交的文件上显示，抵押贷款已经转移给汇丰银行，这些文件没有公证过的印章，没有见证人，也没有日期；有的只是本该来自银行副总裁们的可疑签名。乌莎的案子被卷入了席卷全国的止赎巨浪。由于无法逼迫银行与她和解，乌莎只能将文件作为她拯救自家汽车旅馆的唯一武器。

近两年的时间里，乌莎与汇丰银行及其律师军团作战。她阅读了每一份出入她的律师办公室的文件，尽可能学习有关破产法和财产法的一切。随着案卷越来越长，文件装满了一个又一个文件盒，然后她会把它们装进丰田 RAV4 的后备厢保存，带着它们往返于汽车旅馆、家和儿子的电脑店之间。当第一个律师不得不放弃案件，她

---

❶ 在美国《破产法》第十一章规定的破产程序下，欠款人仍然能控制自己的日常运作，同时欠款人和债权人会在破产法庭合作谈判，达成重组方案，让欠债人能够继续运作以偿还债务。

雇用了另一个；当第二个律师辞职，她雇用了第三个，然后又雇用了第四个；作为顾问，马特·韦德纳代表奥姆·什里的一个股东参与进来。但乌莎比任何一个律师都更了解案情；是乌莎推动她的律师们继续战斗，而不是相反。最终，她的法律账单达到了二十万美元。在那之前很久，她就已经没钱了，是她的儿子和其他家人——在美国、英国和印度古吉拉特邦——支持着乌莎的战斗，因为不像迈克·罗斯、西尔维娅·兰迪斯和杰克·哈默斯玛，乌莎·帕特不是土生土长的美国人。也就是说，她不是孤身一人。

"这是我的面包和黄油，"她说，"我的心和我的钱。如果我不斗争，那么在二十年埋头苦干之后，我会流落街头。"

庭审前的几个星期里，乌莎、韦德纳和她最新雇用的律师每天都在她儿子的电脑店里待到午夜之后，夜复一夜地研究着案卷中的每一个字眼。庭审前两天，面对败诉的可能性，汇丰银行突然同意和解。乌莎接受了新的还款时间表，首付十五万美元，每月还款一万美元，利息为百分之六。这很难说是一场胜利，但她花了几千美元，在坦帕历史最久的餐厅跟她的多位律师和其他支持者们一同庆祝。

与一家全球金融服务公司作对，获得令人精疲力竭的平局，这让乌莎改变了对她移民到的国家的看法。她断言，正义属于有钱人，而不属于她。在她走向破产时，银行家和律师却从中受益。银行通过霸凌小人物来赚钱，先是试图恐吓她投降，然后当她反击时，又将她埋在文件堆里，雇用评估员和检查员来针对她的汽车旅馆状况提交虚假报告，向她泼脏水。谈及汇丰银行，她皱起鼻子，撇了撇嘴，眯起眼睛，露出厌恶的神色，就像谈论土生土长的美国人的工作习惯时一样。

尽管如此，乌莎并没有得出与韦德纳相同的结论。她不相信美国在衰退。她仍然能看到一个光明的未来，就算她自己无法抵达，她的孩子也可以。"现在，"当案子结束后，她说，"上帝保佑美国。我相信这一点。"

第三部分

杰夫·康诺顿

2009 年和 2010 年的每一个早晨，当康诺顿开着那辆破破烂烂的美国汽车沿着马萨诸塞大道前往国会山上班，他都是一肚子火气。他对华尔街愤怒的原因数不过来：银行家、律师、会计师——尤其是因为华尔街抛弃了他在商学院和法学院学习过并且天真地相信过的法律、规范、制度性检查和行为准则。他对华盛顿两党都感到愤怒，因为它们任由这一切发生。他对证券交易委员会（SEC）、储备机构管理局（OTS）、货币监理署（OCC）等监管机构、评级机构以及其他没能恪尽职守的推动者感到愤怒。他代表美国人民而愤怒——说实话，并不代表那些一直存在的穷人，而是代表中产阶级，他们（用克林顿的话来说）兢兢业业、奉公守法，却在年近花甲、以为自己已经存够退休金之时，眼睁睁看着一半的 401（k）储蓄❶化为乌有。他代表他的老同学而愤怒，那些五十来岁的男人生活在坦帕、奥斯汀和麦迪逊，一夜之间不知能否保住自家房子。最后，他为自己而

---

❶ 401（k）是美国于 1981 年创立的退休金账户计划，适用于私人公司雇员，因相关规定在美国税法第 401（k）条中得名。该计划允许雇员将部分工资存入退休账户，存入资金可享受延后交税的优惠。账户中的资金可用于投资，增值部分可免除资本增值税，但因此也受市场波动影响。

愤怒。没有人会为他哭泣，可是他失去了很多——那是他有生以来第一次拥有那么多。"也许我感受深刻，是因为我个人受影响太大，"他说，"当整个系统崩溃时，我才刚有钱没多久。如果你不能依靠共和党来保护财富，他们还能干什么？"令他感到惊讶的是，更多的人并不像他一样生气。康诺顿，一个温和的民主党人，正在变得"激进，因为突然意识到我们的政府已被金融精英接管，他们在为大财阀管理政府"。

当拜登在 2008 年夏天获得副总统候选人提名时，康诺顿突然发现自己身处美国最大规模游戏内圈的外围。这场游戏如此盛大，他毫不犹豫地重新打开拜登这册账本。赛马再度举行，仍旧是那令人眩晕的上下起伏，但这次速度更快，更令人目不暇接。在丹佛举办的党内大会上，他原本待在城外十五英里的宾馆，是个毫无作用的流放者，如今却摇身一变，开始审查拜登酒店套房周四晚上贵宾派对的客人名单——他让其他前工作人员知道，他既能放他们进去，也能将假装忠于拜登的人拒之门外。在派对上，他等着轮到自己，最终等到一只胳膊钩上他的肩膀。"咱们做到了，伙计。"拜登说。

秋季的竞选动员中，游戏继续进行。他原本无处可去，却突然开始协助考夫曼，后者在换届前担任副总统联合主席（康诺顿花了两个月时间编写一本副总统版《圣经》，涵盖了这份工作的方方面面，甚至连办公空间都写进去了）；然而大选结束之后，他不在过渡班子里，因为全体说客在两年内被禁止参与新政府工作（除了那些没被禁止的人），哪怕他从未要求拜登为他做什么。奥巴马单单挑出华盛顿永久阶级中康诺顿所属的这个子阶级，这未免有些太过虚伪——毕竟，几乎他自己雇用的每个人都以各种方式从大企业那里赚得盆满钵满。康诺顿最后只获得了一张位置糟糕的总统就职典礼蓝色入场券，进入距离舞台数百码的站立观礼区，即使在那儿也根本看不见什么，因为人太多了。结果，他跟另一个拜登前幕僚一起，在鹰与鸽酒吧的电视上观看了奥巴马总统和拜登副总统的宣誓就职仪式——过去的岁月里，当他还是"拜登的人"，这家酒吧是他在国会山常去的地方。

每当康诺顿开始滑向外界的黑暗，他的手机总会响起，将他拖回来；那个电话总是来自特德·考夫曼，他在华盛顿不可放弃的盟友。考夫曼接续拜登的下一届参议院任期的前两年，他邀请康诺顿担任自己的幕僚长——更确切地说，他请另一位拜登圈内人询问康诺顿，如果这份工作摆在眼前，他是否愿意接受；因为到了华盛顿的这个层级，没人愿意被人拒绝。康诺顿更想要一份白宫的工作，比如总统常务副法律顾问，但他身上有着注册说客的烙印，拜登也很少利用影响力来为自己的人争取高层职位。所以他花了一个周末考虑，然后告诉杰克·奎恩，他要离开公司了；他在这里获得前所未有的成功，也交到了许多亲密的朋友。年届五十的康诺顿接受了工资的大幅削减，回到参议院。

金融危机是这个国家最大的问题，康诺顿和考夫曼对此观点相近。首先，它代表了法律制度的崩溃。除非是不受监管的欺诈，否则这些银行怎么可能"技术上无力偿债"，却仅有几个内部人士知情？然而还有更深层次的原因——半个世纪以来一直保持银行业稳定的规则不复存在。康诺顿眼中的考夫曼——古稀之年，有一个沃顿商学院颁发的发霉的工商管理学硕士学位——就像瑞普·凡·温克尔 ❶ 一样，在"合成债务抵押债券"和"赤裸裸的信用违约互换"时代如梦初醒。曾维持商业银行和投资银行之间壁垒的《格拉斯－斯蒂格尔法案》究竟他妈的发生了什么？（1933 年被国会通过，1999 年被国会废除，两党共同投票，克林顿签字通过。）那个要求投资者必

---

❶ 瑞普·凡·温克尔，小说家华盛顿·欧文笔下的角色，该角色饮酒后陷入长眠，二十年后醒来时发现一切已物是人非。

须等到股票价格上涨才能卖空的"提价交易规则"（uptick rule）又
发生了什么？（1938 年由美国证券交易委员会设立，2007 年被美国
证券交易委员会废除。）在漫长的繁荣时期，人们很容易忽视这一剥
蚀的自由市场景观——康诺顿就是如此——但是当风暴吹来，没有
墙壁能挡住风势，也没有树木来保护被侵蚀的水土，所有人都发出
悲鸣。

考夫曼只会做两年参议员。没有选举像铡刀一样悬在头上，紧
盯着他的一举一动，所以他不必把一半的晨间时光花费在 K 街的筹
款早餐会上。康诺顿也感到自由：他已经兑现了一次支票，如今已不
必一边接听说客的电话，一边盘算自己的未来职业前景。他们都有
充分的自由去追查华尔街，而不必担忧后果。"就算我需要竞选连任，
我也会做同样的事情。"考夫曼告诉记者。可是康诺顿在华盛顿待了
太久，已经不相信这种言论。这是属于他们的时刻，也正是奥巴马
总统任期的第一年；经济衰退中，数十万个工作岗位正在蒸发。

前一年 10 月，也就是竞选宣传活动的最后一个月，康诺特从考
夫曼那里得到消息，说奥巴马团队希望罗伯特·鲁宾担任财政部长。
"难道你不知道大半个国家都想吊死罗伯特·鲁宾吗？"当考夫曼对
这一前景流露出热情时，康诺顿问道。考夫曼后来说："这就像汽车
坏了，我们需要一个机械师。"奥巴马没有政府经验，也是个金融新手，
他似乎相信，只有鲁宾和他的追随者能修好这辆车。

无需更多证明，整个体制（那晚克林顿曾在他的私人书房中提
到的体制）必定会从一地废墟中涅槃重生。体制可能会一败再败，
却依然能够存活，甚至日益繁茂。它就像赌场一样注定会赢；你一旦
打入内部，除非做了什么大逆不道的事情，例如写一篇尖锐的时评，
否则不可能失去地位。（就算真的发生了那种事，你也可以辩称那只
是在表达符合公共道德的观点；只要没有真的指名道姓，就能侥幸过
关。）鲁宾不再适合财政部，但奥巴马所考虑的候选人基本全是他的

人；毕竟，奥巴马是从比他们任何人都更低的起点一路奋斗打入体制的。迈克尔·弗罗曼是克林顿政府中鲁宾的幕僚长，后来曾担任花旗集团常务董事；他将鲁宾介绍给奥巴马，自己担任奥巴马在总统交接期间的人事主管，同时继续在花旗银行工作，然后在加入政府之前领取了两百二十五万美元的奖金。另一位花旗集团高管雅各布·卢当上了副国务卿，将九十万美元的奖金收入囊中。尽管有说客从政禁令，高盛的说客马克·帕特森还是被聘为财政部办公室主任。鲁宾的门徒、银行救助法案的设计师蒂莫西·盖特纳被任命为美国财政部长，即使被发现他曾公然向他将要领导的机构少缴税款，仍然顺利就职。拉里·萨默斯一手打造了 90 年代后期倾向银行的政策，并且从多家将会收到救助资金的银行获得数百万的演讲费；他当上了奥巴马政府的首席经济顾问。就连奥巴马的幕僚长劳姆·伊曼纽尔，也在政府工作的三十个月间隙里从芝加哥一家投资银行赚了一千六百五十万美元。这些人都是各自领域的佼佼者，都聪明绝顶，受过最高的教育，都是民主党人，都与那场史诗般的失败有所牵连——现在，他们都受雇来清理废墟。他们曾与那些银行家一同学习，一同工作，一同吃喝，一同致富，他们又怎么可能与那些银行家有不同的视角呢？互相提携和利益冲突早已融入精英管治的灵魂。这个庞然大物是杀不死的。

康诺顿不安地看着这一切。他知道旋转门和互利互惠如何运作，也知道当权者潜意识的偏向。在他的整个职业生涯中，他也曾沉浸在这些世界——投资银行、国会、白宫、游说。然而，金融危机如同一场地震，给数百万人带来深切的痛苦；终于有一天，愤怒的公众开始注意到这里。现在，是华盛顿追击华尔街的时候了。

参议员若想产生任何影响，就只能选择关注有限的几个问题。他的时间表和脑袋都没有足够的空间容纳更多。当康诺顿和考夫曼都在为拜登工作，而康诺顿想要让拜登参议员注意到一些新东西时，考夫曼曾说："杰夫，每次你想把什么东西拿上船，你就得把什么东西拿下船才行。"从一开始，考夫曼——他甚至不是银行委员会的成员——就只专注于两件事：欺诈，以及"太大而不能倒"的问题。他与其他人共同撰写了一项法案，授权拨款三亿四千五美元，用于雇用更多联邦调查局特工和资助联邦检察官来追捕欺诈者——不仅仅是长滩和坦帕的小额抵押贷款放贷人，也包括在整座大厦倾颓之前隐瞒损失的华尔街高管。决定应该对谁进行调查是司法部的职责，但可以想见，调查对象大概包括雷曼的迪克·福尔德、美国国际集团（AIG）的约瑟夫·卡萨诺、美林的斯坦利·奥尼尔，以及——谁知道呢——高盛的劳埃德·布兰克费恩本人❶。当《欺诈执法法案》❷于 5 月获得通过，而考夫曼（还是个政府新人）在白宫签字仪式上受邀与总统一同登台时，他和康诺顿都以为，他们正有所进展。

9 月，考夫曼和康诺顿要求与司法部长埃里克·霍尔德的副手、负责刑事部门的助理司法部长兰尼·布鲁尔会面。（他和康诺顿十年前就已经相识，他们曾在科文顿与柏灵律师事务所短暂共事，当时康诺顿正要离开律所进入白宫，而布鲁尔刚刚入职。）对金融欺诈的调查并没有什么成果，考夫曼想确保司法部门确实在调查此案和使用这笔钱。他计划举行一场监督听证会来确保这一点。他们在罗素大厦三楼考夫曼的办公室见面。布鲁尔解释说，他在诸多限制条件之下工作，其中包括笔记本电脑不足。他说，他依靠联邦调查局在

---

❶ 迪克·福尔德，即小理查德·S. 福尔德，雷曼兄弟最后一任首席执行官。约瑟夫·卡萨诺，从 1987 年起担任 AIG 保险集团金融产品部门主管，被认为是导致 2008 年金融危机的关键人物。斯坦利·奥尼尔，金融危机爆发时担任美林集团首席执行官和董事会主席，2007 年 10 月被迫辞职，但拿到巨额遣散费。劳埃德·布兰克费恩，高盛集团前首席执行官和董事会主席；金融危机期间，在其他投资银行纷纷破产和被并购之时，他利用低利率和政府资助，令高盛一跃成为美国第二大投资银行。

❷ 指《欺诈行为执法及恢复法案》（Fraud Enforcement and Recovery Act），此法加强了对金融机构、债券、贷款、商品等领域欺诈行为的执法力度。

全国各地的调查员关系网来提起诉讼。

康诺顿预料到了他的开场白。"兰尼，你需要深入到你的'管道'中去，确保联邦调查局和联邦检察官的办公室将此作为首要任务。使劲摇晃你的管道，让它把案子给你带回来——不要只是坐着干等。"复杂的欺诈案件太难胜诉，因此很难挤进繁忙的联邦检察官的正常工作流程。肇事者在犯下罪行的同时能够娴熟地清除犯罪痕迹和建立防御，背后还有高薪律师和会计师支援；随后，他们会用无关紧要的文件淹没调查人员。因此，应该建立一支类似特遣队那样的队伍，针对每个被怀疑的机构，花一两年时间进行调查，花时间学习该寻找什么证据，检查每封电子邮件和每条即时消息。康诺顿回顾了他与布鲁尔在克林顿政府中共事的经历："你得像肯·斯塔尔 ❶ 一样。你得像调查毒贩一样针对这些家伙中的某些人，就像斯塔尔针对克林顿一样；你得向他们身边每一个初级工作人员施加压力，直到有人投靠你。"

这次会面让他清楚地感觉到，司法部门并没有把这件事当作紧急事项。

考夫曼的监督听证会于 12 月举行。布鲁尔坐在证人桌旁，身旁还有美国证券交易委员会和联邦调查局的高级官员。他们都表示他们在调查此案，但需要找到能够证明动机和意图的内部人士。请给我们时间。

康诺顿想要相信他们。但 2009 年过去，2010 年到来，什么都没发生。

2010 年 1 月中旬，康诺顿和考夫曼前往纽约，会见美联储年老

---

❶ 肯·斯塔尔，即前文提及的肯尼斯·斯塔尔。

的巨人保罗·沃尔克❶。沃尔克通过推高利率引发一场大型经济衰退，从而压制了卡特和里根政府时期的通货膨胀。银行家为此爱上了他，农民和建筑工人却堵塞华盛顿的交通来谴责他。然而沃尔克是体制中的一个古怪成员。他生活在政治和金融精英重叠的世界核心，但他已成为华尔街尖锐的批评者——太过聪明的操弄，过高的薪酬——他现在是内部的异见人士，表面上受到尊重，私下里却不受信任。他曾告诉一群高管："过去二十年来，我目睹的最重要的金融创新就是自动取款机……我没发现有任何证据能证明，近年来金融市场上大量的创新对经济生产力有什么明显影响。也许你可以告诉我，我错了。我只知道，在上世纪五六十年代，没有这些创新，经济却增长良好。事实上，在没有信用违约互换、没有证券化和没有债务担保证券的80年代，经济增长也不错。"

沃尔克成了奥巴马的完美幌子：他可以用来安抚改革者，并为体制提供掩护。总统任命沃尔克领导他的经济顾问小组，但并没有认真对待他的建议。沃尔克的主要提案——禁止银行设立对冲基金或私募股权基金，禁止用存款人的资金为自己的账户做交易——等于向《格拉斯－斯蒂格尔法案》后退了半步。六个月过去了，什么也没发生。

沃尔克与来自华盛顿的访客一同在中城的会议室里坐下，他说："你知道，不管什么人提出什么提案，银行都会出来宣称它将限制信贷和损害经济。"接着是长时间的停顿；他顽长的身体上是一张小圆脸，眼镜后的眼睛睁大了，嘴角两旁露出谨慎的沟壑，"全是胡说八道。"

考夫曼大笑。他承认，他的野心是彻底恢复《格拉斯－斯蒂格

---

❶ 保罗·沃尔克，美国经济学家，曾于卡特和里根总统任期担任美国联邦储备委员会主席，也是奥巴马总统的经济顾问。

尔法案》。

沃尔克说："如果有人想做一些更引人注目的事，我不会阻止。"

下一周，奥巴马宣布支持他所谓的"沃尔克规则"。他试图摆脱自己总统任期的最低潮：斯科特·布朗 ❶ 刚刚抢走泰德·肯尼迪的参议院席位，让民主党失去击败共和党阻挠议事的能力；现在，共和党用这个法子挡住多数党试图送进参议院的每一个法案。总统的医疗保险法案似乎已经没有希望。美国的失业人数达到了大萧条以来的最高点。

康诺顿认为医保法案的时机很糟糕。在一年中的大部分时间里，它吸走了华盛顿的全部空气，可它跟失业和金融危机究竟有什么关系？也许是他内心的南方人性格作祟，他怀疑华盛顿并无能力在整个国家正分崩离析的同时，用一份数千页的法案解决医保这么庞大而复杂的问题。他会参加周五早上在哈特大厦会议室举行的民主党幕僚长会议，听着总统助理热情地谈论白宫医保会议的"公众形象"、"信息传递"宣传，以及"成本削减"这种词语在民意调查中有多受欢迎——有那么几周，"经济"这个词一次也没人提及。不过，在医保方面，考夫曼只是听从民主党的领导。康诺顿关心的是华尔街，在这个议题上，他和考夫曼自行其是。

负责华尔街改革法案的参议员是银行委员会主席克里斯·多德。康诺顿自 1995 年以来一直不喜欢多德，当年，康诺顿曾敦促克林顿在证券诉讼法案上与大企业斗争（那是他第一次跟华尔街作对），多德正是反击者。多德在华尔街筹集了数千万美元的竞选资金（2007 至 2008 年间就募集了差不多一百万美元），他欠华尔街太多，他的

---

❶ 斯科特·布朗，共和党人，2010 年当选为联邦参议员，接任前一年去世的民主党参议员泰德·肯尼迪，成为马萨诸塞州近四十年来的第一位共和党参议员。斯科特的当选也使民主党在参议院的席位减为五十九席，失去绝对多数地位，因而共和党有更多机会阻拦奥巴马政府的法案。

许多选民似乎也认为他个人应该对金融危机负责。康涅狄格州的选民愤怒地发现，他从全国住房贷款服务公司拿到了一笔优惠贷款，还从银行救助基金中拨出数百万美元，作为 AIG 高管的奖金。多德见势不妙，宣布他将在 2010 年底退休。

这本该让他能自由地跟考夫曼一起追击华尔街，但康诺顿认为事情刚好相反。如果多德不得不再次面对选民，他会感到压力，不得不敦促通过一项严厉的法案。相反，离开参议院之后，他可以自由地为生活做好准备；在这一方面，金钱的力量仍然会影响他的职业前景。在攻击建制之前必须想清楚，因为如果你跟随大流，就会有许多路子过上舒适的生活（例如多德接下来会干的事：成为电影业的顶级说客）；相反，攻击建制可能会阻止你进入这个国家的大部分领域，而那里本来可能有你的位置。要么加入，要么退出。

多德花了整整一个冬天，在银行委员会紧闭的大门后与共和党人谈判，做出让步，坚持说他想要一份两党都支持的法案。但他从未有过任何进展——亚拉巴马州的理查德·谢尔比不肯合作，而田纳西州的鲍勃·科克没有影响力。沃尔克规则成了可牺牲的东西，格拉斯－斯蒂格尔则无处可寻。几个月过去了，康诺顿开始怀疑，多德其实是在与他自己谈判，利用共和党人和两党合作的理想，作为削弱金融改革的掩护，并最终达成华尔街可以接受的法案。康诺顿开始明白，委员会主席有最高权力，能决定什么成为法案，什么不能，以及是否能在委员会或参议院辩论时增加修正案，哪些修正案能存活，哪些会死去。由于他的上司不是委员会成员，康诺顿对当前情况几乎一无所知。

有一天，他打电话给前公司的杰克·奎因。"我进不去银行委员会，"康诺顿说，"我猜，你们很难获得有关法案的信息？"

"我昨天刚跟克里斯·多德一起待了四十五分钟。"奎因告诉他。奎因与他所代表的一家保险公司的首席执行官一起，跟多德坐下来聊天，对正在发生的事情一清二楚。而康诺顿，一位对金融改革非常感兴趣的参议员的心腹，却毫无头绪。他写信给另一位幕僚长说："我进入政府，是为了改变华尔街；现在我意识到，我刚刚离开的那个圈子对法案的影响，比我在参议院内部更大。"那位幕僚长回信说："这真是太让人难过了。"

康诺顿找到几位记者，他们同意让他匿名发言；作为"一名参议院高级助理"，他开始在媒体上追击多德。"我的理解是，多德正在推进一项包含让步的法案，"他告诉 CNBC，"我以为做出让步是为了获得他人的支持。经过四个月的谈判，多德做出的让步却只是让共和党人刚刚开始考虑而已。我真的不明白。"同一个参议院高级助理告诉《新闻周刊》："我们只能寄希望于总统意识到，什么才利害攸关。"

考夫曼决定将他的提案推向参议院辩论。在康诺顿和另一位助理的帮助下，他起草了一系列演讲，关于华尔街的贪婪，关于金融危机，关于我们未能惩罚任何一名肇事者的事实。

当一名参议员站在他的桌前，诵读工作人员刚刚放在桃花心木讲台上、摆在一杯水旁边的演讲稿时，没人会听。参议院主席，一个多数党的新人，正坐在升高的椅子上，读着《纽约时报》或是滑动着黑莓手机。有时，参议员面对的是空空如也的议事厅。中途，下一位有发言权的参议员可能会穿过房间后面的双层门，走到桌前，在那里翻看事先准备好、直到此刻都未曾读过的文字。在主席椅子上方的媒体席，没有记者在听，没有人做笔记——只有无人看管的美国有线频道摄像机在运转，编好的程序让它们聚焦在发言者身上，一排排空桌子被切在镜头之外。很少会有两位参议员真正听取对方的观点并辩论；有一次，当来自俄勒冈州的新人参议员杰夫·默克利进入议事厅时，一个民主党参议员和一个共和党参议员正在单独地争辩。他停下脚步，心想："哇，这可真少见——这里正在进行一场对话，他们在表明观点和反驳对方观点，他们在互相挑战。"就这样，在 2010 年，世界上最伟大的审议机构开始处理关乎民众的事务。

康诺顿知道，没有人会去听考夫曼的演讲，所以他们写的是长篇的、详细的论文，里面充满历史性的解释和艰深的论证，希望盟友能在互联网上引用它们——包括阿里安娜·赫芬顿❶，以及麻省理工学院的经济学家和博主西蒙·约翰逊——并广泛传播。

3 月 11 日，考夫曼面对空荡荡的议事厅诘问："考虑到我们的政策和监管失败造成的高昂代价，以及华尔街不计后果的行为，为什么当我们建议回归过去成熟的法条和监管思想时，还需要承担举证责任？"他继续说道："举证责任应该在那些只愿意对现行金融监管体系的边缘修修补补的人身上。在经历如此巨大的危机之后，我非常惊讶，我们的一部分改革建议实际上在许多关键领域维持了现状。"他补充说，他不相信监管机构在下次银行开始崩溃时能更好地执行规则。国会必须编写一份清晰明了的法案，来替它们做好工作。多德的法案无法解决"太大而不能倒"的问题。"我们需要在这些机构倒下之前就把它们拆解，而不是带着一份计划作壁上观，等它们真的倒下时才去抓住它们。"

3 月 15 日，破产审查员发布了关于雷曼兄弟的报告，强烈指明是欺诈行为导致公司倒闭；考夫曼再次上台发言。他听起来就像 1985 年的乔·拜登："最终，这将是一场考验，考验这个国家究竟有一个司法系统还是两个。面对欺骗了投资者数百万美元的华尔街公司，如果我们对待他们的方式跟对待从收银机里偷走五百美元的小贼不同，那么，我们怎么能指望我们的公民对法治还有信心呢？"

3 月 22 日，多德的银行委员会终于提出法案。法案中有一个弱化版的沃尔克规则，对衍生工具的监管十分软弱，并且没有明确指出银行可以承担多少责任。康诺顿和考夫曼起草了一份尖锐的批评。

---

❶　阿里安娜·赫芬顿，网络媒体《赫芬顿邮报》（Huffpost）创始人。

"这么干可真的会惹恼多德和政府。"康诺顿警告他。

考夫曼说："我是在跟时代对话。"

这些演讲开始引起注意。威尔明顿的《新闻杂志》在头版报道了他们，并在社论中以支持的态度引用他们的观点；《时代》杂志为考夫曼做了专访，《赫芬顿邮报》也称赞他。多德十分恼火，以至于从中美洲打来电话——他正在那里带领一个国会代表团访问——告诉考夫曼："别再说我法案的坏话了。"康诺顿跟多德的银行委员会幕僚长谈了话，后者向他保证："不必担心说得太过。笑到最后的是克里斯。"

此话不假。首先，其他委员会的主席都站在多德那边。总统的最高顾问也在他那边。4月初，拉里·萨默斯到访考夫曼的办公室，解释为什么拆分大银行是错误的。这样做会使美国在全球金融竞争中的竞争力下降；其实，大型银行倒下的可能性小于小型银行。考夫曼决心不被他压倒，于是友好地轻拍萨默斯的手臂来打断他的阻挠，引用艾伦·格林斯潘来反驳他。一个月后，轮到了盖特纳。在考夫曼门口等候时，康诺顿和财政部长聊了聊，发现他的态度诙谐而轻松。当他们走进考夫曼的办公室，康诺顿告诉他的上司："我已经检查过了——他没带武器。"跟萨默斯相比，盖特纳的态度更像是调停，他解释说，在新的国际资本要求下，大银行无论如何都会萎缩。考夫曼说，过去的监管失败了，要想防止再次救助银行，唯一一个万无一失的方法就是限制银行的规模。结果，他们同意保留不同的看法。

最后，连白宫也站在多德那边——总统站在他那边。康诺顿回到参议院时，曾想象拜登成为他们的关键盟友，他敦促考夫曼拿起电话，要求他的老朋友推动司法部门起诉高层，推动财政部认真对待金融改革。一如既往，考夫曼保护着拜登。华尔街不该是拜登的问题——它会占去船上一半的空间，而船上已经堆满伊拉克、经济刺激和中产阶级问题。康诺顿无法克服这种陌生感：他们的前任老板如今是这个国家的二号人物，距离椭圆形办公室只有几步之遥，而他们对华尔街束手无策。共和党人原本就指望不上，所以康诺顿的不满更多是针对自己人。"在这全国危机的紧要时刻，如果你不用尽全力挥拳，"他说，"那你可能也欠永居阶级的人情。"

4月下旬，考夫曼和俄亥俄州的谢罗德·布朗提出对多德法案的修正案，即《布朗－考夫曼修正案》，提出将银行的非存款负债限制在国内生产总值的百分之二。实际上，《布朗－考夫曼修正案》将迫使超过一定规模的银行被拆分。两位参议员在参议院发言，不带讲稿地与人辩论。考夫曼的眼镜挂在鼻尖，他俯身越过桌面，拳头挥击空气，用颤抖的声音宣称："1933年，我们做出了一个决定，这个决定帮助我们度过三个世代。为什么我们不能通过一条在接下来两三代人的时间里都能起作用的立法？不管我们能否选出相信自由市场的总统，不管我们的监管者是好是坏，这条立法都能奏效，为什么我们不能通过它？为什么美国参议院不做好它该做的工作？"

康诺顿在罗素大楼的办公室里观看电视直播，他回想起这些年，自言自语道："他很像拜登。"后来，康诺顿给考夫曼写了一张字条："没有什么能比这更光荣了——在原则问题上作为唯一的反对声音站出来。"

从那个冬天到2010年春天的几周，是康诺顿工作生涯中最紧张的一段时间。他在7点半抵达办公室，一直到晚上回家后还在工作；他会开着笔记本电脑阅读，直到午夜。他花了整整一个周末的时间，细读雷曼破产审查员长达两万页的报告，然后为考夫曼起草关于它的演讲。仿佛在这条路上一度离他而去的古老政治理念如今回归了——多年来的漂泊和挫折、那些为筹款而举办的早餐会和午后"快乐时光"、那种一点点变得妥协的感觉，一切都烟消云散了。他回到了塔斯卡卢萨的起点，投身世间最高尚的使命。

但那已是三十年前的事情了：这些年里，华盛顿已经被金钱的力量俘获。他也被俘获了；直到此刻，他才彻底理解，"影响力产业"——

游说、媒体宣传、草尖 ❶ 和旋转门——是如何改变了华盛顿。"当你回到政府时，你会意识到，它与公众利益之间的不对称变得多么严重。几乎没有人会走进你的办公室，试图告诉你公众的观点。"他开始把自己视为杰克·伯登，小说《国王的人马》中的叙述者，被政治玷污，对政治的幻想破灭。

人性保持不变，但当金钱水涨船高，它就会以一千种微小的方式腐化人类的行为。"华盛顿改变了我。"他说，"如果它改变了我，那么它也必然改变了其他许多人。"

有三千名说客聚集在国会山，敦促国会不要对银行制造的废墟做出任何根本性的改变。谁站在另一边？是愤怒和困惑的公众，他们不知道该如何使用权力杠杆。在被说服的人中，只有少数几个有影响力的博客作者。80 年代，一个由工会、出庭律师和消费者保护团体组成的联盟就可以一战，但到了 2010 年，他们很多时候都无能为力。美国金融改革联盟当时正在推动建立一个新的消费者机构，但康诺顿不得不打电话问他们："你们在哪儿？你们在国会山没有存在感。"倘若《布朗－考夫曼修正案》符合受企业操控的美国的利益，那么康诺顿早在与一群说客、策略家和行业领袖合作，一同对国会施加巨大的压力。但现在事情并非如此，他几乎是单枪匹马。

考夫曼和康诺顿决定解决股票市场的脆弱性。尽管金融危机并不是它引发的，但它仍然是数百万美国人进入金融世界的入口，而它带着他们的投资一起垮掉了。就像信贷一样，股票已不再是康诺顿在商学院和华尔街时的模样。股票市场已不复以往：曾经，穿着蓝色外套的男人挥动订单，大声嚷嚷好让人听到，一次只能进行几笔交易。

---

❶ 草尖（grasstops），游说产业常用术语，与草根相对，指的是与政府高层有关系或在本地政治中有较大影响力的人。

如今，它已成为一个计算机化的赌场，在全国各地有超过五十个场地，由高频交易员主导——就像扑克桌旁的鲨鱼——他们使用先进的算法，每秒进行数千笔交易，从股票价格的微小波动中获利。康诺顿花了几个月来研究这些新市场，对这座电子迷宫的不透明性深感震惊。他是一个非常成熟的投资者，但他不再明白自己下达的交易订单究竟发生了什么，似乎也没有任何一个内部人士能解释清楚。普通投资者处于极大的劣势，市场在极端波动面前十分脆弱，美国证券交易委员会在监管上已落后数年。

考夫曼开始推动美国证券交易委员会改善对高频交易的监管。起初，康诺顿以为他们有所进展。玛丽·夏皮罗，奥巴马选择来领导该委员会的人，说她与考夫曼有着同样的担忧，美国证券交易委员会将审查股权市场的结构。在一次会议上，委员会的一位官员告诉康诺顿："哇，很高兴能听到一位非产业人士的意见。"除了担心监管的金融人士，没有人会走进位于联合车站旁 F 街上的委员会大门。但是，随着华尔街积极争取小到不能再小的改变，美国证券交易委员陷入了惰性，再一次，什么也没发生。

2010 年 5 月 6 日是康诺顿在政府的第二次生命开始终结的那一天。下午的早些时候，股市在八分钟内突然暴跌七百点，然后逆转翻盘；片刻之间，近一万亿美元灰飞烟灭。闪电崩盘——人们后来如此称呼它——正是由考夫曼警告过的那种自动交易引起的。几个小时后，当弗吉尼亚州的民主党参议员马克·华纳向参议院解释刚刚发生的事情时，考夫曼正坐在主席的椅子上。"我现在相信了。"华纳说。他邀请考夫曼走到发言台前，让考夫曼对全世界说："我早就告诉你们了。"考夫曼照做了。

然后，考夫曼再次提出他的修正案，号召回归格拉斯－斯蒂格尔时代的规限。

同一天下午，克里斯·多德在拒绝讨论《布朗－考夫曼修正案》

几个星期后，突然扫清道路，安排在那天晚上突击投票。这个修正案已经在媒体和国会山上获得反响，甚至一些共和党参议员都宣布了他们的支持，其中包括银行委员会的资深成员、亚拉巴马州的理查德·谢尔比。现在，是时候阻止布朗－考夫曼了。

在投票前不久，参议院最富有的成员之一，加利福尼亚州的黛安·范斯坦询问伊利诺伊州的理查德·德宾，"这个修正案是关于什么的？"

"拆分银行。"

范斯坦吃了一惊："这里仍然是美国，不是吗？"

晚9点刚过，修正案以六十一票对三十三票没能通过。结果公布后，多德发言并告诉参议员，这一天是参议员理查德·谢尔比的生日。多德说，下午4点左右，银行委员会已经分享了一块蛋糕。"所以，我们在辩论进行中庆祝了生日。这很重要：美国人民知道，我们的观点可以有天壤之别，但我们仍能共事。虽然我们在实质性问题上无法达成共识，但我们可以在个人层面、私人层面上享受彼此的陪伴。"然后，多德参议员祝谢尔比生日快乐。

那天晚上，考夫曼回到拉塞尔的办公室，康诺顿问他应该在新闻稿中加入什么。考夫曼只能挤出四个字："我很失望。"他们知道法案注定要失败，但没想到会败得那么惨。短短几个小时里，首先闪电崩盘证明了他们是正确的，但紧接着他们就被"太大而不能倒"狠抽了几鞭。康诺顿内心的南方人对注定要失败的行动仍怀有浪漫的信念，他告诉职员："有些东西值得我们为之奋斗。"

5月21日，多德法案通过参议院，7月21日，奥巴马总统签署《多德－弗兰克华尔街改革和消费者保护法案》。沃尔克规则名存实亡，留给监管机构的只有无关紧要的条款。考夫曼一度认为这个法案太弱，不想支持它，但最终，他还是跟随他的政党投了赞成票。

支持强力法案的主要游说团体——美国金融改革联盟——举办了一场派对，并邀请考夫曼的工作人员前来庆祝。毕竟，新法建立了一个名为"消费者金融保护局"的联邦机构，将为美国公众提供支持，康诺顿也喜欢《多德－弗兰克法案》的这一部分。这场派对是在远离市中心的一个破旧租赁剧院举行的，食物包括白面包、熏肠和多力多滋玉米片。康诺顿回想起他在豪华的市中心会议室参加过的所有公司活动，那里有虾和烤牛肉。而他很高兴身在此处。

考夫曼缩水的参议院任期还剩下四个月，但大战已经结束。他们输了大部分战役，有一些陷入晦暗不明的僵局，甚至还不如输掉。就他而言，康诺顿宁愿抛弃整个《多德－弗兰克法案》、沃尔克规则以及其他一切，只要能简简单单地执行法律就够了。冲着华尔街的下巴投出快球，让几个高管入狱，其效果将超过所有新规的总和。

考夫曼将接替伊丽莎白·沃伦，担任监督救助基金的国会小组负责人。他问康诺顿接下来想做什么。在政府找一份工作？在华盛顿领导一个支持金融改革的非营利组织？

康诺顿想象自己成了内政部的一名员工，每天在 C 街西南角吃午饭，走向一个热狗小贩："今天有酸菜吗，哈维？"加入非营利组织的想法同样令人沮丧。如果共和党掌权，那是另一回事，但如今，白宫的人本该跟他站在同一边。如果他要跟建制作对，那么在奥巴马－拜登治理下的华盛顿，这么做并没有意义。8 月下旬的一天，康诺顿正在换频道，格伦·贝克出现了；他告诉国会大道上聚集的一大群人，改变不是来自华盛顿，而是来自生活在全国各地真实地方的真实的人。

贝克是一个混蛋，但阿里安娜·赫芬顿两天后在专栏中写了同样的话。他们是对的。康诺顿对茶党感到暗暗的同情。

他肯定可以回到奎恩－吉莱斯皮，但如果他再在那里多待一天，它就会被写入他的墓志铭。相反，与考夫曼共度的岁月最让他骄傲，那可能会成为他在华盛顿职业生涯的最后印记。他快五十一岁，已经厌倦做其他人的二号人物。如果他待在这里，不管做什么，他都必须维持这种假象——他是拜登的人；也许，他会再次被他二十五年来忠诚对待的人羞辱。"实话说，这让我痛苦，"康诺顿说，"拜登当副总统时，我厌倦了当一个骗子。我不在乎这意味着多少钱，不在乎有多少人想给我买杯酒喝，我偏偏不想这么做。这就像是照镜子一样。"他想得越多，就越明白：他唯一能做的就是离开华盛顿。

9月，他用一天时间就卖掉了他在乔治城的联排住房，并在11月1日完成交易。第二天是选举日。共和党人重新夺回了众议院；无论曾有多大的机会让银行和银行家为上一次金融危机负责，并借此阻止下一次危机，这些机会都不复存在了。那天早上，康诺顿坐火车去了纽约。他被邀请前往曼哈顿下城的纽约联邦储备银行，在一场座谈中为另一位无法到场的参议院助理替补发言。他的主题是"金融危机和金融犯罪"。这个六楼礼堂里有三百多人——华尔街高管、监管人员、地区检察官办公室的律师。他试图将两年的工作浓缩到十五分钟。

"首先，金融危机的核心是否存在欺诈？"康诺顿开口了，"其次，到目前为止，执法部门的反应是否对金融欺诈造成有效的威慑？第三，联邦执法机构是否足以检测欺诈和操纵，特别是在日益复杂的市场中？最后，华尔街本身是否应该关心这一切？"

他暂停片刻。

"简而言之，我的回答是：是，否，否，是。"

他回顾了司法部的失败：尽管雷曼的破产审查员和参议院下属的常务调查委员会提出了大量证据，他们仍然未能起诉任何高层人员。他谈到了证券交易委员会在面对高频交易员操纵股市时的瘫痪。观众席鸦雀无声，人们在专注听他讲话。

"考夫曼参议员的任期，以及我作为参议院职员的时间，将在十二天后画上句号。"他总结道,"但这并不是一个参议员的斗争。这些问题涉及法治的基础和美国未来的经济成功。为了大众的利益,我希望你们能给出令人满意的回答。"

出门后,他站在拿骚街和华尔街的拐角处,激动得无法自已。他刚刚在美国金融的核心地带自爆了。他将再也无法成为永居阶级的一员。

康诺顿的参议院工作于 11 月 15 日结束。他飞往哥斯达黎加,立即进行了一场八个小时的徒步。回到酒店房间,他打开淋浴,没有脱衣服就走了进去。他站在水流下,让它浸润身体,直到他觉得自己干净了。

2010

《收入差距扩大》[1]……《茶党点燃了右翼叛乱的导火线》[2]……《独家细节：史努姬甩了埃米利奥——她相信他是在利用她出名》[3]……@SenJohnMcCain：@Sn00ki 你是对的，我永远不会给你的日光浴床征税！奥巴马总统的税收和支出政策造成了什么"局面"（The Situation）啊。但我仍然建议你涂防晒霜！ [4]……如果你没有钱，你会更加愤怒地坚持自己的自由。就算吸烟会杀死你，就算你穷得喂不饱孩子，就算你的孩子被疯子用突击步枪射中，也不例外。你可能很穷，但有一样东西没人能从你身上夺走，那就是你糟蹋自己人生的自由[5]……《医保改革法案被签署，成为这片土地的法律》[6]……《银行为高额奖金做好准备，公众震怒》高盛预计 2009 年将会向员工支付平均每人五十九万五千美元的奖金，这是它一百四十一年历史上利润最高的年份之一[7]……《贾斯汀·比伯热席卷迈阿密》[8]……《中国超越日本成为第二大经济体》[9]……《两党都在寻求途径来解决民众的愤怒》[10]……我敢肯定，在接下来的几个月中，总有些时刻，你会彻夜准备一场测验，或是在下雨的早晨强迫自己起床，怀疑这一切究竟是否值得。让我告诉你，毫无疑问[11]……巴拉克这个名字并不会让你认同美国。巴拉克这个名字会让你认同什么？你的祖先？也许是你肯尼亚的父亲传承的东西，而他是个激进分子？是不是真的？ [12]……《九十九周后，失业者只剩绝望》[13]……我不是女巫。我跟你听到的传言不同。我就是你。没有人是完美的，但没有人会对我们眼前和身边的一切感到高兴：那些政客[14]……在丈夫拉玛尔·奥多姆来访之前，科洛·卡戴珊忘记了给自己的比基尼部位涂蜡脱毛，于是她的姐姐考特尼提出帮她做这件事——考特尼这些年来一直在给自己涂蜡脱毛。这个故事以阴道严重烧伤结束[15]……《奥巴马签署了金融系统的全面改革法案》[16]……《共和党在全国大胜，赢下众议院》[17]……当我想到家时，我从未想到过爱／我仍然欠我欠的钱欠的钱／我认识的每个人，脚下的地板都在剥落……[18]

注释

1. 美联社 2010 年 9 月 28 日新闻，称美国最富有群体和最贫穷群体之间的收入差距已扩大到有记录以来的最大水平，"根据最新公布的人口普查数据，收入最高的百分之二十美国人（即年收入超过十万美元的人）获得了美国所有收入的百分之四十九点四，贫困线以下的人仅获得百分之三点四。"

2.《纽约时报》2010 年 2 月 16 日报道。茶党（Tea Party）兴起于 2009 年初，是一场呼吁降低税收以减少美国国债及联邦预算赤字的保守主义政治运动。

3. 八卦新闻网站"在线雷达"（RadarOnline.com）2010 年 4 月 19 日新闻。史努姬原名为妮科尔·伊丽莎白·拉瓦尔，在多档真人秀节目中担任嘉宾或主持人。

4. 约翰·麦凯恩 2010 年 6 月 9 日在推特上发布的推文。2010 年，史努姬在真人秀《泽西海滩》中抨击奥巴马政府的医保计划和征税政策，声称"麦凯恩绝不会对晒黑加收百分之十的税，因为他脸色苍白，可能想被晒黑"。随后，麦凯恩发此推文与史努姬互动，其中"The Situation"既指奥巴马政策造成的局面，又可理解为艺名为"The Situation"的真人秀明星迈克尔·索伦蒂诺。2010 年前后，推特变得极度流行（2010 年用户量超过两亿），政治人物也开始尝试借此平台发声，加上麦凯恩互动的对象是家喻户晓的娱乐明星，这条推文在当时引起广泛传播和讨论。

5. 小说《自由》（2000），乔纳森·弗兰岑著。此书反映了 21 世纪头十年美国中产阶级家庭的生活，作者本人因此登上《时代》杂志封面，被誉为"伟大的美国小说家"。

6. 美联社 2010 年 3 月 23 日新闻，俗称"奥巴马医改计划"的《患者保护与平价医疗法案》在国会通过。

7.《纽约时报》2010 年 1 月 10 日新闻。

8. CBS 新闻台 2010 年 2 月 5 日新闻。贾斯汀·比伯是加拿大知名歌手，于 2010 年推出首张专辑。

9.《纽约时报》2010 年 8 月 15 日新闻，中国经济总量在当年第二季度超过日本，成为全球第二大经济体。

10.《纽约时报》2010 年 1 月 21 日新闻。

11. 奥巴马 2010 年 9 月 13 日在费城发表的开学季演讲，鼓励学生努力完成学业，通过学习掌握自己的命运。

12. 美国脱口秀主持人格伦·贝克 2010 年在节目《格伦·贝克计划》（The Glenn Beck Program）中的发言，质疑奥巴马使用非裔名字。

13.《纽约时报》2010 年 8 月 3 日新闻，根据美国劳工部统计，2010 年 6 月约有一百四十万人失业，时间长达九十九周或更长，2010 年全年失业率接近百分之十，当时创下 1982 年以来的最高失业率。

14. 共和党参议员候选人克莉丝汀·欧唐奈尔的 2010 年国会选举电视广告。克莉丝汀·欧唐奈尔是茶党运动的积极参与者，2010 年竞选泰德·考夫曼离开后的参议院空缺席位；竞选期间，她早年宣称自己参加过巫术仪式的视频流出，随后主动推出"我不是女巫"的竞选广告，引起热议和模仿。最终，欧唐奈尔不敌民主党人克里斯多夫·库恩斯。

15. 娱乐网站"耶洗别"（Jezebel）2010 年 6 月 21 日文章。拉玛尔·奥多姆是知名篮球明星，科勒·卡戴珊和考特妮·卡戴珊均为美国名媛。卡戴珊家族在美国体育圈和娱乐圈具有重要影响力，父亲罗伯特·卡戴珊是在"世纪审判"中为 O. J. 辛普森辩护的知名律师，三姐妹科勒、考特妮和金·卡戴珊均为演员、模特及真人秀嘉宾，其中金·卡戴珊最为知名，她曾为帕里斯·希尔顿的助理兼密友，2007 年因性爱录像带走红，此后与其他家族成员因频繁传出丑闻而霸占媒体版面，成为 2010 年后美国最有名气的娱乐明星和网络红人。

16.《纽约时报》2010 年 7 月 22 日新闻。由奥巴马政府推动的《多德-弗兰克华尔街改革和消费者保护法》（Dodd-Frank Wall Street Reform and Consumer Protection Act）正式生效，作为对次贷危机的回应和弥补，该法案建立了一个监管金融机构、改革衍生产品交易的新金融框架，增加政府对金融行业的监管力度。

17.《赫芬顿邮报》2010 年 11 月 3 日新闻。在 2010 年美国中期选举中，共和党多赢得六十三个众议院席位，共获得二百四十二个席位，创两党自 1948 年以来的最高纪录，赢得众议院控制权。

18. 歌曲《血腥俄亥俄》（"Bloodbuzz Ohio"），出自美国摇滚乐队"国度"（The National）的专辑《高紫罗兰》（High Violet，2010）。

公民记者：安德鲁·布莱巴特

1969年2月，两千万观众——也就是六分之一的美国家庭——正在观看"美国最受信任的人"沃尔特·克朗凯特报道的CBS晚间新闻，在洛杉矶，一个犹太牛排馆老板和他的银行家妻子收养了一个三周大的爱尔兰裔男婴。这对夫妇的名字是杰拉德·布莱巴特和阿琳·布莱巴特，他们给这个男婴起名叫安德鲁。

安德鲁两岁时，《纽约时报》和《华盛顿邮报》不惧尼克松政府的威胁，发表了五角大楼文件。第二年，《华盛顿邮报》派鲍勃·伍德沃德和卡尔·伯恩斯坦去报道华盛顿的民主党全国委员会总部发生的闯入事件。安德鲁的蹒跚学步时期恰逢旧媒体的黄金时代。

布莱巴特一家是中上层阶级的共和党人（家里拥有四间卧室，一个游泳池，还有峡谷景观），生活在富裕而自由的布伦特伍德。安德鲁伴随着美国流行文化、英国新浪潮和好莱坞名人长大。"哪位名人进了餐馆？"他会问他的父亲（有里根一家、布罗德里克·克劳福德、雪莉·琼斯、卡西迪一家❶，还有许多其他名人）。安德鲁跟马里布的

---

❶ 布罗德里克·克劳福德，美国演员，经常饰演硬汉角色，曾获奥斯卡和金球奖。雪莉·琼斯，美国演员、歌手，常出演音乐剧电影。卡西迪一家是美国著名演员世家，雪莉·琼斯正是其中一员。

顶级职业选手学网球，还有一回跟法拉·福塞特❶一起寻找老师，度过了令人难忘的十五分钟。

CNN 在 1980 年开播时，安德鲁十一岁。《麦克劳林团队》和《交叉火力》❷将大喊大叫引入新闻分析那年，他十三岁。安德鲁从小就对突发新闻上瘾。在布伦特伍德学校，为了弥补自己既不有名也不有钱的现实，他在课上高谈阔论，在校刊《布伦特伍德之鹰》上发表关于高中社交生活的文章，其中引用了胡编乱造的滑稽语录。为了跟得上朋友的生活方式，他不得不去打工送比萨，从演员贾奇·莱茵霍尔德之类的人那里拿到丰厚的小费。基本上，他是一个"终极 X 世代懒鬼"❸，布莱巴特后来描述道，"我没有特别政治化，而且回想起来，我是一个默认的自由主义者。每周看四部电影，熟悉网络电视频道，在淘儿唱片行徜徉数小时，我以为这些都是我作为美国人与生俱来的权利。"

1987 年，联邦通信委员会以四票比零票推翻了其自 1949 年以来一直生效的公平原则；这条原则要求公共广播电台的许可证持有者以诚实和公平的方式来呈现重要议题（这次投票为萨克拉门托的电台主持人拉什·林博铺平了道路，第二年，他将他的保守主义谈话节目推广到全国）。这一年，布莱巴特进入杜兰大学。他在新奥尔良的四年是与一群富有、喧闹、放荡的朋友一起开派对度过的，天天喝到不省人事，把父母的钱押在橄榄球赛和西洋双陆棋上。

在这种虚弱的状态下，布莱巴特从美国研究教授和他们的阅读书目那里受到了险恶的影响，这其中包括福柯、霍克海默、阿多诺

---

❶　法拉·福塞特，美国演员、模特、艺术家，多次获得艾美奖和金球奖提名。

❷　《麦克劳林团队》（*McLaughlin Group*），1982 年到 2016 年间播出的新闻时事圆桌评论节目。《交叉火力》（*Crossfire*），CNN 电视台的新闻时事辩论节目。

❸　X 世代指的是美国婴儿潮世代之后的一代，即出生在 20 世纪 60 年代早期到 80 年代早期的一代。这代人经历了快速变化的社会价值观，加之成长于离婚率和女性劳动率不断升高的时期，父母的管束较为宽松，曾被认为是愤世嫉俗、懒惰成性的一代。

和马尔库塞，而不包括爱默生和马克·吐温。幸运的是，他醉得太厉害了，没能彻底接受批判理论的灌输；但流行的道德相对主义哲学不可避免地侵蚀了他的个人标准。从法兰克福学派到夜夜酩酊大醉，这中间的距离并不遥远。

布莱巴特一路跌跌撞撞地毕了业，回到洛杉矶的家里；父母切断他的零用钱，给了他一次人生中的重大打击。他开始在威尼斯海滩附近做餐厅侍者。辛勤工作让他感到充实。"我的价值观从流亡中归来了。"

1991 年秋天，他把电视频道调到克拉伦斯·托马斯❶的听证会，满心以为自己会跟安妮塔·希尔和民主党人站在一边。恰恰相反，他被激怒了：租来的色情电影，对一罐可乐上夹的阴毛的无心评论，竟被用来摧毁一个值得尊重的男人，仅仅因为他是保守派和黑人，原本应该保持中立的记者却带领这群暴徒发起攻击。布莱巴特如梦初醒，他热爱寻欢作乐的灵魂中诞生了仇恨。他永远不会原谅主流媒体。

又过了几年，安德鲁·布莱巴特才找到他的人生使命。1992 年，《华盛顿邮报》公司的主要投资者沃伦·巴菲特警告称，"随着零售模式的变化以及广告和娱乐选择的激增，曾经强大的媒体企业的经济实力将不断受到侵蚀。"同年，布莱巴特找到一份工作，在好莱坞周边递送剧本。他喜欢在他的萨博敞篷车上听调频广播，而不是在迈克尔·奥维茨❷的外围办公室拍人马屁，或是去参加派对，听人说："我在《为你痴狂》❸的服装室工作。"不过，当垃圾摇滚接管了另类摇滚

---

❶ 克拉伦斯·托马斯于 1991 年被提名为最高法院大法官，但一份报告显示，托马斯的前助理安妮塔·希尔声称自己遭到托马斯性骚扰。希尔后来在国会听证会上称，托马斯曾对她描述色情电影的场景，还在办公室里拿可乐说："谁把阴毛放进我的可乐里了？"托马斯则声称这是政治迫害，在多番辩论质询后仍然通过了提名。

❷ 迈克尔·奥维茨，于 1975 年创办极具影响力的演艺经纪代理公司 CAA，此后二十年担任 CAA 总裁。

❸ 《为你痴狂》(Mad About You)，NBC 电视台于 1992 至 1999 年间播出的著名情景喜剧。

电台（"这些爱发牢骚、有自杀倾向的怪人都是谁啊？"），他厌恶地转向了调幅广播。在那里，电台谈话节目正等着他。

他意识到，为了能听到霍华德·斯特恩和吉姆·罗马❶，他什么都愿意做。他带上随身听，好在下车后送交剧本时也能继续听。但他仍然是一个不假思索的自由主义者，以至于当他在女朋友的父亲——一个名叫奥森·比恩的电视演员——的咖啡桌上看到林博的书《事情本该如此》（The Way Things Ought to Be）时，他对此嗤之以鼻。

"你听过拉什·林博的广播吗？"布莱巴特未来的岳父问道。

"听过，他是个纳粹还是什么的。"

"你确定你听过他吗？"

奥森·比恩常出现在60年代的游戏节目里，是《今夜秀》❷上第七常见的客人——他的看法还是颇有影响的。在1992年竞选季的几个月里，布莱巴特把电台调到了林博的频道，他开始将"这位拉什博"❸视为他真正的教授。"我惊叹于他如何能够吸收突发新闻，提供一种有趣且清晰的分析，我从没在电视上看到过这种分析。"隐藏的事物结构变得清晰起来。

同年，一位担心布莱巴特失去方向的高中朋友上门拜访，并告诉他："我已经看到你的未来，那就是互联网。"

布莱巴特反问道："什么是互联网？"

1994年的一个晚上，他发誓在连上网之前绝不离开自己的房间。这个过程花费了一只烤鸡、半打比尔森啤酒，以及在一个原始的调制解调器上付出的几个小时的汗水和努力，好在最后，他终于听到了连接上网的噼啪声；突然间，安德鲁·布莱巴特连接上了互联网，

---

❶ 霍华德·斯特恩，美国电台和电视评论员，曾是美国薪酬最高的电台节目主持人。吉姆·罗马，美国体育节目电台主持人。

❷《今夜秀》（The Tonight Show），NBC于1954年开播的著名深夜脱口秀节目。

❸ El Rushbo，拉什·林博的自称。

一个民主党 – 媒体综合体鞭长莫及的地方，在那里他可以说任何话，想任何事，成为任何人。他重获新生。

不久后，布莱巴特发现了一个单人运营的新闻摘要网站，名为《德鲁奇报告》——上面混杂着政治报道、好莱坞八卦和极端天气报告。他被迷住了；当德鲁奇开始揭露媒体不愿触及的克林顿性丑闻时，布莱巴特意识到自己想在人生中做些什么。德鲁奇和互联网将他从他那一代人玩世不恭的讽刺中拯救出来，向他展示一个人就有力量揭穿综合体的腐败。布莱巴特满心敬畏，他发了一封电子邮件给这位神秘的马特·德鲁奇："你有五十个人吗？还是一百个？你们有栋楼吗？"德鲁奇向他介绍了一个名叫阿里安娜·赫芬顿的富裕作家，她出生在希腊，现在住在洛杉矶，离了婚，想要做像德鲁奇那么出色的行当，基于互联网揭穿丑闻。1997 年夏天——在 MSNBC（美国全国广播公司新闻频道）和福克斯新闻成立一年后——布莱巴特受邀来到她在布伦特伍德的宅邸；他们吃着希腊菠菜派，喝着冰茶，这时，阿里安娜提出要给他一份工作。很快，她就让他忙得没法回家了。

互联网和保守主义运动在布莱巴特的大脑中合流了。他读过卡米拉·帕格利亚 ❶ 的政治学著作，他认为自己的人生就见证了极权主义复合体的存在。自出生以来，他就一直生活在敌后战场：好莱坞精英的自由派法西斯主义，主流媒体的左翼偏见，杜兰大学课程大纲上来自纳粹德国的流亡哲学家——他们已经定居洛杉矶，接管高等教育，目的是摧毁历史上最酷的生活方式，将科特·柯本之类令人抑郁的虚无主义马克思主义强加于此地。左派知道右派所忽视的事实：纽约、好莱坞和大学校园比华盛顿更重要。政治战争完全是关于

---

❶ 卡米拉·帕格利亚，美国女权主义学者，费城艺术大学教授，对当代美国女性主义和后结构主义的许多方面都持批判态度。

文化的。作为一个勉强有份工作、自学成才的前 X 世代，带着注意力缺陷障碍（ADD）的诊断，还对互联网上瘾——布莱巴特有着独一无二的有效武装，为这场战争做好了准备。

在接下来的八年里，布莱巴特与阿里安娜和德鲁奇合作。他帮助阿里安娜完成了她最大的一场政变，揭露了克林顿的一个亲信如何编造自己的战争记录，将他从阿灵顿国家公墓里赶了出来。❶谁还需要《纽约时报》呢？"相比起华盛顿那些有着几百名记者的主流媒体，我们在洛杉矶用最少的资源干了更多的活。"

布莱巴特踏足其上的领域正在逐渐消失，摇摇欲坠地向他敞开。旧媒体的支柱转向了信息娱乐和意见新闻，以节省资金，并留住容易分心的观众。记者们被吓坏了，因为杰森·布莱尔❷在《纽约时报》编造故事，而丹·拉瑟❸在《六十分钟》上播报假造的文件；左右两翼的看门犬狂怒地冲着每一丝偏见迹象咆哮，新媒体暴发户则嘲笑着受惊的看门人，直到没人知道什么是对的，什么是真的，没人再相信媒体，媒体也不再相信自己。

对于布莱巴特来说，要想宣示自己的主权，这可真是个完美的环境。

2005 年——这一年，拉瑟被 CBS 解雇，《华尔街日报》将版面宽度从十五英寸减少到十二英寸，《洛杉矶时报》又额外裁减六十二个新闻工作室岗位，而当时已经皈依自由派的阿里安娜在安德鲁的帮助下创建了《赫芬顿邮报》（他后来声称想将它打造成综合体内的

---

❶ 指拉里·劳伦斯，美国房地产商，克林顿的重要捐赠人，曾任美国驻瑞士大使，去世后葬于阿灵顿国家公墓。1997 年，他被发现编造二战服役经历，引发争议。在劳伦斯的遗孀的要求下，他的遗体被掘出，运往加利福尼亚重新安葬。

❷ 杰森·布莱尔，曾任《纽约时报》记者，2003 年被发现在多篇报道中编造事实和剽窃，《纽约时报》在内部调查后称这是"新闻业一百五十二年历史以来的最低点"。

❸ 丹·拉瑟，美国资深媒体人，1981 年起担任 CBS 电视台晚间新闻主播。2004 年报道小布什在越战服役的文件，文件后来被认为是假造的，电视台撤回报道。

第五纵队）——布莱巴特新闻网（Breitbart.com）上线了。这是一个有线新闻服务的聚合网站（你可以在这里同时抨击和订阅旧媒体）和一个讲述真相的论坛，有着"快艇老兵" ❶ 和其他公民记者的精神。新媒体的伟大之处在于任何人都可以参与。布莱巴特会不停地飞去纽约，确保能受邀参加主流媒体派对，在那里喝下他们的苹果马蒂尼和黑比诺葡萄酒，让他们以为他跟他们站在同一阵线。但在晚餐结束时，他会当着他们的面说："你们不懂。美国人现在掌控了叙事，你们不能抢过方向盘，开着它冲下悬崖。"

对布莱巴特来说，一切都在 2009 年 8 月的一天改变了——那一年，《芝加哥论坛报》取消驻外记者席位，《华盛顿邮报》关闭在纽约、芝加哥和洛杉矶的三个国内办事处——那一天，年轻的公民记者詹姆斯·奥基夫带着一批原始录像走进布莱巴特家。它们是美国这个伟大社会的阿布格莱布事件 ❷。影片中，奥基夫和另一位名叫汉娜·贾尔斯的公民记者假扮成皮条客和妓女，声称自己想要利用从萨尔瓦多贩运的未成年女孩建立一家妓院。詹姆斯和汉娜将隐藏摄影机带到全国性左翼组织 ACORN ❸ 在纽约、巴尔的摩和其他城市的办公室，在那里，初级员工坐在桌子对面，为他们提供如何建立业务、同时利用联邦税法为自己牟利的建议。"这就像眼睁睁看着西方文明从悬崖上跌落一样。"

---

❶ 指"快艇老兵寻求真相"（Swift Boat Veterans for Truth），一个美国快艇退役军人和越战战俘组成的政治团体，成立于 2004 年总统竞选期间，主要目的是质疑民主党总统候选人约翰·克里越战服役经历的真实性。由于该团体的许多指控缺乏根据，后来"快艇"一词常被用来指称不公平、不真实的政治攻击。

❷ 指美军在伊拉克的阿布格莱布市监狱中对伊拉克战俘的一系列虐囚事件。

❸ ACORN 的全名为"即刻改革社区组织联盟"（The Association of Community Organizations for Reform Now），一家基于社区自发组织的非政府机构，宗旨是在社区安全、选民注册、医疗保险、廉价住房等社会议题上帮助中低收入家庭。下文描述的丑闻事件后来经过联邦、州和地方各级调查，发现录像经过选择性剪辑，录像中并没有任何证据证明 ACORN 职员参与或鼓励犯罪活动。然而由于这起丑闻，ACORN 遭遇了捐助资金的大量流失，最终关闭所有办公室并宣布解体。

布莱巴特完全明白该怎么做。通过揭露新闻来制造新闻。像驯犬一样喂养媒体，每次只放出一段录像，而不是一次吃掉整顿大餐；让 ACORN 和新闻媒体措手不及，暴露出他们的谎言和偏见，同时让故事保持活力。利用福克斯新闻网之类友情电视网络来放大效果。不断进攻，不顾脸面。他真正的目标是主流媒体——说实话，谁关心 ACORN 从掠夺性贷款人手中救下的那些贫困房主，或是它努力帮助提高工资的低收入工人呢？不到几个月，ACORN 已不复存在，布莱巴特成了茶党英雄，媒体巨头正竞相发表他的个人专访。那感觉就像同时服用了所有被禁的 A 类麻醉剂。

太好玩了！说出真相很好玩，牵着美国人的鼻子走很好玩，把紧张的记者的头脑搅乱很好玩，帮助主流媒体实施自杀也很好玩。布莱巴特上了政治评论脱口秀节目《比尔·马赫的真实时刻》，为自己挺身而出，冲向政治正确的暴徒观众，那是他人生中难以置信的坚决一刻。他发现自己领导着一群松散的爱国不满者，而他面前是与开国元勋一样的机会——领导一场反对综合体的革命。

如果说，他碰巧让一位名叫雪莉·谢罗德❶的农业部官员遭到解雇，只因为他发布了一个经过编辑的欺骗性视频，让她显得像是在发布反白人评论，而事实上她所做的恰恰相反——去他的吧，对手难道就是在公平竞争吗？无论如何，旧媒体关于真相和客观性的规则已经寿终正寝。重要的是从故事中获得最大利益，改变叙事。这就是为什么作为敌人的媒体正在为他提供帮助，而布莱巴特正在赢得胜利；这说明，在大学的道德相对主义课堂上，他肯定喝得不是那么醉。

2010 年，布莱巴特无处不在：曼哈顿和华盛顿特区，茶党大会

---

❶　雪莉·谢罗德当时担任美国农业部的佐治亚州农业发展部部长。她于 2010 年 3 月在全国有色人种促进协会活动上的发言视频被布莱巴特恶意剪辑后放出，使她遭到全国有色人种促进协会的谴责，并被白宫解雇。

和白宫记者晚宴，推特和 YouTube……他操作着黑莓手机，同时打着电话，将红润的面庞、敏锐的蓝眼睛和灰色头发转向每一台瞄准他的摄像机，带着正义的愤怒和孩子气的幽默贴近镜头，用手指戳来戳去。《纽约时报》的凯特·泽尼克❶，你在房间里吗？你是个卑鄙小人……泰德·肯尼迪是一堆特殊的人类排泄物，他是个混账，一个超大屁股的混球……当人们说："你认为我们如何才能做好医疗保险？"我他妈什么也不知道，对我来说这太复杂了……现在是所谓的国会元老人物约翰·刘易斯❷开口或闭嘴的时候了……他们以为他们可以击倒我、伤害我。那些攻击只会让我更强大……操。他。妈。的。约翰·波德斯塔❸……你有没有在电视上见过我？我总是把话题导向媒体环境……媒体就是一切……这是我心灵中的一个根本缺陷——我无法很好地面对死亡……他们想把我描绘成疯子，精神错乱，神志失常。好的，很好，棒极了。操你妈的。操你妈的。操——

　　2012 年 3 月 1 日晚上，距离他赢得人生最大的成就——这场成就的形状是国会议员安东尼·维纳❹自拍照中灰色短裤里勃起的阴茎——还不到一年，在布伦特伍德一家酒吧谈话和小酌之后不久，处于事业巅峰期的安德鲁·布莱巴特因心脏衰竭昏倒死亡，时年四十三岁。

---

❶ 凯特·泽尼克，《纽约时报》政治记者，因参与对"基地"组织和"9·11"事件的系列报道，与其报道团队共享了 2002 年的普利策奖。
❷ 约翰·刘易斯，民主党政治家，美国民权运动领袖，1987 年起一直代表佐治亚州担任众议员。
❸ 约翰·波德斯塔，曾担任克林顿的白宫幕僚长和奥巴马的政治顾问。
❹ 安东尼·维纳，民主党人，曾代表纽约州连续七届担任国会议员。2011 年，他被发现在推特上向一名女性发送含有性暗示意味的自拍照，事发之后引咎辞职。这起丑闻最早由布莱巴特新闻网曝光。

坦帕

2010 年初,《圣彼得斯堡时报》将迈克·凡·西克勒从房地产危机上调走,改派他去报道圣彼得斯堡市政厅新闻。他了解原因:预算紧张,报纸砍掉了几百个职位。他曾希望继续深入对桑尼·金的报道,调查那些给他的交易开绿灯的角色,但他无法确切地告诉编辑如何才能在三个月里达成目的、大获全胜,他们等不起了。

6 月,桑尼·金被联邦政府起诉;他承认了洗钱和欺诈罪。对佛罗里达州中区来说,这是一个大案,但凡·西克勒已经将它全盘交出。美国检察官办公室宣布,金参与了一场阴谋,调查尚未完成,但几个月过去了,没有其他人涉案。凡·西克勒想知道:"大逮捕在哪儿呢?银行家、律师、房地产专业人士都在哪儿?"金只是网络中的一员——那些机构又如何呢?华盛顿和纽约也是如此:没有一个针对大型银行的刑事案件。凡·西克勒满是疑惑。"这将是历史上最大的谜题之一:为什么奥巴马当选总统后,埃里克·霍尔德❶没有将这作为优先事项。"

在坦帕周边,2010 年已是最低谷。希尔斯伯勒县的失业率超过百分之十二。住宅市场已彻底溺毙,商业地产也开始沉入水底。中

---

❶ 埃里克·霍尔德,2009 到 2015 年间担任奥巴马政府的司法部长。

产阶级出现在危机中心和社会服务机构，却对如何驾驭政府福利的迷宫毫无头绪。电视上出现了四口之家睡在汽车上的故事，孩子不想告诉同学自己住的地方。广播中的贵金属广告警告称，在新的华盛顿－华尔街经济中，股票市场将会崩溃，恶性通货膨胀将引发经济衰退。但是，除了等待房地产市场复苏之外，似乎别无他法；而复苏应该在 2015 年左右发生。县委员会重新修改法规，降低了对开发商征收的环境影响费，尽管希尔斯伯勒县周围有数万栋房屋空置，但只要能让增长机器运转起来，什么都可以做。危机感会骤然燃起，然后在潮湿的环境中枯萎。阳光和海滩仍然在这里。那是一场蛰伏的大灾难。

有一个想法启发了坦帕的一些人：铁路。当坦帕即将成为美国的下一个伟大城市时，阳光地带周边的所有竞争对手（夏洛特、凤凰城、盐湖城）都没有通勤铁路系统。现在它们都有了，把坦帕甩在了后面。坦帕有一项等待通过的轻轨计划，需要通过提高销售税来实现，但是希尔斯伯勒县委员会始终拒绝将其列入选票。2010 年，风向转移了。共和党县长马克·夏普——一位健身爱好者、阅读爱好者和遭到裁员的前海军情报官员——将轻轨作为自己的事业，他说这将带来经济发展，最终会将坦帕湾提升到过去二十五年来未曾抵达的地位。夏普是一个保守派人士——1994 年，他曾尝试加入金里奇的革命，以格罗弗·诺奎斯特❶的免税承诺来竞选国会议员（他输给了民主党现任议员）。但是到了 2010 年，他为共和党变得如此狭隘和极端而感到震惊。他渴望成为像约翰·麦凯恩那样的改革家；他以其他共和党当选官员不敢的方式发表讲话，引用约翰·昆西·亚当斯的观点来指出需要通过运河和道路来团结全国，引用林肯来要求联邦政府

---

❶ 格罗弗·诺奎斯特，美国共和党政治活动家，于 1985 年创办美国税收改革组织（ATR），一直积极推动减税，提倡缩小政府规模。

为铁路提供联邦土地贷款，引用艾森豪威尔来谈论州际高速公路系统。他微笑着告诉听众："从宪法上来说，联邦一级的政府参与道路建设是没问题的。"但是此时此刻，高速公路陷入堵塞，汽油价格居高不下，而 275 号州际公路只能加宽到这么多。夏普公开嘲笑了增长机器。"他们建造了某种东西，管它叫'休闲橡树园'，希望在中间挖一条运河穿过去，还要开辟一个九洞高尔夫球场。我不知道你怎么想，我打了一两次高尔夫球就觉得无聊透顶。"

轻轨看上去像电车，但比普通的铁路或地铁更慢也更便宜。该计划要求建造四十六英里的单线轨道，从机场穿过西岸到坦帕市区，然后往北抵达南佛罗里达大学和新坦帕。轨道将沿用一些曾经穿越坦帕、早已废弃不用的电车路线。2010 年，希尔斯伯勒县委员会最终投票决定，将在 11 月对收取百分之一销售税用于交通建设进行全民公投。

凡·西克勒从少年时代起就喜欢火车，那时，他曾搭乘克利夫兰快速列车前往市政体育场和平原区。他在轻轨上看到了令坦帕崩塌的郊区问题的解决方案。修建轨道和车站会创造就业机会，但更重要的是，轻轨会改变人们的生活方式。人们会下火车然后步行，而步行（无须担心交通事故导致的死亡）会改变城市景观；城市不再是购物广场、停车场、加油站和路边指示牌，而会变成联排住房、咖啡馆、书店，那种能鼓励行人流连的地方；它们的出现会刺激其他店铺聚集，不久之后便有了密度——简·雅各布斯的天堂。陌生人会在非创伤性的偶然相遇中交流思想。坦帕将吸引受过教育的年轻人、科技初创企业和公司总部，就像它那些拥有通勤铁路的同伴已经做到的一样；这将会使经济拥有比房地产更坚实的基础。重心将移回城市，远离乡村步道和马车角，而后者将逐渐变得无关紧要。如果要解决致命的增长机器问题，答案就是铁路。

　　凯伦·贾洛赫在坦帕长大，是一名退休军官的女儿。1980 年，十六岁的她鼓起勇气，在西岸区的肯尼迪大道一角举起牌子，支持里根和保拉·霍金斯，后者是一名共和党人，在当年的保守派大胜中成为佛罗里达州第一位女性参议员。那是凯伦近三十年来最后一次公开的政治行动。她与南佛罗里达大学的一个同学结了婚，他是她见过的最自由派的人；起初他们没法谈论政治，但年复一年，她以安静、合理的方式将他带到了她那边。他们两人都是受过培训的工程师，住在新坦帕市一个高尔夫球场旁，那是位于城市外围北侧的一个郊区繁荣堡；他们养育了四个孩子，而凯伦成了一名全职妈妈，一个去教堂的人，一名家长教师协会（PTA）成员，无论从哪方面看都是一个普通的中产阶级女性，也包括她无法辨别出生地的美国中部口音。

　　她有一张方脸，一头黑发留着 80 年代风格的蓬松刘海。她一直投票支持共和党，尽管她不喜欢布什在医疗保险处方药法案和"不让一个孩子掉队"法案中所做的——政府干预太多了。她和丈夫一直生活在自己的能力范围内，拥有价值二十五万美元的房屋，当她在宴会上遇到一对收入远低于她丈夫的夫妇，得知他们的房子价值七十万美元时，她感到震惊。"他们正试图从泡沫中赚钱。他们将会住在那里一整年，只付利息。他们拥有各种不切实际的计划，而我们得确保每件事都是正当的。你知道的，他们将会惹来一场麻烦。"她将此也归咎于政府——而不是放松管制、华尔街或放贷方。在她看来，1992 年的《社区再投资法案》（Community Reinvestment Act）迫使银行改变规则，向不符合资格的人提供次级贷款，好让更多美国人能拥有房屋。是政府推动银行，而不是相反。银行怎么会情愿赔钱呢？

　　尽管如此，直到 2008 年，凯伦从未参与过政治活动。年初，她从布什那里得到了六百美元的经济刺激支票。她想："这是什么？他们为什么要把这东西发给每个人？政府的职责可不是收钱并重新分

配。"但是她没有参与选举，因为她对约翰·麦凯恩不感兴趣。然后
8月，萨拉·佩林出现了。佩林让凯伦像是触电一般。"我可以通过
多种方式与她建立联系——她会吐舌头，表达我相信的观点，说出
这些并且不会为此感到羞耻。她和我同龄，她跟我在同样的年纪结
婚，她有孩子，她也是家长教师协会成员，还有她对经济的看法也
和我一致。"凯伦是素食主义者，但佩林喜欢打猎这件事并没有让她
不舒服，只要佩林能把猎物吃掉就好。佩林不是精英——这是凯伦
能够建立认同的一面。坦帕被强大的商业精英控制，那是像阿尔·奥
斯汀❶一样的人，正是他建立了西岸区；他们一遍又一遍地犯着同样
的错误——政府干预过多。让凯伦开始接触政治的人是里根，后者
作为一名外来者加入并推翻了这一体系。就像佩林一样。这就是凯
伦想要的。

　　《银行救助法案》，然后是奥巴马的刺激计划，旧车换现金计划，
《汽车工业救助法案》……支出已失控，并且看起来大企业似乎正与
大政府沆瀣一气。有人在赚钱，而且不是无名之辈。凯伦不知道刺
激计划的三分之一是减税，她也不需要知道，因为在她听到"铁铲
在手项目"❷的那一刻，就已经开始反对了。像她这样的人做着他们
应该做的事情，却被要求去救助那些随心所欲花钱的人，一次又一
次，永无止境。从奥巴马的举动来看，他不相信美国人的理想，即
辛勤工作能带来回报，以及人得量入为出。他的共产主义者父亲——
奥巴马写了一整本书来讲他——以及激进的导师将其他想法注入了
他的意识。

　　凯伦开始担心她的美国——她成长于其中的国家——等到她的
孩子长大将不复存在。一天，她正在帮儿子准备期中考试，内容是

---

❶　阿尔·奥斯汀是坦帕早期投资者，亦是当地的公民领袖。
❷　铁铲在手项目，指计划推进顺利、资金充裕、很快就能动工的项目。

关于古埃及的，这引起了她的思考。最初，每个人都在尼罗河沿岸耕种土地，并给法老王进贡大米，但后来，法老王想为自己的荣耀建造金字塔，他们开始向人民征税。罗马也发生了同样的事情。在美国也正在发生同样的事情。这个国家正在衰退，她的孩子可能不会再拥有她曾拥有的机会。

凯伦是格伦·贝克节目的忠实听众——早在 2000 年，他就在坦帕的谈话广播中脱颖而出——因为他现在所说的与她的感受如此贴近，她录下了他在福克斯新闻台的新节目。格伦·贝克在巴拉克·奥巴马当选后如日中天，每天下午有近三百万人会转台观看。2009 年 2 月上旬，就职典礼几周后，贝克建议观众去见见彼此："像你一样的人比你想象中更多。"听到这句话，凯伦大受鼓舞，她花十美元建立了一个在线聚会网站，组织了坦帕"9·12"项目的首次聚会。贝克的运动基于九项原则，包括"美国是好的"和"我为自己拥有的东西而努力工作，我想跟谁分享就跟谁分享"，以及十二个价值观，其中包括敬畏和希望。

2009 年 3 月 13 日，人们聚集在肯塔基州的希伯伦、亚利桑那州的金谷和全国其他城镇，参加观看派对。有八十人在坦帕啤酒屋见了面。下午 5 点钟，《格伦·贝克秀》开始了。节目播放了 2001 年 9 月 11 日的录像带，展示袭击发生后美国人有多么勇敢和团结；格伦·贝克站在后台，金发寸头，穿着细条纹西装和运动鞋，靠近相机，整张脸充满镜头，哽咽着忍住眼泪。"你准备好成为'9·11'之后那天——'9·12'——的自己了吗？我已经说了好几个星期，你并不孤单。"贝克抬起头，伸出双臂。"我正在变成一个他妈的电视福音传道士！"他的嗓音断断续续，眼睛浮肿，身形因成千上万失败与悲伤所带来的卑微痛苦而变得庞大，那是他为他的数百万观众所背负的。他擦去了一滴眼泪。

"对不起。我只是热爱我的国家，我为它感到恐惧。就好像我们的领导人、特殊利益团体还有媒体的声音，他们都包围着我们——听起来很吓人！但是你知道吗？拉开窗帘。你会意识到，那里根本没有人！只有几个人按着按钮，他们的声音实际上很微弱。"他靠得更近了，目光冷峻起来。"事实是，他们并没有包围我们。是我们包围着他们。这是我们的国家。"

聚集在坦帕啤酒屋的陌生人没有看完整个节目。他们对和彼此交谈更感兴趣。凯伦很害羞，一直到成年——为家长教师协会参加学校的拼字比赛也能让她害怕——但现在，她发现自己胆子大起来了。"从某种方式来说，我们都彼此了解。"她说，"我们互相不认识，但是我们都能感受到彼此联系在一起。我们从来没有过声音，现在，我们开始创造自己的声音。"他们是像她这样的人——不是乡村俱乐部共和党人，而是觉得有什么地方出了问题的人。她把他们聚集在一起。那是凯伦·贾洛赫政治生涯的开始。

夏天带来了奥巴马医改和一场全国范围的反叛。8月6日，坦帕的民主党女议员凯西·卡斯特举办了一次集会，那个房间对一千五百名试图进入的人来说实在太小了。"9·12"项目成员被卡斯特激怒，被奥巴马医改激怒，被拥挤的房间大门向数百名抗议者关闭而激怒，他们开始高呼："你为我们工作！你为我们工作！暴政！暴政！"事情急转直下，现场一片混乱，直到卡斯特放弃尝试讲话，被人护送离开。凯伦就在现场，第二天下午，她接到CNN的制片人打来的电话，问她那天晚上可不可以去市中心，参加坎贝尔·布朗的节目。三个小时后，她独自一人坐在连接卫星信号的工作间里，听筒中的声音与摄像头黑洞下方的小视频屏幕不同步，她试图紧盯摄像头，感觉自己像被车头大灯照亮的一只鹿。

坎贝尔开始向她提问。"我全力支持公民参与，但请向我解释，向你的国会议员大喊大叫有什么意义。那到底能给你带来什么？"凯伦试图回答，但坎贝尔打断了她的话："我会让你说完，但是当时，没人能被其他人听到，那里可是彻底的混乱，每个人都在大喊大叫。"

"人们很沮丧。"凯伦说，刘海落在她的左眼上。她的脑袋与坎贝尔共用一块分屏，或是与三名专家（一个共和党战略家、一个有线电视分析员，还有一个网络作家）一起占据屏幕的八分之一，他们都受邀来节目上讨论这起事件。"美国中部感到自己的权利被剥夺了。没有人听我们讲话。我们的国会议员正飞快地推进法案。"她说，"人们害怕他们会失去医保。这将造成巨大的赤字，会比我孩子的人生还要持续更久。"

坎贝尔问她的领导者是谁。

"我们是草根。"凯伦说，她声音轻柔，但立场坚定，"我们是地方组织。我没有从任何人那里得到一毛钱。"她觉得坎贝尔扭曲了事实来反对茶党，使他们看起来比事实上更粗暴。这没关系——她认识的人都是在别处了解新闻的。后来，她在运动中的朋友纷纷祝贺她为被遗忘的美国人站出来，让主流媒体显得偏颇而愚蠢。

然后是铁路。奥巴马和国会所做的所有事情，都没能像坦帕由纳税人补贴的轻轨系统提案一样让凯伦兴奋。这个议题占据了她整个 2010 年的生活。她成立了一个名为"拒绝为铁道交税"的小组，并通过阅读传统基金会❶的一份反铁路报告来临时抱佛脚。她的论点是，轻轨系统花费太多，不会创造就业机会，不会有乘客，在其他地方失败了，会使该地区负担数十年的债务。每当一个事实削弱她的一个论点，她就会转向另一个论点，因为她对公投真正的反对理由远远不只是每英里的成本。

19 世纪，铁路是交通的未来，是美国财富的引擎。20 世纪，在公共政策和预算专家看来，铁路是一个无聊的话题。2010 年，它象征着美国右翼所惧怕和憎恨的一切：大政府、税收和支出，欧洲风

---

❶　传统基金会（Heritage Foundation），美国保守主义智库，对美国政治有重要影响。

格的社会主义，一个人们被迫与陌生人分享社会服务并为之付费的社会。铁路对新坦帕的生活方式构成了威胁，轨道计划在这里终结。在新坦帕，人们每周开车去超市一次（而不是像在城市那样每天走路或乘公共汽车前往超市），然后在周末造访家得宝，把小型货车装得满满当当。凯伦发表演讲，谴责城市规划者的影响，警告世人警惕《21世纪议程》——那是联合国1992年通过的一项不具约束力的"可持续发展"决议，许多茶党人士视之为世界政府的特洛伊木马，令美国主权陷入危险，对单户住宅、铺设的道路和高尔夫球场构成不详的威胁。奥巴马总统将城际高铁作为其刺激法案的核心这一事实，只是证实了他们最糟糕的怀疑。因此，轻轨被卷入席卷全国的愤怒中，成为坦帕茶党在2010年的标志性议题，正如减税和堕胎曾成为早年保守党的核心议题一样。

一次，在与坦帕市市长帕姆·伊里奥（轻轨背后的主要政治力量）进行电视辩论之前，凯伦提到，她的丈夫最近丢掉了土木工程师的工作。他们将失去医疗保险，正处于艰难时期。

市长说："凯伦，这个动议不是刚好能让他重新获得工作吗？"

凯伦说："不，您的计划不会创造任何就业机会。"这是一个神圣的原则，她不会让家人的不幸削弱她的立场。凯伦觉得与铁路的斗争就像大卫与歌利亚的斗争一样。对手有许多强大的力量：商会、南坦帕精英阶层、《圣彼得斯堡时报》的社论专页，以及马克·夏普县长——这些铁路拥护者花费了超过一百万美元。在凯伦这边，还有另外一个孜孜不倦的茶党组织者，名叫莎伦·卡尔弗特，她的道奇·杜兰戈汽车保险杠上贴着"不要践踏我"和"夺回美国"的装饰贴纸。还有大卫·卡顿，一名前色情片－可卡因－酒精－安眠酮－劳拉西泮－自慰成瘾者，现在是一个基督徒十字军战士，反对色情片、同性恋和铁路。还有布兰登的商人萨姆·拉希德，他出生于卡拉奇，有着职业扑克选手（他确实是）般的冷峻眼神；他资助右翼政治候选人，包括马克·夏普在内——直到夏普因为支持铁路税而变成一个叛徒、骗子和"名义共和党"。这是一次不可原谅的违约，于是拉希德发誓要在中期选举中击败夏普和他心爱的铁路，作为对他的惩罚。

11月2日，希尔斯伯勒县的轻轨提案没能通过，反对者占百分之五十八，支持者占百分之四十二。凯伦·贾洛赫和茶党击败了市区的商人和政客，因为市郊繁荣堡和幽灵小区中的选民看不到铁路的好处，也不想在经济衰退的深渊里再多支付一分钱的税款。茶党的英雄里克·斯科特拒绝与任何报纸编辑委员会见面，也没有得到任何报纸的背书，却成功当选为州长，接过了1998年以来共和党在佛罗里达州不曾间断的统治权。上任后不久，斯科特决定拒绝二十四亿美元的联邦刺激资金，这笔钱原本将用于修建一条连接坦帕和奥兰多的高速铁路，计划在数周内动工（这笔钱最后拨去了加州）。坦帕市中心占地七十英亩的新铁路枢纽选址如今仍然空荡荡地摊在州际公路旁，广阔而肮脏。一家数据公司研究了五十个大都市的统计数据，考虑了失业、通勤时间、自杀、酗酒、暴力犯罪、财产犯罪、精神健康和阴天等因素，最后宣布，坦帕市是美国压力最大的城市。排名前十的城市里，有八个在阳光地带，五个在佛罗里达。

马克·夏普经受住了茶党亲手挑选的候选人萨姆·拉希德的挑战。在连任县长后，夏普投票支持让凯伦·贾洛赫进入希尔斯伯勒地区区域运输管理局理事会。毕竟，她的一方赢得了铁路战争——在他的众多茶党批评者中，他认为凯伦是最理性的。

选举几周后，迈克·凡·西克勒被派去报道皮涅拉斯县交通运输小组的一次会议。会议在圣彼得斯堡-清水机场附近举行，那是一个被称为艾皮中心的政府-学术-商业联合用途设施。当他驶过两层公寓楼、单排商业区和没有街道编号的办公大楼时，他根本找不到艾皮中心。"迷失在清水区，"凡·西克勒喃喃自语，紧握福特福克斯的方向盘，"这就是所谓的缺乏地方感。给我一个路牌！"远景大街，远景海湾——那些生造的名字！他厌恶这里。如果他尖叫，没人会听到他的声音。

轻轨的失败令凡·西克勒陷入意料之外的沮丧。似乎美国正在成为一个不再相信自己的国家。"我们不能，我们不能，我们不能。我们不要去做那个铁轨项目，因为它根本没法成功。我们不能试图成为下一个伟大的城市。我们只能满足于我们已有的东西。我们不满意自己拥有的东西，但我们无法做得更好。"那不是他长大的国家。他长大的国家要乐观得多。

凡·西克勒迟了半小时才抵达艾皮中心，他因恼怒而涨红了脸。在希尔斯伯勒的铁路计划惨败之后，皮涅拉斯县交通运输小组正在辩论是否该继续自己的铁路计划。房间里有一百个人，其中包括凯伦·贾洛赫。前排坐着两个二十多岁的男人，一个穿着绿色 T 恤衫，上面画着爱尔兰三叶草，另一个穿着红色 T 恤衫，上面写着"我还在等待我的救助金！"。每当小组成员说出"我们不断谈论'经济何时好转'——这项动议的原因之一就是要扭转经济"，这两个穿着 T 恤衫的家伙就会捂住脸，或是默默地笑着摇头。

会议结束后，穿着灯芯绒外套、打着领带、手持笔记本的凡·西克勒走近穿着幸运爱尔兰 T 恤的那个人，自我介绍说是《圣彼得斯堡时报》的记者。那家伙狠狠瞪了他一眼。凡·西克勒问他对这次讨论的看法。

"我认为他们是一群想提高税收的狗娘养的。如果你听了他们说的每一句话，就会知道他们谈论的都是如何欺骗公众。他们想将自己的议案强加给人民。你会接受吗？它不会走向我希望的方向。在帕斯科，谁会接受这些议案——是牛，还是栏杆？"

此人名叫马特·班德。他是一名失业建筑工人，对能找到的工作来者不拒，但拒绝申请失业救济。"我会走自己的路，"班德说，"我们追求幸福，而不是保障。我厌倦了两党都不去听取民众想要的东西，厌倦了腐败、内部交易、幕后交易。我们必须一点一点地清除政治阶层。"

凡·西克勒开车回办公室去写下他的故事时，他想到了班德看着他的眼神。鄙夷。就像他的一篇报道发表在网络上之后涌入的评论一样——它们与他写下的内容无关，人们的思路早已定型，每一个本地议题都被全国有线电视上的大喊大叫淹没。从一开始，就没有任何事实能让美国所有人一致同意。例如，他的报纸花了很大的力气和花销调查坦帕轻轨的收益和成本，但这些信息根本没人接受。人们接受的是"拒绝为铁路交税"——也许因为对希尔斯伯勒县的人们来说，轻轨如同一种幻想，而他们只想脚踏实地、养家糊口、保住饭碗。凡·西克勒关于金融危机的重磅报道——桑尼·金的故事——也是如此。凡·西克勒已经等了足足两年，等待更高级别的负责人承担责任，而美国检察官办公室除了底层的抵押贷款诈骗者之外，没有任何能拿得出手的指控。凡·西克勒开始怀疑报纸工作的重要性。调查记者花了数周乃至数月的时间来完成报道，把事情理顺并讲出来，希望能带来什么变化——然后什么也没发生。他到底为了什么去做这些？自我满足吗？毕竟，这似乎对其他所有人来说都不重要。

可是他不会停止对新闻业的信念。"你必须相信某些事情，"他说，"我不相信上帝——我相信新闻。我相信人有可能自我改善，我们作为一个文明社会能变得更好，而新闻业作为其中的一部分，能够确保一切正常运转。"在20世纪的大部分时间里，美国的一切如同人类历史一样运转良好。即使这不再是事实，即使大多数美国人不再信任像他一样的记者，还有什么其他选择？还有谁能成为公众的眼睛和耳朵？他在市政厅可没有看到"每日科斯"或"红州"❶，在县委

---

❶ 每日科斯（Daily Kos），自由派网络论坛；红州（RedState），保守派新闻及评论网站。

员会也没有看到谷歌或 Facebook。

一个星期天的早晨，凡·西克勒涂了防晒霜（尽管仍是 3 月），然后开车前往希尔斯伯勒县东部。他想了解马车角现在如何——那里是全县衰退最严重的小区，他去过十几次，做过深入报道。这个地方似乎仍然很荒凉——他曾经采访过房主的房屋现在已无人居住。但是当他走在街上时——一片树荫也没有——他看到一个来自泽西的女人正在整理前院，一个来自西棕榈滩的黑人正和家人一起坐在敞开的车库里；他停下来与他们聊天，一幅图景慢慢浮现：人们又开始搬回这里。他们大多数人买不起这里的房子，他们是在租房，因为房租便宜。他们对邻居一无所知，如果他们想靠路尽头的课后中心来照管孩子，那他们就倒霉了，因为由于县预算削减，这家中心已被关闭。汽油花销占据了他们工资的一大部分，因为最近的工作也在四十五分钟开外，倘若汽车坏了，他们可就彻底遭殃了。

但是马车角仍然健在，当凡·西克勒驱车离开，他已经看到这里未来五到十年后的景象：一个茫茫荒野中的贫民窟。富人将生活在城市，穷人将生活在曾经的郊区，坦帕市将在低迷中等待，直到增长机器重新启动。

迪恩・普莱斯

在 2010 年中期选举之前的几周里，如果开车绕过弗吉尼亚州南区或北卡罗来纳州的皮埃蒙特三角区，你会看到路边黑色的广告牌正宣告 11 月即将来临。这些牌子的内容模糊而晦暗，但每个人都知道它们的意思。一辆黑色的巴士带着"11 月即将来临"的标语在该地区的道路上徘徊，车身还装饰着"失败的刺激措施"、"医保强行接管"和"排污限额交易体系下的能源税"的成本数字。广告牌和公交车是由"美国荣昌"❶组织支付的，这是迪恩从未听说过的团体，由堪萨斯州的石油和天然气亿万富翁科赫兄弟资助，这对兄弟深信奥巴马总统在故意摧毁自由企业体系。

茶党在迪恩所在的地区势力庞大。尽管他没有公开发表过自己的看法，但在他看来，他们就像褐衫党❷。他的邻居从来没有给过奥巴马机会。他们称他为社会主义者、激进分子和穆斯林，但主要使用的词以 N 打头❸。这种人很容易被格伦・贝克那种小贩哄骗。贝克

---

❶ 美国荣昌（Americans for Prosperity），自由意志主义及保守主义政治动员团体，是最有影响力的保守派组织之一。

❷ 希特勒于 1923 年创立的纳粹武装组织，成员穿黄褐色卡其布军装。

❸ 指对黑人的侮辱性称呼。

在 CNN 上做节目时，迪恩曾经看过，因为那是一个常规新闻频道。当贝克在"9·11"后做出各种预测——还有明天会有炸弹在某某时间爆炸的阴谋——迪恩心想："愿主慈悲，如果这种事情发生，这个国家就完蛋了。"三番五次之后，他认定贝克是个疯子——比起其他什么来说，倒更像是个娱乐艺人，或者说是又一个蛇油推销员。但是贝克有不少追随者，其中包括住在迪恩家房子后面的人。另一方面，MSNBC 电视台已经无药可救。雷切尔·玛多的女同性恋风格太过分，而迪恩无法与基思·奥尔伯曼产生共鸣。❶

　　迪恩对奥巴马有自己的意见。他仍然喜欢这位总统并尊重他，但他不明白为什么奥巴马不做更多工作来阐明他对新经济的想法。华盛顿让生物燃料税收抵免在 2009 年过期，投资者不确定事情发展的方向。把这一切与全球变暖联系在一起，只能把水搅浑，令它变成党派议题。奥巴马仍在谈论可再生能源，但他似乎根本不知道该怎么做，或者是他不认为这个国家能面对真相，又或者他仍然怀有旧的思维模式，认为越大越好。他的农业部长维尔萨克的口号是吹捧小规模生产——"了解你的农民，了解你的食物"——但他不会拒绝工业化农业。他们在同时讨好两边。每个人都以为奥巴马会开启这个议题，说出真相，而不是与跨国公司沆瀣一气，但也许他们已经买通了他。这就是原因吗？他是不是刚刚雇用了问题的始作俑者？盖特纳、萨默斯——这就像雇用狐狸来看鸡窝一样。可是在 2008 年，美国人民希望看到激进的改变，而不是维持现状。

　　迪恩经常想到奥巴马，在脑海中质疑他，与他争论，对他感到困惑，几乎就像他们彼此熟识一样。他也一直在梦见自己——他不知道为什么，但是他试图鼓励自己实现那些梦。睡前最后一个想法

---

❶ 雷切尔·玛多，美国新闻主播和评论员，在 MSNBC 开设节目《雷切尔·玛多秀》，她是公开出柜的女同性恋者。基思·奥尔伯曼，美国电视评论员，2003 至 2011 年间在 MSNBC 开设新闻评论节目《倒数计时》(*Countdown*)。

必须只能是你想在人生中看到的东西，这一点至关重要。你必须如此祈愿。因为一旦入睡，你的潜意识便会继续专注于这个想法，将你持续不断关注的东西吸引过来。这就是拿破仑·希尔的方法。迪恩躺在床上，想着自己一旦有了钱会做些什么。他对此有非常具体的愿景。然后他会入睡，梦见自己跟总统待在一起。他们单独坐在一个房间里，迪恩讲话，奥巴马聆听。他从不记得自己的话——重要的只是大业、大业、大业。

11月，茶党将挑战汤姆·佩列洛。

他上任还不到一个月，针对他的第一个电视广告就出现了，就在他的共和党国会议员同事不再回他电话之时。"最高领导层做出了决定，虽然他们还没有表露出来。"他说，"他们足够聪明，知道在2010年11月之前经济不可能扭转，所以他们可以与我们抗衡。这可能是明智的策略，但这从根本上来说既不道德，也不爱国。在我看来，这算得上是邪恶的。"

在佩列洛的选区，经济衰退是如此严重，以至于当地官员面临着关闭学校和提高房产税之间的选择，而且一开始，几乎没人反对拿联邦资金。丹维尔的一位共和党银行家——他曾经是弗吉尼亚银行家协会的主席——想知道为什么刺激计划没有拨款给公共工程，例如整修大萧条时期的市中心邮局——事情就是如此令人绝望。佩列洛本人认为刺激措施是"相当懦弱的举措"，他想要更宏大、更富远见的计划，例如"国家智能电网"，但《复苏法案》确实为他所在的选区带来了三十亿美元，这笔钱使教师留在教室，铺好了该铺的道路。然而，随着时间流逝和低迷持续，没有任何迹象表明刺激计划将会开始重建丹河上破旧的罗伯逊大桥；华盛顿的共和党人和电波上的格伦·贝克谴责政府所做的一切，无休止地重复着刺激措施一个工作也没创造的谎言，第五区的公众舆论开始对奥巴马和佩列洛不利。

然后是 2009 年地狱般的夏天。6 月，佩列洛和众议院投票通过总统的能源法案之后，来自诸如"美国荣昌"之类的反奥巴马团体的外部资金涌入这一选区。当地茶党在佩列洛位于夏洛茨维尔的办公室外的停车场里组织了一次抗议活动，聚集了五十到一百人；当佩列洛出来与他们交谈时，他们谴责他是"联邦能源警察"，因为他们深信不疑，这份法案将会令能源警察获得权力去突袭他们的家，好检查冰箱的效能。这还只是医保问题的热身运动。8 月，佩列洛在该选区举行了二十一次集会，这比国会中其他任何议员都多。无论他走到哪里，都有五百、一千、一千五百人挤满养老院或剧院，满脑子都是他们从互联网下载、打印在一张纸上的谈话要点。有些情况下，他们非常生气，甚至踹了佩列洛的工作人员，或是对他们吐口水。他们排着队大声抱怨"死亡委员会"❶ 和违宪行为（"你想让政府控制医生的决定吗？你到底是疯了，还是太蠢，还是仅仅是纯粹的邪恶？"）。佩列洛握着麦克风站在那儿，穿着蓝色衬衫和卡其裤，戴着领带，看起来像是二十二岁；他满头大汗，点头，记笔记，喝水，听着最后一个选民发言完毕，然后回答问题，直到嗓子哑到说不出话（"过去的数百年来，最高法院对宪法第一条的阐释方式令人难以置信地宽泛"），哪怕这要花五个小时。

"没人转变想法。"他后来说，"重要的只是耐力。"

这些集会出现在电视新闻上，给人的印象是该选区的每个人都反对医保改革，即使许多参加集会的人（还有很多没参加的人）其实都赞成改革，或是不确定——但他们都保持安静，哪怕有时开口，也会被其他人的叫嚷压倒。月复一月，当人们在电视上看到那些喧

---

❶ "死亡委员会"（death panel）是共和党人莎拉·佩林在批评奥巴马医保法案时创造的词组，她声称医保改革将创建一个委员会，该会将有权决定哪些人有资格享用医保，并暗示老年人或唐式患儿之类的弱势群体只能坐等死亡。这是完全不实的政治攻击，但有民调显示三成受访者相信这是事实，后来该言论被事实核查网站 PolitiFact 评选为"年度谎言"。

闹的集会，嗓门没那么大的人决定不惹这个麻烦来参加了。结果到了 8 月底，佩列洛选区的茶党相信，这位国会议员正在无视几乎一致的反对意见。

集会的场面是如此丑陋，以至于旧有的公民团体——如扶轮社和花园俱乐部，它们是社区中不分党派的重要组成部分——不再向国会议员发出礼节性邀请，因为它们担心这将引来抗议，让它们陷入尴尬。佩列洛还注意到，传统的贸易协会——如小企业商人和社区银行家的协会，它们曾经向其成员提供基于事实的有用信息，解释它们如何与政府谈判，以尽可能获得最佳交易——如今在灼热的流行观点面前已萎靡不振，拒绝参与其中。

到奥巴马政府的第一个夏天结束时，人们可能会感觉到，这个国家的大部分地区都在公开反抗总统，而这位总统在九个月前才刚刚赢得一场压倒性的胜利。

佩列洛对医保法案投出了艰难的一票，该法案于 2010 年 3 月获得通过后，一名茶党活动家在夏洛茨维尔外张贴佩列洛的家庭住址，敦促人们去他家发表自己的看法。那其实是他兄弟及其妻子和四个孩子的住址，第二天，有人切断了这家人的煤气管道。

佩列洛开始感到，启发他的第一个政治人物也使他陷入了困境。一方面，奥巴马"有一种令人难以置信的意愿，去做我踏足政界时想做的事情，那就是去解决两党在我这一辈子时间里都没有胆量去碰的问题"。另一方面，总统在任职的第一年就试图与那些绝不愿意让步分毫的共和党人达成协议，还竭尽全力让因金融危机而声名狼藉的银行家全身而退。总统谈到"承担责任的新时代"，但这似乎并不适用于那些人。奥巴马团队中满是缺乏想象力的顾问，他们对华尔街太友善了，不知道如何在主街上创造就业机会。"如果你只认识华尔街上其他年薪几十万乃至上百万的人，那么你所试图做的一切就是回到 90 年代。"佩列洛说，"而在我的选区，90 年代，人们失去了很多工作。"精英总会站在其他精英一边，哪怕他们已经经历了排山倒海的失败。"当精英变得不负责任，帝国就会衰落。"奥巴马是一个进步的圈内人，而不是一个民粹的圈外人；当佩列洛出门面对挣扎的、愤怒的、受虚假信息影响的选民时，他无法从政府那里得到掩护。

公众集会、调幅广播、有线电视和互联网上大喊大叫的喧嚣声；充斥无线电波的匿名敌对广告，由煤炭和保险公司以及科赫兄弟支付；国会山上纠缠在一起的现金、利益集团和没骨气的政客；无力得奇怪的奥巴马白宫；皮埃蒙特持续的萧条：在所有这一切中，谁又会知道或关心红桦，以及佩列洛为之所做的工作呢？

六名共和党人向他发起了挑战。初选的获胜者是随波逐流、迎合大众的州参议员罗伯特·赫特。8月的一天，距离中期选举还有三个月，佩列洛开始无法抑制地呕吐。他连续数晚未能入睡。整整两年，他每个白天都在猛灌咖啡和健怡可乐，晚上又在狂饮苏格兰威士忌或杰克丹尼，一直饮水不足，现在终于彻底脱水了。

11月来了。选举前一天，佩列洛与马克·华纳参议员一同在马丁斯维尔展开疯狂的竞选活动。在西冷牛排店，两位政客逐桌问候用餐者，其中一些人不想从奶酪薯条中抬起头来。迪恩·普莱斯就在那儿——他特地前来打招呼，祝福佩列洛好运——他跟佩列洛拥抱。

"你忍受了很多，我也忍受了很多。"佩列洛对他说，"但我们走的是正确的道路，正义的道路！你知道，我相信你正在做的事情：将钱留在社区中，而不是拱手送给石油暴君。"

新闻摄影机在转动，迪恩接过了他的话头："这就是我所说的漏斗效应。油价每上涨一美元，九十美分会离开社区；在大型商店每花一美元，就会有八十六美分离开社区。"

佩列洛降低了声音。"这段疯狂的日子还有几个星期就要结束了，到那时，咱们再坐下来喝杯啤酒。"

没有时间再说更多。佩列洛前往下一个活动地点，美家烤猪店——这一天才刚刚开始。

第二天，一个名叫洛娜的妇女在里奇韦·鲁里坦俱乐部投票，这是一栋一层的煤渣砌块建筑，位于马丁斯维尔以南高速公路旁树木繁茂的人行道上。投票后，她站在人行道上，举着一个标语牌，上面写着"我受了伤"。洛娜是一位退休教师，大约七十岁，身材矮胖，身穿带兜帽的绿色羊毛大衣，墨镜的边缘有豹纹图案。在浓重的唇膏下，她抿紧了嘴唇。

"这个国家不是社会主义的，我们是建立在犹太教－基督教原则基础上的。"洛娜直截了当地说，"如果有必要，我会上街参与暴动。那个男人侮辱了总统职位，我从未感到如此羞耻。他的衣着不得体，他把某些民众称为敌人，他还扯什么关系网。他就是他，一个来自芝加哥的煽动者。他没有资格当总统，他也不代表所有人民。我们曾经有过政治家，而现在我们只有政客。我从未见过哪位总统试图改变这个国家——这个国家根本不需要改变——他试图从根本上改变这个国家，我们不需要一个来自芝加哥的煽动者这么干！"

洛娜听广播电台谈话节目，看福克斯新闻台，因为其他媒体毫无疑问都有偏见——大卫·布罗德❶昨天在专栏中说，奥巴马比其他所有人都聪明得多！然后是阿尔·戈尔，住在他的豪宅里，乘坐私人飞机飞行，而洛娜却该为自己拥有的一切支付税款，尽管她和丈夫从未乘坐邮轮旅行，也从未购买奢侈的汽车，而是节省下他在杜邦工厂担任主管时赚的每一分钱，好在退休后一起享受生活，还可以让他打打高尔夫球。可是后来，他们从来没有得到过这种机会。如果他能听到她嘴里滔滔不绝的话，他会在坟墓里坐起来说：

---

❶　大卫·布罗德，美国著名记者，为《华盛顿邮报》撰稿超过四十年。

"洛娜，闭嘴。"但是如今，她从学校退休了，可以想说什么就说什么，而她想说的话多得很。"我想吃什么就吃什么，让他们告诉我不能吃炸薯条、不能喝可口可乐——没门儿！他们想告诉我该怎么思考。我一辈子都知道该怎么为自己思考，我觉得挺好的。我出身贫寒，而我从未像现在这样沮丧失望。如果经济疲软，你就不可能成为全球的超级力量。我只是希望并祈祷这个国家能回到正确的轨道上。"

洛娜的怒气稍稍平息。她一次也没有提到她的国会议员。

那天晚上，佩列洛和家人及员工在一家小型金融服务公司的办公室里等待选举结果。那里就在历史悠久的夏洛茨维尔市中心的一家酒吧楼上，是第五区最繁华的地方。

"好啦，所有人听着，"佩列洛喊道，"我们在丹维尔领先了一千票！"一阵欢呼。8点，已经清点了一半的选票，佩列洛以百分之四十五对百分之五十三落后，但那些主要是农村地区。夏洛茨维尔的选票开始清点，然而赫特的领先优势得以保持。佩列洛的新闻秘书正试图阻止各大电视台宣布结果已定。佩列洛露出苦涩的微笑。"我们正在赶超！并没有。但是我们做得更好了。让我们继续缩小差距吧。"8点半，亨利县的结果终于公布，佩列洛在那里步入坟墓。红桦没能带来一丁点改变。

他输了，百分之五十一对百分之四十七。相比其他被击败的弗吉尼亚州民主党人（包括长期任职的民主党人，也包括在国会投出更安全选票的民主党人），他败得还没那么惨。2009年初曾到该地区寻找资助项目的助理告诉佩列洛："我们遭遇了一场狂风。"在全国，总统的政党遭遇溃败。

佩列洛将家人聚集在一起。他们中有些人在哭。他是房间里最开朗的人。

"我来告诉你们——我不知道为什么，但是我感觉很好。我们付出了一切。并非每个今晚输掉的人都曾为四千万美国人争取医保，并让医保覆盖既有疾病。并非每个今晚输掉的人都提出了一项国家能源战略。这就是我们做事的方式——高风险，高回报，让一切都摆在台面上。"佩列洛在微笑，"我感到如释重负。"

有一回，瑞安大约十三岁时，迪恩带他去了弗吉尼亚州希尔斯维尔的大型劳动节跳蚤市场和枪展。在迪恩的推荐下，瑞安花零用钱买了一台泡泡糖机。他们当时的想法是把它放在巴塞特生物柴油精炼厂旁边的便利店中，开始赚点钱。"这有点像是教他一堂课。"迪恩说，"在我看来，大多数人仍然贫穷的原因是他们不知道资产和负债之间的区别。大多数人认为房屋是一种资产，但它其实是一种负债。区别它们的最好方法是，如果某种东西能把钱放进你的口袋，它就是一种资产，而如果它会从你的口袋里往外掏钱，它就是一种负债，非常简单。买一台泡泡糖机，获得这份资产的回报，我认为这是一堂非常有价值的课。"

第二年，当迪恩的卡车休息站被清算，他失去了这家商店，不得不把泡泡糖机带回家，放进壁橱。迪恩不想让瑞安就这样失去自己的投资。但是拿破仑·希尔说，每一次逆境都会埋下同等顺境的种子。

迪恩在寻找顺境。

他在炼油厂周边感觉自己派不上用场。他在红桦能源公司中的股份几乎稀释到零，加里和弗洛一直在掌管经营。迪恩告诉加里，他的整个经营方法是错误的——加里试图赚快钱，而不是稳步建立生意。他们试图通过授权红桦的商业模式来赚钱，新泽西有个商人对此感兴趣，可加里报价过高，使他们失去了这位潜在客户。迪恩对加里说："猪吃得太胖会被宰掉。"

"你说什么？"加里生气地说，他本人严重超重。现在，他要承担公司近一百万美元的全部债务，不得不将自家房屋和船签字抵押。在加里看来，迪恩总是乐意花别人的钱，但就是不乐意花自己的。第三个合伙人罗基·卡特希望能被收购，因为他的建筑业务因房地产泡沫破裂而遭受重创，但加里买不起他的股份。债务使他们三个像蛇一样纠缠在一起。

加里和迪恩不断争论。"我不再喜欢你了，"加里有天告诉迪恩，"你不再是我刚开始认识的那个人了。"他开始质疑迪恩的精神状态是否稳定，暗示迪恩可能会跟他父亲一样下场。这令迪恩怒不可遏。他情绪低落，而他的合伙人落井下石。

2011 年的冬天，一切在同一时间土崩瓦解。

首先是税收案。弗吉尼亚州的亨利县去年 9 月曾起诉迪恩，原因是他未能汇出将近一万美元的餐税。2011 年 1 月 27 日，他被判犯有轻罪，应在补交税款之余额外罚款两千五百美元，外加一百美元的诉讼费用。同年冬天，红桦被美国国税局审核。由于迪恩身为董事会成员，并负有纳税义务，结果公司的燃料制造许可证被暂停，红桦停业七个星期。

3 月，迪恩辞职，以十美元的价格放弃剩余的股票，并放弃了薪水。美国国税局解除禁制令，没有他的炼油厂再次启动。迪恩·普莱斯和这家生物柴油公司之间再无瓜葛，而他曾经赋予它名字和灵感。他离开后不久，红桦能源公司网站上发布了一条通知。上面写着"所有权和管理权的最新变化"，然后链接到一篇"新闻稿"，宣布："迪恩·普莱斯，红桦能源公司的前共同所有人，不再与红桦有关联；自 2011 年 4 月以来，他已不再以任何方式参与公司运作。"

然而迪恩仍在谈论红桦，并声称自己是红桦的一部分，这让加里感到不满。7 月，加里给他寄了一封信。

迪恩，

　　我们的关系走到这一步，我不得不写这封信给你，这让我感到非常艰难。

　　但是你为我选择了这条路，让我别无选择。我已经尝试了几次，想与你沟通，但徒劳无功。

　　我明白你的生活现在已经一塌糊涂，我实在不想再火上浇油，但我别无选择，只能得出以下结论。

　　结论就是，你总是在外面擅自宣称自己代表红桦能源公司，而我们无法接受这一点……真的很抱歉，但我必须坚持要求你停止以任何方式代表红桦能源。

　　迪恩，如你所知，我们一直在为你和你的家人提供医疗保险。由于你将不再与我们有任何关系，我们必须从2011年9月1日起停止向你提供保险。

　　迪恩，就我个人而言，我对走到这一步感到非常失望。我真的希望事情没有发展到这样。回想我们刚开始创业，你曾是一个很好的合作伙伴，但是当卡车休息站开始走向失败，你变了。是的，你仍然是一个好人，但是你逃避了对公司的所有责任，切断了与我们所有人的所有沟通，在许多场合对我们说谎……我可以继续清算这笔账，但我不会这么做。我只能说，祝愿你一切都好，并希望你能找到办法，让生活重回正轨。

真诚的，

加里·N.辛克总裁

　　迪恩从来没有回信。"当我跌到谷底，他们落井下石，"他说，"然后他们把我扫地出门。"

　　与此同时，业务清算并没有解决他的债务问题。卡车休息站的债权人之一是他的燃料供应商伊甸石油，那是位于罗金厄姆县的一家小公司。迪恩曾以为这家公司的老板里德·蒂格是他的朋友，可是当伊甸石油获得针对迪恩的三十二万五千美元的燃油未付账单判决后，蒂格就成了他的仇敌。首先，他切断了卡车休息站的燃料供应，正是这一举动迫使它进入了《破产法》第七章的破产程序。但是，清算马丁斯维尔的红桦也无法保护迪恩，因为蒂格还盯上了他的个人资产。2011 年 2 月，迪恩得知，他的房子被定于 5 月 15 日在温特沃斯的罗金厄姆县法院大楼台阶上拍卖。那是他的祖父伯奇·尼尔于 1934 年在一场扑克游戏中赢得的土地上建造的房子，他的母亲在这里长大，尼尔一家在这里种植了几十年烟草；在他们同住这一屋檐下的最后一晚，他的父亲曾将他一耳光打倒在地；他曾于 1997 年从宾夕法尼亚州回到这里，花了一整年时间把这栋房子从高速公路旁挪到山下，然后在新的地基上重建；当他的儿子瑞安前来与他同住时，他将这栋房子变成了自己和瑞安的家；这也是他母亲的房子，他们共同拥有产权。他没有告诉母亲，但是当地报纸上刊出了一条通告。拍卖前的那个星期天，一位远方堂亲以追忆往事为借口前来拜访，但在离开时，她告诉迪恩，她其实是来查看这栋房子值不值售价。

2009 年底以来，迪恩就一直在考虑宣布个人破产，但是出于种种原因——他一直专注于生物柴油；他的律师在收取一千五百美元费用之后就不再回电话；没有人想面对废墟——他没这么做。然而，在 5 月 9 日星期一，预定的拍卖日期之前六天，迪恩根据《破产法》第七章，以"自雇创业者"的身份向位于格林斯伯勒市的北卡罗来纳州中区美国破产法院申请破产。他这样做是为了挽救他的房子。当天，还有另外二十六个欠债人与他一起出庭。这一年，全国共有一百四十一万零六百五十三宗破产案。

迪恩的债务总计达一百万美元。他的资产——他在斯托克斯代尔的房子的一半，普莱斯烟草农场残余的四十四英亩土地的四分之一，他的家具、拖拉机、衣服、书籍和猎枪，他的怀旧店牌，他的

1988 年福特皮卡卡车，以及他为瑞安十六岁生日购买的那辆二手吉普牧马人——都属于北卡罗来纳州所允许的豁免范围，因此他能保住它们。他必须接受信用咨询，并参加财务管理课程。

7 月 25 日，他前往格林斯伯勒的法院参加债权人会议。会议在二楼的一个房间里举行，迪恩发现自己身边环绕的都是同病相怜的债务人，而不是很少参加听证会的债权人；这些债务人有的年纪很大，有的坐在轮椅上或靠拐杖行走，有的靠呼吸机维持呼吸，他们都在等待自己的名字被破产受托人叫到。他们让迪恩想起了自己的父亲，想起了他如何被失败击垮。迪恩前所未有地感受到父亲对自己投下的阴影。就像裤子上的折痕，难以抚平。

破产后，他其实考虑过几次一了百了。但他永远不可能对儿子们做出这种事——这是条简单的出路。而且，从某种意义上说，破产是一件很了不起的事情，因为它允许你重新开始。谢天谢地，他没有生活在一个一旦背上债务就会被砍头的国家。

8 月 30 日，迪恩的案子结案。自始至终，他都感到上帝的手在掌控着他。

到那时，他已经看到正确的前进方向。在被加里一行人扫地出门之后，他差点就退出生物柴油行业，但事实证明，这是他一生中发生的最好的事情之一。若非如此，他永远不可能想出那个新主意。也许他会一直待在红桦，在不断尝试中死去。

他曾在某处读到亨利·福特的一句话："失败只是一次重新开始的机会，下一次，你将更加明智。"

塔米·托马斯

塔米热爱行动。她热爱更大的舞台，更大规模的行动。公开演讲曾让她恐惧，但是在 2009 年，当她的组织与工会和其他团体一起，在俄亥俄各地和华盛顿参加关于医保改革和其他议题的集会，塔米会在巴士前排带领大家唱歌和喊口号。她对掌控这些戏码有一种天赋，也知道如何在它面临消退时让它继续保持活力。有一次，在哥伦布的大通银行外面，一个拿着扩音器的组织者想让人们跟着喊"Si se puede"，也就是西班牙语版的奥巴马竞选口号"是的，我们能做到"（Yes we can），可是人群中几乎没有西班牙裔。塔米最后夺过扩音器让所有人唱起歌。要是再来一轮"Si se puede"，整个行动就完蛋了。

在俄亥俄州的梅森，一个保守的白人小镇，他们冲进了联合健康保险公司的大厅，在那里唱歌和喊口号。在华盛顿，塔米和扬斯敦的其他人——她招募的像海蒂小姐一样的当地人——加入 K 街上的全国进步组织，堵塞整个十字路口，然后从那里一路游行到美国银行去谴责华尔街，最后聚集在银行高管的前院草坪上抗议。当天下着倾盆大雨，尽管塔米披着垃圾袋当雨衣，还是变成了落汤鸡。她后来生病了，但整件事令人振奋不已。这让她感到："嘿，接招！你们一直都在把这些东西强加给我们和其他所有人。现在，自食其果吧。"她站起来，说——不管是真是假——"我可不会再忍受这些了。"她想到了她知道的所有止赎房屋，东区等黑人社区遭受的贷款歧视，以及发薪日的贷款滥用。"我只是厌倦看到有人占别人便宜。你们还去占那些本来已经没什么钱的人的便宜？这里不是美国吗？那是野兽的天性，看起来，我们已经深陷其中。"她想到自己被迫从帕卡德退休，而首席执行官和高层员工却拿到了奖金；其他人都丢了工作，整个社区被摧毁，还有一些银行拿着她的税金摆脱泥潭；而她仍然无法从银行拿到贷款，尽管她每个月都需要还房贷。"这让我想说：'这他妈是怎么回事？'这种不公平让我心忧。"

这些行动使她手下的领导者踏上他们从未梦想过的舞台。刚刚从俄亥俄灯厂的水泥运输部门退休的西比尔女士去了华盛顿，与奥巴马的住房和城市发展部长肖恩·多诺万会面。她告诉他，拨给陷入困境的城市的部分刺激资金应该用于拆除废弃房屋。她拿出了马洪宁河谷组织合作社的地图，并解释说，扬斯敦的问题不是像纽约或芝加哥这样的士绅化——扬斯敦不需要建造低收入房屋，而是需要拆除空置房屋。三次会面后，部长终于明白了，他还记住了她的名字。

海蒂小姐成了当地的名人。塔米让她在全镇到处发表演讲，关于医保，关于空置房屋，关于银行对街区做了什么，直到人们会在商店里走到她面前说："你不认识我，但我认识你，我在电视上见过你。你为我们所有无法发声的人发声。"然后塔米带她去华盛顿。当海蒂小姐来到国会山，面对在她看来成千上万的听众，她几乎紧张得昏死过去。当她开始口吃和口误，在特拉菲坎特之后继任的扬斯敦国会议员蒂姆·瑞安拥抱了她。他说："您是一位充满活力的发言人，我以后每次都要请您为我开场。"这就像母亲边轻拍她的背，边说："一切都会好起来的。"在那之后，她便滔滔不绝起来。海蒂小姐后来说："是塔米将我塑造成今日的领导者。"

在她修剪的花园对面还有块空地，海蒂小姐在那里建造了"费尔蒙女孩及周边社区花园"。她像在郊区一样，搭起了白色的栅栏，用捡来的木头和刨花板以及工厂货盘上的堆肥箱一起建造了种植床。乔金的饭店每天会给她的卡车装满三十磅的堆肥，她的医生从自家农场给她攒马粪。塔米向韦恩基金会申请了一笔基金，海蒂小姐收到三千七百美元作为启动资金。她试图美化社区，并教给孩子一些没人能夺走的东西。"一开始，你可能会讨厌它，但后来，你就可以用绿色蔬菜做饭，而不是一直都在吃肉。只要努力干活，你就可以吃上廉价甚至免费的食物。努力工作是一切的关键。我年轻时并不知道这一点，但我猜，随着年龄渐长，我的智慧也增长了。"花园是一处宁静的所在——它令海蒂小姐想起父亲的花园。可是附近街区的孩子现在都是青少年了，很难让他们对花园感兴趣。雪上加霜的是，花园隔壁的房子因为一个七岁男孩玩火柴而发生阁楼火灾，房主立即拆下铝制壁板当废料卖掉。

西比尔女士也在她所在的东区街区开垦了一个社区花园。那是一个城市花园，混凝土上面是黑色的土壤和绿色的蔬菜废料。她说："我们都将回归尘土，一切都将回归尘土。"她对园艺一无所知，只懂食物，于是她和邻居种了一大片可食用的东西。花园的规则是随心所欲地来，随意挑选你想要的东西，只要不破坏花园就好。只有土拨鼠和鹿不遵守规则。

塔米和组织合作社对扬斯敦进行了第二次调查，这次是关于杂货店的。他们的地图显示，扬斯敦是一片食物沙漠——整个城市几乎没有像样的商店。要想购买新鲜的食料，从东区的某些地方乘巴士来回要花四个小时；南区一家低价食品店开张后，情况就好转了很多。一家不错的街角商店可能会摆放几个土豆、几个洋葱和已经开始变黑的生菜头，但大多数都像是位于谢比街上薇姬被拆毁的房屋旁边的 F&N 食品市场，出售快餐、酒和香烟。塔米的组织向街角商店老板施压，要求他们签署一项协议，提供新鲜和有营养的食物，并拒绝他们的商店成为毒贩的集结场所。

　　这场食物运动让塔米与扬斯敦南部的一个白人福音派教会建立了联系。那里的牧师史蒂夫·福滕贝里在教会开辟了一个占地三十一英亩的合作农场。他的会众中有一些年长和较保守的成员，他们对任何与环保主义有关的事情都持怀疑态度，因此他用"喂饱饥民"来宣传这个项目，这样比较容易被接受。整个夏天，扬斯敦的青少年、残疾人和刑满释放者都在教堂的农场里工作，塔米和福滕贝里安排用卡车将食物运到周围的社区中心和农贸市场。

　　在她早年的生活中，塔米从未遇到过像史蒂夫·福滕贝里这样的人。那时，她也不会去结识柯克·诺登。她不知道有像诺登这样的人，对失败者如此心怀热情。她称他为"我认识的最黑的白人"。这项工作占据了她的生活。它偷走她与家人在一起的时间，她不再像以前那么频繁地去教堂，也没有帮忙参加春季大扫除。但是合作社也让她看到了形形色色的人，有了形形色色的经验，甚至让她尝试了形形色色的美食（在柯克的挑战下，她吃了章鱼；她还爱上了印度料理）。过去，当她看到白人编着发辫，她会心想："为什么他们要学黑人编头发？"现在，她早已见怪不怪，一神论教会的古怪行径（比如一个女人用口号和敲锣来开始一场会议）或任何其他宗教也不再让她惊奇。这都是文化体验的一部分。离婚后，当她深入上帝的神殿，她曾戒酒；但现在，她和其他组织者会边吃饭喝酒，边召开漫长的战略会议，最后总是会开始讲战争故事，互相攀比胜利和伤疤。她从未接近过对工作如此充满热情的人。生活比她所知的要丰富得多。有些她认识的人会说柯克在利用黑人，或者说他是种族主义者；没什么能比这些话更让她怒火中烧。"你在跟我开玩笑吗？你知道他为我和我的家人做了什么吗？他不是非得雇用我不可。我没有任何经验，也没有学位。他认为我们需要在这里做点什么，他有一些答案。

如果你们想改变这里、让它变得更好，那么过去二十年来你们什么也没做。你们在等什么？"

当塔米离开德尔福时，她的买断报酬大约是十四万美元。这听起来像是很多钱，直到你发现这只不过是两年半的工资，而你无法确保能找到下一份工作。她失去了一半以上的养老金，但最后，她找到了一份不错的工作，成为幸运者之一。她最好的朋友凯伦比她大十岁，凯伦接受了买断，但没有找到其他工作。她和丈夫艰难度日，就像塔米在工厂里认识的几乎其他所有人一样。这家公司特别擅长把工人吓跑，那么多人接受了买断，以至于德尔福在沃伦的工厂不得不返聘几百人作为临时工，好让工人总数能到六百五十人。塔米认识的一些人回到高速冲压区工作，操作三到四台机器，时薪十三美元——工作量翻了一番，薪水却减半了。

媒体预言，公司威胁的裁员将会导致罢工，但工会在为成员严重缩减的薪资和福利谈判时表现得十分安静。2009 年，德尔福摆脱了破产，将大部分业务出售给了通用汽车公司；通用汽车在 1932 年到 1999 年间曾拥有德尔福（2009 年，通用汽车也根据《破产法》第十一章进行重组，美国政府投资了五百亿美元）。德尔福的剩余资产属于私人投资者，他们给公司起了新名字：这家公司曾经是帕卡德电气公司，后来变成德尔福汽车系统公司，然后是德尔福公司，现在则变成了 DLPH 控股公司。对冲基金经理约翰·保尔森曾于 2007 年通过卖空次级抵押贷款赚了近四十亿美元，这回他出售了两千零五十万股新公司股票，以一千四百万美元的投资获利四亿三千九百万美元。到此时，这家公司在全球雇用的近十五万名员工中，美国员工已经不到两万人。

塔米工作的工厂——哈伯德托马斯路上的 8 号工厂——关闭了。很快，厂房加入了马洪宁河谷的常见景观：窗户被打破，杂草遍布沥青路面，停车场空空荡荡。塔米和同事经常光顾的餐馆和酒吧也失去了大部分生意。

德尔福被誉为通过破产削减成本的典范。

2007 年，塔米为自己的买断报酬交完税后，手里还剩下八万两千美元。她花了一部分钱来帮助母亲和孩子，然后将一部分钱存入了回报率为百分之三的定期存款。但是 2007 年，她尚未被合作社雇用，当时她曾又一次考虑离开扬斯敦。她想用剩下的资金多赚一点钱，好让自己能离开这里，并且能有固定收入，因为她当时在上学。她有一位姻亲是这片区域的房地产经纪人，他曾帮助塔米和巴里为他们在南区的房子申请贷款。他很欣赏塔米，称她为"老江湖"——懂得如何生存、不会消沉不起的人——他一直想请她来为他工作（他还有一家草坪护理公司、一个日托中心，以及一家帮助刑满释放者的非政府组织）。有时他甚至称她为"女儿"。他提出拿她的钱投资房地产。他签下了一份合同，保证百分之十的年回报率，每月支付。塔米将买断报酬中最后的四万八千美元交给了他。

第一年情况很好。她每个月都会收到支票，足以支付她的房贷和车贷。到了第二年，从 2008 年中开始，房地产市场陷入低谷，他请求再多保管这笔钱一年，并商量把回报率降到百分之八。到了圣诞节，他只付了百分之五，并且钱到得很晚。等到 2009 年，这笔钱没再寄来。

母亲的健康状况正在恶化，塔米希望将她从疗养院接出来，让她住进条件不错的房子。她要求这位亲戚以一万五千美元的价格竞购一栋可能价值两倍的房子。她赢得了竞标，但他却无法拿出五千美元的首付；这时，她知道事情有些不对了。当她要求拿回自己的钱时，他说他手里没有这笔钱。"我很抱歉，"他说，"我会把事情理顺的。我正在努力避免申请破产，因为如果我申请破产，那就没人能拿到钱了。我要卷土重来，你会拿回你的钱。"

　　她知道他在努力。可是没有这笔钱，她就不能继续给自由区的房子支付房贷，银行也准备好了止赎。不知怎的，他拿出了她需要的一千两百美元，让她申请贷款变更。但是他仍然无法付清她投资给他的钱，她开始认为他一直在进行一场庞氏骗局，用她的钱付给其他人，最后因市场崩溃而陷入困境，就像马多夫❶当时一样。她开始听到其他人的故事，其中有些人在加利福尼亚，他们也曾向他投资，但无法收回款项；在另外一些故事里，他利用经纪人执照将抵押贷款转移给亲戚，并在未告知他们的情况下进行再融资。他的员工拿不到薪水。她当面质问他，并告诉他她正在考虑报警。这位亲戚在教会里担任助祭，他说："基督徒不能对彼此做这种事。"

　　她在努力做一个好基督徒，做正确的事。不管怎么说，报警又能给她带来什么？她没有告发他，也没有告诉家人。最后，他给她写了一张支票，偿还了一部分欠款。当她拿着支票去兑现时，它却被退回了。在那之后，他不再接听她的电话，从此杳无音信。她再也没有听到过他的消息，也再也没有见到过她的钱——她曾指望能在离开德尔福之后的艰难岁月里靠这笔钱度日，然后退休。她对自己怒火中烧。她本该把钱放到收益率低但安全的定期存款里，也许还可以拿出一部分来尝试炒股。"你可真是太蠢了，"她抱怨自己，"真不知道你为什么这么做。你为什么会相信他？"她对自己比对他更生气；尽管发生了这一切，她还是对他抱有一点点同情，因为他的人生全毁了。

　　在这场惨败的过程中，塔米的父母去世了。在她的一生中，父亲经常表现得刻薄而暴躁，她从十几岁起就一直瞧不起他。但是在他弥留之际，她看到了父亲内心深处埋藏的软弱，这让她相信，他

---

❶　指的是马多夫骗局，即庞氏骗局，由曾任美国纳斯达克主席的投资大亨伯纳德·马多夫的投资欺诈行为而得名，主要操作方式是用新投资者的钱付给早期投资者作为回报，不断诱骗更多人加入。

曾爱过她。2009 年 9 月，他从医院回到家里，在与妻子和儿女一同享受了一顿烧烤、西瓜、葡萄和啤酒之后，因肝癌而在睡梦中溘然长逝。

但是薇姬的情况有所不同。多年以来，在骨裂、丙型肝炎和海洛因的摧毁下，她的健康状况一直很糟糕。她郁郁寡欢，精神不振，塔米一直试图找到办法把她带回家来照顾。感恩节期间，薇姬在圣伊丽莎白医院住院，塔米探望了她。但塔米有一场手术安排在 12 月 2 日，预计之后需要一个月才能康复。根据她在帕卡德的工作经验，她觉得就算有人替班，她也没法请假。她在手术前花了好几天试图弥补即将落下的工作，尽管她跟母亲通了三次电话，却无法去见她。当塔米在医院时，母亲没有告诉她，就要求停止对自己的治疗。塔米于 12 月 4 日出院回家。两天后，她的母亲因充血性心力衰竭被送往急诊室。她去世时六十一岁。"她是一个人走的。"塔米说，"我没能及时赶到医院。我向她保证过我会陪着她。我的母亲需要我，我却没法待在她身边。"这个想法一直令塔米痛苦不堪。

她们本来还应该一起生活很久。可是薇姬很早之前已经准备好离开，即使她知道塔米不会让她走。她去世之后，塔米想念爬到她床上、躺在她身旁的日子，想念坐在她身旁什么也不说，想念她的拥抱，想念她的手抚过自己的头发，那是无人能替代的抚慰，因为不管发生过什么，她都是塔米的母亲。

此后很长一段时间，塔米一直在质疑自己，也质疑自己的工作，是工作让她没能见到母亲最后一面；她也质疑上帝，祂让她的人生充满太多挣扎，还夺走了那么多她珍爱的东西——夺走了一切，除了她的孩子。

坦帕

在坦帕半岛南部，半岛没入海湾之处，南戴尔马布里公路的尽头，是麦克迪尔空军基地的前门，那里是美国中央司令部所在地。举世闻名的四星将军——汤米·弗兰克斯、约翰·阿比扎伊德、戴维·彼得雷乌斯——在这里制订了阿富汗和伊拉克的战争计划，指挥数十万部队参战，乘坐私人飞机巡视自己的管辖区，犯下巨大的战略错误并迟迟没能设法纠正它们。他们享受着坦帕的盛情款待，同时塑造着美国的外交政策，以及全世界最动荡区域的国家命运——从埃及到巴勒斯坦，他们就像古罗马地方总督一样，对这些地方拥有全部权威。在白宫和五角大楼之后，在美国反恐战争中拥有最大权力的部门就是麦克迪尔。哈兹尔一家就住在四个街区开外。

哈兹尔一家包括丹尼和罗纳尔、他们的孩子布伦特和丹妮尔、丹尼的弟弟丹尼斯，还有四只猫。哈兹尔一家生活在南戴尔马布里高速公路上一栋大楼底层的两居室公寓，对面是麦克迪尔汽车旅馆和海湾支票兑现处，邻居都是毒贩——如果有人看他们的眼神不对，这些邻居就会发火。哈兹尔一家经常收看 HGTV，这个电视台专门播放房地产内容，但他们太穷了，没钱炒房然后因止赎失去房子，或是成为马特·韦德纳的客户。他们甚至连汽车也没有，这让他们不得不受制于希尔斯伯勒地区的公交车系统。丹尼的年收入从未超过两万美元，他们只会在退税时有点闲钱。有一年，他们用低收入退税补助买了一台电脑，下一年则用它买了一把黑色塑料扶手椅和一张沙发，再下一年则是一台廉价平板电视。他们与还活着的亲戚颇为疏远，其中大多数人都是酗酒者。他们的朋友很少，不去教堂（虽然他们是基督徒），不参加工会（虽然他们是工人阶级），也不参加街区协会（虽然他们希望街区足够安全，好让孩子能在万圣节挨家挨户玩"不给糖就捣蛋"）。他们几乎从不考虑政治。他们拥有的只有彼此。

2008 年，当经济危机重创坦帕，丹尼被解雇了——他当时在基地附近一家名为"包装大王"的小工厂里工作，时薪十美元，工作内容是制作塑料休闲食品袋。最糟糕的是，这个消息是他的上司让别人转达的，而这位上司曾经是丹尼的高中同学。丹尼将粉红色的解雇通知单带回家给罗纳尔看，她说："我们现在该做什么？"当时是3月。丹尼在那年剩下来的时间里一直在找工作。他向家得宝、山姆俱乐部、大众超市和其他六十家公司提交了申请，乘坐长途巴士去面试，但在每个申请的职位上总是名落孙山。他已经超过三十五岁，身材矮小，有啤酒肚，下巴上长着一撮纤细的山羊胡，钢人队的帽子下几乎秃了顶。他缺了几颗牙齿，因为一只耳朵失聪而总是用响亮又嘶哑的嗓音说话。他将自己归类为"蓝领男人"，而不是"待在柜台后收钱帮您找到尺寸合适的裙子的男人"。然而，当时仅剩的工作都在零售业，对这个行业来说，他的外表和举止都不合时宜。

圣诞节过后不久的一个晚上，一家人正围坐在拥挤的客厅里，电视上播放着一场青少年游戏节目；孩子手牵着手坐在灰色的地毯上，这块地毯曾见证过去的好日子。布伦特当时十二岁，但看起来比实际年龄要小；丹妮尔九岁。他们仍然相信圣诞老人，这并不困难，因为他们看不出父母怎么可能买得起礼物。实际上，丹尼和罗纳尔在这一年圣诞节要靠社会福利度日。丹尼不喜欢这么做——社会上还有其他人比他们情况更糟——他也因无法送丹妮尔上舞蹈课和送布伦特上足球课而痛苦。他每天都为罗纳尔感谢上帝,但老实说,他已经开始灰心丧气。"为什么外面所有人都觉得我是个坏人?他们不认识我,不了解我的工作经历,但就是不肯给我一个机会。我开始怀疑,我到底哪里有问题?你为自己拥有的东西而工作,所有人都在这么做;突然之间,经济垮了,找工作的不再是三十个人,而是三千个人。"

然而不知为何,丹尼陷入了自责。他高四时退学了,现在深感后悔。他感到全世界都在为此报复排挤他,这种麻烦一定是他的错,这种失败一定只属于他自己,他没有权利获得任何人的帮助。从华尔街的银行家到韦德纳办公室里的房主,似乎没有其他人对自己有这种看法。

丹尼来自匹兹堡郊区。他的父亲是一个酒鬼,曾为铁路做维修工作,然后是电力公司,然后是当地的一所大学;到了80年代初,当地钢铁厂关门大吉,丹尼十二岁左右时,他们举家搬到坦帕。在佛罗里达,父亲酗酒更厉害了。他教丹尼文明驾驶,热爱钢人队,但除此之外,没人监督丹尼好好刷牙或是做其他任何事。

罗纳尔的情况更糟。她出生在坦帕。她的父母都是酒鬼,母亲总是存心不良,眼里透着恶意。他们在罗纳尔七岁时分手了,她被妈妈拖到佛罗里达和北卡罗来纳州的北部(如果找不到酒,母亲就会喝外用酒精;她会对任何愿意要她的男人投怀送抱),有时住在车里,经常没法上学。每当罗纳尔说"妈妈,我饿",而母亲刚吸了毒正身体瘫软,或是因为太自私而不愿意给女儿买食物,她们就会去偷里斯牌花生酱杯。从很小的时候起,罗纳尔就有了一个念头:她绝对不要成为这种父母。

当丹尼读十年级,罗纳尔读九年级时,他们在南坦帕的基地附近做邻居。丹尼的哥哥道格正在追罗纳尔，出于嫉妒，每当他们开始调情时，丹尼都会闯进房间。他会在人行道上走过罗纳尔身旁，盯着她的眼睛说："婊子。"她会回击："你真是个混蛋。"当他们终于发现他们喜欢跟彼此聊天时，这场持续终生的爱情拉开了序幕。罗纳尔比丹尼辍学更早——她受够了被霸凌。"有几个人真的想杀了我，"罗纳尔说，"我被逼到墙角，没人来帮我，这种事加上其他一切。"她去了一家自助洗衣店工作，而他在圣彼得斯堡的焊接厂找到一份操作研磨机的工作。1995 年，她二十二岁，怀上布伦特，他们一起搬进拖车活动房。1999 年，丹妮尔即将出生时，他们结了婚。

哈兹尔夫妇严重缺乏教育、资金、家人或任何形式的支持，这在他们刚刚踏入社会时十分不利。另外，他们还有许多健康问题：丹尼的耳聋和龋齿，罗纳尔的龋齿、肥胖和糖尿病，布伦特的多动症和生长激素问题，丹妮尔的听力障碍和焦虑症。有利于他们的条件则包括：丹尼有份工作，夫妇二人不喝酒也不吸毒，孩子举止有礼，一家人无论怎样都会待在一起、相亲相爱。按照传统道德观，这些有利条件应该能让他们维持生活；也许在另一时空，他们的确能做到。

第一场灾难发生在 2004 年。那是常见的一连串错误导致的螺旋式发展。首先，焊接车间搬到了新里奇港口，丹尼没钱跟着搬家，结果丢了工作。哈兹尔一家当时正在圣彼得斯堡租着一间拖车活动房，丹尼为房东打打零工，心想只要拿到低收入所得税补助，就把它买下来。但是房东从没付过丹尼工钱，然后他让哈兹尔一家离开，声称丹尼拖欠租金。一天晚上，丹尼的父亲和哥哥道格喝醉了，他们决定代表丹尼把拖车砸烂。警察接到报警后，在哈兹尔一家刚刚入住的汽车旅馆逮捕了丹尼；丹尼和另外一百个男人一起挤在牢房里的水泥地板上，度过了他一生中最糟糕的夜晚。第二天，法官审视了他清清白白的记录，在他本人签署保证书后释放了他，但现在，他们全家无处可去了。

他们在圣彼得斯堡周围转悠了一个月，睡在车上。罗纳尔在食品分发处囤积餐盒，当孩子被晒伤时，她用醋给他们擦皮肤，以加快治愈。布伦特因为失去了电子游戏而感到无聊，丹妮尔则害怕夜晚的噪音。后来，她记得有一天晚上坐在车里，车停在甘迪桥下的海滩旁，"我面前有一堆餐盒，我低头看看餐盒，然后抬头看看通往海水的沙滩足迹。"早上，丹尼和罗纳尔将孩子送上校车，好像什么都没发生。

他们设法搬回坦帕，找到了那栋位于南戴尔马布里高速公路上的公寓，月租为七百二十五美元；丹尼则在包装大王找到了工作。在接下来的四年中，情况稳定下来。丹尼的弟弟丹尼斯睡在客厅的沙发上；他在沃尔玛兼职打工，负责把购物车送回原处；他从工资中拿出一部分来付房租。有了丹尼的工资、丹妮尔的社会保障收入和食品券，他们得以勉强度日。然后，粉红色的辞退通知单来了，倒霉事接踵而至。

2009 年春季，丹妮尔被诊断出患有骨肉瘤——左腿骨癌。在接下来的一年半里，哈兹尔一家的生活只剩下医院、化验、手术和化疗。

几乎所有这些医疗护理项目都是靠慈善事业支持的。一位素未谋面的陌生人捐了一笔钱，他们买了一辆 2003 年的雪佛兰骑士，用来带女儿去看医生。丹尼停止找工作，全力照顾女儿；罗纳尔原本一直抱怨老师、雇主、房东和邻居的错误行径，但她很喜欢丹妮尔的医生，还加入了癌症患儿父母的组织，这是她一生中第一次感到自己是社区的一部分。公寓中挂满了用画框裱起来的励志话语：

癌症做不到的：
它无法削弱爱
它无法粉碎希望
它无法消灭精神

　　它无法摧毁信心

　　它无法掩盖回忆

　　丹妮尔细细的腿里嵌入一个假体，随着她的成长需要定期进行四毫米的调整。整整一年，癌症没有复发。他们感谢上帝。除此之外，对哈兹尔一家来说，什么也没改变。

　　2011年春末，丹尼·哈兹尔做了一个梦：他将举家搬到佐治亚州。

　　他从十二岁起就住在坦帕，现在，他感到被困住了。公寓的墙壁仿佛越来越狭窄，特别是当隔壁的夫妇因疏忽照管两个年幼孩子而被捕后，他们的公寓变得肮脏不堪，到处摆满快餐盒，蟑螂穿过墙壁迁移到了哈兹尔家里。它们是那种小型的、大批出没的品种，会在客厅墙壁与天花板相接处留下幼虫的黑色痕迹；它们匆匆爬过塑料家具，爬进浴室的水槽和厨房的特百惠餐具，空调管道将蟑螂粪便的可怕气味吹遍整个屋子。由于不堪蟑螂滋扰，罗纳尔不再做意大利面，而是开始从沃尔玛购买冷冻食品：比萨、维尔维塔煎芝士面、只需二点二八美元的六块装索尔兹伯里牛排……反正这些比自己做饭还要便宜——买一块蛋糕比从零开始做一块要便宜——有时她会煮拉面，丹尼说那是人类最伟大的发明之一。他们对蟑螂完全无计可施，除非把整个家彻底清理除虫，而那意味着要花钱在汽车旅馆住三晚。蟑螂令丹尼和罗纳尔感到尴尬，他们曾为自己把家里保持得整洁干净而自豪。同时，隔壁新搬来的住户喜欢大叫大嚷，还喜欢在午夜1点大声放音乐。一天，楼上邻居冲马桶时把哈兹尔家洗手间的石膏天花板搞出来一个洞，当时罗纳尔刚好在洗手间里。糟糕的房东一直没修好它。

　　有一段时间，丹尼在塔吉特兼职，负责在商店开门前的深夜时段卸货和重装库存，时薪八点五美元。起初，他每周有三十或四十小时的工作，勉强可以度日；但在圣诞假期后，商店减少了他的工作时间，到了春季，他平均每周只能工作十个小时，每两周拿到一张税后一百四十美元的支票，而塔吉特在他的部门以更低的工资雇用了三名新员工。他忍不住想，如果他被解雇，开始领失业救济，反而能拿到更多的钱，更不用说领到的食品券还能翻倍。一天，丹尼听到他的经理提到，商店前一天的销售数字下滑到五万两千美元。他快速计算了一番。"每周近四十万美元，他们还付不起我的工资？只是贪婪罢了。"

塔吉特刚雇用丹尼时，他们向他播放了关于工会有多邪恶的视频，并告诉他，如果有人找他加入工会，他应向管理层报告。丹尼从没想过加入工会，但他想知道工会到底有什么问题。一天晚上，他和罗纳尔在历史频道上观看节目，上面谈到布莱尔山战役，这是上世纪20年代的一次煤炭工人罢工。丹尼学到的事实是，西弗吉尼亚州其他地区的矿工纷纷前来，帮助该州南部那些试图加入工会的矿工，其中许多人被煤炭公司雇用的暴徒谋杀。这种事情不再发生了。人们太害怕，不敢加入工会，而大公司的钱太多，他们只要威胁起诉就万事大吉。如今，想让人们团结起来做点什么事情太难了。他知道，在过去，穷人的日子并没有好过多少。他甚至还记得自己在宾夕法尼亚州的童年时光：他会缩在厨房炉灶旁取暖，从政府派发的黑白包装罐头里挖豆子和花生酱吃。但跟那时相比，人心变了。当今世界，弱肉强食，人人为己。

一天早晨，塔吉特让丹尼去上班，但丹妮尔要去看医生。他没请假就旷了工；他之前从没这么做过，这差不多等于邀请塔吉特开除他，他们也确实照此办理。他申请了失业救济。他回到了起点。

哈兹尔一家厌倦了佛罗里达。罗纳尔说，这里的十个人里有五个是混蛋。丹尼和罗纳尔都没在上次选举中投票，但是他们讨厌新任州长里克·斯科特，他削减了穷人所需的一切东西，包括学校。

哈兹尔夫妇想知道，为什么像他们这样的美国人正陷入困境，而戴尔马布里公路对面的印度人这样的新移民却能买下便利店。丹尼听说，他们在美国的前五年是免税的。他不是种族主义者，但是如果这是真的，那可太不公平了。

丹妮尔生病时，罗纳尔开始用 Facebook，通过她的页面，丹尼重新联系上了一个来自坦帕的儿时好友。这位朋友正在佐治亚州一个叫作彭德格拉斯的小镇上操作叉车。哈兹尔一家开车去了那里，跟他和他女儿一起度过了 7 月 4 日的国庆节周末。他们喜欢那里的树，喜欢在那里可以钓鱼，喜欢走出朋友的家门也看不到其他房子。那里的学校听起来不错，住房成本也更低，罗纳尔觉得那里十个人里只有两个是混蛋。那里应该有很多工作机会。甚至沃尔玛在佐治亚州也更友好——罗纳尔听说，他们在 7 月 4 日的国庆节周末会放假。如果哈兹尔一家想要搬去佐治亚，这位朋友邀请他们住在他家，直到他们站稳脚跟为止。

6 月初，他们突然决定这么做。他们想要一个新的开始。他们的租约将在月底到期，但搬到坦帕的另一间没有蟑螂的公寓只会改变位置，而无法改变处境。"我好像陷入了那种爬不出来的深渊，"丹尼说，"也许一部分是我的原因——也许我不再尝试了。我苦苦挣扎了太久，我太累了，举手投降了。也许有些人是更好的登山者。我的整个思考过程就是，如果你爬不出来，为什么不搬家呢？"

丹尼的梦想既让人兴奋，也让人恐惧。哈兹尔一家紧紧抓住它，仿佛它是深井底部的梯子。丹尼不知道自己是否在为家人做正确的事，但是倘若不这样做，似乎会更糟。罗纳尔厌倦了用二十九美元撑到月底，不得不等待丹妮尔的下一张社会保障福利支票到来，才买得起无糖百事可乐和胡椒博士。"有些人很害怕，但是有时候，你必须跃出那一步，"她说，"保持信仰，念出祷词。"除了迪士尼乐园和丹妮尔的医生，她并不会想念佛罗里达的任何东西。

　　丹尼还没找到工作，但是沃尔玛承诺会在佐治亚的一家当地分店雇用丹尼斯，他会跟他们一起搬家，孩子也很高兴能搬去新的地方。他们几乎没什么人要告别。

　　6月的最后一天，即搬家的前一天，丹尼和罗纳尔得到了新的牙齿。他们开车带着孩子去了东坦帕贫民区一家不必预约的牙科诊所，隔壁就是一个毒品窝点。他们两个都有牙龈感染，还有需要拔走的牙残根，这花了好几周时间；当他们准备好种植新的牙齿时，两人已经完全没有牙了。"这感觉肯定很奇怪，"丹尼在候诊室说，"爸爸明天要去吃多利多兹薯片。我已经八年没有吃过多利多兹了。"他走进牙医的办公室，半小时后出来，微笑着露出一副洁白整齐的牙齿，这副牙大部分由医疗补助支付。牙齿使他看起来更年轻，也不那么穷了。丹妮尔坐在他的腿上，教她的父亲："跟着我念，'他们''斑马''巨头''海豚''沃尔玛'。"丹尼开始喜欢上假牙的感觉。"靠这副牙，我能找到一个女朋友。"他挑起眉毛，意味深长地说。

　　罗纳尔的牙齿花了一个小时才装好。办公室里传出了喊叫声，她出来的时候气鼓鼓的。"上面这副弄疼了我的牙龈！"她哭了。

　　那位西班牙裔女牙医耐心地解释说，由于拔走牙齿的缘故，罗纳尔的口腔会感到很酸。之后几天，她应每隔十五分钟取出假牙，并用温盐水冲洗。"如果你下周能回来，我会很乐意为你做一些调整。"

　　"我明天就走了，"罗纳尔说，"这太疼了。如果你的其他病人不介意疼痛，那我很抱歉，我不够完美。这就像牙签扎进了我的牙龈。"

　　牙医说："但是它太松的话，可能会掉出来。"

　　"我想走了。我受够了被人当成傻子。"

　　开车回家的路上，罗纳尔继续抱怨疼痛，还有牙医把她的嘴唇拨开的样子让她看起来活像一只大猩猩。丹尼的假牙更合适。她说："你可真幸运，你的不疼。我的可是一说话就疼。"

　　"那就别说啦。"丹尼大笑着说。

"你这个混蛋。"

不久，孩子开始跟母亲一起玩拼字游戏，让她念"斑马"和"沃尔玛"。当他们回到公寓时，车上充满了欢声笑语，罗纳尔在抱怨之余也跟家人一起笑了起来。回到家，她拿出了假牙，再也没有戴过。出于同情或习惯，丹尼也这么做了。

第二天早上，7月1日，丹尼用仅剩的所有钱租下一辆十六英尺高的廉价卡车，然后倒车到公寓门口。他和丹尼斯花了一整天的时间来装行李。电视、电脑和沙发。成箱的干粮。孩子们的自行车。丹妮尔的汉娜·蒙塔娜周边文具。丹尼和布伦特的大型电脑游戏合集（罗纳尔受够了丈夫一连十个小时沉迷《魔兽世界》时的后脑勺）。他们试图摆脱所有被蟑螂污染的东西，包括那把黑色的塑料扶手椅，但倘若有一些蟑螂能一路跟他们搬去佐治亚，丹尼也只能听天由命。

当天中午，他们收到来自塔拉哈西的官方信件：失业补偿委员会的上诉法官裁定，丹尼被塔吉特合理解雇，他的福利请求被驳回。"我想，那都是过去的事了，没法改变，"他说着，把信放到一旁，"现在我们要去北边，在那边提出新的申请。对吧，布伦特？我真的认为那里的情况会更好。一切都会是崭新的。我觉得这么做是对的。在这里，我们的情况不会好起来了。"

为了躲开交通拥堵和暑气，他们等到傍晚才出发：丹尼、布伦特和一只猫坐在租来的卡车里，丹尼斯、罗纳尔、丹妮尔和另外三只猫坐在雪佛兰骑士里。到了日落时分，哈兹尔一家把坦帕抛在了后面。

他们在佐治亚州只待了一个多月。

丹尼的朋友有了一个新女友，她不希望哈兹尔一家住在那里。那位朋友作为主人粗鲁无礼，要哈兹尔一家偿还电影票的费用，极其明显地暗示他们应尽快搬走，对待他们的方式仿佛他们低人一等，甚至取笑罗纳尔的体重，这极大地冒犯了丹尼。一天，孩子们去树林里散步，布伦特回来时身上有蜱虫。第二天，丹尼斯惊扰了院子里的一个黄蜂巢，被蜇了六下。他们搬到了他们能找到的第一个拖车活动房，在一条繁忙的高速公路旁。空调坏了，可是孩子们害怕被蚁蜂刺痛，所以他们整日整夜待在沉闷的拖车里。好消息是，丹尼找到了一份焊接工作，与一队墨西哥人一起在拖拉机拖车上工作，时薪十二点五美元。但在开始工作的第一天，他接住了一块跌落的钢材，结果加重了背部的旧伤。第二天，他几乎无法下床。经过多年的失业和零售业工作，他已经无法适应重体力活。布伦特的状况不错——只要有家人和电子游戏，他就可以待在任何地方——但丹妮尔想念她的朋友。她的父母太晚才意识到，他们得每隔一段时间开八小时车回到坦帕的医院，为她调整假体，这将十分艰难且昂贵。佐治亚州的乡村车程很久——丹尼斯工作的新沃尔玛距离他们住的拖车有数英里之遥，罗纳尔从商店买的牛奶还没带回家就开始变质，他们所有的钱都花在了汽油上。最糟糕的是隔离感。他们不再跟丹尼的朋友聊天。在坦帕，至少他们还有医生，有支持小组。在这里，他们谁也没有。

　　到 8 月初，他们已经受够了。返回坦帕与其说是一个决定，不如说是一场崩溃。医院的一名捐助者帮他们在布兰登附近找到了一个名叫奔流园的拖车园区。罗纳尔在网上看了看照片，交了两周共四百美元的押金。他们租了另一辆卡车，在星期五的午夜之前离开佐治亚州。第二天早晨，当他们抵达奔流园，发现拖车活动房的墙上有洞，百叶窗的窗户打不开，门没有锁，没有任何用具，他们简直想跪下来哭泣。孩子们不可能住在那里。他们开车进入坦帕，把丹尼斯送到沃尔玛，让他去请求拿回那份时薪七点六美元的工作。然后他们开始寻找汽车旅馆。一种归巢的本能将哈兹尔一家带回麦克迪尔周边区域，他们在南戴尔马布里公路旁边的全城旅馆入住了每晚四十五美元的房间，就在他们的旧公寓往北几个街区。那里有一台烤面包机，他们当天晚上吃了烤热狗，第二天吃了用面包、番茄酱和切成薄片的奶酪制成的小比萨。他们所有的东西都放在租来的卡车上，已经比预计还车时间晚了一天，这意味着押金的一半打了水漂。他们拿不回奔流园的拖车定金了。他们的钱只够在这家汽车旅馆住大约一个星期。此后，丹尼、罗纳尔和丹尼斯可以睡在车里，他们在医院认识的一名女士可能会让布伦特和丹妮尔住在她家。

丹尼已经无路可走。他试图摆出勇敢的面孔，但他一直在自责——他没能深思熟虑整件事情，没能考虑到全部后果。现在，一个简单的决定让他的生活深陷泥潭。有一天，丹尼和女儿刚停进沃尔玛的停车场，准备进去买三明治肉、面包和土豆沙拉，好在汽车旅馆吃晚餐，丹妮尔突然哭了起来。她担心如果他们再次无家可归，猫可能会死掉。丹尼总是试图在孩子面前做出坚强父亲的模样，但当他双臂环抱丹妮尔时，他控制不住地跟她一起哭了起来。

在这场危机中，丹尼经历了一次痛苦的顿悟。他明白了两件事：所有事情必须首先考虑丹妮尔的健康，所有事情必须取决于他能否找到工作。他摆脱了自己身上萦绕的麻木感，开始开车跑遍整个坦帕，在所有雇人的地方递上申请，无论是快餐店还是别的什么都无所谓。丹尼斯在沃尔玛的主管为丹尼说了几句好话，他得到了一份卸货和补充库存的工作，时薪八美元。凭借他和丹尼斯在沃尔玛的工作，他得以在南路易斯大道上租到一间每月七百四十五美元的公共住房公寓。它比他们在戴尔马布里的旧公寓多了一个卧室；那间旧公寓就在一公里外。他们仿佛转了一个圈，就好像上帝想让他们忘掉去别的地方重新开始的念头，而是尝试在这里把生活理顺。他们扎根于此。

大草原平民主义者: 伊丽莎白·沃伦

　　她有两个故事要讲。一个关于她自己，另一个关于美国。

　　伊丽莎白·赫林是个来自俄克拉何马州的好姑娘。她的父母来自风沙侵蚀地带，从未去过海边，是保守的卫理公会教徒，坚持人要活得体面。他们有三个年纪大得多的儿子。到1949年伊丽莎白出生时，她父亲为开汽车经销店而存的钱已经被一个生意伙伴卷跑了。赫林先生不得不在俄克拉何马市的一栋公寓里当清洁工，以偿还债务、养家糊口。

　　这对父母语言习惯良好，教孩子们不要说"ain't" ❶，丽兹 ❷ 也用自己的成绩让他们骄傲。尽管父亲的工作是清洁工，她仍然坚信自己家是稳定的中产阶级，以至于当她得知母亲结婚没穿漂亮婚纱时深感震惊。

　　丽兹十二岁时，父亲心脏病发作。他被降职，加上医疗费的负担，赫林一家无法再负担那辆带空调的青铜奥兹莫比尔，结果失去了它。为了保住他们在俄克拉何马城最好的学区购买的那栋房子，赫林夫

---

❶　英文中否定表达的不规范用法。

❷　丽兹为伊丽莎白的简称。

人不得不在西尔斯商场的邮购部门找了一份接电话的工作。母亲上班的第一天，丽兹看到她哭泣着把自己挤进旧的束身腰带和黑色连衣裙。

"这条裙子是不是太紧了？"她母亲问。

丽兹说看起来棒极了，她撒了谎。

母亲因不得不重返职场而深感挫败，她斥责丈夫让全家人失望。

父亲陷入深深的羞愧中。丽兹置身事外——她一生都习惯于不在脸上流露出任何情绪——并在外表上一如既往。她替人看孩子，做餐厅服务生，给自己缝衣服，让父亲送她到西北克拉森高中一个街区以外，好让同学不会注意到她家那辆灰白色旧斯图贝克的状况。她加入了"锐气俱乐部"啦啦队，还获得了贝蒂·克罗克食品公司颁发的明日主妇奖。

那时正是 60 年代中期，但社会骚动并未影响到赫林一家。俄克拉何马城仍然实行种族隔离。丽兹的兄弟唐在越南战斗，他们理所当然地支持他，也支持战争。丽兹每天课前都会背诵祷词。她知道女孩只有两个选择——护理或是教书——她会选择第二个。

她组建了辩论队，发现自己对此非常擅长。她订阅《时代》周刊和《新闻周刊》，花了一年时间研究核裁军和医疗保险，并赢得了全州辩论比赛。电视明星詹姆斯·加纳在她八岁的时候曾作为校友到访她的小学，除此之外，辩论是丽兹获得的第一个预示，让她知道自己可能在更广阔的世界中打造生活。十六岁时，她获得了乔治·华盛顿大学的全额奖学金。到那时，赫林一家已经在中下层阶级重新站稳脚跟。

不到几年时间，70 年代初，她已经是伊丽莎白·沃伦，她嫁给了高中男友，一位美国宇航局工程师；她拥有休斯敦大学的言语病理学学位，还有一个小女儿。此后几年，丈夫换了几次工作，她也跟随他搬家；同时，她在罗格斯大学获得法律学位，还生了一个儿子。

丈夫想让她待在家里养育孩子，但她并不安分。1978 年，她离了婚，开始在休斯敦大学教授法律。她是一名注册共和党人，因为共和党支持自由市场，而她认为市场当时已经受到政府的太大压力。

同年，国会否决了建立新的消费者保护机构的法案，同时又通过了另一部法律，使宣布破产更为容易。伊丽莎白·沃伦决定对这个晦涩的主题进行学术研究。她想探究美国人为什么会走进破产法庭。她采取了她那无情的母亲的态度。"一开始，我是想证明他们都是骗子，"她后来说，"我本想揭露那些占我们其他人便宜的人。"

沃伦与两位同事一起在 80 年代进行了这项研究。也正是在那时，她的第一个故事，她自己的故事，与第二个故事交汇了。事情是这样发生的：

从乔治·华盛顿的 1792 年开始，每隔十到十五年就会发生一次金融危机。恐慌、银行挤兑、信贷冻结、崩溃、萧条。人们失去农场，家破人亡。这种情况持续了一百多年，直到大萧条时期，俄克拉何马州陷入沙尘。"我们可以比这做得更好，"美国人说，"我们不必重复那繁荣与萧条的周期。"大萧条催生了三个规管机构和条例：

> 联邦存款保险公司（FDIC）——你的银行存款是安全的。
> 《格拉斯－斯蒂格尔法案》——银行不能拿你的钱做疯狂的事情。
> 证券交易委员会（SEC）——股票市场将受到严格管理。

五十年来，这些规则保护美国避免了再一次金融危机。

再也没有发生过恐慌、崩溃或冻结。它们给美国人带来了安全与繁荣。银行循规蹈矩。这个国家制造了世界上有史以来最强大的中产阶级。

沃伦的人生始于那几年，尽管她在童年时经历过艰难时光，但她的父母和兄弟都过得还不错，她自己在三十岁时财务状况也很好。

然后是 70 年代后期到 80 年代初期。"规定？啊，那太烦人了，太昂贵了，我们不需要。"结果，政府开始拆解规管机构。接下来发生了什么？储贷危机 ❶。

80 年代后期，正当沃伦和同事即将准备好发表关于破产的研究报告时，七百家金融机构破产了。他们的研究结果与沃伦的预期恰恰相反，这也颠覆了她对市场和政府的信念。大多数宣布破产的美国人并不是钻空子欠债不还。他们曾经是中产阶级，或者想成为中产阶级，并且已经尽了一切努力，避免沦落到法庭上。他们努力工作来维持生活，希望能在一个仍拥有好学校的学区买房（就像沃伦的父母一样），希望能让他们的孩子留在中产阶级或成为中产阶级，但失业、离婚、疾病夺走了他们的积蓄。他们对信贷的依赖越来越严重，最终不得不靠破产来寻求保护，以避免余生深陷债务。大多数破产者并不是不负责任——他们太负责任了。

沃伦小时候就知道债务意味着什么。现在，她开始通过父亲而不是母亲的眼光看待财务崩溃——这不是社会性的耻辱，而是个人的悲剧，也很少是性格软弱的后果。倒不如说，这是监管不力的后果。银行越是推动国会摆脱规章制度，就有越多人破产。这个数字正在爆炸式增长。

这项研究改变了沃伦的人生。在接下来的二十年中，她继续进行研究和写作（哈佛大学于 1992 年聘用了她）。她受邀为一个联邦破产法委员会提供咨询。她目睹信用卡公司和银行碾过消费者团体，向国会投入数百万美元。2005 年，在乔·拜登、克里斯·多德和希

---

❶ 储贷危机发生于 20 世纪八九十年代，共有一千零四十三家储贷机构因无力维系而遭到关闭和解体。

拉里·克林顿等民主党人的帮助下，国会通过一项法律，限制了申请破产的权利。对企业游说团体而言，这是一场巨大的胜利。她见识了华盛顿的行事方法。

第二个故事仍在继续。

1998 年，长期资本管理公司（Long-Term Capital Management）倒闭，几乎把投资银行一并拖垮，这说明日益自治的金融世界在全球范围内危险地联结在一起。几年后，安然倒下，揭露了账目有多么肮脏。而白宫和国会一直在拆解监管机构的纤维。

随着工资止步不前，债务使越来越多的家庭陷入困境。随着学校质量下滑，父母为了让孩子保住中产阶级地位，就必须在正确的学区拥有一栋房子。随着这些房屋成本的飙升，父母比以往任何时候都更加拼命。（沃伦和她的女儿就这方面的努力写了一本书。）银行意识到，中产阶级是最大的利润中心。他们开始操纵各方力量去支持抵押贷款、信用卡和消费者借贷，而这些也失去了控制。监管者分布在七个机构中，朝着七个不同的方向行事，而且没有一个机构将消费者作为主要关注对象。对于银行来说，摆脱这些监管者，开始出售日益危险的抵押贷款、信用卡甚至汽车贷款，这些一点也不难。美国家庭向银行承诺还钱，而银行将这些承诺变成了一组组债务，反复打包成债券出售给投资者。

发生了三件事：

> 利润猛增。
> 奖金飙升。
> 风险进入平流层。

然后，一切都跌落回平地，银行家又转身对美国人说："哇，这可是个大问题，你们最好帮我们摆脱困境，否则我们会同归于尽。"

于是，美国人民救助了他们。

　　沃伦花了三十年的时间，才能在电视节目《每日秀》中用五分钟讲述这个故事。

　　到那时，这个国家已经陷入严重的危机，而这场危机已成为她一生的工作。奥巴马总统2004年跟她见过面，他很熟悉"掠夺性贷款"。他阅读了她在2007年发表的一篇文章，那时，止赎危机刚刚开始；她提议建立一个新的消费者金融保护机构。"如果一台烤面包机有五分之一的概率会起火烧毁你的房子，那你是不可能买它的，"沃伦在文章开头说，"但是，当我们用抵押贷款为现有房屋再融资，这笔抵押贷款却有五分之一的机会让整个家庭流落街头——而抵押贷款甚至不会向房主披露这一事实。"沃伦的想法是建立一个独立于国会的新联邦机构，该机构将迫使银行和信用卡公司以清晰的术语披露其金融产品中的风险和罚款。奥巴马喜欢这个主意。他当选总统后不久，沃伦就被任命为监督救助基金的小组主席。

　　于是沃伦去了华盛顿。她对那里来说很陌生。首先，她看起来不像一个华盛顿女人。她把头发剪成了简单的短发。她戴着无框眼镜，不太化妆，瘦瘦的身型松松垮垮地挂着毛衣和高领衫，看起来像个老师。

　　她说话时也不像是首都的人。她是一名破产法教授，但是她的语言和态度一样平实。她并不试图去安抚或迎合什么。她看起来似乎真的厌恶银行。她像以前的许多保守派一样，在观察到维持旧生活方式的机构如何崩溃之后，走向了激进主义。有时她很尖锐或愤怒，扬言要在地板上留下"大量的血和牙齿"。尽管她十分渴望推动自己发明的新消费者机构，但她所做的事情并不利于推动她的政治目标，因为她需要得到一些人的支持，而她恰恰在迫使同样的一批人面对艰难的问题：如何对纳税人的钱负责。她并不是在玩一场游戏。

　　她似乎是从历史中直接走进听证会，在讲台上坐下来；那个年代的美国大草原培育了愤怒而雄辩的平民辩论家，例如威廉·詹宁斯·布赖恩和罗伯特·拉弗莱特，乔治·诺里斯❶和休伯特·汉弗莱。她的存在使圈内人感到不安，因为她使他们意识到，那种舒适的腐败已经成为国会山周边做事的正常方式。而那是不可原谅的。

银行家永远不能原谅她。他们将她视为"恶魔的化身"，并在国会各处撒钱，好让她无法为那个消费者机构工作。他们说她天真，但他们不能原谅她，是因为她对他们的游戏了如指掌。

共和党永远不能原谅她。她没有退缩，也没有表现出通常的礼貌，于是他们虚张声势，当面指控她撒谎，并致力于毁灭那个消费者机构；他们磨刀霍霍，将利刃对准这个胆大包天的女人。

一些民主党人也永远不能原谅她。白宫认为她"令人讨厌"。多德暗示，问题是她太自我中心了。蒂莫西·盖特纳在一场监督听证会中无法忍受她，几乎大喊大叫起来。

总统不知道该如何对待这样的女人。沃伦与奥巴马的共同点是哈佛法学院，他们也谈论着同样的议题：压力重重的中产阶级、公平竞争的需要、金融领域的过剩。但她不是作为精英中的一员在谈论这些问题。她并没有像奥巴马一样说："伙计们，这跟个人无关，让咱们理性一点，达成协议吧。"出于这个理由，奥巴马最热情的支持者中也有一些人开始远离他，走向她。

2011年夏天，总统跟自己辩论了很久；为了避免一场无法赢得的战斗，他从玫瑰园中走出来，宣布他会提名沃伦的代理人理查德·科尔德雷❷担任新的消费者机构的负责人。然后，他在沃伦的脸颊上留下一个充满感情的吻。

---

❶ 罗伯特·拉弗莱特，共和党政治家，曾任威斯康星州州长，也曾任参议员和众议员。乔治·诺里斯，共和党政治家，1903到1943年间先后分别连任五次参议员和五次众议员。两人终生坚定地站在平民立场。

❷ 理查德·科尔德雷，2012至2017年担任消费者金融保护局首任局长。

但是她已经离开，回到了马萨诸塞州，竞选参议员的席位；在那里，战斗鲍勃和快乐战士 ❶ 的声音曾经鼓舞着每一个普通人的灵魂。

---

❶ "战斗鲍勃"指前文提到的罗伯特·拉弗莱特，"快乐战士"指前文提到的休伯特·汉弗莱。

华尔街

凯文·摩尔 **❶** 在曼哈顿出生长大，1998 年大学一毕业就进入一家美国顶级银行工作。正是那一年，长期资本管理公司倒闭，几乎把整个华尔街拖垮；那也是《格拉斯－斯蒂格尔法案》被废除的前一年。当时，这些对凯文都没有多大意义；多年后，他才意识到其重要性。他是培训班中最后一个被录用的——他之所以得到这份工作，是因为大学毕业生中的大部分竞争对手都向西涌向了硅谷的淘金热——他还被选为最有可能先被裁掉的人。

但凯文很快就发现银行业并不难。华尔街故意使用艰深难懂的语言来恐吓外来者，但要想成功，你只需要熟悉数学或胡说八道就可以了——熟悉前者，你可以从事交易；熟悉后者，你可以从事销售；而一个会撒谎的定量分析专家就能赚大钱。要达到最高点，你必须是个他妈的人渣，能捅死另外五十七个人——这是唯一能将他们与排在后面的十个人区分开的方法——凯文对抵达那里毫无兴趣。他的目标是工作尽可能少，过自己想要的生活，也就是经常出国旅行，享受美食、音乐、设计，交上时髦的朋友。他一开始在金融区的银

---

❶ 并非真实姓名。——原注

行办公室工作，每年赚八万美元，奖金八千美元。他头六年的年收入最多可能达到二十五万美元。在那之后，钱疯狂地涌来。

　　2001 年 9 月 11 日上午，凯文正在办公室里讨论当天的交易，这时，他感到地板在震动。突然，窗外飘过一大堆纸。从建筑物的一侧，可以直接看到北塔的滚滚火焰。交易部门的所有电视都在播 CNBC，这家电视台在华尔街上处于垄断地位——CNN 在金融上不够稳健，BBC 过于软弱和国际化，路透社没有电视台，而没有人认真对待福克斯——这时，CNBC 开始播出双子塔的影像。他们说是一架小型飞机，但凯文望向窗外的撞机现场，他看得出那他妈的不可能是小型飞机。飞行路线不正常——那看起来根本完全不对劲。

　　他回去工作，当美国国债突然飙升时，他正在打电话——伦敦正在买入。他对电话对面的人说："我想交易完成了。"然后撕掉了交易票据。窗外看起来仿佛一场彩带游行，燃烧着的碎屑不断飘过。火势越来越严重。交易部门的电视已切换到 CNN，突然间，直播视频中飞过第二架飞机。天哪，另一架他妈的飞机！然后……轰。感觉就像地震。

　　"所有人保持镇定。"交易部门负责人说。

　　"我才不会保持镇定，"凯文说，"我他妈要出去。"人们说消防员正在路上，所有人都应遵循消防演习程序，但凯文已经开始朝电梯走去。"去你的吧，去你的消防演习程序，"他说，"你要解雇我就解雇我吧。我受够了。"没有其他人动起来。这些杰出的交易员每年赚几百万美元，而现在他们站在周围，等待某些毫无头绪的小丑给出指示。他们给那两架飞机标注了错误的价格。

　　大街上，人群毫不知情地从地铁里涌出来。一切看起来都很正常。凯文坐上通往上城的地铁，前往父母的公寓；他可能是唯一一个知道刚刚发生了什么事的人。他的同事最终被疏散了，当南塔楼轰然倒下时，他们正站在街上，满身灰尘。在危机中，你会意识到，根本没有人深入了解到底他妈的在发生什么，社会就在这种情况下运转。

这家银行不得不将业务迁出纽约市数周。市场很快就开始买进，而且它们是正确的：这次袭击并没有带来太大变化。航空公司倒霉了，但这并不比发生四次可怕的飞机坠毁更糟糕。美联储继续降息。不久，一场金融繁荣就拉开了帷幕。

2004 年，凯文离开他稳定又无聊的工作，加入一家欧洲大银行的自营交易部门，工作保障为零，但潜力巨大，这是他一生中比较明智和正确的决定之一。这家欧洲银行即将开展债务抵押债券业务。股市决定了公寓的大小以及是否买得起维京牌炉具——谁有钱，谁没钱。债券市场决定着狗屁行之有效还是所有人都要喝西北风——谁活着，谁完蛋。自上世纪 80 年代以来，信用一直是最大的推动力。后来所有出错的东西——结构化信用、违约掉期——都曾是好发明。它们能降低风险，或是为公司和投资者提供财务解决方案。问题是执行。21 世纪刚过几年，当桌上的钱太多了，道德的指南针开始偏移。

自营交易部门的文化非常富有攻击性。欧洲那些笨拙的银行家想利用他们的存款基础赚钱，因此他们将控制权移交给了纽约和伦敦的交易员，后者像牛仔般开始边狂饮边开车瞎逛，从车里向外开枪。自营交易部门在较低的楼层，"9·11"之后，交易部门下移到这里，好让能赚钱的人保住性命；因此，年薪数百万美元的家伙盯着马路对面的三明治店，而年薪四万的人力资源部门女孩则坐在高层小隔间，可以欣赏美不胜收的河景。自营交易部门没有团队，只有一群人在摆弄银行的资产负债表，以找到机会获取丰厚的回报。凯文交易的是信用衍生品和公司债券，诸如航空债务之类。

当你坐上自营交易部门的位置，并把一切做对，那么华尔街上再也没有比这更好的工作了；两年来，他都做得不错。他一年的收入接近一百万美元，其中大部分是奖金——比以前的工资高几倍——如果他更用心一点，还能赚到更多。他还清了东村公寓的房贷，靠工资生活，把奖金存起来。他没有买汽车或船。他成了纽约顶级餐厅的美食鉴赏家，为食不果腹的艺术家朋友付账单。他不需要更多了。

把世界搞乱的不仅仅是美国的抵押贷款，还有全球信贷。凯文就是其中一员。在这十年的中期，他眼看着信贷泡沫膨胀起来。他没有做错任何事——他在自营交易部门的工作很出色，他不想把它搞砸。他不喜欢听那些家伙说："把那该死的债务担保证券搞出来就行了，这样咱们今年就能拿到奖金。等它三年后爆炸的时候，咱们根本不会在这儿了。"但是他知道，有些事情不太对劲。他在那家银行总部所在的欧洲国家有一个女友；有次他来到那个国家，看到所有人都在使用这家银行的提款卡，他心想："这是一家该死的普通银行。又不是美林或贝尔斯登。"像他女朋友这样的普通人在储蓄账户中投入的每一美元，都全被他拿去购买四十美元的债券。在 2005 年的某个时刻，德意志银行的销售员向他展示了一笔巨额交易。德意志银行债务担保证券部门负责人格雷格·利普曼正在做空房地产市场——佛罗里达和内华达的所有人都将开始在房贷上违约，而他可能是华尔街大型公司中唯一一个发现这件事的债券交易员——他需要有人帮他承担一些信用衍生产品的风险。"你瞧，这笔交易是这样的，"销售员说，"所有那些他妈的抵押贷款都是狗屎。"但是凯文没接受。当时，一切都是合理的——他从来不明白，为什么在坦帕这样的地方，房子能值什么钱——但他对抵押贷款的了解不够多，不足以让他卷入得那么深，还能在正确的时间脱身。事实证明，这是正确的选择，因为如果他这么做了，一开始就会损失惨重；在这笔交易给利普曼赚了数百万、给德意志银行赚了十五亿美元之前很久，凯文就离开了自营交易部门。

2005 年底，凯文快三十岁了。他跟随老板来到新兴市场部门，在伦敦和纽约之间工作，负责交易公司债券，到布宜诺斯艾利斯和基辅等有趣的地方出差。他在每家航空公司都享有白金会员身份，对一些外国城市的了解比美国某些地方更多——在美国某些地方，人们会在卡车里装满补贴价的汽油，开三十英里路去上班。2006 年，一切都腾飞了，人们在购买所有能买得到的金融资产。伦敦的物价如此之高，凯文会在曼哈顿下城的 21 世纪商场购买一个月分量的袜子，带到伦敦，穿完就扔掉，因为在梅菲尔酒店洗袜子要比在纽约买袜子还贵。这说明有些东西不对劲，它不可能持续下去；到了年末，他开始做空。

他一直以为世界会崩溃，但这个念头出现三四次之后，世界才真的崩溃了。信贷市场是一场过度依赖信心的游戏，以至于当它开始摇摇欲坠，所有人都吓得簌簌发抖，因为他们知道市场已经太大，他们已经无法脱身。第一次动荡发生在 2007 年 2 月，当时，美林与贝尔斯登的一个对冲基金之间发生抵押纠纷。市场混乱了一周——当游泳池里有一堆烤面包机，你肯定不想成为最后一个爬上来的人。凯文以为这是末日的开始，并没有买回做空的股票，但接下来，市场回升了五个月——他完全错了。如果他做对了，他就能在两千万平方英尺的房子里生活了。

7 月，在凯文卖出了一堆不值钱的乌克兰债券之后，他所在部门的一个人走到他面前说：“你是这层楼里唯一一个做空的人。你真是个软蛋。”

“这层楼有三百多人，”凯文说，“你不觉得应该有不止一个人做空吗？继续吧，价格摆在这儿——你想要什么就可以买什么，从五百万到一个亿，你要什么我就卖给你什么。”那家伙说他会回来，但是凯文再也没收到过他的消息——谁才是软蛋？

那个月见证了第二次波动。贝尔斯登的那个对冲基金又接到一次追加保证金的要求，这一次它实在是不值得了，以至于贝尔斯登不得不介入，关闭整个基金。银行没有承担损失，而是决定进行融资，这意味着贝尔斯登现在已经感染病毒；这直接导致了第三次动荡。

2008 年 3 月，贝尔斯登垮了，凯文是最早拆掉炸弹引线的交易员之一。

凯文在整个 2008 年夏天都在旅行，有些是为了工作，有些是为了娱乐——阿根廷、中国、乌克兰。9 月中旬，他于凌晨 4 点降落在一个原苏联国家，打开黑莓手机，在彭博社的新闻软件中看到雷曼兄弟已申请破产。贝尔斯登只是一家抵押债券商店；雷曼兄弟却是完全不同的物种，它是衍生产品的全球参与者，而凯文的银行跟它息息相关。他花了二十四个小时才回到伦敦，然后又回到纽约，在那里，他可以坐在前排欣赏世界末日的到来。

在几周之内，他意识到了这场破坏的规模，必须清理的交易数量——对于每天起床工作来说，这是一个奇妙的时期。这是一个极少数人能够经历的重大时刻。你会发现人们的真实面目。在他身旁的战壕里，那些普通士兵大都一起坚持战斗；他的老板仍然忠诚，但这些道德准则没能浮到上层。由于这家银行与雷曼的关系，有一天，一位来自高级管理层的人前来寻找替罪羊。他说：“这他妈是谁干的？”最高层的家伙互相推搡，好登上救生艇，同时还在说：“你会没事的。待在这儿别动，解决这本账目的风险，明年我们会帮助你重新开始。”凯文并没有上当：“伙计，我能感觉到自己额头上的红点。”他是一个小卒，而这场棋局只取决于皇后和国王的决定。到年底，一半的交易人员离开，都拿到不错的遣散费；凯文也是其中之一。

他很高兴离开这个行业，他对整件事情持有非常独立的看法。谁该负责？对于任何规模大到如此程度的事情，这都很难说。一方面，他一直认为金融是胡扯。他做的并不是上帝的工作——那只是一份工作，他从不认为它有任何价值。但同时，良好的金融体系对很多人都有利。它使借贷成本保持较低水平；它意味着你在口袋里装一张塑料卡就行了，不用带着金币走来走去。没有华尔街的支持，像硅谷这样的产业不可能发展得如此迅速。

但是，当诸如所罗门之类的私人合伙企业在 80 年代开始公开上

市，当中小型投资银行成为巨型交易中心，当像瑞士联合银行这样
笨拙的欧洲银行也开始开展定息债券业务，当《格拉斯－斯蒂格尔
法案》被废除、约束一切的清晰界线被抹去，当薪酬激励变得不正常，
当金钱疯狂涌入——华尔街的人们变得贪婪了。其中最糟糕的人是
罪犯，其他人则只是在做自己心里明知的错事。凯文不知道，答案
应该是重新增加管制，还是一场道德上的大扫除。一个像约翰·保
尔森这样的对冲基金经理，仅仅靠四处推销一堆纸，一年就能赚
三十八亿美元；这太荒谬了，但是怎么才能阻止它呢？恢复格拉斯－
斯蒂格尔、回到 20 世纪 50 年代，这为时已晚。金融部门已经变得
太过庞大——华尔街上的那些头脑本该去寻找绿色能源的解决方案，
或是带领下一轮科技爆炸。那些才是这个国家的未来，而银行不是。

　　凯文花了一年时间旅行，拜访世界各地的朋友。他错过了国内
经济衰退的大部分时间。不管怎样，纽约很快就复苏了——2009 年
春季，有一小段时间，人们不知道自己是否还去得起餐馆。华尔街
也以超出所有人预期的速度卷土重来。2010 年，凯文拿到另一家欧
洲银行的工作，那家银行有着安全的资产负债表。在前十年里，他
赚得还不够多，没办法彻底金盆洗手，于是他又再次投身战局。在
华尔街，这场金融危机的感觉就像是过了一个减速带。

　　内莉妮·斯坦普听说，2011 年 9 月 17 日中午，一家加拿大杂
志 ❶ 呼吁在华尔街附近采取某种行动——整个 Facebook 都传遍了，
她还认识其中一位组织者，但当她来到下城区，人们已经离开鲍林
格林公园的铜牛雕像，因为警察已将它封锁。据说，所有人都沿着

---

❶　指社会运动杂志《广告克星》，隶属于广告克星媒体基金会（Adbusters Media
　　Foundation），一个宣传环保和反消费主义的加拿大非政府组织。2011 年，杂志网站刊
　　文呼吁美国人民占领华尔街，以抗议政治领袖在解决经济危机中的糟糕表现。占领华尔
　　街运动受此文影响而开启。

百老汇大道向北走了几个街区，来到一个红色巨型雕塑下的公园。它名叫祖科蒂公园——纽约之前几乎没人知道它的存在——就在归零地的特尼地餐厅对面，那里刚刚建起"9·11"纪念碑。内莉妮下午三四点钟到达那里，发现大约有三百个人——其中包括她的一些朋友——正站在一个巨型红色钢梁雕塑旁边，它像伸开的双臂，高耸入云，足有三层楼那么高。她和朋友在公园里转悠了很长时间，人越来越多。太酷了。帮忙组织这次活动的朋友说："我们将要召开一次大会。"内莉妮说："好吧，我想瞧瞧。"

大会从 7 点开始，地点在百老汇大道人行道下面的花岗岩台阶上。有人喊着："麦克风检查！"其他人则大喊着回应："麦克风检查！"

"这是什么意思？"内莉妮问。

她的朋友说："我们将使用人群麦克风。"

"这是什么意思？"

不管正在发言的人说什么，她身旁的人都会尽可能大声地重复她的话，每次几个词；从中心向外围，经历两到三波传话，最后，人群中的每个人都能听清发言者在说什么，不需要用到扩音设备，因为他们没有许可。内莉妮认为这也很酷。它以普通麦克风做不到的方式，将所有人团结在一起。没有领导者，只有经过共识技术培训的协调人。大会并不会发布命令。人们来到公园，是为了对银行、大公司以及它们对人民的生活和民主所享有的权力表示愤慨。

大会结束后，他们分成了工作组；内莉妮选择了外展组，因为她已经在思考，他们需要让工会参与进来，而她认识劳工运动中的许多参与者。外展组中有六七个人，他们一直聊到将近深夜，突然有人送来几盒比萨。每个人都在疯狂地发推，消息传到了当地的一个比萨店，它捐出这些比萨。内莉妮没有使用推特，也不喜欢整个社交网络的概念，因为在那里，人们表现得仿佛那就是现实生活，即使事实并非如此。她使用 Facebook，因为那是与一些朋友交流的唯一方法。"你在发什么推文？"内莉妮问。

"占领华尔街。"

她将不得不开始使用推特。这有点疯狂，整件事情都很疯狂，但是她决定那天晚上不回家。她不想放弃公园，她想看看早晨会发生什么。

祖科蒂公园是私人管理的，运动组织者做了研究，发现布鲁克菲尔德物产公司必须每天将公园向公众开放二十四小时。那天晚上，大约有六十人睡在那里。9月，天气寒冷。内莉妮在雪松街花坛旁的硬花岗岩路面上铺了一块硬纸板，跟朋友拥睡在上面，试图在占领的第一天来临之前眯一小会儿。

她当时二十三岁，是个布鲁克林女孩，差两个学分没能高中毕业。她的母亲是波多黎各人，在时代华纳有线电视公司做客户服务的工作。她的父亲来自伯利兹，跟四个女人生了四个孩子，并不在她的生活里。内莉妮个头矮小，精力充沛，有大大的嘴巴和焦糖色的皮肤；根据她的心情，她的头发可能卷曲也可能笔直，可能是黑色也可能是红褐色。她喜欢穿紧身衣、短裙和踝靴，喜欢在低圆领上衣外套毛衣。她抽骆驼香烟，语速飞快，时常发出断断续续的嘶哑笑声。2011年初，她在右前臂上添了一个文身，是用古荷兰语写下的纽约五个行政区的名字，因为她喜欢历史，也因为她想记住，事情会变化。

当内莉妮还是个小女孩时，她的母亲出柜承认自己是女同性恋；内莉妮的外婆外公一段时间内跟她切断了联系。内莉妮认为，人们不像喜欢异性恋一样喜欢同性恋，这很奇怪——她的妈妈就是她的妈妈，正常得很。她妈妈的伴侣曾在史密斯·巴尼 ❶ 工作，1998年，所罗门美邦宣布与花旗集团合并——美国历史上最大的公司合并案——的那天，也恰好是"带你的女儿上班日"。十岁的内莉妮和其

---

❶　史密斯·巴尼，当时是花旗集团旗下的全球财富管理部门，标志为红色雨伞。

他孩子被带到一个大房间里，一场新闻发布会刚刚在那里召开完毕。世界上最大的金融服务公司花旗集团的新徽标投影到带有红色雨伞标识的屏幕上，桑迪·威尔❶满面笑容（他已经跟克林顿谈过，知道这场交易唯一的法律障碍《格拉斯－斯蒂格尔法案》将被废除）。内莉妮不知道合并是什么意思，但是第二天在学校，她可以对朋友炫耀了："你们听说过花旗集团吗？"

　　母亲的伴侣在"9·11"之前失去工作，然后两人分手了。内莉妮和母亲最终在斯塔顿岛租了房，邻居都是爱尔兰和意大利裔家庭。内莉妮喜欢音乐、戏剧和舞蹈。小时候，她曾有一个经纪人，出演了几部电影，并在 VH1 音乐频道的节目《Divas Live 98》上演奏大提琴——后来，家里的经济状况变得捉襟见肘，她不得不放弃私人课程。整个表演世界充满压力。你必须拥有正确的体形、正确的发型，并在二十岁出头时扬名立万；成功又是什么意思？跟大唱片公司签约，发布糟糕的音乐作品？然而，她性格的另一半，即现实的那一半，被工人和斗争的故事所吸引。在学校里，她喜欢阅读有关大萧条和罗斯福的内容——那些内容看起来如此真实。她喜欢在洛克菲勒中心看那张标志性照片——工人坐在高悬于曼哈顿之上的钢梁上吃午餐，她还细细阅读了劳工先烈乔·希尔❷的长篇自传。她一直以为妈妈是工会成员，当终于得知事实并非如此时，她几乎崩溃了。

　　自从五年级起，内莉妮就想上拉瓜迪亚表演艺术高中，但当她在这所高中上到高四，她已不再为自己的未来感到兴奋。她缺乏自信，并且陷入抑郁。学校太大了，教育系统也不关心她，所以她不再去上课。因为她仍需上暑课，学校不允许她参加毕业典礼，她说："哎哟，去你的吧。"然后就不再尝试拿到文凭，这让她母亲气得发疯。内莉

---

❶　桑迪·威尔，美国银行家，1998 至 2003 年担任花旗集团首席执行官。

❷　乔·希尔，美国早期劳工运动参与者，创作大量劳工题材歌曲和漫画，1914 年被指控谋杀，后遭处决，真相未明。

妮并不想成为又一个有色人种辍学者，但学校只想让她成为毕业率的一个统计数据。第二年，她待在家里读书，手头很紧，以至于有一次她应门时，收到一位法警送来的驱逐通知。

她必须找到一份工作，于是，她在劳动家庭党找到了。这是一个与工会有关联的政治组织。他们在布鲁克林市中心有间拥挤不堪的办公室。内莉妮的工资是一年三万美元，负责挨家挨户为当地选举中的进步候选人拉票，以及宣传竞选财务改革和带薪病假等议题。结果，她成了一个明星宣传员。即使人们当着她的面把门关上，她仍能从这些人身上看到人性，也从不气馁。她没有放弃音乐和艺术，但她也想组织起来，脚踏实地，弄脏自己，参与战斗。

奥巴马在 2008 年竞选中横空出世时，她二十岁。她觉得有一个黑人当总统会很棒，但她想知道，他究竟是否会像希拉里一样进步——他似乎知道如何取悦两边。然后，突然间，仿佛一场民众运动正在崛起，人们开始关注单一支付者医保系统❶之类的议题；如果奥巴马是这场运动的起因，她将支持他。选举前，华尔街危机袭来，她想："到此为止了，金融体系即将完蛋。"她期望回到上世纪五六十年代，那时有严格的规管和蓝领经济；但她也不想盲从（毕竟，那时候的美国梦并没有为像她和她母亲这样的人腾出空间）。后来，奥巴马走马上任，但什么也没发生。取而代之的是，银行重新开门营业，公司和富人赚了越来越多的钱，而这个国家的其他人苦不堪言。内莉妮和其他活动家一同搬入贝德－斯图一座集体住宅里的一间小卧室，距离马西之家仅两个街区。她在经济衰退期间为工薪家庭开展宣传，她开始相信，民主制度的建立是为了通过游说者和其他制度来保护资本，而要改变这一切，唯一方法就是摆脱资本主义。

---

❶　单一支付者医保系统即负担所有公民基本医疗费用的医保系统，由单独一家公共机构负担费用，如由联邦政府出资开设的全民医保。

　　但是这场斗争花了太长时间，其间充满了诸多反复争夺的小型战役，他们大部分时间在防御，试图让一位扬克斯市议员连任，或是防止纽约市预算被削减。有太多愤世嫉俗的声音，但所有发生在起居室和酒吧里的对社会不公的抱怨，并没能成为点燃干柴的火花——直到"9·11"十周年之后的那个周六，一小群人在东边一个街区开外的地方点燃了一堆火。

　　连续两周，内莉妮把睡袋带去公园。她在睡袋里醒来，搭地铁去上班，趁午休时间带着在办公室复印的一摞摞传单回到市中心，然后又回去工作，下班后回到贝德－斯图的家里洗个澡、换件衣服，再回到公园参加晚上的大会；在那里，其他占领者会告诉她："你看起来不错。"然后她会继续在公园露宿。那么多事情正在发生，她的行动如此之快，以至于一些在运动中成为她好朋友的人后来告诉她，运动刚开始时，她太繁忙、事情太多，根本没法好好交谈。

　　一周之内，祖科蒂公园已经有了两千人。占领者将其更名为自由广场，灵感来自开罗的解放广场。第二个星期六，他们沿着百老汇大道走向联合广场，高呼"整日、整周，占领华尔街！"和"我们是百分之九十九！"。内莉妮跳着舞，蹦来蹦去，带领人们高呼口号，像个情绪高涨的托钵僧。然后事情变得疯狂起来，游行者堵塞交通，警察逮捕数十人，她以前从未见过这样的事情；她的朋友被拖走，她突然哭了起来。一名穿着白衬衣的军官把胡椒喷雾喷在四个女性游行者脸上；内莉妮和其他一些人意识到，就在他们继续游行时，这段视频正在YouTube上疯狂传播，他们立刻赶回公园，举行了一场简短的新闻发布会。她对着面前的一排排摄像机说："我们在这里是非暴力的。"那天晚上，她的妈妈刚好在纽约一台看到了她，于是给她打了电话。

　　"我看到你在那儿了——你在干什么？"

"妈妈，我来这里已经一个星期了。"

公园、视频和宣传融为一体，突然之间，媒体开始对占领华尔街如痴如狂，这场运动的名字传遍博客和推特。歌手、演员和学者开始出没在祖科蒂公园，尽管没人确切知道，这场运动究竟关于什么——因为占领运动跟随无政府主义实践的"平面"路线，所以没有命令，没有结构，没有领导者。公园的访客无法忽视空气中的火花，有些东西广为人知，却被长期掩埋，或分散在各处；如今，它们在这世界中自发地爆发开来，以这种混乱但有上千人参与的形式聚集在一处。

内莉妮的上司比尔知道她参与其中。有一天，他问她："你参加了占领运动，对吗？它到底是什么？"

她告诉他，这是最酷的事情，是一场运动，它真真切切地在发生，越来越多的人参与其中：各种各样的人，而不仅仅是运动人士。

"工会希望组织一次游行，来展示团结支持。"比尔说，但他们也对占领究竟是什么或可能变成什么有所疑虑。"这么做可以吗？"内莉妮答应帮忙组织一场团结游行，与数千名工会成员和学生一起前往弗利广场。她成为占领者与外界团体之间的联络人。"领导者"一词几乎被禁止，但她正在成为一个领导者。她的老板决定让她全职在占领运动中工作。即使她不再睡在公园，她每晚也只能在家待两三个小时，但肾上腺素和数不清的要做的事情令她疯狂运转。她的曝光度引起一些右翼网站的注意，他们大肆宣传内莉妮与工作家庭党的隶属关系，以证明整个事情是由 ACORN 秘密控制的，是那个已经关门大吉的共产主义组织暗暗资助了这个党派。

10 月 2 日，星期日晚上，内莉妮和其他七百人在布鲁克林大桥上被捕后的第二天，她接到了在占领运动中认识的新朋友麦克斯的电话。周一早晨，华盛顿会有一场会议，由活动家范·琼斯的"重建梦想"（Rebuild the Dream）组织举办，这是左翼给茶党的回应。麦克斯为这个组织工作，琼斯让他从占领运动中选一个人来演讲，但他们原本的人选被发现相信全球阴谋论和蜥蜴人 ❶，所以在最后一刻，他们得换掉他。内莉妮能搭火车来华盛顿吗？她于凌晨 4 点 30 分抵达宾夕法尼亚车站，但她的信用卡无法使用，因此她打电话给麦克斯；麦克斯一文不名，他打电话给他在重建梦想的老板；老板帮内莉妮买了一张机票，因为火车已经太晚了。到了华盛顿，她从出租车上下来，冲进会议，登上讲台，开始讲话时仍上气不接下气。

"我去那里时，并没有意识到这会改变我的生活，"她竭尽全力够到讲台上的麦克风，将过去两个半星期里令人难以置信的兴奋化为言语，"我一开始睡在硬纸板上。我推动劳工和社区组织过来观察，究竟在发生什么。很多人问过，我们有什么诉求。我们不需要诉求。如果我们从华尔街要求什么，那就是在告诉他们，他们手里有权力。而我们之所以有力量，是因为我们有很多人。"

内莉妮开始认为，占领华尔街是一场革命的开始。

这个公园是一个小小的矩形，铺有花岗岩，里面有五十五棵刺槐，树立在摩天大楼的阴影下。西端面对着"归零地"的巨大建筑工地，在那里，一圈鼓手击出狂野的、无法停止的节拍，给占领者带来肾上腺素，让周边居民心烦意乱。鼓手区被称为"贫民窟"，由顽固的无政府主义者和长期无家可归的人组成，他们形成了自己的世界，任何闯入者都会感到自己不受欢迎。警察禁止了帐篷，因此通宵占领者给冰冷的花岗岩铺上篷布，躺在上面。公园中心到处都是致力于运动自我组织的各种枢纽：在厨房篷布区，人们露天准备食物，分发给所有排队的人；在舒适站，占领者可以获得捐赠的湿纸巾、盥洗

---

❶　一种流行的阴谋论，认为世界各国的政治和经济精英其实都是嗜血食肉、会变形的外星生物蜥蜴人，他们的终极目标就是奴役人类。

用品和衣物；在回收站，人们会将食物垃圾堆肥，轮流踩踏一辆固定的自行车，为电池制造动力；在图书馆，桌子上高高地堆放了数千册书；在露天工作室，电脑和摄像头每天二十四小时直播占领运动的现场情况。

公园东侧，沿着百老汇大道旁的宽阔人行道，在名为"生活乐趣"的红色钢制雕塑下面，占领者与公众交汇融合。示威者站成一排，展示着标语牌，仿佛贩卖小商品的小贩；游客、路人和午休时间的上班族会在这里驻足、拍照、聊天、争论。一名老妇坐在椅子上，大声朗读哈特·克莱恩的诗歌《桥》。另一位妇女日复一日地沉默站立，举着一本有关奥巴马总统的书《自信人》（*Confidence Men*）。一位穿着运动外套、戴着高尔夫球帽的老人举着牌子，上面写着："支持：受管制的资本主义。反对：荒唐的不平等。需要：大规模的工作计划。"一名戴着安全帽的工会电工的标语则写着："占领华尔街。为了你的孩子。"一个穿着蓝色护士服的女人举着的是："此人因华尔街的贪婪而感到恶心。信任已被打破。"一个穿着牛仔裤的年轻女子则是："我的未来去了哪里？贪婪夺走了它。"还有"我们在这里""我们不明白""习惯这场运动"以及"有什么东西不对劲"。

所有人不是举着牌子，就是在拍照。人群密集，谈话声重叠在一起："……这是摧毁世界各地中产阶级的努力的一部分……""目标是让所有人帮助确定目标是什么……""格拉斯－斯蒂格尔是何时制定的？"

两个友人站在人行道上，他们是三十七岁的希拉·莫斯和二十七岁的马扎尔·本·莫什。希拉有助产士学位，但没有工作，马扎尔则正在学习社会工作。希拉早上 5 点 30 分就到了公园——她一辈子都在等待这一刻。马扎尔在 2008 年曾义务为奥巴马助选，在他当选时兴奋不已，但此后她就消失了，甚至在 2010 年都没出来投票。现在她感到满心羞愧，想要站出来。几个戴着安全帽的家伙正从世界贸易中心 4 号的建筑工作中午休，他们走过这里，看了看标语牌。其中一个名叫迈克的工人向示威者敬了个礼。他说："对我们来说，工作已经不复存在——我们有时一整年都没有工作。""都是因为他们。"——他向金融区的狭窄峡谷摆了摆手，"那些人正在阻碍我们前进。银行，政府，任何控制金钱的人。"

两名中年男子驻足在希拉面前，开始用浓重的俄罗斯口音与她争吵。"古巴、朝鲜、委内瑞拉，你所做的事情最终将通往那里。"第一个俄罗斯人说。

"我妻子是助产士——她有工作。"第二个人说。

"恭喜，那太好了。"希拉说。

"你也可以找到工作。"

"我很希望能有工作。但我找不到。"

"你这是浪费时间。去找找工作吧，把时间花在那上头。"

"最重要的是：去朝鲜吧。"第一个俄罗斯人说，"那里才是你的归宿。"

一位一直在旁听对话的戴着棒球帽的四十岁男子对第一位俄罗斯人说："俄罗斯有寡头。你有没有看到，这跟她所说的有什么联系？"

"那是政府的问题，不是银行的问题。"

第二个俄罗斯人开始抱怨祖科蒂的占领者。"他们在公园里抽烟！这是非法的。他们觉得自己高人一等。"

希拉说："请问以下观点是否正确：对这个国家的每个人来说，一切都是绝对公平的。"

"正确。"第二个俄罗斯人说。

一群人齐声回答："错误！"

雷·卡切尔人生的前五十三年一直生活在西雅图周边方圆数英里的范围内，他出生在那里。他在计算机领域自学成才。1984 年，他购买了第一台苹果电脑，型号是 512K；他从西雅图中央社区学院辍学，被一家公司雇用，那家公司的业务是将印刷材料转换为数字记录。晚上，他会在俱乐部度过，在拖船贝尔镇酒吧当 DJ，拿欧陆节拍风格和无帽乐团❶、普林斯的歌打碟。周一晚上，他还会在一支名为五面碰撞的乐队中演奏合成器和鼓机；当主唱确定她喜欢女人后，乐队散伙了。名人会去那里抽可卡因——艾尔顿·约翰被人看到了至少一次——雷也吸了几个月，用贩毒来赚钱花在爱好上。但最后，他发现自己不喜欢吸毒的感觉，就洗手不干了。

80 年代中后期，俱乐部不再有人气，雷也丢掉了他白天的工作。但是在接下来的几十年里，他靠西雅图科技行业的利润过着不错的生活。他跟上了音频和视频制作的发展，成了一名编辑在线内容的自由职业者。在科技行业的工作之间，他也曾在父母的清洁公司工作过。他将钱花在了一些娱乐上，例如小酿酒厂的啤酒，还有庞大的 DVD 收藏。他最喜欢的电影是《潜行者》，这是安德烈·塔可夫斯基在 1979 年拍摄的科幻电影。"三个人在树林里游荡——在视觉和听觉上都非常非常诡异。"雷说，"塔可夫斯基以令人痛苦的长镜头著称，他会创造一个令人不舒服的环境，却让人说不清楚为什么。"

雷独自住在一室一厅的公寓里。他是一个不起眼的人——身材矮小，头发剪得很短，衣衫单调，举止温和。父母去世后，他成了隐士，几乎没有朋友。话说回来，许多科技行业人士都不喜欢社交。信息经济雇用了数百万技术娴熟、文化开明的自由职业怪人。只要新经济为他留出空间，雷就能过自己想要的生活。

当经济衰退来临时，西雅图的科技工作开始枯竭。在他的一个主要客户（一家雇用他进行 DVD 定制的公司）的老板去世后，雷发现不再有人联系他提供其他工作。他削减开支，戒了啤酒。2010 年底，

❶ 欧陆节拍是一种 80 年代兴起的舞曲风格。无帽乐团是加拿大著名电子乐队。

他从亚马逊订购了一个绿色的苹果形U盘，里面有甲壳虫乐队的全部专辑。就在它即将发货之时，他取消了订单。"那时，我开始意识到，花两百五十美元买东西并不是一个好主意。"他说，"我很高兴自己做出了这个决定，因为无论如何，我都不会喜欢立体声混音。"

2011年3月，雷感到口干舌燥。他焦虑难耐，几乎食不下咽。他意识到自己的积蓄即将耗尽。他可以靠当咖啡师或送货司机活下去，但他不认为自己有能力整天跟客户聊天，也好几年没开车了。他申请了能找到的所有技术职位，只有一家评估网络搜索结果的公司Leapforce伸出了橄榄枝。雷以"在家独立职员"的身份签了合同，以每小时十三美元的薪酬在他的苹果电脑上工作，但他的工作时间几乎立刻就缩减到每天二十或三十分钟。那是他的最后一份工作。

这个夏天，雷在eBay上出售他的计算机设备，就像一个饱受干旱折磨的农民开始吃玉米种子：首先是MacBook Air，然后是iPad，然后是iMac。在给超过一千部电影的DVD收藏做了电子拷贝之后，他找到了买家。雷卖掉的最后一件东西，是苹果最先进的编辑软件套装Final Cut Pro的副本。"我当时希望，如果能保住它，如果能找到另一个项目，我还能用别人的电脑工作。但那没有发生。"这些交易给他带来了大约两千五百美元。9月份，他开始付不起房租。他想，唯一比无家可归更糟糕的，是在自己的家乡无家可归。

雷从2009年开始发推，将其作为一种扩大社交范围的方式。在推特上，他遇到了许多处于同样绝望境地的人：失业、面临贫困。9月的最后几天，当他正准备搬出公寓，他在推特上了解到，曼哈顿下城正在爆发一场骚动。

让占领华尔街的示威者愤怒的，正是雷从自己的生活中认识到的事情：在这个不公正的系统里，有钱有权的人榨干了中产阶级的生活。长期以来，他一直对银行、石油公司和不纳税的大型公司持批评态度。他格外关注水力压裂法 ❶。他还是雷切尔·玛多的狂热粉丝——他热爱她的机智和随和——而且，她开始在她的有线新闻节目中谈论"占领华尔街"。

雷在出售 Final Cut Pro 副本时拿到了四百五十美元。有两百五十美元，你就可以搭乘灰狗长途抵达美国任何地方。他从来没有到过比达拉斯更往东的地方，但纽约如此密集和多元，充满了各种想法和赚钱途径，如果他能够学会在那里生存，那么他肯定能找到立足之地。9 月的最后一个夜晚，他在入睡前对自己说："噢，这简直是疯了，你不能那样做。"早上醒来时，他有了一个清晰的念头："这正是我要做的事情。"

雷没有把这个计划告诉他为数不多的朋友。但是在 10 月 3 日晚上，他在自己的 Wordpress 博客上写了一篇文章，给任何可能读到的人："即将登上前往纽约市的巴士。不知道我是否还会回到西雅图……我有过慌张的时刻，询问自己是否彻底失去了理智。那完全有可能。但是那些时刻转瞬即逝，取而代之的是我对冒险的期待，我已准备好出发。"他放弃了剩余的大部分财产。他带着一个小旅行袋和一个背包上路，里面装的东西不多，只有几件换洗衣服，一个存着几部电影的移动硬盘，还有一个不算智能的手机，内存仅够发送和加载推文。巴士在午夜离开。10 月 6 日凌晨 5 点，雷抵达了曼哈顿中城的港口管理局巴士总站。早上 10 点，他已经来到占领区。

刺槐树上的叶子仍然碧绿。公园里到处都是一群群举着标语牌的人，还有鼓手、厨房工人、举行会议的团体和叫嚷着辩论各种议题的人。雷睡眠不足、饥肠辘辘，但他被一种似曾相识的感觉所困扰——身边的一切有一种古怪的熟悉感。他坐在自由街旁的墙上，听着附

---

❶ 开采页岩气的一种方法，用水压将岩石层压裂，从而释放出其中的天然气或石油。反对者担忧这项技术会污染水源，威胁当地生态环境和居民健康。

近几个人的谈话，他的脑袋快要爆炸了——他似乎一直身处这个空间，与这些人交谈，他完全知道他们要说什么。有一次，有人告诉他，如果前往公园中央的舒适站，那里可以安排淋浴。在似曾相识的时间轴上，他冲了个澡，生活以一种正常的、令人满足的方式继续，仿佛他即将回到温暖的床上，就像他决定不去华尔街一样；但事实上，那里没法冲澡，突然之间，雷必须面临这个事实——他正在一个陌生的城市里，无家可归、一文不名。他退缩到自己的世界里，不跟人说话，在公园东侧附近的台阶上，裹着外套和防水大衣睡觉。

一天，雷无意间听到一群年轻占领者的谈话，他们坐在几英尺外的台阶上，谈论着他，仿佛他不在那里。"他这样坚持不下去的，"其中一个人说，"他没有照顾好自己。"他们说得很对，他的鞋袜在一场暴雨中湿透了，连续几天都没有干。雷意识到，他无法以一颗卫星般的独立自我在这里生存。他必须毫无保留地成为集体的一部分，这是他一生中从未做过的事情。

他自愿参加了新成立的卫生工作组。为了在天黑后保持温暖，他每天晚上都花一部分时间擦洗小路和人行道。另一个占领者看到雷在工作，给了他一个睡袋和一块防水布。他开始交到朋友：肖恩是来自布朗克斯的爱尔兰移民，他上夜班，负责在钢材上喷涂阻燃剂，白天则来到祖科蒂；还有一个无家可归的代课老师，拥有物理学学位；克里斯则是一位来自佛罗里达州塔彭斯普林斯的流浪者，他在YouTube上看到警察喷胡椒喷雾的视频，感到怒不可遏，于是一路逃票搭火车来到曼哈顿，前来捍卫女性的尊严。

雷发现了一个标语，上面写着"立刻禁止水力压裂法"。在做完自己的工作后，他花了几天时间，在公园南侧的人行道上与陌生人交谈。这有点像一种表演，他发现自己内心有一个声音，可以大声说出一切。他定期发推文，在西雅图时，他的账号有几十个关注者，现在突然增长到了超过一千个。

10 月 8 日：这里有一些集体生活的元素。尽管它完全超出了我的舒适度底线，可真是很棒的体验。

10 月 22 日：令我惊讶的是，我有了一位守护天使。毫不意外的是，他是一个来自布朗克斯、讲话柔和、工作努力的爱尔兰人。

10 月 23 日：尊敬的弗格森先生。我已经在纽约生活了两个多星期。它没有尿味。

10 月 27 日：我不断看到有人提及，占领华尔街运动中有"可怕的警察虐待"。我已经在这里两周多了，从没看到过这种事，也没怎么听说过。

11 月 13 日：我在西雅图的旧公寓里住了近十年，几乎不认识另外两个租户……我在自由广场住了一个多月，会定期与许多邻居交谈，并结交了许多新朋友。

因此，在一个雨夜，当他睡觉时行李袋被偷走，水渗进卷起的篷布、浸透他的睡袋，他都没有惊慌。第二天早上，当卫生工作组的热心成员在清理被水浸泡的东西时拿走了他的背包（里面装着移动硬盘），让雷全身上下只剩下正穿着的衣服，他也保持了冷静。他求助于新朋友，拿到一个干燥的睡袋。到那时，他已经成为占领运动的一部分。自由广场就是他的家。

10 月 12 日星期三，彭博市长和纽约市警察局宣布，公园将在周五清场，以进行清洁。周边住户抱怨着公园西端一刻不停的鼓声，公园里的狼藉模样，以及随地大小便的报告。内莉妮曾花费很多时间来试图让鼓手圈休息一阵子。她参加当地社区委员会的会议，听取了投诉，并试图达成一项协议，将击鼓时间限制为每天两个小时。

但是，当市政府宣布这一消息，她和其他占领者都认为这是一个幌子，真实目的是终结这场运动。

他们通过社交媒体发出警报，整个城市的支持者通过电话和Facebook帖子轰炸了民选官员。到星期四晚上，成千上万的人仿佛空降到公园，一起阻止警察清场。祖科蒂前所未有的拥挤——即使是那些对占领运动曾经持怀疑态度的人，那些讨厌鼓手圈的人，那些不喜欢运动人士的陈词滥调的人，也都来到了这里，因为他们相信有某种重要的东西——某种属于他们所有人的东西——正在遭受威胁。

原则上来说（尽管原则仍然模糊不清），占领运动中没有人会与市长办公室对话。因此，内莉妮的老板比尔在幕后与副市长努力谈判，好保持公园开放。内莉妮那天深夜回家睡了一个小时，因为祖科蒂太拥挤了。当她在凌晨5点回来时，占领者已经醒了。接下来的一个小时内，祖科蒂再次人满为患；到了6点，从百老汇到特尼地餐厅的每英尺花岗岩上都挤满了人。当内莉妮的电话响起，天还黑着。

"我们赢了。"她的老板说。

"什么？"

"没人能踢走我们了。让贝卡赶快接电话。"

内莉妮的朋友贝卡正站在百老汇大道阶梯的顶端。

比尔给她的手机发了一条消息，内莉妮开始将它读给人群听。

"昨天深夜！"她等待着人群麦克风以三波浪潮重复她的话语，将消息从东侧传到西侧。"我们收到了祖科蒂公园业主的通知！布鲁克菲尔德物产公司！他们推迟了清洁！"第一波浪潮还没将消息传遍整个公园，欢呼声就响了起来，持续整整一分钟。成千上万只手举起成千上万只手指，挥动着，以无政府主义者的非言语方式表达支持。内莉妮再次开口："原因是！是因为！他们相信可以与我们达成协议！但同时！也因为我们这里有很多人！"

在那之后，她几乎回忆不起来，自己一生中最戏剧性的时刻究竟发生了什么，因为一切是如此超现实。她的朋友麦克斯说："拍成电影的话，这可是个精彩时刻。"

"你可真是煞风景。"内莉妮说。

"我想知道谁会扮演你。"

占领开始时，凯文·摩尔在银行的同事不屑一顾。办公室里的一个人说："警察应该掏出他妈的警棍闯进去。"但是在中城结束工作后（华尔街的大部分公司不再在华尔街上），凯文来到公园观察了一番，好表明自己的态度，然后他不断回到那里。他喜欢公园的奇观：百老汇大道上自由流动的对话。祖科蒂的场景令他想起80年代的纽约，当时他正在上私立学校，听着Run-DMC❶，会去时代广场围观三张扑克牌的骗术和警察的突袭——当时的纽约更狂野、更刺耳。公园里的占领运动给警察部队和附近地区带来很大的压力；如果只是坐在那里，很快就会变得无聊。他们必须找出另外的方法，让议题保持在聚光灯下。但是他很高兴有人在呼吁关注这些问题。对其中一些问题，他有一手经验。

关于占领运动，也有凯文不喜欢的一面。抗议者需要一名市场总监；他认为他们应该谈论百分之零点一，因为他也是百分之一的一部分，而他对政客没有控制权。他还不喜欢某些抗议者妖魔化金融行业的所有从业者，就像他在银行的同事妖魔化公园里的所有人一样。这就像民主党人和共和党人在鸡同鸭讲。有一次，在去伦敦旅行时，凯文看到一些占领运动的参与者闯入了一家公司的大门，他们以为那是一家投资公司，但搞错了建筑——那其实是一家普通银行支行，而他们的雪球砸中了办公室工作人员。凯文很清楚华尔街

---

❶　Run-DMC，来自纽约皇后区的说唱组合。

的罪行，但抗议者的尖酸刻薄令他感到惊讶。如果他们想带来改变，就必须诉诸银行家本性中较好的那一面。

从曼哈顿下城开始，千变万化的火焰蔓延到全国和全世界。几周之内，就发生了二十五、五十乃至一百场占领。运动的口号——"我们是百分之九十九"——很简单也足够广泛，能够涵盖许多不同的不满和渴望。它成为社交网络平台 Tumblr 上一个博客的名字，这个博客通过读者发送的快照收集了数百张面孔，其中一些打了马赛克，或是用一张纸遮掩了一半，纸上写着匿名声明，举在照相机前。黑暗中出现一张脸：

> 为了成功，我做了他们告诉我的一切。
> 我拿到了全 A 的成绩和奖学金。
> 我上大学，并获得了学位。
> 现在我深陷学费贷款，找不到工作。
> 我的房门上贴着驱逐通知，我无处可去。
> 我的银行里只有四十二美元。
> 我是那百分之九十九！

一个女人模糊的面孔正透过纸张望出来：

> 我今年三十七岁，在管理岗位上每小时挣八美元。我们的助理经理和总经理月薪上万，他们什么也不做，每天只是谈论雇员和客户。我连十分钟的休息时间都没有，也没有三十分钟的用餐时间。
> 在付清
> 保险
> 联邦税

州税

社会保险费

医疗保险

之后，我工作赚来的钱只够去工作的油钱。

我很生气！

　　这些浓缩的、个人化的故事有数十人读到，它们承担的道德力量等效于来自大萧条时期的文献研究，或是斯坦贝克的小说。它们解释了为什么占领华尔街会风靡一时。

　　在媒体上，"收入不平等"一词的使用次数增加了五倍，奥巴马总统就这一问题发表了演讲，谈论了百分之一。每个名人和公众人物都对占领发表了看法。柯林·鲍威尔表达了谨慎的同情，他回忆起早年间父母在南布朗克斯时总能找到工作。罗伯特·鲁宾谈到了实际工资中位数连续下降的三十年（90 年代末期除外）："我们的经济接下来会发生什么？他们已经发现了对此真正至关重要的问题。"彼得·蒂尔告诉一位采访者："在现代世界的历史中，不平等只能通过共产主义革命、战争或通货紧缩的经济崩溃来终结。这是一个令人困扰的问题：今天，三者中究竟哪一种会发生，抑或是否还有第四种出路？"正在竞选参议员的伊丽莎白·沃伦说："我为他们正在做的事情提供了大部分知识储备。"正在竞选总统的纽特·金里奇在哈佛大学对占领抗议者嗤之以鼻，随后，他在艾奥瓦州家庭价值观论坛上对观众说："所有这些占领运动的前提，都是我们欠他们一切。他们占领了一个公园却不付费，他们去附近使用洗手间却不给钱，他们向自己不愿意付钱的地方乞求食物，他们阻碍那些打算去上班的人，而恰恰是那些人在交税维持洗手间和公园的运转。这样一来，他们就可以自以为是地宣称，他们是美德的典范，我们欠他们一切。瞧瞧吧，这很好地说明了，左派已经让这个国家的道德体系崩塌到了什么程度，以及我们为什么要重申如此简单的话，那就是对他们说：
'洗个澡，赶快去找工作。'"当被征询意见时，安德鲁·布莱巴特回
答说："这取决于你是在谈论占领华尔街的粪便角度、公开手淫角度、
强奸角度还是猥亵角度。我们的报道涵盖所有马戏团表演。"他在电
影《撕下占领的面具》（*Occupy Unmasked*）中担任旁白，那是他去
世前完成的最后一个项目，在他去世后发行。Jay-Z 开始推销自家
洛卡薇尔牌的"占领所有街道"系列 T 恤，但后来，他在占领华尔
街运动的攻击中为属于百分之一的企业家辩护。"那些是自由企业，"
Jay-Z 说，"是美国的基础。"

　　整个 10 月，占领四处开花。占领扬斯敦吸引了一些"拯救我们
的河谷"运动的参与者，这项运动曾在 70 年代后期尝试阻止钢铁厂
关门。10 月 15 日，七百人穿过格林斯伯勒市中心，越过位于伍尔沃
斯旧楼的银行和民权博物馆，前往节日公园。迪恩·普莱斯就是其
中之一。他参加了占领格林斯伯勒的计划会议，并在游行后与年轻
人交谈；这些年轻人在公园旁边的基督教青年会停车场内搭帐篷，为
无家可归的人提供意大利面。他们向迪恩讲述了自己的故事：低薪工
作，没有医疗保险，巨额学费贷款。这令迪恩很生气，他认为那些
出生在 50 到 60 年代的人拥有了一切，却什么也不做，只是坐在餐
桌旁吃饱喝足，然后将残羹剩饭留给下一代。现在，年轻人在华尔
街抗议，因为整个系统都被捆住了手脚。但是，迪恩试图让占领者
看到即将发生的变化——就在格林斯伯勒。

　　在坦帕，抗议者占领公园几天后，马特·韦德纳就开始撰写有
关占领的博客，并且坚持了下来。他将运动比作独立战争之后的谢

司起义 ❶,称占领者为"有头脑的茶党",并发表了一篇博文,题为《总统先生——拆除这堵墙(华尔街)》。他写道:

> 占领华尔街运动只是个开始。我承认这场运动规模很小,但它十分强大,并且说实话非常危险。无论是对既有秩序而言,还是对这个国家目前感染的生活方式而言。当前的生活方式是不可持续的。这个国家已经成了一个谎言。它成了一个谎言,是因为我们的民选领导人和企业领导人都已经彻底腐败。真理和后果不再重要。谎言和贪婪驱使一切。华尔街和高盛已取代我们过去的国家中心——华盛顿特区——体现的理想和原则。

占领坦帕运动将数百名游行者带到了一个市区公园。丹尼·哈兹尔希望能加入其中,因为他喜欢运动中关于大公司有多贪婪的信息。但在沃尔玛的工作和照顾孩子之间,他没有时间,此外还要考虑油价。西尔维娅·兰迪斯去了公园,看到了跟她一样的退休者,背负债务的学生,一家老小,还有房屋被收回的失业者。一些年轻的抗议者似乎漫无目标,他们的反资本主义言论使西尔维娅感到担忧。她不认为自己是占领的一部分,但她给他们带来了自己为一场派对准备后剩下的芝士通心粉,还开车带其中几个人去萨拉索塔,参加止赎辩护律师提供的培训课程。然而几周后,伴随着几次热带狂风,许多占领者因闯入私人领地被捕,市区又恢复了以前人口稀少的模样,占领坦帕运动最后只剩下八到十个孤独的抗议者在河边举着牌子,偶尔有路过的汽车鸣一声喇叭。最后,他们同意挪去西坦帕一

❶ 谢司起义,指美国马萨诸塞州中西部在 1786 至 1787 年发生的底层反抗运动,领导者丹尼尔·谢司是一名曾参与独立战争的退伍士兵。战争之后,马萨诸塞州陷入债务危机,欧洲债主拒绝延长还款期限,当地商人便将债务转嫁给农民,导致大量农民因无力偿还债务而被强制收缴土地财产。谢司率领起义军攻击法院,迫使法院停止审判债务人,后被州政府派雇佣兵镇压。

个荒凉的公园，那个公园的所有人是一家名为蒙斯·维纳斯的脱衣舞俱乐部的老板。

10月下旬，祖科蒂公园禁止帐篷的规定放宽了。那时，雷的代课教师朋友在一个阁楼里找到了容身之处，将零度睡袋和单人帐篷留给了雷；他在公园南侧占据了一块十八英寸宽、六英尺长的地面。祖科蒂很快就满是帐篷，因此变得很难穿行，雷发现这让公园与公众隔绝开来，也让公园变得不那么热闹，且更加肮脏。他每天清晨起床，步行几个街区，看太阳从东河上升起，然后探索下东城和唐人街，之后绕路返回祖科蒂。公园里鱼缸般透明的强度开始影响到他——XTC❶的老歌《加班的感觉》（"Senses Working Overtime"）中的歌词一直在他的脑海中奔腾。鼓手圈开始形成费里尼的《爱情神话》❷中的氛围。雷开始想念有一台电视的日子，好逃避现实生活——他在《绝命毒师》最后两集播出之前离开了西雅图，那可是《火线》以来最精彩的电视剧。他的日子花在了在星巴克给手机充电以及其他无聊的事情上。他用食品券在归零地以北的全食超市购买了几个水果和一块不加糖的80%可可巧克力。他吃得太少了，只要公园的厨房继续提供食物，哪怕他身上只剩几美元都没关系。大约晚上9点钟，雷把自己关在单人帐篷里，在手机上观看推特上的雷切尔·玛多的节目，然后早早入睡，好在附近年轻人聚会的喧闹声响起之前眯几个小时。他每天睡觉的时间从未超过四五个小时。一天晚上，公园里充满了持续不断的啸声。

雷发现，在"占领华尔街"运动中保持活跃并不容易。他参与了占领中央公园小组的工作，但是当市政府拒绝签发许可后，这个

---

❶　XTC，1972年成立的英国摇滚乐队。
❷　《爱情神话》（*Fellini Satyricon*）是意大利导演费德里科·费里尼1969年的电影作品，描绘了罗马帝国荒淫无度的享乐生活。

小组就销声匿迹了。他很少参加在红色雕塑旁举办的夜间大会，那里的人群麦克风会喧闹几个小时，但什么也解决不了。运动似乎失去了对普通公众的吸引力。它的报纸《占领华尔街日报》已经好几周都在派发同一期。百老汇大道上的对话被一种响亮又狂热的元素摧毁了。那里有数十个"工作小组"，其中许多在距离公园几个街区开外举办会议，就在华尔街 60 号德意志银行大楼中庭里。然而，一些运动者似乎主导了这些小组，在关于"整个过程"的孤立对话中，他们不断回到将小组打散为更小规模的小组的设想，好改善这个过程，并让它"更具包容性"。在中庭讨论的运动者和坚守公园的占领者之间正在形成分歧。在促进工作组的一次会议上，一个人——一张陌生的面孔——问雷为什么在那儿。

雷知道他为什么在那里。"作为一个象征，公园必须保持被占领的状态，"他说，"如果他们说，'好吧，我们会听你在说什么——所有人都放松下来回家吧，我们将继续讨论'，那么关注会消失，电视转播车会消失，人们会心满意足，回家看真人秀节目；谁知道有什么泡沫会再度破裂呢。"

在雷的幻想逐渐破灭的时候，内莉妮也开始日益沮丧。在最初的几周里，她兴奋万分；当七百人参加大会时，一个人无法破坏大会。可是，随着中庭的会议缩减至三十到四十人，来自直接民主工作组的两三个人就可能会引发争论，或是阻碍共识，破坏整件事情。有时，他们会使用种族或性别作为托词，所以像麦克斯这样的白人男性确实很难跟他们理论。内莉妮不知道他们是否有意挑衅，但她希望有人能站出来告诉他们："实际上，你们所说的与他们要解决的问题无关，你们别再这样了。"

占领者的主体是经营那份加拿大杂志的那类人，正是他们开启了整个运动；他们被称为"广告克星"——教育程度很高的后现代无政府主义者。内莉妮很在意自己没能从高中毕业这件事——他们读了那么多她听都没听过的书——有时，他们还让她感到自己不够激进。她是一名组织者，她担心占领运动正在收窄，她想弄清楚如何将其转变为一场持久的运动，可以实现实际的目标，例如让人们关闭在大银行的账户，并让无家可归的人住进止赎房屋。她认为占领运动应该在某个时刻提出诉求。她甚至开始认为，也许是时候离开祖科蒂公园了。

11 月，随着刺槐的叶子变黄，占领开始退潮。公园洋溢着绝望的气氛——感觉更像是胡佛村❶，而不再是静坐示威。在雷身旁，一张破旧沙发的出现引发了极大的紧张感。克里斯，那个因为看到女抗议者被喷胡椒喷雾的视频而愤怒地从佛罗里达赶来的流浪者，把沙发从曼哈顿的一条街上拖了过来。可是沙发吸引了那些对运动没有兴趣的醉鬼，并且占用了可以撑开两个帐篷的空间；经过大量讨论，沙发被移交给鼓手圈。过了一晚，它又回来了。当雷躺在几英尺外拉着拉链的帐篷里时，一直在喝伏特加的克里斯和另一个男人因为沙发争执起来，克里斯挥动拳头，结果被逮捕，几天后才回来。

11 月 15 日午夜刚过，内莉妮在贝德－斯图的房间里接到一个电话，那是她在占领运动中认识的朋友尤坦姆打来的，祝她生日快乐——她二十四岁了。两人聊天时，她刷了一下推特。她最喜欢的 Hip-Hop 乐队之一 The Roots 的鼓手奎斯特拉夫在 11 点 38 分发了推文："天哪，在＃占领华尔街＃运动附近，有人正在向南行驶。有什么东西正在过去，我发誓我看到了一千个穿着防暴装备的警察，他们正要搞突袭，＃大家注意安全。＃"

内莉妮告诉尤坦姆："我觉得他们要突袭公园了。"

---

❶ 胡佛村指 20 世纪早期大萧条期间美国无家可归者的棚户贫民窟，以救灾无力的总统赫伯特·胡佛命名。

　　雷被一阵喧闹声惊醒。他很快就明白了人们在说什么：警察正在闯进来。公园的灯被关闭了，北边的一排强弧光灯打在帐篷上。雷穿上鞋子，走到帐篷外面，看到一个警察正在穿过公园，分发传单，指示占领者离开，否则将会被逮捕。扬声器在宣布同样的消息：由于火灾和健康隐患，祖科蒂公园已被关闭。雷很快就把帐篷收了起来。他把随身物品装进一个塑料垃圾桶，连同睡袋和垫子一起带出公园。当雷开始穿过百老汇大街，一拨警力正冲入公园，拆毁了路上的一切。

　　内莉妮的出租车在半夜1点将她带到曼哈顿下城。到处都是身穿防暴装备的警察，他们封锁了自由街以北的百老汇大街，警车停满了侧街；巴士、垃圾车、装满金属路障的平板车，甚至还有一台反铲机在百老汇大道上轰隆隆地驶过，直升机在高处盘旋，将搜寻灯打在金融区。距离红色雕塑不远的地方被泛光灯照亮，扬声器嗡嗡作响，说着无法辨别的话语。大街上到处都是听到消息的人，他们冲向市中心，向警察怒吼："操你妈的！滚出我的国家！""逮捕真正的罪犯！""你们让本·拉登感到骄傲，伙计们！感谢你们为塔利班服务！你们让在伊拉克和阿富汗牺牲的兄弟姐妹感到骄傲！服务和保护美国——你保护的是谁？"人们开始高呼："我们——是——百分之九十九！"然后是："这就是警察国家的模样！"

　　"我知道警察国家是什么样子，"一名黑人警察说，"才不是这样。"

　　内莉妮与纽约警察局的一些人关系亲密——她的两个阿姨和她妈妈的一个朋友都是警察。她曾经将这种野蛮行径归咎于高层管理人员，但在联合广场的逮捕发生后，她心想："好吧，所有的白衫❶都疯了。"最后，她的想法反转了——也许低阶警察里有一两个好人，但她对警察机构已经毫无敬意。

　　她当时正跟一群人沿着百老汇大道被挤向少女巷，她转身背对

---

❶　指身着白色衬衫的纽约警察。

警察，举起双手，这样他们就没有借口逮捕她了。她正在打电话，转过身时，感到右边脸上被什么东西喷到了。她的隐形眼镜弹了出来，右眼灼热，好像被挤了柠檬汁。她和其他被喷到的人一起躲进一家商店，买了牛奶和水倒进眼睛。过了一会儿，她看到朋友杰里米被捕，她冲过去大喊大叫，当一名警察抓住她时，人群把她拉回去，她逃脱了。可是，到了凌晨3点左右，她正与朋友一起沿百老汇大道往北走，一辆警车停了下来——"是她，是她！"——三名警察跳出来，将她按到地上，她喊着："我的帽子！"

他们给她戴上金属手铐，开车将她带回公园，然后把她送上一辆面包车。在那里，她跟四个警察坐在一起，度过了似乎足足几个小时。她告诉一位警察说她正处于经期，他表示同情——他有一个十几岁的女儿。最后，他们开车将她送到警察广场1号归案。途中，她看到刚刚被释放的朋友尤坦姆。"生日快乐，亲爱的，"他说，"回头见。"

内莉妮在监狱度过了她二十四岁的头一个晚上，她哼唱着革命歌曲，思考下一个阶段，试图入睡。

当金融区成为军事区，雷唯一的念头就是逃脱。他决定沿着每天早晨散步的路线走，只不过如今还拖着他的世俗财产。他走过纽约联邦储备银行，走过大通曼哈顿银行（他在华盛顿互助银行开设的一个账户中还剩下四十二美分，这家银行在金融危机中垮掉，然后被大通收购了），走过美国国际集团大楼，然后沿着罗斯福大道走向东河。他想摆脱一切骚动。他在布鲁克林大桥以南找到一个安静的地方，在那里，他坐在长椅上发了推文："比平时更早，我来到了我最喜欢的清晨散步地点。我担心我已经不再是一个占领者，因为我抛下了我的同志。"时不时会有一架警用直升机出现在头上，但他隐藏得很好。

雷一直在刷推特，可是到了凌晨4点，仍然没有关于被驱逐的占领者该在哪里重新聚集的消息。他的手机电池快没电了。他孤身一人：他成了纽约的一个无家可归者。

　　黎明时分，下起了雨。祖科蒂公园四周摆满了金属路障，里面空空荡荡，只剩下身穿柠檬绿背心的保安人员——它重新变成一个花岗岩铺就的矩形空间，等待最早上班的人们在华尔街开始新的一天。

2012

《总统竞选标价二十亿美元》[1]……但在周五，救兵抵达：阿德尔森先生给"拯救我们的未来"捐出了五百万美元，那是一个支持金里奇先生的超级政治行动委员会[2]……"你两年前从大学毕业。我们已经给你提供了两年的经济支持，这已经够了。""你知道现在的经济有多疯狂吗？我是说，我所有的朋友都在从父母那里得到经济上的帮助。"[3]……雨水落下，戴着兜帽的特雷沃恩来到了许多封闭社区中的一个，这里是双子湖度假村。他路过了十几个店面，其中四个闲置。旧的标语牌和广告牌嚷嚷着"即刻出租！"和"租金特价！"，他看到了泡沫破灭后的桑福德[4]……@BarackObama："同性伴侣应该能够结婚。"——奥巴马总统[5]……《两名 NFL 球员在同性恋婚姻上针锋相对》[6]……在《饥饿游戏》中，被抽签选中的年轻人在你死我活的绝望中互相杀戮。这种野蛮行为是一个年度仪式，由施惠国的专制政权强制执行，这个破碎的国家是在一场可怕的战争之后建立起来的[7]……为什么亿万富翁感到他们是奥巴马的受害者？[8]……凯利夫妇以其豪华的聚会著称，他们为附近的麦克迪空军基地的客人提供奢华的自助餐、流动香槟、代客泊车和雪茄，这些客人中包括目前拥有部队指挥权的戴维·H.彼得雷乌斯和约翰·R.艾伦将军[9]……《是什么搞砸了 FACEBOOK 的首次公开募股？》[10]……无论发生什么，有百分之四十七的人都会投票给现任总统。好吧，有百分之四十七的人与他同在，他们依赖政府，他们相信自己是受害者，他们相信政府有责任照顾他们，他们相信他们有权获得医疗保险、食物、住所[11]……11 月 5 日，本频道将首播《初创企业：硅谷》，这部剧集会跟踪报道六位创业者的生活。"我们寻找的是一个尚未被太多现实浸透的地方。"执行制片人之一埃文·普拉格表示[12]……我们看到精神之光闪耀／每分每秒都在靠近[13]……《奥巴马之夜》[14]……"有更好的事情在等待着我们"[15]……《随着选区更改，共和党有了新的担忧》[16]……然后我们跳过围栏，我们开始失败/我们折叠起来，这还不够/想想我们离成功只差一点/我想在大地上像巨人一样行走[17]

注释

1. 美联社 2012 年 12 月 7 日新闻，报道称共和党总统候选人米特·罗姆尼新筹到八千六百万美元，使得 2012 年总统竞选资金超过二十亿美元。根据非营利组织"响应政治中心"统计，这届总统竞选活动资金最终超过二十七亿美元，创下历史新高。
2.《纽约时报》2012 年 1 月 10 日新闻。由于一般的政治行动委员会对筹款有诸多限制，超级政治行动委员会（Super PAC）在 2010 年被判定为合法后开始流行，这类组织可以从个人、公司、工会和其他团体筹集资金，在捐赠规模上没有任何法律限制，这意味着个体或组织可对竞选活动无限制地投入资金。阿德尔森指拉斯维加斯赌业大亨谢尔顿·阿德尔森，长期为共和党捐款；2012 年竞选期间，阿德尔森先后与金里奇相关的超级政治行动委员会捐款超过一千万美元，随着选情变化而转向罗姆尼，据彭博社报道，阿德尔森在整个 2012 年为共和党竞选活动投入超过三千万美元。
3. 美剧《女孩们》（Girls，2012）第一季第一集中的台词。
4.《纽约时报》2012 年 4 月 1 日新闻。特雷沃恩指非裔美国人特雷沃恩·马丁，是一名生于 1995 年的高中生，他在 2012 年 2 月 26 日从便利店回父亲家时，被社区治安人员乔治·齐默曼认为形迹可疑，随后两人发生争执，特雷沃恩在扭打过程中被齐默曼射杀身亡。齐默曼声称开枪属于自卫行为，当天便被释放，随后经过调查和审判后被无罪释放。此案激化了美国社会的种族对立，也引起对枪支管制、自卫权和司法公正等问题的激烈讨论。
5. 奥巴马 2012 年 5 月 9 日的推文，使他成为首位公开支持同性恋婚姻的在任美国总统。
6.《沙龙》杂志 2012 年 10 月 2 日新闻。两名 NFL 球员分别指同性恋婚姻反对者马特·伯克和支持者克里斯·克鲁，两人在 2012 年多次公开反驳对方的观点。
7.《每周娱乐》杂志 2012 年 4 月 3 日关于《饥饿游戏》的影评。
8.《纽约客》2012 年 10 月 8 日文章《巨富的讽刺》（"Super-Rich Irony"）。
9.《纽约时报》2012 年 11 月 13 日新闻。凯利夫妇是指由吉尔·凯利和斯科特·凯利组建的坦帕名流家庭，妻子吉尔曾从事外交工作，与坦帕附近的麦克迪尔空军基地高层人物联系紧密，家中常举办招待军人和官员的奢侈派对。2012 年，吉尔收到威胁性邮件后向联邦调查局请求协助，后者调查发现吉尔的好友、时任中央情报局局长大卫·彼得雷乌斯与作家宝拉·布洛德韦尔有婚外情关系，彼得雷乌斯还涉嫌向布洛德韦尔提供军事机密。当时美国总统大选刚结束不久，但媒体更多将焦点放在此事上，最终彼得雷乌斯辞职，成为在任时间最短的中情局局长。
10. CNBC 电视台 2012 年 5 月 21 日新闻。Facebook 于 2012 年 5 月 18 号通过首次公开募股后正式在纳斯达克上市，集资一百八十四亿美元，但上市后股价一度跳水。
11. 共和党总统候选人米特·罗姆尼 2012 年总统大选演讲。
12. ABC 新闻网 2012 年 10 月 10 日文章。2010 年前后，智能手机及移动互联网逐渐普及，全球掀起新一轮互联网创业热潮。
13. 歌曲《像巨人一样行走》（"Walk Like A Giant"），收录于美国歌手尼尔·杨的专辑《迷幻药丸》（Psychedelic Pill，2012）。
14.《纽约时报》2012 年 11 月 7 日新闻，报道奥巴马连任总统成功。
15.《盐湖城论坛报》2012 年 11 月 7 日引用奥巴马的胜选演讲："我一直坚信，希望是我们心中顽强不屈的那样东西；虽有各种不利证据，却仍坚持有更好的未来等待着我们。只要我们有勇气去不断争取、不断努力、不断奋斗。"
16.《纽约时报》2012 年 11 月 8 日新闻，指出人口变化可能会对共和党未来选情不利。
17. 同注释 13。

硅谷

彼得·蒂尔上次参加世界经济论坛是在 2009 年 1 月……精
英来说，达沃斯是一个可见度很高的地位标志，但在……入达
沃斯，似乎意味着你就是那群搞乱世界的人里面的一……离开
时下定决心，在接下来的十年里他都将做空地位，……。如果
美国正在发生某种解体，那么地位标志会变得诡异……劲——在
一个混乱的社会中，它们不可能是正确的、真实……。几乎所有
地位高的东西都不是什么值得投资的好东西。

全球金融危机之后，蒂尔提出了关于过去和……的理论。

它可以追溯到 1973 年——"50 年代的末……那是石油危机的
一年，美国的中位数工资开始停滞不前。70……是问题开始出现的
十年。许多机构停止工作。科学和技术停……步，增长模式崩溃，
政府不再像过去运转得那么顺畅，中产阶……的生活开始陷入困境。
然后是 80 年代——蒂尔 1985 年从高中……时，事情看起来非常乐
观，一切皆有可能。接着是 90 年代——……联网取代天堂，财富滚滚
而来，使用鼠标垫的日常生活看上去简……是某种奇迹。等到千禧年，
互联网泡沫破灭之后，是低迷的十年——布什作为第 43 任总统上台，
暴力和战争频发，经济萎靡不振，……有华尔街除外，这导致了 2008

大震荡和新的经济萧条。四个十年——下，上，上，下。四十

重归平地。

一切在中间几年里很难看清，那时候，事情似乎在好转。在

看清，毕竟在互联网泡沫破裂之后的几年，硅谷仍然过得

谷歌上市，Facebook，还有其他社交媒体。然而，在硅谷

里，人们的生活并不好，尤其是当他们唯一的资产——

之 一半价值之后。事实上，中间的二十年就像是 70 年代

末期 阳春，它持续了很长时间。如果从 1982 年里根衰退的

分之 一直到 2007 年的房地产市场崩溃为止，那么大约是四

点。整 ——在一切开始重置之前，看起来几乎不可能回到原

是持续更 时期，相同的重要机构继续受到侵蚀，随之而来的

系列泡沫 萧条和金融恐慌。看待小阳春的一种角度，是一

泡沫……它 术、科技泡沫、股票泡沫、新兴市场泡沫、房地产

问题的临时解 一个地破灭，而这种破灭表明，它们只是长期

方式。有如此之 也许是对这些问题的回避，是分散注意力的

逝的泡沫，很明 泡沫，还有如此之多的人同时追逐这种转瞬即

在根本上是行不通的。

2011 年春天， 罗姆尼来到硅谷寻找支持者，他造访蒂尔

在旧金山的家，与 早餐。罗姆尼说，他的竞选活动将会把重

点放在经济而不是社 题上，他会让数字来支持他的论点。蒂尔

认为他很有才华，令人 深刻，他给了罗姆尼一个预测："我认为，

最悲观的候选人将获胜 为如果你过于乐观，那表明你不够接地

气。"换句话说，倘若罗姆 仅仅是声称奥巴马无能，认为换另一位

总统情况自然会好得多，那 是错误的策略。1980 年，里根可能会

针对卡特提出这样的论点，但 1980 年，只有一半人认为他们的孩

子会比他们过得更糟；2011 年 这一比例接近八成。如果罗姆尼说，

情况可能会好起来，但要达到这 目标将会十分困难，比更换总统

更困难，那就聪明多了。然而罗姆尼无法理解这一点。他认为更乐观的候选人永远能获胜。他认为一切仍在根本上如常运转。

比如，信息时代怎么样？它的运转难道不是好得令人难以置信吗？曾经因信息时代而赚得盆满钵满的蒂尔，如今却不再这么想了。

在帕洛阿尔托市区的维尼西亚咖啡馆——2001 年，蒂尔和埃隆·马斯克正是在这里喝着咖啡决定让贝宝上市，这里距贝宝最初在大学街的办公室只有五个街区，而那个办公室就在 Facebook 最初的办公室和帕兰提尔现在的办公室对面，距离山景城的谷歌园区只有六英里，距离新经济的世俗神殿苹果商店在一个方向上只有一英里，另一个方向上则只有半个街区；这里是硅谷心脏的心脏，周边的桌子坐满了干净、健康、衣着不起眼的人，他们都用着苹果设备，谈论着创造想法和天使投资——蒂尔从牛仔裤口袋掏出一个 iPhone，说："我不认为这是技术上的突破。"

与阿波罗太空计划或超音速喷气飞机相比，智能手机看起来很小。在 1973 年之前的四十年里，技术取得了巨大进步，工资增长了六倍。从那时起，美国人被纯粹的小工具迷住了，却忘记了进步究竟可以有多么广泛。

蒂尔最喜欢的书之一，是法国作家 J. J. 塞尔万-施雷伯的《美国挑战》(The American Challenge)，该书出版于 1967 年，即蒂尔出生的那一年。塞尔万-施雷伯认为，美国的技术和教育动力正在将世界其他地区甩在身后，他预言到 2000 年，美国将成为一个后工业化的乌托邦。时间和空间将不再是交流的障碍，收入不平等将缩小，计算机将解放人类："每周只有四个工作日，每天七个小时。一年将只有三十九个工作周，还有十三周的假期……所有这些都将在一代人之内实现。"信息时代如期抵达，但乌托邦并未到来。汽车、火车和飞机都没比 1973 年时进步多少。石油和食品不断上涨的价格表明在能源和农业技术发展上的失败。计算机没能创造足够的就业机会来维系中产阶级的生活，没能在制造业和生产力上取得革命性的进步，也没能提高各阶层的生活水平。蒂尔开始认为互联网是"一个净优势，但不是一个很大的优势"。苹果"主要是设计上的创新者"。推特将在未来十年为五百人提供工作保障，"但是，它为整个经济创造了多少价值？"使蒂尔成为亿万富翁的 Facebook"总体来说是正面的"，因为它足够激进。可是对于广受赞美的社交媒体时代，这就是他能说的一切了。他投资的所有公司大概雇用了不到一万五千人。"在进步停滞的地方，一切却在发生令人眼花缭乱的变化。"

信息本身就是问题的征兆。虚拟世界的创建已经取代物理世界的进步。"你可以说，整个互联网都有一种逃避主义者的意味，"蒂尔说，"在过去十年里，我们有了所有这些互联网公司，而经营它们的人似乎都有点自闭症。这些温和的阿斯伯格案例似乎正在蔓延，他们不需要销售，这些公司在本质上有着古怪的反社交性。谷歌就符合这种原型。然而，在一个状况不佳、许多东西功能失调的社会中，那可能就是你能增加最大价值的地方。我们身处这个混乱的现实世界中，事情变得异常艰难和破败，政治陷入疯狂，好人很难当选，系统似乎无法正常运转。至于这个替代的虚拟世界，里面没有任何东西，在计算机上都是 0 和 1，你可以对它重新编程，让计算机做你想做的任何事情。也许，在这个国家，这是你实际上可以帮得上忙的最好途径。"

问题归结到了这里：发明了现代装配流水线、摩天大楼、飞机和集成电路的美国人不再相信未来。自 1973 年以来，未来一直在衰落。蒂尔称其为"技术放缓"。

举个例子：他长大后阅读的那些五六十年代的科幻小说，曾描述乌托邦式的太空旅行和海底城市，如今看起来就像是远古时代的文物。现在的科幻小说讲述的是技术失效或故障的故事。"1970 年，排名前二十五的科幻小说选集里，会包括'我和我的机器人朋友在月球上散了个步'这种故事，"蒂尔说，"到了 2008 年，却变成了'银河系由原教旨主义的伊斯兰联邦统治，有人正在捕猎行星，杀死它们取乐'。"蒂尔与肖恩·帕克和另外两个朋友一起，创立了一家名为"创始人基金"（Founders Fund）的早期风险投资公司。它发布了关于未来的在线宣言，开头就是一句抱怨："我们想要飞行汽车，结果得到了一百四十个字符。"

　　技术放缓并不是单一原因造成的。也许再也没有简单的技术问题了，那些问题早在一个世纪以前就已解决，剩下的大问题确实非常棘手，例如如何让人工智能运转。也许科学与工程学在联邦资助削减的同时也失去了声望。蒂尔内心的自由意志主义思想指出，问题之一是对能源、食品和毒品等商品的监管过度——计算机是增长最快的行业，恰恰也是监管最少的行业之一，这并非偶然；问题之二则是狭隘的环境保护主义，它希望所有解决方案看起来都像是自然的，因此几百个新的核反应堆不在讨论之列。也许，当苏联这个敌人不复存在，随之而去的是军事创新的动力和更大层面的牺牲意愿（这个想法令蒂尔格外困扰，因为他对暴力深恶痛绝）。也许，持久的和平让人们不再有理由努力工作，未来的衰落实际上始于 1975 年的阿波罗－联盟号联合飞行，正是它终结了太空竞赛。也许，教育，尤其是高等教育，也是问题的一部分。蒂尔的一个年轻朋友描述了他在耶鲁大学的新生介绍会，那里的教务长告诉新生："恭喜——你们的一辈子都稳妥啦。"人永远不该认为自己的一辈子都稳妥了。

　　蒂尔是精英阶层中的精英，但他的知识分子火力瞄准了自己的阶级，或是在他两三个梯级之下的人——年薪二三十万美元的专业人士。精英已经太过自满、不思进取。如果说他们没能看清技术发展放缓的现实，那是因为他们自己的成功令他们偏向乐观，而财富不平等令他们无法看到俄亥俄州这样的地方正在发生什么。"如果你出生于 1950 年，收入属于顶端的百分之十，那么这二十年来，一切都在自动变得更好。然后到了 60 年代末之后，你进了一所好学校读研；70 年代末，你在华尔街找到一份好工作，接着碰上了经济繁荣。你的故事反映六十年来令人难以置信的、不曾松懈的进步。而对大部分六十岁的美国人来说，那根本不是他们的故事。"体制已经凭惯性滑行了很久，找不到问题的答案。它的失败指向新的方向，也许是马克思主义，也许是自由意志主义，那将是它无法继续控制的动荡轨道。

蒂尔的论点在整个政治光谱上遭到全面抵制。在右翼里，市场原教旨主义取代了对创新的认真思考（这就是为什么罗姆尼在那次早餐会上无法理解蒂尔的观点）。左翼则是表面上对创新自鸣得意——花更多钱就行了——实际上却有着深深潜藏、不言而喻的悲观。奥巴马总统可能认为，除了控制经济衰退之外，没什么能做的，但是他不能发表又一次"痼疾演讲"（看到吉米·卡特发生了什么之后，再也没人会这么做），所以他对未来的描绘仍然有着古怪的空洞。奥巴马和罗姆尼都选择了错误的立场：前者认为美国例外主义已不再正确、应该放弃，后者则认为它仍然正确。双方都不愿意告诉美国人，他们不再是个例外，但他们应该再次尝试成为例外。

蒂尔不再是对冲基金巨头，但随着他开始公开表达自己的想法——靠发表文章，或是在全国激增的精英讨论及社交会议上发言——他已经成为自己在斯坦福大学时曾梦想成为的那种知识分子煽动者。2012 年夏天，他受邀参加在科罗拉多州阿斯彭举行的财富头脑风暴科技会议，在那里，他与谷歌的董事长埃里克·施密特就技术的未来展开辩论。施密特是那种能激发蒂尔内心恶意的乐观自由主义者，他告诉观众，晶体管、光纤和数据分析正在使世界变得越来越好；根据摩尔定律，计算能力每隔两年会翻一番，而且这种发展至少还要持续十年。

"埃里克，我认为您作为谷歌宣传部长的工作非常出色。"蒂尔开始说道。

主持人打断了他："你说过你会表现得友好。"

"我是说他的工作非常出色。"蒂尔的蓝色西装外套扣着中间的扣子，白色衬衫靠上的扣子则解开几颗；他阐明了他对科技发展放缓的观点。作为一个自由意志主义者，他把大部分责任归咎于监管。"我们基本上已将一切与物质世界有关的事情都禁止了，"他说，"你唯一获准去做的事情只能在数字世界完成。这就是为什么我们在计算机和金融方面取得了很大进步。在过去四十年里，只有这两个领域产生大规模的创新。金融似乎正处于被禁止的过程中，因此现在，硕果仅存的就是计算机。如果你是一台计算机，那倒是不错。谷歌就是这么想的。"

施密特微笑着抑制怒气。主持人指着谷歌董事长对蒂尔说："你不是在指责他是一台计算机吧？"

"你懂的，很多情况下，他们喜欢计算机超过人类，"蒂尔说，"这就是为什么他们错过了社交网络革命。没错，从未来四十年的角度来看，假如你是一台计算机，那么摩尔定律对你来说再好不过。但问题是，这对人类有什么好处？这如何能转化为人类的经济进步？"

蒂尔喜欢丑化可敬的见解。他的一篇文章《自由意志主义者的教育》于 2009 年在网络上风靡一时，让思维健全的人愤怒不已。他写道："上世纪 20 年代是人们能对政治真心感到乐观的最后十年。1920 年以来，福利受益人大量增加，女性获得了公民权——对自由意志主义者来说，从这两个群体获得选票是臭名昭著地困难——这已经让'资本主义民主'这个概念变成了自相矛盾的说法。"蒂尔试图解释说，他并不想剥夺女性的投票权，相反，他想找到一种能绕开民主的道路，因为民主与自由格格不入。他长期致力于给政治议题捐款。2009 年，他资助了詹姆斯·奥基夫，后者的卧底录像后来让 ACORN 关门大吉。2011 年和 2012 年，他向罗恩·保罗 ❶ 的超级政治行动委员会捐赠两百六十万美元，向支持自由市场的增长俱乐部捐赠一百万美元，同时还为同性恋保守组织 GOPround 组织筹款活动，邀请安·库尔特 ❷ 作为主讲人。然而他越来越想摆脱政治，因为对实现变革来说，政治的效率太低了。他仍然致力于青少年时代的信仰，但美国人不会投票支持自由意志主义者。

另一方面，技术可以不经任何人的许可就改变世界。在同一篇文章中，他写道：

> 在我们这个时代，自由意志主义者的重大任务，是找到一种方法，去摆脱一切形式的政治——从极权主义和原教旨主义的灾难，到不经思考的民主党人领导的所谓"社会民主主义"……我们正处于政治与技术之间的致命竞赛中……我们世界的命运可能取决于一个人的努力，只要他能建立或推广一种自由的机制，让资本主义在这个世界上安全地存在。

蒂尔开始成为那个人。

硅谷一个下雨的春日早晨，蒂尔穿着风衣和牛仔裤，开着他那辆深蓝色的奔驰 SL500，在 101 号高速公路和海湾之间的工业园区里寻找一个地址。那是一家名为翠鸟分子（Halcyon Molecular）的公司，它想要治愈衰老。蒂尔是公司最大的投资者，也是公司董事会成员。他开车时没系好安全带。他在安全带问题上摇摆不定——赞成安全

---

❶　罗恩·保罗，共和党元老，曾任参议员和众议员，并三度参选总统。他对联邦政府的财政政策和大规模监视政策持批评态度，提倡限制政府和自由市场，被视为茶党的领袖之一。

❷　安·库尔特，美国保守主义媒体评论人。

带的论点认为安全带让你更安全，反对者则认为，如果你知道自己不那么安全，那么你开车就会更小心。实际上来说，如果你在系好安全带的同时小心驾驶，那是最安全的。他向左转弯，系好了安全带。

　　尽管在安全带问题上摇摆不定，蒂尔始终怀有三岁时听到死亡消息时的那种原始沮丧感。他拒绝服从他所谓的"每个人都无法避免死亡的意识形态"。他认为这是一个需要解决的问题，而且越早越好。在医学研究的现状下，他预计自己能活到一百二十岁——考虑到生命延伸的无限可能，这是一个令人遗憾的妥协。但是一百五十岁已经不是痴人说梦，永生也并非绝无可能。史蒂夫·乔布斯在生命的最后几年曾发表演讲，讲述死亡的前景如何成为他的动力，但蒂尔不这么认为。死亡，令人丧失动力。它最终会令人沮丧，让一切沾染绝望的语调，并给人们尝试实现的目标加上限制。如果能将每一天都活得像是生命将永远持续一样，那才更健康。永生会让人们更加善待彼此，因为他们将认为，自己会不断与对方重逢，直至永远。老歌《美国派》里有一句歌词："没有时间重新开始。"想到自己的衰老，就像想到美国的衰退一样——你会想生活在一个重新开始也永远不会太晚的地方。

　　2010 年，蒂尔的朋友和创始人基金的合伙人卢克·诺塞克向他介绍了一家生物技术初创公司。这家公司正在开发一种方法，能通过电子显微镜读取人类基因组的完整 DNA 序列，这将可能让医生迅速了解病人的基因组成，只需花费一千美元。翠鸟分子的工作有望在检测和逆转遗传疾病方面带来根本性的改善，蒂尔决定让创始人基金成为第一个外部投资人。他对电子显微镜 DNA 测序一无所知，但当时，翠鸟分子的年轻科学家也都没有掌握这种技术——没人掌握，这就是让蒂尔兴奋的原因。他注意到了他们的才华和热情，当他们要价五万美元时，他给了他们第一轮五十万美元的投资。

　　蒂尔终于找到了翠鸟的办公室，他停好车，快步走进去。走廊上，一排海报在诘问："我们是否还有更多时间？"一张未来主义图书馆的照片，上面是一个巨型金属书架笼子，标题是"世上已知有129 864 880本书。你读了几本？"会议室里正在举行一场全体会议：大约四十人，几乎全都是二十到三十多岁。他们轮流对团队的工作进展进行幻灯片演示，而翠鸟分子的创始人威廉姆·安德雷格时不时问一个问题。安德雷格二十八岁，身材瘦削，穿着工装裤和一件皱巴巴的粉色衬衫，扣子全部扣好，没有塞进裤子。有一天，当他还是亚利桑那大学生物化学系的本科生，他列出了一生中想做的所有事情，其中包括到访其他星系。突然间，他意识到自己不可能活那么久，他甚至连其中的一小部分都做不完。他萎靡不振了好几周，最后决定将"治愈衰老"放在清单首位。最初，他对使用这一词组十分谨慎，但蒂尔敦促他将它打造成公司传达的主要讯息：有些人可能认为这个念头很疯狂，但也有人会被它吸引。

会议上，蒂尔皱着眉头，抿着嘴唇，聚精会神地在黄色便签本上做笔记。"我知道这个问题很危险，但是，你预计最多或最少需要多长时间完成原型A？"

"夏初时能完成百分之五十。"站在显示屏前的科学家说。他手里拿着激光笔，头发和胡子看起来像是让一只猕猴剪出来的。"到夏末能完成百分之八十。"

"好极了。"

作为每周会议的一部分，几名工作人员作了自我介绍。威廉姆的弟弟、翠鸟的首席技术官迈克尔·安德雷格展示了一张幻灯片，列出了他的爱好和兴趣：

人体冷冻，如果其他手段全部失败的话

躲避球

自我提升

个人数字存档

通过人工智能或上传意识实现超级智能

　　在离开公司的路上，蒂尔提出了一些商业建议：到下周一，公司中的每个人都应该列出他们所认识的三个最聪明的人。"我们应该尽可能地通过现有的网络来建设。"他告诉众人。这就是他在贝宝曾做的。"我们建设这家公司时，必须假设它即将成为一家超级成功的公司。一旦抵达拐点，你就会面临超乎想象的招聘压力，到那时，招多少人都太晚了。"

　　生物学与计算相结合来延长寿命：这就是蒂尔投入精力和金钱去追求的那种激进未来。在政治与技术之间的致命竞赛中，他正在对机器人技术进行投资（机器人驾驶的汽车将消除交通拥堵，美国再也不必修建新的道路）。出售贝宝之后，蒂尔的老同事埃隆·马斯克成立了一家名为太空探索的公司，致力于开发平价的商业太空探索项目，而创始人基金成为第一个外部投资者，投资金额为两千万美元。蒂尔通过他的基金会资助了纳米技术的研究。他向玛土撒拉基金会捐赠三百五十万美元，该基金会的目标是扭转人类的衰老；他还支持一家名为"人性之上"的非营利组织，它致力于超人类主义——通过技术改造人类身体。当一位朋友告诉蒂尔，有一个电视真人秀正在展示如何通过整形手术、吸脂和牙齿增白等极端美容手段来改变丑女的生活，他顿时十分兴奋，想知道还有没有其他技术可以改变人体。

　　他是海上家园研究所最大的赞助人和董事会成员，这是一家自由意志主义的非营利组织，由米尔顿·弗里德曼的孙子、一名谷歌前工程师❶创立。海上家园是指在国际水域中的浮动平台上建立新的

---

❶　指帕特里·弗里德曼。他的祖父米尔顿·弗里德曼是美国著名经济学家，1976 年获诺贝尔经济学奖。

城市国家——那将是法律法规无法触及的社区。它的目标是创建更极简主义的政府形式，迫使现有制度在竞争压力下进行创新。（蒂尔已经相信，美国宪法是行不通的，必须予以废除。）

如果说存在一项突破性技术，那很可能就是人工智能。随着计算机获得自我完善的能力，它们最终将超越人类，并伴随不可预测的结果——这种情形被称为奇点。无论是好是坏，这都将极其重要。创始人基金向一家英国人工智能公司沉思科技（DeepMind Technologies）投资，蒂尔基金会每年还会向硅谷的一家智库奇点研究所（Singularity Institute）捐款二十五万美元。人工智能可以解决人类想都不敢想去解决的问题。奇点的概念如此怪异且难以具象，以至于很少被人注意，完全不受监管，这正是蒂尔喜欢聚焦的领域。

另一方面，他回避了那些能给在困境中挣扎的美国人提供最直接帮助的领域——食品和能源。这些领域的监管太多，过于政治化。如果说他的投资有某种不平等的意味，那么所有技术进步都有不平等的成分——你在做一件崭新的事情，而崭新的事物很少能同时传播给所有人。最明显的例子是延长寿命：最极端的不平等形式存在于生者和逝者之间。很难能比这更不平等了。第一个活到一百五十岁的人大概率会很富有——但是蒂尔相信，每一项技术突破最终都会改善大多数人的生活，而如果将它交给全民投票，这一切都不会发生。

翠鸟分子公司的科学家是来自研究型大学的难民，他们已经看破学术研究，坚信改变世界的最佳方法是创办一家公司——对蒂尔来说，这再理想不过了，他认为美国经济中最新的一轮泡沫就是教育。他将大学行政管理人员与次级抵押经纪人相提并论，并称深陷债务的毕业生是发达国家仅存的签了卖身契的工人，哪怕破产也无法重获自由。体制的自我满足和不思进取伴随着对进步的盲目信念，这在它对精英学位的态度上体现得最为明显：只要我的孩子进了正确的学校，就能继续向上流动。大学教育已经成了一份极其昂贵的保险，就像拥有枪支一样。"未来不过如此，但如果你有一栋房子、一把枪、一圈通电的栅栏和一个大学学位，那你就能游刃有余。如果你没有这些，那你就完蛋了。哪里出了问题？为什么会这样？如果所有争论都围绕着我们如何才能让所有人都拥有枪支，那我们可能忽略了犯罪问题。"在经济停滞之中，教育已成为一种地位博弈，它"纯粹关乎地位"，"彻底脱离了"对个人和社会究竟有什么好处的问题。

　　在硅谷，不必走远就可以找到证据。曾经作为加州骄傲的公立学校，如今在全国州立学校系统中排名 48 位，长期缺乏资金，深陷危机之中。私立学校已成为越来越多家庭的选择，但同时也出现了美国历史上的新鲜事物：私有化的公共教育。位于繁荣的硅谷城镇的学校开始依靠大规模的筹款来保持领先。伍德赛德的一所小学有四百七十个孩子，1983 年，第 13 号提案提出五年后，为了保证一个特殊教育教师的职位不会因预算削减而被砍掉，一家基金会开始为它提供资金，现在每年会捐助两百万美元。这所学校在每年的夜间大拍卖活动中能进账至少五十万美元。2011 年的主题是"摇滚明星"。父母身穿豹纹衬衫和紧身迷你裙，戴着刺脊乐队或蒂娜·透娜的假发，吃着"跳跃杰克闪电"烤腹肉牛排，伴随着 80 年代曲风乐队"臭名昭著"的歌跳舞❶，然后被拍卖师连哄带骗地为"棒极烤肉店！"和"撼动女神度假村"的门票竞标。参观拉里·埃里森家著名的日式花园——埃里森是甲骨文公司首席执行官，美国第三有钱的人，也是十年来薪酬最高的公司高管——被拍卖到了两万美元。一个在私人住宅中举办的美剧《广告狂人》主题十六人晚宴（"在香烟和美酒中，你尽情放纵，干一些会后悔的美事"），被一位房地产投资商及其妻子以

---

❶　刺脊乐队，美国电影《摇滚万万岁》（*This is Spinal Tap*）中虚拟的英国重金属乐队。蒂娜·透娜，美国歌手，获得无数业内奖项，被称为摇滚女王。《跳跃杰克闪电》（"Jumpin' Jack Flash"）是滚石乐队 1968 年发布的单曲。臭名昭著乐队是加州本土表演乐队。

四万三千美元拍到了手。

而在几英里外的东帕洛阿尔托，小学没有基金会资助，长期缺乏教科书和教室用品。加州的公立学校仍将持续沉沦。

大学也是如此。世界一流的加州大学系统在四年内被削减了近十亿美元的预算，削减比例超过百分之二十五；2012 年，它又面临数十亿美元的预算削减，已经濒临崩溃。同一年，斯坦福大学宣布，在金融危机和经济衰退期间，它在一场五年计划资金筹措活动中募集了六十二亿美元，这是高等教育历史上的最高筹款数额。在硅谷蓬勃发展的同时，斯坦福大学建了新的医学院、商学院、工程中心、设计学院、跨学科法学大楼、环境和能源大楼、纳米研究和技术中心、认知和神经生物学成像大楼、生物工程学中心、汽车创新设施和音乐厅。这所大学催生了五千多家公司，注册了八千项发明，带来十三亿美元的专利使用费。那些在 70 年代还是空地的校园区域，现在看起来像是闪闪发光的奥兹国奇景。

在蒂尔看来，在一个阶级分层的社会中，这种对教育的疯狂追求是机制失效的另一个迹象。他对斯坦福大学评价颇高，曾在那里学习七年，现在偶尔教授课程。但是，大学似乎与硅谷奇怪地分隔开了——新公司是由学生而非教授创立的，而教授越来越专注于艰深难懂的领域。他不喜欢利用大学来寻找学术焦点的想法。选择人文学科作为专业在他看来格外不明智，因为这通常会指向预设的选择，那就是法学院。学术研究也令人疑虑——谨慎而狭窄，推动它的是争夺基本势力的争斗，而不是对突破的追求。最重要的是，大学教育并不会教创业。

蒂尔考虑过创办自己的大学，但他得出的结论是，要想让家长不在乎斯坦福大学和常青藤的名声，那实在太困难。后来，在一次从纽约回旧金山的航班上，他和卢克·诺塞克想出了一个主意：向有才华的年轻人提供资助，好让他们离开大学，创办自己的科技公司。

蒂尔喜欢快速行动、引人注目（他每隔一段时间就会这么做一回）。第二天，在旧金山的年度会议 Tech Crunch 上，他宣布了"蒂尔奖学金"项目：挑选二十名怀有能让世界变得更好的创业理念的年轻人，为每人提供十万美元、持续两年的资助。批评家指责他腐化年轻人，令他们追逐财富，却在教育上抄近道。蒂尔则指出，奖学金获得者可以在奖学金期满后重返学校。但很大程度上，他的计划确实是捅了顶尖大学一刀，试图偷走它们最好的学生。

蒂尔离开这家生物技术初创公司，开车沿半岛向北，来到克莱瑞姆在旧金山的办公室。他接下来安排了一轮面试；最开始有六百人申请他的奖学金，五十人进入最终轮，这一天他将面试其中几人。第一位坐到深色会议桌旁的候选人是来自西雅图周边的美籍华裔研究生，名叫安德鲁·许。他是个十九岁的神童，仍然戴着牙套。他五岁时就开始解决简单的代数问题。十一岁时，他和哥哥共同创立一个名叫"世界儿童组织"的非营利机构，为亚洲国家的孩子提供教科书和疫苗。十二岁时，他进入华盛顿大学。十九岁时，作为斯坦福大学神经科学系的四年级博士候选人，他决定放弃学业，创立一家公司，根据最新的神经科学研究制作教育视频游戏。"我的核心目标是同时扰乱教育和游戏领域。"他的话听起来跟彼得·蒂尔一模一样。

蒂尔表示担心这家公司会吸引那些有着非营利态度的人，他们会觉得："问题不是赚钱，我们在做好事，所以我们不必努力工作。顺便说一句，我认为这在清洁科技领域已经成了一种流行病，它吸引很多非常有才华的人，他们相信自己正在使世界变得更加美好。"

"他们工作不怎么努力吗？"许问。

"你有没有考虑过如何解决这个问题？"

"所以你是想说，仅仅因为公司涉猎教育，这就可能成为一个问题？"

"没错,"蒂尔说,"对于投资这类公司,我们主要的问题是,你最后会吸引到一些不想努力工作的人。这也是我认为它们为什么至今都行不通的深层原因。"

许抓住了蒂尔的游移:"可是,这是一家游戏公司。我不会叫它教育初创公司。我会说这是一个游戏初创公司。我想吸引的是硬核游戏工程师。所以我不认为这些人在工作上会懈怠。"

许将获得蒂尔奖学金。还有一个来自明尼苏达州的斯坦福大二学生,他自九岁起就一直痴迷于能源和水的匮乏问题,还试图建造世上第一台永动机。"在失败了两年后,我意识到,即使解决了永动机问题,我们也不会使用它,因为它太昂贵了,"他告诉蒂尔,"太阳是永生的能量来源,但我们没有充分利用它。因此,我开始沉迷于降低成本。"

他十七岁时学到了光电定日镜,又叫太阳能跟踪器,即"将日光定向到一点的双重存取跟踪镜"。如果他能发明一种足够便宜、利用定日镜产生热量的方法,那么太阳能就可以在经济上与煤炭竞争。在斯坦福大学,他创办一家公司来解决这个问题,但是学校拒绝将他在该项目上的工作时间折算成学分。因此,他选择休学,并申请蒂尔奖学金。

"我觉得这是我能从斯坦福学到最好的东西,"他说,"我住在这个叫作黑匣子的创业者之家,离校园大约十二分钟。那可真是开心极了,因为它离我们的办公室非常近,还有热水浴缸和游泳池,然后我周末还能去斯坦福见见朋友。你能获得最好的社交,同时还能从根本上为自己热爱的事情工作。"

紧随其后的是一对斯坦福大学新生,一个是名叫史丹利·唐的创业者,另一个是名叫托马斯·施密特的程序员,他们想做一个名为"四方群众"的手机应用程序,它可以让你在地图上实时定位最亲密的朋友。"它能让你拿出手机就知道朋友此刻在哪儿,无论他们在图书馆还是在健身房。"来自香港的唐说。他已经出版了一本书，名为《电子百万：十四个成功的互联网百万富翁的幕后故事》。"每个周五晚上，我都会去参加派对，不知怎么的，你会在人群里跟朋友走失——人们会分散到不同的派对上去。我总是得发短信给他们：'你在哪儿呢，你在干什么，你在哪一场派对上？'我必须跟十个朋友发这种短信，这就像一个巨大的痛点，而且确实让人很困扰；因此我认为，我们正在解决自己亲身经历过的痛点，也许是大多数大学生都经历过的。"

同样来自明尼苏达州的施密特解释了这个应用程序的名称。"在七八十年代，在 Facebook 之前，在互联网出现之前，斯坦福里的四方中心是休闲的地方，人们会在那里放松，跟朋友聊天。现在，除了游客还会去，四方中心已经完全荒废，人们只会骑车穿过。所以我们觉得这很蠢，这毁掉了社交互动。世上有很多很酷的人，而你没有那么多机会去认识那么多人。"

唐被问到四方群众将如何改变世界。"我们正在重新定义大学生活，我们正在让人们连接起来，"他说，"当它延伸到大学生活之外，我们实际上就能重新定义社会生活。我们想如此看待自己：我们正在弥合数字世界与物理世界之间的鸿沟。"

蒂尔对此表示怀疑。听起来，好像有太多其他创业公司希望在 Facebook 和 Foursquare❶ 之间找到狭窄的空地。当然，这不会使美国摆脱科技增速放缓的局面。四方群众的候选人没能获得蒂尔奖学金。

那天晚上，蒂尔在玛里纳的宅邸举办了一次小型晚宴。在这里，

❶ Foursquare 是一款 2009 年上线的美国社交网络服务，用户可分享地理位置，对具体地点进行记录和点评。

只有一个棋盘和一个摆满科幻小说与哲学著作的书柜暗示着主人的身份。优雅的金发助手身穿黑色制服，满上酒杯，招呼客人享用晚餐。餐桌上的每个位置都摆着一份菜单，上面写着三道菜，包括水煮野生鲑鱼配烤芦笋、小葱和黑米，配青柠味的拉维戈特酱，或是煎甜辣椒玉米糊配炒冬菇，炖羽衣甘蓝，焦糖甜洋葱，还有法式尼斯橄榄泥。

　　在这场点着蜡烛的正式晚宴上，蒂尔的客人就像他们的主人一样看起来格格不入。戴维·萨克斯在这里，他是蒂尔在斯坦福和贝宝的朋友，《多样性神话》的合著者，也是组织内部社交网络平台Yammer的创始人。还有卢克·诺塞克，另一名贝宝帮成员，也是创始人基金的生物技术专家——他还是阿尔科生命延续基金（Alcor Life Extension Foundation）的成员，那是一家致力于人体冷冻技术的非营利机构；他已经签署协议，在他正式去世后，会将身体充满液氮，如此一来，待将来发明了新技术，就可以将它恢复到完全健康的状态。还有人工智能研究者埃利泽·尤德考斯基，他与人共同创立了奇点研究所；他只上到八年级，自学成才，写过一本长达千页的网络同人小说《哈利·波特与理性之道》。这本小说改写了原著，试图通过科学方法解释哈利的巫术故事。还有海上家园研究所的创始人帕特里·弗里德曼。他是一个矮小的男人，留着黑色短发和细细的胡须，衣着就像拉斯柯尔尼科夫 ❶ 一样滑稽古怪。他住在山景城的一个"理念社区" ❷，自认为是自由性爱和自由意志主义者，并经常就此发表博客和推文："多元关系与有竞争的政府之间的相似之处：更多选择及竞争会带来更多挑战、改变和成长。生存下来的将会更强大。"

---

❶ 陀思妥耶夫斯基的小说《罪与罚》的主人公。
❷ 理念社区（intentional community），人们基于同一种意识理念而共同生活的社区聚落形式，社区居民通常拥有相似的价值观。

晚宴上，诺塞克说，世界上最好的企业家是那些抓住一个理念、为之奉献生命的人。创始人基金会支持这些有远见的人，让他们管理自己的公司，保护他们免受其他风险资本家的干预，因为那些风险资本家倾向于用乏味的高管来取代他们。

蒂尔接过话头。他说，在美国，雄心勃勃的年轻人会去四个地方：纽约、华盛顿、洛杉矶和硅谷。前三个已经疲惫透顶，被榨干了。金融危机后，华尔街失去了吸引力；奥巴马总统任期内，华盛顿洋溢的兴奋已经结束；好莱坞多年前就不再是文化圣地。只有硅谷仍然吸引着有梦想的年轻人。

诺塞克回忆说，他在伊利诺伊州上高中时，有一门英语课没及格，因为老师说他不会写东西。如果当时存在像蒂尔奖学金这样的项目，那么他和其他像他这样的人本可以避免许多痛苦。太多有天赋的人上完了大学和研究生院，却没有对未来的计划。蒂尔奖学金将找到这些人才，在他们可能迷失方向或被建制吞噬之前，帮助他们成为企业家。

蒂尔说，教育就像一场"锦标赛"，由一系列困难的竞争阶段组成。"你一直试图成为第一名。大学的问题在于，当你发现自己不再是第一名的时候，它会对你的自信心造成什么样的影响。"

桌子上有酒，但是客人喝酒很少，讲话很多。整个用餐过程中，两个主题保持不变：企业家的优越性和高等教育的毫无价值。9 点 45 分，蒂尔突然把椅子往后一推。

"大多数晚餐要么就是持续时间太久，要么就是持续得不够久。"他说。

他的客人走出房子，踏入凉爽的旧金山之夜。美术宫灯火通明，圆顶映在池水中。向南三十英里，硅谷的实验室亮着日光灯。向东三十英里，人们正艰难度日。蒂尔回到楼上，独自一人，开始回复电子邮件。

杰夫·康诺顿

　　康诺顿搬到了萨凡纳。他想回到南方生活,离海近一点,于是他买了一栋带塔楼的三层房子,是19世纪晚期维多利亚风格,面积是他在乔治城房子的两倍,价格却只有一半。房子附近有许多漂亮的小广场,上面种着橡树和铁兰。

　　在古朴的时尚气息之下,萨凡纳只是另一个遭受经济危机重创的城市。在他附近的街区,有一栋面积为一万平方英尺的房屋前竖着出售的牌子,标价从三百五十万美元降到一百五十万美元。那个带人参观萨凡纳历史街区的导游是个失业的抵押贷款银行家。康诺顿搬来这里不久,他的邻居邀请他参加每月一次的聚餐,当月的组织者六十多岁,看起来很富裕,拥有一些房产。一周后,他听说那人自杀了——谣言说,他在房地产上投入得太多了。

　　康诺顿每周在当地法律服务办公室提供一次志愿服务。他收养了一只流浪犬,是中国松狮犬和金毛寻回犬的混血,他给她起名叫内莉。她的过去太过悲惨,精神状态糟糕,还有严重的犬恶丝虫病。经过一轮注射治疗,他把她带回家,给她服用抗生素。一天晚上,内莉每秒的呼吸速度达到了三到四次,他整晚躺在她的窝旁,好让她安心。她在室内度过十天的康复期,然后他开始带她去附近的公园散步。几周后，内莉适应下来，成了他身旁的稳定伴侣。

过去在华盛顿时，康诺顿每个星期天早上都会像这座城市里的每个人一样，在电视脱口秀节目之间切换，同时在广告时间阅读《纽约时报》和《华盛顿邮报》。备受瞩目的主持人和嘉宾之间的礼节性交流成为华盛顿每周必不可少的话题。在萨凡纳，这看起来荒谬透顶。除了他在华盛顿最亲密的朋友之外，所有其他人都不见踪影，仿佛他已经搬到地球的另一头。只要他有钱，就很容易让自己免受这个国家的问题困扰——放弃改变华盛顿，享受远离尘世的生活，不必理会美国正步入长期衰退的事实。他能感受到这种诱惑。然而还有另一种诱惑——公共服务之痒，拜登之痒。它仍然存在。时不时会有人向他发来试探：白宫有一个空缺，或是一份不错的非营利工作。每一次他都拒绝了。

他想烧掉自己的船，如此一来，他就永远无法屈服，无法再度起航，回归自己过去的生活。他每天早晨都在写一本书，关于他在华盛顿的那些年里发生了什么，内莉就躺在他的脚边。这本书的题目将会是《回报：为何华尔街总是赢家》(The Payoff: Why Wall Street Always Wins)。它会说出一切。

坦帕

8月底，共和党与飓风"艾萨克"在坦帕汇合；大会的第一天因飓风取消。最后一个小时，风暴转向墨西哥湾以西，坦帕下了暴雨，但毫发无损。与此同时，五万名共和党人、媒体成员、抗议者、安保人员和寻求刺激的人直抵坦帕市区。迎宾委员会让这座城市做好了准备：限制人们进入新河滨步道，安排车辆绕行会议大厅，黑色铁链围栏、混凝土路障和希尔斯伯勒县的垃圾车填满市中心的街道。当地人离开了城镇，或是躲得远远的；在取消会议的周一，市区的办公大楼和地面停车场几乎空无一人。尽管汽车交通减少，这座城市看上去比以往任何时候都更不像简·雅各布斯的天堂：人行道比平时更加冷清，街道上只有警卫人员的眼睛聚集在每个路口：骑着黑色摩托车的坦帕警察，来自佛罗里达州各县的治安官代表，州警，带着军事疲劳的国民警卫队，私人租赁警察，身穿 XXL 白色 T 恤衫的黑人临时雇员——T 恤上写着"工作人员"，没有进一步解释。武装小艇在希尔斯伯勒河上巡逻，直升机在头顶数百英尺持续发出嘈杂声响。所有公共垃圾桶都不见了。坦帕前所未有地安全，也前所未有地死气沉沉。

2008 年在明尼阿波利斯举行的共和党大会上发生了暴力事件，

此后又是"占领华尔街"运动以及它带来的余震和不祥之兆。有传言说，2012年的坦帕将会重演1968年芝加哥的历史 **❶**，这座城市为骚乱做好了准备。大会召开前几天，马特·韦德纳的博客在修辞上达到了新的顶峰：

> ……你真的很难预料，自己的城市会变成一个戒备森严的战区，除非你就身处其中。开车去上班时，我意识到，我正身处坦帕/圣彼得斯堡的共和党全国大会的归零地……难道说，这个失败的民主体制已经沦落至此？距我办公室几步之遥的圣彼得斯堡警察局大楼正在变成一座掩体，但真正吸引眼球、令人心寒的，是那一排又一排、绵延数十英里的水泥路障和围栏。这真是我们国家政治一个令人不安的注脚：我们花费如此之大的力气，只为了把统治阶级与农民及无产者隔离开。

韦德纳的激进主义在美国政治中找不到自然的投靠。尽管他坚信要在全球范围内大规模减债，但他对自由意志主义的信仰足以让他成为罗恩·保罗的支持者。当保罗的代表被禁止将他们自己的标语牌带进坦帕的会议厅，当他的二十名缅因州代表被剥夺资格，当保罗本人不被允许发言，因为他不肯为提名候选人背书，当了一辈子共和党的韦德纳宣布，他将不再是这个党的成员。**❷** 不过，他不会成为民主党人——奥巴马的政党，"计划经济的首脑"——"因此，我选择将我的党派归属更改为无党派！"他敦促读者也这样做。然后，

---

❶ 1968年，民主党全国大会在芝加哥举行，反对越战的抗议者聚集在芝加哥进行大规模集会示威，遭到警方暴力镇压。

❷ 共和党元老罗恩·保罗在2012年共和党党内初选中一度领先，后因支持率下降和竞选资金不足而停止竞选活动。保罗拒绝在2012年共和党全国大会上发言，因为大会要求他为党内提名候选人罗姆尼背书。大会采取的规则令保罗的一部分支持者无法入场，许多支持者也退场表示抗议。

韦德纳带着他的新婚妻子和他们四周大的婴儿开车离开战区，来到佛罗里达州的乡村。在那里，他等待着这场"无疑会非常有趣的奇观"结束。

迈克·凡·西克勒正在为《圣彼得斯堡时报》报道大会，这家报纸在这一年刚刚更名为《坦帕湾时报》。他的任务是佛罗里达代表团。佛罗里达州共和党受到了全国大会的处罚，因为它在初选时间表上抢跑了 ❶；作为处罚的一部分，佛罗里达州代表被放逐到棕榈港的因尼斯布鲁克高尔夫温泉度假酒店，距离会议中心有一个小时车程。一天晚上，由于巴士拥堵和交通故障，与会代表凌晨 3 点才回到房间。凡·西克勒写了一篇反讽的文章，想象如果坦帕湾像夏洛特一样有通勤铁路，事情是否会有所不同——民主党大会下周就会在夏洛特召开。

大会结束后，凡·西克勒将加入报纸的塔拉哈西分部；在那里，他的任务包括报道州长里克·斯科特。他过去的职业生涯都在报道市政厅和县级委员会，进行所有权调查，描绘止赎房屋分布地图；这些工作没有传播策略顾问，也没有媒体聚焦的猛烈批评，有的只是被掩埋的愚蠢和腐败，他和其他记者一样知道该如何挖掘这些事实。此前，他从未报道过真正的政治活动，他对这一任务爱得要命，肾上腺素和恐惧一同飙升，试图摸索该问什么问题。

比如，他应该问斯科特州长的母亲什么问题？大会的第二天晚上，她穿着蓬松的黑色裙子和碎花上衣，与佛罗里达州代表一起坐在讲台正对面，听《北国风云》的演员简宁·特纳讲话（她染了金发，

---

❶ 最先投票的州先出结果，往往会对选民决定和选情走势产生重要影响，因此吸引大量关注。在 2012 年美国总统选举的共和党党内初选中，包括佛罗里达在内的多个州将初选时间提前，违反共和党全国大会的规定。作为处罚，佛罗里达州失去一半的代表席位。

就像在场的大部分女人一样），等待提名候选人❶的妻子发言。他应该向斯科特太太抛出一个难以回答的问题吗？那又有什么意义呢？这么做也不太可能获得什么新闻。她甚至可能不会回答他。他决定还是让她听演讲好了。

凡·西克勒担心自己没有大联盟比赛般的速度和娴熟。他知道自己将不得不与里克·斯科特过招，得注意话语中的微言大义，在州长关于本州的致辞之后扮演夸张的批评者，与州长的手下进行交易，好能保留这场游戏中的位置，保证别人会回自己的电话。政治在最高层正是如此被掩盖的，而这对他来说并不自然。他在公众的世界中表现得更好——他能靠自己挖掘的事实让他们向他坦白。凡·西克勒的长处在于发掘事实，因此他决定，在职业生涯的新阶段也尽可能坚持这么做。

大会是在坦帕举行的，但是在大厅里，很少能听到有人提及止赎危机、幽灵小区、机器人签名、抵押贷款欺诈、破产或无家可归。没有一个演讲者提到华尔街、出贷方、开发商和地方官员如何为大灾难的发生创造了条件，而这场灾难至今仍未从坦帕湾消退。没有人为乌莎·帕特尔、迈克·罗斯、已故的杰克·哈默斯玛或哈兹尔一家发声。相反，声名显赫的共和党人接连登上讲台，为成功的企业主和冒险的投资者大唱赞歌。

共和党人对他们的提名候选人没有任何感觉。他们选择了他，就像民主党人曾经选择约翰·克里一样，是因为他们希望其他人比他们更喜欢他。排在选票最前面的人无法减轻他们的狂热，他们仇恨现任总统和他的美国，并选择将这种尖锐的仇恨当作一桩神圣的事情，而这种选择里没有爱戴的成分；自 2009 年以来，这种仇恨就

---

❶　即 2012 年共和党总统候选人米特·罗姆尼。

在为共和党草根注入活力。在这冷冰冰的会议厅里找不到共和党式的狂热；只有忠诚的代表和有正确证件的访客才能进入此地，他们坐着巴士，穿过一条堵塞的单行道来到这里，步行穿过仅有一个的检查站，穿着亮红色连衣裙和高跟鞋穿梭于水泥路障之间；他们在黑暗中走在跨城高速公路下，四处寻找一家能买到瓶装水的商店，直到运动外套的肋下被汗水打湿。

在纽特·金里奇首次参加国会选举四十年后，他来到坦帕，摆姿势与妻子卡莉丝塔合照，西装外套的纽扣系得端正，彰显了他的庞大身形。他在自己的软件"纽特大学"上每天发表两个小时的讲话，日日如此，包括大会取消的那天。这些演讲在坦帕西岸温德姆酒店的皇家棕榈宴会厅举行，主题是美国能源的未来，讲给任何愿意听的人。早安乔❶听了几分钟，然后在走廊上跟金里奇上演了一场脱口秀。每个人都知道金里奇和提名候选人互相瞧不起对方。早安乔问，纽特为什么会来到坦帕以示支持？"您如何避免让个人感情介入？"

"我们有一个首要共识，那就是不管怎样，我们都是美国人，"金里奇说，"这就是我们如此强大的原因，因为我们可以用阿道夫·希特勒、东条英机或赫鲁晓夫无法实现的方式团结起来。"他给自己的主题暖好了场——公民团结高于政治。他微笑着，那笑容让他看起来像是一个自鸣得意的男孩，认为自己刚刚给出了正确答案。"我认为，我能参与竞选是一件了不起的事情。我能来到你的节目是一件了不起的事情。我非常热爱做一名公民。"

早安乔与金里奇开了些玩笑，对他表示感谢，然后匆匆离开宾馆。金里奇转向法国电视台的摄影机，被要求说出投票给提名候选人的理由。金里奇收起微笑，他的脸垂了下去，嘴角向下弯成一道深槽；

---

❶　指前共和党众议员乔·斯卡伯勒，他在 NBC 新闻台主持晨间新闻脱口秀节目《早安乔》（ Morning Joe ）。

在白发头盔下，他眯起眼睛，露出冷峻的、毫无笑意的凝视。"奥巴马代表的价值观从根本上来说是极端的，那将会改变美国。"金里奇不假思索地迅速回答。他已经回答了成千上万遍，无法知道究竟是否出于真心，不知道这话是否比他说"我们都是美国人"时更真实，也不知道他是否意识到这里面的矛盾之处；但这无关紧要，因为他已经准备回到皇家棕榈大厅，在那里进行更多演讲。他总是有更多的话要讲，因为停止讲话就等于死亡。

金里奇是凯伦·贾洛赫景仰的英雄之一。在她的首选赫尔曼·凯恩❶退选后（她曾在他手下担任县主席），她在佛罗里达州初选中支持金里奇。在大会召开那周的一个晚上，她参加了坦帕剧院举行的信仰与自由集会，听了金里奇和她的其他英雄的讲话，其中包括菲利斯·施拉弗里❷，她今年八十八岁了，但看上去仍然像是 1964 年为戈德华特竞选总统时那个富有煽动力的家庭主妇（凯伦·贾洛赫也是如此）。凯伦平静地接受了她的党在 2012 年提名的候选人——"只要不是奥巴马，谁上都行"——但她对共和党大会本身不太关心，正是这种圈内建制活动让她一生大部分时间都远离政治。从某种意义上说，凯伦不需要在那里，因为在坦帕，边缘人群已经成功抵达议会、讲台和各种平台。甚至有一块标语牌在谴责《21 世纪议程》，这份已经发布二十年的联合国决议一直令铁路反对者心烦意乱。

凯伦正在全职做一份新工作。这一年年初，她成为希尔斯伯勒县美国荣昌组织的现场主管，那是一家由亿万富翁科赫兄弟资助的

---

❶ 赫尔曼·凯恩，来自佐治亚州的黑人茶党活动家，短暂参与 2012 年总统大选的共和党党内初选，后因受到性骚扰指控而退选。

❷ 菲利斯·施拉弗里，美国律师，著名保守派人士，积极参与和领导反女权、反堕胎、反同性婚姻等保守主义运动，自 1952 年开始参加每一届共和党全国大会。1964 年，她带着自己的书《选择而非回声》（*A Choice Not An Echo*）来到共和党大会上，支持保守派候选人巴里·戈德华特作为共和党提名人竞选总统。

组织，鼓吹自由企业。大会召开前一周，她在北坦帕的一家小型购物中心开设现场办公室，就在一家塞尔维亚按摩理疗室隔壁，一家房地产公司的楼下。凯伦拨出了数千个"议题"电话，试图找出潜在的支持者，并鼓励他们访问这家组织的网站。办公室周围是空荡荡的办公桌，等待着电话、电脑和志愿者。一天晚上，一群人前来观看放映《谁是约翰·加尔特》(Who Is John Galt?)，那是由安·兰德的作品《阿特拉斯耸耸肩》改编的电影的第二部分。贾洛赫没读过那部小说——她不是个爱读书的人——但她完全同意它的主题。她找到了自己的人生目的；现在，她加入了一个资金无穷无尽的全国组织，带着信徒般不可撼动的精力投入其中，世界观不受任何论点或事实的干扰。在政治立场之下，她有一种基本的直觉，那就是她和丈夫一直兢兢业业、循规蹈矩，从来没有投机取巧或伸手求援。

这份工作是凯伦多年来的第一份工作，尽管她在开始坦帕"9·12"项目时曾誓言决不投身政治，但她的家庭需要薪水。不过，就算没有薪水，她也会去做。

"我的心在那里。"

哈兹尔一家花了一点时间观看大会，但还不如他们观看音乐视频"我很性感我知道"的时间多（那是电音二人组"笑掉屁股"的作品，布伦特和丹妮尔会边看边在起居室跳舞），不如罗纳尔花在用租来的笔记本电脑参加迪士尼乐园竞赛和现金抽奖上的时间多，也不如丹尼花在网上玩《英雄联盟》30级排位赛的时间多。

丹尼和罗纳尔并非对政治不感兴趣。他们比以往更多地思考和谈论政治。沃尔玛的工作会将它推到你面前。丹尼的时薪只有八点五美元——工作两年后的时薪是八点六美元——而且他讨厌这份工作。他讨厌经理的傲慢态度，讨厌他们将过期土豆和洋葱推到箱子后面，讨厌顾客在他补充库存时打扰他、问他那该死的香蕉在哪儿，讨厌他被称为"合伙人"而不是旧式的"雇员",讨厌这家店每个月花三万美元租来、停在店外阻吓小偷的假坦帕警车。休息时,丹尼会走进停车场,穿着卡其布制服和蓝色衬衫,站在那儿抽305香烟——他在沃尔玛工作时养成了这个习惯——怀念自己以前的焊接工作。他喜欢肮脏的工作,在那里,你能做出点东西来,能有成就感。他是个蓝领,如果能以某种方式获得贷款、开办自己的焊接公司,他会觉得自己像个国王,但这不可能发生。他读到过,有百分之四十七的美国人极其贫困,连所得税也付不起。百分之四十七!这是怎么发生的?贪婪。只是大公司的贪婪罢了。有时,他认为摆脱金钱会更好:回到以物易物的方式,用小麦换取牛奶和鸡蛋。这就是丹尼,一个小角色,举着重物,还在帮助顾客——劳动市场的主心骨——一年只能赚一万美元,而那个坐在桌子后面什么也不干,只是盯着小角色工作的家伙,却能赚八九百万。这怎么能叫公平呢?富者愈富,穷者愈穷。你永远无法赶超。你只能适应——这就是生活。到此时,他工作只是为了孩子,希望他们能过得好一些。

丹尼唯一尊敬的富人是比尔·盖茨,因为他正直地赚钱,然后把钱花在拯救第三世界国家上。山姆·沃尔顿曾经看起来相当体面,但是他去世后,他的孩子变得贪婪。罗纳尔想与沃伦·巴菲特、奥普拉和米歇尔·奥巴马握手;她觉得米歇尔很真诚,会与孩子一起跳绳,还让他们吃得健康。罗纳尔喜欢看《秘密百万富翁》(*Secret Millionaire*),在这个节目里,每周都有一个有钱人必须像穷人一样生活,而在节目结束时,他的内心会受到触动,为一家慈善机构捐出几十万美元。不过,她对其他一切背后的贪婪也有令人不安的观察:"在一切美好的事物背后总是有着恐怖的噩梦,它日渐膨胀,如同一朵乌云,消耗着一切,实实在在地夺去人们的生活。"

尽管如此,罗纳尔还是在沃尔玛购买所有东西,因为没人能打败它们的价格。肉类除外,因为丹尼和丹尼斯告诉她,他们会将食物架放在冷藏柜外面几个小时。但是其他的一切都在这里买。你不得不投降。丹尼开始认为，沃尔玛和石油巨头控制了整个世界；当全家人去购物时，他会留在车里。

然后，大会召开前不久的一个早晨，他在休息时间告诉了一些同事，他有多么痛恨这份工作。这话传到他的经理耳中，经理在农产品柜台前跟他对质，在顾客面前羞辱了他。第二天，丹尼醒来时，经理的话仍在耳边灼烧；他受不了了，虚弱的骄傲被点燃，他没去上班。结果，他们又回到了起点。

大会的最后一天，丹尼、罗纳尔、丹尼斯、布伦特和丹妮尔坐在起居室里。电视放着 HGTV 家居频道。布伦特的头发剪短了——他上了九年级，加入了后备役军官训练团❶。丹妮尔在电脑旁做家庭作业。哈兹尔一家一直没能让她进入一所体面的中学，因此她注册了希尔斯伯勒网校读六年级（这个安排一直进行得不错，直到他们付不起网费，网络被掐断）。丹尼喝着无糖百事可乐，辅导丹妮尔完成她的作业。他已经开始后悔自己一时冲动丢了工作。

罗纳尔仍在对提名候选人妻子❷的讲话愤愤不平。"全是甜言蜜语，真不明白他们怎么会看不出来这都是假的。'我有乳腺癌，我有多发性硬化症'——可是他们想抹消计划生育协会❸。它原本能给无法负担乳房 X 光片、子宫颈抹片检查和癌症预防的妇女提供帮助。如果一名妇女被诊断出患有乳腺癌，却拿不到这笔钱，她该怎么办？"

丹尼说："我对所有事情的看法就是——如果想改变这个国家，你就得选一个从来没有从过政的人进办公室。选一个像我这样普普通通的老家伙，一个经历过生活的人，一个除了经历生活什么也没

---

❶ 美国联邦政府资助的高中生军事培训项目，常作为公立学校的选修课。

❷ 指米特·罗姆尼的妻子安·罗姆尼，她 1998 年被诊断患有多发性硬化症，2008 年被诊断患有乳腺癌，均成功治愈。

❸ 计划生育协会（Planned Parenthood），提供避孕、堕胎和生殖健康服务的美国非政府组织，自 1970 年以来受到联邦政府资助。部分保守派一直在推动政府减少或取消资助。

做过的人，"他喝了一口百事可乐，"我们在艰难度日，但我们没有挨饿。谈不上什么生活，但至少头上还有屋顶。"

　　"这是自由的代价，"丹尼斯说，"我有家可回，有床可睡，有东西吃，有可乐喝，也可以喝茶——我挺好的。跟所有人一样，我希望我能拥有更多，但只要世界按照自己的方式运转，人们做出自己的决定，那就永远不可能是完美的。"

　　那是 8 月的倒数第二天。共和党人在十五分钟车程之外开着一场耗费一亿两千三百万美元的大会，而哈兹尔一家在付清所有账单之后，要靠仅剩的五美元撑到 9 月 1 日。

塔米·托马斯

2012 年春季的一天，塔米把钱包留在庞蒂亚克里，走到陶德巷上那栋砖房的宽阔大门前。她找不到街道地址，也不知道前窗下面的玫瑰花园去哪儿了；但这就是那栋房子，右边是那个弧形露台，还有那棵树——她曾因爬那棵树而被打了屁股。狗已经吠叫起来，她才鼓起勇气敲门。门开了，一个头发花白的矮个白人女性出现了。

"什么事？"那个女人弯着腿，穿着运动裤和汗衫，上面写着"健身"。

"嗨！"塔米站在门前台阶下面的圆形车道上，"我知道您可能在想，这位女士为什么站在我的车道上？"

女人回头把吠叫的狗赶走，然后回到门前。

塔米说："我可以上来跟您握手吗？"

"嗯……嗯。"

塔米走近，那女人小心地握住了她的手。

"我叫塔米·托马斯，我想告诉你，过去住在这座房子里的那位女士——"

"珀内尔？"

"珀内尔小姐。我的曾曾祖母曾经为她工作，珀内尔小姐——我很模糊地记得她——她去世后，我们其实还在这里住了一段时间。"

"好吧。嗯……"

"我对这栋房子有很多鲜活的回忆，"塔米的声音越来越沉重，"我一直在想，它们究竟只是回忆，还是真的？"她提到了玫瑰花园和弧形露台，楼上的宴会厅，大楼梯，还有莱娜小姐那长长的浴室，里面贴着金色瓷砖，还有站立式淋浴间。"我从这里开始上幼儿园，"塔米说，"我甚至不知道还能说些什么。"

这位女士确认，所有的回忆都是真实的，但塔米眼睛和声音中的情感令她说出了这句话："你可以进来看看。我正在重新装修。"

塔米走了进去。宏伟的大楼梯就在眼前——只是一条铺着破旧地毯的楼梯罢了。她学会了骑自行车的休息室和起居室看起来比她记忆中要小得多。实木地板仍有相同的图案，但是光泽已不复存在，到处都是划伤。餐厅地板上的蜂鸣器不见了。

女人的名字是特珀太太。这栋房子在 1976 年花了二十万美元建起，但现在的价值还不及此。她的丈夫曾经是帕卡德电气的高管，但是他已经去世很久，她的孩子们也搬出去了。她解释说自己独自生活，正专注于某项工作，所以房子才如此破败。"就像我说的，我不会再在这里待很久了，原来的地毯都没换，因为我养了狗。现在所有的新地毯背面都很粗糙，会破坏地板，弄坏所有东西。地毯必须得有软的底面才行。就算你走路很轻也不行。"

特珀太太刚上完芭蕾舞课回来。她在这个年纪仍会跳芭蕾，但随着年纪渐长，膝盖开始出问题，她不再跳踢踏舞了。塔米跟着她从一个房间走到另一个房间，凝视着墙壁和天花板，迷失在记忆中（那是原来的枝形吊灯吗？）；然后，她的思绪回到现在，回到这个女人身上，明白了她的处境——她正在缓慢而痛苦地独自翻新这栋房子，希望在死前卖掉它——塔米立刻明白了该如何与这位老妪建立联系。

当她们走到面对花园的弧形露台上，特珀太太突然望着塔米，仿佛第一次见到她。"我也明白，回到过去的地方，看到过去的事物，那是什么感觉。"

她和姐姐出生在俄亥俄州，有钱的父母把她们带到华盛顿，然后遗弃了她们。她们被安置在一个孤儿院，她最近又回到华盛顿去看了看它。"我小时候还有少年教养院。倘若母亲不照顾好自己的孩子，如果她们的孩子很坏，他们就会被送进教养院；如果她们不想照顾他，就把他送进孤儿院。没什么不对的。完美极了。我得到的比我给我孩子的还要多。"

特珀太太后院的马路对面是一片空地，瑞安高中曾在那里。塔米的前夫巴里，也是她第一个孩子的父亲，上的就是瑞安高中。她最好的朋友热纳瓦也是上的这所高中；热纳瓦最后被扔到街上，被人开枪打中了头。这所高中建于 1922 年，关闭于 2007 年，之后被拆除。特珀太太很高兴看到它消失。她家和那所高中之间的房子曾经是一个毒窝，瘸子帮和血帮曾在那里火拼。有一回，两个拿着枪的男孩追逐第三个男孩并向他开枪，被追击的男孩弄坏了她的栅栏，直奔门廊，闯进她的房子。特珀太太让他坐下，问了他一堆问题，但他只肯说自己是帮派一员——他是瘸子帮，他们是血帮，他们在追他，他在逃命。几天后，他带着枪回到毒窝，因为他受够了。特珀太太在三楼听到有一个男孩喊妈妈，然后枪响了。一个男孩走进学校，死在了那里；另一个男孩躺在车道上，直到特珀太太叫的救护车赶来，但他已经断气了。

"那是在 80 年代末 90 年代初？"塔米问。

"差不多吧。"

"你还记得他们的名字吗？"

"不记得。报纸上从没提过。他们追他可能是因为——他不肯说——不是毒品就是女人。"

"很可能是毒品。"塔米说。

"对。我当时没意识到，因为他看上去还那么年轻。真的很让人伤心。"

"是的，没错。"

"他们十三四岁时，我相信应该把他们送进教养院。我们说教养的时候，教养是什么意思？他们可以教养你，让你想要成为一个好公民，从那里起步，你可以去为社会服务。反正爸爸妈妈也不在乎你，所以教养院可以照顾你。你明白吗？它会给你一些可以牢记一生的东西。你得确保能接受好的教育，你就能过得很开心，就像去看马戏。所有这些我都做了。天冷了。"

"我快哭了。"塔米说。

她待了一个多小时。她感觉待一天也没关系，因为只要特珀太太一开口就停不下来，但塔米得回去工作。临走前，塔米问她是否可以回来喝茶，或者带午餐来吃。

"我很欢迎你来做客。"特珀太太说。

塔米坐进庞蒂亚克，开车经过克兰德尔公园，她曾在那里为天鹅喂食。那栋房子比她记忆中要小得多，也没有那么迷人。它没能维持良好的状况，糟糕的街区也正在迫近。可是，当塔米站在门厅，她看到母亲正急匆匆走下楼梯，说她不喜欢待在这里，因为这房子闹鬼；当塔米站在厨房，她听到奶奶正喊她帮忙洗衣服。通过这些时刻，她再一次感到，自己与她们近在咫尺。

前廊咖啡厅位于一栋砖砌建筑的底楼，二楼被烧光了；它毗邻阿克伦市区附近的州际公路。咖啡馆里有五十个人坐在餐桌旁，包括少数几个黑人女性和白人女性，还有很多黑人男性，其中许多人都有前科。海蒂小姐在那里，她的T恤上印着奥巴马的大幅头像。塔米站在屏幕前，穿着牛仔裤和印着紫色和白色漩涡花纹的合成纤维宽松长衬衫。她的头发剪短了，最上面染了色。

　　几天前，她去了克利夫兰的一个社区中心，在一个挤满老人的房间里谈论社会保障和医疗保险；女人在听，男人在玩多米诺骨牌。她带着一位"领导者"一起去了克利夫兰，那就是七十一岁的格洛里亚小姐。格洛里亚小姐本应谈论靠退休金生活的感受，以及退休金如何受到威胁，但听众们听不清格洛里亚小姐说的话，所以塔米在设置好投影仪的同时还得负责大部分演讲；她拖着投影仪到处走，好给人们播放一段关于科赫兄弟的视频。那是一段卡通片，查尔斯和大卫被描绘成一只章鱼身上长出来的两个脑袋。影片播放完毕之后，一个名叫琳达的女听众问道："这两个科赫兄弟是从哪里来的？为什么我们以前没有听说过他们？"另一个女听众玛贝尔说："科赫兄弟打算让黑人支付这笔账单。"离开克利夫兰后，塔米在扬斯敦参加了食品政策委员会会议，然后还得为少数族裔健康会议准备一个演示。在这个过程中，她正准备自己的婚礼：她将在坦帕附近的海滩上与一个名叫马克的屋顶工结婚，她在东区高中时就认识了他。突然之间，马克有个来自东克利夫兰的叔叔出现了，后者的财务状况出了问题，于是住进了他们在自由区的房子。

　　她累了。

　　"在我长大的地方，你可以坐在前廊上，闻到空气里的硫黄味，"塔米在前廊咖啡馆对人群说，"社区里的每个人都在工作。那时，我们只有十五万人。你猜怎么着？有一天，工作不见了。1977年9月，工厂关门大吉。十年里，我们失去了五万个工作岗位。作为一个成年人，我很幸运能够在帕卡德找到一份工作。在鼎盛时期，它有一万一千个工作岗位，后来缩减到三千个，而当我们离开时，那里只剩下不到六百个工作岗位。我只想让你们知道，扬斯敦的故事是整个美国所有老工业城市的缩影。"

　　马洪宁河谷组织合作社的扬斯敦勘测图投影到屏幕上，东侧是一片绿色的海洋。"我的祖母曾经非常努力地工作，给别人打扫地板、洗衣服、做饭，好让我们能拥有一栋房子——那栋房子所在的街道上现在有四栋房子，其中两栋是空的，一栋是我们的。我们社区的大多数人都是这样生活的。"

塔米正在引述她前一天记下的笔记——将自己的人生故事变成演讲，让小组里的人知道如何讲述自己的故事，并将这些故事与总统竞选期间的宣传活动联系起来，为俄亥俄争取更好的工作。

"当我们看着孩子，看着社区中蔓延的荒芜，你怎么还能不断攻击薪酬丰厚的工会工作，就像我们在帕卡德电气失去的那些工作？没有人能告诉我，我将不能在那份工作上干到退休。我们俄亥俄州需要工作。我们俄亥俄州需要能够支付最低生活工资的工作。工作是将我们与周围一切事物连接起来的结缔组织。"

2012 年，工作机会正慢慢回到俄亥俄州，其中一些在扬斯敦周围地区：尤蒂卡页岩的天然气勘探工作就在马洪宁谷下面；小镇西北部的通用汽车工厂有了新的岗位；汽车配件工厂有了制造业工作；甚至钢铁厂也有了一些工作。不过，到目前为止，这些新机会并没有照顾到最需要它们的人，例如仍然生活在扬斯敦的穷人和长期失业的男男女女，尤其是有犯罪前科的人——就像现在坐在前廊咖啡厅里的许多人一样。合作社并没有经济发展战略。它的促进就业运动只是呼吁私人雇主首先雇用当地人，给前重罪犯一个机会，同时呼吁政府成为提供最后可能的雇主。

"我怀孕时，我的祖母伤透了心，"塔米说着，开始给演讲收尾，"我想确保自己能从高中毕业，因为我知道，那是我可以给女儿带来更好生活的唯一途径。我在我们的社区里把三个孩子抚养成人，他们都搬走了。扬斯敦可以再次成为一个生活的好地方——也理应如此。"

塔米忙于组织工作，以至于几乎没有时间为选举宣传。但是在 11 月 5 日，她花了两个小时，与柯克·诺登一起，在东区的林肯公园附近上门宣传，那里是她长大的地方。有传言说，有份带着误导性信息的文件正在附近流传，告诉人们可以签署这份文件以代替投票。因此，塔米询问她遇到的每个人，他们是否已经投票，或是打算第二天投票，或者是否需要搭车去票站。令她感到惊讶的是，人们对奥巴马的热情甚至比 2008 年还要高；他们已不再担心这个国家是否已经准备好，以及一个黑人总统是否能够活下来。

第二天晚上，当奥巴马再次当选，塔米感到自己比第一次时更加激动。她太关注竞选期间的每日消息，俄亥俄州的民意调查太过接近，她很担心奥巴马会输掉。她一直对选举抱有消极的看法：如果奥巴马输了，她曾经帮助招募和培训的人，像海蒂小姐、格洛里亚小姐和前廊咖啡厅里的那些男人，也许会觉得这些工作徒劳无功，而她生命中的几年时光可能白白浪费。她没让自己想过，如果奥巴马赢了，那将意味着什么。当一切尘埃落定，她心想："天啊，这意味着我们有机会去真正做一些事情了。"

迪恩·普莱斯

　　2011 年春季的一天，大概就在迪恩不再去红桦前后，他坐在罗金汉姆县经济发展办公室，浏览那里展示的文献。这时，他发现了布恩市阿巴拉契亚州立大学的一位教授关于北卡罗来纳州烹饪废油的研究。一张图表展示了该州一百个县中每个县的人口和餐馆数量，以及这些餐馆丢弃了多少加仑的食用油。事实证明，在每个县，即使是最小和最贫穷的县，平均每个男人、女人和孩童每年会产生三到四加仑的烹饪废油。而且，一个县一年中产生的烹饪废油量，与该县校车一年中使用的汽油量存在着直接的关联。

　　迪恩从椅子上站了起来。就像他第一次读到石油峰值时一样，他膝盖发软，向后踉跄几步。自从离开红桦、独自发展，他就一直在寻找菜籽油的替代品；只要汽油价格保持在每加仑五美元以下，菜籽油就无利可图。这就是红桦的经营模式失败的原因——迪恩对任何愿意听的人都说过这番话。与此不同，烹饪废油价格便宜：有些餐馆收取每加仑五十美分的费用，让人把它从后厨的桶里抽出来带走，有些则免费提供，有些甚至会付费把它弄走。炸鸡、内脏、猪肉、鱼肉、玉米馅饼、炸秋葵、炸薯条——你在北卡罗来纳州的餐馆里吃的几乎所有东西都是用闪闪发亮的红棕色植物油烹制的，这些油在金属炸锅中冒着泡。所有这些油最后都必须丢弃。

把这些废油拖走的公司被称为提炼者。除了餐厅用油外，提炼者还会收集动物尸体——屠宰场的猪、羊、牛，肉店和餐馆扔掉的内脏，救助所里安乐死的猫狗，兽医诊所里死掉的宠物，动物园里死掉的动物，马路上被车撞死的动物。他们将成堆的动物用卡车运到提炼厂，把它们用推土机推进大罐子里磨碎切碎，然后将生肉倒进高压锅，脂肪在高温下跟肉和骨头分离。肉和骨头被粉碎，制成宠物吃的蛋白罐头。动物脂肪变成黄色油脂，可回收用于制造唇膏、肥皂、化学原料和牲畜饲料。因此，牛吃牛，猪吃猪，狗吃狗，猫吃猫，人类吃用死肉喂食的肉，或是把它涂在脸上和手上。提炼是美国最古老的行业之一，可追溯到牛脂、猪油和蜡烛的时代，它也是最秘密的行业之一。有一本关于这个话题的书，名为《提炼：看不见的产业》（Rendering: The Invisible Industry）。就像下水道一样，这是一种令人恶心但必不可少的服务，没人愿意细想。这些公司基本上是自我监管，工厂建造在远离人烟的地方，几乎从不允许外人入内；除非风吹错了方向，也几乎没有外人知道它们的存在。

提炼者将收集到的烹饪废油制成黄色油脂，但它有一个不同于动物油脂的用途，这些公司刚刚才开始弄明白：与动物油脂相比，它能在更低的温度下形成胶体，而且燃烧起来很干净，因此是一种制造燃料的理想选择。

当迪恩阅读阿巴拉契亚州立大学的研究报告，看到图表显示的各县人口和烹饪废油加仑数，他突然将一切联系到了一起。北卡罗来纳州的每个小角落都有生物柴油产业的幼苗。如果北卡罗来纳州是这样，那么田纳西州和科罗拉多州也肯定是这样。

"这可以追溯到甘地。"迪恩说。他买了一本《甘地文集》，读到印度抵制英国国货的运动，这意味着自给自足和独立自主。甘地说，忽视离你最近的邻居，却向离你最远的邻居买东西，这是一种罪过。

重要的不是大批量生产，而是大众的生产。"跟我聊过的每所社区大学都希望能启动生物燃料项目，但它们做不到，因为没有原料——每个阶段都被大型公司捆住了手脚。必须要有破坏性的技术突破，瞄准链条中最薄弱的环节发起攻击才行。烹饪废油就是最薄弱的环节。这是一个古老的、过时的行业，已经存在一百三十年，简直就是当代的马车鞭制造商。他们知道，旧有的商业模式已经时日无多——因为他们拥有每一个社区里制造生物燃料的唯一能源来源。"

　　他的书架上有一本名为《繁荣圣经》的书，那是一部关于财富秘密的经典文集。迪恩最喜欢的是《思考致富》，紧随其后的是《遍地钻石》，那是一位浸信会牧师拉塞尔·康威尔在1890年首次发表的演说；在他于1925年去世前，他至少做了六千次同样的演讲。康威尔曾是联邦军上尉，1864年因在北卡罗来纳州擅离岗位而被开除。他开始为格兰特、海斯和加菲尔德❶撰写竞选传记，后来在费城当上牧师。这份使他获得名声和财富（富得足以建立天普大学并成为首任校长）的演讲是一个故事，康威尔声称那是1870年他在巴格达雇的导游讲给他听的，后者当时正带他游览尼尼微和巴比伦的遗址。在故事中，一位佛教法师拜访了一个名叫阿尔·哈法德的波斯农民。法师告诉阿尔·哈法德，钻石是上帝用凝结的阳光制造的，他肯定能在"一条穿过高山、淌过白沙的河流中"找到它。于是，哈法德卖掉自己的农场，出发去寻找钻石；这番搜寻将他一路带到西班牙，但他从未找到一颗钻石。最终，倾家荡产的他绝望地投身巴塞罗那的大海。与此同时，阿尔·哈法德农场的新主人有一天早上牵骆驼出去喝水，在一条浅溪的白沙中看到一块闪光的石头。结果，这个农场就坐落在钻石矿上（占地足有数英亩）——这就是古尔冈达的

---

❶　分别指第18任美国总统尤利西斯·S.格兰特、第19任美国总统拉瑟福德·伯查德·海斯、第20任美国总统詹姆斯·艾布拉姆·加菲尔德。

矿山，古代最大的钻石矿床。

康威尔的演讲有两个主旨。第一个来自阿拉伯导游：与其在别处寻求财富，不如在自己的花园里挖掘，你会发现，它就环绕在你身边。第二个则是康威尔加上去的：富贵贫穷皆应得。答案就在你的头脑中。这也是拿破仑·希尔的思维，即相信人类自身存在某种神性；疾病来源于思想，可以通过正确的思考方式治愈。它被称为"新思想"，是卡内基和洛克菲勒的镀金时代哲学，那是一个财富极端分化的时代，一如迪恩所处的时代。威廉·詹姆斯❶将这种哲学称为"心灵治愈运动"。它深深地吸引了迪恩。

在寻找财富的旅途之后，迪恩回到自己的农场，与那位古波斯人不同，他在那里挖掘自己的财富。足足几亩地的钻石矿！它们肯定就在他身边，就在他脚下——在220号公路上P&M餐厅柜台的后面，他常在那里停步吃早餐；在麦迪逊的法兹烧烤餐厅的厨房里，在他的房子隔壁的伯强格斯炸锅里——正是那栋他亲手建起、后来却开始厌恶的房子。

足足几亩地的钻石矿！

迪恩开始考虑，如何让那些古老而隐秘的提炼公司与烹饪废油分道扬镳。北卡罗来纳州和弗吉尼亚州周边，许多较大的餐馆和连锁店都付钱给一家名叫"山谷蛋白"的超大型公司来取走它们的废油，并且签了长期合同。其他餐馆则只是将废油交给任何愿意把它们运走的本地提炼公司。迪恩必须找到一个办法，让所有餐馆都把废油交给他。

当卡特里娜飓风袭击墨西哥湾沿岸，北卡罗来纳州的公立学校由于校车缺乏柴油而被迫关闭了几天。该州的每个县都依赖巴士，

---

❶ 威廉·詹姆斯，哲学家和心理学家，是美国最早提供心理学课程的学者，被称为美国心理学之父。

而每一辆巴士都使用柴油。21世纪初，柴油价格为每加仑五十美分。到2011年春天，价格已经超过四美元。这样能持续吗？遭受数十年来最严重预算削减危机的学校，在经济衰退期间曾解雇教师和助教，如今却在燃料上烧掉数百万美元。迪恩读到一篇文章，里面讲了一个九岁女孩的故事，她和妈妈一起住在沃伦县的一条乡间小路上，当校车因经费不足而无法开进小路去接她，她不得不每天走一英里路去搭校车。

公立学校通常是县里最大的雇主。它们提供了通往美国梦的大门。它们是这个国家的全部未来。迪恩明白，如果他能让学校站到他这边，他就能拿到全部烹饪废油。他想出一个方法来做到这一点。

如果北卡罗来纳州的每个县都能自己为校车制造生物柴油呢？想一想这可以节省多少纳税人的钱，有多少老师可以留在教室里，孩子会比现在健康多少，环境会比现在清洁多少。它所需要的只是可靠的原料和相对便宜的精炼厂。如果迪恩挨个县去谈，提议收集当地餐厅的废油，在该县建立的工厂里把这些废油加工成校车的燃料油，那将会如何？最后，只要有合适的设备，他就能将油菜籽压碎制造食品油，卖给饭店炸东西，然后收集废油，将其转化为燃料——这样一来，就能将当地农民带入循环，把油利用两次。

这就像把一大笔钱交到学校手上。餐厅肯定都会想要参与进来，还能赚个帮助孩子的好名声。有一天，迪恩为自己的项目想出了一个完美的比喻。他将其称为"终极学校筹款计划"。

他从家附近开始。要跟罗金厄姆县委员会的官员见面可不容易——他们手下的人会把你拒之门外——但只要坚持不懈，在第一百零一次尝试之后，他终于得到一个见面演示的机会。委员都很热情，格林斯伯勒的报纸上还刊登了一篇短讯，但之后，迪恩没有得到任何回音，他觉得他们应该不感兴趣。几周后，他在220号公路上的P&M餐厅遇见委员会主席。主席告诉迪恩："我从当地生意人那里收到了一堆邮件，他们告诉我，现在不是这么做的时候。"

"他们做的是什么生意？"迪恩问。

"你知道我不能告诉你这个。"

"为什么不能告诉我？"

那一定是他的宿敌，当地石油商里德·蒂格，他曾切断巴塞特卡车休息处的燃油供给，让迪恩丢掉生意，然后还去追讨他的房子。蒂格可能在报纸上看到那篇文章，然后打电话给委员。迪恩并不确定这一点，但是他如此相信。先知永远是他自己土地上的流放者。感谢上帝，北卡罗来纳州还有九十九个县。

迪恩在当地一家二手车交易所花了三千五百美元，买了一辆1997 年的本田思域。这辆车已经行驶十九万六千英里，空调也坏了；他驾着它，开始把自己的想法散播到整个州，从阿巴拉契亚山脉到沿海平原，寻找几亩地的钻石矿。

迪恩在他的地下室里有一间公寓，他以每月两百二十五美元的价格租给一个二十五岁的租客，名叫马特·奥尔。马特在当地长大，不加节制地喝酒、抽烟和参加派对，后来入伍接受纪律训练，并于2006 到 2007 年被派往伊拉克。在提克里特 ❶ 之后，美国看上去很美。在他和父亲从格林斯伯勒机场驾车驶入斯托克斯县时，马特看到了树木、丘陵和绿草，他感到自己正在从噩梦中醒来。然而，他回到家时目光涣散，没什么希望能找到报酬不错的工作。他被一家汽车配件商店雇用——他曾是第 25 步兵师的机械师——但他们从未给他加薪到每小时七点七五美元以上。他辞了职，并在一家铜管工厂短暂工作了一段时间；迪恩高中毕业后在那里工作过，但马特的时薪是八美元，比迪恩在 1981 年的工资还低。辞职后，马特在麦迪逊的凯马特商场担任"预防损失经理"的工作，这意味着他每天要花十个

---

❶ 提克里特（Tikrit），伊拉克重要战略城市。

小时寻找入店行窃者，并将抓到的人置于非暴力约束之下；那其中包括一个四十岁的失业男子，他试图偷一顶帐篷，因为他母亲把他踢出了家门。这不是马特想要回来做的事情——他曾希望有所作为——但他无法拒绝十美元的时薪。然后，凯马特把他的薪水降回八点五美元。

让马特真正沮丧的是，美国的一切都变得唯利是图，仅仅追求最低成本下的最大利润。全都关于我、我、我，没有人愿意帮助别人。说客和政客全都是腐败分子，他们从资产最少的人手中夺走一切。当他独自一人在迪恩的地下室里喝啤酒放松时，他最喜欢做的事情是观看《安迪·格里菲斯秀》的旧剧集。那时的美国更美好。如果他能选择在任何时代长大，他会选择 50 年代，那是美国最后的美好时光。他不想这么说，但这千真万确。

迪恩尝试尽量帮助马特，但在马特五个月没能付房租的情况下，迪恩不得不要求他搬出去。《安迪·格里菲斯秀》在该地区仍然很受欢迎（哪怕是在安迪为奥巴马医保打广告之后），每天下午都会重播，因为梅布里的原型正是艾里山，位于北边的弗吉尼亚州边上——如今它只是又一个遭受重创的纺织小镇，尽力让主街保持古朴的外观以吸引游客，商店橱窗陈列着海报、照片和纪念品，上面都是安迪秀里那些傻乎乎的、令人安心的全白人面孔。7 月底，迪恩在格林斯伯勒参加破产听证会几天后，他驱车一小时前往艾里山，与市委员会的一名女性委员见面。他已经尝试四个月，想说服一个县来配合他的计划；他开车跑遍全州，跟至少三十个县的官员谈过，却一无所获。他们就像一群旅鼠，等待着第一个伙伴跳起来，但有一些东西令他们畏缩不前。

迪恩已经好几个月没有跟加里说话了。他不希望加里发现这个新主意，因为在迪恩看来，加里是一个海盗——一个现代海盗。迪恩告诉他的任何想法，他都会偷走，还声称是自己的。这让他想起拿破仑·希尔所谓的"大师头脑联盟"——他和加里之间从来没有这种关系。加里不相信迪恩告诉他的关于"第三个头脑"的话。加里是茶党成员。有一次，当迪恩与一个烟农喝啤酒时，他们聊到了合伙人关系。"跟人合伙只对两件事有好处，"这位农民说，"跳舞和上床。"现在，迪恩只靠自己单打独斗。

艾里山的那个女委员名叫特蕾莎·刘易斯。他们在她的办公室见面，位于镇中心外的一家购物中心，特蕾莎在那儿开展临时服务。她五十多岁，头发染成金色，穿着蓝色西装，戴着珍珠。墙上有一张猫王的海报，还有约翰·麦凯恩和该州共和党参议员的照片。迪恩将自己的油菜籽罐和油罐放在特蕾莎的桌子上，并解释了他的概念。

"这其实是草根社区的努力，"他说，"不仅关乎农民，餐馆老板、学校系统和政府也参与其中。"

"好吧，迪恩，"特雷莎带着气音懒洋洋地说，"有什么会阻止我们这么做呢？这听起来没什么不好的地方。"

"完全没有。"

"我们是一个巨大的农业社区。烟草建造了这座城市的每座建筑，"特蕾莎笑了，"现在，你使用了两个词——'可持续性'和'绿色'。这里的人不喜欢这些词。"

特蕾莎给迪恩上了一堂地方政治课。她当然是共和党人，但她是商会、联合基金和公民进步的共和党人，而不是茶党共和党人。2010年，她在竞选艾里山市长时输给了一个非常保守的女人——一位前纺织工人和格伦·贝克迷——茶党接管了萨里县委员会。在市政委员会上，建立路边回收箱的提议激起热烈的辩论，一些反对者将其描述为自由派的大型绿色政府项目，目的是给艾里山纳税人施加负担，而特雷莎投出了决定性的赞同票。她似乎仍带着那年战斗留下的瘀青。

　　"这里的人们喜欢听'储蓄',喜欢'农业',喜欢'拿回收入',"特雷莎说,"他们喜欢'替代来源'。'替代'不会像'可持续性'一样激起负面反应。"

　　"好的,女士。"

　　"你要打交道的,是上次选举胜出的五个非常保守的县委员,"她说,"我喜欢你——我只想警告你,这些话并不受欢迎。"

　　特雷莎表示,她将帮助迪恩将想法传达给萨里县委员会,但几周过去了,他没听到明确的消息。

　　迪恩的二手本田车来到了五万英里路程。他带着罐子,戴着红色的可口可乐棒球帽(已经褪成粉红色),踏遍了全州。他和任何愿意听的人交谈。他与皮埃蒙特生物燃料公司的嬉皮士谈过,那是教堂山附近一个工人所有的合作社——教堂山是北卡罗来纳繁华和进步的一面,人们会从州外迁居至此——他也跟格林斯伯勒的一名学校董事会成员谈过,后者非常右翼,甚至不确定该不该有公立学校。

　　他与来自沃伦县的退休国会黑人议员伊娃·克莱顿谈过。他们坐在她在罗利的办公室里,迪恩说:"我的看法是,这种经济状况表明,它无法提供当前人口所需的大量工作。因此,我们必须开始以不同的方式思考。我认为,这种崭新的绿色经济的确是一种不同的思维方式;这种经济必须从能源开始,除此之外我看不到其他途径。"伊娃·克莱顿瘦小而优雅,她板着脸说:"嗯。你的要求是什么呢?"迪恩说:"我们要求餐馆老板参加这一运动,他们要么把废油捐赠出来,要么以折扣价出售。第二件事是与这些学校的董事会合作,让管理校车的人将这种新燃料引入校车。那是种子,是起点。从这里开始,我们可以走向油菜籽。"伊娃·克莱顿说,"我们要让农民种植吗?"迪恩说:"种植油菜籽。我们将建立一个小型压碎厂,从种子中获取油。"伊娃·克莱顿拿起迪恩的罐子,在会议桌上滑动它们,说着:"你会让农民种这个。"迪恩说:"是的,女士。为了让他们种这个,一切都得靠钱。"伊娃·克莱顿说:"我的眼前是一位绅士,他有一个想法可以帮助那些深陷困境的人,但困境就在今日——'我现在就需要食物,我现在就需要付账单'——可他的主意还要一两年才能实现。"伊娃·克莱顿终于笑了,"但是希望产生于这些想法,来自那些认为我们可以做得更好的人。"

他在沃伦顿一家翻新的军械库中举行的一次绿色就业博览会上发表讲话,听众是三百个正在找工作的人,其中八成是黑人。在去沃伦顿之前,他已经做过一些调查;他还读了关于灵魂之城的信息,它就在城外五英里。灵魂之城始于70年代,由黑人激进主义者弗洛伊德·麦基西克在伊娃·克莱顿和她的丈夫的帮助下,在五千英亩贫瘠的烟草田上建立。他们原本打算把它建成一个自给自足的多种族社区,计划为一万八千人提供住房;在麦基西克加入共和党之后,尼克松政府还从"模范城市"计划中给他提供了联邦赠款——这激怒了迪恩的父亲,他讨厌整个灵魂之城的构想——但这里的人口从未超过几百人,也没能建立起任何生意。取而代之的是,灵魂之城缓慢地死去,到2011年,在红黏土玉米田旁,只有一家被涂鸦损坏的医疗诊所,还有一些两居室房屋,分布在命名为"解放大街"和"革命大街"的街道上。

迪恩读了所有这一切,这令他大吃一惊。他在绿色就业博览会上起身发言说:"我叫迪恩·普莱斯,但我希望你们叫我绿色迪恩。我认为,有史以来最伟大的人物之一是马丁·路德·金。"如果他父亲能听到这话!当国会在辩论是否将金的生日定为国家假日时,他的父亲说:"要是他们再杀四个人,就可以放整整一周假了。"迪恩一直以为,金充其量只是黑人领袖,而不是所有人的领袖,但是近年来,他的观点发生了变化;现在,他面对的听众主要是黑人,他们很少会听到带着南方口音的白人说出这些话。他继续说:"马丁·路德·金曾经说过:'我们所有人都乘坐不同的船来到这里,但现在,我们在同一条船上。'"他听到人群的叹息。"还有另一个人,四十年前以弗洛伊德·麦基西克的名字来到沃伦县。"人群中的老年人又发出一声叹息。"弗洛伊德·麦基西克也有一个梦想,那就是为所有人建造一座城市,无论皮肤是白色、黄色、黑色、棕色还是绿色——他们一起工作,所有人享有平等的机会。我在这里是为了告诉你们,这个梦想仍然存在!弗洛伊德·麦基西克是一个有远见的人。他逆流向上,但潮流已经转向;我们顺流而下,因为廉价的能源正在离开此地。廉价的能源使全球化得以发生,而让全球化逆转的将是高昂的能源成本,这可以追溯到甘地。甘地说,忽视离你最近的邻居,却向离你最远的邻居买东西,这是一种罪过。"他还告诉他们,如何在北卡罗来纳州最贫穷的县之一生产自己的能源。

他们照单全收了。讲话结束后,人们对他喊道:"绿色迪恩!绿色迪恩!"一个蓝眼睛的黑人老人告诉他:"如果我有一百万美元,我会把它投到你的想法里。"几亩地的钻石矿就在沃伦县。但是市政委员没有适当的紧迫感,他们花了几个月的时间仔细研究,最后却没能达成交易,迪恩的讲话一无所获。

他与凯西·普罗克托谈过,她是一个五十五岁的白人单身母亲,有两个孩子,住在海波因特附近,在银行救助期间丢掉了在家具厂的工作。靠着失业救济,她回到温斯顿-塞勒姆社区大学,学习生物技术,不仅是为了寻找新的职业,也是想要为女儿们树立榜样。有一天,奥巴马总统访问了这所大学,讨论再培训和制造业问题。当他来到凯西的实验室,询问是否有人想要讲讲自己的故事,凯西讲了。转眼之间,她就被米歇尔·奥巴马邀请出席2011年国情咨文演讲(她甚至在2008年都没有投票给米歇尔的丈夫,尽管她下次很可能会投给他)。当总统在演讲中提到凯西·普罗克托的名字时,她是如此惊讶,以至于摄像机捕捉到第一夫人包厢里这个黑直发的矮胖女人转身对身旁的人说:"那是我。"

当迪恩去见凯西·普罗克托的时候,凯西已经得到雇用,在一家二十四小时联网的维生素分销中心做质量控制工作。他们一起坐在拥挤的客厅里,那里摆放着带有深色污迹的家具,都是那家她工作一辈子、如今已经关门大吉的家具厂制造的。她现在的年薪是三万美元,比家具厂的工资要低,并不是她希望靠副学士的学位能找到的那种实验室工作。但它总好过最低工资,好过流落街头;它能让她付得起账单。

迪恩也描述了他是如何遇见奥巴马的,然后向她讲述了他的计划。

"我对这种生物燃料一无所知。"活泼又好奇的凯西说。

"让我们开启一个新产业吧。"迪恩笑了。

"可能真的会呢。我很感兴趣。它会一飞冲天的。迪恩,你为这个工作多久了?"

"从 2005 年开始——这一直是一场战斗。"

奥巴马次日会在格林斯伯勒一所社区大学发表讲话,凯西在受邀之列。她告诉迪恩:"如果我明天有机会与总统对话,我会跟他提这件事。"

迪恩和凯西击了个掌。但是他不再对总统抱有太大期望。在红桦期间,他曾以为变革将随着奥巴马当选到来,或者汤姆·佩列洛会帮助它实现。尽管美国两极分化,但奥巴马在国会拥有多数席位,他拥有最大的机会;然而,他无法利用这种支持优势通过碳排放交易法案❶。奥巴马失败了,佩列洛离开了——去了一家华盛顿智库工作。变化不会来自新法律。它不会来自华盛顿或罗利。它可能来自斯托克斯代尔。这个国家陷于困境,政治家解决不了这个问题。需要靠企业家来解决。"这就像是大坝裂了一条缝,水开始渗入,很快整个

---

❶ 指 2009 年的《美国清洁能源和安全法案》(American Clean Energy and Security Act),其中提出了碳排放交易系统,即政府设立温室气体排放总量上限,公司可以买卖排放额度。该法案在美国众议院获得通过,但未能进入参议院议程。

大坝就会崩溃，我认为这种经济体系就是如此。而那条裂缝就是提炼公司和餐馆老板之间的关系。"

那是迪恩的信念和信仰。他四十八岁，没有工作，没有合伙人，几乎一文不名；他开车从一个县到另一个县，与数百人交谈，有时似乎得到支持，但没有确凿的收获——这几个月是对他的信仰最有力的考验。也许是他不知道该如何与县政府的官僚交谈。他们比农民更加谨慎，知道自己需要帮助，但害怕迈出第一步，踏入他们看不见的领域——这恰恰是对信仰的定义。有时，当迪恩描述他的愿景时，他可能会想得太远，以至于他们跟不上他的思路。他的一本宣传小册子上说："我们辛辛苦苦赚来的税金用于支持恐怖分子和圣战分子，这正是我们与之作战的人。我们在勉强维持基础设施，却丰富了他们的生活。"这吓坏了一些学校的管理人员。

有一次，当他在富兰克林县开车时，他的儿子瑞安从学校打来电话。一名县治安官代表正在寻找迪恩——在送来一份民事传票时，他发现房子的门半开，担心有人闯入。传票来自一家食品公司，该公司对马丁斯维尔的红桦已经破产一无所知。迪恩的母亲无法掩饰她的忧虑。他是不是有点疯了？他什么时候才能赚钱？现在是不是该放弃，并去找一份世俗的工作了？

他的身旁一地残渣。

10月的一天，迪恩开车经过福赛斯县，他停在一个名为"乡村大厅"的小地方，在那里，他们仍然在旧皮带农夫合作社举行烟草拍卖——整个州，甚至可能整个国家，只有这里还能见到这种拍卖。正是季末，洞穴般的仓库几乎没人，烟叶挂在空中散发着强烈的气味；六到八个人穿着高尔夫球衫，在排成几行的四英尺高的烟草包中间踱来踱去。当他们走过一捆捆烟草包，买家会抓起一把金黄色的叶子，拍卖师会喊出每磅的价格，"美元十五美元十十美元十十十美元十十美元五五美元五"，其中一位买家是来自弗吉尼亚州贝利香烟公司的男子，他说："八十。"拍卖师说："八十。贝利。"店员就把它写在一张纸上，放在烟草包上面。另一个买家来自肯塔基州。"烟草能给你付账单，"他说，"我还是小孩时就有人这么告诉我了，其他的都是废话。"也有人只是来围观的，就像迪恩一样；这里面包括退休的农民和仓库看管员，他们仍然无法将这个环节从自己的生活中切除。

这些烟草的卖家是一个年轻农民，他正靠在远处的一捆烟草上，望着穿高尔夫球衫的年长男人们。他与丹维尔一家名为日本国际烟草的大公司签了合同，现在拍卖的是它不收的部分。这个农民名叫安东尼·皮特尔，他说，由于今年的柴油价格高涨，他要很幸运才可能赢利。他的童年伙伴肯特·史密斯来帮他卸货。史密斯在一家铜厂工作，每小时挣十四点五美元。"我曾经觉得他很幸运，不必在工厂工作，"史密斯说，"现在我觉得我比他过得更好。"

皮特尔听说过迪恩和红桦。迪恩告诉他："这个国家应该为每加仑生物柴油付你六美元，而不是把三美元送去沙特阿拉伯。"

"我不用想就会同意，"皮特尔说，"改种玉米或是别的什么我能找到的燃料作物。"

迪恩走出旧皮带农夫合作社，钻进他的本田车。当他还小时，拍卖会是一次当地庆典——人人兴奋不已，手头拿着现金，开始圣诞购物。烟草仓库里挤满前来社交和讨论政治的人。可是今天的拍卖快速又潦草，在私下进行，只有寥寥几个旁观者；安东尼·皮特尔只是希望能收支平衡。

也许是由于当时的心情，迪恩开车穿过斯托克斯县的小路回家。县经理告诉他，斯托克斯有三成人买不起食物，自杀率是全国平均水平的两倍。迪恩的会计师居住在斯托克斯，他的继子从高中毕业算起已经失去八个朋友，其中三个是自杀。迪恩开车穿过核桃湖镇，停在东斯托克斯外展部。前面是一个食品储藏室，胶合板架子上有罐头食品和成袋的宠物食品，冰箱里有当地猎人捐赠的鹿肉。管理这里的女士告诉他，有个警察在执行任务时中枪，正在领取工伤补贴，但又不想拿残疾补助，他一个星期前曾来到这里讨要食物。还有一个手受伤的法院速记员也是如此。办公室的一个告示上说："由于资金不足，今年将无法提供燃料或煤油补助。我们正在竭尽全力保持食品储藏室的物资充足。请尽快申请其他取暖补助。"一个肥胖的女人鼻孔里插着氧气管，手里拿着一张服装券，正在等待一件大号衬衫。她说："我们是个九口之家，我们过得很好。"负责人告诉迪恩："你会认识到，在我们生活的这个经济里，只要瘪了一个轮胎，或是一个月拿不到工资，就足以改变大部分人的整个世界。"

迪恩在出门时打了一阵寒战。人的命运并不完全由自己掌握。这种事一旦发生在你身上，就几乎不可能脱身。想想有多少回，他曾相信自己即将有所突破，却又在最后一分钟被拉了回去，发现自己比以往距离目标更遥远。开车回家时，一首古老的教堂赞美诗在他脑海中萦绕不散：

> 时光是多么乏味无趣
> 当我不再能看到耶稣！
> 甜美的前景、甜美的鸟儿和甜美的花朵
> 对我来说都甜美不复。

乏味无趣。他感到心灰意冷，哭了起来。此时，一个声音在他耳旁响起，就像他在那个关于古老马车道的梦里听到的一样："这是唯一可行的方法。"

然后，突破到来了。

10月的一个晚上，迪恩正在读《繁荣圣经》，他读到19世纪作家拉尔夫·沃尔多·特赖因的一句话："永远不要先去做第二件事。"

他突然明白了为什么他在学校里遇到这么多麻烦。他先做的是第二件事——告诉他们，如果县里建造起四十五万美元的反应堆，他们就可以自己为校车制造燃料。但是这些县没有钱，而且不管怎么说，这个项目都太冒险、太复杂了，以至于他们难以理解；特别是当他开始谈论下一个阶段的油菜籽作物和食品油时更是如此。他不得不向伊娃·克莱顿解释三遍，即使那样，他也不确定她是否听明白了。他把一切都搞反了。第一件事是要搞到他妈的油！否则，你怎么知道一个县应该建造多大的炼油厂？他应该只告诉学校，他将以他们的名义收集餐馆的烹饪废油，将其出售给现有的生物柴油公司，并给他们一半的利润。这笔钱可以用来让教师留在教室里，或者花在他们想要的其他任何地方。只是一次简单的现金捐赠，一次学校筹款——这是他们可以理解的比喻。而且当地的餐馆老板也会理解，这就是为什么他们会将废油卖给迪恩。建立炼油厂，制造燃料，让农民种植油菜——所有这些都可以留待日后再谈。

在他获得这个启示的那段时间，迪恩遇到了斯蒂芬·考德威尔。斯蒂芬今年三十二岁，来自俄亥俄州的一个小镇，父亲是口腔科医生，也是一个彬彬有礼的苹果果农。斯蒂芬本人曾在罗利从事广告业，但整个行业都受到金融危机的打击，因此他决定金盆洗手，转而从事他一直钟爱的机械和农业。他的兴趣将他带到生物柴油领域，成立了一家名为"绿色循环"的废油回收公司，从一个名叫"赤脚汉"的退休焊工那里租用了一个店面；这家店位于约翰斯顿县的荒凉农田里，距离一个猪屠宰场一英里。当迪恩前去拜访绿色循环时，他觉得斯蒂芬的工厂看起来跟红桦一模一样，只不过换了个地方——闻起来也一样。

在皮埃蒙特，每个搞生物柴油的人都知道红桦。斯蒂芬听到的风声并不正面——红桦欠农民钱，卖劣质燃料。但是他喜欢迪恩·普莱斯的热情，也相信那些都是别人的过错，不想归咎到迪恩身上。

斯蒂芬安静而勤奋，靠罗利附近寥寥几家餐厅的合同勉强维持温饱，长时间抽废油的工作正在影响到他的婚姻。

迪恩提出的想法如此有前景，斯蒂芬从没想过能做到这些。斯蒂芬则带来迪恩没有的基础设施——工厂、设备和卡车。他还拥有平面设计学位；当迪恩谈及他获得的启示时，斯蒂芬花费整个周末，用绿色和黄色绘制了一本生动的小册子，题为《生物柴油为学校》，以简洁明了的方式解释了新概念。这样一来，任何一个傻瓜官僚都可以看明白，这么做是正确的。

感恩节期间，迪恩和斯蒂芬决定将绿色循环变成合伙企业。迪恩认为应该以七十比三十分成，他拿大头，因为斯蒂芬的商业模式正在失败；但斯蒂芬说服了他以五十五比四十五分成，这样他们就更像真正的合作伙伴。带着小册子，迪恩重新回去跟今年早些时候见过的一些官员见面——有时见了八九次。圣诞节前夕，他给皮特县教育委员会的一位农业专家打了个电话，他在 4 月份见过他，后来就杳无音信。"我之前搞错了，"迪恩告诉他，"我回去从错误中吸取了教训。现在我搞对了。让我回来演示给你看吧。"

皮特县位于北卡罗来纳州东部。与皮埃蒙特不同，它很平坦，而且你知道海岸就在附近，因为明亮的银色光芒隐约可见。但是就像皮埃蒙特一样，它也目睹了烟草业的衰落；迪恩认为，它有着对他的成功至关重要的三点：荒废的农田，漫长的驾驶距离，以及格林维尔县里的诸多餐馆。在圣诞节和新年之间，他与皮特县学校的首席财务官开了会，后者认真听他讲完后，大声喊道："这妙极了！"

这话对迪恩的心是一种安慰。他仍然得把这个主意兜售给其他十几个官员，他们试图戳破任何可能的漏洞，想确保学校不会跟任何不守信用的投机商或是无法控制的特立独行人士扯上关系。不过到了最后，2012 年 3 月 5 日，皮特县学校董事会一致投票通过与绿色循环达成协议，在该公司覆盖成本后，双方将平分出售燃油的利润。

迪恩花了整整一年时间，才赢得他的第一场胜利。

他正在阅读史蒂夫·乔布斯的传记，其中提到，当你发现自己有一个能够改变世界的主意，而没有其他人知道的时候，你会感到连呼吸的空气都变稀薄了。他认为他就处于这一阶段。皮特县和北卡罗来纳州可能成为生物燃料产业的硅谷。他正处于一场经济繁荣的中心。格林维尔有足足几亩地的钻石矿。

在任何人愿意给这个想法一个机会之前，它必须收缩到非常小，这很奇怪。学校筹款——就好像迪恩是一个巧克力曲奇饼干面团推销员。但他必须这么做。这项工作已经将可疑程度降到最低，比制造第二代苹果电脑的可疑程度还要低。迪恩开始挨个拜访餐馆。他站在柜台旁，跟丹尼餐厅的经理谈话，说道："我们会免费把废油收走，你则会获得相应的全部公关效应，所有父母都会知道，丹尼餐厅正在支持学校。"在一家泰国餐馆的厨房里，老板问他："你是个老师吗？"迪恩说："我们正在跟学校一起推广这项计划，试图为学校省钱，我们还试图在皮特县开创一个新的产业。"他与格林维尔最大的烧烤餐厅老板的母亲聊了两个小时，却一无所获。中餐厅最容易被说服加入，因为它们的老板渴望成为社区的一部分。到2012年6月，他已经拿下九十三家餐厅。到8月，绿色循环每周能抽到两千加仑的废油。

一天晚上，两个合伙人在天黑后开着斯蒂芬的卡车转悠。他们进了一个购物中心，停在一家烤肉店后面。斯蒂芬穿过厨房，经过冒泡的油炸锅，来到经理弗雷迪的小办公室，那里的告示牌上写着："我是红脖我骄傲。"他拿到了钥匙，走出去打开煤渣砌成的棚子，餐厅在那里放了七个金属桶，里面装满废油。他和迪恩把接在卡车底盘罐子上的软管拿进棚子，把吸油口接在第一个金属桶上，开始抽油。这种油是黑褐色的，里面漂着一些动物脂肪，桶顶的油脂像夜空中的星系一样旋转。棚子另一侧的桶里装满了猪的不同部位——脊骨、肩、脚——它们原本会被一家大型提炼公司拖走。空气中弥漫着好肉刚刚开始腐烂时的烧焦气味。一切都因为沾满干油而黏糊糊的——桶、软管、卡车底盘，还有他们的手。这种黏性使迪恩想起小时候处理烟叶时焦油滴在手上的情形。经过几个月的思考和交谈，他很高兴能干点体力活。

斯蒂芬的泵有点漏气，这让原本二十分钟的工作延长到一个半小时，但他们开车带走了两百四十加仑的烹饪废油，他们为此付给烧烤店一百零八美元；将这些油卖给生物柴油公司，他们每加仑就能赚二点五美元，总共六百美元。他们的计划是最终要自己把废油制成燃料。

他们带着装满烹饪废油的油箱四处跑，迪恩从副驾驶座的窗户望着路边所有餐馆。每个公路旁的购物中心肯定都有三四家餐馆。此外还有医院、大学和橄榄球场——上帝慈悲。

"他妈的，它们到处都是，"他说，"看看那些油，都是我们的，哥们儿，都是我们的。"

"一开始低调点，"斯蒂芬说，"之后我们再感恩。"

"这就是发大财的路子，哥们儿！"

迪恩很清楚，当他发了财，他会做什么。他多年前就已经知道；尽管只跟几个人提起过，但每晚入睡前他都会回想。首先，他要盖一栋大房子，一幢豪宅，就像 19 世纪格林斯伯勒的牛仔裤男爵摩西·科恩❶一样；它将能看到蓝岭山脉，有着三角山墙、屋顶窗和巨大的前廊，全都漆成白色。它将远离公路，有地热和空调，太阳能电池板安装在屋顶。

然后，他会在这栋巨大的房子里收养被遗弃的孩子。这栋房子将坐落在一个农场，一个真正运作的农场，这样他就可以把过去的

---

❶　摩西·科恩（Moses Cone），科恩纺织公司的创立者，详见本书 160 页注释 10。

技能和道德准则教给那些被其他人抛弃的孩子——教导他们成为杰斐逊所说的地球耕种者，那是最有价值的公民，最朝气蓬勃，最独立自主，也最具美德。

他知道那栋房子的位置：就在普莱斯烟草农场，在那埋葬普莱斯家四代人的墓地旁边的小山上。那里最后埋葬的是他的父亲，"只不过是又一个被恩典救赎的罪人"。迪恩有一天也会埋在那里。他对把房子盖到那片地上有过疑虑。他的贫困思维来自那里，来自那个家庭。他曾试图拔除杂草，浇灌种子，但每当他走过那些坟墓，它们又会唤起那种思维。可是，这不正是在这里建造房子的原因吗？这不正是他最终将获得自由的地方吗？哪怕他即将在一场止赎拍卖中失去自己在家族农场的份额——因为他的破产案已经重新审理，而他的克星，那个石油商人，正在追讨迪恩仅剩的资产，也就是这片土地——这些都无关紧要。他仍然梦想着建造一座大白房子，让里面住满孤儿。那片土地终会回到他手上。

资料来源

　　本书基于数百小时的访谈写成，其中有些访谈对象是书中故事的主人公，有些则分享了信息和洞见；此外，出版资料也补充了一部分信息，其中最重要的资料来源列在下面。著名人物的小传全部根据二手资料写成，其中最有用的部分也列在了下面；小传有时会重述或引用主人公本人的话，这些引语可以在书籍、文章和歌曲里找到。各个年度的文字拼贴有一系列来源——报纸、杂志、书籍、演讲、歌曲、广告、诗歌、电影、电视节目——所有这些都是在注明的年份写成、出版、录制或播出的（在 www.fsgbooks.com/theunwinding 可以找到一份清单）❶。虽然本书整体是一本非虚构作品，它在文学上受到了约翰·多斯·帕索斯（John Dos Passos）的伟大小说作品"美国三部曲"（*U. S. A.* trilogy）的影响；该作品出版于上世纪 30 年代，如今亟待重版。

---

❶　该地址已失效，文字拼贴来源可见相关章节尾注。

故事

迪恩·普莱斯和皮埃蒙特

Allen Tullos, *Habits of Industry: White Culture and the Transformation of the Carolina Piedmont* (Chapel Hill: University of North Carolina Press, 1989) .

康诺顿和华盛顿特区

Joe Biden, *Promises to Keep* (New York: Random House, 2008) .

Jeff Connaughton, *The Payoff: Why Wall Street Always Wins* (Prospecta Press, 2012) . 作者慷慨地分享了早期草稿。

Robert G. Kaiser, *So Damn Much Money: The Triumph of Lobbying and the Corrosion of American Government* (New York: Vintage Books, 2010) .

塔米·托马斯和扬斯敦

Barry Bluestone and Bennett Harrison, *The Deindustrialization of America: Plant Closings, Community Abandonment, and the Dismantling of Basic Industry* (New York: Basic Books, 1982) .

Terry F. Buss and F. Stevens Redburn, *Shutdown at Youngstown: Public Policy for Mass Unemployment* (Albany: SUNY Press, 1983) .

Stephen F. Diamond, "The Delphi 'Bankruptcy': The Continuation of Class War by Other Means," *Dissent* (Spring 2006) .

David M. Kennedy, *Freedom from Fear: The American People in Depression and War, 1929–1945* (New York: Oxford University Press, 1999) .

Sherry Lee Linkon and John Russo, *Steeltown U.S.A.: Work and*

Memory in Youngstown (Lawrence: University Press of Kansas, 2002) .

John Russo, "Integrated Production or Systematic Disinvestment: The Restructuring of Packard Electric" (unpublished paper, 1994) .

Sean Safford, *Why the Garden Club Couldn't Save Youngstown: The Transformation of the Rust Belt* (Cambridge, MA: Harvard University Press, 2009) .

彼得·蒂尔和硅谷

Sonia Arrison, *100 Plus: How the Coming Age of Longevity Will Change Everything, from Careers and Relationships to Family and Faith*, with a foreword by Peter Thiel (New York: Basic Books, 2011) .

Eric M. Jackson, *The Paypal Wars: Battles with eBay, the Media, the Mafia and the Rest of Planet Earth* (Los Angeles: World Ahead Publishing, 2010) .

David Kirkpatrick, *The Facebook Effect: The Inside Story of the Company That Is Connecting the World* (New York: Simon & Schuster, 2011) .

Jessica Livingston, "Max Levchin," in *Founders at Work: Stories of Startups' Early Days* (New York: Apress, 2008) .

Ben Mezrich, *The Accidental Billionaires: The Founding of Facebook* (New York: Anchor, 2010) .

David O. Sacks and Peter A. Thiel, *The Diversity Myth: Multiculturalism and Political Intolerance on Campus* (Oakland, CA: The Independent Institute, 1998) .

坦帕

Richard Florida, *The Great Reset: How New Ways of Living and*

Working Drive Post-Crash Prosperity（New York: HarperCollins, 2010）.

Alyssa Katz, *Our Lot: How Real Estate Came to Own Us*（New York: Bloomsbury,2010）.

Robert J. Kerstein, *Politics and Growth in Twentieth-Century Tampa*（Gainesville: University Press of Florida, 2001）.

Paul Reyes, *Exiles in Eden: Life Among the Ruins of Florida's Great Recession*（New York:Henry Holt, 2010）.

人物小传

纽特·金里奇

Adam Clymer, "The Teacher of the 'Rules of Civilization' Gets a Scolding," *New York Times*（January 26, 1997）.

Steven M. Gillon, *The Pact: Bill Clinton, Newt Gingrich, and the Rivalry That Defined a Generation*（New York: Oxford University Press, 2008）.

Newt Gingrich, *Lessons Learned the Hard Way*（New York: HarperCollins, 1998）.

Newt Gingrich, *To Renew America*（New York: HarperCollins, 1999）.

Newt Gingrich with David Drake and Marianne Gingrich, *Window of Opportunity: A Blueprint for the Future*（New York: Tor Books, 1984）.

John H. Richardson, "Newt Gingrich: The Indispensable Republican," *Esquire*（September 2010）.

Gail Sheehy, "The Inner Quest of Newt Gingrich," *Vanity Fair*（September 1995）.

奥普拉·温弗瑞

Barbara Grizzuti Harrison, "The Importance of Being Oprah," *New York Times Magazine* (June 11, 1989).

Kitty Kelley, *Oprah: A Biography* (New York: Three Rivers Press, 2011).

Ken Lawrence, *The World According to Oprah: An Unauthorized Portrait in Her Own Words* (Kansas City, MO: Andrews McMeel, 2005).

雷蒙德·卡佛

Raymond Carver, *Fires: Essays, Poems, Stories* (New York: Vintage Books, 1984).

Raymond Carver, *What We Talk About When We Talk About Love: Stories* (New York: Vintage Books, 1989).

Raymond Carver, *Where I'm Calling From: Stories* (New York: Vintage Contemporaries,1989).

Conversations with Raymond Carver, Marshall Bruce Gentry and William L. Stull, eds. (Jackson: University Press of Mississippi, 1990).

Carol Sklenicka, *Raymond Carver: A Writer's Life* (New York: Scribner, 2010).

山姆·沃尔顿

Bob Ortega, *In Sam We Trust: The Untold Story of Sam Walton and How Wal-Mart Is Devouring America* (New York: Crown Business, 1998).

Sam Walton with John Huey, *Sam Walton, Made in America: My Story* (New York: Doubleday, 1992).

科林·鲍威尔

Karen DeYoung, *Soldier: The Life of Colin Powell*（New York: Knopf, 2006）.

John B. Judis, *The Paradox of American Democracy: Elites, Special Interests, and the Betrayal of Public Trust*（New York: Routledge, 2001）.

Colin L. Powell with Joseph E. Persico, *My American Journey*（New York: Ballantine,1996）.

爱丽丝·沃特斯

Thomas McNamee, *Alice Waters and Chez Panisse: The Romantic, Impractical, Often Eccentric, Ultimately Brilliant Making of a Food Revolution*（New York: Penguin, 2008）.

Alice Waters with Daniel Duane, *Edible Schoolyard: A Universal Idea*（San Francisco:Chronicle Books, 2008）.

罗伯特·鲁宾

William D. Cohan, *Money and Power: How Goldman Sachs Came to Rule the World*（New York: Doubleday, 2011）.

William D. Cohan, "Rethinking Robert Rubin," *Bloomberg Businessweek*（September 30, 2012）.

Jacob S. Hacker and Paul Pierson, *Winner-Take-All Politics: How Washington Made the Rich Richer—And Turned Its Back on the Middle Class*（New York: Simon & Schuster, 2010）.

Bethany McLean and Joe Nocera, *All the Devils Are Here: The Hidden History of the Financial Crisis*（New York: Portfolio/Penguin, 2010）.

Robert B. Reich, *Locked in the Cabinet*（New York: Vintage Books,

1998）.

Robert E. Rubin and Jacob Weisberg, *In an Uncertain World: Tough Choices from Wall Street to Washington* (New York: Random House Trade Paperbacks, 2004).

Jay-Z

Zack O'Malley Greenburg, *Empire State of Mind: How Jay-Z Went from Street Corner to Corner Office* (New York: Portfolio/Penguin, 2011).

Jay-Z, *Decoded* (New York: Spiegel & Grau, 2011).

Jay-Z, "December 4th," *The Black Album* (Roc-A-Fella/Def Jam, 2003).

Jay-Z, "Empire State of Mind," *The Blueprint 3* (Roc Nation, 2009).

Jay-Z, "Rap Game/Crack Game," "Streets Is Watching," "You Must Love Me," *In My Lifetime Vol. 1* (Roc-A-Fella/Def Jam, 1997).

Jay-Z, "Can I Live," "Dead Presidents II," "D'Evils," "Regrets," "22 Two's," Reasonable Doubt (Roc-A-Fella, 1996).

Jay-Z, "Brooklyn Go Hard" (Roc-A-Fella/Def Jam, 2008), "Glory" (Roc Nation, 2012).

Kelefa Sanneh, "Gettin' Paid," *New Yorker* (August 20, 2001).

Touré, "The Book of Jay," *Rolling Stone* (December 15, 2005).

Kanye West, "Diamonds from Sierra Leone," *Late Registration* (Roc-A-Fella/Def Jam, 2005).

安德鲁·布莱巴特

Christopher Beam, "Media Is Everything. It's Everything," *Slate*

（March 15, 2010）.

Andrew Breitbart, *Righteous Indignation: Excuse Me While I Save the World!*（New York:Grand Central Publishing, 2011）.

Chris K. Daley, *Becoming Breitbart*（Claremont, CA: Chris Daley Publishing, 2012）.

Rebecca Mead, "Rage Machine," New Yorker（May 24, 2010）.

伊丽莎白·沃伦

Suzanna Andrews, "The Woman Who Knew Too Much," *Vanity Fair*（November 2011）.

Noah Bierman, "A Girl Who Soared, but Longed to Belong," *Boston Globe*（February 12, 2012）.

Harry Kreisler, *Political Awakenings: Conversations with History*（New York: The New Press, 2010）.

Teresa A. Sullivan, Elizabeth Warren, and Jay Lawrence Westbrook, *As We Forgive Our Debtors: Bankruptcy and Consumer Credit in America*（New York: Oxford University Press, 1989）.

Teresa A. Sullivan, Elizabeth Warren, and Jay Lawrence Westbrook, *The Fragile Middle Class: Americans in Debt*（New Haven, CT: Yale University Press, 2000）.

Jeffrey Toobin, "The Professor," *New Yorker*（September 17, 2012）.

Elizabeth Warren, interview by Jon Stewart, *The Daily Show with Jon Stewart*, Comedy Central, April 15, 2009, and January 26, 2010.

Elizabeth Warren and Amelia Warren Tyagi, *The Two-Income Trap: Why Middle-Class Mothers and Fathers Are Going Broke*（New York: Basic Books, 2003）.

致谢

我感谢那些让自己的人生构成本书核心的人。

我感谢旅途中得到的帮助：感谢夏洛茨维尔的 George Gilliam 和 Page Gilliam；扬斯敦的 Sherry Lee Linkon 和 John Russo；北卡罗来纳州斯托克斯代尔的 Barbara Price；《坦帕湾时报》的记者和编辑们；特别感谢坦帕的 Pancho Sanchez 及其家人。我还要为 2009 年的霍尔茨布林克奖学金感谢 Gary Smith 和 American Academy in Berlin；感谢纽约公共图书馆的 Jean Strouse 和 Cullman Center，他们邀请我做了 2011 年的乔安娜·杰克逊·古德曼美国文明与治理纪念讲座（2011 Joanna Jackson Goldman Memorial Lectures in American Civilization and Government）。

我感谢各领域专家的帮助：感谢 Nancy Aaron、Katheleen Anderson、Neil Belton、Julia Botero、Lila Byock、Peter Canby、Rodrigo Corral、Tom Ehrlich、Tim Farrell、Amy Hanauer、Stephen Heintz、Albert Levin、Alissa Levin、Jonathan Lippincott、Rebecca Mead、Ellie Perkins、Chris Peterson、Chris Richards、Nandi Rodrigo、Ridge Schuyler、Jeff Seroy、Michael Spies、Scott Staton、Julie Tate、Matthew Taylor、Sarita Varma、Jacob Weisberg、

Dorothy Wickenden、Laura Young 和 Avi Zenilman。我特别感谢 Sarah Chalfant、Jonathan Galassi、David Remnick、Alex Star 和 Daniel Zalewski，没有人比他们更好。

　　我的家人和朋友多年来用洞见和热情支持着我的工作，我永远无法偿还这份情：感谢 Daniel Bergner、Tom Casciato、Bill Finnegan、Kathy Hughes、Carol Jack、Michael Janeway、Ann Packer、Nancy Packer、Eyal Press、Becky Saletan、Bob Secor、Marie Secor；特别感谢 Dexter Filkins；最感谢的是 Laura Secor，是她使一切成为可能。

图书在版编目（CIP）数据

下沉年代 / （美）乔治·帕克（George Packer）著；
刘冉译 . -- 上海：文汇出版社，2021.1（2024.12 重印）
ISBN 978-7-5496-3342-5

Ⅰ. ①下… Ⅱ. ①乔… ②刘… Ⅲ. ①纪实文学 - 美
国 - 现代 Ⅳ. ① I712.55

中国版本图书馆 CIP 数据核字 (2020) 第 201164 号

THE UNWINDING: An Inner History of the New America by George
Packer
Copyright © 2013 by George Packer
Simplified Chinese language edition © 2020 by Thinkingdom Media
Group Ltd.
Published by arrangement with Farrar, Straus and Giroux, New York.
through Bardon-Chinese Media Agency.
All rights reserved.

版权登记图字 09-2020-920

下沉年代

作　　者/	〔美〕乔治·帕克	
译　　者/	刘　冉	
责任编辑/	何　璟	
特邀编辑/	郑科鹏　杨静武	
装帧设计/	尚燕平	
出　　版/	文匯出版社	
	上海市威海路 755 号	
	（邮政编码 200041）	
发　　行/	新经典发行有限公司	
电　　话/	010-68423599　邮　　箱 / editor@readinglife.com	
印刷装订/	山东韵杰文化科技有限公司	
版　　次/	2021 年 1 月第 1 版	
印　　次/	2024 年 12 月第 15 次印刷	
开　　本/	640×960　1/16	
字　　数/	480 千	
印　　张/	32.5	

ISBN 978-7-5496-3342-5
定　　价/　108.00 元

敬启读者，如发现本书有印装质量问题，请与发行方联系。